Prisionera de la libertad

LUCA DI FULVIO

Prisionera de la libertad

Traducción de
César Palma Hunt

Grijalbo

Papel certificado por el Forest Stewardship Council®

Título original: *Als das leben unsere träume fand*
Primera edición: junio de 2021

© 2018, Luca Di Fulvio
© 2021, Penguin Random House Grupo Editorial, S. A. U.
Travessera de Gràcia, 47-49. 08021 Barcelona
© 2021, César Palma Hunt, por la traducción
© 2018, Bastei Lübbe AG
Este libro ha sido negociado a través de un acuerdo con Ute Körner Literary Agency, S. L. U., Barcelona

Penguin Random House Grupo Editorial apoya la protección del *copyright*.
El *copyright* estimula la creatividad, defiende la diversidad en el ámbito de las ideas y el conocimiento,
promueve la libre expresión y favorece una cultura viva. Gracias por comprar una edición autorizada
de este libro y por respetar las leyes del *copyright* al no reproducir, escanear ni distribuir ninguna
parte de esta obra por ningún medio sin permiso. Al hacerlo está respaldando a los autores
y permitiendo que PRHGE continúe publicando libros para todos los lectores.
Diríjase a CEDRO (Centro Español de Derechos Reprográficos, http://www.cedro.org)
si necesita fotocopiar o escanear algún fragmento de esta obra.

Printed in Spain – Impreso en España

ISBN: 978-84-253-5984-2
Depósito legal: B-6.575-2021

Compuesto en La Nueva Edimac, S. L.

Impreso en EGEDSA
Sabadell (Barcelona)

GR 5 9 8 4 A

A mi esposa, Elisa.

Y a todos aquellos que no miran hacia otro lado

Descendemos de los barcos.

Dicho argentino

Toda nueva oportunidad empieza siempre con la total destrucción del pasado.

JEAN-CHRISTOPHE GRANGÉ,
Lontano

Este libro es una obra de ficción. Cualquier parecido con hechos y personas, vivas o muertas, es del todo casual, con excepción de la Sociedad Israelita de Socorros Mutuos Varsovia, conocida desde 1929 como Zwi Migdal, nombre con el que ha existido durante mucho tiempo. Y a la vista de todo el mundo.

PRIMERA PARTE

Tres viajes
1912

1

Alcamo, Sicilia

—Puta.

Rosetta Tricarico continuó andando por los callejones polvorientos de Alcamo sin volverse, con la cabeza gacha.

—Puta desvergonzada —dijo otra vieja vestida íntegramente de negro, con el rostro acartonado por el feroz sol de Sicilia.

Rosetta siguió camino adelante, con su airoso traje rojo amapola, descalza.

Un grupo de hombres sentados a una mesita al pie del tejado de cañas de la posada, con las boinas caladas hasta la frente, las camisas blancas con los cuellos mugrientos, los chalecos negros con bolsillos roñosos y las barbas hirsutas, la miraron como a un animal de presa. Uno de ellos escupió al suelo un gargajo oscuro y viscoso de tabaco.

—¿Adónde vas? —dijo el posadero secándose las manos en el mandil.

Los hombres se echaron a reír.

Rosetta pasó por delante de ellos.

—Me han contado que esta noche los lobos han bajado de las montañas —dijo uno, y bebió de una copita de vino *passito*.

Los hombres volvieron a reír.

—Por suerte, a mi rebaño no le han hecho nada —continuó el hombre.

—Esos son lobos que buscan a las putas, no a los buenos cristianos —dijo el posadero, y todos asintieron.

Rosetta se detuvo en seco, dándoles la espalda y con los puños apretados.

—¿Quieres decirnos algo? —soltó uno en tono provocador.

Rosetta se quedó quieta, temblando de ira. Luego siguió andando y llegó a la iglesia de San Francisco de Asís.

Entró rabiosa en la casa parroquial y se plantó delante del padre Cecè, el párroco.

—¿Cómo puede usted permitir algo así? —exclamó, casi gritó, roja de ira. A pesar de que solo tenía veinte años, transmitía la fuerza de una mujer adulta. Llevaba los cabellos, negros y brillantes como las plumas de un cuervo, sueltos sobre los hombros. Los ojos echaban chispas como brasas incandescentes, enmarcados por cejas espesas—. ¿Cómo puede un hombre de Dios hacer la vista gorda?

—¿De qué hablas? —preguntó el padre Cecè, incómodo.

—¡Lo sabe perfectamente!

—Cálmate.

—¡Anoche me mataron diez ovejas!

—Ah..., Eso..., sí —masculló el párroco—. Dicen que han sido los lobos.

—¡Los lobos no degüellan ovejas con cuchillo!

—Pero, hija mía, cómo puedes pensar...

—¡Los lobos se comen las ovejas! —prosiguió Rosetta. Miraba con una mezcla de rabia y desesperación—. ¡Se las comen! No las dejan en el campo. —Apretó los puños hasta que los nudillos se le pusieron blancos—. Pero usted lo sabe perfectamente —añadió en un tono sombrío que hacía que le vibrara la voz. Acto seguido negó con la cabeza—. ¿Cómo puede usted? ¿Cómo puede?

El padre Cecè suspiró, cada vez más incómodo. Volvió la vista hacia otro lado, incapaz de sostener la mirada de Rosetta, y entonces se dio cuenta de que el ama de llaves estaba fisgando.

—¡Largo de aquí! —gritó rabioso.

Se dirigió hacia la puerta y la cerró. Luego fue hasta el otro extremo de la habitación, cogió dos sillas y las colocó enfrentadas. Señaló una a Rosetta.

Rosetta le hizo caso, pero lo miró largamente antes de sentarse.

—¿Cómo puede usted permitirlo? —repitió.

—Hace mucho que no te veo en la iglesia —dijo el párroco.

Rosetta sonrió con sarcasmo.

—¿Por qué? ¿Si voy a la iglesia me ayudará?

—Te ayudará Nuestro Señor.

—¿Y cómo?

—Hablando a tu corazón y aconsejándote lo que debes hacer.

Rosetta se puso de pie.

—Usted también es un criado del barón —le espetó con el mayor desprecio.

El párroco suspiró profundamente. Después se inclinó hacia Rosetta y le cogió una mano.

Rosetta, molesta, la retiró.

—Siéntate —le dijo el padre Cecè en un tono en el que no había agresividad.

Rosetta volvió a sentarse.

—Llevas más de un año luchando, hija. Desde que murió tu padre —empezó cansinamente el párroco—. Es hora de que te rindas.

—¡Jamás!

—Mira lo que está pasando —continuó el padre Cecè—. Ya nadie compra los frutos de tu tierra. Se te pudren. Hace dos meses un incendio acabó con la mitad de la cosecha.

Rosetta posó los ojos en su antebrazo derecho, donde tenía la cicatriz de una violenta quemadura.

—Y cuanto más dura tu enfrentamiento con el barón, más terca y rara te vuelves. —El padre Cecè la señaló con un dedo—. Mira qué vestido llevas…

—¿Qué tiene de malo? —dijo con orgullo Rosetta—. No soy viuda, así que no tengo por qué ir de luto. La falda me llega hasta los tobillos y llevo tapadas las tetas.

—Fíjate cómo hablas… —El párroco suspiró.

—Como una puta. —Rosetta se echó a reír. Luego miró al sacerdote fijamente a los ojos—. Pero yo no soy una puta. Y usted lo sabe.

—Sí, lo sé.

—Soy puta solo porque no agacho la cabeza.

—Tú no comprendes.

—Comprendo perfectamente —saltó Rosetta agitando un puño en el aire—. El barón tiene cientos de hectáreas, pero se ha emperrado en quedarse también con las cuatro que tengo porque por ellas pasa el torrente. Y así toda el agua será suya. Pero esa tierra es mía. Mi familia se deslomó en ella durante tres generaciones, y quiero poder hacer lo mismo. La gente debería ayudarme, pero todo el mundo teme al barón. Son unos cobardes, eso es lo que son.

—No, no comprendes, ¿lo ves? —dijo el padre Cecè—. Claro que la gente teme al barón. Pero ¿de verdad crees que por eso se ensaña contigo? Estás equivocada. No has entendido nada. Para ellos, tú eres incluso más peligrosa que el barón… y, en cierto sentido, tengo que darles la razón. Eres mujer, Rosetta.

—¿Y…?

—¿Qué ocurriría si otras mujeres se comportasen como tú? —dijo el padre Cecè acalorándose—. ¡Eso es antinatural! ¡Dios también lo condena!

—Yo valgo tanto como un hombre.

—¡Eso es justo lo que Dios condena! —El cura la cogió de los hombros—. Una mujer debe…

—Ya me sé esa cantinela —lo interrumpió airada Rosetta, y lo rehuyó—. Una mujer debe casarse, tener hijos y dejar que su marido le pegue sin rebelarse, como una buena criada.

—¿Cómo puedes reducir a eso el matrimonio santificado por Dios?

—Mi abuelo pegaba a su mujer. Con saña —dijo Rosetta, sombría, respirando con fuerza por la ira—. Y mi padre pegaba a mi madre. Toda su vida le reprochó que solo le hubiera dado una hija. Cuando estaba borracho, le atizaba con la correa. Y después me pegaba también a mí y me decía que solo serviría para follar. —Apretó los puños mientras los ojos se le humedecían de recuerdos, llenos de rabia y dolor—. ¿Ese es su matrimonio santificado por Dios? Vale, pues atiéndame bien, ¡no permitiré que nadie me pegue como si fuese un animal!

—Entonces vende.

—No.

—Estoy preocupado por ti.

—Preocúpese por su alma cuando dé la absolución a los que han degollado a mis ovejas —dijo Rosetta. Se puso en pie y clavó los ojos en el cura—. Dio la absolución a mi padre, ¿verdad? ¿Él le contaba que me pegaba con la correa hasta hacerme sangre? ¿Que me daba puñetazos en la boca? ¿No veía usted los moretones que mi madre y yo teníamos en la cara? ¿No veía que llevábamos los labios tan partidos que no podíamos ni rezar un avemaría sin que nos sangraran? Ella se murió de miedo, de dolor y de tristeza. —Miró al párroco con rencor—. Y usted le daba la absolución —susurró—. Quédese con su Dios, si es eso lo que Él le aconseja.

—¡No blasfemes! ¡También es tu Dios!

—¡No! —gritó Rosetta—. ¡Mi Dios quiere justicia!

Se acercó a la puerta. La abrió de golpe y sorprendió al ama de llaves agachada, fisgando por el agujero de la cerradura. La empujó y salió de la casa parroquial.

El ama de llaves se persignó tres veces, como si se hubiese tropezado con el mismísimo demonio, y luego murmuró:

—Puta.

La luz del sol casi cegó a Rosetta en cuanto salió a la calle.

Había un pequeño grupo de curiosos delante de la iglesia. La observaba en silencio, formaba una especie de frente compacto que obstruía el callejón.

Rosetta tuvo la tentación de huir. Pero no podía escapar hacia ningún lado. Con el corazón latiéndole con fuerza, avanzó hacia el gentío. Le costaba respirar. La ira le martilleaba las sienes. Cuando estuvo a menos de un paso del primer hombre, se detuvo y lo miró fijamente, con los labios apretados. Una leve ráfaga de viento le alborotó la larga melena negra.

Pasado un momento, el hombre se apartó.

Rosetta avanzó despacio. Y los otros fueron moviéndose a su vez, con indolencia, obligándola a rozar sus cuerpos amenazadores.

Cuando los dejó atrás sintió que las piernas le flaqueaban. Pero no apretó el paso y procuró mantenerse todo lo erguida que podía. En cuanto llegó al callejón donde tenía que torcer para dirigirse hacia su finca, las piernas ya no obedecieron a la mente y Rosetta echó a correr como si la persiguieran mil monstruos.

Cruzó el campo donde yacían las ovejas degolladas, procurando no mirarlas, entró corriendo en la casa de labranza encalada donde había nacido y cerró con cerrojo. Se quedó con la espalda contra la puerta, jadeando, hasta que una arcada la hizo doblarse en dos. Cayó de rodillas, con las manos en los ladrillos de adobe del suelo.

Toda la gente del pueblo creía que Rosetta no temía a nada. Pero lo cierto es que vivía atormentada por el miedo. Desde que era una cría. Y cada día, sin exclusión, las pesadillas volvían a acosarla.

Rompió a llorar, tratando inútilmente de contener los sollozos que la sacudían, y mientras tanto se repetía, como cuando era niña y su padre le pegaba con saña: «No duele... No duele...».

2

Sorochincy, jurisdicción de Poltava, Imperio ruso

A los trece años, aunque se había criado en un *shtetl* de los alrededores de Sorochincy tan pobre y olvidado de la mano de Dios que ni siquiera tenía derecho a un nombre, aunque se había acostumbrado a los continuos pogromos de la policía y de los campesinos para quienes los judíos eran la perdición del mundo, aunque podía aguantar a veinte grados bajo cero solo con un par de zuecos de madera y un vestido de paño lleno de agujeros, aunque era capaz de sobrevivir tres días únicamente con un nabo podrido en el estómago, aun así, de todos modos, a los trece años nadie tendría por qué saber qué era realmente la vida. Ni lo cruel que podía llegar a ser.

Pero la vida había decidido no ser clemente con Raechel Bücherbaum.

Todo empezó una mañana tan encapotada que parecía una noche lechosa, totalmente cubierta de nubes espesas e impenetrables.

Raechel, como cada *sabbat*, fue con su padre al establo en el que ahora no había animales y que su comunidad había convertido en su *shul*, la sinagoga. Se detuvo en la puerta de entrada, de donde habían retirado la primera nieve de ese año, se despidió de su padre y, cuando iba a subir la escalera exterior que lleva al henil —convertido en la balconada desde donde las mujeres participaban en las oraciones, separadas de los hombres—, vio pegado en el otro lado, el de los hombres, un papel amarillento. Curiosa como siempre, estiró el cuello tratando de ver algo e introdujo un pie.

—Quieta, Raechel —la regañó su padre, acostumbrado a las transgresiones de su hija.

—¿Qué pone ahí? —le preguntó ella sin dejar de mirar el papel.

—Vete —dijo el padre agitando una mano en el aire, como hacía para espantar a las gallinas.

—Solo quiero saber qué pone ahí —insistió Raechel.

—Si se trata de algo relacionado con la comunidad, nos lo dirá el rabino después del *sidur* —le respondió, paciente, el padre. Le sonrió con afabilidad y le hizo un gesto con la cabeza. La barba larga, con la punta bien recortada, se meció en el aire frío. Luego levantó un dedo, en señal de advertencia, y añadió—: Sube y hazme el favor de no cantar más alto que los demás, como haces siempre.

Cuando su padre ya había entrado en el *shul* y ella empezaba a subir la escalera que conducía a la zona reservada a las mujeres, vio que Elías, un chiquillo flaco y granujiento de su edad, se estaba acercando. Se detuvo y lo esperó.

—Buenos días, Elías —le dijo con una sonrisa de oreja a oreja.

—Buenos días, Raechel —farfulló el chiquillo, y siguió andando.

—Espera —dijo ella—. Tienes que hacerme un favor.

—¿Qué favor? —preguntó receloso Elías.

—¿Ves el papel que hay pegado ahí? —dijo Raechel sin dejar de sonreír—. Quiero saber qué pone.

Elías se volvió hacia el papel. Luego miró a Raechel y se encogió de hombros.

—No sé leer —respondió.

—Ya —continuó Raechel—. Lo que tienes que hacer es cogerlo y dármelo, así lo leeré también para ti.

Elías se quedó quieto, sin saber qué hacer, mientras con una uña se toqueteaba un grano de la mejilla.

En ese momento llegó Tamar, la chica más guapa de la aldea, que miró con una sonrisa despectiva a Raechel.

—Hola, erizo —la saludó, y enseguida empezó a subir la escalera.

En los ojos de Elías había una expresión pícara.

—Si ella me prometiese algo que yo me sé, lo haría corriendo —dijo con una risa tontorrona.

—Pues harías mal —contestó al momento Raechel—. Porque Tamar nunca te dejaría que le tocaras las tetas, que es lo que esperas.

Elías se sonrojó.

—Y ella tampoco sabe leer. Así que, anda, hazlo por mí.

Elías miró el pecho de Raechel. Era lisa como una tabla. Tenía una nariz larga y respingona. Y el pelo, rizado, se lo dejaba suelto y libre, sin recogérselo en trenzas como todas; se veía abultado como un matorral. O como un erizo, como decía Tamar. Pero, de todos modos, era una chica.

—Y si lo hago, ¿qué gano? —le preguntó riéndose.

—Que no te dé un puñetazo en la nariz, pequeño cerdo granujiento —respondió Raechel.

La sonrisa tonta de los labios de Elías desapareció al instante.

—Vamos, muévete —dijo Raechel.

El chico, abochornado, dudó. Luego, muy despacio, se dirigió hacia donde estaba el papel y empezó a arrancarlo.

—¿Qué haces, Elías? —le espetó un hombre cuando lo vio.

—Es culpa de ella —dijo enseguida Elías, acusando a Raechel.

—¡Cobarde! —exclamó ella con todo su desprecio.

—¿Qué pasa? —preguntó el padre de Raechel, que acababa de aparecer en la puerta también.

—Tu hija quería que Elías le diera el papel y él la obedecía —explicó el hombre, y acto seguido propinó una bofetada a Elías—. Los hombres son los que dicen a las mujeres lo que hay que hacer, y no al revés, imbécil.

—Raechel, eres terca como una mula —se quejó su padre al tiempo que negaba con la cabeza. Pero le sonrió con afabilidad—. Vete arriba.

—Andando, desvergonzada —le ordenó la segunda esposa del padre, una mujer flaca y arrugada, interponiéndose entre ellos y agarrándola con rudeza de un brazo.

Raechel trató de soltarse.

—No ha hecho nada malo —la defendió el padre, que adoraba a su única hija, a la cual, tras la muerte de su primera esposa, había criado solo.

—No he hecho nada malo —repitió Raechel con una mueca impertinente en el rostro.

—No, por supuesto. Pero te han pillado justo cuando ibas a hacerlo —dijo mordaz la madrastra sin dejar de tirarle del brazo.

—¿Qué pone en el papel? —insistió Raechel.

—Sube. —Su padre se echó a reír.

Raechel se dejó arrastrar a la balconada por la madrastra, haciendo sonar más de lo debido los zuecos en los escalones. «Caminas como un hombre», pensó, y contó hasta tres.

—Caminas como un hombre —gruñó entonces la madrastra, y Raechel no contuvo una sonrisa de satisfacción.

No había día en el que la segunda esposa de su padre no le dijese lo feúcha e insignificante que era, lo poco que tenía de femenina y de atractiva, y que parecía un chico. Y Raechel, para irritarla, en vez de corregirse, enfatizaba todo eso. Y seguía negándose a recogerse con cintas esa larga melena suya abultada como un matorral.

Una vez en la balconada se abrió paso a empujones hasta la primera fila y se asomó para ver a su padre, el jazán, el cantor de la comunidad, que entonaba con su voz de tenor las melodías del *sidur*, conduciendo con maestría las voces no educadas de los fieles para que cantaran de manera correcta las plegarias. «Mi padre es el mejor cantor al que haya escuchado nunca», pensó orgullosa Raechel. Ella también cantaba bien. Pero las mujeres no podían ser jazanes. Las mujeres no podían hacer todas las cosas divertidas que podían hacer los hombres. Con todo, la verdadera pasión de Raechel era leer y escribir. Sabía escribir de derecha a izquierda, con las delicadas letras de su idioma. Y también sabía escribir de izquierda a derecha, bien usando los enrevesados caracteres cirílicos de Rusia, bien los del mundo occidental. Había leído todo lo que había podido, aunque era una niña y no debería haberlo hecho. Claro que solo eran textos sagrados. Su sueño era leer una novela. Pero eso estaba más que prohibido. Nadie en su *shtetl* había visto jamás una novela. Leerla habría sido una *shanda*, una vergüenza. Raechel pensaba que no era justo. Y que eran demasiadas las reglas injustas que obligaban a una mujer a no poder vivir libremente, como un hombre.

—*Baruch atah Adonai Eloheinu, melech ha'olam...* —se unió al coro.

—¡Canta más bajo! —la regañó irritada la madrastra.

En otras circunstancias, Raechel habría elevado todavía más la voz, pero esa mañana estaba concentrada en el papel que había en la entrada. Debía de ser de alguien de fuera de su *shtetl*, porque los asuntos de la comunidad se trataban en asamblea, en voz alta, ya que solo el rabino, su hijo, el padre de Raechel y ella sabían leer. Los demás apenas eran capaces de escribir su nombre. Durante todo el *sidur* no pensó en nada más que en aquel misterioso papel.

Cuando por fin el rabino lo cogió y se aclaró la voz al tiempo que se acariciaba la larga barba blanca, en el *shul* ya no se oyó ni el zumbido de una mosca. Todos contenían el aliento. El rabino leyó con una lentitud exasperante, con su habitual ampulosidad, como si estuviese citando las palabras sagradas de la Torá, sometiendo a una dura prueba a la impaciente Raechel.

Pero al final de la lectura la niña se puso a dar saltos en la balconada, incapaz de contener el nerviosismo.

En toda la pequeña comunidad había solo cinco personas que cumplían los requisitos especificados en el papel. Y Raechel era una de ellas.

En el camino de vuelta a su casa, Raechel se arrimó a su padre. Lo miraba en silencio, esperando que dijera algo. Pero el único sonido que se oía era el de sus pasos resbalando por la nieve helada.

El padre, ceñudo, reflexionaba sobre lo que había escuchado.

—No. Eres demasiado pequeña —dijo por fin, una vez que llegaron.

—¡Pero padre...! —protestó Raechel.

—Ve a recoger los huevos —le ordenó él.

—¿Por qué no puedo ir? —preguntó Raechel, alterada.

—Porque eres demasiado pequeña —repitió el padre.

La madrastra la cogió de un brazo y la empujó hacia el gallinero.

—Ve a recoger los huevos, tonta —le dijo con su semblante odioso.

—¡Suéltame! —le gritó Raechel forcejeando.

Se fue corriendo. Y no volvió a casa hasta el anochecer.

La madrastra la recibió con una mirada desafiante.

—Vete a la cama sin cenar, desvergonzada.

—No —intervino el padre—. Ninguno de nosotros puede permitirse saltarse la cena, con lo poco que tenemos. —Miró con severidad a su segunda esposa—. Y yo me quitaría el pan de la boca por mi hija.

—Me ha ofendido —dijo la mujer.

—Y por eso mismo va a pedirte perdón —contestó él, e hizo un gesto tajante en dirección a su hija.

—Perdona... —susurró Raechel sin mirar a la madrastra.

—¿Pretendes librarte así? —empezó la mujer.

—¡Ya basta! —El padre dio un puñetazo autoritario en la vieja mesa.

La mujer calló y apretó los labios, rabiosa.

Entonces el padre pidió con un gesto a Raechel que se sentara a su lado. Cortó pan duro, y entre dos rebanadas puso media remolacha. Luego mojó el pan en una taza de caldo, hecho con una gallina vieja que habían terminado de descarnar más de una semana antes.

—Come, y después hablamos.

—No tienes que justificarte con una niña malcriada —protesto la madrastra—. Ella debe obedecerte sin discutir. Tú eres quien manda en esta casa.

El marido la miró con severidad.

—Tienes razón, yo mando. Y eso vale también para ti —le respondió con voz glacial—. Te he dicho que pares. —Continuó mirándola en silencio hasta que la mujer bajó los ojos. Entonces añadió, con la misma autoritaria frialdad—: Déjanos. Mi hija y yo tenemos que hablar. —Cuando estuvieron solos, repitió a Raechel—: Come.

Raechel devoró el pan con remolacha, impaciente por lo que su padre quería decirle.

—¿Sabemos quiénes son las personas que han dejado ese mensaje? —preguntó primero el padre.

—Pero...

—¿Sí o no?

—No.

—Bien, empecemos por ahí —continúo él—. El primer deber de un buen padre es ser prudente.

Raechel se mordió la lengua para no replicar. Ese papel había hecho que su fantasía se desatara y la llevara muy lejos de aquel pobre *shtetl* en el que se asfixiaba.

—Y el segundo deber de un buen padre, no menos importante, es procurar el bienestar de su hija. —Durante un instante sus ojos se llenaron de melancolía—. Incluso a costa de separarse de ella.

Raechel se estremeció. ¿Qué significaba esa última afirmación? ¿Que su padre había cambiado de idea y estaba dispuesto a dejarla marchar?

—Si solo tuvieses dos o tres años más, me lo pensaría —continuó él—. Pero todavía eres una niña.

—¡Tengo trece años! —protestó Raechel—. ¡El papel decía: «... todas las chicas de trece a diecisiete años»!

Su padre la miró con cariño.

—Llevo todo el día preguntándome si solo por egoísmo rechazo la idea de separarme de ti, que eres mi mayor tesoro.

Raechel, ruborizada, miró al suelo. No había tenido en cuenta la posibilidad de separarse de su padre. Simplemente no había pensado en eso. Y le remordió la conciencia.

Su padre la conocía demasiado bien para no saber en qué estaba pensando.

—Eso no tiene nada de malo —le dijo en tono cariñoso—. Sé que me quieres. —Le acarició la larga melena oscura, despeinada y descuidada, motivo de tanta burla y crítica en la aldea. Sonrió. Pero a él eso le daba igual—. Cuando uno es joven no puede pensar en muchas cosas a la vez. Es una prerrogativa de los adultos rodear la montaña para decidir por qué lado escalarla. —Suspiró profundamente y se inclinó para acercarse más a su hija—. Ya sabes que tu nombre significa «Cordero inocente» en nuestra lengua.

—Sí —respondió Raechel, y resopló.

—Y que el pastor debe cuidar de su rebaño. Pero sobre todo de sus corderos, aunque tenga que encerrarlos en un cercado para que no acaben en un barranco debido a su impetuosidad —prosiguió él.

Raechel golpeó con la punta del pie la pata de la mesa, impaciente.

Su padre tiró de ella con suavidad y la abrazó con fuerza.

Raechel apoyó la cabeza en su hombro. Nadie la hacía sentirse tan querida y a salvo como su padre.

—¿Mamá era buena? —preguntó poco después.

—¿Quieres saber si ella habría dejado que te fueras?

—No... Es solo que no la recuerdo. Era demasiado pequeña cuando murió.

—Sí, era buena —dijo el padre, con una profunda melancolía en la voz.

—¿Y ella también sabía leer?

—No... Era como todas las otras mujeres de la aldea —respondió él. Luego sonrió orgulloso—. Pero yo le enseñé a leer a escondidas.

—¿Por qué?

—Porque no todas las reglas son justas.

Raechel lo miró. Ese hombre era especial. Nadie de la comunidad era como él.

—Y... ¿ella? —preguntó entonces, refiriéndose a la madrastra—. ¿Por qué te has casado con ella?

El padre suspiró, con la cabeza gacha.

—Porque tú estabas convirtiéndote en mujer y suponía que había temas que yo no sabría tratar. Y además... a lo mejor porque me sentía solo..., como hombre, quiero decir.

—Ella me odia —dijo Raechel en tono duro.

—Solo tiene celos de ti.

—Me odia —repitió Raechel.

—Nunca he sido capaz de darle ni la centésima parte de lo que te doy a ti. Y trata de castigarme a través de ti. —El padre miró a su hija con amor—. No acepta que una segunda esposa no sea tan importante como una hija. Pero no te preocupes, que yo estaré siempre aquí y no te ocurrirá nada. —Luego le sonrió y le acarició una mejilla—. Atiéndeme. El papel dice que una asociación llamada Sociedad Israelita de Socorros Mutuos Varsovia busca chicas para librarlas de nuestra miserable realidad y conseguirles matrimonios respetables y buenos empleos como criadas en las casas de los judíos ricos de Buenos Aires, en Argentina. —Miró a su hija con una nueva sombra de melancolía en los ojos—. Eso está en la otra parte del mundo.

—¡Pero yo te escribiré! ¡Y te mandaré todo el dinero que gane, para que también puedas venir! —exclamó Raechel.

Su padre negó con la cabeza.

—No estaría allí para protegerte —dijo incorporándose—. Y todavía eres demasiado joven para cuidar de ti. —De nuevo le acarició la cabeza con ternura—. Fin de la discusión. Ahora vete a la cama.

Al día siguiente Raechel vio a las otras cuatro chicas de la aldea de entre trece y diecisiete años charlando animadamente. Por sus miradas inquietas, dedujo que se marchaban.

—¿Tú no vienes, erizo? —se burló de ella Tamar.

—No, no quiero —respondió Raechel, y se fue a toda prisa, antes de que las cuatro se dieran cuenta de que sus ojos almendrados y tan negros como el carbón se arrasaban en lágrimas de frustración.

Oyó sus carcajadas, que la acompañaron a lo largo de un tramo embarrado de la callejuela del *shtetl*. Se escondió detrás de un barracón y la emprendió a patadas con un tocón hasta que se le partió un zueco. Luego enseñó los puños a un chiquillo que la observaba y que enseguida se marchó corriendo. Por último, fue hasta el margen del bosque y se puso a partir ramas secas hasta que, exhausta, se sentó en el tronco de un árbol. Al día siguiente Tamar y las otras se irían a Buenos Aires, dondequiera que estuviese ese sitio, y vivirían una aventura maravillosa, caída del cielo como el maná en el desierto, como un auténtico milagro.

—Mientras que yo seguiré aquí comiendo nabos y cebollas —balbució llena de envidia— y quitando a los huevos la mierda de las gallinas. —Entonces se incorporó, miró el cielo y dijo, seria—: *Adonai*, no sé si Tú has escrito esta regla o si lo han hecho los sacerdotes. Pero, como dijo mi padre, no todas las reglas son justas. Así que, aunque sea pecado, prometo que lucharé por tener la misma libertad que los hombres. —Apuntó un dedo hacia el cielo y lo agitó, casi en un gesto amenazador, pese a que no era más que una chiquilla—. Y no bromeo —añadió—. ¡Lo prometo solemnemente!

En ese instante oyó confusión y gritos. Se volvió hacia el *shtetl* y vio que unos cincuenta hombres, entre campesinos y soldados del zar, atacaban su comunidad.

Sin pensarlo, se dirigió a toda prisa hacia el barullo, con una especie de presentimiento en el pecho. Corriendo, el zueco que poco antes había partido dando patadas terminó de romperse. Pero Raechel siguió a la carrera, sin detenerse, con el pie desnudo hundiéndose en la nieve.

Cuando llegó a la aldea, oyó a los campesinos y a los soldados gritando las acusaciones de siempre, que si los judíos envenenaban el agua, que si hacían brujería para arruinar las cosechas, que si provocaban la ira de Dios contra la Madre Rusia, culpable de acoger a los asesinos del Cristo. A Raechel nada de todo eso le resultaba extraño, pues cuando un horror se repite con pasmosa constancia sigue asustando, pero deja de sorprender.

Cuando la incursión terminó, muchos hombres y mujeres de la aldea estaban en el suelo con los rostros tumefactos y ensangrentados, con huesos rotos, con cicatrices que los dejarían señalados de por vida. Raechel reparó primero en el rabino. Estaba de rodillas, con las manos hacia el cielo. Raechel notó algo raro en él, pero no sabía qué era. Hasta que comprendió. Ya no tenía su larga barba blanca. Se la habían cortado, junto con un trozo de mentón que sangraba copiosamente. Y el anciano, con las manos elevadas hacia el cielo, pedía al Señor del pueblo de David que lo perdonase porque se presentaba desnudo ante Él.

Solo entonces Raechel se fijó en que su padre estaba en el suelo, inmóvil, cerca del rabino. Gritó y fue corriendo hacia él.

El hombre respiraba con dificultad y tenía el pecho hundido. Raechel sabía qué significaba eso. Pasaba con frecuencia en los campos. No era raro que un caballo te coceara o que un toro te corneara. O que alguien acabara aplastado. Raechel también sabía que de una herida así no te salvabas. La sangre no salía, se quedaba toda dentro. Algunos aguantaban una semana, otros tenían la suerte de morir en pocos segundos.

—Padre... —Raechel se echó a llorar al ver aquellos ojos, por lo general tan vivos, que ya empezaban a nublarse.

El padre movió la boca tratando de hablar, pero solo le salió un pequeño cuajarón.

Raechel le limpió el labio inferior.

El padre, con las pocas fuerzas que le quedaban, le cogió la mano y se la retuvo. Y enseguida intentó hablar otra vez. Y otra vez solo le salió un murmullo incomprensible.

—No te esfuerces, padre —dijo Raechel.

Pero él no se resignó. Sabía que le quedaba poco tiempo, y lo que tenía que decirle era muy importante. Con un gesto, le pidió que se agachara.

Raechel acercó una oreja a su boca.

—Ve... te... —susurró el hombre, haciendo un esfuerzo titánico.

Raechel se enderezó de golpe. Su rostro mostraba desconcierto y sorpresa.

El padre asintió, para confirmarle que había comprendido bien. Luego repitió, con una voz que ya no tenía la claridad del cantor de la comunidad:

—Vete..., hi... ja... mí... a.

Y se quedó así, con la boca abierta, mientras la muerte le robaba el último aliento.

3

Mondello, Palermo, Sicilia

—Rocco... Rocco... —dijo lentamente don Mimì Zappacosta, sentado en un sillón de mimbre al pie de su casa de verano en Mondello, a la orilla del mar, bebiendo una limonada fresca. Frunció los labios y negó con la cabeza, consternado—. Rocco —continuó con voz apacible y cordial en apariencia—, a ver, ¿es verdad eso que me cuentan de ti?

Rocco Bonfiglio, un joven de veinte años con el pelo rubio heredado a saber de qué antepasado normando que en su día había estado en Sicilia, permanecía de pie delante de don Mimì, sin bajar la mirada. Detrás de él había dos hombres con las escopetas de cañones recortados en bandolera que lo habían llevado hasta ahí.

—¿Qué le han contado? —preguntó Rocco.

Don Mimì suspiró.

—¿Desde hace cuánto tiempo te conozco, Rocco? —Bebió un trago de limonada, luego dejó el vaso en la mesita de mimbre que había junto al sillón. Se prendió un sencillo alfiler de oro en la solapa de la chaqueta blanca de lino y se levantó—. ¡Desde que naciste, te conozco! —Se acercó con una sonrisa a Rocco. Lo agarró del brazo—. Vayamos a dar un paseo por la playa. El doctor dice que andar es bueno para mis articulaciones. —Mientras se apoyaba en Rocco, le apretaba el antebrazo con su mano huesuda para que el otro notara lo fuerte que seguía estando.

Bajaron en silencio los cinco escalones que daban al jardín

repleto de chumberas y de buganvillas con flores fucsias que parecían de papel, y lo cruzaron. Uno de los hombres que llevaban escopeta fue corriendo a abrir la verja que daba directamente a la playa. El sol ya estaba en su cenit y un ligero viento mistral rizaba apenas el agua del mar. Pequeñas olas languidecían sobre la arena.

Rocco estaba tenso. Nunca era bueno para nadie que don Mimì Zappacosta, *capomandamento* de los dos barrios palermitanos de Brancaccio y Boccadifalco, lo convocara. Y él sabía cuál era el motivo de esa visita.

Su madre, antes de morir el año anterior, le había aconsejado que accediera a todo lo que don Mimì le pidiese.

Como todo el mundo. Como había hecho su propio padre.

Solo que Rocco había decidido negarse. Quería que su vida fuese otra y no aquella a la que estaba destinado.

Una vez en la orilla, don Mimì se detuvo. Miró el mar y la playa desierta.

—Es un paraíso, ¿verdad? —dijo sin dejar de apretar el antebrazo de Rocco.

Se introdujo una mano en el bolsillo de la chaqueta, extrajo un trocito de pan y lo lanzó cerca. Enseguida, un par de gaviotas se enzarzaron en una disputa por la comida. Don Mimì se echó a reír.

—Y cada uno debe conquistarse su paraíso. —Lanzó otros dos trozos de pan—. Pero, de miguita en miguita, cada uno de nosotros puede ganarse el paraíso que se merece. —Señaló las gaviotas—. Fíjate bien en ellas, Rocco. ¿Crees que desprecian mi pan?

Rocco guardó silencio.

—¿Te han cortado la lengua? —bromeó don Mimì. Pero no había alegría en su voz.

—No.

—¿A cuál de las dos preguntas has respondido?

—A las dos —dijo Rocco.

—¿No te han cortado la lengua y las gaviotas no desprecian mi pan?

—Sí.

—Sí. —Don Mimì asintió, pensativo, y arrancó de nuevo a caminar—. Y bien, Rocco, ¿es cierto lo que me han contado de ti?

—¿Qué le han contado? —dijo Rocco, aunque sabía a qué se refería.

Don Mimì suspiró.

—Coño, ¡podrías hartar a un santo! —Se rio. Se detuvo, soltó el brazo de Rocco y lo miró a los ojos. Luego le dio un cachete en la mejilla—. Me han dicho que tú, al revés que las gaviotas, desprecias mi pan.

Rocco se volvió. Los dos guardaespaldas los seguían de cerca.

—¿Desprecias mi pan, Rocco? —La voz de don Mimì ya no tenía nada de cordial.

—¿Cuál es su queja, don Mimì? —respondió Rocco.

—Nardu Impellizzeri, mi *caporegime* de Boccadifalco, me ha contado que no has querido convertirte en un hombre de honor —dijo don Mimì en tono serio.

—Don Mimì... —empezó Rocco, dándose ánimos. En su rostro se notaba la tensión mientras observaba el alfiler de oro prendido en la solapa de la chaqueta del *capomandamento*—. Yo...

—¿Tú qué?

—Yo no quiero ser de la Cosa Nostra —dijo Rocco de un tirón—. Sin ofender.

—¿Sin ofender? —repitió don Mimì alzando la voz. Le dio una bofetada.

Rocco se puso tenso y apretó los puños.

Los dos hombres avanzaron un paso, listos para intervenir.

Don Mimì los detuvo con un gesto seco de la mano.

—Tú ya formas parte de la familia, exactamente igual que tu padre —dijo.

—A mi padre lo mataron cuando yo tenía trece años —respondió Rocco. Todavía tenía pesadillas con él algunas noches. Lo veía en el suelo de la iglesia de San Juan de los Leprosos con la mirada en blanco. Y el pecho desgarrado por un disparo que estaba destinado a don Mimì.

—Murió con honor, y me salvó la vida —dijo don Mimì—. Y desde ese día la familia se hizo cargo de ti. ¿Es o no cierto? ¿Te ha faltado algo alguna vez?

—Me he partido la espalda en sus viñedos —replicó Rocco—. Le he pagado con mi sudor.

—Has comido mi pan —insistió don Mimì al tiempo que le daba golpecitos en el pecho con un dedo—. Podría haberte dejado tirado en la calle. Pero, por respeto a tu padre, te he tenido conmigo.

—Los *capiregime* de usted me han obligado a pegar a pobres jornaleros que no querían abandonar su tierra —dijo Rocco con las venas del cuello hinchadas por la indignación—. El invierno pasado un niño murió de hambre. Usted los arruinó.

—¡Se arruinaron solos! —replicó con dureza don Mimì—. Les había hecho una oferta generosa. Iba a comprar la tierra. Pero ellos, erre que erre..., campesinos idiotas e ignorantes, recurrieron a los imbéciles de la Liga Socialista. Y ellos mataron a ese niño.

—¡No! ¡Lo maté yo! —gritó Rocco—. ¡Pesa sobre mi conciencia!

—¡No digas estupideces! —exclamó don Mimì, irritado—. Si no hubieses sido tú, cualquier otro habría estado dispuesto a hacer ese trabajito.

—Pero fui yo —repitió Rocco, sombrío—. Y por eso nunca más seré de su familia ni de ninguna otra. —Desafió con la mirada al *capomandamento* y añadió—: Yo no soy como mi padre.

—No, no eres como tu padre —dijo con enorme amargura don Mimì. Después, tras observarlo en silencio, le dio la espalda, cogió más trozos de pan y los lanzó a las gaviotas. Las observó mientras comían—. La vida es complicada, Rocco... —Suspiró sin volverse—. Mucho más complicada de lo que alcanza a comprender un joven como tú. —Se alejó un par de pasos, pensativo, y luego volvió atrás y se lo quedó mirando—. ¿Y qué te gustaría hacer?

—Ser mecánico en Palermo —respondió Rocco.

—Se te dan bien los coches, es verdad. Me lo dijo Firmino, que te ha enseñado cuanto sabía —afirmó don Mimì.

—A él también lo mataron —musitó Rocco.

—Todo el mundo muere, unos antes que otros. Y en Sicilia el plomo es una enfermedad como cualquier otra —dijo don Mimì sin alterarse, como si se tratase de una nimiedad—. Eso lo sabe un soldado. A veces matas y a veces te matan. La vida es una guerra.

—No es mi guerra.

—Un soldado hace la guerra del general. Él no decide.

—Pues yo quiero decidir. —Rocco se arrepintió enseguida de esa frase. Pero ya la había dicho.

Don Mimì señaló a Rocco al tiempo que miraba a los dos guardaespaldas.

—¿Oís las tonterías que dice? —Propinó a Rocco una bofetada.

—No vuelva a hacerlo, don Mimì —refunfuñó Rocco, nervioso; sus ojos oscuros y profundos parecían arder.

Don Mimì le dio otra bofetada.

Rocco apretó los puños, pero no reaccionó.

—¿Crees que puedes irte a Palermo y encontrar trabajo... así, como si nada? —La voz de don Mimì era increíblemente tranquila—. ¿Y yo cómo quedo? ¿Eh? ¿Me lo quieres decir? —Se acercó a Rocco y le susurró—: Como hay Dios, nadie te dará trabajo.

Rocco le sostuvo la mirada, con las mejillas enrojecidas por las bofetadas que le había dado.

—¿Cómo quedo yo si no te conviertes en un hombre de honor de mi familia? —continuó don Mimì—. Pensarán que soy débil. Y alguien terminará creyendo que se puede decir no a don Mimì Zappacosta e irse de rositas. ¿Y te parece que puedo consentirme eso? —Le puso una mano en el hombro, como un buen padre—. Me haces sufrir, Rocco. Me haces sufrir mucho, después de todo lo que he hecho por ti y por tu madre, que en paz descanse. —Le cogió la cara entre las manos—. Eres como un hijo para mí, criatura. Pero ¿qué debería hacer ahora? Cualquier otro en tu situación ya estaría muerto, ¿lo entiendes? Si sigues vivo es solo por tu padre.

Rocco, por primera vez desde que había empezado esa charla, perdió la seguridad. Sintió que el miedo lo atenazaba. Conocía los métodos de la Cosa Nostra, se había criado muy cerca de aquella gente. Y poco a poco se había ido acostumbrando a sus sistemas, como quien vive cerca de un basurero y ya no percibe en el aire la pestilencia. Nunca había matado a nadie, nunca había participado en extorsiones, nunca había prendido fuego a la tienda de un comerciante que se negaba al chantaje. Siempre se había mantenido al margen. Pero hacía un año se había convertido en un «próximo», como se decía allí. Él no lo había elegido. Era lo que se había decidido, y punto. Una noche lo emborracharon y después lo llevaron a dar una paliza a la familia de jornaleros. Fue su iniciación. El primer paso para la afiliación. Rocco lo recordaba todo confusamente. Pero dos semanas más tarde, cuando se cruzó con aquella familia pobre de Boccadifalco y ellos, al reconocerlo, se asustaron y lo saludaron con temor, Rocco se sintió sucio. Y cobarde. Y luego, durante el invierno, alguno de los soldados de don Mimì contó que el más pequeño de la familia había muerto de hambre. A partir de ese día, Rocco no fue el mismo. Y juró que no volvería a hacer daño a nadie.

—¿Qué hago contigo, Rocco? —siguió don Mimì, con esa voz serena que asustaba más que un grito—. ¿Regreso con mi limonada, me despido para siempre de ti, pido perdón al alma de tu padre y te dejo con ellos? —dijo señalando a los dos guardaespaldas, que tenían en la mano las navajas.

Rocco notó que el corazón se le aceleraba. Toda la valentía que había mostrado el día anterior con Nardu Impellizzeri parecía haberse esfumado.

—Ayúdame, Rocco —continuó don Mimì con una sonrisa amarga en el rostro severo—. No me pongas entre la espada y la pared. En ese caso, no me dejarás alternativa. No me hagas tomar esta triste decisión.

—¿Qué quiere usted de mí? —preguntó Rocco tratando de dominar la voz.

—Lo único que quiero es encontrarte un trabajo de mecánico en Palermo. —Don Mimì le dio un cachete en la mejilla—. ¿Qué tiene eso de malo? ¿Eh? Dímelo.

Rocco lo miró sintiéndose cada vez más débil. O se rendía o moría. Las reglas de la mafia eran esas.

—Entra en la familia. Haz que me sienta orgulloso... Jura —dijo don Mimì en tono cordial—. No seas un héroe muerto.

Rocco agachó la cabeza por primera vez. Derrotado. Era demasiado joven para morir.

—Así me gusta, hijo. —Don Mimì se echó a reír. Le puso una mano en el hombro y se lo apretó—. Arrodíllate.

Las piernas de Rocco se doblaron y se hundieron en la arena.

Don Mimì se quitó el alfiler de oro que llevaba prendido en la solapa de la chaqueta y cogió la mano derecha de Rocco. Le sujetó el índice y le clavó con firmeza el alfiler. Dejó que la gota de sangre creciera y acto seguido puso encima una estampa sagrada.

—Sujétala entre las manos —dijo entonces a Rocco.

Rocco no identificó al santo porque su sangre le manchaba el rostro.

Don Mimì acercó una yesca a la estampa y la prendió.

—Repite: juro que seré fiel a la Cosa Nostra.

—Juro... que seré fiel... a la Cosa Nostra... —dijo con esfuerzo Rocco al tiempo que la estampa empezaba a arder y se curvaba.

—Si traiciono...

—Si traiciono...

—... mis carnes arderán como arde esta estampa...

—... mis carnes arderán como arde esta estampa —repitió Rocco mientras el fuego le rozaba las yemas de los dedos.

—Muy bien, hijo —dijo don Mimì—. Ahora eres un hombre de honor.

Rocco abrió los dedos y una ráfaga de viento hizo revolotear la estampa quemada, como si fuera una mariposa negra.

—A partir de este momento ya no eres un cualquiera. —La voz de don Mimì se volvió de repente severa—. Obedecerás a uno de mis *capiregime* y le entregarás la décima parte de lo que ganes como mecánico. Ahora tu vida pertenece a la familia, recuérdalo.

No añadió nada más y, escoltado por los dos guardaespaldas, regresó a la villa.

Rocco permaneció inmóvil, con la cabeza gacha y mirando los granos de arena. Luego, lentamente, volvió la cabeza hacia el mar.

«Estoy vivo», pensó. Pero sin consuelo.

Porque se sentía como si estuviese muerto.

4

Alcamo, Sicilia

Rosetta se levantó angustiada de la cama.
No podía seguir retrasándolo.
Salió y se dirigió hacia la caseta de las herramientas. Cogió una pala y se encaminó al campo donde había dejado las ovejas degolladas. El olor a descomposición y a sangre impregnaba el aire tórrido. Nubes de moscas se ensañaban con los vellones teñidos de rojo. Las pupilas opacas de los pobres animales reflejaban la luz despiadada del sol como si fueran espejos.
Rosetta se anudó la falda a la cintura, dejando al aire las piernas, y se desabrochó los tres primeros botones del vestido, hasta el canalillo. Luego levantó la pala y empezó a cavar la tierra dura y seca.
Tardó casi una hora en hacer el primer hoyo. Entonces, con el sudor pegándole el pelo a la frente y escociéndole los ojos, cogió una oveja de las patas traseras y la arrastró hasta el hoyo. La tiró adentro, procurando mirarla lo menos posible. Enseguida arrastró la segunda. El cuerpo tieso del animal cayó con las patas hacia arriba. Rosetta tuvo que bajar al hoyo y darle la vuelta. Reparó en que los cuervos le habían picoteado los ojos, vaciando las órbitas y dejando gotas oscuras, como lágrimas de cera. A causa del calor, el olor era nauseabundo. Salió del hoyo y lo cubrió con tierra. Luego empezó a cavar otro a pocos metros de distancia. Lo hizo más profundo y ancho que el primero y metió tres ovejas.

Cuando hubo tapado también ese hoyo, se detuvo jadeando. El sol estaba en su cenit. Las nubes de moscas seguían zumbando a su alrededor. El vestido, empapado de sudor, se había vuelto rojo oscuro. Las manos y los hombros le dolían. Se dejó caer en el suelo, rendida.

—Las mujeres no son fuertes como nosotros —dijo una voz.

Rosetta se dio la vuelta, sorprendida.

Cinco chicos del pueblo la observaban sentados en la valla del cercado.

Rosetta se puso de pie, notando ya ese miedo a los hombres que nunca la abandonaba.

—¡Largaos! —gritó—. ¡Esta tierra es mía!

Los muchachos la miraban sin moverse, con una sonrisa burlona dibujada en la cara.

—Y si no, ¿qué nos harías? —la desafió uno de ellos.

—¡Largaos o llamo a los guardias!

—¿De qué guardias hablas? —dijo uno de los jóvenes—. ¿De mi padre?

—¿O de mi primo? —preguntó otro, pelirrojo.

Los muchachos la miraban fijamente.

—¡Qué bonitos muslos tienes! —exclamó por fin un tercero.

Solo en ese momento Rosetta se dio cuenta de que estaba medio desnuda. Se moría de vergüenza. Se liberó la falda y se abotonó deprisa el vestido.

Los jóvenes se echaron a reír.

Rosetta, furiosa, señaló con el dedo al chico pelirrojo.

—¿Ahora te sientes fuerte con ellos, eh, Saro? —le dijo resoplando—. ¿Te has olvidado de cuando babeabas y llorabas por mí? ¿Eh? ¿Se lo has contado a tus amigos?

Saro se puso muy rojo. Escupió hacia ella.

—A una puta como tú no la querría ni aunque me la sirvieran en el plato.

—Largaos —insistió Rosetta.

—¡Que te jodan! —soltó Saro, y se cruzó de brazos.

Los otros lo imitaron.

—Nos gusta mirarte —dijo otro.

Rosetta tembló de impotencia. Notó que las lágrimas trataban de brotar. Todos los del pueblo creían que no temía a nada, pero no era verdad. Temió a su padre. Y a veces, desde que había muerto, tenía miedo de estar sola en la finca, porque cualquiera podía derribar la puerta de una patada. Aun así, los del pueblo tenían razón en algo: era fuerte por dentro. Y terca como una mula. Dio la espalda a los jóvenes y empezó a hacer otro hoyo. Desahogó toda su ira en la tierra, cavando insensible al calor y al cansancio.

—Eres más dura que una piedra —se repitió en voz baja.

Cuando hubo enterrado las últimas cinco ovejas le faltaba el aliento, tenía las manos llagadas a causa de la pala y el vestido chorreando sudor. El corazón le latía con fuerza y las piernas le flaqueaban. Entonces, por primera vez, se volvió hacia la valla con una mirada desafiante.

Pero los jóvenes ya no estaban. No los había oído marcharse. Sin embargo, en vez de alivio, tuvo una sensación de peligro. Aguzó el oído. Nada. Lo único que se oía era el zumbido de las moscas y el chirriar de las cigarras, que se tostaban al sol.

«Estoy preocupado por ti», le había dicho el padre Cecè.

Rosetta decidió no lavarse en el torrente. No quería desnudarse. Fue hacia la finca, sin dejar de mirar hacia todos lados. Cerró la puerta detrás de sí con cerrojo. Y entonces, de nuevo, se sintió vulnerable.

Comió las sobras de un *pane cunzato* condimentado con cebolla, anchoas y queso, y bebió medio vaso de vino tinto. Después se dirigió hacia la ventana y miró los campos. No había nadie. Muerta de cansancio, se tumbó en la cama y tuvo un sueño inquieto. Cuando despertó dos horas más tarde, tenía la boca pastosa y le sabía a los tomates secos y a las alcaparras del *pane cunzato*. Estaba sedienta.

Descorrió el cerrojo y salió. El sol, que estaba poniéndose, llegaba ya a la cumbre del monte Bonifato y daba descanso a la naturaleza. Fue al pozo, subió el cubo y bebió un largo trago de agua fresca con el cucharón de madera. Luego introdujo las manos y se enjuagó la cara. Se mojó la nuca con los ojos cerrados. Enseguida se sintió mejor. Y mientras se desabotonaba el vestido para refrescarse el pecho, pensó que no se daría por vencida. Porque la suya era una batalla justa. Y, tras pensar eso, se sintió más confiada.

Pero en ese instante alguien, desde atrás, le cubrió la cabeza con una capucha. Y unas manos le sujetaron los brazos, inmovilizándola.

Rosetta gritó. Mientras trataba de soltarse, oyó que el cubo caía al pozo.

—Grita, puta, grita. Total, no va a oírte ni un perro —le susurró una voz, distorsionada para no ser reconocida.

Rosetta sintió pánico. Cada vez que respiraba, la tela de la capucha se le metía en la boca y en la nariz.

—¿Quiénes sois? —gritó.

—No somos nadie —dijo la voz.

Y la tiraron al suelo. Una mano le agarró el vestido por donde había empezado a desabotonárselo y lo desgarró, dejándole al aire los pechos. Rosetta gritó de nuevo y trató de defenderse. Estiró una mano, en un intento de rechazar al agresor. Notó bajo los dedos el cuello del hombre y le clavó con ferocidad las uñas. El hombre gimió y le atizó un puñetazo. Entonces, otras manos le inmovilizaron los brazos, abiertos como un Cristo en la cruz. Uno le subió la falda.

—¡No! —chilló Rosetta. Trató de dar patadas.

Un cuerpo pesado se le echó encima y le separó las piernas.

Rosetta oyó que uno escupía. Luego, una mano empapada de saliva le humedeció la entrepierna.

—¡No! —gritó otra vez, desesperada, porque ya sabía qué sucedería a continuación—. ¡No!

Un instante después, sintió una arremetida feroz en el vientre. Y a continuación, un desgarro y una punzada dolorosa. Y un calor que la dejó sin aliento y le llenó los ojos de lágrimas.

El cuerpo que tenía encima empezó a moverse frenéticamente.

Rosetta tenía los ojos muy abiertos en la oscuridad, debajo de la capucha. También tenía la boca muy abierta. Y solo oía el jadeo brutal del hombre que la aplastaba y la poseía.

Entonces aquel cuerpo se contrajo con una última embestida.

Rosetta oía una especie de gruñido, y notó que un líquido pegajoso y tibio la invadía.

El cuerpo se apartó.

—La puta era virgen —dijo riéndose una voz.

Rosetta pensó que habían acabado, pero otro se le echó encima y empezó a hacerle lo mismo que el anterior.

—No duele... No duele... —empezó a murmurar Rosetta.

—¡Que no duele! —se burló uno—. ¿Así que te gusta, puta?

Este también gruñó poco después, se tensó y la llenó de líquido pegajoso.

Luego fue el turno del tercero.

Por último, la primera voz que le había hablado dijo:

—Como te quites la capucha, te rajo.

Rosetta permaneció inmóvil mientras oía sus pasos alejándose deprisa. Y se quedó así, petrificada, incapaz de moverse, de pensar, de prestar atención al terrible dolor que le habían causado. Incapaz de calibrar la humillación, permaneció inmóvil hasta que comenzó a temblar, presa de violentos escalofríos. El frío procedía de dentro, donde la habían violado.

Entonces, con manos temblorosas, se quitó la capucha. La luz del ocaso, cuando consiguió ponerse de pie, hizo que la sangre que le chorreaba por los muslos pareciese todavía más roja.

Rosetta miraba atónita y con la boca abierta, muda. Volvió la vista hacia la casa. Luego hacia el campo donde había enterrado las ovejas. Y después miró más allá, donde la tierra estaba negra debido al incendio de hacía dos meses, con los perfiles retorcidos de los olivos carbonizados.

Abrió más la boca, como si quisiese pedir socorro, pero no fue capaz de decir nada. No notaba su respiración. No notaba los latidos de su corazón. Estaba como muerta. No oía las cigarras.

Solo oyó, a lo lejos, las campanas de la iglesia de San Francisco de Asís.

Echó a andar como un autómata por el sendero de piedra, casi sin darse cuenta de lo que hacía. Con pasos lentos e inseguros. Como si estuviese soñando. Como si ya no fuese ella.

Cuando cruzó Alcamo no se percató de que la gente del pueblo la miraba. Tampoco de que la seguían. Solo quería ir al lugar donde había sonado aquella campana, lo único que había oído.

Llegó a la iglesia de San Francisco de Asís, subió los dos escalones y abrió la puerta.

—*Gloria Patri et Filio et Spiritui Sancto* —decía el padre Cecè, dirigiendo el rosario vespertino.

Rosetta dio un paso hacia el interior de la iglesia.

—*Sicut erat in principio et nunc et semper et in sæcula sæculorum* —respondieron a coro las mujeres.

Rosetta, tambaleándose, se apoyó en un banco, que crujió.

Las mujeres y el padre Cecè volvieron la cabeza. Enmudecieron.

Rosetta tenía una expresión espantosa dibujada en el rostro. El vestido desgarrado dejaba entrever un pecho. Debajo de la falda rota se veía la sangre que le manchaba los muslos. En sus ojos había una aflicción que alumbraba tristemente la penumbra de la iglesia.

Detrás de ella, como en un cortejo fúnebre, estaba la gente del pueblo que la había seguido.

Entonces Rosetta, desgreñada y llorosa como una Magdalena, abrió un poco los brazos, con las palmas de las manos hacia arriba, como entregándose a la comunidad, y en medio del silencio general, con voz ronca, dijo:

—Habéis ganado.

—Amén —murmuró una mujer, que enseguida se persignó.

5

Sorochincy, jurisdicción de Poltava, Imperio ruso

Enterraron al padre de Raechel en el cementerio del *shtetl*.

El viejo rabino, con la barbilla envuelta en vendas cada vez más teñidas de rojo, con la cabeza gacha por la vergüenza de aquella mutilación, empezó a cantar el *kaddish* con una voz tan débil que había que aguzar el oído para entender lo que decía.

Raechel tenía los ojos hinchados de tanto llorar, y cuando su voz se sobrepuso a la débil del rabino, sonó tan pura, tan alta y rebosante de dolor que nadie, pese a que una mujer no podía dirigir la plegaria por los muertos, se atrevió a interrumpirla ni a regañarla.

Cuando terminaron de cantar el *kaddish*, el rabino, en el conmovedor silencio general, concluyó:

—*Shemá Israel, Adonai Elohéinu, Adonai Ejád.*

Escucha, Israel, el Señor es nuestro Dios, el Señor es Uno.

Entonces Raechel se arrodilló al lado de la fosa y con delicadeza colocó sobre la tierra removida, como prescribe el ritual, una piedra, *even*, que en su antigua lengua contenía las dos raíces de las palabras «padre» e «hijo», unidas. Y ahí, poco a poco, le pareció que toda su fuerza iba abandonándola, junto con su padre. Cuando introdujo las manos en la tierra de la fosa se sintió invadida por el mismo hielo que envolvía el cuerpo de su padre. Su futuro, de repente, se le antojó una montaña insuperable. Y en esa incertidumbre, en ese aturdimiento, ya no era sino una chiquilla de trece años, incapaz de afrontar la vida.

No había pasado ni una hora cuando cuatro carruajes cubiertos, cada uno de ellos tirado por cuatro caballos, llegaron al *shtetl*. Del primero se apearon tres hombres con largos caftanes negros de gruesa lana y el cuello de piel. Se dirigieron con paso firme hacia el rabino.

—*Shalom Alejem* —saludaron respetuosamente.

—*Alejem Shalom* —respondió el rabino, con la cabeza gacha.

Raechel miró a los hombres y los carruajes con temor. Lo que más había deseado hasta el día anterior y que imaginó como una oportunidad fabulosa le daba ahora un miedo que no podía dominar. «Vete, hija mía», le había dicho su padre cuando se estaba muriendo. Pero Raechel creía que no se atrevería a hacerlo. Ya no tenía fuerzas para irse ni tenía fuerzas para quedarse. Lo único que deseaba en ese momento era desaparecer y dejar de sentir ese dolor desgarrador y ese vacío interior irremplazable. Notó que la respiración le constreñía el pecho mientras trataba de pensar y de decidirse.

Los tres hombres se habían apeado de uno de los carruajes y miraban de un lado a otro. Repararon enseguida en las huellas y las heridas de la incursión del día anterior en los rostros y los cuerpos de toda la comunidad que se había congregado a su alrededor y negaron con la cabeza. Luego el más alto de los tres, un hombre gordo y con las mejillas coloradas, hizo un gesto. Inmediatamente aparecieron los otros dos hombres, también envueltos en largos caftanes, y depositaron un barril de cuatro pies de alto delante del rabino.

—Es carne cortada conforme nuestro ritual y salada —dijo el hombre gordo.

—*Baruj Shem Kevod Maljutó Leolam Vaed* —dijo el rabino, y de la comunidad se elevó un murmullo agradecido.

—Sí, santo hombre. Bendito sea su nombre por siempre jamás —dijo el hombre gordo—. Me llamo Amos Fein. ¿Habéis leído el mensaje que os enviamos?

—Sí, lo hemos leído —respondió el rabino.

—Bien —dijo Amos—. ¿Y qué habéis decidido?

—¿Cuidaréis de nuestras hijas?

Amos se volvió de nuevo hacia los dos hombres que habían llevado el barril de carne salada y les hizo otra señal.

Al momento estos abrieron las portezuelas traseras de los carruajes e hicieron bajar a una veintena de chicas risueñas y alegres.

—Míralas, ahora son nuestras hijas —dijo en tono sereno Amos—. La Sociedad Israelita de Socorros Mutuos Varsovia quiere brindarles la posibilidad de no morir a causa de las privaciones y las persecuciones. Pero si no me crees a mí, créelas a ellas.

El rabino observó detenidamente a las chicas que habían bajado del carruaje. Y, después de constatar las muestras de aprobación de los correspondientes padres, dijo:

—Cuatro de nuestras amadas hijas irán con vosotros.

—Cinco —dijo Raechel con voz temblorosa, y dio un paso al frente.

Amos la miró. Su rostro reflejaba decepción. Era una chiquilla nada femenina, más bien feúcha, de pómulos prominentes, nariz puntiaguda, labios finos y pelo absurdamente enmarañado. Y el cuerpo flaco, casi fibroso, totalmente liso, hacía que pareciera un chico.

—No, rabino —intervino la madrastra de Raechel. Luego, dirigiéndose a ella, en tono acre y seco, añadió—: Tu padre no quería que te marcharas. Honra su memoria respetando su última voluntad.

—Mi padre, cuando se estaba muriendo, me dijo que me marchara —protestó Raechel—. Esas fueron sus últimas palabras.

—Mentirosa —masculló llena de desprecio la madrastra.

Raechel la miró sin energía. Hasta el día anterior se habría opuesto tenazmente. Pero ahora no tenía fuerzas.

—Bueno, permíteme, rabino... —se interpuso Amos, que todavía tenía dibujada en el rostro la decepción por el aspecto de Raechel—. No quiero crear tensiones. Si tiene que quedarse..., que se quede.

—Dadnos un momento para aclarar el asunto —dijo el rabino—. Seguidme —ordenó en tono autoritario a Raechel y a su madrastra, y se dirigió hacia el *shul*. Se detuvo delante de la puerta y las miró con severidad—. ¿Qué pasa aquí? —preguntó por fin a Raechel.

—Lo que he dicho —respondió la joven mientras el corazón le latía desbocado, como si estuviese al borde de un precipicio.

—No es verdad —protestó enseguida la madrastra—. Mi amado marido no quería que se fuese, rabino. Le dijo que era demasiado joven, que no estaba capacitada para cuidarse sola.

Raechel pensó que su padre tenía razón. Su vanidad le había impedido comprender lo frágil que era sin él.

—¿Es así? —preguntó el rabino a Raechel.

Raechel, asustada de lo que estaba diciendo, respondió con un hilo de voz:

—Sí, pero después, cuando se moría..., me pidió que me marchara. —El recuerdo hizo que se le quebrara la voz por el dolor y que los ojos se le empañaran de lágrimas—. Estábamos a un paso de usted...

—Pero yo no lo oí —dijo el rabino.

—Susurró... —trató de matizar Raechel.

—¿Tú lo oíste? —preguntó el rabino a la madrastra.

—No —respondió ella.

Raechel miró a su madrastra con desprecio.

—¿Cómo podías oírlo si te habías ido? Dejaste que muriera solo.

La madrastra se sonrojó y no dijo nada, aunque temblaba de ira.

El rabino miró a las dos mujeres ceñudo.

—Es la palabra de una contra la de la otra. Decidiré conforme a la Ley. —Levantó la mano por un reflejo automático, como para alisarse la larga barba. El gesto se quebró en el aire. Suspiró—. Siempre desaprobé la manera en que tu padre te criaba. Y siempre se lo dije —explicó—. Pero él me respondía que tenías una inteligencia superior a la de los demás y que reprimirla era un pecado contra el Eterno.

A Raechel la emocionó pensar en lo mucho que su padre la había querido y defendido. Solamente ahora se daba cuenta de todas las libertades que le había dado y que a ella siempre le parecieron pocas, mientras que a él debían de haberle costado enfrentamientos diarios en la aldea. Ella no era nada sin él. Porque él era su fuerza.

—Y fíjate lo que ha producido su educación —continuó en tono severo el rabino—. ¡Soberbia! —exclamó.

El rostro de la madrastra mostró una sonrisa satisfecha.

—No eres mayor de edad —pronunció su sentencia el rabino—. Y yo determino que la esposa de tu padre se convierta en tu madre.

—No... —se rebeló débilmente Raechel—. Ella solo quiere...

—Y si ella considera que por tu bien es mejor que te quedes, así será —continuó el rabino, imperturbable—. Y tú serás su bastón. Amén.

—No... —repitió Raechel—. A ella no le importo. ¡Lo único que quiere es una esclava!

—Mujer —dijo entonces el rabino dirigiéndose a la madrastra, sin prestar atención a las palabras de Raechel—, llévate a tu hija. Enciérrala en casa si hace falta. —Miró a Raechel—. Nunca habría pensado que tu padre fuese a morir —declaró en tono grave—. Pero como ha muerto, sacaremos algo bueno de esa desgracia y te llevaremos por el camino recto por el que él no supo conducirte.

—¿Cómo puede hablar así de mi padre? —dijo Raechel, indignada y herida, levantando la cabeza con orgullo—. Era mejor que todos vosotros juntos. ¡Hipócritas!

—El mismísimo demonio habla por tu boca —clamó el rabino—. ¡Llévatela de aquí, mujer!

La madrastra agarró con fuerza a Raechel de un brazo y tiró de ella.

Y Raechel no se resistió.

—¿Cómo puede hablar así de mi padre...? —simplemente repitió.

Luego, una vez que la madrastra la metió en la casa y cerró la puerta con la tranca de madera, Raechel oyó a las chicas gritar alegres y a sus padres bendiciéndolas. Oyó puertas abriéndose y cerrándose, látigos restallando, caballos relinchando y ruedas partiendo la capa de hielo que se extendía como si fuese alcorza por las calles del *shtetl*. Se acercó hasta la única ventana de la casa y vio los carruajes negros avanzando lentos, al paso.

—Prepárame la comida —gruñó detrás de ella su madrastra.

Raechel se volvió.

La odiosa mujer exhibía en su rostro una malévola sonrisa de triunfo.

—A partir de ahora todo será diferente. Resígnate.

Raechel se volvió otra vez hacia la ventana, vio los carruajes ya lejos y notó todo el peso de su vida futura. Se sintió perdida. Un nuevo pánico le atenazó la garganta. No tendría ya nada, ni siquiera lo poco que había tenido antes. Pero no sintió rabia. Solo una leve desesperación que se teñía de negro, como si estuviese sumergiéndose en una impenetrable oscuridad sin retorno. Lo que la esperaba era una cárcel de por vida. Una pequeña muerte.

—Muévete —dijo su madrastra.

Raechel, como un autómata, encorvada, fue hasta el fogón. «Estoy traicionándolo, padre», pensó. Y luego, abrumada por el peso de su propia debilidad, mientras una lágrima le caía en la olla de la sopa, se dijo: «Y estoy traicionándome a mí misma».

Un instante después llamaron a la puerta.

—Entrégame todos los libros —ordenó el rabino a la madrastra cuando esta abrió—. Los guardaré en el templo. En esta casa ya no habrá mujeres que lean.

—Es todo lo que me queda de mi padre... Se lo ruego, no... —dijo Raechel con los ojos enrojecidos.

Ni la madrastra ni el rabino se dignaron responderle. La madrastra reunió los libros en dos pilas altas.

Raechel miraba sin encontrar fuerzas para oponerse.

—Ayúdame a llevarlos —dijo el rabino a la madrastra—. No puedo solo.

La madrastra se volvió hacia Raechel.

—Pero ¿y ella...?

—¿Adónde se va a ir? —la interrumpió el rabino—. Cierra la puerta por fuera.

Ambos salieron, después de coger los libros.

Raechel oyó que cerraban la puerta. Y de nuevo, todavía con

más claridad, la agobió la carga de su futura cárcel. «¿Adónde se va a ir?», había dicho el rabino, casi con desprecio. Porque sabía que la había derrotado. Que la había aplastado. Se acercó hasta la ventana. Los carruajes ya no se veían. Pero ella sabía dónde estaban. Estaban recorriendo el camino que bordeaba la colina que dominaba la aldea, haciendo un trayecto en semicírculo. Era una ruta más larga que la línea recta ideal hacia el oeste, pero de esa manera los carruajes, tirados por animales por lo general débiles o viejos, no tenían que afrontar la subida. Raechel recordó cuántas veces, cuando era más pequeña y quería dar alcance a su padre en los campos, había atajado por la colina. Sus veloces piernas le permitían encontrar a su padre incluso antes de bordear todo el semicírculo del camino. Y era lo bastante flaca para salir por el ventanuco, que apenas era un tragaluz.

La idea se le ocurrió de repente. Sintió que la sangre le circulaba otra vez por las venas, sacándola de la bruma en la que se había sumido. Su padre, a despecho del sumiso estilo de vida de la comunidad, le había enseñado que cada ser humano era fruto de sus propias opciones y que todos tenían el deber de decidir su destino. Miró la ventana, con el corazón diciéndole que escapara. Al final fue hasta su camastro y cogió el único libro que se había librado de la ira de la madrastra. Era un libro especial, con tapas desgastadas, que la noche anterior se había llevado a la cama para sentir a su padre todavía más cerca. Lo estrechó contra su pecho. Regresó al ventanuco y lo miró espantada. Lo que se disponía a hacer era una locura. Pero no tenía alternativa. Si se quedaba, estaba muerta.

Abrió el ventanuco. Lanzó el libro a la calle, envuelto en un paño de la cocina. Luego cogió un escabel y se subió en él. Introdujo la cabeza por el hueco del ventanuco, pero se dio cuenta de que así los hombros no le pasarían. Retrocedió, y metió primero los brazos extendidos; después la cabeza y los hombros, que pasaron con dificultad. Vació de aire los pulmones y se impulsó, tratando de agarrarse a la cortina de troncos de abetos que había fuera de la casa. Pero a la altura de la cadera fue consciente de que no tenía suficiente fuerza. Presa del pánico, con medio cuerpo fuera y el otro medio dentro, vio pasar al granujiento Elías.

El chiquillo, que reparó en ella enseguida, puso cara de sorpresa y temor. Miró luego hacia el centro de la aldea.

—Como me delates, te mato —lo amenazó instintivamente Raechel.

Elías dio un paso hacia la calle principal.

—Elías, por favor —le suplicó Raechel, con lágrimas en los ojos.

El chiquillo se detuvo.

—Por favor…, no me delates… —repitió Raechel—. Ayúdame…

Elías se acercó despacio.

—¿Qué quieres hacer? —preguntó, ya a un paso de los brazos de Raechel—. ¿Quieres irte, también tú?

—Ayúdame…

—Os marcháis todos —dijo Elías en tono triste.

—Ayúdame…

—Si tú también te vas, me quedaré solo…

—Por favor…

Elías, tras un instante de vacilación, la agarró de los brazos y empezó a tirar de ella, jadeando y resbalándose.

Raechel notó que se arañaba la cadera, pero al final logró pasar y cayó sobre el barro. Se levantó y cogió el libro de oraciones de su padre.

—Gracias, eres un amigo —dijo a Elías.

El niño esbozó una tímida sonrisa.

—¿En serio?

—Sí, me has salvado la vida —añadió Raechel, y lo besó en la boca, antes de salir corriendo.

Elías se llevó los dedos a los labios, como para tocar el primer beso de su vida.

Pero Raechel no lo vio. No se volvió porque no tenía tiempo que perder. Echó a correr hacia la colina y la trepó lo más rápido que pudo. Una vez que llegó a la cumbre, se detuvo sin aliento.

Miró el cementerio. La tumba de su padre, desde aquella distancia, era como un simple montón de tierra removida, una insignificante mancha oscura en la extensión blanca de las primeras nieves, del todo normal en aquellos parajes donde el mes de septiembre ya era invierno. Se volvió hacia el otro lado. Los carruajes estaban lejos. Había esperado demasiado. Se lanzó en su persecución, corriendo cuesta abajo a toda carrera. Cuando llegó al camino, los carruajes ya no se veían.

«Nunca lo conseguiré», pensó, y fue aminorando poco a poco el paso, hasta que se detuvo, desconsolada. «Nunca lo conseguiré», repitió. Se arrodilló, a punto de echarse a llorar.

Pero luego, en el silencio de aquella tierra gélida y yerma, algo que le brotaba del corazón habló.

—Claro que puedes conseguirlo, hija mía adorada —dijo de repente, dando voz a su padre.

—No me ha dejado —susurró, emocionada.

—Nunca te dejaré, hija mía —continuó, imaginando que su padre estaba a su lado.

Entonces, cegada por las lágrimas y sin dejar de sollozar, se puso de pie.

—Deja de llorar —le dijo su padre.

Pero Raechel no le hizo caso. No sabía cuántas lágrimas había derramado. Era un pozo sin fondo.

—¡Deja de llorar! —le ordenó su padre, casi gritando—. ¡No quiero que sigas llorando!

Y luego, cuando el eco de esas palabras se perdió en el mundo helado que la rodeaba, Raechel oyó que su padre le decía:

—Vive tu vida. Vívela plenamente.

Raechel se enjugó las lágrimas, asintiendo. Y echó a correr. Y cada vez que creía que no podía seguir se decía, con la voz de su padre:

—¡Corre, hija mía, corre! Lo conseguirás.

A pesar de todo, cuanto más se alejaba, más se angustiaba. Cuanto más se alejaba, menos posibilidades tenía de volver atrás, se decía. Y esa idea por momentos le daba más fuerza para acelerar el paso y, al revés, por momentos hacía que le pesaran las piernas, lo que la obligaba a ir más despacio. Pero entre aumentos de ritmo y paradas, se resistió a la tentación de desandar el camino y siguió por el que la arrancaba definitivamente de su vida pasada. Siguió avanzando durante horas, con miedo a todo. A lo que había dejado atrás, a lo que buscaba, a lo que tal vez no encontraría.

Un par de veces oyó que se aproximaba un carro de campesinos.

—Escóndete —le dijo su padre.

Y Raechel enseguida se metió en una acequia, pegada a la tierra gélida y mojada.

Cuando vio que el sol estaba poniéndose, dijo:

—Tengo miedo, padre.

—Yo estoy aquí para protegerte —le respondió él—. No te rindas.

—Anochecerá…

—Aclararé tu camino.

—Los lobos saldrán a cazar…

—Haré que seas invisible para tus enemigos.

—No me deje, padre…

—Nunca te dejaré, hija mía adorada.

Y así, mientras la oscuridad avanzaba amenazadora, Raechel siguió su camino, temblando al menor ruido o murmullo.

—Dígamelo de nuevo —susurraba cada vez que la vencía el miedo.

Y su padre, con una voz cálida y tranquilizadora, le repetía:

—Nunca te dejaré, hija mía adorada.

Hasta que a Raechel, más que el desánimo, la venció el cansancio. Estaba helada y hambrienta. Ya no tenía fuerza en las piernas. No sentía los pies. No era capaz de doblar los dedos de las manos. Las orejas y la nariz parecían de cristal. Se le nublaba la vista. Alrededor de ella, los perfiles de los árboles se mecían amenazadores, iluminados por una luna anémica, mientras sus pasos se detenían en el borde apenas visible del camino.

—Lo siento, padre —dijo cayendo al suelo.

—Levántate —le ordenó su padre.

—Solo un segundo… —respondió Raechel con un hilo de voz—. Solo un segundo… —repitió, y entornó los ojos, abandonándose a un sueño que era la antesala de la muerte.

—Hija —la llamó su padre con una voz lejana—. Hija...

Pero Raechel ya no lo oía.

Ni sentía frío ni cansancio. Como tampoco tenía deseos ni miedo.

Notó que una paz reconfortante la envolvía en una espiral. Luego, todos sus pensamientos se desvanecieron.

6

Boccadifalco, Palermo, Sicilia

Durante dos días Rocco trabajó como una mula en el viñedo de don Mimì. Mientras cavaba no se desprendía de él, como si la llevara pegada, la sensación de muerte interior que había tenido en la playa de Mondello. Tenía la mente vacía. Era como si se le hubiese adormecido y se negara a formular pensamientos. Era como si su corazón hubiese dejado de latir para no oír el sonido de la derrota. De la rendición. Había tenido la presunción de que sería capaz de no hundirse en aquel mar de fango. Y en cambio, lenta pero inexorablemente, lo había devorado un destino escrito por la depravada vida de su padre que ahora le negaba la posibilidad de escribirlo por su cuenta. Estaba condenado. No era una persona libre, era la sombra de su padre. El fantasma de sí mismo. Había perdido, y le faltaban fuerzas para rebelarse.

Pasó esos dos días como en una nebulosa, fueron una sucesión de horas sin sentido, sin intensidad, sin emociones.

Hasta que al tercer día Nardu Impellizzeri, el *caporegime* de don Mimì, llamó a la puerta del caserío.

—¿Has agachado la cresta, gallito? —le dijo con una sonrisa burlona.

Rocco asintió con desgana.

—Don Mimì me manda decirte que te presentes en los talleres Balistreri en su nombre —explicó Nardu—. Sasà Balistreri es un amigo. Te cogerá como aprendiz.

—¿Aprendiz?

—¿Coño, qué querías, ser mecánico jefe? —se mofó Nardu.

—¿Y dónde están esos talleres?

—En la Cala, en el distrito de Castellammare.

—¿Y cuándo debo ir?

—Ya mismo. ¿Qué quieres, que vengan a buscarte en un carruaje?

Rocco bajó la cabeza, asintió y se alejó.

Cruzó *Vuccheifaiccu*, como llamaban los vecinos a Boccadifalco, un extrarradio surgido al borde de lo que quedaba de la Reserva Real borbónica. Pasó delante de las antiguas carnicerías, de las tabernas y de las humildes viviendas de los empleados de la reserva. Luego, una vez que llegó al centro de la ciudad, se adentró en el Borgo Vecchio y salió al Càssaro, la calle más antigua de Palermo, que todo el mundo se negaba a llamar *corso* Vittorio Emanuele. Siguió por los palacios monumentales hasta que percibió el olor acre del pescado. Dobló a la izquierda por un callejón y salió a la Vucciria, el mercado histórico. Anduvo entre los puestos sin hacer caso a las *abbanniàte*, los gritos de los vendedores. Y, al cabo de pocos minutos, la ciudad terminó frente al mar. Estaba en la Cala, el primer puerto de Palermo.

—¿Dónde están los talleres Balistreri? —preguntó a un viejo pescador que remendaba una red.

El viejo estiró una mano hacia su derecha, sin decir nada.

Rocco le dio las gracias y se alejó, de camino hacia lo que, a simple vista, le había parecido un tinglado de barcas, con tres grandes arcos que daban directamente a las aguas turbias del puerto.

—Busco a Sasà Balistreri —dijo a un hombre corpulento que estaba fuera sentado en un cajón, fumando un puro y mirando las barcas que se mecían con suavidad.

—¿Y quién lo busca? —dijo el hombre sin volverse.

—Me manda presentarme don Mimì Zappacosta —respondió Rocco.

El hombre lo miró.

—Así que tú eres el hijo de Carmine Bonfiglio... —Lo observó de arriba abajo y luego añadió—: No te pareces a él.

—No. He salido a mi madre.

—Lo que importa es la sangre —dijo el hombre. Agarró la mano de Rocco y le miró la yema del dedo índice—. ¿Te ha picado un mosquito?

Rocco no respondió.

El hombre se echó a reír.

—Tienes delante a Sasà Balistreri, chico —anunció entonces, y se dio un manotazo en la prominente barriga.

—¿Qué debo hacer? —preguntó Rocco.

—Coño, eres de pocas palabras, ¿eh?

Rocco lo miró en silencio.

—Mejor hablar poco que mucho. —Balistreri se incorporó con esfuerzo—. Se lo digo siempre a mi mujer, pero ella, además de ser lengüilarga, es dura de oído.

Se rio solo, débilmente, de esa broma manida que ya habría dicho a saber cuántas veces. Entró en el taller y se dirigió hacia una caseta de madera y cristal. Se sentó detrás de una mesa repleta de herramientas de mecánico.

—Cierra la puerta —ordenó a Rocco. Luego lo señaló con un dedo manchado de grasa—. No te necesitaba —empezó a explicar—, pero si don Mimì llama, yo digo: «Aquí estoy». Siempre y en cualquier momento.

«Todos dicen lo mismo», pensó Rocco. Parecían un disco rayado. Cambiaban las caras, pero no las palabras. Y quizá un día él también las pronunciaría.

—Don Mimì asegura que se te dan bien los motores —continuó Balistreri.

—Entonces póngame a trabajar de mecánico, no de aprendiz —dijo Rocco.

—Sí, trabajarás de mecánico. —Balistreri sonrió ambiguamente—. Pero de noche.

—No lo entiendo.

—Pues te lo explico —dijo Balistreri con un matiz de complacencia en la voz—. ¿Cuántos automóviles y camiones crees que hay en Palermo? ¿Cien? Puede que doscientos. —Se inclinó hacia Rocco—. ¿Y cómo crees que sobrevive un hombre honrado como yo? —Lo miró sonriendo—. ¿Me comprendes?

—No —dijo Rocco.

—¡Los motores tienen que averiarse, chico! Piensa. —Balistreri se golpeteó la sien con un dedo—. De noche tú averías estos benditos motores… y así nosotros los reparamos.

—Yo quiero reparar los motores, no averiarlos —protestó Rocco.

Balistreri se inclinó hacia él de nuevo, amenazador.

—Tú harás lo que yo te diga. Porque yo soy el *caporegime* de Castellammare. —Lo miró en silencio, con el dedo sucio oscilando en el aire—. Don Mimì me ha asegurado que te ha enseñado bien —continuó con voz amenazadora—. Y no me gustaría tener que ir donde un *capomandamento* como él para quejarme. ¿Está claro?

Rocco bajó la mirada sin hablar.

—¿Esta claro? —repitió Balistreri en voz alta.

Rocco asintió.

—Muy bien. —Balistreri se apoyó en el respaldo de la silla—. A tu edad, tu padre ya había hecho grandes cosas —dijo meneando la cabeza—. A lo mejor no solo has heredado el pelo de tu madre.

Rocco no reaccionó.

—Empiezas esta noche —continuó Balistreri—. Saldrás con Minicuzzu, que te enseñará el oficio y te cubrirá las espaldas. —Prendió el puro, que se le había apagado, y acto seguido, ya sin mirar a Rocco, le dijo—: Ahora tráeme un café cargado.

Rocco salió de la garita y miró a su alrededor. Había cuatro hombres en el taller. Tres estaban manchados de grasa y trabajaban en el motor de un pesquero que había en un árgano. El cuarto tenía la ropa y las manos limpias. Era menudo y ágil. Llevaba el pelo engominado.

—Hola —dijo a Rocco.

—Hola —respondió Rocco—. ¿Dónde puedo encontrar café para el señor Balistreri?

—En la cafetería —contestó el hombre.

Los tres mecánicos se rieron.

—¿Y dónde está la cafetería? —preguntó Rocco.

—Donde tiene que estar —respondió el hombre.

—Gracias —masculló Rocco, que se dio la vuelta y se dirigió hacia la salida del taller.

Los tres mecánicos se echaron a reír de nuevo.

—Minicuzzu —dijo uno de ellos—, ¡tendrías que ser actor cómico!

—¡Chico! —llamó Minicuzzu.

Rocco se detuvo.

—¿No aguantas una broma? —Minicuzzu sonrió.

Rocco lo miró, sin corresponder a su sonrisa.

—¿Sabéis de quién es hijo el chico? —dijo Minicuzzu a los mecánicos—. De Carmine Bonfiglio.

—¿De ese Carmine Bonfiglio? —dijo uno de los hombres, con los ojos como platos.

—Del mismísimo —afirmó Minicuzzu.

Los tres mecánicos se acercaron a Rocco. Se limpiaron las manos en los monos y se las tendieron, saludándolo con respeto.

—Es un honor —dijeron—. Tu padre era un gran hombre.

—La cafetería de los Aranci está a la derecha, a veinte pasos de aquí —explicó entonces Minicuzzu—. Ya puestos, tráeme también a mí un café. Pero date prisa, porque el café me gusta caliente.

Durante todo el día Rocco no hizo nada más que ir una y otra vez a la cafetería de los Aranci. Siempre que se acercaba al motor del pesquero lo apartaban. Lo único que le permitieron hacer fue ordenar las herramientas y limpiarles la grasa con hojas de periódicos viejos y con un disolvente todavía más sucio que las herramientas.

Sobre las cinco de la tarde, mientras los otros se disponían a cerrar el taller, Minicuzzu lo llevó aparte y le dijo:

—Vete a descansar; esta noche tienes que estar bien despierto. Pasaré a recogerte a las once. El trabajito está cerca de tu casa.

Rocco no durmió ni comió. Permaneció todo el tiempo mirando el vacío, en estado de vencida suspensión. Solo como siempre. Solo por dentro. Una soledad tan exasperante que ninguna de las muchas chicas con las que había estado jamás logró aliviar. Una soledad que nunca le había permitido unir su destino al de una mujer. Porque su destino no le pertenecía.

A las once en punto oyó que un carruaje se detenía delante del caserío. Vio a Minicuzzu con un chiquillo que no debía de tener ni doce años.

—Vamos a pie —dijo Minicuzzu, y se puso en camino.

Rocco reparó en que se había cambiado de ropa. Llevaba un jersey y pantalones negros.

El chiquillo llevaba unos pantalones cortos que le dejaban al aire las piernas flacas y arañadas. Iba descalzo. Sacó una bolsa de cuero de la parte trasera del carruaje y se la puso en bandolera, tambaleándose bajo el peso.

—Dámela a mí —le dijo Rocco.

—No —se negó con orgullo el chiquillo, y se apartó.

—La bolsa la lleva Totò —intervino Minicuzzu—. Porque si no puede no sirve para nada, y entonces se quedaría en casa. ¿Es verdad o no, Totò?

—Sí que puedo —dijo Totò con voz tensa por el esfuerzo.

—¿Por qué viene también un niño? —preguntó Rocco.

—Porque lo estoy criando —respondió Minicuzzu.

—¿Es tu hijo?

—Quizá. ¿Cómo quieres que lo sepa? —Minicuzzu se carcajeó—. Dile qué trabajo hace tu madre, Totò.

—Es puta —respondió Totò, y se sonrojó.

Minicuzzu volvió a reírse.

—Pero él va a ser un chico excelente, ¿verdad, Totò?

—Vosotros decidme a quién hay que partirle el cuello, que yo se lo parto —respondió Totò en un tono patético.

«Todavía no ha cambiado la voz», pensó Rocco. Era poco más que un niño. Repetía como un loro frases de malote. No sabía ni lo que decía. Pero de tanto repetirlas acabaría creyéndolas. Tarde o temprano, Minicuzzu le daría una navaja o una escopeta. Y Totò se convertiría en un animal, como todos los hombres de honor. Le harían lo mismo que le habían hecho a él. Lo someterían, por las buenas o por las malas.

—Callaos, que hemos llegado —susurró Minicuzzu.

—Esta es la finca de Vicenzu Calò —dijo Rocco.

—Chitón.

—Pero si es la finca de Vicenzu Calò —repitió Rocco.

Minicuzzu se volvió y enseñó el puño a Rocco.

—No, este es un sitio en el que hay un camión que hay que reparar. Me importa un bledo de quién es.

—El Fiat 15 de Vicenzu no está averiado. Yo se lo reparé —dijo Rocco.

Minicuzzu abrió la navaja y rozó con la punta el costado de Rocco.

—Y se ve que lo reparaste mal. Necesita un taller especializado —le gruñó en la cara—. Ahora camina, o como hay Dios que la palmas aquí mismo —añadió apretando más la navaja contra Rocco.

Rocco bajó una vez más la cabeza y siguió andando.

Cuando llegaron al camión, Minicuzzu le susurró:

—¿Qué necesitas? —Hizo una señal al chiquillo—. Totò, tráenos la bolsa.

—Minicuzzu, te lo ruego... Vicenzu tiene que mantener dos familias —dijo Rocco—. Ha invertido todos sus ahorros en comprar en una subasta este camión militar. Es de 1909 y estaba hecho polvo. Lo arreglé con cariño y le reparé el motor...

—¿Y...?

—No lo hundas.

—¿Quieres ver qué mierda me importa? —Minicuzzu empujó a Rocco y luego clavó la hoja de la navaja en un neumático trasero. La rueda se desinfló con un chiflido—. Así reparamos también esta en el taller.

—No... Te lo ruego... —murmuró Rocco.

Minicuzzu se rio.

En un instante, Rocco volvió a ver las caras de los jornaleros a los que él mismo, aunque borracho, había apalizado. Volvió a ver los ojos de pánico con los que lo miraron cuando se cruzó después con ellos en el arrabal, sabiendo que era un hombre de honor que podía hacer lo que se le antojara con su vida, un sicario que habría podido ensañarse todavía más después de haberles arrebatado impunemente la tierra que les daba de comer. Volvió a ver al niño que ese invierno había muerto de hambre acompañado por los llantos de sus padres y por las carcajadas del hombre de don Mimì. Y en ese instante se imaginó la vida de Vicenzu Calò que iban a destrozar. Pero sobre todo se vio a sí mismo tres días antes en la playa de Mondello, de rodillas, vencido y asustado, con una estampa ensangrentada ardiéndole entre los dedos mientras juraba que se convertía en un hombre de honor. Un hombre de mierda. Que hacía pasar hambre y asesinaba riendo. La flojera de esos días se le pasó de repente, con violencia, cegándolo, como si alguien le hubiese puesto una antorcha delante de los ojos.

—¡No! —gritó.

Y mientras Minicuzzu, con una sonrisa burlona, hundía la navaja también en una rueda delantera del camión, algo se le disparó en la cabeza. Algo que no era capaz de dominar. Saltó al cuello de Minicuzzu y le estampó la cabeza contra la ventanilla, que reventó con ruido de cristales en la noche.

—¿Quién es? —Se oyó una voz en el interior del caserío.

Minicuzzu alcanzó a Rocco en un brazo con la navaja abierta.

Rocco saltó hacia atrás, mitigando el golpe. Se había criado en la calle y era mucho más fuerte que Minicuzzu. Y no quería seguir siendo un fantasma. Nunca más. Le propinó una patada en la entrepierna y enseguida un puñetazo.

—¡Déjalo, imbécil! —gritó Totò, y se abalanzó hacia él.

—¿Quién es? —repitió la voz. Entonces la puerta del caserío se abrió y a la luz de una lámpara de gas apareció un hombre empuñando una escopeta de caza—. ¡Ladrones! —gritó, y apuntó la escopeta.

—¡Vámonos! —dijo Minicuzzu al tiempo que se levantaba del suelo.

Totò, cargado con la bolsa, ya había echado a correr como mejor podía.

El primer disparo resonó en la noche.

Minicuzzu dio alcance a Totò, lo agarró por el pecho y continuó a la carrera, utilizando como escudo el cuerpo del niño.

Rocco corría detrás de ellos, agachado.

El segundo disparo de la escopeta sonó como un estallido y luego se oyó un gemido.

Minicuzzu soltó a Totò y siguió corriendo.

—¡Os voy a matar! —gritó el hombre del caserío mientras recargaba la escopeta.

Cuando Rocco dio alcance al chiquillo, Totò gemía en el suelo. Le pasó por encima, con el corazón latiéndole con fuerza, pensando únicamente en ponerse a salvo, fuera del alcance de la escopeta. Pero cuando apenas había dado unos pasos, se detuvo. Totò seguía gimiendo, con su vocecilla de niño. No podía abandonarlo allí. Regresó y lo cargó a hombros, dejando la pesada bolsa de herramientas. Antes de que sonase el tercer disparo, desaparecieron en la noche.

Cuando llegó a su caserío, Minicuzzu ya estaba sentado en el pescante y se disponía a fustigar al caballo. Rocco dejó a Totò en el suelo y, todavía presa de la ira que lo había librado de la flojera, agarró a Minicuzzu del cuello y lo arrojó al polvo.

—¡Cobarde! —le gritó, y le dio un puñetazo. Se abalanzó sobre él y siguió pegándole, como enloquecido—. ¡Te mato! —bramó con los ojos inyectados de una ira que no podía dominar.

—¡Déjalo, asqueroso! —gritó Totò.

Rocco se detuvo, volviendo a la realidad. El corazón estaba a punto de estallarle, respiraba afanosamente.

Totò, a pocos metros, lloraba.

Rocco se le acercó. Vio que tenía el muslo derecho herido por una ráfaga de perdigones.

—Me duele... —gemía Totò—. Me duele...

—¡Cobarde! —espetó Rocco de nuevo a Minicuzzu, que se había incorporado con la cara manchada de sangre—. ¡Primero lo usas como escudo y después lo dejas tirado!

—Eres un muerto andante —refunfuñó Minicuzzu mientras subía con dificultad al pescante—. ¡Totò, aligera! —gritó al chiquillo.

—¿Adónde vas? —dijo Rocco a Totò, quien, sin dejar de llorar, avanzaba hacia el calesín—. ¡Ese habría dejado que te mataran!

—¡No, no es verdad! —chilló entre lágrimas Totò.

—Totò... —Rocco lo agarró de un brazo, en un intento de detenerlo.

—¡Suéltame! —gritó Totò.

—¡Habría dejado que te mataran! —insistió Rocco.

—¡No! ¡Él me quiere!

Rocco lo soltó. Se había quedado sin palabras. Miró a Totò mientras este se arrastraba hasta el calesín, con sangre chorreándole por la pierna.

Minicuzzu agarró al chiquillo y lo subió al pescante. Luego fustigó al caballo.

—¿Dónde está la bolsa? —le preguntó cuando empezaban a alejarse.

—Me la tiró él...

Minicuzzu le propinó una bofetada.

—¡El responsable de la bolsa eres tú! —Se volvió hacia Rocco y, avanzando por el distrito de Boccadifalco, donde al día siguiente nadie iba a decir qué había visto u oído, le gritó—: ¡Eres un muerto andante!

Rocco se sentía vaciado. Lo que había hecho Totò era la historia de su gente. No se podía ganar. Nadie podía. Era una locura. Una maldición. Sintió una rabia feroz y dolorosa ardiéndole en el pecho. Y una sensación desagradable por la ira ciega con la que se había abalanzado sobre Minicuzzu. «Si la voz de Totò no me hubiese detenido, haciéndome volver a la realidad, lo habría matado», pensó inquieto. Iba a entrar en la casa, pero se detuvo. Se volvió. En la noche estrellada veía el muro roto del pequeño cementerio de Boccadifalco.

Se encaminó hacia allí, con paso lento. Como si algo lo llamase.

Cuando estuvo frente al murete, lo saltó.

Alrededor no había más que pequeñas y deterioradas cruces, además de una lápida de mármol blanco que en un cementerio convencional pasaría inadvertida, pero que allí destacaba como si fuese un mausoleo. La lápida la había pagado don Mimì Zappacosta.

Rocco se detuvo delante de ella.

En el centro resaltaba la fotografía de un hombre con bigotillo fino, ya desteñida por el sol. Rocco no había aprendido a leer, pero sabía que al pie de la foto ponía: «Carmine Bonfiglio, muerto con honor». Y a continuación la fecha de su breve vida: «12 de abril de 1871 – 23 de septiembre de 1905».

Justo debajo había otra foto, más reciente, de una mujer con el pelo claro recogido en un moño, que también había vivido muy poco, con la leyenda: «Domenica Chinnici de Bonfiglio. 3 de enero de 1876 – 9 de diciembre de 1911».

Rocco miró los hierbajos que rodeaban las lápidas, pero no los arrancó. No estaba allí para limpiar ni para rezar.

—Traté de hacer lo que usted quería, madre —empezó en tono amargo—. He vuelto a decir sí a don Mimì. —Agachó la cabeza—. Pero solo porque soy un cobarde. —Frunció los labios carnosos en una sonrisa afligida. Luego miró de nuevo la foto de su madre—. Y ahora mejor tápese los oídos, porque tengo que contar cosas que no van a gustarle —dijo en un tono dulce que reflejaba lo mucho que había querido a la mujer que lo había traído al mundo. Entonces, muy despacio, alzó la mirada hacia la foto del hombre—. Padre, sé que se avergüenza de mí... —empezó con voz ronca. Aspiró profundamente porque lo que se disponía a decir le pesaba como una losa en el corazón. Sin embargo, había llegado el momento de librarse de aquel peso—. Pero yo también me avergüenzo de usted. —La voz se le quebró. Esas palabras le resonaron en los oídos con la violencia de un trueno—. Cuentan que degolló más cristianos que cabritos. —Tragó saliva. Tenía la boca seca. Estaba airado y afligido—. Y me avergüenzo de nuestra gente que... que me respeta solo porque soy el hijo... —Se trabó y apretó los puños—. Soy el hijo... de un asesino. —Respiró hondo, tratando de contener esa última emoción que pugnaba por brotar. Apretó los dientes hasta que le rechinaron. Y luego, cuando sintió que las lágrimas le envenenaban los ojos, gritó—: ¡Lo odio, padre, y aquí, sobre su tumba, prometo que nunca seré un mafioso!

Entonces cayó de rodillas, abrumado por lo atroz que era aquello que nunca había confesado. Acercó una mano a la herida de la cuchillada en el brazo, metió los dedos y, con rabia, manchó la foto de su padre.

—¿Quería mi sangre? —dijo—. Aquí la tiene. Es toda suya.

Apoyó ambas manos en el suelo donde estaban enterrados sus padres, tan afectado por las emociones que hasta el eco de sus propias palabras se perdió. Cuando en su interior todo era silencio, cabizbajo, con abundantes lágrimas surcándole las mejillas, se pasó la mano sucia por los pantalones. Luego tocó de nuevo la foto de su padre, pero esa vez sin rabia, solo con aflicción, la rozó en una especie de caricia, y le limpió la sangre.

—De niño —le susurró—, lo consideraba un héroe. —Calló y tragó saliva porque lo que se disponía a decir era una terrible verdad—. Lo quiero con toda mi alma, padre —murmuró con voz dolorida.

Cuando volvió a la casa, tenía la mente en blanco. Se tumbó vestido en la cama.

Permaneció inmóvil, con los ojos muy abiertos en la oscuridad, esperando, hasta que empezó a alborear. Y permaneció inmóvil incluso cuando la campana de la iglesia tocó mediodía con el canto de las cigarras. Y allí seguía cuando las cigarras, al atardecer, dejaron de cantar.

Entonces oyó que una calesa se detenía delante de su casa.

«Ya están aquí», se dijo con una especie de alivio porque el fin se acercaba.

Un instante después la puerta se abrió de una patada y dos hombres irrumpieron en la casa con sendas escopetas por delante. Se acercaron a la cama.

Rocco los miró sin decir nada. Casi sin emociones.

Uno de los dos, de repente, volteó el arma y le pegó con la culata de madera en la sien.

Rocco oyó ruido de huesos y sintió un escozor intenso.

Luego, mientras todo se oscurecía, pensó que nadie le había hecho nunca una fotografía para su lápida, que estaría al lado de la de su padre y de la de su madre.

7

Jurisdicción de Poltava, Imperio ruso, Polonia

Raechel se encontraba en un pequeño calvero cubierto de hierba verde con montones de amapolas que resplandecían rojas al sol. Sentía una grata paz, semejante a la felicidad. Los rayos que resplandecían en el cielo claro le brindaban una agradable sensación de tibieza. Estaba descalza, pero no tenía frío y el contacto con la hierba era placentero. Sonrió.

Después, sin embargo, reparó en que las amapolas no crecían en todas partes. Formaban una especie de línea fluctuante, sinuosa, que iba hacia el bosque. Y le pareció una nota discordante en aquel paraíso, si bien no comprendía el motivo.

Avanzó un paso hacia el mar de flores rojas que le señalaban un camino a seguir mientras la paz interior que acababa de experimentar empezaba a resquebrajarse y se convertía en una sensación de peligro. Aun así, no se detuvo. Llegó junto a la primera amapola y la acarició. No bien la rozó, la corola pareció deshacerse, manchándole los dedos con un líquido rojizo y pegajoso. Trató de limpiarse la mano en el vestido. Pero el líquido no se le quitaba de los dedos.

Cada vez más nerviosa, siguió andando. Y vio que las que había creído que eran amapolas eran en realidad manchas del mismo líquido rojizo y pegajoso que le manchaba los dedos. «Estoy pisando rastros de sangre», pensó con la respiración entrecortada.

Cuando miró hacia abajo vio que de las piernas y el vestido le chorreaba sangre.

Pero no se atrevió a darse la vuelta y huir. Algo la empujaba a seguir ese rastro rojo. Algo la atraía, como un poderoso reclamo silencioso. Con una poderosa sensación de muerte atenazándole el cuello, levantó la vista hacia el bosque, donde terminaba el camino ensangrentado.

Y vio allí a su padre, abrazado al tronco de un árbol para sostenerse en pie.

—¡Padre! —exclamó Raechel apretando el paso.

Su padre tenía el rostro manchado de sangre. Abrió la boca, pero no habló.

Cuando llegó a su lado, Raechel se dio cuenta de que lloraba lágrimas de sangre.

—Padre... —susurró con el corazón roto.

Su padre se volvió y se adentró en el bosque tambaleándose.

Raechel lo siguió, sintiéndose más débil a cada paso. Según se adentraba en el bosque, la sensación de tibieza fue desvaneciéndose. Las agujas de los alerces y de los abetos le pinchaban dolorosamente los pies. Luego empezó a tener escalofríos y reparó en que estaba caminando sobre la nieve.

—Padre..., espéreme... —dijo.

Pero su padre no se volvió y siguió andando. Trastabillaba y dejaba tras de sí una estela de manchas rojas que teñían la nieve como antes habían teñido el prado.

Raechel fue detrás de él. Se hundía en la nieve, perdía una y otra vez el equilibrio, y se apoyaba en los troncos de los árboles, hiriéndose las manos con las ramas secas.

Luego el padre salió del bosque y se detuvo en medio de un sendero. Le señaló algo que había en el suelo, al borde del camino, que a primera vista parecía un montón de trapos.

En cuanto Raechel miró mejor, dio un respingo, asustada y sobrecogida.

En el suelo, hecha un ovillo, estaba ella.

Tenía el rostro contraído en una mueca de sufrimiento. Estaba tan pálida que podía confundirse con la nieve. Sus cabellos y sus cejas estaban cubiertos de hielo. Sus puños, apretados, estaban lívidos. Exhalaba vaho por la nariz, pero cada vez menos porque, poco a poco, iba dejando de respirar.

Raechel miró a su padre.

Y él le devolvió una mirada cargada de dolor, sin dejar de llorar sangre.

—Despiértala, hija mía... —le dijo fijándose de nuevo en la Raechel que estaba acurrucada en el suelo—. Despiértala...

Raechel tuvo la tentación de salir corriendo y de regresar al calvero tibio, en busca de aquella paz que había disfrutado, pero luego, lentamente, se arrodilló al lado de ella misma y acarició el rostro congelado. Después se echó encima de ella para calentarla con su propio calor. Y de repente sintió un embate de hielo doloroso, tan violento como una puñalada.

Se despertó de golpe, gritando. Los labios congelados se le agrietaron. Abrió mucho los ojos, y notó que las cejas se despegaban del hielo. Una bocanada de aire fresco le llenó los pulmones. Su cuerpo no podía contener los temblores.

Miró alrededor. Había soñado.

Seguía en el camino blanco donde se había detenido extenuada. Era de noche. En el cielo brillaban estrellas heladas.

Estaba sola.

Pero sabía qué tenía que hacer.

Con un esfuerzo inmenso, todavía con unos temblores tan violentos que perdía el equilibrio, se puso de pie. Se pegó al pecho el libro de su padre. Dio un paso. No notaba los pies. Pero no se detuvo, y dio otro paso. Y enseguida otro y otro más, hasta que se descubrió caminando de nuevo.

—Me has salvado, padre —dijo entonces. Y luego, mientras asimilaba la emoción, añadió—: No, no lloraré.

Avanzó en la noche negra, guiada por la pálida franja del camino. Anduvo sin tener conciencia del tiempo, con los músculos tensos, pensando solo en seguir adelante.

Al cabo de media hora notó de nuevo que su cuerpo cedía al frío y el cansancio.

—Ya no aguanto más —dijo, extenuada.

Y ni siquiera tuvo fuerzas para dar voz a su padre.

Los dedos con los que agarraba el libro estaban congelados. Los pies eran dos pedazos insensibles de madera que ya no le pertenecían.

Un instante antes de rendirse vio temblar una luz en la oscuridad.

—Un fuego... —susurró.

Y aquel lejano e inconstante resplandor le dio ánimos para sacar fuerzas de flaqueza. Tuvo la sensación de ir corriendo, pese a que en realidad iba muy despacio, renqueando. Cuando estuvo a una veintena de metros sus piernas cedieron, casi de golpe. Cayó de rodillas. Trató de levantarse. Se cayó de nuevo. Y de nuevo se levantó. Estiró una pierna. Luego arrastró la otra.

—¡Socorro...! —gritó hacia donde estaba el fuego mientras la vista se le empañaba y el frío la vencía, a pocos pasos de la salvación.

Cayó tratando de aferrarse a un árbol. Y partió una rama seca.

—¿Quién anda ahí? —dijo la voz de un hombre.

—Estoy... aquí... —respondió Raechel. Pero nadie la oyó. Y pensó que sería absurdo morir a un paso de la salvación.

—¿Quién anda ahí? —repitió la voz desde la finca.

—¡Socorro...! —gritó Raechel con todas sus fuerzas.

Oyó pasos en la nieve y vio que se acercaba alguien que sostenía una linterna. Un instante después, dos manos fuertes la levantaron del suelo.

Raechel se sentía como un bulto inerte mientras el hombre la llevaba hasta la finca. No fue capaz de sentir alivio. Ya no había nada en su mente. Solo imágenes borrosas, y ni un solo pensamiento.

—¿Quién es? —oyó preguntar a una voz.

—No lo sé —respondió el hombre que la había llevado hasta allí.

Colocaron a Raechel cerca del fuego. Y la tibieza hizo que casi se desmayara.

—¡Es el erizo! —exclamó una voz femenina.

—¿Quién? —preguntó un hombre.

—Raechel Bücherbaum, la chica de nuestra aldea que quería venir con nosotras —dijo la voz femenina.

—Tamar... —susurró Raechel, y añadió—: Gracias..., padre..., jamás lo habría conseguido... sin usted...

—¿Qué ha dicho? —preguntó un hombre.

—El erizo habla a su padre —respondió Tamar, con su voz antipática—. Pero su padre ha muerto.

«No, está aquí conmigo», pensó Raechel. Y enseguida se desmayó.

Toda la noche fue solo un remolino negro.

Cuando se despertó, envuelta en dos gruesas mantas dentro de un carruaje, lo primero que notó fue dolor. Tenía las manos y los pies hinchados y le temblaban con violentas punzadas.

—Bebe —le dijo una chica, y le tendió una taza de caldo.

Raechel bebió y sintió un dolor desgarrador en los labios que el hielo le había agrietado. Pero el caldo la hizo entrar en calor.

—Tienes unos sabañones terribles. Puedes perder los dedos —le dijo otra chica—. Debes mearte en los pies y las manos.

Raechel asintió. Era un viejo remedio.

La puerta del carruaje se abrió. Amos, el jefe de la expedición, observó a Raechel con la misma expresión decepcionada con la que la había observado en la aldea, sin entrar.

—¿Qué haces aquí? —le preguntó.

—Voy con ustedes... —respondió Raechel débilmente.

—Te has escapado —dijo Amos.

—No, señor... —balbució Raechel—. Al final..., me dieron... permiso.

Amos la miró.

—No sé qué hacer contigo —le dijo en tono duro, distante, y con la mirada fija en ella.

Las chicas del carruaje observaban alternativamente a Raechel y a Amos, siguiendo la escena.

Amos notaba sus miradas.

—Haré todo lo que me pida. Trabajaré día y noche sin quejarme. Se lo ruego, señor —le imploró Raechel.

Amos miró de nuevo a las chicas. Aún no había llegado el

momento de demostrarles quién era él en realidad. No podía deshacerse de ese pequeño adefesio, como le habría gustado. Había que llevarla, por el bien del viaje.

—De acuerdo, puedes quedarte —dijo al fin con un matiz de profundo malhumor en la voz. Luego, al reparar en el libro que tenía en la mano, le preguntó—: ¿Qué haces con eso?

—Era de mi padre. —Raechel sonrió, y lo apretó contra su pecho—. Me enseñó a leer con este libro.

—¿Sabes leer? —preguntó sorprendido Amos.

—Sí, señor.

Amos negó con la cabeza, todavía más contrariado.

—No me gustan las mujeres que saben leer —farfulló—. Eso es cosa de hombres. —La señaló con un dedo, y con una expresión amenazadora le dijo—: Como te vea enseñando a cualquiera de las otras, te dejo por el camino, como a un perro.

Raechel tuvo una sensación de inquietud al mirar a ese hombre a los ojos. De peligro, quizá. Pero solo duró un instante.

—Sí, señor.

Amos la observó un poco más. Luego, cuando ya se alejaba, anunció:

—Nos vamos.

Mientras cerraban la portezuela, Raechel se estremeció. Con la mente llena de pensamientos que no conseguía poner en orden, miró a las otras afortunadas chicas que, como ella, habían ganado un billete para la nueva Tierra Prometida. «¡Yo estoy en ese grupo!», pensó orgullosa, sabedora de que había hecho más que cada una de las otras. Porque ella había conquistado su futuro.

—Mentiría si te dijera que te extrañaba, erizo —le espetó Tamar en tono burlón cuando el carruaje se puso en marcha con una sacudida.

Raechel le sostuvo la mirada. En ese momento nada podía herirla. Había vencido.

—Y yo mentiría si te dijera que extrañaba tus ofensas, Tamar —le respondió. Luego sonrió y agregó—: Pero ahora yo también estoy aquí. Acéptalo.

Al atardecer, cuando se detuvieron para acampar, Raechel no

fue capaz de bajar del carruaje por el dolor que sentía en los pies, y le costó sujetar la cuchara para tomar la sopa que una de las chicas le había llevado. La segunda noche fue mejor. La tercera noche pudo sentarse ya con las otras, reunidas alrededor de una gran hoguera.

El ambiente era alegre. Cada una de las chicas fantaseaba en voz alta sobre su futuro.

Raechel las observaba y se veía a sí misma reflejada en sus miradas. Era el principio de una nueva vida. Nuevos, inesperados sueños que nunca se habían permitido soñar. Sueños que nunca habían existido debido a la brutalidad sin esperanza de su miserable vida en el *shtetl*. Ahora, en cambio, esa ocasión que el Altísimo había querido brindarles hacía brotar esos sueños como en un invernadero, como si hubiesen sido semillas plantadas años atrás en el corazón de cada una de ellas.

En el transcurso de los días que siguieron Raechel fue recobrando despacio las fuerzas, entre otras cosas gracias a las comidas sustanciosas y regulares que no había hecho en toda su vida anterior. Los sabañones se le curaron poco a poco y el dolor en los dedos que no la dejaba dormir se atenuó.

Una noche en la que, aún más que en las otras, se sintió invadida por un extraordinario optimismo, evocó aquel extraño sueño en el que su padre la conducía hacia su otro yo que se dejaba morir. Recordaba bien su sensación cuando se había rendido. Se estaba yendo. Pero su padre la había reanimado y devuelto a la vida. Le había dado fuerzas para luchar. La conmovió pensar lo mucho que la quería. «También lo he hecho por ti, padre», pensó, con el libro de plegarias sujeto contra el pecho. «Tú me dedicaste tu vida. Te sacrificaste por mí. Ahora haré que te sientas orgulloso.» Y por primera vez desde que había huido del *shtetl*, lloró lágrimas de alegría.

Al cabo de una semana Amos anunció que estaban en Polonia. Y esa noche siete nuevas chicas se sumaron al grupo.

Raechel, observándolas, percibió en sus miradas tanto miedo como emoción. Pero enseguida el ambiente alegre que las envolvía hizo olvidar a las nuevas todos sus temores.

Esa noche Amos y los otros hombres de la Sociedad Israelita de Socorros Mutuos Varsovia, sentados alrededor de las hogueras del campamento, contaron a las recién llegadas cosas que las otras sabían de memoria, pero que nunca se cansaban de escuchar. Les hablaron de un mundo fascinante en el que nunca hacía frío, en el que había tanta carne que hasta los más pobres podían comer a diario, describiendo casas del tamaño de palacios, con suelos cubiertos de alfombras tan mullidas que daba la sensación de caminar sobre nubes. Y nunca dejaban de prometer bodas fabulosas con muchachos guapísimos y ricos.

Raechel se daba cuenta de que Amos y sus hombres trataban a las chicas con enorme respeto y amabilidad, pero no conseguía que le gustaran. Sobre todo Amos. Era como si percibiera algo falso en sus relatos y en sus sonrisas.

No obstante, como el resto de las chicas, soñaba con su nueva vida, y musitando, cuando estaba segura de que nadie podía oírla, proseguía su diálogo imaginario con su padre mientras sujetaba el libro de plegarias con el que seguía en contacto con él. Le contaba todas sus ideas y fantasías, y se mantenía un poco apartada de las demás.

Una noche, después de que los hombres se retiraran a su carruaje, una de las chicas nuevas le preguntó:

—¿Y tú qué harás cuando lleguemos a Buenos Aires?

Raechel ya lo había pensado. Todas las veces que iba al pueblo que estaba al lado de la aldea, acompañando a su padre para vender sus productos, no se fijaba en las tiendas de telas como todas las otras chicas, sino en un local pequeño y polvoriento. Una librería. Donde estaban las novelas que tenía prohibido leer.

—¡En cuanto haya ahorrado suficiente dinero, abriré una librería! —respondió con entusiasmo.

—¿Una... librería? —dijeron al unísono varias chicas, pasmadas.

—Sí. —Raechel sonrió como una niña ante el mejor regalo del mundo—. Y no venderé un libro si antes no lo he leído. Quiero leer todas las novelas del mundo.

Y se echó a reír, feliz.

—Vaya deseo más tonto —comento enseguida Tamar con acritud.

Raechel la miró. El bonito pelo de Tamar estaba siempre adornado con cintas. «Es tonta e insoportable», pensó. Cuando vivían en la aldea también tenía que decirle siempre algo desagradable.

—¿Sería preferible que me comprase una mercería llena de cintas y encajes de todos los colores? —le preguntó en tono venenoso.

Tamar, que no había captado el sarcasmo, puso cara de satisfacción.

—¡Sí, ese sí que es un deseo bonito!

—Sí, un deseo realmente noble —se burló Raechel.

En el rostro de Tamar se vislumbró la sombra de la duda.

—¿Me estás tomando el pelo? —preguntó—. Nunca pondrás una mercería, ¿verdad?

—No, no lo creo —le respondió Raechel sonriendo.

—¿Te crees mejor que yo? —dijo Tamar, irritada.

—Claro que no —respondió Raechel resistiéndose a la tentación de discutir.

—Para mí que sí.

—Solo somos... diferentes —dijo Raechel, y se encogió de hombros.

—¿Eso qué significa? —la apremió Tamar.

Raechel no quería que la discusión siguiese por ese derrotero. Pero la estupidez y la agresividad de Tamar la irritaban sobremanera.

—Tú eres guapa y yo no. ¿Te parece que lo dejemos así? —le dijo en tono condescendiente.

Tamar enrojeció de ira.

—Eso es indudable, erizo —replicó con acritud—. Yo me casaré con un hombre riquísimo y viviré maravillosamente. Mientras que tú limpiarás suelos a cuatro patas, hasta que tengas las rodillas tan hinchadas que ya no podrás doblarlas.

Raechel montó en cólera.

—¿Te gusta ser siempre tan cabrona? —le preguntó en tono cortante.

Muchas chicas se echaron a reír. Tamar no caía bien a ninguna de ellas.

—¿De qué os reís, gallinas? —dijo Tamar, irritada.

Se levantó hecha una furia y se alejó.

Reinó el silencio. Luego una de las chicas dijo a Raechel:

—Hablas como un hombre.

—Pero es verdad que Tamar es una... cabrona —pronunció con alegría infantil la palabrota, y se echó a reír.

Las chicas también.

—Yo seré modista y haré trajes preciosos —explicó una.

Y enseguida otra anunció:

—A mí me gustaría tener muchos niños.

Raechel, mientras las chicas seguían soñando, vio que Tamar entraba en el carruaje y cerraba con un portazo. Y de repente sintió todo su enfado. «Cabrona —le repitió en silencio, airada—. No volveré a contarle a nadie mis planes, así nadie podrá tomarme el pelo.»

Una de las chicas nuevas se sentó a su lado y le tocó un brazo.

Raechel se volvió, todavía alterada. En el rostro de la chica vio una expresión de bondad. Irritante.

—No es verdad que seas fe... —empezó la chica en tono indulgente—. O sea..., que no seas guapa...

Raechel le apartó la mano toscamente.

—Sé muy bien cómo soy —le dijo con dureza, y también se alejó.

Pero, una vez delante del carruaje, se detuvo. No le apetecía en absoluto encontrarse con Tamar. Así que se puso a dar vueltas por entre los carruajes, esperando que también las otras chicas decidieran irse a dormir.

Cuando pasó cerca del carruaje de los hombres oyó carcajadas. Intrigada, se acercó a una ventanilla abierta de la que salía el humo denso y aromático de los puros. Y escuchó.

—Tres aldeas más y el cargamento estará completo —oyó decir a Amos.

—Hay algunas de gran valor —comentó uno.

—Sí —convino otro—. No será difícil colocarlas en el mercado.

—Una en especial —confirmó Amos—. ¿Habéis visto qué belleza?

Los hombres asintieron entusiasmados con palabras que a Raechel le parecieron gruñidos.

—Creo que para distraerme del aburrimiento del viaje me dedicaré a educarla —soltó Amos con una risotada.

Los otros hombres también rieron y emitieron gruñidos.

Raechel no comprendía el sentido de esas palabras, pero su instinto le decía que no eran buenas. Un escalofrío le recorrió la espalda.

—Todas son mercancía de nivel, en cualquier caso —opinó uno.

—¡Menos una! —puntualizó otro, y estalló de risa.

Amos y los demás hombres se rieron.

—¡A esa no la colocas ni en Rosario!

Más carcajadas.

—¡Ni siquiera en la pampa!

Más carcajadas.

Raechel seguía sin comprender.

—Tendrías que haber dejado que se muriera congelada, Amos —dijo uno.

—Idiota —lo insultó Amos—. Las otras habrían sospechado.

Raechel se sobresaltó. Hablaban de ella.

—Entonces, arrojémosla al mar —se mofó otro.

Raechel sintió pavor.

—Ya veremos —dijo Amos—. No nos preocupemos ahora por eso. Una criada más en el Chorizo viene siempre bien.

Raechel notó que el carruaje se inclinaba.

—Tengo que ir a mear —anunció Amos.

Raechel se alejó de puntillas, con el corazón en un puño. Llegó hasta su carruaje y entró deprisa. Se acostó en su camastro y se tapó, temblando.

«Arrojémosla al mar», habían dicho.

Raechel cogió el libro de su padre y se aferró a él como a una tabla de salvación.

—No quiero morir, padre —susurró.

—¿Qué has dicho? —preguntó Tamar con voz somnolienta.
—Nada...
—Entonces cállate, erizo.

Raechel se acurrucó con la cabeza debajo de las mantas. Permaneció en silencio hasta que oyó que la respiración de Tamar era uniforme y profunda, y luego repitió en voz aún más baja:

—No quiero morir, padre.

Y cuando el eco de aquella terrible frase se apagó en su mente y la dejó sola con su miedo, tuvo que hacer un enorme esfuerzo para obedecer a su padre y no llorar, como habría hecho cualquier chiquilla de trece años.

8

Alcamo, Sicilia

Tres días después de la violación, Rosetta cruzaba una vez más Alcamo.

En esos tres días había permanecido en casa encerrada, como un animal herido.

Se sentía sucia. Y frágil. Y estaba asustada.

Porque la habían vencido y humillado.

Porque por algo siempre había temido a los hombres.

Porque se avergonzaba.

Únicamente salió la primera mañana para ir al campo que meses atrás había arrasado aquel incendio doloso. Allí quemó el vestido rojo desgarrado y manchado con su sangre. Ceniza con ceniza. Pero una simple hoguera no podía borrar lo que le habían hecho. Las llamas no podían nada contra la suciedad, el dolor, el miedo y la humillación que anidaban en su interior como un cáncer.

Cuando esa primera mañana regresó a casa, abrió un enorme aparador carcomido y se quedó metida en él dos días, como hacía cuando era niña y se escondía de su padre borracho. Se había acordado de su padre, que le pegaba con la correa y le gritaba: «¡Solo sirves para follar!». Él fue el primero que le robó el alma y el primero que le arrebató las fuerzas. Tardó años en recuperar sus fuerzas y en rehacer su alma. Y hubo de hacerlo sola porque no podía contar con nadie, empezando por su madre, siempre demasiado sumisa y concentrada en sus propias desgracias.

Pero una vez más le habían robado el alma y arrebatado las fuerzas.

Ahora, avanzando por los callejones de Alcamo bajo un sol feroz que quemaba el aire del final de un septiembre que tenía la violencia de julio, iba insegura. Caminaba lenta y pesadamente. No se movía erguida, con su habitual actitud desafiante, sino con la cabeza gacha, mirando al suelo. Vestía un traje negro, el único que tenía, como si estuviese de luto. Ya no iba descalza, sino con un par de zapatos viejos que tenían las suelas desgastadas. Las piernas, debajo de la falda larga, las tapaban además gruesas medias negras que le llegaban por encima de las rodillas. Su pelo, recogido en un moño apretado, como el de las viejas, no podía ya abandonarse a la caricia del viento, escandaloso como un estandarte de la libertad. Llevaba un hatillo, hecho con una sábana, con sus escasas pertenencias: apenas unas decenas de liras en una bolsita de yute y el documento que acreditaba su identidad, si bien Rosetta, en su interior, ya no sabía quién era realmente.

Los del pueblo la observaban en silencio, avergonzados, como si una mínima conciencia los hubiese hecho comprender por fin que se habían pasado de la raya. Los holgazanes que estaban todo el día sentados a las mesas del bar se pusieron de pie y se quitaron la boina. Las mujeres omitieron las ofensas que siempre le habían prodigado.

Rosetta, con la frente perlada de sudor y el sol quemándole los hombros, siguió su camino, arrastrando los pies en medio de un silencio total, como el Cristo del Vía Crucis que la gente del pueblo escenificaba cada Viernes Santo. Y todos los que estaban allí sabían cuán terrible era la cruz que arrastraba Rosetta.

Una vez que llegó a la iglesia de San Francisco de Asís, Rosetta se detuvo y alzó la mirada.

El padre Cecè estaba en los escalones de la entrada. Tenía una expresión dolorida en el rostro, pero ni siquiera ese domingo, desde el púlpito, había censurado a los autores de la violación, y es que hasta los ministros de Dios, en aquella tierra, habían aprendido a callar.

—¿Te está esperando? —le preguntó, pese a que conocía la respuesta.

Rosetta asintió levemente.

El padre Cecè guardó silencio. Luego, mientras Rosetta proseguía su camino, dijo:

—No tendría que haber acabado así.

—No —murmuró Rosetta con la cabeza gacha.

Llegó al palacio del barón Rivalta di Neroli, de piedra amarilla, en cuyos balcones había esculturas de monstruos y ángeles enfrentados como símbolo de la eterna lucha entre el Bien y el Mal. Se detuvo en el centro de la plazoleta, asfixiada de calor.

«En un instante todo habrá terminado», se dijo.

Oyó pasos a su espalda y ruido de zuecos que hacían crujir la arenilla que se desprendía de la piedra blanca y clara del adoquinado. Se volvió.

Delante de ella estaba Saro, el chico pelirrojo, uno de los cinco que la mañana de la violación se había sentado en la valla y se había burlado de ella mientras enterraba las ovejas degolladas. Llevaba de la brida a su burro negro, con el hocico blanquecino por la edad.

Rosetta sintió miedo de inmediato. Estaba segura de que era uno de los tres que la habían violado.

Saro se quitó la boina con gesto avergonzado.

Rosetta miró por instinto el cuello del chico. No vio las marcas de los arañazos que había hecho a uno de sus agresores mientras trataba de defenderse. «Pero quizá arañé a uno de los otros dos», se dijo. No fue capaz de sostener la mirada de Saro. Agachó la cabeza, abochornada. No la habían violado simplemente. La habían ensuciado con su fango.

Se dio la vuelta para entrar en el palacio del barón.

—No fuimos nosotros —dijo entonces Saro con un hilo de voz—. No fue ninguno de nosotros.

Rosetta volvió a mirarlo. Notó que las lágrimas le asomaban a los ojos, ardiendo.

—¿Qué diferencia hay? —replicó en un tono más amargo que rabioso—. Dijiste que a una puta como yo no la querrías ni en el plato.

Saro se sonrojó.

—No era verdad —respondió en voz baja.

Rosetta esbozó algo parecido a una sonrisa, pero tan distante que parecía estar en otro mundo.

—Ya es demasiado tarde —le dijo—. Ahora sí que soy una puta.

El chico abrió la boca, sin dejar de hacer girar la boina entre las manos. Y entonces añadió:

—Para mí no.

Rosetta negó con la cabeza.

—Ya es demasiado tarde —repitió con voz melancólica.

Le dio la espalda y miró el palacio del barón con los ojos entornados, cegada por el sol.

Un criado, a la sombra en el portal, le indicó con un gesto que se acercara.

Ella avanzó, y Saro y el burro la acompañaron unos metros. Pero eso no sirvió para que se sintiera menos sola.

El criado la recibió con una sonrisa insinuante, casi burlona.

«Todo el mundo lo sabe», pensó Rosetta, humillada. Luego entró por primera vez en la lujosa residencia del amo de aquellas tierras. Mientras subía aquella escalinata tan ancha que podía dar cabida a un carruaje, con escalones de mármol a los que habían dado lustre cuantos los habían pisado a lo largo de tres siglos, por un instante pensó que resultaba raro que el criado llevase la casaca abotonada hasta el cuello con semejante calor.

La hicieron pasar a una habitación enorme y fresca, protegida con pesadas cortinas adamascadas, con cuadros antiguos en las paredes y el techo decorado con estucos y frescos. Pero su corazón se había sumido en el dolor y ese día no estaba abierto al asombro.

El barón Rivalta di Neroli estaba sentado a un escritorio con la superficie de mármol. Mordisqueaba lentamente un trozo de chocolate de Modica, como solían hacer los nobles los días festivos.

—Déjanos solos —ordenó al criado.

Tenía una voz aguda, casi de castrato, un rostro ancho y flácido, de tez tan clara como el alabastro, salvo por la telaraña de capilares que le arrebolaban las mejillas y la punta carnosa de la nariz. Los pocos pelos que le quedaban en la cabeza debieron de ser alguna vez rubios, pero ahora eran apenas una pelusa que le hacía parecer un enorme y repugnante pollito recién salido del cascarón. Tenía unos cincuenta años.

Rosetta nunca lo había visto desde tan cerca y sintió una instintiva repulsión.

—Por fin te has decidido —dijo el barón en cuanto el criado cerró la puerta.

Rosetta no respondió y permaneció con la cabeza gacha.

El barón la miró con aquellos ojillos que parecían hundirse en la grasa del rostro.

—He sabido lo del accidente —dijo malicioso.

—No fue un accidente —respondió ella. Pero débilmente.

El barón esbozó una sonrisita, mostrando unos dientes pequeños en unas encías rosadas, anémicas.

—No, no fue un accidente. Tú te lo buscaste —añadió con saña—. Era lógico que eso pasara tarde o temprano. —Acarició distraídamente con un dedo un pesado pisapapeles de bronce que representaba un jabalí moribundo con un dardo clavado en el cuello, al que mordían por ambos costados dos perros de caza—. Eres una campesina arrogante que usa la boca para hablar como un hombre.

Rosetta miraba al suelo. No solo había perdido. El barón quería que reconociese que por algo la habían violado. Pero no fue capaz de rebelarse. «Todo terminará enseguida», se dijo de nuevo. Iba a vender la finca, cobraría su dinero e intentaría empezar una nueva vida.

—Bueno —dijo tras un largo silencio el barón—. ¿Ya sabes qué harás después?

—Buscaré un trozo de tierra que no quiera nadie y lo cultivaré —respondió Rosetta.

—Aquí no —dijo el noble.

—No, aquí no.

—Muy bien —asintió el barón.

Se levantó y se dirigió hasta una caja fuerte de color negro con elaborados adornos dorados. Abrió la pesada puerta perfectamente engrasada y sacó una caja de raíz de nogal con el escudo de la familia grabado en la tapa. Volvió al escritorio y la abrió.

—Ha llegado la hora de hacer cuentas —anunció. Extrajo unos billetes, los contó y los dejó sobre la mesa de mármol, delante de Rosetta—. Mil quinientas liras.

Rosetta levantó la cabeza con ojos pasmados.

—La finca vale al menos tres mil —protestó.

—¿Es que alguien te ha ofrecido tres mil liras? —le preguntó el barón con una mueca malévola de los labios—. ¿No? —La miró en silencio, complacido, mientras jugueteaba con los botones dorados de su chaleco de seda anaranjado—. ¿Ni siquiera dos mil?

Rosetta no respondió.

—No hay nadie que pueda comprar tu finca aparte de mí —dijo entonces el barón—. Así que el precio lo pongo yo. —Sacó un billete de cien liras del montón que le había puesto delante y lo devolvió a la caja—. Ahora tu finca vale mil cuatrocientas liras. Date prisa en aceptar porque dentro de nada mi oferta bajará a mil trescientas.

Rosetta comprendió que estaba con la espalda contra la pared. Y que ya no sabía luchar. Estiró la mano y cogió los billetes.

El barón se rio.

—¿Ni siquiera me das las gracias?

—Gracias..., excelencia.

El barón se levantó, rodeó el escritorio y, mirándola fijamente, se le acercó.

—¿Quieres que te devuelva las cien liras que te he quitado? —le preguntó en tono melifluo.

—Sí, excelencia... —respondió Rosetta, pero retrocedió un paso; había percibido algo peligroso en el tono de voz y en los ojos del noble.

El barón la empujó contra el borde del escritorio.

—Pues entonces tendrás que ganártelas.

Con una sonrisa, estiró una mano y empezó a desabrocharle el primer botón del vestido.

Rosetta estaba espantada y su antiguo miedo volvió a dejarla petrificada.

El barón le desabrochó el segundo botón.

—No... —murmuró Rosetta con un hilo de voz. Pero era incapaz de reaccionar.

—Cien liras es mucho dinero —dijo el barón, y pasó al siguiente botón—. Ni siquiera las putas de Palermo cobran tanto.

—No... —repitió Rosetta con una mano en su pecho abundante, tratando de rechazarlo.

El barón le introdujo una mano debajo de la falda, con rudeza, y ascendió hasta los muslos.

Rosetta sintió que el anillo del noble le arañaba la piel y que luego sus dedos rollizos le manoseaban la entrepierna.

—No... —susurró sin aliento.

—Me habían dicho que tenías un mata tupida y suave aquí abajo —gimoteó el barón.

La empujó con más fuerza contra el escritorio, a la vez que se desabotonaba los pantalones. Le cogió una mano y se la puso sobre el miembro blandengue.

Rosetta trató de rebelarse, pero era como si no tuviese fuerzas.

—No... —repitió con las mejillas surcadas de lágrimas.

El barón le frotó la mano en su miembro, que seguía inerte.

—Dices que no, pero la verdad es que quieres, ¿a que sí? —jadeó—. Me han contado que la otra vez te gustó. —Le agarró la cabeza para ponerla de rodillas—. Voy a enseñarte para qué sirve la boca de las mujeres.

Rosetta trató de zafarse, pero el barón le sujetó bien la cabeza entre las piernas. Mientras no dejaba de llorar, le pareció oír la voz de su padre diciéndole: «Solo sirves para follar». Se sintió atraída por un remolino de fango que era peor que la muerte.

—¡No! —chilló.

Luego, con la fuerza de la desesperación, dio un rodillazo al barón en la entrepierna.

Este gimió y se dobló por el dolor, al tiempo que una expresión furibunda aparecía en su rostro.

—¡Puta! —gritó, y se abalanzó sobre Rosetta. Le propinó un violento puñetazo, haciéndole una herida en el pómulo con el anillo—. ¿Cómo te atreves? —le aulló a la cara en un tono que era cada vez más chillón. Le dio otro puñetazo y acto seguido le apretó el cuello con ambas manos—. ¡Puta! —le gritó otra vez, y la estampó contra el escritorio.

Rosetta sentía que su cabeza estaba a punto de estallar. El pánico la vencía. La vista se le nublaba. Ante sus ojos pasaban imágenes incoherentes. El abuelo pegando a la abuela. Los violadores penetrándola. Su padre levantando la correa. Forcejeando contra el salvaje empellón del barón, se apoyó en el escritorio para no caer. Una de sus manos se topó con el pisapapeles con el jabalí moribundo.

—¡Puta! —seguía gritando el barón con el rostro congestionado por la ira.

Rosetta no oyó la voz aguda del barón, sino la de su padre, borracho, haciéndole sangrar la espalda. Agarró el pisapapeles. Todo se oscureció. Y en la oscuridad vio brillar la hebilla de la correa cayendo sobre ella.

—¡No! —gritó con voz quebrada.

Luego, al tiempo que su antiguo miedo se transformaba en furia, levantó el pisapapeles y lo estrelló contra la cabeza del barón. De su padre. De sus violadores. Una, dos, tres veces. Hasta que el otro la soltó y cayó bruscamente al suelo.

—¿Qué pasa? —preguntó el criado, que había acudido alarmado al oír el ruido.

Un denso hilo de sangre goteaba de la cabeza del barón y se extendía por el mármol amarillo. El barón no se movía.

El criado se abalanzó sobre Rosetta.

Pero en cuanto lo tuvo cerca, Rosetta le atizó también con el pisapapeles, en la frente.

El criado se tambaleó con una mirada bobalicona. Mientras caía al suelo, el cuello de la casaca se le abrió, mostrando un vendaje, regado de sangre, debajo de la oreja, justo donde Rosetta había arañado a uno de sus agresores.

Rosetta soltó el pisapapeles, con los ojos muy abiertos. En la otra mano tenía aún las mil cuatrocientas liras. Permaneció inmóvil un instante, mirando los billetes arrugados. Después, tras recoger el hatillo con sus cosas, se fue corriendo.

En cuanto salió por la puerta se cruzó con otro criado, pero por su mirada distraída supo enseguida que no había oído el ruido de la pelea. Tuvo la agudeza de volverse hacia la puerta, inclinarse y, con la mayor serenidad posible, decir:

—Le beso a usted la mano, señor barón.

Luego cerró la puerta y se encaminó hacia la escalinata despacio, resistiéndose a la tentación de echar a correr.

«¡Soy una asesina! —pensó espantada y angustiada mientras bajaba los escalones—. Virgen del Carmen, concédeme tu perdón... No puedo vivir con este peso en el corazón... Perdóname, te lo ruego...»

Ya casi se hallaba al pie de la escalinata cuando oyó ruido de pasos pesados que avanzaban arrastrándose, acompañados de gemidos.

—¡Me ha matado! —gritó la voz chillona del barón.

Rosetta alzó la mirada.

El barón, con el rostro totalmente manchado de sangre, sostenido por el criado, también manchado de sangre, estaba asomado a la balaustrada de granito de la planta superior.

—¡Me ha matado! —volvió a gritar—. ¡Detenedla! ¡Quiero partirle el cuello con mis manos!

Una gota de sangre planeó en el aire y cayó a los pies de Rosetta.

Esta dio un salto y llegó al pie de la escalinata, y, mientras las primeras voces resonaban por el palacio, ganó la salida.

Saro seguía en la puerta con su burro.

Ante las miradas atónitas de la gente del pueblo, Rosetta cruzó la plaza corriendo, con los ojos como platos.

—¡Detenedla! —gritó el barón, asomado ahora al balcón de la primera planta, aún sangrando—. ¡Trescientas liras a quien me la traiga!

«¡Estoy perdida!», pensó aterrorizada Rosetta, con lágrimas en los ojos, mientras entraba en un callejón.

Oyó un estruendo de voces y pasos, pero no volvió la vista. Corrió desesperadamente hacia la Puerta Palermo, la cruzó y salió del pueblo. Dejó el camino blanco y se adentró entre los matorrales, donde siguió corriendo hasta que cayó al suelo, rendida, con el vestido desgarrado por las zarzas y profundos arañazos en los brazos.

Permaneció así hasta que recobró el aliento. Y cuando pudo respirar, se puso de rodillas. Solo pensaba en una cosa. Buscó un rayo de sol entre el follaje y dejó que le diese en pleno rostro.

—Gracias, Virgen del Carmen —dijo primero—. Gracias, Virgen mía, gracias —repitió, y el corazón se le ensanchó de alivio—. ¡No he matado a nadie! —casi gritó mientras una sonrisa se abría paso en aquellos labios que le habían partido los puñetazos del barón—. ¡No soy una asesina!

Se persignó, llorando y sonriendo. Reparó en que seguía llevando en la mano las mil cuatrocientas liras. Abrió el hatillo y guardó los billetes en la bolsita de yute, junto con sus escasas monedas.

El sol seguía calentándole la cara. El alivio de no ser una asesina le brindaba una maravillosa sensación de ligereza que le permitía olvidarse de todo lo demás.

—De paso podrías haber cogido las otras mil seiscientas que te correspondían —se dijo en un murmullo, y cerró la bolsita.

Y rompió a reír. Inesperadamente.

«No hay ninguno motivo de risa», pensó.

Pero no pudo contenerse. Y de nuevo le entraron ganas de soltar esa carcajada que era de dicha y de miedo a la vez.

Entonces se dio cuenta de que no se reía desde hacía tiempo.

—Eres una auténtica imbécil —se dijo, y se abandonó a las carcajadas más absurdas que había soltado nunca.

9

Boccadifalco, Palermo, Sicilia

Un baldazo de agua helada lo despertó.

Rocco tosió. Escupió el agua que se le había metido en la garganta. En un primer momento no sintió nada, luego la sien donde le habían pegado empezó a latirle violentamente y el dolor se extendió a toda su cabeza.

—Me has avergonzado mucho —dijo la familiar voz de don Mimì Zappacosta detrás de él.

Rocco estaba en la casa de don Mimì, sentado en una silla, delante de la mesa en la que aquel comía. Oyó unos pasos pausados, lentos, resonando en el suelo de adobe.

Vio entonces que don Mimì se sentaba al extremo opuesto de la mesa.

—Me has avergonzado mucho —repitió—. Me has hecho quedar mal.

Rocco sabía qué significaban esas palabras. Eran una sentencia.

—Sasà Balistreri ha venido a verme —continuó don Mimì, con la voz vibrándole de rabia—. Se queja de que has jodido el trabajito que tenías que hacer y de que por poco matas a uno de sus soldados.

Rocco veía borroso. El dolor en la sien le taponaba los oídos y la cabeza le retumbaba como si tuviera dentro un bombo.

—¿Es verdad? —preguntó don Mimì mirándolo fijamente.

Rocco no respondió enseguida.

Uno de los hombres que estaban detrás de él le pegó entre los omóplatos con la culata de la escopeta.

Rocco gimió.

—¿Es verdad?

Rocco asintió.

—Es verdad.

Don Mimì sonrió y luego, como distraídamente, quitó de la mesa unas migas de pan sin mirar a Rocco.

—Me han pedido permiso para matarte —dijo al fin alzando la mirada— porque me respetan. —Hizo una pausa—. Ellos. —Negó con la cabeza—. Pero les he respondido que me encargaré personalmente. Les he dicho que te haré desaparecer. Para siempre. —Calló y se lo quedó mirando.

Rocco recordaba bien la sensación de suciedad que había tenido cuando, pocos días antes, se había rendido en la playa de Mondello. Recordaba bien esa sensación de muerte en vida que le había quedado en la boca, amarga, como un veneno.

—¡Sea, pues! —dijo—. ¡No me da miedo morir!

Don Mimì se rio.

—No es verdad —lo contradijo, sin dejar de sonreír—. A todo el mundo le da miedo morir. —Se inclinó sobre la mesa y le pellizcó una mejilla—. Y tú no eres diferente.

«¿A cuánta gente habría visto morir don Mimì?», se preguntó Rocco. Mientras intentaba sostener la mirada burlona del *capomandamento* se dio cuenta de que para don Mimì la vida de un hombre no valía más que la de un perro vagabundo. Para él, no valía nada.

—¡Dese prisa! —casi gritó, temiendo que si esa comedia se alargaba mucho podría echarse a llorar como un cobarde para implorarle piedad—. ¡Haga lo que tenga que hacer!

Don Mimì no se alteró. Con un gesto pidió a uno de sus hombres que le prendiese un cigarrillo. Aspiró con calma y luego expulsó despacio y hacia arriba el humo, para después observar las espirales densas y grises.

—Esperemos a Nardu Impellizzeri —dijo al fin sin apartar la mirada de Rocco mientras seguía saboreando el cigarrillo sin filtro y, de vez en cuando, se quitaba del labio inferior unas hebras de tabaco.

—¿Él es mi verdugo? —preguntó Rocco tratando de aparentar indiferencia.

Don Mimì se echó a reír.

—¿De verdad eres tan duro? —Negó con la cabeza—. Ay, Rocco, Rocco... En otro momento me pondrías de buen humor.

Rocco sintió que algo se le resquebrajaba por dentro, muy despacio. Apretó las mandíbulas hasta que le rechinaron los dientes.

Don Mimì se dio cuenta y rio de nuevo.

Rocco enrojeció de ira.

—¿Y si ahora me abalanzase sobre usted? Sus hombres me matarían al instante y le fastidiaría el juego.

A la velocidad del rayo, uno de los hombres le atizó en la nuca un violento golpe con la escopeta.

Rocco dio de bruces contra la mesa y estuvo a punto de desmayarse.

Don Mimì le acarició la cabeza, como habría hecho con un chiquillo.

—Antes de que lo pensases, ese ya te habría matado —dijo en tono divertido—. Pero tienen órdenes de no matarte. Así que lo único que te ganas es otro moretón. —Chasqueó los dedos—. Traed un vaso de agua fría —ordenó.

Uno de los hombres dejó en la mesa un vaso lleno de agua delante de Rocco.

—Bebe —dijo don Mimì, siempre en ese tono sereno que asustaba más que una amenaza—. Ten paciencia. Nardu no tardará. Antes tenía que hacer un encargo para mí. —Y volvió a reír.

Rocco bebió, con los ojos cerrados. La cabeza le retumbaba.

—Si es hombre —dijo con voz sombría, provocadora—, hágalo usted con sus propias manos.

—Todo lo que pasa en mi zona se hace con mis manos —le respondió don Mimì. Sonrió—. Solo que tú tienes apenas dos manos... Yo, en cambio, tengo cientos.

Uno de los hombres se rio.

Al cabo de un cuarto de hora la puerta se abrió y Nardu Impellizzeri entró en la casa.

—¿Lo has hecho todo? —le preguntó don Mimì.

—Como usted mandó —respondió Nardu, y le tendió un sobre blanco.

Rocco miró a Nardu, su verdugo. ¿Cómo lo habría matado? ¿Con la navaja o de un tiro? De pronto, tembló de miedo.

—Muy bien —asintió don Mimì. Luego hizo un gesto con la cabeza—. Esperadme fuera.

—Pero... —empezó a protestar Nardu.

Don Mimì lo mandó callar con un gesto seco.

—Rocco y yo somos viejos amigos. Dejadnos solos.

Tras un momento de vacilación, Nardu y los dos hombres salieron.

—Dejamos la puerta abierta —dijo Nardu.

—¡Cierra!

La puerta se cerró.

Don Mimì jugueteó con el sobre, mirando a Rocco.

Y Rocco lo miraba sin comprender qué estaba pasando.

—Ese gordo de Sasà Balistreri me ha dicho que dejaste malherido a su soldado. —Don Mimì sonrió—. Él tenía un arma y tú no tenías nada.

Rocco advirtió una expresión de complacencia en el rostro de don Mimì. Y su confusión mental aumentó.

—¿En qué pensabas mientras lo machacabas? ¿Le cogiste gusto? —le preguntó don Mimì—. ¿Qué te hizo parar?

—El niño... —murmuró Rocco.

—El niño —repitió don Mimì—. Pero querías matarlo, ¿verdad?

Rocco no respondió.

Don Mimì se rio.

—Eres hijo de tu padre —dijo entonces, serio—. Lo llevas en la sangre, como él.

—No es verdad.

—Está en tu naturaleza, Rocco —añadió don Mimì en tono comprensivo—. Tratas de resistirte con la voluntad, con la testarudez, pero cuando la sangre de tu padre se te sube a la cabeza...

ya está. Todas las tonterías que pensabas antes se van a tomar por culo y te quitas la máscara. —Se inclinó sobre la mesa y le tocó el pecho, a la altura del corazón, con la punta del índice—. Aquí... eres un asesino.

—¡No!

Don Mimì volvió a reír.

—Mientras se es niño, cada cual es libre de creer en los cuentos —continuó—. Pero cuando uno se hace mayor... se entera de que Papá Noel no existe. —Lo miró con gesto afable—. Es hora de que crezcas.

Rocco bajó la mirada. Era verdad que habría matado a Minicuzzu si el pequeño Totò no se lo hubiese impedido. Y decirse a sí mismo que lo habría hecho por defender a un pobre infeliz o a un niño no cambiaba nada. «¿Ahora está usted orgulloso de mí, padre?», pensó con amargura.

Entretanto, don Mimì abrió el sobre y extrajo cinco billetes de cien liras y una hoja amarilla, impresa.

—¿Sabes leer? —le preguntó.

—No.

Don Mimì deslizó la hoja sobre la mesa, hasta dejarla delante de Rocco. Señaló con un dedo una línea.

—Aquí pone «Palermo-Buenos Aires». ¿Lo ves?

—¿Eso qué significa? —preguntó Rocco, cada vez más confundido.

—¿Y sabes qué pone aquí abajo?

Rocco negó con la cabeza.

—Repite conmigo —dijo entonces don Mimì señalando con un dedo la primera de las dos palabras—. Solo...

—Solo... —repitió Rocco, aturdido.

—... ida.

—... ida.

—Solo ida —dijo despacio don Mimì.

Rocco lo miró sin comprender.

—¡Repite! —chilló don Mimì, y dio un manotazo en la mesa.

—Solo... ida —dijo Rocco al tiempo que la puerta se abría y Nardu se asomaba al interior.

—¡Largo de aquí, cojones! —gritó don Mimì.

La puerta se cerró.

—Pasaje solo de ida, de Palermo a Buenos Aires —dijo don Mimì con voz grave—. Y aquí tienes quinientas liras. Cuando llegues a Buenos Aires preséntate en el muelle siete, en el puerto de La Boca, y pregunta por Tony Zappacosta. Es mi sobrino, hijo de mi hermana. Lo ayudé a abrir un negocio de importación-exportación. Te dará trabajo.

Rocco arrugó el entrecejo, con una expresión de asombro estúpido en los ojos.

—¿No va a matarme?

—¡No!

—¿Y Sasà Balistreri?

—Le he dicho que te haría desaparecer para siempre. —Don Mimì sonrió con su aspecto feroz, de lobo—. Por eso el pasaje es solo de ida.

—¿Por qué…?

Don Mimì lo miró serio.

—Porque tengo una deuda de sangre con tu padre —respondió—. Y un hombre de honor como yo salda sus deudas hasta el último céntimo.

—No va a matarme… —repitió Rocco, estupefacto, como si fuese una frase carente de sentido.

—Una vida a cambio de otra, Rocco —dijo don Mimì—. Tu padre me salvó la vida. Y ahora yo salvo la tuya. Y con esto mi deuda queda definitivamente saldada. —Se inclinó hacia él mirándolo con ojos penetrantes—. Definitivamente saldada —repitió. Se puso de pie—. Recuerda, Rocco. Solo ida. Porque en cuanto subas a ese buque tú ya no serás nadie para mí. Dejarás de existir. Estarás como muerto. —Le agarró la cara entre las manos y se la apretó con fuerza—. Y, como los muertos, no puedes volver a nuestro mundo. —Lo besó en los labios—. Si no, te mataré de verdad. Con mis propias manos.

10

Alcamo, lago Poma, Monreale, Palermo, Sicilia

«Eres libre», fue lo primero que se dijo Rosetta poniéndose en camino, sin una meta.

Ahora que lo había perdido todo, se sentía increíblemente ligera e invadida por una agradable sensación de asombro. Todo era ya más sencillo. Y casi no conseguía explicarse, *a posteriori*, por qué se había obstinado en aquella batalla. En ese año había perdido algo mucho más valioso que la tierra. Había perdido la libertad, se repitió. Había perdido su carácter alegre, que le permitió soportar hasta las palizas de su padre. Se había perdido ella misma. Se oyó reír, como si de nuevo tuviese que conocer a esa Rosetta a la que había silenciado tanto tiempo. E incluso cuando ya no podía reír más se empeñó en hacerlo, como para practicar aquella lengua que había olvidado.

—¡Soy libre! —gritó con los brazos abiertos, girando sobre sí misma como si estuviese bailando.

Se adentró entre los matorrales, decidida a mantenerse apartada del camino. Pero, paso a paso, mientras avanzaba entre las zarzas y la tierra dura y seca de aquella tierra avara empezó a perder entusiasmo. ¿Adónde podía ir? ¿Qué le harían si la encontraban? ¿Acabarían con esa breve libertad? Se detuvo. El sol, en su cenit, despiadado, quemaba todo lo que tocaba.

—¿Qué crees que puedes hacer sola, so tonta? —dijo.

Y otra vez perdió toda la fuerza que había recobrado, como si el sol hubiese evaporado también eso. Miró sin esperanza el horizonte que la rodeaba. No había un solo lugar donde esconderse. Ni un solo lugar donde comenzar a vivir de nuevo olvidándose del pasado.

Se dejó caer de rodillas. Y, a pesar del sol, le pareció que se hundía en una oscuridad sin fondo.

Ignoraba cuánto rato llevaba allí inmóvil cuando oyó ruido de cascos no lejos de donde estaba.

—Virgen del Carmen... —susurró aterrorizada, y se ocultó entre unas zarzas—. Virgen del Carmen. Virgen hermosa..., ayúdame... —dijo con las manos en la cara.

Los cascos sonaron más cerca.

Rosetta contuvo el aliento.

—Sé que estás aquí —dijo una voz.

Rosetta se encogió cuanto pudo.

—Sé que te has escondido aquí —insistió la voz.

Rosetta trató de acallar su corazón, que latía desesperado.

—Soy Saro... —siguió la voz—. No quiero hacerte daño... Sal.

Rosetta no se movió.

A lo lejos se oyeron más caballos. Y unas órdenes.

—¿Los oyes? Son los carabineros y los hombres del barón —dijo Saro en voz baja—. Te están buscando.

No hubo respuesta.

—Si te cogen los carabineros, te meterán en la cárcel —continuó Saro—. Pero si te cogen los hombres del barón, él te matará.

Rosetta estaba inmóvil, con las espinas de las zarzas clavadas en la piel, incapaz de decidirse, con los ojos estupefactos por el miedo.

Saro, poco después, dudando de que estuviese allí, chascó la lengua y el burro empezó a moverse.

—Saro... —susurró Rosetta, desesperada.

Pero él no la oyó.

—Saro —llamó Rosetta en voz más alta.

—¿Dónde estás? —exclamó Saro al tiempo que detenía el burro.

—Deja que me vaya..., por favor... —dijo Rosetta con voz tensa por el pánico.

Saro se acercó con el burro hasta el zarzal del que salía la voz. Se apeó. Se arrodilló y miró por entre el matorral. Se tropezó con los ojos aterrorizados de Rosetta.

—Te doy el dinero que ha prometido el barón —dijo Rosetta.

—No quiero dinero —respondió Saro negando con la cabeza.

—¿Y qué es lo que quieres? —preguntó Rosetta sin moverse.

Saro le tendió una mano.

—Quiero ayudarte.

—¿Por qué?

Saro miró al suelo y se sonrojó.

—Porque sí —respondió por fin—. Ven —añadió, y se inclinó hacia ella.

—¡No me toques! —dijo Rosetta.

Saro apartó la mano.

—¡No me toques...! —repitió Rosetta. Entonces, mientras Saro retrocedía, lentamente salió del escondite.

Los dos se miraron en silencio, arrodillados uno frente al otro. No tenían nada que decirse.

—Debemos irnos —la instó por fin Saro.

—¿Adónde? —preguntó Rosetta con miedo en la voz.

—Fuera —respondió Saro, pese a que no significaba nada.

—Fuera... —dijo Rosetta como un eco que repetía sin comprender.

Saro se volvió hacia el camino, de donde procedían las voces de los carabineros y de los hombres del barón. Se incorporó y cogió las riendas del burro.

—Sube —dijo una vez que hubo montado.

No bien estiró una mano para ayudarla, Rosetta dio un respingo, repeliéndolo.

—No me toques —dijo de nuevo.

Saro no apartó la mano.

—Sube —le repitió—. No queda tiempo.

Rosetta, tras un instante de vacilación, aceptó su mano y montó a lomos del burro.

—Agárrate a mí —dijo Saro mientras empezaban a moverse.

Rosetta, muy lentamente, le puso las manos en las caderas, sobreponiéndose a la repulsión de tener contacto con un hombre.

Saro chascó la lengua y el burro aceleró el paso, adentrándose más entre los matorrales.

Al cabo de veinte minutos las voces y los ruidos de los caballos dejaron de oírse. Ellos dos no habían dicho una sola palabra.

—¿Dónde estamos? —preguntó Rosetta mirando alrededor.

—Es un sitio al que vengo a cazar liebres. Aquí no te buscarán, seguro —respondió Saro—. Dentro de poco llegaremos al lago Poma. Después entraremos en el valle de Romitello y desde allí iremos directamente hasta Monreale. Y luego a Palermo.

—¿Palermo? —exclamó Rosetta—. ¿Y yo qué hago en Palermo?

—Tienes que irte lejos —dijo Saro—. Pero muy lejos. Las manos del barón son muy largas para la gente pobre como nosotros.

—¿Y Palermo está lo bastante lejos? —Rosetta estaba asustada.

—No —le respondió en tono muy serio Saro.

—¿Y entonces? —Rosetta se sentía cada vez más perdida.

—¿Te acuerdas del amigo Ninuzzo? —le preguntó Saro—. ¿Recuerdas que se marchó cuando éramos unos críos?

Rosetta notó que le costaba respirar.

—Pero Ninuzzo... —dijo con voz débil, aterrorizada—. Ninuzzo... se fue... —Calló, incapaz de seguir.

—A las Américas —concluyó Saro.

—Las Américas... —repitió Rosetta.

—Sí, las Américas.

De nuevo se hizo el silencio.

Una hora después llegaron al lago Poma. Lo rodearon y pasaron por entre dos pequeñas formaciones montañosas, siempre sin hablar. Al cabo de otras dos horas avistaron los alrededores de Monreale.

Saro detuvo el burro al lado de un abrevadero. Luego ofreció agua a Rosetta.

Rosetta bebió y se sentó abstraída en el borde del abrevadero.

Saro extrajo de la alforja unas zanahorias viejas y secas y se las dio al burro. Enseguida cortó unas gruesas lonchas de queso curado de cabra y tendió una a Rosetta, que ella rechazó con un gesto de la cabeza.

—Tienes que comer —dijo Saro.

Rosetta lo observó.

Saro entonces miró al suelo, sonrojado.

—Come —repitió.

Rosetta aceptó el queso y lo mordisqueó.

—Escucha... Lo que te hicieron fue una canallada —dijo Saro, en voz baja pero sacudiendo la cabeza con decisión.

—No quiero hablar de eso —dijo Rosetta.

—Pero no fue nadie del pueblo —continuó Saro.

—Lo sé —murmuró sombría Rosetta.

—Nosotros no deshonramos a las mujeres.

Rosetta levantó la cabeza, con rabia.

—Vosotros solo quemáis los campos y degolláis las ovejas, ¿verdad? —dijo con ímpetu. Y enseguida le propinó una bofetada, descargando toda su frustración de ese año.

Saro permaneció en silencio, con la mejilla roja.

—Yo no fui.

Rosetta se echó a llorar, quedamente.

Saro estiró una mano para limpiarle las lágrimas.

—¡No me toques! —gritó ella, y se puso en pie—. Me dais asco... —le espetó en un tono amargo, lleno de dolor, y le dio la espalda—. Todos vosotros.

Saro inclinó la cabeza y no dijo nada.

Cuando Rosetta se volvió, vio que él también estaba llorando. Se sentó de nuevo en el borde del abrevadero e introdujo una mano en el agua.

—¿Y dónde están esas Américas? —preguntó poco después con voz leve por lo desconcertada que se había quedado.

—Lejos —dijo Saro, que seguía con la cabeza gacha, volviéndose solo un instante para enjugarse disimuladamente las lágrimas.

—¿Más lejos que Roma?

El chico asintió.

—Pero ¿a cuánta distancia están? —preguntó Rosetta, que

sentía que la cabeza empezaba a darle vueltas, como si tuviera vértigo.

—A mucha...

—A mucha —repitió Rosetta y, aterrorizada, comenzó a calcular aquella desconocida, inmensa distancia.

Antes de reanudar la marcha, mientras Saro le tendía la mano para ayudarla a montar en el burro, Rosetta lo miró a los ojos.

—¿Por qué lo haces? —le preguntó.

Saro de nuevo se ruborizó violentamente. Volvió la cabeza hacia otro lado y, como antes, respondió:

—Porque sí.

Al cabo de otras dos horas llegaron a Palermo.

Saro condujo el burro por las calles atestadas de gente del Borgo Vecchio hasta que llegaron al puerto. Pidió indicaciones y se detuvo delante del edificio anónimo y cúbico de la Autoridad Portuaria.

—Aquí se compra el pasaje para el buque que va a las Américas —anunció a Rosetta.

Se bajaron del burro y permanecieron inmóviles, uno frente al otro, ambos mirando el suelo.

—Lo llaman el Nuevo Mundo —dijo Saro.

—¿Qué?

—Las Américas. Allí se puede rehacer una vida, eso cuentan.

Rosetta se acordó de Ninuzzo. Un año antes de marcharse se le habían muerto su mujer y su hijo, que tenía siete años, los mismos que tenía entonces Rosetta. Un día, Ninuzzo cargó demasiado el carro con las piedras que transportaba desde su cantera, para hacer un viaje menos. Su mujer y su hijo lo ayudaron porque Ninuzzo se había negado a aumentar el salario a sus obreros y estos habían dejado el trabajo. El carro se volcó, y las piedras mataron en el acto a la mujer y al hijo, aplastándoles el cráneo. A partir de ese día, Ninuzzo no volvió a ser el mismo. Abandonó la cantera, y se le veía vagando por los campos sin rumbo, con la barba muy crecida. En el pueblo empezaron a llamarlo *U' fuddu*. El loco. Entonces, cuando tocó fondo, el barón —siempre él y siempre con perfecto oportunismo— se ofreció a comprarle la cantera. Y Ninuzzo se la vendió. Por una miseria. Con el dinero del barón U' *fuddu* compró un pasaje para las Américas y se marchó. Para no morir de dolor, comentaban en el pueblo.

Rosetta miró a Saro.

—Ninuzzo se fue a las Américas porque estaba desesperado —dijo.

Saro asintió.

—Sí.

—Como yo...

Saro miró otra vez al suelo.

—A lo mejor ese Nuevo Mundo no es tan bonito. —Rosetta negó con la cabeza.

Se volvió hacia el edificio de la Autoridad Portuaria. Extrajo de la bolsita de yute el puñado de billetes del barón.

—Escóndelos —le dijo Saro—. Guárdalos donde nadie pueda encontrarlos. —Se ruborizó otra vez, buscando las palabras que había preparado y se había repetido durante toda su larga huida—. En el pueblo decían que te comportabas como un hombre —balbució—, que creías que tenías huevos y que eso era pecado... porque Dios creó a la mujer sin huevos. —Dio una patada a un par de guijarros, avergonzado—. Pero mientras no estés a salvo... —Alzó la mirada—. Es mejor que los tengas bien puestos.

Rosetta lo miró. Durante un año, él y todos los demás la habían llamado puta. Durante un año, le habían hecho la vida imposible. Y hasta esa mañana los había odiado. Ahora, sin embargo, todo había cambiado. Era una pobre infeliz. Pero también una mujer libre. Y podía perdonar.

—Gracias —le dijo.

Los ojos de Saro se arrasaron en lágrimas.

Rosetta empezó a alejarse.

—¿Cómo sabré si todo ha ido bien? —le preguntó Saro, en un intento por alargar esa última charla.

Rosetta lo miró en silencio. Tal como Ninuzzo trataba de interponer todo un océano entre él y sus recuerdos, ella no quería llevarse nada de su pasado. Ni a nadie.

—Te escribiré —dijo encogiéndose de hombros.

Saro puso una cara perpleja e infantil.

—Pero yo no sé leer...

Rosetta sonrió con amargura. No había sitio para ninguno de ellos en el Nuevo Mundo.

—Y yo no sé escribir.

—Rosetta... —murmuró Saro con los ojos cubiertos ya de lágrimas, tratando de retenerla.

Rosetta estiró una mano y le acarició una mejilla. Seria. Sin sonreír.

—Es demasiado tarde —le repitió con voz de mujer adulta, y lo miró de nuevo. Intensamente.

Por fin, le dio la espalda y partió hacia su destino, sola, sin volver la vista atrás.

11

Este de Europa, Hamburgo, mar del Norte, océano Atlántico

Desde que había escuchado la conversación de los hombres de la caravana, Raechel vivía angustiada y con miedo. Hasta esa noche no había comprendido por qué su padre le había dicho que era demasiado pequeña el día que le negó el permiso para marcharse, antes de que lo mataran. ¿Qué podía hacer una chica de trece años como ella? ¿Cómo podía salvarse?

«Te van a devorar los lobos», se decía espantada.

Cada vez que se detenían en una aldea, Raechel se proponía huir. Pero paraban solo lo estrictamente necesario para cargar más chicas y enseguida se iban para acampar lejos de los centros habitados, en medio de la nada. ¿Adónde podía marcharse? No tenía la menor posibilidad de ir a uno de esos pueblos desconocidos. Y, en cualquier caso, ¿cómo sobreviviría? De manera que, de parada en parada, retrasaba su fuga. Y trataba de ser invisible, esperando que se olvidasen de ella. Evitaba sobre todo a Amos, al que temía más que a cualquier otro, ya que había intuido su verdadera naturaleza, cínica y despiadada.

Por otro lado, los hombres le dirigían la palabra solo para mandarla a fregar platos y cazuelas. Y Raechel obedecía con la cabeza gacha, sacando a los cacharros todo el brillo que podía frotándolos con ceniza hasta que se le pelaban los dedos, silenciosamente, sin rechistar.

Antes de su llegada, eso lo hacían todas las chicas, por turnos, pero desde que Raechel se había sumado al grupo esa tarea le correspondía solo a ella. «El erizo lavaplatos», la había rebautizado Tamar, con su habitual malevolencia. Pero Raechel, que no tenía la menor intención de llamar la atención con discusiones, nunca replicaba. Lo que menos quería era tener conflictos con Tamar, a la que Amos trataba mejor que a cualquiera de las otras.

¿Ella era la «belleza» de la que Amos hablaba la noche que los oyó? Desde luego, pensaba Raechel, no sería nada raro: Tamar era, con diferencia, la más guapa de las chicas de la caravana. Ninguna de las otras tenía sus rasgos regulares, casi perfectos, sus largos cabellos brillantes, su cuerpo elástico, todo él curvas bien proporcionadas.

Hasta que una mañana Tamar contó a sus compañeras que Amos le había prometido que se casaría con ella. Miró a Raechel con una sonrisa y le dijo, suscitando la hilaridad general:

—No temas, erizo lavaplatos. Tú no corres ese peligro.

Pero Raechel recordaba bien el tono despectivo que Amos empleó cuando se refirió a ella. Dijo que iba a «educarla» para distraerse del aburrimiento del viaje. No habló de boda. Raechel se preguntó si debería prevenirla.

Los días que siguieron Tamar fue sentándose cada vez más cerca de Amos. Le servía la cena, le rozaba las manos, se reía echando la cabeza hacia atrás, con coquetería, mostrando su largo y provocador cuello de piel inmaculada. Hasta que, una noche, no volvió al carruaje para dormir con las otras. A la mañana siguiente exhibía una mueca de soberbia en el rostro.

—Soy su mujer —dijo, y todas las chicas entendieron qué significaba eso.

A partir de ese momento, Tamar se sintió superior a las otras y las obligaba a cumplir cuanto les mandaba —como que le cepillaran varias veces al día el pelo y que le llevaran bebida, y eso que no le habría costado nada hacerlo ella misma—, con la amenaza de contarle a Amos que la habían contrariado. Este, por su parte, nunca hizo nada para evitar que Tamar se comportara así. Y la impopularidad de la chica aumentó enormemente entre las demás.

Cuando Tamar se instaló en el carruaje de Amos, Raechel tomó una decisión. Le contó los detalles de la conversación que había alcanzado a oír y le aconsejó que no se fiara de él.

Tamar la miró con su aire de soberbia y negó con la cabeza.

—La envidia es fea, erizo —le recriminó frunciendo los labios en una mueca de desprecio. Luego le dio golpecitos con un dedo en el pecho liso, con ojos amenazadores—. ¿Sabes que si le cuento a Amos lo que me has dicho te dejará aquí, en medio de la nieve?

Raechel se sintió aterrorizada.

—Por favor —le imploró.

—No le contaré nada, tranquila —dijo Tamar encogiéndose de hombros—. Me das demasiada pena, pequeño erizo envidioso.

Y así, de camino hacia el puerto de Hamburgo, en una Europa cubierta de hielo, se detuvieron en tres *shtetl* más y recogieron a otras dieciocho chicas. En total, ahora eran cuarenta y tres.

Entre ellas había una chiquilla de trece años de rostro angelical, ojos verdes y pelo rubio que se le ensortijaba en armoniosos bucles sobre los delgados hombros. En sus ojos, con los que miraba muy atentamente el mundo por el que pasaban, se reflejaban todos sus sueños y toda su ingenuidad. A Raechel enseguida le cayó bien esa chica y le inspiró un sentimiento de protección, a pesar de que tenían la misma edad. «Pero parece una niña», pensó Raechel. O una muñeca.

La primera noche, después de la cena, la chiquilla se puso a cantar. Y su voz era tan armoniosa y arrebatadora que todas las chicas la escucharon felices y emocionadas. Era como si aquella voz celestial transmitiese dicha y belleza.

—¿Cómo te llamas? —le preguntó Raechel sentándose a su lado.

—Kailah —respondió la chica con una sonrisa sincera.

—Cantas muy bien.

Kailah resplandeció más.

—Estos hombres son muy buenos —dijo—. Mis padres no querían que me fuese, pero ellos les dieron dinero y les aseguraron que en Buenos Aires me conseguirán trabajo de cantante.

Raechel le sonrió, pero en su fuero interno no pudo sentir el mismo optimismo. Cuanto más tiempo pasaba, más miedo le daba su futuro. «Mercancía para colocar en el mercado», así las habían definido.

No, estaba segura de que no eran buenos.

—¡Me haré famosa! —exclamó Kailah, y rio entusiasmada.

—Sí... —Raechel asintió.

A partir de esa noche, Kailah alegró el campamento con sus canciones, en las cenas y durante el viaje. Y nada parecía poder romper el hechizo que creaba con su voz.

Esa situación se prolongó hasta Hamburgo.

Pero ya cuando subían por la pasarela que las llevaba al gran buque anclado en un muelle del Elba, que estaba en el que todos llamaban la Puerta del Mundo, Raechel se fijó en que las sonrisas de los hombres de la Sociedad Israelita de Socorros Mutuos desaparecían de sus rostros para ser reemplazadas por gestos distantes y fríos. «Como si se hubiesen quitado una máscara», pensó. Y luego se percató de que los marineros que había en el buque intercambiaban miradas irónicas con los hombres vestidos con caftán, haciendo guiños hacia las chicas. Se sintió invadida por una sensación de profundo temor y preocupación.

Volvió la cabeza y decidió intentar la fuga, pese a que estaba en una tierra extranjera en la que se hablaba un idioma que no conocía. Se alejó unos pasos del grupo, pero Amos enseguida la agarró de un brazo con tanta fuerza que le hizo daño, y le dijo, con una sonrisa que daba miedo:

—¿Adónde pretendes ir, jovenzuela? Andando, no me hagas perder la paciencia.

Raechel, a su pesar y aterrorizada, enfiló la pasarela que conducía al barco. Al mirar a las otras chicas, comprendió que no se habían dado cuenta de nada. Sonreían felices y emocionadas.

Tamar subió del brazo de Amos, como una altiva reina.

—Buenos días, capitán —lo saludó Amos.

—Oh, de eso estoy seguro, querido amigo —contestó el otro, un hombre robusto con un mostacho amarillento por el humo del tabaco—. Y este será solo el primero de muchos días estupendos. —Se echó a reír. Luego, mirando descaradamente a Tamar, le dijo—: Buenos días para ti, preciosidad.

—Buenos días para usted, capitán —respondió Tamar en tono gélido, enarcando una ceja con expresión altiva.

—Trátame de tú, preciosidad —dijo con una carcajada el capitán—. En el barco no guardamos las formas. —Estiró una mano y le tocó el culo.

Tamar dio un respingo y le soltó una bofetada.

Amos le propinó en el acto un puñetazo en la mejilla.

—No vuelvas a hacerlo, puta —le dijo con voz dura—. Ve con las otras —añadió dándole un brusco empujón.

Un murmullo de preocupación se extendió entre las chicas. «Pero ya es tarde», pensó Raechel, mientras subían por la pasarela hasta el buque.

Y luego oyó al capitán diciendo a Amos:

—No te preocupes, amigo mío. Me gusta domarlas.

—Pero has de saber que ya no es virgen —lo previno Amos.

—Como acabo de decirle a ella —siguió el capitán, aún riendo—, en el barco no guardamos las formas...

Metieron a las chicas casi a empujones, como si fuesen ganado, en un gran espacio con las paredes forradas con planchas de metal. Ahora miraban con cara de incredulidad, desconcierto y miedo. En el suelo había amontonados jergones miserables, hechos con mantas sucias.

Los marineros encargados de instalarlas no se privaron de toquetearlas ni de hacer comentarios vulgares. Raechel se fijó en que toqueteaban sobre todo las enormes tetas de una chica llamada Abarim, y de nuevo rogó al Señor que no le crecieran.

Cuando los marineros, entre grandes carcajadas, cerraron por fuera el portalón del espacio donde las habían hacinado, alguna que otra chica rompió a llorar. Pero casi todas seguían con cara de pasmo e incredulidad, observó para sí Raechel, por aquel cambio de actitud tan repentino. Estaban tan sorprendidas que ninguna de ellas pudo hablar hasta que las paredes del buque empezaron a vibrar.

—Nos movemos —dijo una.

Y entonces se desató el pánico. Muchas corrieron hacia el portalón y se pusieron a dar puñetazos contra el metal. Otras se abrazaron llorando.

Solo Tamar permaneció apartada. Se tocaba el pómulo, cada vez más hinchado, con los ojos pasmados. Ninguna de las otras le hacía caso. Era como si no formase parte del rebaño.

Raechel, a pesar de que la detestaba desde niña, se aproximó a ella.

—¿Te duele mucho? —le preguntó.

—Soy su mujer. Me he entregado a él —dijo Tamar con voz inexpresiva y la mirada extraviada—. No ha pasado nada. Vendrá a pedirme perdón y se casará conmigo.

Raechel se quedó a su lado, en silencio, mientras su cárcel de metal se saturaba de los gritos aterrorizados y los llantos desesperados de las chicas.

Kailah se le acercó y se sentó junto a ella.

—¿Qué ocurre? —quiso saber con voz impregnada de miedo.

—No lo sé —respondió Raechel.

Kailah guardó silencio unos segundos y luego le preguntó:

—Pero me conseguirán trabajo de cantante, ¿verdad?

Raechel no respondió. Y aferró con fuerza el libro de su padre.

Al atardecer, el portalón se abrió. Unos marineros con palos en la mano las hicieron retroceder. Apareció Amos.

Tamar lo miró, esperanzada.

Y Amos la señaló con un dedo.

—Ven, date prisa —le ordenó.

—Te lo dije, erizo —espetó Tamar a Raechel.

Fue corriendo hacia Amos para arrojarse a sus brazos, pero él la rechazó. La agarró de una muñeca y se la llevó consigo.

Los marineros dejaron en el suelo comida y agua.

—Comed —dijeron—. Y limpiad el vómito —añadieron señalando a las chicas y unos cubos. Luego salieron y cerraron de nuevo el portalón.

—Canta, Kailah —le pidió Raechel en cuanto estuvieron solas.

—Tengo miedo... —murmuró la niña.

—Canta —insistió Raechel con dulzura.

Kailah empezó a entonar una canción. Pero le temblaba la voz. Poco después calló y se abrazó a Raechel en silencio.

La noche fue más oscura que nunca para las chicas. Ninguna de ellas pudo dormir. Muchas se sintieron mal. Algunas se acurrucaron en sus jergones y Raechel las oyó rezar.

A la mañana siguiente, el portalón se abrió. Amos, siempre seguido por marineros con palos, arrojó adentro a Tamar.

Raechel notó que la belleza de Tamar parecía ajada, igual que una sábana arrugada. Además del pómulo tumefacto, tenía marcas rojas en las muñecas.

Amos avanzó un paso en el gran espacio.

—Por si aún no lo habéis comprendido, sabed que no vais a ser criadas en el lugar al que vamos —les anunció con una sonrisa maligna, suscitando la hilaridad de los marineros—. En Buenos Aires os ganaréis la vida de otra manera. —Las observó con ojos gélidos, sin una pizca de humanidad—. Y como resulta que no quiero malgastar mi dinero con vosotras, comenzaréis a conocer vuestro nuevo trabajo aquí, en el buque, pagando con vuestros servicios la travesía.

Uno de los marineros se puso el palo en la entrepierna y lo agitó violentamente, como si fuese un enorme, peligroso falo. Los otros se rieron y se llevaron las manos a la ingle, antes de salir detrás de Amos y cerrar el portalón.

Tamar fue hasta un jergón que había en un rincón, dando la espalda a las otras, que la miraban mudas y aterrorizadas.

—¿Qué trabajo tenemos que hacer? —preguntó una chiquilla que no tenía ni quince años.

Ninguna de las otras le respondió. Pero una de ellas rompió a llorar.

El silencio que siguió daba más miedo que cualquier estrépito.

Raechel se acercó a Tamar y se sentó a su lado.

Tamar no se movió.

Raechel le puso una mano en el hombro, con delicadeza.

—Lo siento… —murmuró.

Tamar se volvió de golpe, con los ojos inyectados en rabia.

—¡Vete, erizo! —masculló.

Raechel se levantó y se apartó. Pero siguió mirándola.

—Se lo tiene merecido. Se creía la mejor de todas —dijo mordaz una chica.

—¡Calla, idiota! —le gritó Raechel.

Tamar permaneció inmóvil todo el día, como una muerta con los ojos abiertos.

Por su parte, Kailah se pegó a Raechel, dejando que le acariciase sus largos cabellos rubios.

De noche, Amos volvió con otros marineros.

—Escoged —les dijo.

Los hombres se movieron por entre las chicas como si estuviesen en un mercado de carne. Uno de los hombres señaló a Raechel.

—¿Y con esta qué tendría que hacer? —preguntó a Amos.

Amos se encogió de hombros.

—Tírala al mar, si quieres.

Raechel se agazapó en un rincón.

Los marineros se rieron. A continuación, eligieron unas chicas, las agarraron de las muñecas y salieron con ellas.

Amos cogió a Tamar de un brazo y la obligó a levantarse.

—El capitán no ha terminado contigo —la avisó, y la sacó de un empujón.

Tamar se movía como un títere sin vida.

—Tú —dijo uno de los marineros a Raechel—. Ya que no sirves para follar, limpia el vómito. Esto es un muladar.

Luego el portalón se cerró.

Cada noche elegían diez chicas. Y cada mañana regresaban con la vergüenza grabada en el rostro. Y con las marcas de los golpes de los marineros que se aprovechaban de ellas. Tamar, bonita como era, no se libró ni una sola noche, ni siquiera cuando el capitán se cansó de ella.

—¿Qué les hace a las chicas? —preguntó Kailah a Raechel con voz asustada, al tiempo que se refugiaba entre sus brazos.

Raechel la miró con ternura. Estaba tan indefensa... Parecía un angelito.

—No te rebeles si te eligen —le dijo—. Si te resistes, te harán más daño.

—Yo no quiero que me elijan —gimoteó Kailah.

—Ruega al Señor que no lo hagan. Yo también rezaré por ti. —Raechel le acarició el pelo—. Pero si lo hacen…, no te rebeles.

Esa noche, Kailah fue elegida.

A la mañana siguiente, cuando la devolvieron con las demás, parecía una flor pisoteada. Se lanzó a los brazos de Raechel y lloró largamente.

—No me he rebelado —le dijo.

—Has sido valiente —le susurró Raechel con el corazón en un puño.

La atrajo hacia sí y la arrulló, aunque después de esa noche ya nunca sería una niña.

Kailah no volvió a cantar, y la eligieron otras dos noches. Cada vez regresaba al lugar donde estaban encerradas con los ojos más apagados.

Luego, la tercera noche, cuando uno de los marineros la señaló para ordenarle que lo siguiera, Kailah miró a Raechel con los ojos llenos de dolor pero decididos.

—El Señor me ha dicho qué debo hacer —susurró. Le sonrió y la besó en la mejilla—. Gracias —le dijo.

Acto seguido se incorporó y se dirigió hacia la puerta cantando con una voz que parecía la de antes, transparente y conmovedora.

Raechel sintió que un escalofrío le recorría la espalda y, obedeciendo a un instinto que aún no conseguía comprender, también se levantó y la siguió unos pasos.

Una vez en la puerta, Kailah esquivó con un brinco al marinero y salió.

—¡Deténganla! —gritó Raechel, impulsada por un mal presentimiento.

Uno de los marineros se rio.

—¿Adónde va a ir?

Raechel trató de apartarlo.

—¡Kailah! —chilló.

El marinero comprendió el temor de Raechel.

—¡Ay, mierda! —exclamó, y se lanzó tras Kailah.

Raechel, aprovechando el barullo, consiguió cruzar la puerta y lo siguió. El viento gélido que barría el mar la azotó en pleno rostro.

—¡Kailah! —gritó de nuevo corriendo detrás del marinero.

Cuando alcanzaron la popa del buque, Raechel, el hombre y otros tres que los habían seguido se detuvieron. Un instante después apareció también Amos.

Kailah estaba inmóvil, agarrada a la barandilla de popa, con los ojos clavados en la noche.

—No hagas tonterías, chiquilla —dijo un marinero, y avanzó un paso.

—¡No os acerquéis! —gritó Kailah.

—No, Kailah… —susurró Raechel.

—Venga, nadie va a hacerte daño —dijo Amos.

—¡Eso no es verdad! —gritó Kailah. El viento le revolvía el pelo y le levantaba la falda, descubriendo dos piernas flacas, de niña.

—Kailah, no… —repitió Raechel.

Amos, con una expresión dura en el rostro, avanzó hacia Kailah.

—¡Ahora haré que te arrepientas de esta tontería!

Y entonces Kailah se subió a la barandilla.

Permaneció un instante en equilibrio y luego saltó al vacío negro de la noche.

—¡No! —gritó Raechel mientras corría hacia la barandilla.

Se agarró a ella con las mejillas ya empapadas de lágrimas, y vio a Kailah planeando en el aire, con la falda abierta como la corola de una flor y el fajín volando como un pétalo arrancado por la furia del viento. Hasta que vio una pequeña salpicadura blanca que encrespó el mar negro un breve instante. Sin ruido. Y después ya nada mientras el buque seguía su ruta hacia Buenos Aires.

Alguien la asió de un brazo y se la llevó de allí a la fuerza.

—Bueno, cógete otra —dijo Amos al marinero que había elegido a Kailah.

—No, a lo mejor mañana —respondió el marinero.

Cuando el portalón se cerró, en un silencio espectral, todas las chicas sabían lo que había ocurrido, sin necesidad de explicaciones.

Raechel cogió su libro de plegarias y cantó el *kaddish*. Luego fue a su jergón.

—Erizo —la llamó entonces Tamar.

Raechel la miró.

—Ven aquí —dijo Tamar.

Raechel se le acercó, y Tamar la acogió entre sus brazos, como ella había hecho con Kailah, y le acarició en silencio su pelo espeso e hirsuto. Y, un instante después, Raechel notó que las lágrimas le mojaban la cara. Se estrechó más contra su cuerpo, como Kailah había hecho con ella.

—No es justo —murmuró.

Tamar no respondió, pero siguió acariciándola, meciendo ligeramente el cuerpo, acunándola.

—Duerme, erizo —le dijo.

Raechel cerró los ojos, y mientras caía vencida por el cansancio, arrullada por el movimiento del buque que surcaba el océano transportando su terrible cargamento de dolor, dio gracias al Señor del Mundo por no haberle concedido la belleza.

12

Palermo, mar Mediterráneo

A la mañana siguiente de que Saro la hubiera dejado en Palermo, Rosetta se puso en la cola de la taquilla de la Autoridad Portuaria.

Cuando llegó su turno, el empleado le preguntó:

—¿Adónde quieres ir?

—A las Américas.

El empleado suspiró con suficiencia por la ignorancia de esos emigrantes con los que tenía que tratar, como si el simple hecho de vender pasajes lo convirtiese en un veterano de las travesías.

—Sí, pero ¿*Nuevaior* o *Buenosaire*?

Rosetta se encogió de hombros.

—¿Qué diferencia hay?

El empleado hizo una mueca y respondió de conformidad con el único criterio de su trabajo:

—Cuestan más o menos lo mismo.

—Pero ¿las dos son las Américas?

—Sí.

—¿Qué barco sale primero?

—El que va a *Buenosaire*. Mañana.

—Entonces ese.

—¿Tienes prisa por irte? —El empleado la miró intrigado.

Rosetta sintió que se le helaba la sangre. No debía parecer una mujer que huía ni levantar sospechas. Vaciló un instante y luego respondió, tratando de sonreír:

—Como espere mucho puede que me arrepienta y me quede aquí.

—Pues haces bien —asintió el empleado—. Y además en *Nuevaior* hace frío, mientras que *Buenosaire* es más calurosa.

A Rosetta le pareció que el empleado tardaba un siglo en rellenar los formularios para la partida, transcribiendo minuciosamente todos los datos de su documento en la lista de los pasajeros. Cuando por fin le entregó el pasaje, Rosetta miró las letras y los números que no comprendía, y le preguntó:

—¿Qué pone?

—«Pasaje de ida Palermo-Buenos Aires. Tercera clase. Embarque el día 2 de octubre de 1912 a las cinco de la tarde.»

—¿Y a qué hora llega? —preguntó Rosetta.

El empleado rompió a reír, divertido con la ingenuidad de aquella mujer.

—Cuando lo disponga el Señor —le respondió con buen humor—. Deja pasar a los demás —añadió, e hizo un gesto al pasajero siguiente para indicarle que se acercara.

Rosetta no sabía adónde ir y, como tenía hambre, entró en una freiduría, y compró dos *arancini* de arroz rellenos de guisantes y ragú. Cuando salía, oyó que el dueño explicaba a un cliente que un amigo suyo, oficial de los carabineros, le había dicho, contrariado, que todo el cuerpo había sido movilizado en busca de una mujer que le había abierto la cabeza al barón Rivalta di Neroli. Rosetta se puso tensa y, fingiendo que mordisqueaba los *arancini*, se quedó en la puerta, escuchando.

—Es una pena que una mujer con agallas que ha enseñado buenos modales a un noble tenga que acabar en la cárcel —bromeó el dueño.

—Sí. Pero seguro que la pillan. No hay forma de librarse cuando tocas a un noble —replicó el cliente—. La historia de David y Goliat es una chorrada. En la vida real, a David siempre le dan por culo.

Rosetta se alejó asustada mientras los dos hombres se reían a gusto.

Esa noche durmió en un cobertizo para botes, dentro de uno

que apestaba a salmuera y a pescado podrido, despertándose cada dos por tres por miedo a que los guardias la encontrasen. Cuando amaneció, dejó su refugio antes de que los pescadores llegasen. Luego se mezcló con la gente que llenaba el mercado de la Vucciria.

De vez en cuando cogía el pasaje de la travesía atlántica y lo miraba, repitiendo mentalmente, como una cantilena: «Pasaje de ida Palermo-Buenos Aires. Tercera clase. Embarque el día 2 de octubre de 1912 a las cinco de la tarde». Y luego decía en voz baja:

—No vais a quitarme esto también.

Permaneció oculta hasta que oyó que las campanas de las iglesias tocaban las cuatro de la tarde. Entonces se encaminó hacia el puerto.

Cuando llegó delante del buque anclado, suspiró. Era lo más grande que había visto jamás. Era tan grande como dos edificios colocados en fila.

Y en el muelle, delante del barco, había amontonada una multitud, como un enorme rebaño. Casi todos iban vestidos de negro. Como ella.

Avanzó por entre el gentío sin detenerse hasta que estuvo en el centro de todos, casi como si aquella masa densa y oscura pudiese impedirle huir, igual que un cercado. Y también pudiera ocultarla de los guardias. Pero se sentía incómoda. Todos eran hombres. La miraban. Y alguno ya le sonreía y le guiñaba un ojo.

—¿Qué tal, encanto? —le dijo un tipo de unos treinta años.

Rosetta avanzó unos pasos sin responderle.

Pero el hombre la siguió. Y con él, otros dos.

—¿No te han enseñado modales? —Le puso una mano en un hombro—. Las personas educadas se saludan.

Rosetta se soltó enseguida, alterada por aquel contacto.

—No me toques —le dijo.

El hombre se le acercó más, sonriendo con malicia.

—¿Dónde, exactamente, no debería tocarte?

Los dos que iban con él se rieron burlones.

—Vete a la mierda —dijo Rosetta, y volvió a alejarse.

—Joder, ¡menuda lengua! —El tipo se echó a reír, sin dejar de perseguirla.

—¿Qué pasa aquí? —intervino un guardia portuario que deambulaba entre la gente para abortar enseguida cualquier conato de disputa.

—Esta señorita está fastidiándome —contestó enseguida el tipo con un ademán arrogante, suscitando la risa de sus dos compinches.

—Si queréis viajar, más vale que paréis, vosotros tres —les advirtió el guardia. Agarró a Rosetta de un brazo y la llevó a una zona del muelle en la que había unas pocas mujeres con sus respectivos maridos—. Quédate aquí —le dijo—. Y si aceptas un consejo, mantente cerca de las mujeres también durante la travesía.

Rosetta le dio las gracias con un gesto de la cabeza. Pero mientras esperaba enseguida notó que las mujeres la miraban con recelo. Y sabía qué estaban pensando. Una chica que iba a América sola evidentemente no podía ser una buena persona.

—Pu-ta —le dijo una en voz baja. Parecía que, en Sicilia, para describir a una mujer que no cumplía las reglas solo había una palabra.

Vio al hombre que la había importunado. La miraba mientras hablaba con sus dos compinches a unos metros de donde estaba ella. Y advirtió que tenía una navaja sujeta a la correa.

El miedo que le daban los hombres volvió a impedirle respirar. Se sentía aplastada por la mugre de aquello que había sufrido.

—No duele... —se susurró.

Pero no era verdad.

Por fin llegó el momento del embarque, y Rosetta se puso en fila con los otros pasajeros. Al llegar al pie de la pasarela, mostró su pasaje y un documento. Mientras el empleado buscaba su nombre en la lista de la Autoridad Portuaria, Rosetta miraba la plaza del puerto, temiendo que en cualquier momento apareciesen los carabineros, temblando ante la idea de que pudieran privarla de la oportunidad de rehacer su vida, lejos de su reciente y dolorosa derrota.

Cuando los controles terminaron, lanzó un suspiro de alivio y subió por la tambaleante pasarela, pegada a los pasajeros que iban delante de ella.

«¡Lo he conseguido!», pensó presa de la euforia.

Pero un instante después notó que una mano le palpaba las nalgas.

Se volvió de golpe, casi perdiendo el equilibrio.

Era el tipo de antes.

—El viaje es largo —le susurró con una sonrisa lasciva—. Pero tú y yo nos lo pasaremos bien, ¿verdad? —Luego, al advertir la expresión turbada de Rosetta, se rio—. Así estás todavía más guapa. —Le guiñó un ojo—. Nos vemos dentro, amor mío.

Rocco no se lo podía creer.

Esos últimos días se sentía como en una montaña rusa. Su vida se había desmoronado tanto que llegó a convencerse de que moriría. Y ahora, en cambio, se dirigía a un nuevo mundo donde su vida podría ser distinta, donde podría comenzar todo desde el principio. Donde podría tratar de cumplir su sueño de ser mecánico. Donde se libraría de la maldición de la Cosa Nostra. Donde podría ser él mismo y no la sombra de su padre. Donde a lo mejor se sentiría menos solo.

Mientras pisaba el puente del barco que iba a llevarlo a Buenos Aires no creía en su suerte.

Se volvió hacia Palermo y observó la ciudad, consciente de que lo hacía por última vez, sin lograr comprender los confusos sentimientos que lo embargaban. Miró los tejados de teja redondeada, las terrazas resplandecientes de naranjos y limoneros en macetas, los muros rojizos de las casas, las cúpulas de las iglesias, las cruces que despuntaban en los campanarios. Y seguía observando la ciudad, asido a la barandilla del puente superior, cuando el transatlántico empezó a dejar el puerto con los motores a la máxima potencia, produciendo una vibración sorda que hacía temblar la rígida estructura de hierro. Una poderosa bocanada de vapor negro, que salía de las dos chimeneas, manchaba el cielo azul. Y mientras Palermo y la tierra firme se alejaban, y docenas de gaviotas levantaban estruendosamente el vuelo, asustadas por el chillido ensordecedor de la sirena que se difundía en el aire, a

Rocco, con el pelo rubio revuelto por el viento, se le ocurrió de repente una idea. Si estaba en ese barco, si tenía una nueva oportunidad, si seguía vivo, se lo debía a su padre, por paradójico que pareciera. Esa segunda vida se la había regalado él, muchos años antes, haciéndose matar. «Una vida a cambio de otra», había dicho don Mimì. «Aunque en realidad —pensó Rocco—, es una vida a cambio de una muerte.»

—Al final, tengo que darle las gracias, padre —susurró entonces hacia un punto lejano que no podía ver pero que conocía bien, en las afueras de Palermo. Hacia el pequeño cementerio de Boccadifalco.

Poco después, mientras el transatlántico surcaba el mar, seguido por un montón de delfines que se exhibían en graciosas piruetas, hicieron bajar a los pasajeros de tercera clase a la tercera cubierta, donde los amontonaron en cuatro grandes salas que olían a desinfectante y en las que había duros bancos de madera.

Rocco encontró un sitio en un rincón y se sentó sobre su maleta de cartón casi vacía. Aún le dolía la cabeza por el golpe que le habían dado y un hematoma le oscurecía la frente, debajo de un mechón rubio.

Paseó la mirada alrededor. En los rostros de los pasajeros, muy pegados unos a otros, advirtió aturdimiento, cansancio, miedo y fracaso en aquella aventura hacia lo desconocido. Pero también esperanza. «Porque todos nosotros —pensó—, al final de este viaje encontraremos una nueva vida.» Y de repente lo invadió un alborozo que no sentía desde hacía tiempo. Y se rio solo.

Después de dos horas de navegación, un hombre corrió doblado en dos hacia un ojo de buey y trató de abrirlo, inútilmente. Echó las entrañas en el suelo. Un marinero llevó una escoba y un balde de agua, limpió el vómito y señaló a los pasajeros la puerta que daba a la cubierta inferior.

—Vomitad hacia el mar. Pero no contra el viento —dijo cuando salía.

Un instante después, la estrecha cubierta estaba llena de gente que vomitaba.

Rocco, en cambio, seguía encontrándose de maravilla.

Y fue entonces, con el espacio prácticamente vacío, cuando reparó en una chica que tendría unos veinte años de una belleza salvaje y soberbia. Daba la impresión de que viajaba sola. Igual que él, se hallaba en un rincón, evitando mezclarse con los demás. Estaba sentada en el suelo, con la cabeza gacha, y llevaba bien sujeto un hatillo, que aparentaba ser todo su equipaje. Rocco se dijo que debía de ser una mujer valiente.

Un instante después se fijó en que un hombre de unos treinta años, de aspecto sospechoso, se acercaba hacia ella. Reparó enseguida en la mirada de la chica. Y comprendió que estaba asustada.

El hombre, con el que iban otros dos que, sin embargo, se quedaron más atrás riéndose, se sentó al lado de la chica, quien inmediatamente quiso levantarse. Pero él la retuvo por una muñeca y la obligó por la fuerza a permanecer sentada.

Un pasajero que estaba al lado salió en defensa de ella.

El tipo se abrió la chaqueta y le enseñó algo que lo hizo enmudecer. El otro agachó la cabeza. Y lo mismo hicieron todos los pasajeros que estaban cerca.

Los dos compinches rieron complacidos por su arrogancia.

Luego el tipo estiró una mano y tocó el muslo de la chica. Ella se la apartó con rabia. Pero Rocco advirtió que en sus ojos todavía tenía miedo.

El hombre la atrajo hacia sí y la besó en la boca, riendo.

La chica le escupió en la cara.

Entonces el tipo levantó una mano, como para darle una bofetada.

Rocco sintió que le hervía la sangre. Se puso enseguida de pie. Un instante después, estaba delante del hombre y de la chica.

—¿Buscas pelea? —preguntó el hombre, agresivamente.

Rocco lo miró con todo su desprecio mientras la ira crecía en su interior. En su pecho bullían intensas emociones. Sentía una ira ciega que lo impulsaba a emprenderla a patadas con aquel sujeto. A pegarle. Como había hecho con Minicuzzu. «Eres un asesino como tu padre», le había dicho don Mimì. Y daba lo mismo que ahora pretendiese hacer daño a alguien en nombre de la justicia.

Sintió un profundo odio hacia aquel hombre porque lo devolvía a esa parte de su naturaleza que quería negar.

—¿Y bien, graciosito? —le preguntó de nuevo el tipo, con arrogancia—. ¿Buscas pelea?

—No —respondió Rocco con voz fría y cortante—. Quería darte las gracias.

—¿Por qué?

—Si no llegas a achantar a ese hombre, no habría visto a mi prima.

El tipo lo miró con una sonrisita.

—Quítate de en medio, rubito. Ahora me voy a poner a hablar con tu prima. Cuando acabe, te la dejo.

Rocco perdió la cabeza en una fracción de segundo. La sangre le martilleaba las sienes. Lo agarró de las orejas, haciéndolo gemir de dolor, y prácticamente lo levantó del suelo. Luego lo lanzó a dos metros de un empujón. Apretó los puños mientras el corazón le latía con fuerza.

—Quítate tú de en medio —dijo con voz ronca.

El hombre, no bien se recompuso de la sorpresa, se abrió la chaqueta y se llevó la mano a la navaja.

—Como saques ese puñal, te lo meto por el culo —lo amenazó Rocco con un brillo intenso en los ojos, sin vacilar.

—No quiero hacerte daño —dijo el hombre al tiempo que su aplomo se esfumaba.

Rocco lo miraba sin hablar. Estaba listo para pelear.

Los pasajeros que estaban cerca de ellos se levantaron y se alejaron.

Rocco y el hombre se calibraron con la mirada.

—Déjalo. No es más que un imbécil —dijo uno de los compinches del tipo.

El tipo permaneció un momento quieto. Luego dio un paso hacia Rocco y le susurró, amenazador:

—De momento lo dejamos aquí, rubito. Pero duerme con los ojos abiertos, porque en cuanto bajes la guardia, te rajo.

Rocco cubrió la distancia que los separaba. Se plantó delante de él, cara a cara. Le agarró la mano con la que empuñaba la navaja y, lanzando un gruñido que parecía de bestia feroz, le espetó:

—Pues resulta que voy a dormir muy tranquilo, bocazas. Yo, a alguien como tú, me lo como. —Al advertir en los ojos de su rival la mezquindad de quien estaba acostumbrado a dar navajazos por la espalda, tuvo la certeza de que ese gusano era capaz de cortarle el cuello cuando estuviera dormido. Entonces, sobreponiéndose al asco que le daba lo que se disponía a hacer, pero sabedor de que resultaría eficaz, añadió—: Y voy a dormir bien sobre todo porque, como me toques un solo pelo, don Mimì Zappacosta... —Se interrumpió al constatar en la mirada sorprendida de su rival que su estratagema había funcionado—. Con que lo conoces, ¿eh? —le preguntó con un guiño.

El tipo perdió totalmente su aplomo no bien oyó ese nombre.

—¿El *capomandamento*... de Boccadifalco?

—Y de Brancaccio. El mismo —confirmó Rocco sin soltarle la mano.

Lo miró con una sonrisa amplia y le dio una bofetada. Tal como había hecho don Mimì con él. Con suficiencia. Como si tuviese delante algo insignificante. Sentía repugnancia hacia sí por aprovecharse de lo que más detestaba en la vida, de aquello de lo que estaba huyendo. Y le repugnaba también por comportarse como un mafioso. Pero ese sentimiento le sería útil.

—Él agarra así. Y te abre la barriga como a un cerdo.

Inmediatamente, el hombre palideció y se encogió.

—Yo... no podía saber que... que usted era un hombre de honor... de don Mimì —farfulló con voz impregnada de miedo.

Rocco le soltó la mano, y de nuevo lo cogió por una oreja y se la retorció hasta hacerle daño.

—Baja la voz —susurró—. ¿Quieres que todo el mundo se entere en el barco? Si quisiera hacerme publicidad, habría viajado en primera clase y no en esta pocilga.

—Perdóneme usted... —murmuró el tipo, ya sometido.

Rocco le soltó la oreja.

—Ahora lárgate —le dijo en tono despectivo—. Y estate callado.

El tipo salió cabizbajo, humillado y vencido, seguido por sus compinches, y se dirigieron hacia la cubierta bajo la mirada de los otros pasajeros.

Rocco fue a por su maleta y se sentó al lado de la chica, sin dirigirle la palabra ni mirarla. Poco a poco, su ira se aplacaba. Pero aún estaba alterado. «Cuando la sangre de tu padre se te sube a la cabeza..., todas las tonterías que pensabas antes se van a tomar por culo y te quitas la máscara», le había dicho don Mimì. Respiró hondo, tratando de calmarse.

—Yo no necesito la ayuda de nadie —dijo de repente la chica.

Rocco se volvió, sorprendido. La muchacha tenía una mirada orgullosa. «Pero ha pasado miedo», pensó, y eso todavía se le notaba en los ojos, negros y profundos como dos pozos.

—Sí, ya me he dado cuenta.

Rocco le sonrió, y volvió a apartar la mirada. «Está sola», pensó. Sola como él. Sola por dentro. Una soledad que ninguna presencia podía llenar.

—Seguro que eso se lo dice a todo el mundo —murmuró un instante después la chica.

—Por supuesto —respondió Rocco, siempre sin mirarla—. Es justo lo que quiero. Así viajaremos en paz.

Por primera vez en muchos años, Rosetta cayó en la cuenta de que un hombre no le daba miedo. Aquel era diferente de todos los otros. No la miraba, no quería charlar. La había defendido, y punto, sin pedir nada a cambio. Un instante después se sorprendió pensando que le parecía guapo, con ese pelo de normando. Y eso la molestó. Apartó rápidamente la mirada. Sin embargo, tras un largo silencio, como si no pudiera cortar ese hilo que los unía, le preguntó:

—¿Es verdad que eres un mafioso?

—No.

Rosetta volvió a observarlo. Tenía un bonito perfil. Y unos labios carnosos. Y unos ojos negros como el carbón. Como los suyos. Ojos tan negros que eran impenetrables. Ojos que tenían solo los sicilianos. Le entró la risa, casi sin motivo, o quizá solo porque, durante un instante, se sintió ligera.

—Entonces eres un cuentista —dijo.

Rocco se volvió y la miró con gesto severo.

—Lo dices como si eso fuese peor que ser mafioso. —Y acto seguido añadió, serio—: No hay nada peor que ser mafioso.

—Sí que hay algo peor —le respondió Rosetta, también seria, mientras los ojos se le nublaban—. Los nobles. Y especialmente los barones.

Y siguieron ahí, casi pegados, entreviendo en los ojos del otro una historia dura y un pasado doloroso que ninguno de los dos tenía la menor intención de contar, pero que tampoco podía esconder.

—Bueno... —masculló con esfuerzo Rosetta, turbada por aquella mirada que se prolongaba más de lo debido—. Gracias... de todos modos.

—No hay de qué —le respondió Rocco con aspereza.

—Me llamo Rosetta.

—Rocco... —balbució él. Y sintió una especie de turbación porque esa chica tenía una mirada demasiado intensa para sostenérsela sin flaquear—. No te metas ideas raras en la cabeza —dijo entonces con brusquedad—. No me interesas. Soy libre y quiero seguir siéndolo. No necesito un estorbo.

—Descuida —respondió con orgullo enseguida Rosetta, a quien esa frase gratuita le había dolido como una bofetada—. Yo tampoco busco un mamón que me ponga una soga al cuello. —Se apartó un metro de Rocco. Y a partir de ese momento no volvió a hablar.

También Rocco se encerró en su silencio.

Pero ninguno de los dos pudo dejar de pensar en el otro. Los embargaba lo que ese encuentro casual, y aparentemente simple, suscitaba en su interior. Al embarcarse, ambos se habían prometido ser fuertes. Sabían que la vida que les esperaba sería dura, y no podían permitirse que nadie los debilitara. Sin embargo, había pasado algo que escapaba a su control. Era aquella mirada que se había dilatado más de lo debido. Que había hecho que se resquebrajara el frágil equilibrio que, con esfuerzo, estaban construyéndose.

Había una palabra para esa debilidad. Había una palabra para esa mirada tan persistente. Atracción. Pero era una palabra demasiado comprometedora para dos solitarios como ellos. Para dos solitarios que sabían perfectamente de qué estaban huyendo pero ignoraban a qué iban a enfrentarse.

Con el paso de las horas, ese silencio se hizo tan obstinado y absurdo que en la cabeza de ambos se volvió más ruidoso que cualquier conversación.

Y esa palabra, que nunca pronunciaron para sí porque solo de pensarla sentían miedo, a su pesar los unió.

13

Mar Mediterráneo, océano Atlántico

—¿Estas son las Américas? —le preguntó esperanzada Rosetta en la cubierta a un marinero al final del segundo día de navegación, viendo que el buque se acercaba a una pared rocosa.
—Sí, ¡claro! —le tomó el pelo el marinero—. Eso es Gibraltar.
—¿Y cuánto falta para llegar?
—Como poco dos semanas, si no hay mar gruesa. Resígnate.
Cuando Rosetta regresó al lugar donde estaban todos hacinados, se sentó cerca de Rocco, pero no demasiado. Tuvo la tentación de decirle algo. Lo miró furtivamente, con el rabillo del ojo. Y se dio cuenta de que él también la miraba de reojo. Pero se mordió los labios y no habló.
Y lo mismo hizo Rocco.
Al cabo de un par de horas estaban los dos haciendo cola en el comedor de tercera clase.
Rosetta lo sentía detrás de ella.
Y Rocco le miraba los largos cabellos negros, que Rosetta llevaba sueltos sobre los hombros y que brillaban por un rayo de sol que entraba por un ojo de buey.
Ambos cogieron su rancho y se llevaron la escudilla al dormitorio común.
Comieron lentamente, oyendo cómo sonaba la cuchara del otro al rascar el aluminio del recipiente.
No bien terminaron, Rosetta hizo ademán de levantarse.

—Deja, voy yo —le dijo Rocco, y estiró la mano para cogerle la escudilla.

Los dedos se rozaron. Un contacto veloz. Inesperado.

—No. —Rosetta, con un gesto exagerado, se echó hacia atrás—. Puedo sola.

—Ah, claro —dijo entonces Rocco—. Tú eres esa que no necesita la ayuda de nadie.

—Y tú eres ese que no necesita un estorbo —le respondió Rosetta.

Así, de nuevo, tras dos días en los que habían fingido ignorarse, estaban mirándose a los ojos. Y como dos días antes la mirada se prolongó más de lo debido. Y de nuevo esa corriente que no conseguían dominar vibró en el aire que los separaba.

—¿Qué quieres? —preguntó Rocco para salvar la situación.

—Quiero que te apartes y que me dejes pasar —respondió Rosetta con la cabeza erguida.

Rocco se apartó, pero se puso detrás de Rosetta para devolver la escudilla. A pesar de que no conocía su historia, tenía la certeza de que también ella huía de algo. O de alguien. Para estar en aquel barco, una mujer como ella, sola además, probablemente trataba de rebelarse contra un triste destino. Y probablemente, igual que él, tenía un pasado del que quería olvidarse.

Cuando regresaron a su sitio, evitaron hablarse y mirarse. Pero en ningún momento dejaron de pensar el uno en el otro.

El quinto día de navegación un hombre entró de repente en el dormitorio común y se acercó a un grupo de pasajeros, con los que se puso a hablar acaloradamente.

—¿Qué pasa? —le preguntó Rocco.

—Están revisando toda la tercera clase en busca de una mujer —le respondió el hombre—. Con el capitán en persona.

Rosetta sintió que se le helaba la sangre. Cogió el chal y se lo puso en la cabeza.

Rocco la miró.

—¿Te buscan a ti?

Rosetta no respondió.

—Vete de aquí. Escóndete —dijo Rocco.

Pero en ese instante el capitán del transatlántico, un hombre imponente con un enorme mostacho terminado en dos puntas ensortijadas, entró en el dormitorio común sosteniendo un papel en la mano. Lo acompañaban dos oficiales y tres marineros.

—Guardad silencio —dijo el capitán, acallando el murmullo que siguió a su entrada. Paseó la mirada entre los pasajeros—. ¿Quién de vosotras es Rosetta Tricarico?

Rocco vio que Rosetta se encorvaba bajo el chal.

—Ya hemos mirado en los otros compartimentos —continuó el capitán—. De manera que la persona que buscamos está aquí. ¿Quién de vosotras es Rosetta Tricarico?

Rosetta no se movió.

Rocco observó a los otros pasajeros. Todos estaban pendientes del capitán. Solo Rosetta miraba al suelo. «Así te van a pillar», pensó. Pero no pudo hacer nada porque en ese instante también el capitán reparó en ella.

—Tú, la de ahí —dijo efectivamente, y avanzó hacia Rosetta seguido por los oficiales y los marineros.

Rocco se levantó y se interpuso entre Rosetta y los oficiales.

—¿Por qué buscan a esta mujer? —preguntó.

El capitán lo apartó y miró a Rosetta, que seguía con la cabeza gacha.

—¿Eres Rosetta Tricarico? —preguntó, aunque conocía ya la respuesta.

—¿Qué quiere? —respondió Rosetta quitándose el chal.

Rocco se percató de que estaba asustada.

—¿Eres Rosetta Tricarico? —repitió el capitán.

—Sí.

—Levántate.

Rosetta se puso en pie.

A pesar de la situación, Rocco notó que la mirada de Rosetta era orgullosa. Tenía miedo —como para no tenerlo—, pero conseguía mantener una dignidad que Rocco admiró. Esa mujer debía de haber aprendido pronto a valerse por sí misma. Y eso también los igualaba.

—Rosetta Tricarico —continuó el capitán en tono solemne, en

medio de un tenso silencio—, en nombre de Su Majestad Víctor Manuel III, rey de Italia, te declaro en arresto.

Hubo un momento de sorpresa entre los pasajeros.

Rocco se volvió hacia ella, tan asombrado como los demás.

Rosetta notó que las piernas le temblaban. Se tambaleó.

Rocco quiso agarrarla de un brazo para sostenerla, pero Rosetta se apartó bruscamente.

—Por la autoridad que me otorgan las leyes marítimas, y siendo esta embarcación a todos los efectos territorio italiano, de conformidad con la legislación vigente —continuó pomposamente el capitán—, serás puesta bajo vigilancia y encerrada en las celdas del buque hasta que lleguemos a Buenos Aires. Allí se procederá a tu entrega a la autoridad consular del Reino de Italia, la cual iniciará los trámites de repatriación, para que seas juzgada por el intento de asesinato del barón Rivalta di Neroli.

De repente, Rosetta fue consciente de que el mundo entero se le venía abajo. Su sueño, que no había ni empezado, acababa de terminar.

—¡No! —gritó. Y, pese a que no tenía el menor sentido, trató de huir.

—¡Detenedla! —ordenó el capitán.

Dos marineros la inmovilizaron inmediatamente.

—¡Ese cerdo mandó que me violaran! —gritó con rabia Rosetta, forcejeando.

—Cuando te repatríen... —empezó el capitán.

—¡Él también quiso violarme! —continuó Rosetta, presa del pánico, con los ojos llenos de lágrimas por la frustración—. ¡Me defendí! ¡Me robó la tierra! ¡Es un cerdo!

—¡Ya basta! —la conminó el capitán y, mirándola severamente, añadió—: También estás acusada de robo. El cable de los carabineros dice que robaste mil cuatrocientas liras.

—¡No es verdad! ¡Miente!

—¡Basta! —insistió el capitán—. La justicia resolverá quién de los dos miente.

—¿La palabra de un barón contra la de una campesina? —se entrometió Rocco, con vehemencia—. No se lo cree ni usted.

—¿Quién eres tú? —le preguntó el capitán.

—Alguien que cree que está usted haciendo una cochinada —respondió Rocco.

—Modera tu lenguaje, jovenzuelo, si no quieres acabar también entre rejas —dijo el capitán. Luego se dirigió a Rosetta—. Vamos a registrarte. Y como encontremos el dinero, lo requisaremos. ¿Dónde está tu equipaje? —Miró hacia el suelo y vio el hatillo—. ¿Es tuyo?

Rocco notó que Rosetta palidecía.

—No, eso es mío —dijo Rocco enseguida, y cogió el hatillo al tiempo que desafiaba con la mirada al capitán.

—Llevadla a la celda —ordenó el capitán a los marineros.

—Por favor..., no... —murmuró Rosetta con la voz rota.

Pero el capitán negó con la cabeza.

—Los carabineros de Palermo han encontrado tu nombre en la lista de pasajeros. Si no te pongo bajo vigilancia, cometería un delito.

—Estamos en medio del mar —adujo Rosetta, desesperada—. ¿Adónde podría huir?

El capitán volvió a negar con la cabeza.

—Lo siento —dijo, esa vez en un tono más humano.

Hizo un gesto hacia los marineros y se encaminó con paso firme hacia la salida del dormitorio común.

—Vamos —ordenó uno de los marineros.

Rosetta se volvió hacia Rocco. Y miró su hatillo.

Rocco asintió.

Luego los marineros condujeron a Rosetta a las celdas de detención del buque.

Rocco siguió con la mirada a Rosetta, que arrastraba los pies, derrotada, hasta que desapareció. Cuando se volvió, vio que todos los pasajeros lo observaban.

—¿¡Qué coño miráis¡? —chilló amenazadoramente.

Guardó el hatillo de Rosetta en su maleta y se sentó encima, cabizbajo. Estaba desconcertado por todo aquello que Rosetta había gritado presa de la desesperación. Le habían robado la tierra. La habían violado. Ahora comprendía por qué le había dicho que los nobles, y especialmente los barones, eran peores que los mafiosos. «Pero ¿qué diferencia hay entre un mafioso y un noble? Ambos son igual de infames», se dijo rabioso. Para conseguir lo que querían, se arrogaban el derecho de cometer cualquier vileza contra la gente pobre, porque sabían que siempre quedarían impunes. Y ahora comprendía por qué Rosetta, cuando aquel hombre la molestó en el barco, tenía una mirada tan asustada. Y entendió lo parecidos que eran ella y él. Comprendió que sus historias personales eran, en realidad, una sola historia escrita y plasmada por la injusticia de su tierra.

Esa noche no durmió. Pensó en Rosetta, más sola que nunca, detrás de los barrotes fríos de la celda.

A la mañana siguiente se acercó al hombre que había molestado a Rosetta y le dijo:

—Esa es mi maleta. Siéntate al lado de ella y sé su perro guardián. Como desaparezca algo o como vea que has mirado en su interior, te tiro al mar. ¿Entendido?

—Sí, señor —respondió enseguida el otro.

Rocco le dio la espalda y subió a primera clase con un billete de cinco liras en la mano.

Antes de media hora, gracias a otro billete de cinco, consiguió ver a Rosetta.

La encontró sentada en una litera de madera con una manta marrón doblada a modo de colchón y el rostro entre las manos. Ella, al oírlo, se volvió.

Rocco la miró en silencio, con dos platos blancos en la mano. En cada uno de ellos había un trozo grande de tarta, compuesta por dos blandas capas de bizcocho rellenas de nata y cubiertas de chocolate.

Rosetta bajó los ojos, ruborizada. «Ahora todos saben que estoy sucia por dentro», pensó avergonzándose. También él.

—¿Qué quieres? —le preguntó bruscamente—. No necesito tu compasión.

Rocco se sentó en el suelo, al otro lado de los barrotes. Pasó a través de ellos uno de los platos, procurando que no se cayera el trozo de tarta, y lo dejó en el suelo de hierro de la celda.

—Es que no tengo con quien celebrar —le dijo entonces.

—¿Y qué tienes que celebrar? —preguntó Rosetta con la cabeza gacha.

—Hoy es cinco de octubre. Mi cumpleaños.

Ella permaneció en silencio.

—Y por esa otra cosa, no te preocupes —dijo Rocco—. Tu hatillo está seguro conmigo.

Rosetta asintió.

—¿Quieres comer un poco de tarta? —preguntó Rocco—. Viene de primera clase.

—¿Cómo la has conseguido?

—Todos los días sobra un montón de comida —respondió Rocco—. No hay diferencia entre los de primera y los de tercera. Todo el mundo vomita.

Rosetta esbozó una sonrisa.

—Parece que tú y yo somos los únicos que no nos ponemos malos.

La sonrisa de Rosetta se ensanchó.

—¿Y bien...? ¿Comes o no?

Rosetta alzó la vista. Rocco le sonreía con simpatía, con el mechón rubio sobre la frente, ocultándole parcialmente el enorme moretón que ella le notó enseguida.

—De todos modos, hoy es seis, no cinco de octubre —dijo.

—¿Ah sí...?

Rosetta lo miró.

—No es tu cumpleaños, ¿verdad?

—¡Eso qué más da!

—¿Es tu cumpleaños, sí o no?

Rocco se encogió de hombros.

—No.

—¿Ves como eres un cuentista? —Rosetta rio.

—Eso es mejor que ser un mafioso o un barón.

—Sí... —murmuró Rosetta.

Luego, despacio, se sentó en el suelo cerca de los barrotes, delante del plato con la tarta. Hundió un dedo en la nata y la probó.

—¿Rica? —le preguntó Rocco.

Rosetta asintió y, tímidamente, alzó sus profundos ojos negros, enrojecidos por una noche de llanto, hasta que se encontró con los de Rocco. Y dijo:

—Feliz cumpleaños.

SEGUNDA PARTE

El mercado de la carne
1912-1913

14

Buenos Aires, Argentina

Cuando los motores del barco se apagaron y los paneles de hierro del dormitorio común dejaron de vibrar, Raechel se pegó a Tamar.

—¿Hemos llegado? —le preguntó con un hilo de voz.

—Sí —respondió Tamar.

Las otras también sabían que ese día atracarían en Buenos Aires porque se lo habían dicho los marineros por la noche, y estaban esperando, nerviosas.

Y ahora el silencio era total. Como si el tiempo se hubiese detenido.

Raechel se pegó más a Tamar, que había cambiado radicalmente tras la muerte de Kailah y cuidaba a Raechel como si fuese su hermana mayor. Ya no se mostraba soberbia y arrogante, sino ruda pero protectora.

—¿Qué pasará ahora? —preguntó Raechel.

—No lo sé —respondió Tamar, seria y preocupada. Le revolvió la descuidada melena y añadió—: Erizo.

Raechel sonrió levemente. Había cogido cariño a ese apodo, que ahora era una muestra de afecto.

Durante al menos media hora, ninguna de las chicas habló. Hasta que por fin el mecanismo externo chirrió y se abrió el portalón. Lo primero que las chicas notaron fue una ráfaga de aire caliente y húmedo.

—Seguidme —dijo Amos, que acababa de aparecer—. Y no

arméis escándalo, o será peor para vosotras. —Hizo un gesto con la mano—. Una detrás de otra, adelante.

Colocaron a las chicas en fila en la cubierta bajo la atenta mirada de Amos y luego las hicieron desembarcar en silencio.

—Qué calor —comentó una.

—Un marinero me ha contado que este mundo es al revés que el nuestro —le respondió otra—. Aquí es verano cuando en nuestro país es invierno.

—¡Callaos! —gritó uno de los hombres de Amos.

Mientras bajaba por la pasarela llevando el libro de su padre, Raechel miró ese nuevo mundo que tenía delante. El cielo estaba plomizo, entre negro y violáceo, del mismo color que las marcas que las chicas tenían en sus cuerpos. Un cielo tumefacto. «Como si le hubiesen pegado al mismísimo Dios», pensó. Tuvo una sensación de debilidad y apretó la mano de Tamar. Pero enseguida abrió mucho los ojos, sorprendida. Delante de ella había un edificio enorme de madera y ladrillo que parecía un castillo. En la fachada leyó: HOTEL DE INMIGRANTES.* Y más allá vio una inmensa superficie de cemento que la dejó boquiabierta. Se había criado en una aldea paupérrima, donde solo había campos quemados por el hielo, y todas aquellas casas, a cuál más fantástica, hicieron que durante un momento se olvidara del miedo por su destino.

—Fíjate... —susurró a Tamar.

Y Tamar, en el mismo tono de admiración y también con los ojos como platos, le respondió simplemente:

—Sí...

—¡Moveos, maldita sea! —gruñó Amos a las chicas que se retrasaban en la pasarela, aturdidas por lo que estaban viendo.

Raechel reparó en que había otro barco, mucho más grande que el de ellas, del que estaba desembarcando multitud de gente.

—Por aquí —dijo Amos en su tono desagradable y autoritario, y señaló a las chicas un edificio separado del principal, al que, en cambio, eran conducidos los pasajeros del otro barco.

---

* Todas las palabras y frases en cursiva figuran en español o en francés en el original. *(N. del T.)*

—A esos nadie los ha obligado a venir aquí. Son libres —balbució Tamar. Y luego, cuando puso pie en el muelle, tiró despacio de Raechel—. Ven, no te vuelvas —le susurró.

—¿Huimos? —preguntó Raechel, nerviosa.

—Calla, erizo —respondió en voz baja Tamar, y salió de la cola tratando de unirse a los pasajeros del otro buque.

—¿Adónde crees que vas? —Amos se echó a reír socarronamente.

La agarró de un brazo y se lo dobló detrás de la espalda, haciéndola gemir. Acto seguido la empujó hacia un pequeño edificio separado del cuerpo principal del Hotel de Inmigrantes.

Cuando todas las chicas estuvieron dentro, uno de los hombres de Amos cerró la puerta y se situó delante, bloqueando la salida.

Un criado subido a una escalera que había pegada a la pared de la izquierda; estaba poniendo al día la fecha de un calendario manual:

—«*26 de octubre de 1912*» —leyó en voz alta Raechel.

La travesía había durado casi tres semanas, calculó. Tres semanas de violencia y terror. Tres semanas que habían sido como una vida, espantosas para cada una de ellas.

Pero lo que enseguida llamó su atención fue una cristalera que había a su derecha por la que podía verse la inmensa sala en la que estaban entrando los pasajeros del otro barco. Algunos, muy bien vestidos, pasaban antes que los demás; los guardias los recibían con deferencia y los funcionarios de inmigración los trataban con amabilidad. A los demás, todos ellos hombres, según le pareció a Raechel, los empujaban y ponían en fila de malas maneras.

Y en medio de ese caos reparó luego en una chica vestida con un modesto traje negro, guapa y orgullosa, pero con los ojos hinchados por haber llorado. Vio que dos marineros la entregaban a dos policías, los cuales la llevaron a un rincón de la sala, donde la sentaron en una silla y a continuación la flanquearon.

—Que pase la primera —resonó una voz, en un extraño yiddish.

Raechel se volvió.

Vio que al fondo de la sala había un funcionario con un bigotillo grasiento y las guías ensortijadas hacia arriba que miraba a las chicas con gesto lascivo, sentado detrás de una mesa sobre la cual había un montón de formularios y un registro grueso como una Biblia.

Amos, al lado del funcionario, indicó con un ademán a la primera de las chicas que se acercase. Repasó una serie de hojas llenas de sellos que tenía en la mano, eligió una y la entregó al funcionario.

Mientras, un médico con una bata blanca con el cuello mugriento, un estetoscopio y un extraño instrumento en la cabeza, una especie de disco de aluminio con un agujero en el centro, se acercó a la chica a la que habían llamado y le revisó rápidamente las encías y los ojos. Luego asintió mirando al funcionario y pasó a revisar a la chica siguiente.

A Raechel le recordó a los ganaderos de las ferias.

—*Las niñas están sanas* —dijo Amos.

—*Creo que sí* —respondió el médico—. *Pero déjame mirar, judío.*

Raechel escuchó con curiosidad los sonidos melodiosos de aquel idioma incomprensible, tan diferente de los ásperos del yiddish o de los densos del ruso.

—¿Todas son *planchadoras*? —preguntó el funcionario a Amos, hablando en yiddish con ese extraño acento.

—Sí, planchadoras especializadas —respondió Amos en tono burlón.

El funcionario se enroscó el bigote con mirada lasciva.

—Bueno, tendré que hacerles una visita antes de que estén demasiado usadas —dijo, y se rio.

—Por supuesto —respondió Amos dándole una palmada en un hombro—. Nuestras *tintorerías* están siempre abiertas para ti.

El funcionario tomó el registro e inscribió a la primera chica. Luego anotó una cantidad en una esquina.

Raechel vio que Amos enarcaba las cejas.

—No te pases —dijo Amos al funcionario—. A este ritmo, antes de que hayan pasado todas te deberé mil quinientos pesos.

El funcionario miró a las chicas que seguían en la cola.

—Como mínimo —dijo plácidamente.

—¡Es un robo! —exclamó Amos.

El funcionario se puso en pie, colorado.

—Pues vete a otro sitio —le dijo. Agarró los permisos de las chicas legalizados por las autoridades rusas y polacas, todos ellos falsificados por Amos—. ¡Enséñales estos! —le espetó agitándoselos delante de la cara—. ¡Veamos si dejan pasar a todas estas niñas con esta mierda! *¿Crees que no sé que son falsos? ¿Me has tomado por un zopenco?*

—*Amigo..., amigo...* —dijo enseguida Amos tratando de calmarlo—. ¿Por qué te alteras? No era mi intención.

—Con la más fea de estas chicas sacas mil quinientos pesos vendiéndola a uno de tus amigotes proxenetas —siguió el funcionario, que había lanzado los permisos al aire—. Eres millonario y pretendes reclamarme cuatro reales.

—*Amigo...*

—¿Amigo...? ¡Una mierda! —gritó el funcionario, con la cara congestionada—. ¡No seas judío conmigo, porque saldrá muy mal parado!

—Oye, lo dejamos en dos mil pesos. Pero habla más bajo —le pidió Amos.

El funcionario lo miró en silencio, calmándose. Se sentó.

—Judíos... —masculló. Después, de malhumor, dijo—: Que pase la siguiente.

Cuando fue el turno de Tamar, el funcionario la miró sorprendido.

—¿Lo ves? —le dijo a Amos—. Por una de lujo como esta tendría que cobrarte el doble. Pero resulta que soy honrado y todas pagan lo mismo.

Amos señaló a Raechel, que estaba detrás de Tamar.

—Entonces, por esa me tendrías que cobrar la mitad —bromeó.

El funcionario miró el cuerpo huesudo de la chiquilla que tenía delante, esa nariz larga y respingona, puntiaguda, casi masculina, la maraña de cabellos descuidados, el pecho liso como una tabla, y se rio. Luego empezó a anotar los datos de Tamar.

Raechel enrojeció, humillada.

—¿Y esos quiénes son? —preguntó Amos mirando hacia el otro lado de la cristalera.

—Italianos —respondió el funcionario—. Unos cincuenta pasajeros de primera clase, con un montón de dinero, y casi setecientos pordioseros de tercera. Y entre esos setecientos habrá unas treinta mujeres. Los demás son hombres, como siempre. —Miró a Amos—. Todos clientes para tus burdeles, judío tacaño —añadió con una carcajada.

También Amos se rio. Luego señaló con un dedo.

—Pero ¿y esa? —Silbó—. ¡Es una auténtica belleza!

Raechel se volvió y vio que señalaba a la chica del vestido negro que estaba sentada en un rincón, entre dos guardias.

—Ni la mires —dijo el funcionario—. A esa la devuelven a Italia.

—¿Enferma? —preguntó Amos.

—No. Es una asesina o algo así —respondió el funcionario.

Amos silbó de nuevo.

—Guapa como es, tendrían que indultarla. —Volvió a reír.

—También a tu chica, guapa como es, tendrían que indultarla —dijo una voz desde la puerta de la sala.

Amos y el funcionario se volvieron.

Raechel vio a un joven de unos treinta años, flaco y ágil, con una sonrisa franca. Tenía una nariz un poco chata y una expresión simpática. El pelo castaño, crespo, con las puntas doradas por el sol. En el rostro delgado lucía apenas una sombra de barba en la barbilla y encima del labio inferior. «Es un hombre atractivo, no vulgar como Amos», pensó Raechel. Y tampoco su mirada era maligna. Vestía una chaqueta malva cruzada, de seda ligera y brillante, que se ceñía a su cuerpo como una segunda piel.

—Vete, Francés —dijo agresivamente Amos—. Aquí no hay nada para ti.

El joven entró en la sala.

Raechel advirtió que se movía con elegancia sin ser afectado. Y se dijo que era guapo.

—Por esa chica estoy dispuesto a darte dos mil quinientos pesos —ofreció el joven señalando a Tamar.

—No está en venta, Francés —dijo Amos.

—Es un desperdicio para ti y para tus repugnantes clientes. En un par de años habrás acabado con ella a cinco pesos el polvo. La explotarás hasta matarla —continuó el Francés, y se acercó—. Ya está llena de moretones. Conozco tus métodos. Es un desperdicio para ti. Yo, en cambio, le alargaré la carrera, le alquilaré una buena *casita* y…

—Vete —gruñó Amos.

El Francés se encogió de hombros y se dio la vuelta con una especie de pirueta, como un bailarín, para luego encaminarse hacia la salida.

—Piénsalo, *polák*. Puedo llegar hasta tres mil quinientos pesos. Ya sabes dónde encontrarme. Sigo en el Black Cat.

—¡Vete a la mierda, Francés!

Raechel oyó la risa del joven según se marchaba. Poco después lo vio aparecer en la otra sala de la oficina de inmigración y señalar a un funcionario la guapa chica que tenían detenida los guardias.

El empleado negó con la cabeza.

Mientras tanto, el funcionario, una vez que inscribió a Tamar, llamó a Raechel con un gesto.

—¿Y a esta para qué la has traído?

—Olvídalo —dijo Amos encogiéndose de hombros.

El funcionario se dirigió a ella:

—¿Nombre?

—Raechel Bücherbaum

—Raquel.

—No, no se escribe así —lo interrumpió Raechel.

—No toques los huevos, niña —intervino Amos—. Ahora estás en Buenos Aires y tu nombre es Raquel, a la española.

—Bü-cher-baum… —silabeó el funcionario, con la pluma suspendida sobre los documentos—. ¿No significa «árbol de los libros» en alemán?

—¿Y yo qué carajo sé? —Amos se carcajeó—. ¿Por quién me has tomado, por un traductor?

El funcionario miró un instante a Raechel y al cabo escribió en el documento:

—Raquel Baum, simplifiquemos.

—No —dijo Raechel—. Me llamo Raechel Bücherbaum.

Amos le atizó un violento revés en la boca.

—Tú te llamas Raquel Baum. Y haces lo que se te manda. ¿Está claro?

Raechel lo miró sin bajar los ojos, pero por dentro se moría de miedo. Y sentía el sabor de la sangre en la boca.

—Entonces ¿cómo te llamas? —le preguntó Amos.

—Raquel... Baum...

—Asunto resuelto. —El funcionario se rio y de nuevo se enroscó el bigote. Luego se dirigió a Amos—. ¿También es planchadora?

Amos asintió.

—Pero ella de verdad. ¿Qué otra cosa podría hacer?

—Bien. Raquel Baum. Profesión: *planchadora de verdad* —dijo el funcionario, y siguió cumplimentando el documento de entrada—. ¿Y dónde va a vivir?

—En Junín —respondió Amos.

—¿En el Chorizo?

—Sí.

—Avenida Junín, en la tintorería Chorizo —anotó. Miró a Raechel—. ¿Sabes qué significa *chorizo*?

Raechel negó con la cabeza.

—Es una cosa larga y muy sabrosa —explicó con una risilla maliciosa el funcionario.

Raechel sintió que un escalofrío le recorría la espalda.

15

—Son como las vacas que llegan al matadero desde la pampa —dijo uno de los guardias que vigilaba la larga fila de inmigrantes que esperaba pacientemente su turno.

—Pero las vacas no enseñan el pasaporte —dijo el otro guardia.

Algunos de los que estaban cerca de ellos se rieron.

—¿Habláis italiano? —preguntó asombrado Rocco, en fila como todos.

—Aquí todos hablamos italiano —respondió uno de los guardias. Luego señaló con un dedo a un viejo que ya había llegado a la mesa de los funcionarios de inmigración—. ¿Adónde cree que va ese idiota? —Se volvió hacia su colega—: ¿Apostamos?

El otro se encogió de hombros.

—¿Qué vamos a apostar? Es imposible que pase.

Rocco miró al viejo que en ese momento tendía el pasaporte a los funcionarios de inmigración. Tenía un aspecto miserable, unos pantalones raídos en las rodillas, una chaqueta demasiado gruesa para el clima de Buenos Aires y un rostro surcado de arrugas profundas, quemadas por el sol. Ya había reparado en él durante la travesía. Parecía desagradable, masticaba sin parar hojas de tabaco y luego escupía gargajos oscuros y viscosos, blasfemando.

Los funcionarios de inmigración negaron con firmeza con la cabeza sin tomar los documentos que el viejo les tendía e hicieron una seña a un policía.

—Es demasiado mayor. Lo mandan de vuelta. Ya se lo habían dicho en Palermo —masculló sin compasión alguien de la cola.

—No nos vale la gente que ya está al final de la vida —dijo uno de los guardias. Luego se dirigió a los inmigrantes de la cola—. Por si todavía no lo sabéis, aquí estamos construyendo un nuevo mundo.

Cuando el viejo pasó a su lado acompañado por el policía, Rocco lo miró. Lloraba en silencio, como un niño. Lo siguió con la mirada hasta que se tropezó con los ojos negros y llenos de dolor de Rosetta, sentada en medio de los dos policías. Se observaron largamente.

Después de llevarle la tarta, le prohibieron que fuera a verla. Hasta esa mañana no pudo hablar con ella de nuevo, un momento, cuando bajaban del barco.

—Me han arrodillado por segunda vez —le dijo sombría Rosetta—. Y en esta ocasión no dejarán que me levante.

Rocco sabía perfectamente a qué se refería. Iban a devolverla a Italia. No tenía esperanzas. En el mejor de los casos, pasaría una buena temporada en la cárcel. En el peor, el barón mandaría que la mataran. Fuera como fuese, su vida estaba acabada. Con solo veinte años.

«Esa chica tiene algo especial», pensó Rocco mirándola. Incluso en aquel momento, derrotada y humillada, era capaz de mantener una mirada altiva. Y una vez más se dijo que nunca se había sentido tan atraído sin que pasase nada. Salvo que esa idiotez sobre las almas gemelas tuviese algún sentido.

Agarró la maleta con mirada interrogante. Tenía su dinero. Sabía que Rosetta no lo había robado. Era la cantidad ridícula con la que el barón había pretendido apropiarse de su tierra. Pero en la denuncia a los carabineros ese cabrón había declarado que le habían robado.

—¿Qué quieres que haga? —le preguntó en voz baja.

Rosetta negó con la cabeza y se encogió de hombros. Si volvía a llevar consigo ese dinero, no tardarían en quitárselo.

A Rocco le pareció que le decía: «Guárdalo tú». Y entonces sintió que le hervía la sangre.

—¡No, coño! —exclamó en voz alta.

—¿*No qué?* —le preguntó el funcionario de inmigración ante el cual ya había llegado, arrastrado por la riada de gente.

Rocco le tendió su documento.

—*¿Ya tiene un trabajo?* —preguntó el funcionario.

—¿Cómo? —dijo Rocco—. No comprendo.

—¿Ya tiene un trabajo?

—Soy mecánico.

—*Mecánico* —dijo el funcionario en voz alta al tiempo que lo anotaba en el registro—. *¿Y dónde?*

—No lo sé... Todavía tengo...

—*Entiendo* —dijo el funcionario. Tachó lo que acababa de escribir—. Mecánico no. *Sin empleo.*

—*¿Es ella?* —preguntó alguien a su izquierda.

Rocco se volvió. A su lado había un hombre con un impecable terno con chaqueta cruzada gris y una perilla muy cuidada que señalaba a Rosetta mientras hablaba con el funcionario. Detrás de él, vio a un hombre vestido más modestamente, gordo, con expresión cansada.

—*Soy el vicecónsul Maraini* —se presentó el hombre de la chaqueta cruzada.

—*Muy bien* —dijo el funcionario. Tendió al vicecónsul los papeles de Rosetta—. *A partir de ahora, la prisionera queda a su cargo.*

El vicecónsul repasó los documentos.

—Rosetta Tricarico —dijo imperturbable. Se volvió hacia el hombre gordo que lo acompañaba y le ordenó, en italiano—: Vigílala. —Luego, viendo que el otro se llevaba la mano al cinturón, de donde colgaban dos esposas, añadió—: No hacen falta. Es solo una mujer. —Firmó el documento que le tendía el funcionario y se dirigió hacia donde estaba Rosetta.

—¿Adónde la llevan? —preguntó Rocco al funcionario.

—A la embajada italiana, y luego la repatriarán.

Rocco vio que el gordo agarraba a Rosetta de un brazo.

Retiró el visado de entrada y, sin apartar la vista de Rosetta, cruzó al otro lado del mostrador y fue hacia la salida, donde la gente seguía amontonándose. Vio que ella también lo buscaba con la mirada. Y sabía qué estaba pensando: que era su fin.

—No —dijo apretando los puños—. No.

Miró alrededor. A un paso de donde estaba reconoció al tipo de treinta años que había molestado a Rosetta. Hablaba con sus compinches. De nuevo sintió el asco de la vez que estuvo con él, cuando se rebajó a hacer de mafioso. Pero le había servido de algo en esa ocasión. Y aunque la mafia era lo que más detestaba del mundo, se dijo que podía servirle de nuevo. Decidió actuar. Agarró al tipo de un brazo y le susurró:

—¿Quieres el agradecimiento de don Mimì Zappacosta?

El tipo se quedó embobado.

—No hay tiempo para pensarlo —lo apremió Rocco—. ¿Sí o no?

—¿Qué tengo que hacer?

Rocco se volvió. El gordo mal vestido tiraba de Rosetta abriéndose paso a duras penas por entre los pasajeros que seguían esperando el visado. Detrás, tieso como si se hubiese tragado una escoba, caminaba el petimetre de la chaqueta cruzada, con un gesto despectivo y antipático. El trío avanzaba lentamente entre la multitud.

—Cuando te avise, provoca una pelea —dijo entonces al tipo—. Golpea al azar.

El tipo titubeó.

—Esta es tu prueba —le dijo Rocco—. Si la pasas, te convierto en un hombre de honor.

—Estoy listo —respondió el tipo, exaltado ante esa perspectiva.

Cuando el vicecónsul, el gordo y Rosetta estuvieron a un paso de ellos, Rocco gritó:

—¡Ahora!

Dio entonces un puñetazo a un pobre hombre que estaba a su lado y lo lanzó contra el gordo.

Enseguida el tipo y sus compinches empezaron una bronca. En un instante, más de una docena de sujetos estaban dándose puñetazos, a la vez que acudían unos guardias para separarlos.

Mientras tanto, Rocco se abalanzó sobre el gordo, que había perdido el equilibrio cuando el pobre hombre se le vino encima, y lo tumbó con un violento puñetazo en la mandíbula. Cuando el gordo quiso levantarse, otros dos hombres se le echaron encima, en medio de la confusión de esa trifulca que se prolongaba sin que nadie supiese el motivo.

El vicecónsul, espantado, retrocedió en busca de una vía de escape.

Rocco agarró la mano de Rosetta y tiró de ella.

—¡Corre! —le dijo.

Rosetta, aturdida, trastabilló. En cuanto recuperó el equilibrio corrió detrás de Rocco, que la arrastraba consigo.

—¡Deténganla! —gritó el vicecónsul.

Pero en ese instante el tipo, que había comprendido el plan de Rocco, se le echó encima, tumbándolo y haciéndolo callar.

Rocco ganó rápidamente la salida del Hotel de Inmigrantes mientras unos guardias, recuperados de la sorpresa, se lanzaban en su persecución. Pero solo eran tres, porque los otros estaban tratando de parar la pelea a golpe de porrazos.

Rocco dobló a la derecha y acto seguido a la izquierda.

Rosetta no era capaz de pensar. Solo corría.

No bien entraron en un callejón, Rocco lanzó la maleta detrás de dos cubos de basura.

Los guardias estaban llegando a la esquina.

Rocco agarró a Rosetta y la empujó de espaldas contra el muro. Luego la abrazó y la besó.

Rosetta trató de rechazarlo.

—¡Quieta! —dijo Rocco con firmeza pero sin agresividad, sujetándola bien y con sus labios sobre los de ella.

Y entonces Rosetta comprendió lo que estaba haciendo. Los guardias buscaban a dos fugitivos, no a una parejita que se besuqueaba. Le pasó los brazos alrededor de la espalda, notando que era fibrosa, musculosa. Y le sorprendió la calidez de sus labios.

Oyó a los guardias acercarse y detenerse, quizá para mirarlos, y luego irse. Pero no podía pensar sino en la placentera tibieza de los labios de Rocco en los suyos. Mientras este la estrechaba, acariciándole los hombros y la espalda, Rosetta se dio cuenta de que estaba abandonándose a su beso, sin oponerse. Sus labios se entreabrieron, como si tuvieran voluntad propia. Y lentamente, por primera vez en su vida, se sintió absorbida por un remolino mientras el corazón se le aceleraba y todo su cuerpo parecía participar en ese beso.

Rocco, no bien sus labios rozaron los de ella, tuvo una sensación violenta, como una descarga eléctrica. Y la sorpresa lo dejó sin aliento. Se aferró a la espalda de Rosetta como si temiera caerse, y al hacerlo notó, donde se le había abierto un botón, lo suave y sedosa que era su piel. Subió la mano hasta la nuca, introdujo los dedos entre los cabellos negros y brillantes, y la atrajo más hacia él, con pasión, mientras se le abrasaba el cuerpo entero.

Rosetta lo sintió sin asustarse o retraerse. Y fue consciente de la agitación de su propio vientre. Llevada por el deseo, le clavó las uñas en la espalda, incapaz de razonar, paladeando en los labios de él los sabores de su tierra. Sal, alcaparras, orégano, pistachos, tomates secados al sol. Y luego, a medida que el beso se hacía más sensual, saboreó la dulzura de los higos y de la pasta de almendras deshaciéndosele en la boca.

Rocco no conseguía comprender lo que le estaba pasando. Todo le daba vueltas. Estaba en otro mundo.

Y Rosetta, igual que él, sentía como que ya no se hallaba allí sino en un lugar que no existía para nadie más, en el que solamente podían caber ellos dos.

Más por mirarse, como si necesitaran comprobar que eso estaba ocurriendo realmente, que por cerciorarse de que los guardias habían desaparecido, muy despacio dejaron que el beso concluyese, demorándose sus labios en los del otro. En los ojos de ambos ardía una asombrada pasión. Y un inesperado deseo de seguir besándose. Sin necesidad de una excusa. Los labios volvieron a acercarse. Como atraídos por un invisible imán. Y ninguna voluntad habría sido capaz de impedírselo. Solo querían volver ahí, a ese mundo donde el beso los había arrastrado. A ese mundo perfecto. Tan sensual, tan absoluto.

—*¡Están aquí!* —resonó de repente un grito.

Rocco y Rosetta se volvieron.

Al fondo del callejón apareció un guardia. Hizo sonar con fuerza un silbato.

Rocco agarró la maleta que estaba detrás de los cubos de basura y se llevó a Rosetta hacia el lado contrario.

Pero también en ese lado del callejón aparecieron dos policías, con sendas porras.

Rocco metió la mano en la maleta, sacó el hatillo de Rosetta y se lo dio.

—Cuando te lo indique, echa a correr —dijo sin dejar de mirar a los guardias, cada vez más cerca de ellos.

—Pero... —murmuró Rosetta.

—No hay tiempo —la interrumpió Rocco, y se aproximó al cubo de basura, tenso, observando los movimientos de los dos guardias que tenían delante y del que venía detrás—. Corre todo lo rápido que puedas y no te vuelvas por ningún motivo.

—No... Yo...

Rocco la miró.

—Te encontraré —le dijo, y le pasó un dedo por los labios, acariciándolos. En sus ojos persistía la pasión de hacía un instante—. Te lo juro. Te encontraré.

Rosetta sintió una violenta emoción. Todavía más violenta que la del beso. La voz de Rocco y su promesa le llegaron muy hondo, como una mano cálida. Y fuerte. Que no iba a dejarla caer. Habría querido besarlo de nuevo.

—¡Corre! —gritó en ese momento Rocco.

Agarró la tapa de uno de los cubos y se lanzó contra los dos guardias que tenían enfrente.

Rosetta tensó el cuerpo y echó a correr, como le había dicho Rocco, sin volverse, a pesar de los ruidos a metal y a huesos y a los gemidos.

Al final del callejón se detuvo delante de una calle enorme, ancha como un río y recorrida por una corriente impetuosa de vehículos. Detrás de ella seguían los ruidos de la pelea.

—¡Corre! —oyó gritar de nuevo a Rocco.

Entonces Rosetta cerró los ojos y se lanzó a la calle, a ciegas.

No había dado más que un par de pasos cuando un automóvil frenó bruscamente, cerrándole el paso.

—¡Sube! —le dijo un joven de unos treinta años.

Rosetta se quedó paralizada, embobada.

El joven abrió la portezuela del vehículo, se inclinó hacia ella y le tendió una mano.

—¡Vamos! —le gritó.

No había terminado de entrar cuando el joven aceleró, haciendo patinar las ruedas en el asfalto.

Rosetta se volvió y miró por la ventanilla, con los ojos muy abiertos, incapaz de pensar. Vio en la salida del callejón que un guardia alcanzaba a Rocco y le atizaba en la cabeza con la porra. La tapa redonda del cubo de basura rodó, torcida como el juguete de un niño.

Y luego a Rocco se le doblaron las rodillas y cayó al suelo.

Rosetta apoyó una mano en la ventanilla del automóvil, como para sujetar a Rocco. O como para acariciarlo.

—¿Quién es ese hombre? —preguntó el joven que estaba a su lado.

Y entonces Rosetta cayó en la cuenta de que no sabía nada de Rocco. Ni siquiera su apellido. Ni de dónde era ni por qué se había ido de su tierra. Ni cuáles eran sus sueños. Ni dónde volverían a verse.

Sin embargo, ya era suya.

—Bueno, ¿quién es? —repitió el joven.

En el callejón, Rocco seguía en el suelo, y los guardias con sus porras se ensañaban con él.

—No lo sé... —murmuró Rosetta.

16

—Nunca me llamaré Raquel Baum —dijo Raechel, enfurruñada, a Tamar—. Yo me llamo...

—¿Qué más te da el nombre? —la interrumpió Tamar, severamente—. ¿Quieres que Amos te parta todos los dientes? —Le agarró la barbilla y la forzó a mirarla—. A partir de ahora eres el erizo Raquel, ¿vale?

—Sí.

Y en ese preciso instante estalló el caos.

Sin motivo aparente, estalló una tremenda gresca en la sala que había al otro lado de la cristalera en el Hotel de Inmigrantes. Los guardias agitaban en el aire las porras. Los funcionarios de inmigración defendían los registros de la ira de la muchedumbre. Resonaban chillidos, gemidos, órdenes, pitidos, imprecaciones. De repente, la cara de un hombre se estampó contra la gruesa mampara de separación. Cuando un guardia lo sacó de allí agarrado del cuello, se vio un reguero de sangre.

Tamar condujo a Raquel hacia la mampara.

—Si se rompe, salta al otro lado sin miedo a cortarte y sígueme —le dijo.

Pero Amos tuvo la misma intuición.

—¡Largaos de ahí! —gritó a las chicas, y las empujó hacia el lado opuesto de la sala.

A una que se demoraba le propinó una patada en el vientre. La chica se dobló en dos y vomitó un líquido verdoso. Luego Amos tendió un rollo de billetes al funcionario del bigotillo.

—Tres mil si nos dejas pasar enseguida —le dijo.

El brazo del funcionario se estiró con la rapidez de una serpiente de cascabel para agarrar el rollo de billetes. De inmediato cerró el registro, se levantó de su asiento y con un gesto ordenó a los dos guardias que dejaran salir a todos enseguida.

Amos y sus hombres, como perros pastores, sacaron el rebaño de chicas. A sopapos y empujones las hicieron subir a cuatro carruajes. Y partieron a la carrera, sin importarles arrollar a los emigrantes que estaban pegándose en la calle.

Y ahora, mientras los carruajes iban por la ciudad, Raquel miró de nuevo con ojos como platos aquel mundo increíble. Había edificios tan altos que parecían arañar el cielo. Y una cantidad inimaginable de personas por las aceras y las calzadas.

—Si conseguimos huir nunca nos encontrarán en medio de toda esta gente —dijo en voz baja.

—Chist, estate callada —la regañó Tamar.

—Pero vamos a escapar, ¿verdad? —susurró Raquel.

—Como dirías tú con esa lengua tan fina que tienes... —Tamar le guiñó un ojo—, ¡puedes apostar el culo!

Raquel sonrió, aunque tenía miedo.

Pasados unos minutos, los carruajes se detuvieron.

Raquel vio que estaban delante de un edificio grande. En un letrero, encima de la puerta de entrada, se leía: HOTEL PALESTINA.

Las chicas subieron a la primera planta y las separaron en grupos, bajo la vigilancia de tres mujeres de aspecto pálido y abatido. Salvo a Raquel, las desnudaron a todas y se deshicieron de sus harapos. Luego las mujeres las lavaron y peinaron. Les dieron vestidos de colores chillones, que resaltaban sus formas, y las maquillaron con un carmín denso y viscoso y una sombra azul brillante en los párpados. Las mujeres de aspecto abatido les rociaron un perfume dulzón y ordinario. Por último, a cada una le pusieron, con un alfiler, un número en el traje.

—Con esas dos no hace falta —dijo Amos señalando a Raquel y Tamar—. Ellas van al Chorizo —añadió, y se dirigió hacia la escalera.

—Venga, bajad —dijo entonces una de las dos mujeres de aspecto abatido—. Y sonreíd. Como Amos os vea con la cara larga, os dará unos buenos azotes.

Condujeron a las chicas a un amplio salón en la planta baja, donde había un escenario y una pasarela. Delante de la pasarela, en unas sillas, unos cuantos hombres estaban sentados con una libreta y un lápiz.

—Cuando diga vuestro número —explicó Amos a las chicas que estaban en el escenario—, avanzad por la pasarela. Sonreíd y mirad a derecha e izquierda. Cuando os pare, no tratéis de resistiros si queréis conservar todos los dientes de la boca. Luego regresad a vuestro sitio. —Por último, fue a la pasarela y abrió los brazos, saludando a los presentes—: Bienvenidos, amigos. Hoy el mercado... está que arde.

Los hombres que había en el salón se rieron.

—¡Empezamos! —anunció Amos—. ¡Número uno!

Raquel vio que el número uno lo tenía una chica de pechos grandes que avanzó por la pasarela encorvada, sin sonreír, asustada por Amos.

Cuando llegó a su lado, Amos la paró.

—Sonríe o te mato —le susurró al oído.

Raquel reparó en que la chica sonreía forzadamente, con las pupilas dilatadas por el terror.

Amos le dio un golpe en la espalda.

—Ponte derecha —le susurró.

Luego la abrazó por detrás, como si fuese una escena de seducción y a la vez de violencia, mirando a los hombres que estaban en el salón. Bajó una mano hasta los muslos de la chica y fue subiéndole el vestido poco a poco.

—¡Arriba el telón! —gritó uno de los hombres del salón.

Todos los otros rieron.

Raquel advirtió que los ojos de la chica se llenaban de lágrimas. Se volvió hacia Tamar, y en su mirada vio dolor, rabia y humillación. Ella conocía el efecto de las manos de Amos. Había sido la primera en notarlas en su cuerpo. Se había engañado. Raquel se agarró a su brazo y lo apretó.

—No tengas miedo —le dijo Tamar.

—No —respondió Raquel, y le apretó el brazo con más fuerza. Porque en ese momento Tamar tenía más miedo que ella. Porque ella sabía.

Mientras tanto, Amos levantó la falda de la chica, exhibió su pubis y le acarició la entrepierna.

—Las pelirrojas están de moda este año, ¿lo sabían?

Los hombres se rieron.

Amos soltó el vestido y subió la mano hasta el pecho de la chica.

Raquel vio que la pobrecilla ya no podía contener más las lágrimas, que le deshacían el maquillaje. Pero seguía sonriendo. Y las dos cosas juntas eran un espectáculo terrorífico.

Amos introdujo una mano en el ancho escote y sacó un pecho. Lo levantó, apoyado en la palma de la mano. Los amplios pezones oscuros, en contacto con el aire, se hincharon.

—¿Alguien tiene una balanza? —Amos sonrió—. Esta chica vale en oro lo que pesan sus tetas.

Hubo una carcajada general, y luego un hombre levantó una mano y dijo:

—¡Mil quinientos!

—¡Con eso no se compra ni un pezón! —bromeó Amos.

Muchas manos se levantaron y el precio subió hasta tres mil, instante en que Amos la adjudicó y permitió a la chica que se fuera.

Cuando volvía a su sitio, esta trató de colocarse el pecho dentro del vestido, pero le temblaban demasiado las manos. Al final, mientras una de las mujeres de aspecto abatido la ayudaba, vomitó. La mujer de aspecto abatido le dio una bofetada.

—¡Número dos! —anunció Amos.

Una tras otra, las chicas desfilaron por aquel mercado de la carne que era solo el prólogo de todas las humillaciones que iban a padecer. Los hombres del salón estuvieron a punto de llegar a las manos por quedarse con las más guapas en una subasta en la que el precio aumentaba en medio de los gritos de todos.

Raquel y Tamar estaban sentadas en un rincón. Alguno trató de hacer una oferta por Tamar, pero Amos repitió que esa chica era suya.

Entregaron las chicas vendidas a los proxenetas que las habían comprado para sus burdeles. Cada uno pagaba al contado la cantidad acordada y luego se las llevaba.

Esa noche, después de una cena a base de *carne salada* y una taza de *mate* caliente, las chicas que no habían sido elegidas durmieron en el hotel Palestina.

Al día siguiente las metieron de nuevo en los carruajes.

Esa vez Raquel no quedó deslumbrada por la colmena de cemento. En sus ojos seguía impresa la escena del día anterior. Se volvió hacia Tamar.

—Tú y yo vamos a seguir juntas, ¿verdad? —le preguntó.

Tamar asintió débilmente.

—Hubiera sido mejor nacer hombres —masculló Raquel.

Tras un breve trayecto, hicieron bajar a las chicas delante de un local de aspecto ambiguo. En el toldo de la calle, sucio, que alguna vez debió de ser de color crema, se leía en letras rosas: CAFÉ PARISIEN.

—Vosotras sois las de segunda —dijo una de las mujeres de aspecto abatido a las chicas reunidas en un salón con espejos roñosos en las paredes, que apestaba a alcohol rancio—. Vais a costar poco y valdréis todavía menos —añadió en tono áspero, como si estuviese reviviendo un pasado doloroso. Tenía un costurón en la mejilla derecha.

—¿Usted fue de segunda? —le preguntó Raquel.

—No, yo fui de primera —le respondió la mujer en un leve tono de soberbia—. Pero da lo mismo... —murmuró a continuación, como si hablara para sí—. Ya da igual... —Miró a Raquel, sin conseguir enfocarla bien—. *Esto es el infierno* —le dijo.

Raquel frunció las cejas.

—¿Qué quiere decir? —preguntó.

—Tú misma lo descubrirás —le espetó la mujer—. Y deja de joderme.

—¿Por qué se enoja tanto conmigo? —le preguntó Raquel.

—Yo ni siquiera te veo —le respondió la mujer—. Pero cualquier cosa que yo te haga no es nada en comparación con lo que me han hecho a mí. Para sobrevivir, una tiene que volverse dura como una piedra y afilada como un cuchillo. —La desafió con la mirada—. ¿Cuántos años tengo?

Raquel la observó un instante.

—¿Cincuenta?

—Treinta y cuatro.

—¿Qué... le ha pasado? —preguntó Raquel, sorprendida.

La mujer casi se rio.

—Yo soy una de aquellas a las que les ha ido bien. Estoy viva, no tengo enfermedades malas y no he ahogado en una jofaina a ninguno de los bastardos que he traído al mundo. ¿Te basta con eso?

Raquel no supo qué responder. Pero tembló de miedo.

—¿Qué significa lo que me ha dicho antes? —preguntó.

La mujer se pasó un dedo por la cicatriz que la desfiguraba.

Y luego respondió:

—Esto es el infierno.

17

Una vez que Rosetta ya no pudo ver a Rocco se agarró con fuerza al salpicadero, con los ojos muy abiertos, mientras el automóvil aceleraba. Jamás en su vida había estado en un coche.

—Si continúas apretándolo tanto me lo romperás —dijo el joven.

Rosetta apartó las manos de golpe, ruborizada.

El joven se rio. Se cercioró de que nadie los seguía y le dijo:

—Estaba allí cuando huías. Lo vi todo.

Era guapo. Su elegante chaqueta cruzada de color malva no tenía una sola arruga. Llevaba una camisa blanca inmaculada y un corbatín fino azul eléctrico. El pelo castaño, con las puntas doradas por el sol, se ondulaba de modo que parecía suave.

Se volvió y le sonrió.

—Me llamo Gabriel, pero todos me llaman el Francés —se presentó.

Rosetta no dijo nada.

Entonces el Francés añadió:

—Te echaré una mano.

—¿Por qué? —preguntó Rosetta.

—Porque tengo que proponerte un negocio —explicó el Francés con una sonrisa.

Rosetta permaneció callada el resto del trayecto. En sus ojos aún seguía impresa la imagen de Rocco, en el suelo, rodeado por los guardias.

Al cabo, el automóvil se detuvo delante de un local en la esquina entre dos calles, con un toldo rojo sobre el que había pintado un gato negro con la cola erguida. Y una inscripción que Rosetta no podía leer.

—Este es el Black Cat. Mi oficina —dijo el Francés con otra sonrisa.

Rodeó el coche y la ayudó a apearse.

Rosetta se quedó parada en la acera, incapaz de formular siquiera un pensamiento, como si estuviese borracha.

—Anda, pasa —dijo el Francés invitándola a entrar.

Rosetta lo siguió hasta el interior del local, lleno de humo.

—*Lepke, necesito una habitación para la chica* —dijo el Francés a un hombre de tez amarillenta—. *Y un buen baño caliente.*

Lepke examinó rápidamente a Rosetta y, en tono de entendido, comentó asintiendo:

—*Una muchacha muy fina.*

Rosetta no tenía ni idea de lo que decían.

Lepke dio una palmada y enseguida apareció una criada, joven y guapa, con un uniforme negro y un mandil blanco que parecía robado a una muñeca.

Rosetta consideró que llevaba la falda demasiado corta.

—Ve con ella —le susurró el Francés—. Te dará lo que necesites y después cenaremos juntos.

Rosetta, sin hacerse preguntas, aturdida por los acontecimientos, siguió a la criada hasta la primera planta y entró en una habitación decorada con un papel a rayas verdes y moradas que le pareció lujosísima.

La criada le sonrió y desapareció en la habitación contigua. Se oyó correr agua. Cuando regresó, vio que Rosetta seguía parada en la puerta, embobada. Se rio burlona.

—*Quítate la ropa* —le dijo—. *Necesitas un buen baño.*

Rosetta la miró sin comprender.

—Allez! Enléve tes vêtements. T'as besoin d'un bain.

Rosetta seguía sin comprender.

—¿Italiana? —preguntó la criada.

Rosetta asintió.

—Desnúdate, venga —dijo la criada—. Estoy preparándote un baño.

Rosetta se llevó las manos al pecho.

—¿No eres del oficio? —preguntó sorprendida la criada.

Rosetta frunció las cejas y permaneció en silencio.

—¿Eres nueva? —le preguntó la criada con amabilidad.

Rosetta asintió.

La criada fue al cuarto de baño y cerró el grifo.

—Está lista, venga —le dijo desde allí. Volvió a la habitación—. ¿Quieres hacerlo tú misma? —Le sonrió—. Dentro de poco no te parecerá raro estar desnuda. —Se rio, y añadió en tono tranquilizador—: Con el Francés has caído en buenas manos. Ya lo verás. Él nos cuida —apostilló antes de salir y cerrar la puerta.

Rosetta, como soñando, se metió en el baño. Alguien en el pueblo había contado que una vez vio una bañera, pero ella solo las conocía de oídas y nunca se había imaginado esa blancura de porcelana ni esas patas de latón que parecían de oro. Se quedó mirando hipnotizada el vaho que se elevaba del agua caliente. Y luego reparó en el espejo de pared, empañado. Su cuerpo se reflejaba en él como a través de la niebla. Se acercó y limpió la zona a la altura del rostro. Sintió una especie de ternura por su propia expresión tontorrona. Tomó una toalla y secó el espejo por completo. Era la primera vez en su vida que se veía reflejada de cuerpo entero. Observó las líneas de los hombros, rectas y fuertes, la exuberancia de los pechos, la curvatura de las caderas, las piernas largas y finas, los cabellos negros y brillantes. Como si se descubriese. Como si por primera vez se conociese a sí misma. Después de veinte años de vida.

Pensó que ese rostro y esos ojos y esos labios los había visto Rocco. Y en ese preciso momento creyó sentir de nuevo la tibieza del beso que se habían dado. Se llevó un dedo a la boca mientras seguía mirándose en el espejo. Y vio que su mirada había cambiado. Y que esbozaba una sonrisa en los labios, como cualquier chica.

¿Cómo había pasado? No tenía la menor idea. Creyó que temería a los hombres el resto de su vida. Todavía tenía recientes las marcas de violencia. Sin embargo, Rocco la había llevado a un mundo limpio, en absoluto temible. Y con un solo beso.

—No —dijo sin dejar de sonreír—. También con un trozo de tarta.

En ese momento llamaron a la puerta y la criada entró en la habitación.

Rosetta salió del cuarto de baño y vio que la chica dejaba en la cama un vestido verde con un ribete de color perla sobre el amplio escote y unas medias de color carne, ligerísimas. A los pies de la cama dejó unos zapatos negros con un lazo de raso. Tenían tacón.

—Ya te he dicho que has tenido suerte de caer con el Francés. Todo esto es muy fino. —La criada sonrió—. Pero ¿todavía no te has desnudado? —Se le acercó—. Ay, fíjate. Has perdido un botón aquí atrás —dijo.

Rosetta miró el vestido que había en la cama. No le costó imaginar qué negocio quería proponerle el Francés.

—¿Adónde vas? —le preguntó la criada.

Pero Rosetta ya había salido, con su hatillo en la mano.

—¿El vestido que he elegido para ti no es de tu talla? —le preguntó el Francés, sentado a una de las mesitas de hierro y mármol, puesta para la cena, cuando la vio aparecer.

—He comprendido qué pretendes —dijo Rosetta.

—Siéntate —dijo el Francés con amabilidad.

—He comprendido qué negocio quieres proponerme —insistió Rosetta.

El Francés se encogió de hombros, con una ligereza que hacía que el asunto pareciera inocente y sencillo.

—Aquí, en Baires, no tiene nada de malo ser puta —dijo—. Puede que en ninguna parte del mundo haya tanta concentración de hombres y tanta escasez de mujeres. Los emigrantes vienen en busca de riqueza sin sus familias. ¿Sabes cuántos vivimos aquí? Dos millones. Y la mitad son italianos.

—¿Y qué?

El Francés volvió a encogerse de hombros y entornó los ojos, sonriendo como un niño, como diciendo que la respuesta era obvia.

—Son hombres. Y tienen sus necesidades.

—Y tú suministras la materia prima —agregó Rosetta, y asintió.

El Francés se rio.

—Eres una chica inteligente y graciosa. Me gustas. —También él asintió—. Sí, digamos que los ayudo.

—Eres un chulo y tienes una cuadrilla de putas.

—Yo prefiero llamarlas *poules*.

—¿Eso qué significa?

—Gallinas.

—Pues yo no pongo huevos.

El Francés se rio de nuevo.

Rosetta le dirigió una mirada desafiante.

—Si no acepto, ¿me entregarás a la policía?

El Francés negó con la cabeza.

—Solo hay dos cosas que detesto con toda mi alma: trabajar y tener algo que ver con la policía.

—De manera que si me niego, ¿ya está? —preguntó Rosetta.

—Siéntate, por favor —dijo el Francés en tono persuasivo. Tomó un trago de vino mientras Rosetta se sentaba. Al cabo le preguntó—: ¿Qué te gustaría hacer?

—Soy campesina.

El Francés se inclinó hacia ella.

—Si vas a la pampa, donde hay vaqueros y campesinos, de todos modos te convertirán en su puta. Pero sin pagarte. —La miró en silencio, esperando que sus palabras surtieran efecto—. Así que, repito, ¿qué te gustaría hacer?

—No lo sé —respondió Rosetta.

—¿Lo ves? —El Francés abrió los brazos.

—Pero sé que no quiero ser puta —insistió Rosetta—. Algo me inventaré.

El Francés movió otra vez la cabeza.

—En Buenos Aires, si eres hombre y pasas hambre, vas al puerto y trabajas de estibador. Si eres mujer, terminas haciendo la calle.

Rosetta apuró de un trago el vaso de vino que tenía delante y, con la cabeza gacha, dijo:

—Entonces seré estibador.

El Francés se levantó.

—Tengo cosas que hacer. Come y ve a dormir. Ya seguiremos hablando mañana... —dijo—. La policía te busca. Necesitas papeles falsos, ¿lo has pensado? Yo también puedo encargarme de eso.

Rosetta lo miró estupefacta. Eso ni siquiera se le había pasado por la cabeza.

—Eres única —afirmó con voz cálida el Francés. Se inclinó y le dio un beso delicado en la frente—. Y yo puedo cuidarte —le susurró. Después se marchó.

Rosetta permaneció sentada, absorta, unos instantes. Luego se encaminó con paso firme hacia la salida, con su hatillo en la mano.

—*Oye, chica, ¿adónde vas?* —le preguntó Lepke.

—No te entiendo —dijo Rosetta.

—¿Adónde vas?

Rosetta lo miró. Pero delante de sus ojos seguía el rostro de Rocco. Ignoraba si había conseguido librarse. Fuera como fuese, iba a esperarlo.

—¿Adónde vas? —repitió Lepke.

—A un sitio donde no tenga que avergonzarme cuando me encuentre.

—¿Quién?

Rosetta sonrió.

—Él —dijo, y se marchó.

18

El error fatal que cometió fue volverse hacia el fondo del callejón para comprobar si Rosetta lo había conseguido. La vio quieta, y entonces le gritó con todas sus fuerzas que corriera. En ese momento, uno de los guardias lo pilló desprevenido y le pegó un porrazo en la oreja que le hizo doblar las rodillas y le nubló la vista. Cuando abrió los ojos, los tres guardias estaban atizándole golpes iracundos.

Rocco notaba en la boca el sabor de la sangre y oía los insultos de los policías, en su idioma incomprensible, mientras le pegaban. Rodó hacia un lado, lo más rápido que pudo, y arrastró a uno de los guardias, que cayó encima de él.

Los otros dos pararon para no pegar a su colega.

Entonces Rocco atizó un cabezazo en la cara al que había derribado y consiguió arrebatarle la porra. Dio otro giro en el suelo, se levantó y se lanzó como una furia contra los otros dos guardias, antes de que pudieran reaccionar. Pegó a uno en toda la frente. Oyó el ruido seco de la porra. Y luego, con un movimiento lateral, atizó al otro en el cuello, dejándolo sin aliento.

Agarró la maleta y echó a correr sin volverse. Llegó a una calle enorme con mucho tráfico y se detuvo.

Le pareció ver a Rosetta huyendo, pero había algo más que no conseguía enfocar. Una imagen que le había borrado el porrazo en la cabeza. Y en ese instante, en el suelo, justo debajo de la acera, vio un botón negro. Estaba seguro de que era de Rosetta. Lo recogió mientras los guardias hacían sonar sus silbatos y se lanzaban en su persecución.

Atravesó la calle a la carrera, sin prudencia. Oyó imprecaciones, relinchos de caballos, neumáticos chirriando en el asfalto, bocinazos, pero no se detuvo y corrió sin saber dónde estaba ni adónde iba.

Luego, cuando el corazón estaba a punto de estallarle en el pecho, con las piernas moviéndose por inercia, ya incapaz de seguir, cayó vencido. No podía respirar, tenía los ojos desorbitados y el estómago revuelto a causa del esfuerzo. Llegó como pudo a una esquina mal alumbrada y se quedó allí, en la acera, como un mendigo, con la boca muy abierta. Exhausto, apoyó la cabeza en el muro que tenía detrás. Sintió un pinchazo doloroso. Gimió. Se llevó una mano a la cabeza. Tenía el pelo húmedo, pegajoso. Cuando se miró la palma, vio que estaba roja de sangre.

Dos transeúntes que pasaron delante de él riendo y bromeando, al verlo tirado en el suelo, cruzaron deprisa para esquivarlo. Pero siguieron observándolo desde la otra acera.

Rocco se levantó. No podía quedarse allí. Antes o después, alguien avisaría a la policía. Y él ya no tenía fuerzas para pelear. Se puso de nuevo a andar, procurando no llamar la atención. Vio su reflejo delante de un escaparate iluminado. Se detuvo y se miró. No era un bonito espectáculo. Tenía el rostro ensangrentado. El labio inferior estaba partido. La ceja izquierda estaba partida. La nariz estaría partida, sin duda. Le chorreaba sangre también del nacimiento del pelo. Y luego, dentro de la tienda, al otro lado del escaparate, vio a una joven vendedora que chillaba asustada.

Se alejó rápidamente, mirando hacia todas partes. La grandiosidad de los edificios le hizo volver la cabeza a su alrededor. Las farolas de gas empezaban a encenderse e irradiaban su luz ambarina y cálida. Las calles eran un incesante ir y venir de carruajes y automóviles. La gente vestía trajes elegantes y mostraba modales refinados. Podía respirarse toda la riqueza y opulencia de aquel nuevo mundo.

Al otro lado de la acera vio una fuente. Cruzó, dejó la maleta en el suelo, miró alrededor para cerciorarse de que no había policías y, justo cuando iba a sumergir las manos en el agua, se dio cuenta de que sus dedos seguían apretados en torno al botón. El botón de Rosetta.

Le había dicho que iba a encontrarla. ¿Cómo había podido ser tan tonto? Esa ciudad no se parecía en nada a un pequeño pueblo de Sicilia. Era un inmenso hormiguero. Sería como buscar una aguja en un pajar. Apretó con fuerza el botón y cerró los ojos. «Si dos personas se gustan, es imposible que no vuelvan a encontrarse», decían las viejas de su barrio de Boccadifalco a los chicos que se derretían de amor. Y remataban la cuestión diciendo: «Si dos se buscan, terminarán encontrándose». Él siempre había creído que no eran más que estupideces románticas. En ese momento, no obstante, se sintió lleno de optimismo.

—Encontraré la aguja en el pajar —susurró para sí, y se echó a reír, a pesar del dolor en el labio.

Guardó el botón y sumergió las manos en el agua. Estaba fresca. Se lavó la cara. Y después metió la cabeza y se enjuagó el pelo. El agua se tiñó de rojo. Sacó un jersey de la maleta y se secó con él. También el jersey se manchó de sangre. Se taponó la herida y siguió andando. En otro escaparate, comprobó que estaba menos espantoso que antes. Entonces se acercó a dos hombres elegantes que fumaban delante de un local del que salía una música cautivadora.

—Perdonen, señores —dijo—. ¿Hablan ustedes italiano?

Los dos hombres entraron a toda prisa en el local, sin responderle.

En la manzana siguiente vio a un vendedor ambulante con una carretilla medio rota. Vendía tirantes, calcetines y cintas para pantalones. Se acercó a él.

—¿Habla italiano?

—¿Qué quieres? —dijo el vendedor ambulante, a la defensiva.

—Tengo que ir al muelle siete, en La Boca.

El hombre señaló con un dedo.

—Ve por ahí hasta los andenes del *ferrocarril* y luego dobla a la izquierda. Sigue recto y llegarás al puerto.

Rocco metió la mano en el bolsillo, apretó el botón y se encaminó en esa dirección.

Al cabo de media hora le dijeron que había llegado al barrio de La Boca. Estaba rodeado de casas miserables, mitad de ladrillos, mitad de chapas de metal, pintadas con colores vivos. Casas muy pegadas entre sí, como si tuvieran que sujetarse unas a otras, y que parecía que podían caerse a la primera ráfaga de viento igual que un castillo de naipes. No había un solo coche. Tampoco gente bien vestida. Delante de él, a lo largo de los muelles, se veían grúas muy altas, alineadas contra el cielo como saltamontes esqueléticos y grandes naves. Los barcos mercantes se mecían en el agua. Todos los hombres con los que se cruzaba eran grandes y fuertes y arrastraban los pies, a paso lento, con la ancha espalda encorvada y la ropa raída.

Rocco pensó enseguida que eran estibadores.

Vio un poco más allá a un viejo sentado en una silla desvencijada delante de una casa tan pobre como una chabola.

—¿Sabe dónde está la Zappacosta Oil Import-Export? —le preguntó. Se percató de que le observaba con insistencia la correa de los pantalones y la chaqueta, a la altura de las axilas—. ¿Qué mira?

—No vas armado —respondió el viejo, y siguió masticando tabaco.

—¿Por qué tendría que ir armado? —preguntó sorprendido Rocco.

El viejo negó con la cabeza.

—Vas donde Tony Zappacosta.

—¿Y qué?

—Eres un mafioso. —El viejo escupió un grumo oscuro de tabaco.

—¡No!

El viejo estalló en una carcajada afónica, enseñando la dentadura negruzca de tabaco.

—¿Vas donde Tony Zappacosta y no eres un mafioso? —Con el pulgar, señaló una nave baja de madera, pintada de verde claro—. Ahí es donde está tu *jefe de la mafia*.

—No es mi jefe —protestó Rocco.

—Buen chiste, muchacho —dijo el viejo, y se rio de nuevo.

Rocco se encaminó hacia el edificio verde. En la fachada vio un letrero grande, amarillo con el fondo negro. Supuso que ponía Zappacosta Oil Import-Export. Llegó hasta la puerta acristalada y llamó. Al entrar sonó una campanilla.

Dentro olía a aceite de oliva y a azahar siciliano, a tabaco y a alcaparras en aceite, a orégano y a tomates secos.

—*¿Qué quieres?* —le preguntó un hombre de unos sesenta años que salió de la trastienda. En el puente de la nariz, surcada de capilares, llevaba un par de gafitas redondas. Vestía un delantal negro sobre una camisa con las mangas subidas sujetas con elásticos negros, como los contables.

—¿Habla italiano? —le preguntó Rocco.

El hombre asintió.

—¿Qué quieres? Estamos a punto de cerrar.

—Busco a Tony Zappacosta.

—Al señor Zappacosta —lo corrigió el hombre.

—Sí.

—¿Quién eres?

—Me llamo Rocco Bonfiglio.

—¿Y bien?

—Me envía don Mimì Zappacosta.

—Ah, ya estás aquí. —El hombre le indicó con un gesto que esperase y volvió a la trastienda—. Señor Tony, está aquí un chico que le envía su tío.

Siguió un largo silencio. Luego una voz fría, monocorde, casi metálica dijo:

—Que pase.

El hombre con el delantal indicó con un ademán a Rocco que lo siguiera hasta la trastienda.

Cuando entró, a Rocco le costó ocultar su sorpresa.

Tony Zappacosta tenía cuarenta y cinco años y, en rigor, no podía considerárselo un enano porque era perfectamente proporcionado, pero sin duda era uno de los hombres más bajos que podía haber fuera de un circo. Sin embargo, nada, aparte de ese inconveniente que lo equiparaba con un niño, mirándolo a los ojos, hacía pensar que fuera como un chico. Bien al contrario, infundía temor por la frialdad de su mirada, que lo asemejaba más a un animal de sangre fría que a un hombre.

—Mi tío me ha dicho que le hago un favor si te contrato —anunció Tony al tiempo que se levantaba y se apartaba del escritorio de caoba.

Miró a Rocco de arriba abajo, encarándolo sin cortarse, más bien casi con una actitud desafiante, con una mano apoyada levemente en la culata de la pistola que llevaba metida en la correa.

—Se lo agradezco —respondió Rocco.

—Pero también me ha dicho que después de este favor ya no estarás bajo su protección —continuó Tony con su voz metálica, como si no lo hubiese oído—. Y eso significa que puedo incluso tirarte al río. ¿Queda claro?

—Clarísimo —dijo Rocco—. Pero sé nadar —bromeó.

—¿También con una piedra atada al cuello? —replicó Tony con una sonrisa glacial. Miró a Rocco sin que sus ojos transparentasen una sola emoción—. Yo dirijo la empresa y también soy el administrador del *muelle siete* —continuó—. Yo dicto aquí la ley.

—Usted es el *capomandamento* del *muelle siete*, lo he entendido.

Tony se le acercó y le plantó el índice en el pecho.

—No, yo soy Dios —susurró. Lo miró otra vez. Luego se volvió y se sentó al escritorio, en un sillón de madera con ruedas y dos cojines. Se pasó un dedo alrededor de toda la cara—. ¿Qué has hecho? ¿Te ha atropellado un tren?

—Algo así —respondió Rocco.

—¿Sabes usar una pistola? —preguntó Tony.

—No —mintió Rocco.

—Pues tendrás que aprender —dijo Tony—. A partir de ahora, eres el vigilante nocturno del almacén ocho. El puerto está lleno de pandillas de chiquillos. Los ladrones son ellos, pero si desaparece una aguja, la culpa será tuya. Esa es la regla.

—Señor Zappacosta, soy mecánico —replicó Rocco.

—No, eres el vigilante nocturno, y si desaparece una aguja, la culpa es tuya —repitió Tony sin alterarse, como si tuviese un trozo de hielo donde debería estar su corazón. Y en la mirada, una calma equívoca, difícil de interpretar, como algo que se entrevé en el fondo de un río.

Rocco continuó mirándolo en silencio.

—Bastiano, enséñale el almacén, dale las llaves y la pistola —dijo Tony—. Y vuelve rápido, que quiero terminar de hacer las cuentas.

Con un gesto, Bastiano indicó a Rocco que lo siguiera. De una caja fuerte sacó un manojo de llaves y eligió una pistola. Luego salieron.

Cuando se dirigían al almacén, un automóvil biplaza paró delante de la Zappacosta Oil Import-Export. Al volante iba una chica de no más de veinte años.

—Buenas, Catalina —la saludó Bastiano.

—¿Es nuevo? —dijo Catalina señalando a Rocco como si fuese una cosa. Tenía la ronquera de quien fuma demasiados cigarrillos. Era de una belleza tenebrosa. Como un vaso de vino envenenado.

—Viene de Palermo, enviado por el tío Mimì —respondió Bastiano.

Catalina, a pasos lentos y medidos, se acercó hasta Rocco y, ya delante de él, lo miró con descaro. Llevaba un vestido morado, de seda, con una falda ligera que enseñaba hasta las pantorrillas. Lo observó en silencio un rato, como si lo examinara. Después se dirigió hacia el despacho de su padre.

—El señor Zappacosta te cortará los huevos como pongas los ojos en su hija —dijo Bastiano mientras forcejeaba con el candado que cerraba la puerta corredera del almacén, sobre la que había pintado un gigantesco ocho azul—. La esposa del señor Tony murió joven. Tenía el corazón débil. Y Catalina es su vivo retrato. Por Catalina, el señor Tony sería capaz de hacer cualquier cosa, nunca olvides eso. Por ella dejaría que lo mataran sin pensárselo un instante. Ya lo has visto, es más duro que un diamante. Pero con Catalina… se derrite. Siempre dice: «Es la luz de mis ojos». La mima de todos los modos posibles. Así que mantente alejado de ella, te lo repito.

Rocco no dijo nada.

Bastiano descorrió la puerta. Pulsó un interruptor y las luces de neón del techo temblaron inseguras antes de difundir su fría luz por el almacén invadido de cajas. En un rincón había una minúscula caseta de madera. Dentro, una mesita con un hornillo de gas, dos cazos y un plato desportillado con cubiertos, una silla de madera, una pequeña estufa de queroseno y, en el suelo, un colchón manchado y una manta.

—Duerme con los ojos abiertos —dijo Bastiano—. Los chiquillos agujerean la plancha de latón y arrasan con todo lo que encuentran. Y al señor Zappacosta eso le toca los huevos. —Se dispuso a salir, pero se detuvo—. Si no haces tonterías, el Nuevo Mundo te gustará. Está lleno de oportunidades.

No bien el otro se marchó, Rocco cerró la puerta. Apagó las luces, se tumbó en el colchón y murmuró:

—Nuevo mundo... ¡Y una mierda!

Había huido de Palermo creyendo que podría librarse del futuro que su padre le había grabado en la piel. Pero allí, en Buenos Aires, a varios miles de kilómetros de distancia, con un océano de por medio, todo parecía idéntico. También su destino.

Porque la mafia era como el pegamento. Se adhería a ti, y ya no te la quitabas nunca de encima.

Durante un instante se sintió encarcelado. Y más solo que nunca. Siempre había estado solo por dentro.

Pero luego pensó en Rosetta. Con ella había sido distinto. De repente. Y entonces susurró con voz alegre:

—Te encontraré.

Tenía en la mano un botón.

Y en la boca un beso.

19

En el café Parisien el guion fue semejante al que se desarrolló en el hotel Palestina. Había hombres sentados a mesitas pegadas a paredes con espejos roñosos mirando a las chicas que desfilaban y haciendo ofertas.

Pero Raquel, observando la escena, comprendió qué significaba ser de segunda. Los hombres vestían ropa más modesta, tenían el pelo sucio, la cara mal afeitada y expresiones duras. Algunos de ellos, sin que Amos se lo impidiera, manosearon a las chicas o las desnudaron delante de todos para comprobar que no ocultaban rellenos. Y las valoraciones económicas de las chicas eran mucho más bajas. Costaban la mitad.

Al final, Amos vendió toda su «mercancía». Se quedó con cinco para él, entre ellas Tamar, la más guapa de todas, y Raquel, a la que nadie habría comprado. Luego señaló a Raquel y dijo a la mujer de la cara marcada:

—Que esta limpie y te ayude. Y si no hace lo que debe, avísame, pues para lo que vale la arrojaré al Riachuelo.

Luego hicieron subir a las cinco chicas a un calesín con la capota rasgada, por la que se filtraban los ardientes rayos del sol.

Raquel se pegó a Tamar. A su lado estaba la mujer de la cara marcada.

—¿Cómo se llama usted? —le preguntó.

—Adelina —le respondió ella con indolencia.

—¿Adónde llevan a las otras?

—A las casas, ¿adónde van a llevarlas, si no?

—¿Son sitios bonitos? —preguntó Raquel.

Adelina volvió la cabeza hacia las calles que el calesín recorría lentamente.

—No —dijo tras un largo silencio.

—¿A donde vamos nosotras es también un sitio feo? —preguntó entonces Raquel con la voz quebrada.

Adelina asintió.

—Sí, idiota. Todos son sitios feos —dijo en tono distante y monocorde. Veía borrosa la gente corriente que atestaba las aceras—. Nosotras no somos como ellos —añadió. Luego, sin mirar a Raquel, agregó—: Pero tú tienes suerte, chiquilla. Y te envidio.

—¿Por qué? —preguntó Raquel con una vocecilla infantil.

Adelina no respondió.

Poco después el calesín se detuvo delante de un anodino edificio de color mostaza con las persianas bajadas, como si estuviese deshabitado.

—Este es el Chorizo —anunció Adelina. Se apeó del calesín y, con un gesto, ordenó a las chicas que la siguieran—. Vuestra casa —añadió en un tono tan sombrío que a Raquel le dio la sensación de que había querido decir: «Vuestra tumba».

Raquel vio que la calle en la que habían parado se llamaba avenida Junín, como el funcionario de inmigración anotó en los documentos. Se fijó en que delante del portal del edificio había dos hombres con largos cuchillos en la correa.

Adelina llevó a las chicas a la segunda planta, a una habitación con camas muy juntas.

Y ahora las cinco estaban ahí, de pie, asustadas y confundidas, con los ojos llenos de preguntas y a la vez temiendo las respuestas que podían darles.

—Dormiréis aquí cuando no trabajéis —anunció Adelina.

«No es la primera vez que suelta este discurso», pensó Raquel.

Adelina observó a las chicas nuevas. Conocía esas miradas desconcertadas y aterrorizadas.

—Es preferible que sepáis qué os espera —continuó con voz fría—. Baires está llena de hombres y hay pocas mujeres. Las putas como vosotras tenéis que hacer todo el trabajo. Se empieza a las cuatro de la tarde y se termina a las cuatro de la madrugada. En ese horario estáis a disposición de todo el que pague. —Las miró. Sabía que, a pesar de lo que habían padecido en el barco, no eran capaces de comprender bien lo que las aguardaba—. No os hagáis las delicadas. Comed. Debéis manteneros sanas. El trabajo es duro. Los chulos esperan que deis placer hasta a seiscientos hombres a la semana. Y a no menos de cincuenta al día. —Esas cantidades inhumanas aún no significaban nada para sus cuerpos, eso también lo sabía—. Dos consejos —prosiguió—. Primero: aprended deprisa el idioma español. Si no comprendéis lo que los clientes quieren que hagáis, enseguida se ponen violentos. Pero hablad lo menos posible con ellos. Solo os contarán sus desdichas, son como borrachos vomitando en la taza del retrete. Segundo: decid siempre sí. Haced siempre lo que quieren. O, de todos modos, os obligarán a hacerlo, pero por la fuerza. —Las miró de una en una—. Ahora dormid. A partir de mañana empezaréis a trabajar. —Señaló a Raquel y le dijo—: Sígueme. Tú no duermes con ellas.

Raquel se aferró al brazo de Tamar.

—No —murmuró.

—¿No has oído a Amos, idiota? —dijo Adelina en tono duro. Señaló a las otras chicas—. Ellas son carne con las que gana un montón de pesos, y sin embargo te aseguro que apenas valen —apostilló—. Así que trata de imaginarte cuánto puedes valer tú, con la que no gana ni un céntimo. ¿Comprendes? Tú no vales una mierda. —Se le acercó apuntándole a la cara con un dedo—. ¿Sabes qué es el Riachuelo? El río más asqueroso del mundo. Lleno de cadáveres de vacas. Amos tardaría un segundo en cortarte el cuello y en arrojarte a él, como basura. —Con el dedo delante aún de la cara de Raquel, repitió—: Tú no vales una mierda. —Luego hizo un gesto seco—. Andando.

Raquel apretó con más fuerza el brazo de Tamar.

—Ve, erizo —susurró Tamar. Y cuando Raquel le soltó el brazo, afirmó—: Nos escaparemos, descuida.

Adelina se volvió de golpe y regresó.

—¿Qué has dicho?

Tamar la desafió con la mirada.

—Nos escaparemos.

—No te conviene —dijo secamente Adelina, y apretó los puños con una expresión dura en el rostro.

—¿Por qué? —Tamar sonrió desdeñosa.

—¿De qué vivirías, idiota? —continuó en tono áspero Adelina—. No tienes nada, y Amos paga a la policía. Te encontraría.

—Y yo volvería a escaparme.

—Y él te encontraría entonces con más facilidad —replicó Adelina—. Marcamos a las que huyen —continuó, y se tocó la cicatriz que le atravesaba la mejilla—. Y una vez que el chulo te ha marcado, ya te reconocen todos. —Le puso una mano en el hombro—. Sobrevive. Piensa en eso.

Tamar le apartó la mano.

—Ten cuidado con la manera en que te comportas conmigo, puta. Yo soy los ojos y el puño de Amos —dijo Adelina y enseguida, suavizando la voz, añadió—: Un día, cuando ya no les sirvas, dejarán que te vayas..., si sigues viva.

Tamar la miró.

—¿Y tú por qué no te has ido? —le preguntó con cierto desprecio en la voz.

Adelina le sostuvo la mirada y sonrió con cinismo.

—Porque nunca he sabido adónde ir —respondió. Luego se volvió y salió del dormitorio.

Raquel la siguió hasta un cuarto pequeño, sin ventanas, en el que había dos camas. Adelina salió y poco después volvió arrastrando un colchón y un vestido marrón sin escote, tan mal cortado que era prácticamente un saco.

—Ponte esto para trabajar —dijo. Soltó el colchón en un rincón—. Dormirás conmigo y con Esther. Esther es una como yo que no se ha ido.

Raquel la observó. Se dijo que aquella mujer debía de haber sufrido atrocidades inimaginables. Sin embargo, no inspiraba la menor solidaridad o compasión. Al revés, la odiaba.

Adelina se rio en su cara, como si hubiese intuido sus pensamientos.

—Lavarás las sábanas y la ropa de las otras, la plancharás,

limpiarás las habitaciones y harás todo lo que sea necesario para que el burdel funcione, como desatascar los retretes —le explicó fríamente—. Di sí a todo y aprende tú también el idioma español, porque aquí todos se impacientan muy rápido. —La miró un instante en silencio—. ¿Cómo te llamas? —le preguntó.

—Raquel, pero mi verdadero nombre es Raechel.

—Yo tampoco me llamo Adelina. Pero he olvidado mi verdadero nombre judío. Está enterrado en otra vida —dijo la mujer—. Tenemos estos nombres porque los clientes no quieren pensar que nos han arrancado de nuestras familias para su sucio placer. —Se encogió de hombros—. Lo saben..., pero no quieren pensar en eso.

Adelina la llevó por la casa y le enseñó la cocina, la lavandería y la azotea donde se tendía la ropa.

A medida que recorrían el Chorizo, Raquel miró en las habitaciones abiertas. Vio muchas chicas tumbadas en las camas. Ellas también tenían un aspecto abatido y la mirada apagada. Y en algunos cuartos vio a hombres que las desnudaban y se les echaban encima.

—Mira al suelo —la regañó Adelina—. Procura ser invisible. Si hay demasiada cola, un cliente impaciente se abalanza sobre ti enseguida. Nosotras somos animales, no seres humanos.

Raquel bajó la cabeza de golpe, asustada, y anduvo a su manera patosa y viril.

Antes del anochecer, después de una cena a base de carne y hortalizas, Adelina le dijo a Raquel que se acostase.

—Esta noche duerme. Mañana a las cuatro, cuando las putas empiezan, te despertaré para que empieces a trabajar.

Raquel se tapó la cabeza con la manta, apretó con fuerza el libro de su padre y rompió a llorar.

—No llores, idiota —le espetó Adelina con aspereza—. Hoy me has preguntado por qué te decía que tenías suerte. Es porque te salvarás de lo que va a pasarles a las otras.

Raquel sacó la cabeza de la manta y se topó con la mirada de Adelina.

—Tu vida aquí dentro no será bonita. Serás una esclava. Pero por lo menos no serás una puta y puede que no te pudras por dentro, como todas nosotras, tonta. Por eso tienes suerte, y te envidio.

—Para tener suerte debería haber nacido hombre —respondió Raquel casi con rabia.

Adelina sonrió con sarcasmo y se le arrugó la cicatriz de la mejilla.

—Poco te ha faltado —le dijo en un tono antipático—. Desde luego, pareces un hombre melenudo y no te mueves como una mujer, está claro.

Raquel la miró. Esa mujer era cruel.

—No me creo que usted se haya quedado aquí porque nunca supo adónde ir —soltó—. A usted le gusta maltratarse.

Adelina rompió a reír. Una carcajada llena de rencor y cinismo.

—No digas estupideces, chiquilla. Yo me cago en ti y en todas las otras —refunfuñó, molesta. Se encaminó hacia la puerta para salir, pero se detuvo y volvió sobre sus pasos, casi amenazadoramente—. Estoy aquí porque me han marcado y nadie, ahí fuera, quiere darme un trabajo digno, so mema —dijo con una voz sombría y cargada de rencor—. Estoy aquí porque no sé adónde ir... y porque soy una cobarde. Eso es lo que me han hecho. Me han quitado también el alma. Tú no sabes una mierda. Y deja ya de gimotear porque me pones nerviosa. —Y se marchó, dando un portazo.

—Tamar y yo nos escaparemos —susurró Raquel, con una ira que sin embargo no estaba sustentada en una auténtica esperanza.

Se desnudó y se puso el sayo marrón antes de echarse en el colchón. Se quedó allí tumbada, con los ojos abiertos en la penumbra de aquella habitación que iba a convertirse en su nueva casa. En su tumba. Y sintió que un terrible peso le aplastaba el pecho.

Se acordó de Kailah, que se había matado para no morir por dentro, como quizá le había sugerido el Señor.

Abrió el libro de su padre buscando un poco de consuelo.

En ese instante Adelina entró de nuevo en el cuarto para ir a buscar algo que había olvidado. Miró el libro con una sonrisita despectiva en los labios.

—Para lo que te valdrá aquí —le dijo en su tono cruel—, ya puedes usarlo para limpiarte el culo.

Raquel se lo apretó contra el pecho.

—Aquí no está Dios, ¿todavía no te has enterado, idiota? —dijo Adelina con voz áspera y llena de rencor.

Se le acercó con una mueca maliciosa. Se agachó hasta que su cara marcada estuvo delante de la de Raquel. La miró y se echó a reír por lo bajo. Como si estuviese gimiendo. Como si tuviese mal el pecho.

—Aquí el único Dios es Amos —añadió—. Tienes que rezarle a él. Es a él a quien debes temer.

20

Después de salir del Black Cat, Rosetta miró hacia todas partes.

Las calles estaban atestadas de gente; casi todos eran hombres, como había dicho el Francés. Debía de ser un barrio elegante porque los transeúntes vestían bien, con trajes, corbatas y chalecos de los que colgaban pesadas leontinas de oro. Y todos la observaban, a veces haciendo comentarios en ese idioma incomprensible, a veces riendo. También se cruzó con dos mujeres que llevaban una sombrillita blanca, de encaje. Y a su vez la miraron. Acto seguido, ambas se pasaron mecánicamente una mano por sus caros vestidos de seda —tan brillantes que reflejaban los destellos de las farolas de gas—, como si tuviesen que quitarse el polvo y la suciedad que veían en Rosetta. Y ellas también se rieron.

Una anciana que caminaba con la ayuda de un bastón y de una criada que la llevaba del brazo se detuvo a su lado. Rebuscó en su bolsito de terciopelo bordado, sacó una moneda y se la tendió.

Rosetta la aceptó, confundida, y se quedó mirando a la anciana mientras esta se alejaba con pasos lentos. Llevaba un vestido elegante. Y también la criada iba bien vestida. Ella, en cambio, llevaba un vestido raído y rasgado. Sus medias negras y gruesas tenían carreras. Sus zapatos estaban deformados. En una mano llevaba un hatillo sucio, hecho con una sábana anudada. La anciana la había tomado por una mendiga.

«Cuanto más me aleje de este barrio, mejor», se dijo. Probablemente la policía seguía buscándola. Tenía que llegar a los suburbios. Ahí sería menos diferente.

Y encontraría un lugar donde esconderse.

Poco a poco, los edificios que veía eran menos suntuosos, menos imponentes, menos altos. La gente también se ensombrecía, como si tuviese una capa de polvo y agotamiento pegada a la ropa, y las prendas que vestían eran cada vez menos elegantes. Había menos farolas de gas. Los locales eran menos ostentosos. Las calles estaban menos cuidadas.

Siguió andando. Parecía que esa ciudad no acababa nunca.

Pasada otra media hora, se detuvo.

Las calles ya no estaban empedradas. No había aceras. Las casas eran bajas. Dos, tres plantas a lo sumo. Muros desconchados, puertas desquiciadas, tejados de planchas de metal. Los toldos de las tiendas estaban raídos y desteñidos. Había un olor acre y desagradable. A sudor, cebolla, ajo, comida podrida, alcohol, excrementos. Y en la luz incierta de la noche que empezaba se oía una cacofonía de sonidos. Gritos, canciones, peleas, carcajadas. Observó a la gente. Allí también casi todos eran hombres. Caminaban encorvados, arrastrando los pies. Los borrachos se tambaleaban, chocando con los muros de las casas. Vio a un par de chiquillos descalzos. No había un solo policía.

Era un reino de parias. Como ella. Nadie la miraba.

Era igual a todos los demás.

—Estoy a salvo —fue lo primero que se le ocurrió decir.

En medio de tantos olores desagradables, percibió sin embargo el delicioso aroma de la carne a la brasa. El estómago le gruñó. Tenía hambre. El aroma salía de un local sin cartel, con mesitas diseminadas por la calle. Un hombre tocaba una especie de acordeón, con un sombrero grande de color indefinible a sus pies. Era una música desgarradora, melancólica. Dos hombres bailaban juntos. Unos clientes reían y aplaudían.

Rosetta echó en el ajado sombrero del músico la moneda que la anciana le había dado como limosna. El hombre le sonrió con gratitud, mostrando su boca desdentada, sin dejar de tocar.

Rosetta entró en el local. Había tanto humo que parecía niebla. En las mesas solo había hombres. Jóvenes y mayores. Algunos ruidosos, otros silenciosos, con la mirada perdida en el vacío, como si hubiesen olvidado en él sus cuerpos. Únicamente había tres mujeres, vestidas con ropa bastante ligera. Iban por las mesas y bebían vino de los vasos de los tipos que les manoseaban el culo. Por debajo de la capa de maquillaje también parecían envejecidas y abatidas, como todos los que estaban allí.

Las tres mujeres la miraron mal. Luego una se acercó al dueño del local, un hombre corpulento con ojos redondos y saltones apostado detrás de la barra. Le habló deprisa, con gesto despechado. El hombre asintió cansinamente y se dirigió hacia Rosetta.

—¿*Qué quieres?* —le preguntó.

—¿Habla italiano? —dijo Rosetta.

—No necesitamos otra puta —le espetó—. Vete.

—No soy una puta —respondió Rosetta.

—¡Ya, claro! —exclamó el hombre, entre incrédulo y sorprendido.

—No soy puta —repitió Rosetta apretando los puños.

—Pues ellas nunca te creerán. —El hombre señaló a las tres mujeres, que la miraban sombrías—. Como te quedes aquí, te arrancarán los ojos, y yo no quiero tener líos. Así que, seas o no puta, vete.

Rosetta miró a las tres mujeres. Detrás de su agresividad vio desesperación, hambre, humillación. Dio media vuelta y se marchó.

En un puesto compró un *choripán*, un bocadillo con un chorizo picante a la italiana, y lo devoró. Pero se hacía de noche y tenía que encontrar un sitio donde dormir. Entró en un par de locales, pero también allí la tomaron por puta y le dijeron que podían alquilarle un cuarto por horas y que tenía que pagar dos pesos por cada hombre que se llevara al catre.

Así las cosas, cuando estaba a punto de estallar de rabia, oyó sonar unas campanas y se dirigió hacia donde tañían.

La pequeña iglesia estaba casi desierta. Solo había un par de viejas desgranando un rosario y un sacristán con cara soñolienta. El sacristán dijo algo a las viejas. Estas se encaminaron hacia la salida. Era evidente que la iglesia iba a cerrar.

Rosetta se metió en un confesionario y confió en que el sacristán no la descubriese. Se quedó allí, conteniendo la respiración, hasta que oyó que el portón se cerraba. Oyó marcharse al sacristán y cerrarse otra puerta. Cuando estuvo segura de que se encontraba sola, asomó la nariz fuera del confesionario.

La iglesia estaba sumida en la oscuridad, salvo una hornacina de la nave de la izquierda, donde la llama de unas velitas titilaba a los pies de una imagen de la Virgen.

Rosetta se acercó y se sentó en el banco que había delante de la estatua.

La Virgen tenía una mirada comprensiva, pero a Rosetta eso no la consoló. Seguía furiosa con el mundo de fuera, que solo veía en ella a una puta.

—Te das cuenta, ¿verdad? —dijo de repente, dirigiéndose a la Virgen. Calló, como si realmente esperase una respuesta. Resopló. Negó con la cabeza—. No digo que estés en deuda conmigo —continuó en tono aguerrido—, no quiero decir eso. Pero lo comprendes, ¿verdad? ¿Cuánto tiempo llevan dándome por...? En fin, ya sabes por dónde. Primero me diste a mi padre, y sabes que tengo las marcas de su correa en la espalda. Luego por fin muere, perdona mi sinceridad, y parece que quedo libre. ¡Pero no! ¡Me mandas al barón! ¡Y esos mierdas de campesinos! Me violan, me roban la tierra, me voy, me arrestan, llego aquí... y Rocco, que Dios lo bendiga, me ayuda a huir. —Sonrió—. Y me besa de esa manera... —Miró a la Virgen agitando el índice—. No es pecado. De esa manera no puede ser pecado. —Apretó el puño, rabiosa—. ¡No, no puedes pretender que también sea puta! No, Virgencita linda. No. Ha llegado la hora de que me mandes un poco de suerte. —Se levantó y puso una mano en el pie de la Virgen que sobresalía de la túnica azul—. Te lo ruego —musitó—. Ya he visto que aquí hay muchísima gente, y sé que tendrás montones de peticiones..., pero estoy harta de ser siempre la última de la fila. Ahora me toca a mí, Virgencita linda. —Volvió al banco y se estiró sobre él—. Ahora me toca a mí —murmuró antes de quedarse dormida, agotada.

A la mañana siguiente se escondió otra vez en un confesionario, luego se confundió con los primeros feligreses y salió a la calle. El sol que brillaba en el cielo despejado la hizo sentir optimista.

Recorrió infinidad de calles de extremo a extremo durante todo el día, buscando una habitación de alquiler o un trabajo. Pero todo el mundo negaba con la cabeza. Algunos hombres, no bien oían la palabra «trabajo», le guiñaban un ojo y le decían que era guapa.

Así llegó a un río de aguas turbias que emanaban un desagradable olor acre. Le dijeron que era el Riachuelo, el río contaminado y pestilente que regaba el límite meridional de Buenos Aires antes de confluir en el Río de la Plata, donde estaba la Dársena Sur. A lo lejos vio grullas.

Ya casi de noche, perdió el optimismo. Estaba muerta de cansancio, tenía las piernas hinchadas y le dolían los pies. El calor húmedo de aquel mundo al revés no la dejaba respirar. Desconsolada, llegó a un barrio que le dijeron que se llamaba Barracas, pegado al de La Boca. Era un barrio raro. Las casas pobres, de ladrillo abajo y de chapa de metal arriba, se alternaban con *conventillos*, grandes edificios donde antaño vivió la *gente bien*, la burguesía acomodada que muy pronto se había trasladado al norte de la ciudad a causa de los continuos ensanches del Riachuelo, creando barrios elegantes. Esos enormes edificios se habían convertido, con el tiempo, en los refugios de los pobres, que se amontonaban en su interior como sardinas en lata. Dos y tres familias vivían en una sola habitación. Muchas veces los servicios higiénicos eran comunes para una planta entera, por lo que se formaban colas interminables. Y entonces, con mucha frecuencia, se recurría al uso de orinales que después se vaciaban directamente en el Riachuelo o bien en los sumideros de las alcantarillas, donde el contenido se estancaba, produciendo miasmas fétidos. Delante de aquellas viejas y ricas casas convertidas en hormigueros abarrotados uno casi podía oír el crujido de las paredes, de las instalaciones, de los techos y de los suelos. De hecho, muchas veces se venían abajo habitaciones enteras. Entonces se desescombraba, y la gente, con la resignación de los animales de carga, volvía a instalarse, en ocasiones a cielo abierto, con tal de tener un miserable colchón donde poder echarse.

Rosetta estaba impresionada por aquel mundo tan enorme, tan polvoriento, tan descolorido por el tiempo, pese a que no era en absoluto antiguo. Rendida, entró en un local que olía a vino y a pinchos de carne y repitió aburrida la pregunta que llevaba haciendo a todo el mundo esa mañana:

—¿Sabe si alguien alquila un cuarto?

—Sí —respondió la dueña—. El zapatero busca un inquilino. —Señaló una casita que daba al río y dijo—: Ahí.

La casa era poco más que una chabola, con una planta baja de ladrillo sin enlucir y encima otra minúscula de madera y chapa de metal. Estaba pintada de azul, y las puertas y las ventanas de amarillo. La puerta de entrada estaba abierta y del montante superior colgaban unas tiras de cuerda con cuentas que llegaban hasta el suelo y servían para ahuyentar a las moscas.

Rosetta se asomó a la casa.

—¿Se puede? —preguntó.

Entró en un pequeño espacio cerrado al fondo con una cortina floreada tendida entre dos paredes. En el centro, una mesa con pieles y herramientas. Y un penetrante olor a betún de zapatos. Detrás de la mesa, un hombre bajo, de unos sesenta años, flaco y fibroso, con los dedos negros y las espesas cejas fruncidas.

—¿Qué quieres? —preguntó bruscamente el hombre, con un fuerte acento siciliano, malhumorado.

—Me han dicho que alquilan un cuarto —respondió Rosetta.

El zapatero la miró en silencio. Tenía unos ojos azules, pequeños y penetrantes que parecían pinchar como agujas. O capaces de atravesar la superficie para descubrir quién se ocultaba detrás de la máscara, detrás de la coraza.

Rosetta retrocedió unos pasos, sin darse cuenta, como si al aumentar la distancia que los separaba la mirada del hombre pudiese traspasarla menos profundamente.

El zapatero se volvió y llamó.

—¡Assunta, ven acá!

La cortina se descorrió y apareció una mujer de unos cincuenta años algo entrada en carnes y con algunas canas entre los cabellos negros.

—Busca un cuarto —soltó el zapatero con sus modales expeditivos.

Assunta sonrió afablemente a Rosetta.

—Ven, entra en casa —dijo con amabilidad—. Tano, ven tú también —pidió a su marido.

El zapatero dejó una hoja sin mango con la que estaba recortando una suela.

Rosetta los siguió hasta el cuarto que ocultaba la cortina. En el rincón de la derecha había una vieja cocina económica. La pared por la que pasaba la campana estaba negra, hasta el techo bajo. Al lado de la cocina, había una mesa redonda con dos sillas. Al otro lado, una estrecha escalera de madera sin pasamanos conducía a la planta de arriba. Al fondo del cuarto, Rosetta vio una cama de matrimonio, con un cabecero de hierro y una colcha bordada. A un costado había una puerta que daba a la parte de atrás, un pequeño terreno yermo que limitaba con el Riachuelo. En una cómoda había un cuadrito de la Virgen. A Rosetta eso le pareció una buena señal.

Assunta le señaló una de las dos sillas. Luego ella también se sentó.

—¿Y yo hago de carabina? —gruñó el zapatero, de pie.

—Trae una banqueta —le respondió su mujer, paciente.

Tano fue al taller y volvió con una banqueta.

—¿Así que buscas un cuarto? —preguntó Assunta.

Rosetta asintió.

—Me han dicho que ustedes alquilan uno.

Tano masculló algo incomprensible.

Assunta se rio.

—Al principio no lo comprende nadie. Tano habla siempre como si tuviese clavos en la boca. Es zapatero. —Y después, con orgullo, añadió—: Zapatero y guitarrista.

Tano soltó una frase rápida como la ráfaga de una metralleta.

—¿Qué ha dicho? —preguntó Rosetta.

—Que si uno ya no tiene guitarra, no puede ser guitarrista —tradujo Assunta, seria—. La guitarra... Hemos tenido que...

Rosetta vio que se le humedecían los ojos.

—¿También piensas decirle cuántas veces vas al baño? —gruñó Tano—. Es una desconocida. ¿Por qué tienes que contarle nuestras intimidades?

Pero Rosetta notó que él no estaba menos turbado, pese a sus maneras bruscas.

—Hablemos de negocios —continuó Tano—. ¿Cuándo has llegado? ¿Tienes trabajo? ¿Tienes dinero para pagar con regularidad?

—Nunca hemos alquilado el cuarto. —Assunta sonrió a su manera amable—. No sabemos bien cómo se hace.

—Yo sé perfectamente cómo se hace —la interrumpió Tano—. Responde a las preguntas —le dijo a Rosetta—. ¿Eres puta?

—¡No! —estalló Rosetta—. ¿Es eso lo único que saben preguntar todos aquí?

—Vale, vale —la interrumpió Tano—. ¿De dónde eres?

—De Sicilia.

—Nosotros también. —Assunta sonrió—. De Porto Empedocle.

Rosetta iba a decir que ella era de Alcamo, pero calló. La policía la buscaba. «Cuanta menos información dé, mejor», pensó.

—¿Qué más? —la presionó Tano.

—Estoy buscando un trabajo. —Rosetta lo miró con gesto altivo y desafiante—. Honrado.

—¿Qué más?

—Puedo pagar —continuó Rosetta, y le enseñó el dinero.

—¿Y cómo te llamas? —preguntó Tano.

—Rosetta.

—Rosetta... ¿Y qué más?

Rosetta se enfadó.

—Ya basta —respondió.

—Ya basta —repitió Tano—. Típico apellido siciliano —masculló—. Es uno de esos apellidos que crean problemas. —Se puso en pie—. Fin de la charla. Adiós, señorita.

—Escuche..., puedo pagar... —trató de decir Rosetta.

—Tienes dinero para pagar, pero no tienes apellido para presentarte —la interrumpió Tano—. Fin de la charla. Adiós.

Rosetta notó que los ojos se le llenaban de lágrimas. Pero se impuso el orgullo. Se volvió hacia Tano y le dirigió una mirada dura.
—Adiós —dijo.
En ese instante, una mujer entró en el taller y llamó.
—Amigo, ¿están listos mis zapatos?
—Adiós —dijo Tano a Rosetta, resopló y salió del cuarto.
Entonces Assunta estiró una mano y la retuvo.
—Yo sé qué hay detrás de esa coraza. También yo soy mujer. Siéntate y cuéntame mientras él sigue al otro lado. Luego, si quieres, te puedes ir.
Rosetta negó con la cabeza, todavía rígida.
—No. Su marido tiene razón. Solo creo problemas.
Assunta le ofreció una sonrisa tranquilizadora. Y repitió:
—Cuéntame.
«La mirada de esta mujer es diferente de la de su marido», pensó Rosetta. Los ojos de Tano indagaban y escrutaban qué había detrás de la máscara. La mirada de Assunta era totalmente distinta. Acogía. Invitaba a pasar a su interior. Como si fuese un refugio cálido y blando. Mientras se perdía en aquella mirada hospitalaria Rosetta empezó a hablar lentamente. No sabía por qué lo hacía, pero lo contó todo. Como si estuviese vaciando una bolsa de basura. Le contó lo del padre que le pegaba, lo de la tierra que había tratado de defender, lo del incendio de los olivos, lo de las ovejas degolladas, lo de la violación, lo del barón, lo del viaje, lo de la denuncia y lo del arresto y lo de la huida del Hotel de Inmigrantes. Al final la miró. Se sentía vaciada. Y ensuciada por la vida.
—¿Ve que su marido tiene razón?
Assunta mostraba una expresión emocionada en el rostro.
A Rosetta le recordó la de la Virgen. Que aceptaba sin juzgar. Que escuchaba horrores sin mancharse.
Y entonces la cortina se abrió y apareció Tano.
Rosetta se levantó de golpe.
—Me marcho —dijo. Pero su voz ya no tenía el tonto orgullo de antes. Se sentía débil. Y agotada.
El rostro del zapatero estaba contraído. Las mandíbulas apretadas, las fosas de la nariz dilatadas. Los ojos azules parecían arder.

—Lo he oído todo —masculló—. Lo que te hicieron es una cochinada.

Rosetta lo miró. Una débil esperanza se le encendió en el corazón.

Pero Tano negó con la cabeza.

—Pero la policía te está buscando... —dijo en tono sombrío—. Y si te encuentran aquí, nosotros también acabaremos en la cárcel.

Para Rosetta fue como si le cayese encima una roca. Y de repente se sintió perdida. Y, como si no hablase ella, con la voz quebrada, murmuró:

—Se lo ruego..., ayúdenme...

Tano la observó en silencio, pero parecía que no la miraba. Los ojos azules se nublaron, perdidos en un pasado doloroso.

—Se lo ruego, ayúdenme —repitió Rosetta con un hilo de voz.

En un instante, el rostro de Tano se inflamó.

—¡Hay que joderse! —gritó, con las venas del cuello hinchadas.

Tomó un cesto de fruta que estaba al lado de la cocina económica, lo levantó y lo tiró al suelo con fuerza. Las varas de mimbre entrelazadas se partieron. Una papaya madura se abrió, enseñando su pulpa anaranjada. Un aguacate rodó a sus pies.

—¡Hay que joderse!

Rosetta, asustada por esa ira, agarró su hatillo y lo apretó contra el pecho al tiempo que daba el primer paso hacia la salida.

—Espera. —Assunta la detuvo poniéndole una mano en el brazo. Sonreía alegre—. No has comprendido lo que está diciéndote.

Rosetta la miró asombrada.

—Tano, cabestro —soltó entonces Assunta en tono de reproche—. Explícale con palabras de cristiano lo que quieres decir.

Tano, con la cara congestionada, gesticulando con las manos manchadas de betún, replicó:

—¿Acaso es tonta y no ha entendido lo que le he dicho?

—No, Tano —respondió la mujer en tono paciente—. Lo que pasa es que a ti la única que te entiende soy yo.

Tano la miró con todos los músculos tensos y las cejas fruncidas.

—Díselo, cabestro —repitió Assunta con amabilidad.

Tano enseñó los puños a Rosetta, como si fuese a pegarle en la cara. Resopló como un toro, se volvió, dio una patada a la pared y luego, mirándola, abrió los brazos rindiéndose. Se llevó un dedo la sien.

—¿Es tan difícil de entender? —gruñó—. Puedes quedarte.

A Rosetta le costaba respirar. El hatillo se le cayó al suelo. Y entonces dejó escapar un sollozo fuerte y ronco que le vació los pulmones y la sacudió de pies a cabeza. Se arrojó a los brazos de Assunta.

—Gracias... Gracias —murmuró—. Usted... Usted es tan buena...

—¡Joder! —exclamó Tano, y abrió la cortina para regresar al taller—. ¡Soy yo el que acepta y la buena es la otra!

Assunta se echó a reír.

Rosetta se volvió hacia la cortina, detrás de la cual se oía a Tano trajinando furiosamente con sus herramientas.

—Usted también es bueno —dijo. Y le entraron ganas de reír, como una niña, con Assunta.

Hubo un instante de silencio al otro lado de la cortina y al cabo la voz del zapatero tronó:

—¡Joder, qué graciositas sois! Me estoy meando de risa.

Assunta se rio todavía con más fuerza, haciendo vibrar su enorme barriga, blanda como un flan.

Rosetta se volvió hacia el cuadrito de la Virgen que había sobre la cómoda y pensó: «De manera que también contigo hay que levantar la voz para conseguir algo...».

21

Palermo, Sicilia

—¡¿Cómo?! —gritó el barón con su vocecita chillona.

—No se altere, excelencia —dijo el médico que estaba cambiándole el vendaje de la herida en la frente.

—¡Apártese! —chilló el barón, y le dio un empujón.

Señaló con un dedo al prefecto de Palermo, que se había presentado en el palacio para comunicarle la noticia de que Rosetta Tricarico, arrestada en el transatlántico y entregada por las autoridades portuarias de Buenos Aires al vicecónsul Maraini de la embajada del Reino de Italia en Argentina, había huido sin dejar rastro.

—¿Cómo ha podido ocurrir? —preguntó furioso, con la cara congestionada.

El prefecto, un hombre de edad avanzada, acostumbrado a arreglárselas en la vida para mantenerse siempre a flote, se encogió de hombros y abrió desconsolado los brazos, dando la única respuesta que le valía para que el barón no lo atacara:

—Ineptitud.

—¿Ineptitud? —preguntó desconcertado el barón.

—Siento hablar así de otros —dijo hipócritamente el prefecto, sin abandonar esa expresión de desconsuelo dibujada en su rostro arrugado—, pero no encuentro un término más… diplomático. —Negó con la cabeza—. Nosotros… —Recalcó ese pronombre que en realidad quería decir «yo», y con el cual se protegía de cualquier crítica—. Nosotros… hemos cumplido nuestra tarea a tiempo, de manera adecuada y eficiente. Un cable bastó para que entregáramos a la justicia a la criminal que lo hirió y le robó, excelencia. Lo demás era cosa de otros. Y esos otros fallaron.

—¡Tiene que pedir la cabeza de ese vicecónsul!

—Eso no es de mi competencia —se excusó de inmediato el prefecto—. Pero a lo mejor usted tiene influencias para hacerlo.

El barón trató de desahogar su ira en el prefecto, pillándolo en algún fallo.

—¿Ha avisado a las autoridades argentinas?

El prefecto asintió.

—He emitido una orden internacional de captura que enseguida he transmitido a nuestra embajada en Buenos Aires, y en consecuencia nuestro consulado ya estará en conversaciones con las unidades de investigación argentinas. Puede estar seguro.

El barón sintió que le hervía la sangre. Pero no había manera de seguir atacando al prefecto.

—Le agradezco que haya venido a informarme personalmente —dijo a regañadientes, porque también en eso el funcionario había sabido ser sensato y astuto, al no delegar en nadie la tarea de comunicar la situación.

El prefecto se inclinó ante el barón.

—Era un deber inexcusable.

El barón lo despidió con un gesto irritado de la mano.

En cuanto el funcionario salió del suntuoso salón con frescos en el techo, el barón se puso en pie, cogió una preciosa estatuilla de porcelana de Capodimonte de finales del siglo XVIII y la estampó contra una pared.

—¡Puta! —gritó, presa de una ira ciega.

El médico, que había permanecido apartado durante la conversación, se sobresaltó.

—¡Excelencia, se lo ruego! —Se acercó con los brazos tendidos hacia el barón—. Estos excesos hacen que suba demasiada sangre a la cabeza, perjudicando su mejoría.

El barón se volvió. Agarró otro objeto decorativo de plata y se lo arrojó.

—¡Tú perjudicas mi mejoría! —le gritó con la cara congestionada, encontrando por fin el chivo expiatorio que necesitaba—. ¡Inútil! Haré que te prohíban ejercer.

—Excelencia... —dijo el médico, que conocía la crueldad gratuita y desenfrenada del noble. Se arrodilló delante de él con la cabeza gacha—. Haré cualquier cosa..., pero ha sido a causa de su sangre que...

El barón le propinó una bofetada.

—¡¿Qué le pasa a mi sangre?! ¡Es la sangre más noble y valiosa de Sicilia! ¡Cómo te atreves!

El médico se dio cuenta tarde de su error. Sin embargo, era precisamente la antigüedad ininterrumpida de esa sangre la causa de que la herida tardara en cicatrizar y de que se hubiera infectado, a pesar de las curas.

Los puntos de sutura habían producido una anómala cantidad de pus que había infectado los bordes de la herida. Pero el médico ya la estaba curando.

—Está usted mejor, excelencia. Confíe.

—¡Largo! —chilló el barón, y lo empujó con un pie haciéndolo caer—. ¡Largo! —repitió con los ojos casi fuera de las órbitas. Una gota de sangre brotó de la herida.

El médico se puso de pie y, muy a su pesar, se dirigió hacia la puerta del salón.

—¡Bernardo! —gritó el barón—. ¡Bernardo!

Se sentó en el sofá Luis XIV de tres asientos forrado con un terciopelo rosa salmón. Puso los pies sobre la mesita ovalada con una figurita de porcelana *biscuit* que tenía delante.

—Puta... —gruñó furiosamente y luego, casi por casualidad, levantó la vista y se encontró con la mirada sensual de su madre, retratada cuando apenas tenía veinticinco años por el pintor Cesare Tallone en Milán—. Eres de una belleza repulsiva —murmuró con la misma furia.

El barón nunca se había atrevido a retirar el enorme retrato al óleo que presidía el salón, a pesar de que le recordaba el desprecio de su padre, quien cuando le señalaba el retrato no había vez que no le dijera: «No has sacado nada a tu madre. Más bien has conseguido negar toda su belleza con tu fealdad».

—¿Me necesitaba, señor barón? —preguntó Bernardo, el criado, mostrando una confianza que la etiqueta no habría consentido.

El barón asintió y le pidió con un gesto que se aproximara.

Bernardo se acercó y se inclinó, con una rodilla en la alfombra, para escuchar a su amo. Pero más por poner la oreja a la altura de sus confidencias que por respeto.

El barón le tocó una cicatriz que tenía en la sien. Era roja, en relieve, irregular, pero estaba perfectamente curada. Y sin embargo, Bernardo había resultado herido el mismo día que lo habían herido a él. Y con el mismo pesado pisapapeles de bronce. Y lo había hecho la misma persona.

—¿Has oído lo de esa puta? —le preguntó.

Bernardo asintió.

—Ha huido —dijo.

—¡Sí, ha huido! —gritó el barón, de nuevo fuera de sí, con su voz aguda, casi de castrato. Unas gotas de sangre más mojaron los bordes de la herida que seguía sin cicatrizar.

Bernardo introdujo la mano en el bolsillo y sacó un pañuelo. Taponó la sangre de su amo con la delicadeza de un amante y la indiferencia de un veterinario.

—Puta... —murmuró el barón en un tono que era tanto un gruñido como un gemido.

—Puta asquerosa —recalcó Bernardo.

El barón lo miró con una especie de afecto a los ojillos redondos que parecían hundirse en la grasa del rostro. Estiró más la mano, le abrió la casaca abotonada hasta arriba, apartó el cuello y le acarició tres pequeñas cicatrices paralelas entre sí, justo debajo de la oreja, de apenas cinco centímetros.

—Recibió el merecido de la puta que es —masculló.

—¿Se lo vuelvo a contar? —preguntó el criado con una sonrisa lasciva.

—No —dijo el barón. Y luego añadió, con una expresión cruel—: Quiero que me lo enseñes. —El rostro se le contrajo en una mueca de ira—. Quiero ver lo que le hiciste a esa puta.

Bernardo ladeó la cabeza.

El barón se rio. Pero era como si gritase. O como si blasfemase.

—Trae aquí a la chica que me hace la cama.

Bernardo comprendió lo que su amo le pedía. Se levantó y salió del salón.

El barón se dirigió hasta un escritorio y sacó de un cajón un objeto, que se escondió a la espalda. Enseguida volvió a sentarse en el Luis XIV.

Poco después Bernardo volvió, llevando de la mano a una chica de pelo negro y una bonita cara inocente. La empujó hacia el barón con la misma indiferencia con que los pastores empujan a las ovejas al recinto donde serán sacrificadas.

El noble miró a la chica en silencio. Su padre había sido un criado del palacio. Había muerto el invierno del año anterior. Y la madre de la chica enfermó y tuvo que dejar de trabajar. La mujer rogó de rodillas al barón que contratara a su hija. «No sé en qué la emplearé», le dijo esa vez a la madre. La chica estaba presente y oyó la contestación de la madre.

—¿Te acuerdas de lo que me respondió tu madre el día que te tomé a mi servicio? —le preguntó el barón en tono ambiguo.

La chica era tímida. Asintió con la cabeza gacha.

—¿Eres muda? —la reprendió Bernardo, detrás de ella—. Habla. Muestra respeto al señor barón.

—Ella dijo... que yo haría... cualquier cosa... que usted me pidiera —respondió la chica.

—Porque si tú no llevas comida a casa, tu madre muere, ¿verdad? —preguntó el barón con una especie de alegría en la voz.

La chica asintió.

Bernardo le dio un golpe en la espalda.

—¡Habla!

—Sí, excelencia —dijo la chica.

Al barón le encantaba la pobreza. Era la auténtica riqueza de los ricos. Porque era la única llave mágica que obligaba a la gente a aceptar lo que jamás habría aceptado.

—Estupendo, Rosetta —dijo.

La chica alzó la mirada, sorprendida.

—No me llamo Rosetta, excelencia. Me llamo...

—Tú te llamas Rosetta —la interrumpió el barón con una mirada dura—. Rosetta Tricarico.

—Sí, excelencia —aceptó la chica, y volvió a bajar la cabeza.

—Muy bien —dijo entonces el barón—. Ahora date la vuelta, Rosetta. —Y en cuanto la chica se dio la vuelta, le lanzó a Bernardo el objeto que ocultaba en la espalda.

Bernardo agarró al vuelo una capucha negra, todavía manchada de tierra, y en un abrir y cerrar de ojos se la puso a la chica. Apretó el lazo y la capucha se le cerró en torno al cuello.

La chica trató de resistirse, instintivamente, pero Bernardo la tumbó al suelo.

—Grita, puta, grita. Total, ni un perro puede oírte —dijo con voz afectada, como para que no lo reconociese. Lo mismo que había hecho con Rosetta.

El barón sujetó los brazos de la chica.

Bernardo se desabotonó los pantalones, se sacó el miembro y se lo tocó hasta que se puso erecto.

El barón se lo quedó mirando con ojos refulgentes de deseo.

Bernardo levantó la falda de la chica, le arrancó las bragas y se escupió en los dedos. Luego le manoseó la vagina.

La muchacha empezó a llorar. Cada vez que respiraba, la tela de la capucha se le metía en la boca, y tosía.

—¿Quiénes sois? —dijo el barón con una voz todavía más aguda, como si fuese una chica, repitiendo las palabras que Rosetta pronunció el día de la violación, tal como le había contado más de una vez el criado.

—No somos nadie —respondió Bernardo fingiendo la voz.

El barón se rio mientras Bernardo penetraba a la joven con fuerza.

—¡No! —gritó la chica, con la voz amortiguada por la capucha.

Bernardo la violó con rabia, mirando de vez en cuando al barón como para comprobar si estaba contento con su interpretación.

—No duele... —comenzó a murmurar el barón.

—No, no duele. —Bernardo se rio—. Te gusta, ¿a que sí, puta?

Cuando alcanzó el orgasmo, gruñó todo su placer, exagerando por su amo, y se apartó. Se miró el miembro, todavía tieso. Estaba manchado de sangre. Como aquella vez con Rosetta.

—La puta era virgen —dijo con una carcajada al tiempo que se incorporaba, creyendo que la interpretación había acabado.

La chica se puso a llorar. La capucha seguía hinchándose y deshinchándose mientras respiraba jadeante.

El barón le soltó los brazos.

La joven forcejeó y trató de huir.

Y entonces el barón pareció enloquecer. En el intento de detenerla, empezó a pegarle en la capucha negra. Con saña.

—¡Rosetta Tricarico, eres una puta! ¡No intentes huir! —gritó con su voz chillona—. ¡Puta! ¡Puta! —Cogió un cenicero de cristal de Bohemia que había en la preciosa mesita con la figura de porcelana *biscuit* y volvió a pegarle en la capucha. Una, dos, tres veces. Y enseguida otra vez, y otra más, hasta que la tela negra se humedeció.

—¡Barón! —exclamó Bernardo—. ¡Barón...!

El noble paró.

—Rosetta Tricarico... De mí no se huye —dijo ya sin fuerzas.

Bernardo retiró la capucha de la cabeza de la chica.

Tenía el rostro desfigurado, aplastado. El cráneo, debajo de los cabellos negros, parecía hundido.

El criado, pálido, torció la cara para no vomitar.

—Rosetta Tricarico... —repitió el barón con saña—. De mí no se huye.

Bernardo, con manos trémulas, tocó el cuello de la chica.

—Señor..., está muerta... —musitó.

El barón jadeaba tanto que casi no podía respirar.

—¿Y ahora qué hacemos? —preguntó Bernardo, asustado.

El barón lo miró con frialdad, con unos ojos en los que no había compasión.

—Tírala —dijo, como si fuese basura.

Esa noche, sentado a la mesa, delante de una pintada rellena de castañas y naranjas y de una botella de Alcamo blanco de sus viñedos, el barón ordenó a Bernardo:

—Haz las maletas.
—¿Adónde vamos, excelencia? —preguntó el criado.
—A Buenos Aires —respondió con una sonrisa el barón.
Y luego disfrutó de su cena.

22

Buenos Aires, Argentina

Rocco reconoció enseguida el aire que se respiraba en el muelle siete.

La vida era en todo y por todo idéntica a la de Palermo. Las mismas reglas, las mismas injusticias, los mismos abusos. La misma violencia que generaba el mismo miedo. Por un lado, la misma arrogancia; por otro, la misma sumisión. En Palermo había tiendas y campos; en Buenos Aires, barcos y almacenes. En Palermo se llamaba «*pizzo*»; en Buenos Aires, «mordida». Pero ambas palabras significaban lo mismo: extorsión. Para trabajar, para vivir, para respirar, para que no te mataran, había que pagar.

Cada mañana Tony llegaba en su lujoso Mercedes 28/50 PS, ponía en fila a los candidatos estibadores y organizaba la carga y descarga de los barcos conforme a los dictados del *caporalato* siciliano. El que se oponía quedaba excluido.

Eso era justo lo que le pasó a un estibador grande y fuerte, de nombre Javier, como pudo ver personalmente Rocco. Descartaron a aquel hombre por quejarse de lo elevada que era la cuota que había que pagar. Y cuando se puso a gritar que eran unos «mafiosos de mierda», Tony le metió el cañón de la pistola en la boca, para lo que necesitó ponerse de puntillas. Y el gigante se marchó, humillado y asustado, llorando porque le acababa de nacer una niña y no sabía qué darle de comer si no trabajaba.

A pesar de eso, Rocco no se desanimó. Se repitió que no tenía nada que perder. En Sicilia había estado a un paso de la muerte por rebelarse contra un tipo de sistema, y ahora no iba a consentir que el mismo tipo de sistema lo sometiera. No había cruzado el océano para eso.

—Llevaré una vida diferente de la que usted me dejó en herencia, padre. Odio la mafia y todo lo que significa —dijo mientras el sol dibujaba una franja luminosa en las aguas cenagosas del Río de la Plata—. Yo soy mecánico.

Tony lo vio delante de la puerta del almacén y se le acercó.

—He sabido que hubo jaleo en el Hotel de Inmigrantes hace unos días. —Agitó un periódico delante de Rocco y le dio un leve cachete, como habría hecho con un chiquillo—. Aquí dice que un exaltado ayudó a escapar a una presa italiana.

Rocco se encogió de hombros.

—No me di cuenta de nada —respondió.

Tony se rio.

—Ah, claro. Te dejó así la cara un tren, no una porra.

—Eso es. El directo de mediodía —añadió Rocco.

Tony lo miró risueño.

—En ese caso, durante un tiempo evita los raíles —le aconsejó—. Los del centro de Buenos Aires, quiero decir. No me apetece tener líos con el jefe de... con el jefe de tren. —Le guiñó un ojo—. Date un paseo. Empiezas a las cinco.

—¿Y la pistola? Bastiano dice que tengo que llevarla.

—Sí, no la dejes por ahí —respondió Tony.

—¿Y si me para la policía?

—Cuentas que eres uno de mis hombres.

—¿Y ya está?

—Y ya está.

Tony lo miró con sus ojos gélidos. Y se marchó.

Rocco se guardó la pistola debajo de la chaqueta. No le resultaría fácil librarse de esas arenas movedizas mafiosas. Pero no tenía alternativa en ese momento. En cuanto pudiera, huiría. Y a la mierda Tony. Debía tener paciencia, aunque se sintiera un gusano. Se desabotonó el cuello de la camisa. Hacía demasiado calor para ser noviembre.

No sabía adónde ir, pero con la mano que tenía en el bolsillo apretaba el botón de Rosetta. Le había prometido encontrarla. Se había propuesto recorrer cada día una zona. Mientras caminaba reparó en un figón que servía desayunos baratos y entró. Había mucha gente del puerto a las mesas. En la barra vio a Javier, el estibador al que Tony había echado.

—Lo siento, amigo —le dijo.

Javier se volvió. Tenía los ojos llenos de rabia y desesperación.

—¿Tony te ha ordenado que vengas a joderme? —gruñó.

—No... —respondió Rocco—. Yo no soy un hombre de Tony...

—¿Qué haces entonces con esa pistola? —lo interrumpió otro estibador, con una sonrisa sarcástica.

—Ya lo habéis humillado bastante. Dejadlo en paz —dijo otro.

Rocco se percató de que todos los estibadores presentes lo miraban con una mezcla de desprecio y temor.

—¿Qué tomas? —se entrometió el dueño del figón.

—Un café —respondió Rocco.

Le sirvió una taza de aguachirle amargo.

El local estaba cargado de hostilidad. Todos los estibadores miraban a Rocco en silencio.

Tomó rápido el café y luego sacó dinero.

—Los hombres de Tony no pagan —dijo el dueño.

—No soy un hombre de Tony —afirmó Rocco—. Yo pago.

El dueño lo miró sin aceptar el dinero que le tendía. Estaba muy claro lo que pensaba.

Rocco se guardó el dinero en el bolsillo y salió. En cuanto estuvo en la calle, oyó de nuevo bulla en el interior. Dio una patada a una piedra. Tenía que largarse de esas ciénagas cuanto antes. Y para poder hacerlo necesitaba encontrar un trabajo de mecánico. Luego se dedicaría a buscar a Rosetta.

Recordó que había visto un taller. Podía empezar por ese. Llegó y entró. Nadie le hizo caso. Había sobre todo motores de barcas. Pero también dos camiones con el capó abierto. Se acercó a uno de los dos. Era un cuatro cilindros en línea.

—¿Quién carajo eres? —dijo una voz desagradable detrás de él. Rocco sonrió.

—Soy mecánico. ¿Necesita ayuda?

El hombre, al que ahora veía, rondaba los cuarenta años, lucía una barriga prominente, estaba calvo, tenía el rostro relleno y lustroso, las manos negras de grasa y llevaba un mono mugriento. La cara recordaba el hocico aplastado de un perro.

—Fuera de aquí —dijo.

—Soy un buen mecánico —insistió Rocco—. Y busco trabajo.

—No. Buscas líos, imbécil —gruñó Cara de Perro, y le dio un empujón.

Rocco levantó las manos, como diciendo que no quería que la cosa fuera a más.

—Solo te he preguntado si podías darme trabajo, tranquilo.

—Fuera de aquí —repitió Cara de Perro.

—Ya me lo has dicho. Pareces un disco rayado —soltó Rocco.

—Oye... —Cara de Perro lo apuntó con un índice.

—Apuesto a que ahora vas a llamarme imbécil —bromeó Rocco.

Cara de Perro abrió la boca para hablar.

—«¿De qué coño te ríes?» —exclamó Rocco—. Ibas a decirme eso, ¿a que sí? Pues he vuelto a joderte.

Siguió riendo mientras se encaminaba hacia la salida.

—Adivina qué es lo que voy a decirte ahora, imbécil —dijo detrás de él Cara de Perro con una mueca en los labios.

Rocco vio que lo apuntaba con una pistola.

—«Ríete de esto, coño», es lo que querías decirme —respondió serio. Se hizo a un lado, sacó su pistola y le puso el cañón en la sien—. Pues resulta que voy a decírtelo yo: ¡ríete de esto, coño, gordinflón! —Oyó un ruido detrás de él—. A tu jefe le vuelo la cabeza como se me escape un tiro —amenazó, y se volvió ligeramente.

Un joven ayudante tenía una llave inglesa en la mano.

Pero Rocco comprendió enseguida que no representaba un peligro. No tenía mirada de canalla. Empujó a Cara de Perro después de desarmarlo.

—No tienes sentido del humor —le espetó y, después de tirar la pistola del mecánico al fondo de un barril lleno de agua, se marchó.

A la hora de almorzar compró un bocadillo en el tenderete pintado de un viejo desdentado y se sentó a comerlo en el enorme amarradero de un embarcadero desierto. Mientras estaba ahí, con la cara al sol, vio llegar un grupo de chiquillos. No debían de tener más de trece años. Pero sus rasgos ya estaban marcados por la vida. Rostros de hambre y ojos de adultos. Se plantaron en una esquina y se dedicaron a observar con gesto insolente a los transeúntes. Exhibían largas navajas, defendían su sitio de otras bandas de la zona, molestando a viejos y a mujeres. Eran como los que Rocco había visto en Palermo. Una nueva generación. Querían llamar la atención y que un jefe los eligiera. Y seguramente ellos eran los que, de noche, agujereaban los muros de los almacenes para robar lo que podían. «Tropezarme con esos pequeños delincuentes —se dijo—, puede ser un serio problema.»

A las cinco de la tarde regresó al almacén.

—¿No os marcháis? —preguntó sorprendido a Nardo, el guardaespaldas de Tony que además trabajaba de vigilante de día, y a su compinche, viendo que seguían allí—. Es mi turno.

Nardo señaló el espigón de la Dársena Sur.

—Esperamos una entrega —respondió.

Rocco vio llegar una lancha con cabina que aparentaba ser muy veloz. Con las hélices agitando el agua cenagosa, la embarcación atracó en el muelle que estaba delante del almacén. A bordo iban tres hombres.

Rocco reparó en que metían unas metralletas en la bodega de la lancha.

Nardo y su compinche ayudaron a los otros tres a descargar cinco cajas de pequeñas dimensiones envueltas en hules. Mientras las trasladaban al almacén Tony se les acercó.

—Todo bien —le dijo uno de los hombres—. Solo que había mucho tráfico de policía en Rosario. Puede que algún soplo. Luego por todas las millas del Río de la Plata, viaje tranquilo y rápido.

Tony asintió. Se volvió hacia Rocco y le señaló las cajas.

—Se quedarán aquí un par de días. No las pierdas de vista en ningún momento.

—¿Qué hay dentro? —preguntó Rocco.

—Los entrometidos viven poco. —Tony lo miró con sus ojos de hielo—. ¿Te apañas solo o necesitas una niñera?

—Me apaño solo —respondió Rocco.

—¿Cómo se te ha ocurrido apuntar con una pistola a uno de mis hombres hoy? —dijo entonces Tony.

—No sabía que Cara de Perro fuese uno de sus hombres —respondió Rocco—. Pero él me apuntó primero. Y yo, por ahora, también soy uno de sus hombres, ¿no?

—Tú eres la última rueda del carro —afirmó Tony.

—Pues a las ruedas también le tocan los huevos las balas —protestó Rocco.

Tony señaló la pistola.

—Dijiste que no sabías usarla.

—Y usted me dijo que tenía que aprender.

Tony esbozó media sonrisa que podía parecer tanto una muestra de satisfacción como de amenaza. Se dirigió hacia su automóvil, donde estaba su hija, quien había seguido la escena desde allí.

Rocco se percató de que la mirada le cambiaba cuando estaba con Catalina. Bastiano tenía razón al decir que aquella chica era muy importante para él. Sonrió. «Hasta Tony Zappacosta tiene corazón», pensó.

Poco después también la lancha desapareció por el canal.

No bien se puso el sol, Rocco cerró la nave y se preparó una sopa en el hornillo de gas. Comió mirando las cajas envueltas en hules. No sabía qué contenían, pero desde luego no podía ser nada bueno si las habían traído tres sujetos con metralletas.

Ya era de noche cuando Rocco oyó que el motor de un coche se detenía delante del almacén. Y risas. Un instante después alguien llamó a la puerta.

Rocco tomó la pistola.

—¿Quién es? —preguntó.

—Soy Catalina. Abre.

Rocco se puso la pistola debajo del cinturón y abrió la puerta corredera.

Catalina estaba con dos muchachos, ambos elegantemente vestidos.

—¿Qué quiere, señorita? —le preguntó Rocco.

—Déjanos pasar, no seas tan grosero —dijo Catalina.

Le puso una mano en el pecho, mitad caricia, mitad empujón. Acto seguido hizo pasar a los dos muchachos, que aparentaban haber bebido.

Rocco se percató de que miraban a su alrededor en busca de algo.

—¿Para qué han venido, señorita? —preguntó receloso.

—¡Ahí están! —exclamó uno de los muchachos, y señaló las cajas envueltas en hule. Sacó una navaja y desgarró la tela.

—¡Quieto! —exclamó Rocco yendo hacia él.

Catalina le cerró el paso.

—Sé bueno —le susurró.

El otro muchacho le puso una navaja en el cuello, desde atrás.

—Esta me la das a mí, muerto de hambre —dijo, y le arrebató la pistola.

Rocco se asombró de lo tranquilo que estaba. No era una buena señal. Le pasaba siempre un instante antes de estallar.

—El de antes era menos tocapelotas —dijo el otro muchacho, que introdujo la punta de su navaja en uno de los paquetes cerrados—. ¿Cómo es que ya no trabaja aquí?

Catalina se encogió de hombros.

—Se marchó.

—¿Adónde? ¿Al depósito de cadáveres? —dijo Rocco.

El muchacho que estaba detrás de él se rio. El otro extrajo un polvo del paquete y aspiró un poco. Luego le ofreció a Catalina.

En cuanto la chica se movió, Rocco dio un codazo en la cara al joven que tenía detrás, y lo tumbó al suelo. Recuperó la pistola. Entonces, antes de que el otro pudiese reaccionar, le propinó un puñetazo en el cuello. El muchacho soltó el paquete con el polvo blanco, con los ojos como platos, emitiendo sonidos guturales.

Rocco le dio una patada en la entrepierna y lo desarmó. En un instante, todo había terminado.

—Señorita, márchese antes de que le dé unos buenos azotes —dijo Rocco.

Catalina lo miró rabiosa.

—Vámonos —dijo a sus dos amigos.

—Me ha roto la nariz —se quejó el muchacho al que Rocco había tumbado de un codazo.

—¡Muévete o regresas andando! —gritó Catalina, ya desde la puerta.

Un instante después, el ruido del automóvil se perdió en la noche.

A la mañana siguiente, Rocco contó a Nardo que habían tratado de robar una caja.

Tony llegó en su Mercedes 28/50 PS al cabo de una media hora. Entró en el almacén seguido por Bastiano, Nardo y otros dos hombres armados, sin dignarse mirar a Rocco, y fue directamente a donde estaban sus valiosas cajas. Se fijó en la que estaba abierta. Sacó el paquete cortado. Solo entonces miró a Rocco.

—Así que ahora ya sabes lo que hay aquí —le dijo.

—Azúcar —respondió Rocco.

Tony lo observó con una gélida expresión satisfecha.

—Buena respuesta. Pero a lo mejor necesitabas una niñera. ¿Quién ha sido?

A Rocco le pareció raro que Tony no se mostrara sorprendido.

—No lo sé —respondió—. Unos maleantes.

—¿De verdad que no lo sabes? —preguntó de nuevo Tony.

—No lo sé.

—Pues lo sabes perfectamente. —Tony sonrió—. Y yo también lo sé. —Lo miró un instante—. Mi hija, Catalina, estaba segura de que eras un soplón, así que, como no es tonta, ha querido prevenirme. Es una chica… inquieta. Pero es la luz de mis ojos.

Rocco lo miró sin hablar.

—Uno de sus amigos tiene la nariz rota. Y el otro se ha quedado casi mudo —continuó Tony—. Son los retoños de dos familias muy ricas, *gente bien*, ¿sabes?

—No me asombra. Son blandos como dos sacos de mierda —dijo Rocco—. Los habría tumbado hasta un chiquillo de diez años.

Tony se echó a reír.

—Puede que desde ahora ya no seas la última rueda del carro.

—A mí no me interesa ser una rueda —replicó Rocco—. Lo que quiero es trabajar como mecánico.

—Ya, a lo mejor… —dijo Tony sonriendo—. Lo importante es estar en el lado conveniente si uno quiere conseguir algo en la vida, chico.

—Sí, lo sé. Me lo dijo también su tío don Mimì —murmuró Rocco—. Pero a mí eso no se me da bien.

23

Desde que llegó a Buenos Aires, Raquel había perdido la noción del tiempo. «Debe de ser mediados de noviembre», se dijo, pero no estaba segura. Y el calor aumentaba. El verano se aproximaba.

Esa noche, acurrucada en su pequeño camastro, se dio cuenta de que necesitaba pensar. Porque lo que le estaba ocurriendo la sobrepasaba. Era una carga muy pesada para su pobre espalda. «Todavía eres demasiado joven para cuidar de ti», le dijo su padre el día en que le negó el permiso para emprender esa infeliz aventura. No hacía más que arrepentirse. Pero la vida ya le había quitado la posibilidad de dar marcha atrás. ¿Seguía siendo demasiado joven para enfrentarse a ese mundo espantoso y cruel? «Puede que sí», se dijo, de modo que no le quedaba más remedio que crecer deprisa. Porque su padre le había enseñado algo más: todo ser humano tenía el deber, más que el derecho, de escribir su propio destino. Y si estaba allí, en ese momento, era porque había tomado sus propias decisiones. De manera que ya no tenía importancia saber si habían sido o no correctas.

—A tu padre lo mataron los rusos —se dijo en voz alta—. Si te hubieses quedado, podría haberte pasado lo mismo. Puede que este destino no sea peor que el que te habría tocado si te hubieses quedado en el *shtetl*.

De repente desfilaron delante de sus ojos las imágenes de todos los momentos que la habían conducido hasta allí, a una velocidad vertiginosa. Era como un remolino. Recordó incluso al granujiento Elías ayudándola a huir por el ventanuco de la casa donde su madrastra quería tenerla encerrada tras la muerte de su padre. Y la carrera por la nieve, el hielo que estuvo a punto de matarla, el alivio de sumarse al grupo, el descubrimiento de que Amos y sus hombres eran malvados, los llantos de las chicas y los moretones en sus cuerpos durante la terrible travesía —después de que sus risas y sus sueños se hicieran añicos por las violaciones de los marineros—, la muerte de Kailah y la transformación de Tamar —a la que habían aplacado y sometido, y que sin embargo había encontrado en su alma bondad para cuidar de ella, haciéndole de hermana mayor—, la cara lasciva del funcionario de inmigración y luego, con una emoción que no pudo comprender enseguida, recordó a aquel hombre guapo que había hecho enfurecer a Amos en el Hotel de Inmigrantes.

Se sentó, con todos los sentidos alerta.

El Francés, lo habían llamado. Pero ¿por qué ese recuerdo, en el fondo insignificante, la conmovía tanto?

Se apretó contra el pecho el libro del padre, lo único que le quedaba de su vida anterior.

—Ayúdeme a entender, padre —susurró.

¿Qué había dicho el Francés? ¿Por qué le parecía importante? Cerró los ojos, esforzándose por recordar. Y luego, de golpe, vio de nuevo la escena, en todos sus detalles. El Francés quería comprar a Tamar. «En un par de años habrás acabado con ella a cinco pesos el polvo —le había dicho a Amos—. La explotarás hasta matarla.» Raquel contuvo la respiración. Recordó la mirada frívola del Francés. No era repugnante como la de Amos. Le había inspirado una simpatía inmediata. El Francés había dicho que alquilaría una buena *casita* para Tamar y que la protegería, porque eso era a lo que se dedicaba.

—Recuerda... Recuérdalo todo... —se dijo en voz baja, concentrada.

Se acordó del Francés haciendo una pirueta, como un bailarín, y diciendo a Amos: «Ya sabes dónde encontrarme. Sigo en el...».

¿Dónde había dicho? Raquel cerró los ojos, buscando ese nombre, en un idioma que para ella no significaba nada.

—¡*Blecquet!* —exclamó mientras el corazón le latía con más fuerza.

Se levantó del incómodo colchón.

—Encuéntralo —se dijo nerviosa.

Sí, tenía que encontrar al Francés. Él se quedaría con Tamar y ella se quedaría con ellos. Le daba una esperanza a la que aferrarse. Era una salida. Eso significaba que podía escribir su propio destino. Pero ¿cómo averiguaría dónde estaba ese sitio? De repente se sintió tonta. Todavía no hablaba bien español. No conocía Buenos Aires. Pero luego recordó que tampoco conocía el bosque, y sin embargo había conseguido alcanzar la caravana de Amos.

—Podré hacerlo —se dijo—. Lo encontraré.

Se calzó y se dirigió hacia la puerta. La entornó. Enseguida la agredió el olor que reinaba en todo el Chorizo. No era ni un aroma ni un hedor. Más bien el resultado de muchos aromas y hedores combinados en esa especial mixtura. El perfume rancio de las prostitutas. La peste a sudor. El olor asfixiante de las habitaciones cerradas. Y el olor a alcohol, a coloretes, a desinfectantes, a comida, a humores sexuales, a pedos, a baños atascados, a vómito. Y olor a leche y mermeladas. Y además el olor a aquello que cada cliente arrastraba consigo: olor a harina, a carne, a aceite, a estiércol de vaca o caballo, a tintas tipográficas, a ácidos para el curtido, a argamasa, a cemento, a hierro. «Y a lágrimas», pensó Raquel. Porque quizá también las lágrimas tenían un olor.

Se asomó por la puerta y echó un vistazo. No había nadie. Llegó hasta la escalera. Lo primero que tenía que hacer era salir del Chorizo sin que la descubrieran. En todo lo demás —en encontrar el *Blecquet* y en volver—, ya pensaría después. Empezó a descender. Desde abajo llegaba la bulla que armaban muchos hombres. Y esa música desgarradora que parecía la banda sonora de Buenos Aires. Como si esas notas fuesen las huellas digitales de la ciudad.

Cuando llegó al pasillo de la primera planta se tropezó con un hombre. Agachó la cabeza, como Adelina le había dicho que hiciera, y confió en que no la parase. El hombre siguió su camino, sin dignarse mirarla, y bajó la escalera que conducía a la planta baja.

Raquel esperó inmóvil. Oyó un chirrido detrás de ella. Se volvió de golpe, asustada.

De una habitación salió una chica abrochándose el corpiño, que también pasó por su lado como si fuese invisible.

Raquel notaba que el corazón le latía con fuerza. Luego oyó gritos.

Una puerta se abrió de repente y salió otra chica, esta desnuda. Detrás de ella, un hombre, con los pantalones bajados, trató de agarrarla, pero tropezó y cayó maldiciendo. Un segundo hombre pasó por encima del otro y se abalanzó sobre la chica desnuda, la agarró del pelo y le asestó un puñetazo en la cara. La chica gimió.

—*¡Puta!* —le gritó el energúmeno.

El que se había caído se puso de pie, se subió los pantalones y se les acercó. Golpeó también a la chica en la cara.

—*¿Qué pasa?* —preguntó un tercer hombre asomándose desde otra habitación con una navaja en la mano.

—*Nada, amigo* —contestó el que se sujetaba los pantalones con una mano. Luego, con el otro, arrastró a la chica a la habitación de la que ella había salido corriendo y cerraron la puerta.

El tipo de la navaja entró en su cuarto.

Raquel se lanzó hacia la escalera y bajó corriendo. En la planta baja se encontró un amplio vestíbulo repleto de hombres. En un rincón tocaban tres músicos. Uno, un violín; otro, una guitarra; y otro, una especie de acordeón. Algunos de los clientes que esperaban bailaban unos con otros. Otros manoseaban a dos chicas por debajo de las faldas. Las chicas no se resistían. Tenían una mirada distante, como si no notaran las manos que las toqueteaban.

Raquel se volvió hacia la entrada. Había dos hombres armados con sendos puñales. Cuando llegaba un nuevo cliente, comprobaban que llevaba dinero para pagar. Una de las chicas del Chorizo se acercó a la puerta. Ambos la hicieron regresar a su sitio con malas maneras. Raquel comprendió que a ella también la pararían si trataba de salir. Se dio la vuelta y recorrió el pasillo. Quizá hubiera una ventana por la que pudiese escapar sin que la vieran. Sin embargo, mientras pasaba delante de las habitaciones, reparó en que todas las ventanas tenían rejas de hierro. Por ahí era imposible salir.

—*Oye, tú* —dijo una voz. Entonces una mano la agarró de un hombro.

Raquel se volvió con el corazón desbocado. Delante de ella había un hombre con la camisa fuera de los pantalones, tan borracho que a duras penas mantenía el equilibrio.

—*Tráeme una taza de mate* —le dijo el hombre.

Raquel lo miró aterrorizada. No comprendía qué decía.

—*¡Tráeme una taza de mate, puta!* —le gritó el hombre, tambaleándose y arrojándole con el aliento todo el alcohol que había tomado.

«Di siempre sí», era la regla del burdel. De modo que, aunque aterrorizada, asintió. Una vez, dos veces, con decisión.

El tipo, cuando por fin consiguió verla bien, le soltó el hombro.

Raquel bajó corriendo la escalera. El miedo casi le impedía respirar. Oyó pasos y a continuación la voz de Adelina. Si la descubría, tendría problemas. Al final del pasillo vio una cortina floreada. Se ocultó detrás, confiando en que no hubiera nadie. Se encontró en un pequeño trastero donde había amontonadas todo tipo de cosas. Detrás, una ventana con los cristales sucios. Permaneció inmóvil, conteniendo la respiración. Oyó los pasos de Adelina y de otra persona retumbando en el suelo de madera del pasillo.

Después Adelina se detuvo

—Qué peste a alcantarilla —dijo—. Hay que ventilar. Abre la ventana del trastero.

Raquel se escondió detrás de una alfombra enrollada que había en un rincón, rogando que no la descubrieran. Un instante más tarde, alguien que no pudo reconocer entró en el trastero, se dirigió hacia la ventana, la abrió de par en par, regresó junto a Adelina y sus pasos se alejaron.

Cuando Raquel comprendió que habían ido a la planta baja, salió de detrás de la alfombra polvorienta y, llevada por la intuición, miró por la ventana. Vio que daba a la parte trasera del Chorizo, a un patio aparentemente desierto delimitado por un murete de metro y medio. Al otro lado del murete había una calle. «Si consigo bajar al patio, podré evadirme con facilidad», pensó. Miró hacia abajo. Había mucha altura. Y, en cualquier caso, luego no podría subir. Se fijó en el lateral de la ventana. Vio un canalón. Se asomó y lo tocó. El canalón vibró peligrosamente. Estaba hecho de tubos de cobre ligero, encajados uno dentro de otro. Era imposible que la aguantara, pese a su delgadez. Se asomó un poco más y tocó uno de los ganchos pegados al muro. Parecía firme. Si tuviese una cuerda, podría atarla y bajar por ella. Y si nadie la veía, podría volver a subir.

—Lo conseguiré —dijo en voz baja con un optimismo renovado.

Salió del trastero y volvió a la segunda planta de puntillas.

Al pasar delante del cuarto de Tamar, no resistió la tentación de contarle el plan. Entró y esperó a que los ojos se le acostumbrasen a la penumbra. Luego se le acercó.

—Tamar —susurró.

Su amiga dormía con la boca abierta. Un fino reguero de saliva le resbalaba por la mejilla.

Raquel le tocó suavemente un hombro.

—Tamar...

Tamar entreabrió los ojos.

—¿Eres tú..., erizo? —dijo con voz pastosa.

—¿Qué te pasa? ¿Te encuentras mal? —preguntó Raquel alarmada.

—Adeli... —murmuró Tamar mientras los ojos se le cerraban—. Adelina...

—¿Qué? —Raquel la zarandeó.

Tamar volvió la cabeza hacia ella.

—¿Eres tú..., erizo?

—Soy yo... ¿Qué te pasa? ¿Adelina qué?

—Adelina...

—¿Sí?

—No es... buena... gente, ¿lo sabes? —Tamar movió los labios, como si los tuviera pegados, mientras parecía hacer un enorme esfuerzo para mantener los ojos abiertos—. No te... fíes...

—¿Qué te ha hecho?

Tamar cerró los ojos. Respiraba débilmente.

—Tamar, por favor —susurró Raquel, angustiada—. Tamar..., mírame... Habla.

—¿Eres tú..., erizo?

—¡Sí, sí, sí! —Raquel la zarandeó con más fuerza—. Tamar..., por favor...

—Me ha... Adelina me... me ha... drogado...

—¿Por qué? —La voz de Raquel se quebró.

—Porque... No te fíes de ella. Porque tengo que portarme... bien.

Raquel se echó sobre ella y la abrazó.

—No... —gimió.

—Tengo... sueño... —balbució Tamar—. ¿Eres tú, erizo?

—Tamar... —Raquel trató de zarandearla una vez más.

Pero Tamar había cerrado de nuevo los ojos y respiraba profundamente.

Raquel se quedó allí, con el corazón angustiado, arrodillada al lado de la cama. Le secó la mejilla húmeda de saliva con un borde de la sábana. Luego se inclinó hacia ella y le susurró al oído:

—Sé que puedes oírme. —La tomó de la mano—. Si me oyes, apriétamela.

Tamar contrajo levemente los dedos.

—Las dos huiremos —dijo entonces Raquel, y le acarició el pelo—. Huiremos de aquí.

—Hui... —farfulló Tamar.

—Sí. Huiremos —repitió Raquel, con el corazón abrumado. Le había llegado el momento de escribir su destino—. Tengo un plan.

24

—¿Quién dormía antes aquí? —preguntó Rosetta una noche, después de la cena, refiriéndose al cuarto que le habían alquilado.

Ni Assunta ni Tano le respondieron. Pero en los ojos de ambos percibió una profunda tristeza.

—Buenas noches —zanjó sin más Tano.

Unos diez minutos más tarde, cuando ya se había acostado, Rosetta los oyó susurrar. Las voces, aunque bajas, se colaban por la escalera y llegaban a su cuarto.

—Era muy preferible alquilárselo a un hombre —balbució Tano.

—Pues resulta que ha aparecido esta buena chica —replicó Assunta.

—Si la policía la encuentra aquí, también nosotros acabaremos en la cárcel.

—Me parece que has sido tú quien le ha dicho que puede quedarse. ¿O no?

—Era preferible un hombre.

—¿Qué quieres hacer? ¿Echarla? —murmuró Assunta.

—Yo no echo a nadie —dijo sombrío Tano poco después—. Lo hice una vez y nunca me lo perdonaré.

Rosetta oyó llorar quedamente a Assunta. Luego ya nada.

A la mañana siguiente, dijo:

—Sé dónde puedo conseguir papeles falsos. Así, si la policía viene, no correréis ningún riesgo.

Tano la miró boquiabierto.

—¡Joder! —exclamó—. ¿Acabas de llegar y ya conoces a un falsificador?

—No es un falsificador —respondió Rosetta—. Es un chulo de putas.

—¡No te jode!

—No soy puta —dijo Rosetta poniéndose tensa.

Assunta sonrió.

—Si hubiese pensado que eres puta, ¿crees que te habría dejado estar en casa con mi marido?

—Se llama Francés —dijo Rosetta—. Vive en el Black Cat..., un sitio que queda lejos de aquí. Pero no sé dónde.

—Me informaré. —Tano se volvió hacia Assunta—. Llévala a cambiar el dinero. Si no, tarde o temprano alguien la timará.

Assunta se rio. Recogió los orinales de la noche y fue a vaciarlos al Riachuelo. Cuando terminó, viendo que Rosetta la había seguido, le señaló el terreno yermo.

—No es buena tierra —comentó.

Rosetta señaló el río.

—El agua no es buena. Está envenenada —dijo con una mueca.

Vio un lánguido rosal pegado al muro de la casa en el que antes no había reparado. Se acercó para observarlo. Las pocas hojas que tenía estaban casi todas amarillentas. El tronco, ennegrecido y casi seco. Los escasos botones se habían quemado antes de abrirse y estaban llenos de pulgones.

—Él también se está muriendo... —dijo en voz baja Assunta.

Rosetta vio que tenía los ojos empañados. Aquel rosal tenía un valor especial para Assunta. Estaba segura. Como estaba segura de que había ocurrido algo doloroso en esa casa.

—Venga, vamos a cambiar tu dinero en la casa de empeños —dijo Assunta con voz todavía melancólica.

Llegaron a una tienda miserable con la entrada protegida por una reja de hierro. También en el sucio escaparate había una persiana metálica, para proteger del polvo las cosas empeñadas, expuestas sin orden, como en una ropavejería.

—Señor Vasco —llamó Assunta.

Un viejo de aspecto tan enmohecido como las cosas de la tienda abrió la reja.

—¿Viene por la guitarra, señora Piazza? —preguntó.

Assunta negó con la cabeza tristemente.

—No, tenemos que cambiar liras —respondió.

—Ah, una recién llegada... —El señor Vasco miró a Rosetta y sonrió. Se volvió hacia la trastienda y dijo—: Miguel, alguien quiere cambiar.

De la trastienda salió un hombre de unos cuarenta años parecido al viejo, enmohecido como él, como si hubiese heredado el polvo de su padre. Con un gesto indicó a Rosetta que lo siguiera y la condujo a un cuarto donde había una caja fuerte negra y oxidada.

Mientras le cambiaban el dinero, Rosetta oyó al señor Vasco diciendo a Assunta:

—Esperaba que hubiese venido por la guitarra, señora Piazza. El empeño está a punto de vencer. —Suspiró—. Lo siento en el alma. Es una excelente guitarra. Sería una lástima perderla.

—Solo hemos venido a cambiar dinero, señor —respondió Assunta.

En el camino de vuelta Rosetta le preguntó:

—¿Por qué ha empeñado la guitarra?

Assunta esbozó una sonrisa triste.

—Es pronto para hablar de eso.

Cuando llegaron a casa, Tano, con la boca llena de clavos, a su habitual manera arisca farfulló:

—Ese jodido Black... como mierda se llame sí que queda lejos. En Recoleta. Zona de ricachones.

—¿Y cómo llego? —preguntó Rosetta.

—¿Quieres ir sola? —exclamó Tano—. ¡Esta muchacha es tonta! ¡Una chica decente, sola! —Meneó la cabeza y balbució—: Ahora dejadme trabajar. Iremos esta noche.

Rosetta recorrió las calles de Barracas, parando en los locales y restaurantes para preguntar si necesitaban una lavaplatos o una criada, o si sabían de algún trabajo. Pero sin éxito.

Si hubiese tenido que describir el barrio, simplemente habría dicho que era polvoriento. El polvo parecía reinar por doquier y dominarlo todo. Era un polvo formado por la tierra seca de las calles sin pavimentar, que uno arrastraba y que una ráfaga de viento pegaba a las casas, pero también un polvo muy fino, como una pátina, que desdibujaba tanto el barrio como a sus gentes, como si apenas estuvieran vivas. Había polvo en sus miradas resignadas. Había polvo en los zapatos que arrastraban. Había polvo en sus corazones, habría dicho Rosetta, porque realmente no tenían un futuro. Las casas estaban pegadas unas a otras, para aprovechar al máximo el espacio disponible. Planchas metálicas, ladrillos, recintos hechos con los materiales más dispares, de palos de madera a viejas mesas, telas gruesas y raídas atadas con alambres oxidados e incluso vallas de huesos y calaveras de vaca, calcinados por el sol y el paso del tiempo. Había calles demasiado estrechas y calles demasiado anchas, hasta el punto de que en algún momento pasaban a la vez tres carros, dejando una estela de estiércol de los bueyes que tiraban de ellos y que rara vez alguien recogía. El sol secaba la bosta, las ruedas de los carros la aplastaban, y no tardaba en ser parte integrante del polvo.

Y luego, imponentes, como recordando que en ese mundo, más al norte, vivía gente de una riqueza incalculable, estaban los que antaño habían sido sus *palacios* y que ahora se habían convertido en *conventillos*, descollando sobre las casuchas como gigantes viejos y artríticos, ya sin huellas de los colores que los habían caracterizado, desteñidos por la lluvia, desconchados por el viento, quemados por el sol.

Cuando Rosetta volvió a casa, Assunta y Tano ya estaban listos en la puerta.

—Muévete —le dijo Tano poniéndose en marcha—. Tenemos que tomar el *tranvía*.

—¿Qué es el *tranvía*?

—El *tranvía* es el *tranvía*, ¿qué quieres que sea? —masculló el zapatero.

Una vez que llegaron a la avenida Martín García, cerca del parque Lezama, Rosetta descubrió qué era el *tranvía*. Parecía el vagón de un tren, sobre raíles, tirado por seis caballos grandes. Le daba un poco de miedo subir.

—Joder, ¿vamos a dormir aquí? —le espetó Tano.

Rosetta subió y se sentó al lado de Assunta. Cuando el *tranvía* dejó el extrarradio, Buenos Aires mostró toda su nobleza y opulencia. Rosetta ya lo había visto a su llegada, pero entonces no se encontraba en disposición de sorprenderse. Ahora, en cambio, muy pegada a Assunta, estuvo todo el rato boquiabierta. La ciudad mostraba su verdadera cara. Su arquitectura rebuscada. Los diferentes estilos que se agolpaban en un concurso de grandiosidad y exhibición de la riqueza de sus habitantes.

Cuando estuvieron frente al toldo rojo del Black Cat, Rosetta notó que Tano había perdido toda su seguridad. A su alrededor había gente elegante, que los miraba con recelo. Recordó que ella también se había sentido incómoda hasta que llegó al extrarradio, donde volvió a ser como todos los demás pordioseros.

—Nos miran como si fuésemos animales del zoológico —masculló Tano.

—De hecho, tú eres un cabestro —dijo Assunta. Lo agarró del brazo y añadió, orgullosa—: Mi cabestro.

Mientras entraban en el local, Rosetta se dio cuenta de lo fuerte que era esa mujer rolliza y de aspecto inocente.

—*Oye, chica*, ¿dónde te habías metido? —dijo Lepke, el dueño del Black Cat, que había reconocido enseguida a Rosetta y salía a su encuentro con una sonrisa de treinta y dos dientes.

La camarera con la falda excesivamente corta y el uniforme de muñeca la saludó a su vez con la mano en cuanto la vio.

—Mmm… —farfulló Tano—. Eres una celebridad.

Assunta le dio un codazo en el costado.

—¡Francés! ¡Mira quién ha venido! —anunció Lepke.

El Francés se volvió y él también sonrió. Se puso de pie, hizo una leve reverencia e invitó a Rosetta a ir a su mesa.

Rosetta se acercó, con Tano y Assunta.

—Has vuelto. Bien —dijo el Francés.

—No para lo que tú crees —replicó Rosetta, muy seca.

—Ah, qué lástima. —El Francés sonrió—. Entonces ¿para qué?

—Me dijiste que podías conseguirme papeles.

El Francés miró primero a Tano y luego a Assunta.

—Es un tema delicado para tratarlo delante de dos extraños —dijo.

—También es un tema delicado dejar sola a una chica decente con un chulo de putas —replicó Tano con firmeza.

El Francés lo miró fijamente. Y rompió a reír.

—Quinientos pesos.

—¡Quinientos huevos!

—Es el precio del mercado —adujo con calma el Francés.

—El mercado de los usureros —dijo Tano—. Doscientos.

El Francés lo miró de nuevo.

—Por menos de trescientos, no puedo —zanjó.

El zapatero asintió.

También el Francés asintió. Se acercó a un montón de periódicos, tomó un ejemplar de *La Nación*, lo abrió por la página de sucesos y sonrió a Rosetta.

—Tendría que pedirte el doble, Rosetta Tricarico. Mira esto... No se habla más que de ti y de tu fuga.

—¿Estás amenazándola? —saltó Tano—. Te lo advierto, como vea un solo policía en Barracas...

—Ah, viven en Barracas... —El Francés sonrió. Le miró las manos—. Es zapatero, ¿verdad? Podría encontrarles en un segundo, si quisiera.

—Y un segundo después yo te cortaría los huevos.

—Como ya expliqué a Rosetta —dijo el Francés con calma—, no hay nada que deteste más que a la policía. Confíen en mí.

—Y tú confía en que te cortaría los huevos —repitió Tano.

El Francés se sacó una libreta del bolsillo interior de la chaqueta y una pluma de oro.

—Bien, pues no nos queda más que confiar los unos en los otros y anotar aquí los... nuevos datos. —Miró a Rosetta—. ¿Lugar de nacimiento?

—Alcamo.

—¿Cómo que Alcamo? —estalló Tano, interrumpiéndola irritado—. Lugar de nacimiento: Porto Empedocle, el día 7 de agosto de 18... 1893, más o menos.

El Francés anotó lugar y fecha.

—¿Y cómo quieres llamarte?

—Lucia —dijo Tano—. Y de apellido: Ebbasta. Escríbelo bien, con dos bes... Lucia Ebbasta.

Rosetta se volvió hacia Assunta y vio que sonreía.

—El pago... —empezó el Francés.

—A la entrega —concluyó Tano.

El Francés asintió.

—Dentro de dos días —dijo—. Aquí.

Tano se levantó.

—Vámonos —indicó a las dos mujeres.

El Francés sonrió a Rosetta.

—Un tipo cojonudo, el pequeñín —comentó—. Has tenido suerte.

—Sí —respondió Rosetta. Y enseguida dio alcance a Tano y Assunta.

Sentados de nuevo en el *tranvía*, Rosetta trató ahora de sonsacar a Tano:

—¿Por qué han empeñado la guitarra?

—Porque los negocios no van bien —respondió bruscamente él.

Los ojos de Assunta se entristecieron de nuevo.

Una vez que llegaron a la casa, Tano dio las buenas noches y fue a acostarse, cejijunto.

—Lo siento... Hablo demasiado —susurró Rosetta a Assunta antes de subir a su cuarto.

Al cabo de unos diez minutos, Tano empezó a roncar y Rosetta oyó que alguien subía la escalera.

Pasado un momento apareció Assunta con un camisón blanco, de algodón, que le llegaba hasta los pies. Se sentó al borde de la cama de Rosetta y miró de un lado a otro, en la penumbra.

—Hacía mucho tiempo que no subía aquí —empezó a decir, con esfuerzo.

Se fijó en el pequeño baúl que había en un rincón. Luego se volvió hacia Rosetta y le acarició el rostro sonriendo mientras unas lágrimas brillaban en su cara redonda.

Rosetta guardó silencio.

—Era el cuarto de nuestra hija, Ninnina... —continuó Assunta con la voz quebrada por la emoción. Esbozó una sonrisa, que únicamente revelaba una enorme tristeza—. Cuando creíamos que ya no podríamos tener hijos... la tuvimos a ella. Fue como una bendición. —Trató de contener un sollozo—. Vinimos hasta aquí para darle una vida mejor que la nuestra. —Acarició de nuevo el rostro a Rosetta.

Pero Rosetta sabía que no la acariciaba a ella.

—Tenía diez años cuando desembarcamos... Y cuando creció se hizo tan bonita como una flor de jacarandá. —El recuerdo hizo sonreír a Assunta—. Y después... —Se ensombreció—. Y después se perdió.

Rosetta estiró una mano y tomó la de Assunta.

Pero Assunta la retiró de golpe.

—No —dijo con dulzura—. De lo contrario, me pongo a llorar en serio y despierto a Tano.

—Llore.

Assunta negó con la cabeza. Respiró hondo y contuvo las lágrimas.

—Conoció a un hombre. Ninnina era joven e ingenua..., se creía todo lo que él le prometía. —Apretó los labios y agitó un puño en el aire—. Tratamos de prohibirle que se viese con ese hombre, pero ella no atendía a razones. Tano la amenazó con echarla de casa, a pesar de que jamás lo habría hecho —dijo—. Ya has visto cómo es Tano. Ladra pero no muerde. —Sonrió, llena de amor—. Nunca lo he culpado de nada. Él, en cambio, está obsesionado. Jamás se lo perdonará, pobre hombre... Es una cruz terrible que llevar a cuestas. —Se secó las lágrimas—. Una noche, Ninnina huyó. —Negó con la cabeza—. Ese hombre la explotó hasta que, cuando ya no le servía, la dejó tirada en medio de la calle. Casi no la reconocíamos cuando volvió a casa. Estaba enferma. Tuberculosis. —Los ojos se le nublaron—. Ni te imaginas cuántas fundas de su almohada lavé... Las manchaba de sangre cada vez que tosía. —Bajó la cabeza, como aplastada por ese peso—. Me has preguntado por la guitarra de Tano. Gastamos todos nuestros ahorros tratando de curar a Ninnina. Y cuando se nos acabaron, empeñamos todo lo que teníamos. Pero no sirvió de nada. —Se levantó de la cama—. Y Ninnina hace seis meses… se… fue. —Miró un instante a Rosetta, luego le dio la espalda y con pasos lentos se dirigió hacia la escalera.

—¿Fue ella quien plantó el rosal? —le preguntó Rosetta.

—Sí, cuando comprendió que no se curaría —respondió Assunta sin volverse—. «Así tendréis algo mío cuando ya no esté», dijo.

Y Assunta bajó la escalera.

A la mañana siguiente, Rosetta fue al Mercado Central de Frutos del País, al otro lado del Riachuelo, en Avellaneda, donde compró tierra buena, abono, un insecticida para los pulgones y una pala. Volvió a la casa y se ocupó del rosal de Ninnina.

Todavía no había acabado a la hora de comer cuando Tano se asomó al patio para decirle que estaba puesta la mesa. Entonces, al encontrarla arrodillada al lado del rosal, irritado a más no poder, se le demudó el rostro.

—¿Qué carajo estás haciendo? —gritó. Fue hacia ella con los puños apretados, como si pretendiera pegarle—. ¡Las rosas están muertas! ¡Muertas! —gritó todavía más fuerte, con las venas del cuello hinchadas, tratando de ocultar el dolor detrás de la rabia, y entró en la casa como un huracán.

Rosetta cruzó la casa mirando al suelo y sin decir palabra para salir a la calle. Todavía tenía algo importante que hacer.

Cuando volvió, Tano estaba ordenando sus herramientas en el banco y no levantó la vista mientras ella se le acercaba.

—Zapatero… y guitarrista —dijo Rosetta.

Tano, al ver su guitarra sobre el banco, abrió la boca y le salió un ruidito ridículo. Meneó la cabeza de un lado a otro y se puso colorado. Luego agarró la guitarra y la esgrimió como si fuera un palo. Rosetta temió que se la arrojase.

—Pero ¿qué tienes en esa cabezota, boba? —le gritó Tano.

—¿Qué pasa? —Assunta entró, preocupada.

No bien vio la guitarra, se le empañaron los ojos por la emoción. Se acercó a Rosetta y la abrazó. Acto seguido se dirigió a su marido:

—Intenta decir algo cariñoso, cabestro..., gruñón insoportable.

Tano seguía rojo. Dejó la guitarra en el banco. Resopló. Meneó otra vez la cabeza. Apretó los puños y los labios.

—Venga, habla —dijo Assunta—. ¡Habla!

El zapatero miró la guitarra respirando con fuerza por la nariz dilatada. Luego acarició la madera del instrumento. Y pasó los dedos negros de betún por las cuerdas tensas.

—Gracias —masculló al fin con voz ronca—. Y ahora... ¡fuera de aquí las dos, carajo! —gritó, y siguió ordenando sus herramientas.

De la guitarra no volvieron a hablar, ni siquiera durante la cena.

Ya de noche, Rosetta subió a su cuarto.

Poco después, en la calle, empezó a sonar una guitarra. Era una música apasionada, por momentos triste, por momentos violenta, emotiva. Y luego a las notas de la guitarra se sumó la voz de Tano. Había dolor y melancolía en ella.

Rosetta miró por entre las dos planchas metálicas que formaban el muro del cuarto. A la débil luz de la farola de la esquina vio que en la calle se habían congregado muchos vecinos. Todos observaban a Tano. Le pareció que en sus miradas había tristeza y también admiración.

Oyó crujir los escalones. Se volvió y descubrió a Assunta.

—Este tango cuenta la historia de una chica engañada por un chulo..., condenada a tener una vida miserable —dijo Assunta.

Rosetta volvió a mirar entre las dos planchas metálicas. En la calle, un hombre había sacado a una mujer a bailar.

—*Mi dolor se confunde en mi risa...* —cantó Assunta, junto con Tano—. *Soy flor de fango...* —continuó, con voz temblorosa—. *Vendo caricias y vendo amores...*

Rosetta vio que otra pareja bailaba en la calle. Luego oyó que un candado se abría. Miró hacia atrás.

Assunta levantó la tapa del pequeño baúl y sacó algo. Se dio la vuelta con un vestido azul estampado con flores violetas en las manos.

—Póntelo —pidió a Rosetta con una sonrisa.

—No... No puedo... —objetó Rosetta.

—Me harías feliz —le dijo Assunta. Pasó una mano por los dibujos del traje—. Son flores de jacarandá. Bonitas como Ninnina. Se lo compró Tano cuando cumplió dieciocho años.

—No, su marido... No me gustaría que...

—Ha sido él quien me ha dicho que te lo dé —le explicó Assunta.

A Rosetta se le hizo un nudo en la garganta.

Assunta estiró el vestido en la cama y antes de marcharse dijo:

—Póntelo y únete a nosotros.

Cuando Rosetta apareció en la calle, la gente se estremeció.

Tano se volvió, la vio y durante un instante no fue capaz de tocar. Los ojos azules se le inundaron de lágrimas. Asintió lentamente con la cabeza mirando a Rosetta y luego hizo vibrar de nuevo las cuerdas de la guitarra.

Otras parejas se pusieron a bailar. Y cuando ya no quedaron más mujeres, se formaron parejas de hombres. Era un baile serio y sensual. Parecía una especie de caminata entre dos adornada por el movimiento de las piernas, que se metían como cuchillas entre las del otro para luego salir como resortes hacia atrás.

A Rosetta se le ocurrió pensar que cada uno de aquellos bailarines estaba rebelándose contra la muerte.

—*Mi dolor se confunde en mi risa...* —empezaron a cantar todos.

Rosetta tuvo la certeza de que para ellos no era una simple canción, sino algo mucho más importante. Era como si todos juntos estuviesen homenajeando a Ninnina. Que se había ido.

—*Soy flor de fango... Vendo caricias y vendo amores...* —entonó también ella en voz baja.

Y por primera vez desde que había desembarcado, pensó que aquella ciudad tenía un corazón.

Y luego se dijo que jamás hasta entonces había tenido un hogar.

25

Océano Atlántico

Las copas de cristal de Bohemia tintinearon sobre la mesa cubierta con un delicado mantel de Flandes.

—El mar está picado —dijo el barón Rivalta di Neroli.

Aparte del barón y de una anciana condesa, tiesa como un bacalao seco, casi todos los comensales que viajaban en el transatlántico *Regina Margherita di Savoia* estaban pálidos y tenían los rostros demacrados, los labios exangües y tensos y mucha saliva en la boca, lo que normalmente preludiaba vómito.

El barón se rio.

—Si en primera clase bailamos un poquito, ¡lo que bailarán los pobrecillos de tercera, abandonados a su suerte en brazos de Neptuno! —Y acompañó sus palabras meciéndose de derecha a izquierda.

—¡Pare, por lo que más quiera! —exclamó uno de los comensales, que llevaba días vomitando.

El barón rio con más ganas.

El mar seguía agitado, y los pasajeros de primera clase fueron a la cubierta, o bien a sus lujosos camarotes. En un instante el salón quedó casi vacío. Solo permanecieron allí el barón, la vieja condesa, el *maître de salle* y los camareros.

—Antes nos han interrumpido —dijo el barón a la condesa—. Le preguntaba si conocía usted a la amiga que va a alojarme en Buenos Aires, la princesa de Altamura y Madreselva.

—Sí, claro —respondió la condesa—. Mi marido y el padre de la princesa iban al Circolo degli Scacchi en Roma, desde 1884, cuando se trasladó al palacio Torlonia, en la plaza Venezia.

—El mundo es un pañuelo —comentó aburrido el barón, y echó una ojeada a la entrada del salón, por donde esperaba ver aparecer a Bernardo, al que había confiado un encargo infame.

—Nuestro mundo, del que conocemos los nombres de nuestros antepasados, es un pañuelo —dijo la condesa, altiva, con el semblante afeado por los restos de comida que tenía entre sus largos dientes amarillentos—. Pero el mundo de esa... muchedumbre de ahí abajo —prosiguió, enfadada, señalando lo que debía ser la tercera clase— es grande y oscuro, un laberinto caótico donde esa gente ni siquiera está segura de quién es su padre.

—Ah..., sí —balbució el barón, cada vez más aburrido.

Pero en ese instante apareció Bernardo, que cruzó rápidamente el comedor. Saludó con una inclinación a la condesa, que tuvo a bien hacerle un gesto con la mano artrítica repleta de anillos de oro y piedras preciosas.

—La cosa está arreglada —susurró Bernardo a su amo de inmediato.

El barón tembló emocionado. Apuró de un trago la copa de champán que tenía delante.

—Condesa, con su permiso... Un asunto de la mayor urgencia requiere mi presencia.

La condesa ocultó noblemente su malestar y esbozó una cortés sonrisa, mostrando de nuevo al barón los restos que tenía entre los dientes. Una vez sola, antes de que el *maître de salle* se acercase, soltó parte del aire que le hinchaba la barriga.

—Está en su camarote —dijo Bernardo al barón.

—¿La ha visto alguien?

—Nadie.

—¿Y cómo la has convencido?

—Han bastado unos pastelitos.

El barón se rio.

—¿Es tal como parece?

—Lo comprobará usted mismo.

—¿Con quién viaja?

—Con su hermano, que se ocupa de ella desde que murieron los padres. Trabajaba en una freiduría en Palermo, pero lo despidieron y va a Argentina a probar suerte.

Mientras tanto, llegaron ante el camarote número 14/LS, siglas de *Luxe Supplémentaire*, el más caro. El barón posó una mano temblorosa en el pomo de la puerta.

—¿Estás preparado? —preguntó a Bernardo.

—Nací preparado —respondió con arrogancia el criado.

El barón lo miró feliz. Acto seguido giró el pomo y entró.

Sentada en un mullido sillón de terciopelo, una chica de menos de veinte años alzó la vista y sonrió. Una sonrisa inexpresiva. De demente. También sus ojos parecían apagados.

—Maravillosa... —susurró el barón.

La chica siguió sonriendo con la expresión de una estatua de cera, mientras el barón se sentaba a su lado. Vestía un traje negro, decoroso, aunque seguramente había conocido días mejores. Tenía la tez increíblemente clara para ser una pueblerina.

—Y a buen seguro eres mucho más blanca aquí abajo, dulce niña —dijo el barón, que le levantó un poco la falda y le dejó al aire las piernas.

La chica se puso seria y abrió mucho los ojos. Luego, como una niña que recitara una cantilena, con una voz gutural y sin armonía, dijo:

—No se en-se-ñan las pier-nas.

El barón casi gimió con perverso placer al oírla hablar así.

La chica miraba boquiabierta la gran bandeja llena de pastelitos recubiertos de chocolate y nata que Bernardo había conseguido para atraerla al camarote.

—¿Ni si te doy un pastelito? —le dijo entonces el barón.

La chica revolvió sus ojos embotados mientras buscaba una solución a ese dilema que la superaba.

—¿Queremos dos pastelitos?

—¿De na-ta? —preguntó la chica.

—De la nata más rica que has probado nunca.

La chica dejó que el barón le levantase la falda hasta las bragas mientras se comía los dos pastelitos. Cuando terminó, tenía un poco de nata en el labio superior.

El barón, con infinita delicadeza, se lo limpió con su pañuelo de seda. Luego le acarició la cara. Y bajó la mano hasta el primer botón del vestido. Lo desabrochó.

La chica se rio.

—¿Te gusta? —le preguntó el barón.

—No —respondió la chica.

El barón le desabrochó el segundo botón.

La chica se rio de nuevo.

—¿Por qué te ríes? —preguntó el barón.

La chica no respondió.

—¿Ya te lo han hecho?

La chica arrugó las cejas y bajó la mirada.

El barón desabrochó el tercer botón.

—¿Me pue-de dar dos pas-te-litos más? —preguntó la chica, en ese tono que hacía que pareciera un violín desafinado.

—Si dices que te llamas Rosetta Tricarico y dejas que te levante el vestido, puedes comerte toda la bandeja —dijo el barón—. ¿Cómo te llamas?

—Rose-etta Trica-arico —respondió la chica, y dejó que el barón le quitase el vestido y las bragas mientras Bernardo le entregaba la bandeja de plata.

El barón le acarició los pechos abundantes y le pellizco los pezones rosados. Luego le despeinó el vello oscuro y suave de la ingle.

—Tú también tienes un pastelito delicioso, Rosetta Tricarico.

Se rio al tiempo que le manoseaba la entrepierna y, con un gesto, indicó a Bernardo que se desnudase.

Mientras el criado agarraba a la chica, que trataba de soltarse y lloraba como una niña, el barón estaba sentado en el sillón y miraba mucho más a Bernardo que a la pobrecilla.

Cuando todo acabó, el barón se encerró en su cabina tras haber ordenado a Bernardo:

—Vuelve a vestirla y échala de aquí.

Esa noche tuvo sueños que lo emocionaron tanto que incluso creyó que había tenido una erección.

A la mañana siguiente, cuando se disponía a ir a desayunar, un hombre entró en su camarote hecho una furia. De soslayo, antes de que la puerta se cerrase, el barón vio a la chica.

—¡Maldito asqueroso! —gritó el hombre, esgrimiendo una navaja, tras haber cerrado la puerta—. ¡Esto lo va a pagar!

—Cálmese, buen hombre —dijo el barón, con las manos tendidas hacia la hoja de la navaja—. No haga tonterías. ¿Quién es usted?

—Soy el hermano de esa pobre chica que… que… —El hombre apretó los labios, incapaz de pronunciar lo que había pasado—. ¡Usted le ha quitado la honra! ¡La ha mancillado! —gritó blandiendo la navaja.

El barón se había rehecho del susto. «Este hombre —se dijo—, no es un asesino. Solo está ofendido. Quizá bastante más que la hermana», pensó.

—Escuche, ha sido un terrible error… Pero ya verá que podremos encontrar un acuerdo ventajoso. Le pagaré…

—¡No! —gritó el hombre, con el rostro descompuesto—. ¡Tiene que devolverme el honor de mi hermana!

—Eso me resulta imposible, buen hombre —dijo el barón—. Pero puedo darle algo más importante. Piense que podría disponer de una suma enorme. Cambiaría su futuro, ¿verdad?

El hombre empezó a titubear. Podía notarse en su mirada. Y junto con esa debilidad, junto con esa diabólica tentación, se notaba un dolor profundo y un sombrío desprecio hacia sí mismo por aquello que estaba a punto de aceptar.

Y viendo esa lucha interior, como oyendo el dolor que causaba, el barón sintió un placer perverso.

—Bien, nos vamos entendiendo —dijo, y se volvió hacia una caja cerrada con llave. La abrió y levantó la tapa.

—Para nosotros los pobres, el oro… —murmuró el hombre, vencido y humillado, en un tono de reproche hacia sí mismo. Bajó la navaja—. Para nosotros los pobres, el oro es la vida…

Se oyó un clic metálico.

—Y para nosotros los ricos, en cambio, lo es el plomo —se mofó el barón.

Se volvió. Empuñaba un revólver. Sin vacilar, disparó a la rodilla del hombre, que cayó al suelo gritando. El barón se le acercó con una mirada fría y feroz.

—Sería maravilloso observarte morir lentamente —dijo—. Mmm, sí..., ya lo creo que sería maravilloso verte sufrir como un perro. —Suspiró—. Pero no hay tiempo, qué lástima.

Al otro lado de la puerta se oyeron gritos, llamaron, preguntaron qué pasaba.

—No, no hay tiempo —repitió el barón.

Le apuntó el revólver a la cara y disparó a bocajarro. Luego cogió la navaja del hombre y se hirió en el brazo y en el pecho, superficialmente. Se manchó una mano con la sangre del hombre y se la pasó por donde se había acuchillado. Por último, después de tirar al suelo la caja que contenía, además de la pistola, joyas y dinero, abrió la puerta del camarote, fingiendo que apenas se mantenía en pie.

—¡Socorro! —gritó—. ¡Quería robarme!

Bernardo fue el primero que entró, y enseguida reconoció al hermano de la chica. Poco después llegó el comandante del buque, acompañado por cuatro marineros armados y por el médico.

Cuando la chica vio a su hermano en aquel charco de sangre, con la cara destrozada por el último disparo, se arrodilló a su lado y rompió a llorar. Y hasta su llanto parecía desentonado.

El barón la miró al lado del cadáver y contuvo una sonrisa. Luego se dirigió al capitán del buque.

—Pobre joven —le dijo en tono grave—. Ella no tiene la culpa de lo que ese desgraciado ha hecho. Me haré cargo de ella. La tomaré a mi servicio, en nombre de la piedad cristiana...

La vieja condesa, que estaba apretujada delante de la puerta del camarote entre otros muchos pasajeros de primera clase, comentó con altanería:

—¡Eso es lo que significa ser noble! ¡Aprendan!

26

Buenos Aires, Argentina

—Tony dice que tiene que hablar contigo —comentó Nardo a Rocco cuando le tocó reemplazarlo en la nave.

Rocco fue a la Zappacosta Oil Import-Export. Entró, y Bastiano le señaló el despacho de Tony, así que se dirigió hasta allí y llamó.

—Adelante —oyó que decía Tony.

Rocco abrió la puerta y entró.

Tony estaba sentado a su escritorio, despeinado.

Una chica, de espaldas, se abotonaba la blusa.

—Me gustó cómo actuaste la otra noche en ese asunto de mi hija —dijo Tony—. Y ya sabes lo mucho que me importa mi hija.

Rocco lo miró en silencio.

—Tengo un encargo para ti —continuó Tony.

La chica se volvió. Tenía el pelo largo y rubio y el rostro afilado, con grandes labios rosados, sensuales. Sus párpados estaban entornados, como si tuviese sueño o fuese sencillamente perezosa, como un gato. Sus caderas eran sinuosas.

Pero lo que más impresionó a Rocco fue que no debía de tener más de quince años.

—No babees tanto. —Tony se echó a reír.

Se inclinó sobre el escritorio con un paquete en la mano, y se lo tendió.

Rocco reconoció uno de los paquetes de cocaína.

—Llévalo al Chorizo, el burdel donde trabaja Libertad —dijo Tony señalando a la chica—. Y, de paso, llévala también a ella.

—Señor Zappacosta... —Rocco movió la cabeza—. Soy mecánico, no un... —Calló y señaló el paquete de cocaína—. Mande a Nardo.

—¿A Nardo? —Tony se rio—. No le confiaría ni la desratización del almacén. —Le guiñó un ojo—. Hazme ese favor. Todos los demás están fuera.

—¿Y dónde está el Chorizo? —preguntó Rocco un momento después.

—Bastiano te lo explicará —respondió Tony—. Dos cosas. La primera: entrega el paquete a un chulo que se llama Amos. Y que te pague. Ese judío siempre va de listo. Bastiano te dirá cuánto tiene que darte. Segundo: Libertad está bajo tu responsabilidad y debe volver al burdel. ¿Queda todo claro?

Rocco agarró el paquete de cocaína y se lo puso debajo de la camisa.

—No necesito decir que si la policía te encuentra con ese paquete, no eres uno de mis hombres, ¿verdad? —dijo Tony.

Rocco asintió.

—¡Eres un mecánico listo! —exclamó Tony, y volvió a reírse.

—Vámonos —dijo Rocco a Libertad, y ella lo siguió dócilmente, sin despedirse de Tony.

Bastiano le dio todas las indicaciones, incluida la cantidad que Amos tenía que pagarle, y se fueron.

«Ya está, eres un correo de la droga», pensó Rocco furioso, sintiéndose cada vez más involucrado en un destino que no quería.

Recorrieron en silencio varias manzanas.

Rocco estaba sumido en sus reflexiones, pero a la vez observaba a las chicas con las que se cruzaban, con la esperanza de que una de ellas fuese Rosetta. Y eso lo puso de buen humor. Cuando llegaron al cruce que Bastiano le había descrito, quiso doblar a la izquierda.

—No, sigamos recto —dijo Libertad.

Rocco pensó que su voz también era de chiquilla. Le costaba creer que a su edad ya fuese prostituta.

—No, tenemos que doblar —le respondió.

—Da lo mismo —dijo Libertad. Cerró los ojos, como imaginándose la calle, y estiró un brazo hacia delante—. Recto llegamos a la plaza de Mayo, la más grande que hayas visto nunca.

—No me apetece hacer turismo —gruñó Rocco—. Tengo que llevarte de vuelta. Y esta ciudad de mierda me da igual.

Libertad ladeó la cabeza, como un perrito.

—¿Te han obligado a venir aquí? —preguntó con voz ligeramente temblorosa.

—Sí —respondió Rocco.

Pensó que a lo mejor a ella le había pasado lo mismo. Y empezó a sentirse incómodo. Como cuando se hace de todo por no mirar en una caja por miedo a encontrar una sorpresa desagradable.

Libertad lo observó con sus ojos lánguidos.

—Por favor... —dijo en tono infantil—. En la plaza de Mayo torcemos por la avenida Rivadavia. Viene a ser lo mismo. ¿Sabes que es la avenida más larga del mundo? Más de veinte kilómetros. Dicen que nadie la ha recorrido nunca entera a pie.

Rocco, sin explicarse aún por qué, sintió una enorme pena.

—¿Cómo es que conoces tan bien Buenos Aires? —le preguntó.

Libertad esbozó una sonrisa ingenua.

—No lo conozco —respondió—. Nunca lo había visto hasta hoy —reconoció, y bajó la mirada.

Por un momento, Rocco creyó que iba a ruborizarse. Hasta que comprendió que, pese a lo joven que era, la vida debía de haberle enseñado tanta mierda que incluso se habría olvidado de que podía ruborizarse.

—Siempre pido a los clientes que me cuenten cómo es la ciudad —continuó Libertad—. Cierro los ojos e imagino lo que me describen. —Miró a Rocco—. Por favor... —insistió.

Él pensó de nuevo que era poco más que una niña. Y sintió náuseas.

—No intentes engañarme —le advirtió.

Los labios sensuales y carnosos de Libertad se extendieron en una sonrisa entusiasta. Dio un salto y aplaudió.

—¡Gracias, gracias, gracias! —exclamó.

Rocco se dijo que aquella chiquilla no sabía ya ruborizarse ni tampoco estar realmente contenta. Había algo apagado, algo muerto en esa alegría.

Mientras caminaban Libertad se puso a hablar de nuevo.

—Sé los nombres de todos los barrios de Buenos Aires. Sé un montón de cosas. Por ejemplo, ¿tú sabes qué son los *palacios*?

—No.

—Son los enormes y lujosos edificios de los ricos, como los de la calle Arenales, cerca del parque San Martín —explicó Libertad.

Rocco pensó que se expresaba como un libro.

—Pero ¿sabes qué te dejaría sin aliento? —continuó Libertad, como una chiquilla que repite la lección que acaba de aprender en la escuela—. El palacio de Aguas Corrientes, en la avenida Córdoba. Tiene más de ciento sesenta mil azulejos de cerámica y trescientas mil mayólicas policromadas importadas de Bélgica e Inglaterra... y el tejado está hecho de tejas de pizarra verde oscuro traídas de Francia.

—¿Qué significa «policromadas»? —preguntó Rocco.

—No lo sé —respondió ingenuamente Libertad. Luego se rio, se plantó delante de Rocco y empezó a caminar hacia atrás. Hablaba rápido, emocionada—. De todos modos..., pregunté al cliente que me lo contó: «¿Quién vive ahí? ¿El rey?». Y él, que es un viejecito muy flaco con una colita medio dormida, que se conforma con... Bueno, eso no es importante...

A Rocco le dio náuseas pensar en ese viejo que gastaba menos de diez pesos para deshonrar a esa chiquilla.

—En fin, atiende —continuó Libertad—. Él me respondió: «No hay rey en Argentina». ¿Te lo puedes creer? «Entonces ¿quién vive ahí?», le pregunté. —Caminando hacia atrás se tropezó.

Rocco la sujetó de un brazo. Era ligera y frágil.

—«Nadie», me contestó —prosiguió Libertad, andando otra vez a su lado—. «Allí no vive nadie», dijo. Allí dentro hay no sé

cuántos depósitos enormes. Toda el agua potable de Buenos Aires.
—Asintió, como para confirmar lo que acababa de decir—. Un edificio tan grande solo para guardar agua. Qué desperdicio, ¿no te parece?

—Sí —murmuró Rocco.

Llegaron a la plaza de Mayo. En efecto, era gigantesca. Pero a Rocco le daba igual.

—Entonces ¿ahora damos la vuelta ahí? —preguntó.

La chica puso cara seria.

—¿Puedo decirte algo?

A Rocco le habría gustado responder que no.

—Claro —contestó, en cambio.

—¿Sabes cuál es el sitio que me encantaría ver? —preguntó Libertad.

—Tenemos que ir al Chorizo —le recordó Rocco, y negó con la cabeza.

—Por favor… —La voz de Libertad era un lloriqueo, igual que la de una niña—. ¿Ni siquiera quieres saberlo?

Rocco suspiró. Y asintió.

Libertad aplaudió.

—La *costanera*, el paseo que discurre junto al Río de la Plata…, donde están todos los *balnearios*. —Miró a Rocco con los ojos muy abiertos—. Y donde todos los *porteños* se bañan.

—¿Y dónde… está eso? —preguntó Rocco, aunque tenía la sensación de que estaba haciendo una tontería.

Libertad dio otro salto, lanzó un gritito y lo agarró de la mano.

—¡Por allí! —exclamó. Y enseguida tiró de él.

Y Rocco la siguió.

Cuando llegaron al paseo vieron mucha gente en bañador dentro del Río de la Plata. También había gente en grandes terrazas de madera, bajo amplias sombrillas o tumbadas al sol, bebiendo algo y escuchando la música apasionada de aquella tierra, que interpretaban orquestillas de tres o cuatro componentes. Había quien bailaba con indolencia. También se veían barcas de remos. Rocco se dijo que todo era muy raro en Buenos Aires. Estaban a finales de noviembre y acababa de empezar el verano. Dentro de poco sería Navidad y todo el mundo iría por la calle sudando.

Mientras tanto, Libertad miraba fijamente las aguas lentas y turbias del gigantesco río. Seguía agarrando de la mano a Rocco y lo condujo hasta la orilla.

Y allí se descalzó y empezó a desabrocharse el vestido.

—¿Qué haces? —le preguntó Rocco.

—Quiero nadar.

—No, no. De eso ni hablar.

Libertad continuó mirando el Río de la Plata.

—Hace dos años, en Polonia, mis padres me vendieron a Amos —dijo con una sencillez que hizo que a Rocco se le pusiera la piel de gallina—. Llevo dos años trabajando en el Chorizo. Jamás había salido... Hoy, cuando me han llevado donde ese cliente bajo, ha sido la primera vez. —Lo miró. La suya era la mirada de una niña y la de una vieja a la vez—. Déjame nadar, por favor. Quizá no tenga ocasión de hacer esto nunca más.

Rocco no lo soportó y bajó los ojos meneando despacio la cabeza.

Libertad siguió desnudándose.

Rocco vio caer el vestido al suelo. Cuando levantó la cabeza, la chica ya estaba dentro del agua. Vestía un corpiño escandaloso en medio de los intachables bañadores de toda la gente que había allí.

—¿Cómo te llamas? —preguntó Libertad volviéndose.

—Rocco.

Libertad sonrió.

—Rocco... —repitió con una dulzura que hacía daño. Como si estuviese diciendo otra cosa.

Rocco tuvo la tentación de detenerla.

Pero enseguida Libertad se metió en el río y empezó a nadar. La turbiedad del agua no dejaba ver la indecencia de su indumentaria de puta. Ahora era una más de las muchas chiquillas que se bañaban, con sus largos cabellos rubios flotando como algas doradas.

Rocco la miraba alucinado, y con creciente preocupación.

—¡Libertad! —gritó.

Pero la chiquilla no se volvió. A rápidas brazadas, se alejaba cada vez más.

Rocco la vio traspasar las boyas blancas y rojas que delimitaban la zona de baño.

—Libertad… —dijo. Pero en voz baja, porque la chiquilla ya estaba demasiado lejos para oírlo.

Y seguía nadando con brazadas vigorosas hacia el centro de aquel río tan grande como un mar. Durante un instante, Rocco pensó que estaba huyendo. Pero era imposible que pudiera llegar a la otra orilla.

—Para, Libertad. Si no, no tendrás fuerzas para regresar —dijo.

Y solo en ese momento comprendió qué era exactamente lo que estaba haciendo la chiquilla. Quería nadar hasta donde ya no le quedaran fuerzas para regresar.

Y entonces se abandonaría.

—¡No! —gritó Rocco a la vez que se metía en el agua con una barca.

—¡Mi barca! —gritó un hombre.

Pero Rocco no lo oyó. Solo tenía un pensamiento en mente mientras remaba con todas sus fuerzas. Debía alcanzar a Libertad antes de que fuera demasiado tarde. De cuando en cuando se volvía para mirarla.

Las brazadas de la chiquilla cada vez eran más lentas y pesadas. Sus manos emergían con dificultad del agua levantando débiles salpicaduras blancas.

—¡Aguanta! ¡Aguanta! —gritaba Rocco.

Cuando le dio alcance, Libertad ya no podía más y estaba dejándose hundir. Un instante antes de que desapareciese, la agarró del pelo. La subió a la barca, con gran esfuerzo pese a lo poco que pesaba, porque no ayudaba. Era un peso muerto.

Echada en el fondo de la barca, con una profunda desesperación en los ojos, Libertad dijo:

—¿Por qué?

Y luego ya no pronunció una sola palabra más. Ni cuando, de

vuelta en la orilla, Rocco la vistió, ni mientras iban hacia el Chorizo.

—No podía dejar que lo hicieras, ¿entiendes? —le dijo Rocco.

Pero Libertad no dio muestras de haberlo oído.

Rocco la miró. Ya no era la chiquilla que le hablaba de Buenos Aires emocionada. No había sido más que una farsa. Desde el principio quiso ir allí, al río. Y desde el principio sabía lo que quería hacer.

—Es que no podía dejar que lo hicieras… —repitió Rocco, hablando más para sí mismo que para ella. Como si sintiese la necesidad de justificarse. Como si hubiese algo malo en salvar la vida a una chiquilla.

Llegados al burdel de la avenida Junín, la entregó a una mujer que tenía un costurón en la mejilla. La mujer ni siquiera se dio cuenta de que Libertad tenía el pelo húmedo. Rocco la vio desaparecer por una escalera, siguiendo dócil como un cordero a la mujer con la cara marcada.

A él lo condujeron a una habitación que apestaba a puro.

Amos era un hombre alto y gordo con los carrillos colorados. Comprobó el contenido del paquete y asintió satisfecho.

Rocco sintió una violenta aversión contra él. Era el hombre que había comprado a Libertad a sus padres en Polonia. Cuando tenía trece años.

—Tienes que pagarme —le dijo en tono agresivo cuando lo vio guardar la cocaína en un cajón.

Amos sonrió.

—No te preocupes. Tony se fía de mí.

—Y yo me fío de Tony —respondió Rocco—. Ha dicho que me arranca los huevos como no le lleve el dinero. Y yo no me juego los huevos por un chulo de mierda.

—¿Un mal día, amigo? —Amos sonrió.

Rocco lo miró sin hablar.

Amos le lanzó un fajo de pesos arrugados ganados con sus putas.

—No quiero verte más aquí dentro —dijo en tono rencoroso—. Te has perdido un buen polvo gratis, imbécil.

Rocco le dio la espalda y se marchó.

Una vez en la calle, se fijó en el anodino edificio de color mostaza, con las persianas bajadas, como si estuviese deshabitado. Como si fuese una cárcel. O una tumba.

Regresó a La Boca oprimido por un peso desagradable.

Cuando iba por uno de los callejones sucios de detrás de las naves del puerto, vio una panda de chiquillos alrededor de un hombre tirado en el suelo, indefenso.

—¡Eh, vosotros! —gritó, y echó a correr hacia el grupo.

Los chiquillos pararon un instante. Luego se agruparon, haciéndole frente en actitud agresiva.

Rocco vio a Javier, el estibador al que Tony había echado, desmayado en el suelo. Estaba ensangrentado.

—¿Qué le habéis hecho, malnacidos?

Uno de los chiquillos, el más alto, con una mirada dura y una cicatriz que le atravesaba la ceja izquierda, sacó una navaja. En la otra mano tenía un puñado de billetes.

—¿Qué le habéis hecho? —repitió Rocco.

—Habéis sido vosotros, no nosotros —respondió el chiquillo.

—¿Vosotros... quiénes? —preguntó Rocco, desconcertado.

—Vosotros —repitió el chiquillo—. Nosotros solo lo estamos limpiando.

—Suelta ese dinero —dijo Rocco.

—Jódete —respondió el chiquillo, y movió amenazadoramente la navaja, cosa que imitaron los otros.

Rocco sacó la pistola.

—Basta —murmuró con voz sombría.

—¿Basta qué? —se burló el chiquillo.

—¡Basta! —gritó Rocco, harto de ese día tan asqueroso.

—Somos demasiados para ti. —El chiquillo se rio con sorna.

—Tienes razón. —La voz de Rocco vibraba rabiosa—. Pero esto lo contarán tus amigos, tú no. Porque tú vas a acabar tirado en el suelo, con la cara destrozada por mi primer disparo.

El chiquillo lo miró en silencio.

—Tú decides... —Rocco levantó lentamente el cañón de la pistola.

Entonces el chiquillo tiró al suelo el dinero y desapareció con su banda en un abrir y cerrar de ojos.

Rocco se arrodilló al lado de Javier.

—¿Quién ha sido? —le preguntó.

Javier lo miró con sus ojos tumefactos.

—Vosotros —respondió.

Le habían dado una paliza tremenda. Y Rocco comprendió que había sido el castigo por haber ofendido a Tony. Vio cerca un bate de béisbol. Recogió el dinero y lo metió en un bolsillo de Javier. Luego lo ayudó a incorporarse y lo llevó prácticamente a hombros hacia el muelle, donde reconoció a dos estibadores con los que había coincidido en la taberna.

—Ayudadlo —les dijo.

Los estibadores lo miraron con una mezcla de odio y temor.

Rocco apretó los puños. Le habría gustado decirles que no había sido él, que no era un mafioso. Pero ¿de qué habría servido? Seguramente no le habrían creído.

—¡Ayudadlo, me cago en la puta! —gritó.

En cuanto dejó a Javier, les dio la espalda y se marchó. Anduvo con paso furioso hacia la Zappacosta Oil Import-Export.

—¿Qué coño de mundo es este? —gritó.

Un viejo que pasaba a su lado se detuvo y lo contempló. Tenía una mirada cansada y resignada.

—La vida es una mierda —le dijo—. Y después te mueres. —Estiró una mano, con la palma hacia arriba—. Deme un par de pesos, por favor, señor...

Rocco le tendió uno de los billetes de Amos.

El viejo silbó sorprendido y enseguida se marchó.

Rocco entró hecho una furia en el despacho de Tony, seguido por Bastiano, que no había sido capaz de detenerlo. Lanzó al escritorio el dinero ganado por las prostitutas niñas del Chorizo.

—No me considere más uno de sus empleados —dijo con la mirada enfurecida—. Me marcho mañana. —Dejó la pistola al lado del dinero y salió, sin esperar la respuesta de Tony.

Una vez fuera, solo, en el muelle, se detuvo.

—Libertad... —susurró. Y recordó ese nombre con amargura.

Elevó los ojos al cielo. Estaba despejado, sin una sola nube. De un azul puro. Inmaculado. Magnífico.

«Y toda esta perfección desentona tanto...», pensó.

Notó que los ojos se le llenaban de lágrimas.

—Libertad, lo siento, no te dejé nadar —dijo en voz baja.

27

—¿Qué significa en español *blecquet*? —preguntó Raquel a Adelina mientras tendían las sábanas limpias en los cordeles de la azotea.

—¿Por qué quieres saberlo? —preguntó con recelo Adelina.

Raquel se encogió de hombros.

—Por nada... Se lo he oído decir a un cliente.

—¿Y por qué lo decía?

—No lo entendí bien —respondió Raquel con vaguedad—. Hablaba a medias en español y a medias en yiddish... Decía...

—Ah, déjalo —la interrumpió Adelina—. Ya sé por qué lo decía. Decía que ahí se puede comprar cocaína.

—Sí, justo eso —mintió Raquel—. Y pues... ¿qué significa? Usted dijo que tengo que aprender español.

—No es español. Es inglés, tonta. Black Cat, dos palabras. Significa «gato negro» —explicó Adelina—. Pero si ves a ese cliente, dile que Amos tiene cocaína. No hace falta que vaya hasta el Black Cat.

—¿Por qué? ¿Queda lejos? —insistió Raquel, decidida a descubrir dónde estaba para ir a buscar al Francés.

—Bastante —respondió Adelina. La miró, de nuevo con recelo—. ¿A ti eso qué te importa?

Raquel volvió a encogerse de hombros.

—Nada, es solo por aprender los nombres —dijo como si realmente no le importase—. Como la calle de aquí abajo..., la avenida Junín —añadió azorada y le sonrió, aunque la odiaba por la manera en que trataba a las chicas del Chorizo. Se volvió y tendió una sábana.

—Queda en Recoleta —dijo Adelina.

—¿Avenida Recoleta? —preguntó Raquel sin mirarla a la cara.

—No. Es un barrio —respondió Adelina.

—Ah, ya… ¿Y el Black Cat en qué avenida…?

—¿Para qué quieres saber los nombres de las calles, tarada? —la interrumpió Adelina—. Estás tan tronada como Libertad, que se sabe de memoria todo Buenos Aires sin haberlo visto nunca. —Se rio con sarcasmo—. Tú de aquí no sales. ¿Querías irte de paseo?

—¿Quién es Libertad?

—Una de las putas —dijo Adelina—. ¿Por qué preguntas tanto? ¿Tramas algo?

—No… no… —Raquel se encorvó. Tenía que ser precavida, ir despacio. Había llegado el momento de callar.

—Ahora trabaja si quieres cenar —le dijo con aspereza Adelina.

Raquel tomó la última sábana de la cesta y la tendió al sol. Con el rabillo del ojo vio que Adelina las contaba.

—¿No eran trece? —dijo Adelina.

Raquel contuvo el aliento mientras el corazón le latía más deprisa.

—Estoy hablando contigo, tarada. Responde.

Raquel le dio la espalda para que no se percatase del nerviosismo que le tensaba la cara, fingiendo que alisaba los pliegues de una sábana.

—No… —respondió—. Yo he contado… doce…

—En la planta baja hay trece cuartos —insistió Adelina—. De modo que tiene que haber trece sábanas.

Se plantó delante de Raquel y la miró con expresión severa.

Raquel notó que una gota de sudor le caía por la frente.

Adelina la señaló con un dedo.

—Si la has roto lavándola, debes decírmelo.

—No, yo…

La mujer seguía mirándola en silencio.

Raquel estaba aterrorizada. Había buscado cuerdas para fugarse del Chorizo, pero no las había encontrado. De modo que decidió hacer tiras con las sábanas. Esa era la segunda sábana que robaba. Adelina no había reparado en la desaparición de la primera.

—Eran trece —repitió Adelina—. ¿Se ha roto una?

Raquel sintió que el pánico le atenazaba la garganta.

—Sí... —farfulló.

—Pues habérmelo dicho, idiota —rezongó Adelina—. Son viejas. Es normal que se rompan. Pero si no me lo dices, ¿cómo hacemos una de las camas? Piensa, imbécil. —Resopló—. Iré a por una nueva. No tienes cabeza, chiquilla. —Se volvió y se encaminó hacia la puerta de la azotea—. Ahora ve a la cocina. Tienes que fregar los platos.

Raquel sintió que las piernas le temblaban por el peligro del que se había librado.

—Enseguida —exclamó con excesivo entusiasmo.

De camino hacia la cocina pasó por delante de la habitación donde trabajaba Tamar y miró adentro. En ese momento no tenía clientes, como solía ocurrir a primera hora de la tarde. Por lo general, el Chorizo se llenaba de hombres a partir de las siete de la noche.

Su amiga estaba sentada en la cama deshecha con la cabeza gacha, las manos entre las rodillas y la mirada extraviada. Llevaba la blusa desabotonada, que dejaba al aire sus bonitos pechos.

—Hola, Tamar —le dijo Raquel.

Tamar levantó lentamente la cabeza.

—Hola, erizo —le respondió con una sonrisa inexpresiva.

«Tiene los ojos apagados como dos bombillas fundidas», pensó Raquel.

—¿Cómo estás? —le preguntó.

Tamar siguió sonriendo de esa manera distante, sin hablar.

Raquel odió todavía más a Adelina. Seguía drogando a Tamar. Su amiga hablaba casi siempre como si no comprendiese lo que decía. La droga estaba apagándola. Estaba transformándola en un saco vacío en el que los clientes del Chorizo descargaban su soledad y su podredumbre. «La han convertido en un cubo de basura», pensó con rabia Raquel. Tamar no parecía sufrir. Pero eso era por efecto de la droga que a Adelina le suministraba el sobrino de un indio de la selva amazónica. Raquel se había asustado al ver el estado en que Tamar se encontraba cuando se le pasaba el efecto de la droga. Había advertido un sufrimiento insoportable en sus ojos. Le había recordado el de Kailah el día que se suicidó. Y no quería perder también a Tamar. Era su única amiga. Su única familia. La única persona que le quedaba ya en el mundo.

—¿Qué día es hoy? —le preguntó Tamar con voz monocorde y apagada.

«Me lo pregunta cada vez que nos vemos», pensó Raquel con un nudo en la garganta. Como si eso tuviese alguna importancia. Como si hubiese un día distinto a otro, allí en el Chorizo.

—Hoy es jueves —le respondió en tono amable.

—Jueves —repitió mecánicamente Tamar, y frunció un poco las cejas, como si persiguiera un razonamiento.

Raquel le abotonó la blusa, tapando sus pechos desnudos.

—De manera que mañana... ¿es viernes, erizo? —preguntó Tamar.

A Raquel se le llenaron los ojos de lágrimas. Tenía que sacarla de allí cuanto antes. Debía darse prisa.

—Sí, mañana es viernes.

Tamar asintió y sonrió, como una niña contenta de haber resuelto un rompecabezas.

Raquel habría querido repetirle que huirían de allí, pero en el estado en que se encontraba corría el riesgo de poner sobre aviso a Adelina. Tenía que hacerlo todo sola.

—Tamar —le dijo, tratando de captar su atención—, ¿sabes quién es Libertad?

Tamar sonrió y asintió.

—¿Duerme en tu habitación?

Tamar siguió sonriendo y volvió a asentir.

Raquel le acarició el pelo.

—¿Sabes qué quiere decir «*Abre las piernas, perra*»? —le preguntó Tamar.

A Raquel se le encogió el corazón.

—No —mintió.

Entonces, su amiga se lo mostró.

—¿Ves, erizo? —Sonrió—. Estoy aprendiendo español.

Raquel se mordió el labio y se marchó deprisa.

En la cocina se puso a fregar una enorme pila de platos y ollas sucios con una mezcla de agua caliente, vinagre y sosa que le enrojecía las manos. Pensaba preguntar a cualquiera de las otras chicas quién era Libertad. Y si de verdad conocía todo Buenos Aires de memoria, a lo mejor podría explicarle cómo encontrar el Black Cat.

Poco después de que Adelina entrara en la cocina lo hizo Esther, la mujer que dormía con ellas en la misma habitación.

—Una de las nuevas no para de llorar —dijo Esther.

—Luego las lágrimas se acaban. —Adelina soltó una carcajada cruel al tiempo que extendía la masa para las *empanadas* que más tarde freiría.

—*Bruja* —murmuró con rabia Raquel.

La odiaba. Adelina era la mano del diablo. La mano de Amos.

Terminó de fregar los platos y los cacharros y fue al dormitorio de las chicas para barrerlo, después de haber robado dos *albóndigas* y unas galletas rellenas de *dulce de leche* para Tamar. Pero cuando llegó delante de su puerta, la encontró cerrada. Pegó la oreja para averiguar si dentro había un cliente. Oyó una especie de gruñido y los muelles de la cama chirriando rítmicamente.

—*Te gusta, ¿verdad?* —dijo dentro de la habitación la voz de un hombre, enronquecida por el ímpetu sexual. Y luego, al no oír respuesta, ordenó en tono agresivo—: *¡Dime que te gusta, puta!*

Raquel lo tradujo mentalmente.

—*Sí, me gusta mucho* —dijo Tamar sin la menor emoción.

Con lo que el hombre se conformó, porque siguió gruñendo satisfecho.

Llegó al dormitorio y lo barrió a toda prisa. Y escondió las galletas debajo de la almohada de Tamar, confiando en que las encontrase.

Comprobó que nadie la veía y bajó al trastero de la primera planta. Apartó la cortina y entró. De debajo de la alfombra enrollada que olía a moho sacó la sábana que había robado esa mañana. La desgarró en varias tiras, que anudó y unió en una especie de soga a las que ya había hecho con la otra sábana. Aguzó el oído. No había nadie cerca. Entonces abrió la ventana que daba al patio trasero, soltó la soga y comprobó si era lo bastante larga para descolgarse. La soga llegó al suelo. Raquel sintió que el corazón le latía esperanzado. Decidió que, aunque no pudiera averiguar los datos que necesitaba para encontrar el Black Cat, de todas formas intentaría fugarse esa noche para contactar con el Francés.

Procurando que no la vieran, entró en el otro dormitorio. Con el corazón en un puño, se acercó a una cama y preguntó a la chica que estaba echada en ella:

—¿Conoces a Libertad?

—Hay más de una —respondió la chica—. ¿A qué Libertad buscas?

—A la que se sabe todas las calles de Buenos Aires.

—Ah... —La otra sonrió y señaló dos camas más allá—. Es la del pelo rubio largo.

Raquel fue hasta la cama de la chica. Le asombró su juventud. Debía de tener un año o, como mucho, dos más que ella. Recordaba haberla visto por los pasillos. Siempre risueña y llena de vida. Se acuclilló al lado de la cama.

—Hola, Libertad.

Libertad permaneció inmóvil mirando el techo.

—Es inútil que gastes saliva —dijo la chica de la cama de al lado—. No habla desde hace días.

Raquel sintió una profunda desazón. Aquel mundo mataba a la gente, incluso manteniéndola viva.

—Libertad, por favor...

—Ella no habla y tú no nos oyes —resopló la chica de la cama de al lado.

Libertad no había movido un músculo.

Raquel decidió jugarse el todo por el todo. Se acercó más a Libertad y le susurró al oído:

—Por favor... Tengo que irme de aquí...

Libertad se volvió. Tenía una mirada intensa. Pero siguió callada.

—Por favor... —repitió Raquel.

De repente, Libertad la atrajo hacia sí.

—No malgastes tu oportunidad —le musitó—. Solo tenemos una. Solamente una.

—Ayúdame —dijo Raquel, aún en voz baja—. ¿Sabes dónde está el Black Cat? ¿Recoleta...?

Libertad la miró como si ya no la viese.

—Solo tenemos una oportunidad —repitió como un autómata, y volvió a mirar el techo.

—Libertad... —dijo Raquel—. Libertad...

—¡Déjanos dormir, coño! —se quejó la chica de la cama de al lado.

Raquel miró a Libertad un instante más, luego se marchó.

No bien la puerta del dormitorio se cerró, una lágrima se deslizó por la mejilla de Libertad. Eso y nada más.

—De acuerdo —se dijo Raquel mientras se alejaba—. Lo encontraré sola.

No podía retrasarlo. Tamar estaba en un estado espantoso.

Pero todavía tenía algo muy importante que hacer. Antes de dormirse, Adelina daba muchas vueltas en la cama. Mala conciencia, pensaba Raquel. Pero esa noche Adelina iba a dormirse enseguida. Y tendría un sueño pesado, porque ella había descubierto dónde guardaba la droga. Puso una buena cantidad en un vaso y lo escondió. Luego, durante la cena, la echó en el vino de Adelina, con las manos temblándole por la tensión.

A partir de ese momento, el tiempo pareció detenerse. Los minutos pesaban como horas mientras observaba a Adelina. Al cabo, cuando estuvieron en el cuarto, notó que los ojos se le nublaban.

—He comido demasiado —masculló Adelina—. No me encuentro bien.

Esther se rio, atolondrada.

A Raquel, Esther no le preocupaba. Bebía tanto que de noche, terminado el trabajo, se quedaba frita enseguida. Poco después también Adelina empezó a roncar.

Salió al pasillo de puntillas. Tomó una bandeja y una copa de vino. Si alguien la veía, pensaría que estaba trabajando. Llegó al trastero de la primera planta con la cabeza gacha y el corazón latiéndole con fuerza. De la alfombra mohosa, sacó la soga hecha con las tiras de sábana, abrió la ventana y ató una punta al gancho del canalón. Durante un instante, mirando en la noche oscura, le faltó el valor. Pero pensó en Tamar, en su mirada desesperada que le había recordado la de Kailah, y se dispuso a salir por la ventana.

En ese instante, una mano le apretó un hombro.

Cuando iba a gritar, espantada, la mano pasó rápidamente del hombro a la boca, tapándosela.

—Chist —siseó Libertad—. Te ayudaré. Pero no conozco todas las calles —dijo. Cerró los ojos, trazando líneas con la mano como si siguiese una ruta—. Ve hacia el sur, hasta la avenida Rivadavia. Síguela hasta el centro. Luego dobla a la derecha, hacia el norte, en la avenida Pueyrredón, que te llevará hasta Recoleta. Continúa recto hasta que a la izquierda veas la calle Arenales. El Black Cat está allí, lo reconocerás porque tiene un gato negro con la cola erguida pintado en un toldo rojo. —Abrió los ojos—. Pero sabes que nunca he estado allí, ¿verdad? Quizá te lo he explicado todo mal.

—El Señor del Mundo te bendiga —le susurró Raquel, emocionada.

—El Señor del Mundo se ha olvidado de mí —dijo Libertad con ira y dolor. La abrazó y le susurró—: Nada por mí.

28

En cuanto Libertad se marchó, Raquel rogó que las tiras de sábanas anudadas aguantaran su peso y se lanzó al vacío. Su cara se estrelló contra el muro con violencia. Pero se mantuvo firme y empezó a bajar. Poco a poco fue sintiéndose más segura. En la aldea trepaba a los árboles tan bien como los chicos, se recordó.

Cuando llegó al suelo se sintió optimista. Era solo el principio, pero iba a conseguirlo. Estaba convencida. Llegó al murete. Miró hacia atrás. La blancura de la larga soga de sábanas resaltaba en la noche oscura.

—Idiota —se dijo—. Deberías haberla teñido de negro.

Cualquiera que hubiese mirado hacia allí la habría visto. Pero ya no había remedio. Se asomó por el murete. No había nadie. Lo saltó y echó a correr lo más rápido que pudo. Confió en que las indicaciones de Libertad fueran correctas. Caminó hasta una calle muy transitada. AVENIDA RIVADAVIA, leyó, y se animó.

—Señor, ¿dónde está el centro? —preguntó a un transeúnte.

El hombre la miró arrugando las cejas.

Raquel se dio cuenta de que, por los nervios, le había hablado en yiddish. «Tranquilízate», se dijo, y se lo preguntó en español.

Media hora después encontró el Black Cat.

Se detuvo delante del gran toldo rojo donde estaba pintado el gato negro con la cola erguida. Conteniendo la respiración, miró por el escaparate, y estremecida reconoció al Francés, guapo y elegante como lo recordaba, hablando con un hombre de tez amarillenta.

Entró y se dirigió a su mesa.

—Señor Francés... —dijo.

El Francés miró a la chiquilla que tenía delante, flaca como un clavo, con una cómica nariz larga y respingona y una mata encrespada de pelo negro.

—¿Quién eres, *niña*?

—Señor..., no hablo bien su idioma...

—Ah, eres una pequeña *polák*. —El Francés se rio—. ¿Qué quieres?

—Tengo que hablarle de algo importante —dijo Raquel, y enseguida miró al hombre que estaba con él—. En privado —añadió.

—No tengo secretos para mi amigo Lepke —respondió el Francés—. Además, él es judío como tú. —Acercó una silla—. Pon tu flaco culo aquí. Y ahora ánimo, *chica*, cuéntame.

Raquel se sentó.

—Señor —empezó—, ¿recuerda que hace tiempo vino donde desembarcan los buques y que había un montón de chicas? Vio una muy guapa y le dijo a un hombre que se llama Amos que quería comprarla.

El Francés la miró con atención, pero no habló.

—¿Todavía la quiere, señor Francés? —preguntó Raquel.

—¿Tú quién eres? —El Francés se inclinó hacia ella.

—Usted dijo que la trataría bien...

—¿Quién eres? —repitió el Francés.

—Trabajo en el Chorizo, y Tamar..., la chica guapa, es mi amiga. —Raquel miró al Francés con ojos esperanzados—. Yo puedo hacer que huya, si usted se la queda.

El Francés hizo un gesto seco con la mano.

—No quiero tener líos con los judíos. Esos no tardarían nada en cortarme el pescuezo.

—Se lo ruego, señor —dijo Raquel—. El Chorizo es... espantoso. —Los ojos se le empañaron de lágrimas—. En esta ciudad hay muchísima gente. Amos no lo encontrará nunca.

—No sabes de quién hablas, *niña* —dijo el Francés—. Hay millones de pordioseros, pero pocos chulos... —Negó con la cabeza—. De una chica guapa como tu amiga que estuviera conmigo se hablaría en todo Baires en una semana. Y Amos se enteraría todavía antes. ¿Qué tendría que hacer, pues? ¿Quedármela y esconderla? —Se rio—. Yo hago negocios, no buenas obras.

—¿Esa chica es realmente guapa? —intervino Lepke.

El Francés se besó la punta de los dedos.

—Más que eso. Es una obra de arte.

—Entonces, podrías llevarla a Rosario durante un año. Queda a trescientos kilómetros al norte de aquí. ¿Quién va a ir a buscarla allí? —dijo Lepke—. En Rosario también se hacen buenos negocios, y no hay muchos *poláks*.

El Francés lo miró, reflexionando. Luego sonrió y asintió con la cabeza.

—Podría estar bien.

Raquel abrió mucho los ojos de puro contenta.

Cuando volvía al Chorizo en automóvil con el Francés, Raquel casi no podía creerse que hubiera conseguido lo que había hecho. El Francés quiso acompañarla para comprobar que el punto de encuentro era seguro. Raquel estaba de lo más emocionada. Iba a ser al día siguiente. Y el Francés le aseguró que, junto con Tamar, se la llevaría también a ella. Sería su criada.

Cuando el Francés vio colgada de la ventana la soga de sábanas, frunció la nariz. Pero el lugar parecía tranquilo.

—Puede hacerse —dijo al fin—. A las cuatro y media, *mañana por la mañana.* —Y, sin comprobar si Raquel conseguía entrar en el Chorizo, se marchó.

A Raquel no le costó subir. En cuanto llegó arriba, retiró la soga de sábanas y enseguida fue a ver a Tamar.

Tamar, como de costumbre, le preguntó:

—¿Qué día es hoy?

El rostro de Raquel resplandeció.

—Un gran día.

—Un gran día... —repitió la chica, sin comprender.

Raquel cayó en la cuenta de que Tamar no conseguiría bajar por la ventana en ese estado. Eso no lo había previsto. Volvió rápidamente a la habitación. Adelina y Esther seguían roncando. Vació la mitad de la botella de droga y la rellenó de agua. «Si Tamar está menos atontada —pensó—, podremos escapar.» O al menos era lo que esperaba de todo corazón. Luego se metió en la cama y se apretó contra el pecho el libro de plegarias de su padre riendo en voz baja.

—Mañana —repetía, con la adrenalina fluyéndole incontenible por las venas. Pronto serían libres.

Al final de esa noche, más atormentada de lo que Raquel supuso, llena de dudas y de miedos, Adelina la zarandeó para que se levantara, como cada mañana.

—Ve a recoger las sábanas sucias —le ordenó, como había previsto.

Raquel se ocultó el libro de su padre debajo del vestido y fue al dormitorio de las chicas, con el corazón latiéndole con fuerza. Paró a Tamar en el pasillo, cuando acababa de salir por la puerta.

—¿Qué haces aquí, erizo? —le preguntó Tamar en tono sombrío.

Raquel vio en sus ojos el terrible dolor que sufría cuando el efecto de la droga no la atontaba demasiado. Sintió pena por ella, pero también alivio.

—Ven, rápido —le susurró.

—Déjame en paz —dijo Tamar—. No estoy de muy buen humor.

Tenía la voz un poco gangosa. Sin duda, la dosis de droga no era suficiente para atontarla del todo, «pero no tan poca para que esté realmente lúcida», pensó Raquel. Le agarró una mano.

—Ven —dijo en tono firme—. Nos vamos.

Tamar asimiló lentamente la información.

—Nos vamos... ¿Adónde?

—Nos escapamos —dijo Raquel.

Los ojos de su amiga brillaron.

—Nos escapamos... —le hizo eco.

—Chist —la hizo callar Raquel, y sin soltarle la mano la llevó hacia la escalera.

Cuando se disponían a bajar, se cruzaron con uno de los hombres de Amos.

—¡Camina! —gritó Raquel a Tamar—. ¡Quiero que veas cómo has dejado la sábana! ¡Ahora te la lavas tú, maldita puta!

El hombre se echó a reír.

—Adelina te ha enseñado bien —masculló, y siguió su camino sin prestarles más atención.

Raquel bajó la escalera rápidamente, arrastrando a Tamar como a un peso muerto. Cuando llegaron al trastero, la empujó adentro, sacó a toda prisa las sábanas anudadas, abrió la ventana y ató un extremo al gancho del canalón. Reconoció al otro lado del murete el automóvil del Francés. Estaba esperándola. Se volvió de golpe hacia Tamar, con el pecho rebosante de alegría.

Pero cuando vio los ojos de Tamar, se asustó. Se estaban apagando. Tendría que haber diluido más la droga. La agarró por los hombros y la zarandeó.

—No te abandones ahora, por favor —le susurró—. Mantente despierta. Lo hemos conseguido.

Tamar estaba alelada.

Raquel le dio una bofetada. Luego otra. La llevó hasta la ventana.

—Mira ese automóvil —musitó—. Ese automóvil es la libertad. — Volvió a zarandearla, con la fuerza de la desesperación—. ¡No te rindas, coño! —le dijo rabiosamente al oído.

Poco a poco, Tamar logró enfocarla.

—Menuda boca has tenido siempre. —Se rio con un ligero movimiento de los hombros.

Raquel se rio con ella y la abrazó. Hizo que se asomara por la ventana.

—Tenemos que bajar por aquí.

—Me da miedo —dijo Tamar.

Raquel la obligó a mirarla.

—¿Más que quedarte aquí?

Tamar negó con la cabeza.

—No —reconoció—. Tú primero.

—No, primero tú.

—Por favor…, enséñame cómo se hace.

Raquel la miró.

—Como no bajes, regreso a buscarte.

—Bajo, en serio…, erizo.

Raquel subió a la ventana, se agarró a las sábanas y empezó a bajar. Llegó al suelo e hizo una señal a Tamar para que descendiera.

Tamar se sentó en el alféizar, insegura y asustada.

—¡Venga! —susurró Raquel.

Tamar agarró la soga de sábanas y, para superar el miedo, casi saltó, con excesivo ímpetu. Se estrelló contra el canalón, que retumbó, pero no se soltó. Luego, mientras se estabilizaba, de repente la soga se rasgó.

—¡No!

Tamar cayó y se estampó violentamente contra el suelo. Gritó de dolor.

Raquel cerró los ojos, conmocionada, al ver que su amiga tenía la pierna izquierda, por encima del tobillo, totalmente doblada. Pero reaccionó enseguida y la agarró por las axilas, tratando de incorporarla. De cerca reparó en que la piel de la pierna estaba desgarrada por una esquirla de hueso. Contuvo las náuseas y la levantó.

Tamar gemía y gritaba.

—¡Calla, no grites! —le dijo Raquel. Luego la arrastró hacia el murete—. Lo hemos conseguido —le decía entretanto—. Lo hemos conseguido. Aguanta.

—¡Se escapan! —se oyó gritar en ese momento por encima de sus cabezas.

Raquel vio a Adelina, atraída por los gritos de Tamar, asomada a la ventana de la cocina, en la primera planta.

—¡Se están escapando por detrás! —gritó Adelina, y corrió hacia el interior.

—¡Venga, lo hemos conseguido! —repetía Raquel al tiempo que arrastraba a Tamar—. ¡Lo hemos conseguido!

Se encontraban a menos de dos pasos del murete, cuando Raquel oyó que la puerta que daba al patio se abría. Y los gritos de unos hombres que llegaban y el chirrido de las ruedas del coche del Francés en el asfalto, largándose.

—¡No! —gritó Raquel.

En un abrir y cerrar de ojos, tres hombres armados con sendos puñales aparecieron en el patio y las rodearon.

Amos llegó tras ellos, seguido por otros dos hombres. Se acercó y, con suma lentitud, se sacó el puñal de la correa. Tenía los labios fruncidos en una sonrisa feroz. Cruel. Miró a las dos chicas en silencio. Luego agarró el rostro de Tamar, que seguía gimiendo, le puso la punta del puñal en el pómulo y, con un movimiento rápido, hacia abajo, le desgarró la mejilla hasta la mandíbula.

—Ya estás marcada, puta. Te lo has buscado.

Tamar gritó de dolor mientras la sangre le chorreaba hasta el cuello.

Raquel se arrojó sobre Amos.

Amos le dio tal patada que la tumbó al suelo.

—Tú no tendrás su misma suerte —le dijo con una voz que helaba la sangre mientras se limpiaba la hoja ensangrentada en los pantalones—. Hoy dejarás de sufrir en este valle de lágrimas. —Se dirigió a sus hombres—. Sujetadla con fuerza mientras le abro la barriga.

Dos hombres agarraron a Raquel de los brazos.

Raquel estaba aterrorizada. Miró a Tamar.

Amos dio un paso hacia ella, con una mueca diabólica y los ojos entornados, apuntándole al vientre con la navaja.

—Voy a abrirte hasta la garganta ese chochito inútil que tienes.

De repente, Tamar se puso en pie con un grito terrorífico, y se interpuso entre Raquel y la navaja, en el preciso instante en que Amos arremetía. Y le hundió la hoja a ella.

Amos, desconcertado, dio un paso atrás.

Los dos hombres, sorprendidos, soltaron a Raquel.

Mientras ella caía, Tamar volvió la cabeza hacia su amiga, con la boca abierta.

—Hu...ye... —balbució, con la sangre brotándole del cuello—. Huye..., erizo...

—¡No! —gritó Raquel.

La miró con los ojos empañados de lágrimas, y recordó a su

padre. Él también le pidió que huyera, ya moribundo. También de su cuello manaba sangre.

Solo vaciló un instante, pero enseguida, más rápida que los otros, llevada por un terror ciego, corrió hacia el murete y saltó al otro lado. Sin embargo, cuando aún no había llegado al suelo, una mano la agarró.

Adelina había bajado corriendo la escalera, salido por la puerta principal y rodeado el edificio.

—¡La he atrapado, Amos! —exclamó con voz victoriosa—. ¡Yo he atrapado a esta puta!

Raquel la miró. Le vio la cicatriz de la mejilla. En otro momento ella también había intentado escapar. Y ahora era la mano del diablo.

—¡No! —resonó una voz imperiosa sobre sus cabezas.

Todos alzaron la mirada. Durante un instante, el tiempo pareció detenerse.

Libertad estaba asomada a una ventana, desnuda, con los brazos abiertos, como una santa, con la larga melena rubia desgreñada.

—¡No! —gritó otra vez—. ¡Es tu única oportunidad! ¡No la desaproveches!

Luego el cliente que estaba con ella en la habitación la agarró del pelo.

—Huye..., erizo... —dijo Tamar con las últimas fuerzas que le quedaban desde el otro lado del murete—. Huye... por mí...

La ira cegaba a Raquel. Todo su miedo desapareció de repente.

—¡La puta eres tú! —gritó a Adelina con las venas del cuello a punto de reventarle.

Le atizó un puñetazo en la cara con todas sus fuerzas, como había visto hacer a los hombres de su aldea cuando se peleaban. Notó que el cartílago de la nariz de Adelina crujía bajo sus nudillos.

Adelina se encogió en el suelo gimiendo.

—¡Detenedla! —ordenó Amos.

Dos hombres saltaron al otro lado del murete.

—¡La puta eres tú! —volvió a gritar Raquel a Adelina, y le dio una patada en el vientre.

Luego echó a correr.

Por la vida. Por la libertad.

Por Tamar.

Y porque era su única oportunidad.

29

—¿Lo hueles ya?
—¿Qué?
—Aquí empieza.
Rosetta percibió un olor acre y penetrante en el ambiente.
—*El hedor de la muerte* —dijo la mujer que estaba sentada a su lado en el *tranvía*.
Rosetta vio por la ventanilla un montón de gaviotas y cuervos volando en círculo en el cielo, como buitres.
Esa mañana la mujer, que se llamaba Carmela, le había dicho:
—Has de tener estómago para trabajar en el *matadero*.
—¿Qué es el *matadero*?
—El sitio donde se sacrifica el ganado.
—Tengo estómago —había respondido Rosetta.
Carmela tenía el vientre tenso por un embarazo avanzado. Ya no podía trabajar. Y Rosetta iba a reemplazarla.
—Nos apeamos aquí —dijo Carmela.
Rosetta bajó del *tranvía* detrás de ella.
Cuando llegaron a un enorme espacio con muchas naves, Rosetta se quedó atónita. Por la pestilencia que había y por lo que estaba viendo. En perfecto orden geométrico, unos postes de madera hincados en el suelo sostenían varios travesaños, también de leño. A primera vista, parecía ropa tendida secándose al sol. Pero Rosetta se dio cuenta de que eran pieles de animales. De vacas, sobre todo. Cientos de ellas. Al avanzar, notó que el suelo crujía. Tenía un color oscuro muy raro. Con una sensación

extraña en el cuerpo, poco más allá se percató de que era una capa de sangre endurecida mezclada con tierra. Vio que en algunos lados, donde estaba agrietada por el paso de los carros, era muy gruesa.

—*El hedor de la muerte...* —murmuró.

—Algunos se acostumbran —dijo Carmela—. Yo nunca he podido. —Señaló un punto indeterminado, hacia el sur, sobre el cual volaban las gaviotas y los cuervos—. Casi toda la peste procede de la basura municipal. Aquí tiran los animales muertos y dejan que se pudran. Y más abajo, en el Riachuelo, están las curtidurías. Mierda química. —Señaló una nave con la cubierta de metal oxidado—. Hemos llegado. *El matadero número cinco.*

Mientras entraban en la nave Rosetta oyó mugir a cientos, quizá miles de animales, y se estremeció.

Carmela fue hasta una pequeña oficina, llamó y entró.

—*Buenos días*, Bonifacio —saludó a un hombre de aspecto antipático—. Ella es mi sustituta. —Señaló a Rosetta—. Se llama Lucia Ebbasta.

Rosetta sonrió al oír su nuevo nombre, inventado por Tano y certificado por los documentos falsos que el Francés le había entregado.

Bonifacio tomó un sobre y lo tendió hacia Carmela, dejando la huella de un dedo manchado de sangre en el papel.

Mientras Carmela contaba el dinero de su última paga, Bonifacio observó a Rosetta. Luego asintió sin hablar.

—Ven, te enseñaré qué tienes que hacer —dijo Carmela a Rosetta.

Llegaron a una puerta de hierro.

—Tú estás aquí dentro. —Le señaló otras tres puertas—. Cuatro cámaras, cuatro mujeres de la limpieza. Nos llaman «las señoras de la sangre».

Cuando Carmela abrió la puerta, una corriente de aire frío las abofeteó. Dentro, en mesas de aluminio, una treintena de carniceros despiezaban vacas. Todos dejaron de trabajar y se quedaron mirando a Rosetta.

Carmela sacó dos cubos, una escoba y un trapo de un trastero, y le señaló el suelo de baldosas manchado de sangre y restos de carne.

—No es un trabajo en el que haya que pensar. Solo tienes que limpiar sin parar —le dijo—. Recoges los restos y los metes en el cubo. Luego empapas el trapo en el otro cubo y friegas el suelo. Fácil, ¿no?

Rosetta asintió.

—Fácil y asqueroso —puntualizó Carmela. Miró a los carniceros—. No echaré de menos este sitio. Tampoco a vosotros...

Los carniceros siguieron partiendo carne, sin reír.

Rosetta se puso a limpiar el suelo con la cabeza gacha. Una vez que llegó al fondo, se volvió y vio que el suelo estaba de nuevo impregnado de sangre y desechos. Así que volvió a empezar, sin parar, hasta que sonó la sirena del descanso para almorzar. Cuando fue a agacharse para ordenar sus trastos, notó que una mano le tocaba las nalgas. Se enderezó, con la cara roja.

—Bonito culo —dijo un tipo con la cara picada de viruela—. Carne firme, de excelente calidad italiana.

Todos los carniceros estallaron en risotadas cuando salían de la cámara.

Rosetta se quedó inmóvil, sin saber qué hacer. Luego, al otro lado de la puerta, vio a las otras tres señoras de la sangre. Salió y las acompañó a la calle, donde las mujeres se sentaron en un murete al sol. Rosetta se les acercó.

—¿Puedo estar con vosotras? —preguntó.

—Ven. Caliéntate los huesos a nuestro lado —dijo una. Tenía unos treinta años y el pelo del color de las zanahorias.

Otra, también treintañera, tenía rasgos angulosos, como tallados en piedra. Sobre el labio superior le crecía una densa pelusa negra, casi un bigote de adolescente. Pero su pelo era rubio platino. No cabía duda de que se lo teñía.

La tercera tenía menos de veinte años. Era flaca, de tez muy pálida y profundas ojeras que enmarcaban unos ojos grandes, ingenuos y asustados, de cervatillo. Se llamaba Dolores, y a Rosetta enseguida le inspiró ternura.

Comieron en silencio y media hora después la sirena avisó de que el descanso había concluido. Rosetta notó que Dolores era la última en levantarse del murete y la que iba más despacio a su cámara. Y vio que miraba con inquietud al carnicero de la cara picada de viruela.

A las seis, un nuevo sonido de la sirena anunció el final del turno de los carniceros. Rosetta, en cambio, al igual que las otras tres señoras de la sangre, tuvo que quedarse un rato más para limpiar las mesas y los cuchillos.

Llegó a casa muerta de cansancio, con la espalda muy dolorida.

—¿Cómo ha ido? —le preguntó Assunta.

—Estupendamente —respondió Rosetta.

En cuanto terminó de cenar, se tumbó en la cama y se durmió casi enseguida, sin oír las notas del tango que Tano tocaba en la calle. Aún tenía impregnado en la nariz el olor a sangre y carne descuartizada.

Al día siguiente tomó el *tranvía* y llegó puntual al matadero. Una docena de estibadores, con trapos empapados de sangre sobre los trajes de faena, estaban dejando cuartos de vaca en las mesas. Los carniceros esperaban afilando los cuchillos. Cuando la vio, el carnicero con la cara picada de viruela le guiñó un ojo.

Rosetta trabajó sin levantar la cabeza de la sangre que había en el suelo hasta la hora del almuerzo, confiando en que el carnicero la dejase en paz.

Cuando llegó la hora del descanso, salió a la calle, con ganas de sentarse al sol y estar con las otras tres mujeres. Pero en el murete encontró solo a Pelo de Zanahoria y a la rubia platino.

—¿Dónde está Dolores? —preguntó.

Ninguna de las dos mujeres respondió.

Al cabo de un cuarto de hora, Dolores apareció. Tenía unas ojeras todavía más profundas que las del día anterior. Y brillaban con unas lágrimas mal enjugadas. Caminaba agachada, con los brazos pegados al cuerpo y las manos cruzadas sobre el pecho. Se sentó en medio de las otras dos, en silencio. Ellas tampoco dijeron una sola palabra.

Rosetta estaba perpleja.

—¿Qué pasa?

Dolores se estremeció, y contuvo un sollozo.

—¡He traído *dulce de leche*! —exclamó entonces Pelo de Zanahoria con fingida alegría, dirigiéndose a Dolores—. Come, está rico.

La chica comió mirando al suelo. Parecía hambrienta.

Entonces apareció el carnicero de la cara picada de viruela. Se juntó con sus compañeros y, riéndose, prendió un cigarrillo.

—¿Quién es ese? —preguntó Rosetta.

—Procura mantenerte lejos de él —dijo Pelo de Zanahoria.

Rosetta reparó en que Dolores se encogía.

—¿Quién es? —repitió.

—Se llama Leandro —contestó la rubia platino—. Es el jefe de los *carniceros*. Es el que trata con Bonifacio y hace que se respeten sus derechos.

—¿Y qué más hace? —preguntó Rosetta—. A mí me tocó el culo.

Pelo de Zanahoria y la rubia platino no dijeron nada.

Pero Rosetta notó que Dolores trataba de empequeñecerse más.

Esa noche, al acostarse en su cuarto de planchas metálicas, se sintió molesta. Pero no por la peste de la carne y la sangre que no podía quitarse de encima. Era algo que se le escapaba. Trató de pensar en Rocco y en su beso, como hacía cada noche, imaginándose el día en que se encontrarían. Sin embargo, su mente volvía a Dolores, a sus profundas ojeras, a su aspecto enfermizo, a esa expresión triste que llevaba perennemente tatuada en el rostro.

Los días siguientes todo transcurrió con normalidad en el matadero, y Rosetta, durante el descanso de la comida, se encontraba siempre en el murete con Dolores, Pelo de Zanahoria y la rubia platino. Dolores parecía más serena.

Hasta que un viernes Dolores llegó otra vez tarde al murete. Y de nuevo tenía esa expresión un poco triste y un poco desesperada.

Rosetta vio una rayita de sangre en el flaco tobillo de la chiquilla.

—¡A ver! —exclamó—. ¿Qué pasa?

—¡Déjalo! —dijo la rubia platino, levantándose y marchándose.

Pelo de Zanahoria permaneció en silencio, luego también se fue.

Enseguida Dolores quiso seguirlas, pero Rosetta la agarró de una muñeca y la retuvo.

—¿Qué pasa? —le preguntó con ternura.

Los ojos de cervatillo se llenaron de lágrimas.

—He de irme —dijo Dolores, y se fue corriendo.

Terminado el turno, Rosetta llevó aparte a Pelo de Zanahoria y le preguntó de nuevo.

—¿Qué pasa?

—Olvídalo. Es un asunto feo —respondió Pelo de Zanahoria—. Pero nosotras no podemos hacer nada.

—¿Qué quieres decir?

—Quizá lo empeoraríamos todo —le advirtió Pelo de Zanahoria meneando la cabeza—. Y Dolores no se lo puede permitir.

—¿Por qué? —preguntó Rosetta, que no se resignaba.

—¡Olvídalo! —exclamó Pelo de Zanahoria—. Si quieres hacer algo por ella, tráele comida —añadió antes de marcharse.

En el *tranvía* de vuelta a casa, Rosetta no podía dejar de pensar en Dolores. Era como si estuviese unida a esa chiquilla por un hilo grueso y resistente. Pero seguía sin comprender el motivo.

Al día siguiente, cuando sonó la sirena del almuerzo, impulsada más por un instinto que por un razonamiento, fue a la cámara número dos, donde trabajaba Dolores. Estaba delante de la puerta echando una ojeada hacia el interior cuando una voz, detrás de ella, dijo:

—Date un paseo, culo bonito.

Luego Leandro entró en la cámara.

Pero antes de que cerrara la puerta, Rosetta alcanzó a ver la mirada asustada y espantada de Dolores. Fue un instante. Un instante en el que comprendió perfectamente la naturaleza del hilo que la unía a aquella chiquilla. Un instante en que se vio reflejada en Dolores como en un espejo. Un instante en que sintió las manos de sus violadores encima de ella, y sus jadeos, y la fuerza con que la penetraban y el fango con que la habían ensuciado. Un instante en que la razón, el miedo, la prudencia dejaron de existir.

Irrumpió en la cámara hecha una furia.

Leandro había empujado a Dolores a una mesa. La chica estaba agarrada a un cuarto de vaca, con la cara apoyada en la carne descuartizada. Leandro le levantó la falda, y él se desabotonó los pantalones.

—¡No! —gritó Rosetta. Casi sin darse cuenta de lo que hacía, asió un cuchillo de la mesa—. ¡Suéltala, cerdo!

Dolores la miró con las profundas ojeras inundadas de lágrimas.

—¡Suéltala o te rajo!

Leandro se volvió con indolencia, sin abrocharse la bragueta, desafiante. Esbozó una sonrisa maliciosa mirando el cuchillo.

—Yo te pondría otra cosa en la mano —soltó riendo.

Entretanto, llegaron otros dos carniceros.

—Cerrad la puerta —dijo Leandro—. Corrámonos una juerga...

Uno de los dos hombres avanzó hacia Rosetta con las manos hacia delante.

—Eh..., tranquila...

Rosetta lo amenazó con el cuchillo, con los ojos inyectados en sangre y la boca contraída en una mueca agresiva. Jadeaba y el corazón le latía con fuerza. Pero se dio cuenta de que no tenía miedo.

El hombre se detuvo enseguida.

—Vámonos —dijo al otro—. No quiero líos.

—¿Temes a una mujer? —Leandro sonrió. Dio un salto hacia Rosetta, como un gato que jugara con un ratón.

Rosetta rasgó el aire con una cuchillada violenta y rápida. La hoja pasó a pocos centímetros del pecho de Leandro, que saltó hacia atrás.

—Puta —rezongó.

—Vámonos, no quiero líos —repitió uno de los carniceros.

Leandro señaló con un dedo a Rosetta, con los ojos entornados.

—Te lo haré pagar, puta. Te arrepentirás.

Los dos carniceros salieron de la cámara obedeciendo un gesto de Leandro.

En cuanto se quedó sola, Rosetta soltó el cuchillo y empezó a temblar como una hoja.

—Asquerosos... —murmuró mientras los ojos se le llenaban de lágrimas de rabia y se acercaba a Dolores—. Asquerosos... Asquerosos... Asquerosos... —siguió repitiendo a la vez que le bajaba la falda.

La abrazó y la llevó al murete, donde Pelo de Zanahoria y la rubia platino estaban almorzando. Hizo sentar a Dolores, y miró fijamente a Pelo de Zanahoria y a la rubia platino.

—¿Cómo podéis permitirlo? —les echó en cara.

Pero los carniceros ya sabían lo que había ocurrido y muchos de ellos se habían congregado fuera y las miraban. Y luego apareció Leandro con una sonrisa malévola en los labios.

Poco después Bonifacio se acercó a Rosetta y le dijo:

—Estás despedida.

Rosetta abrió mucho los ojos.

—¿Por qué me despides? —preguntó pasmada.

—Porque creas problemas con los carniceros —respondió Bonifacio.

—¿Yo?

—Algunos se han quejado.

—¡Y sé quiénes han sido! —dijo Rosetta, furiosa.

—Esto es lo que te corresponde hasta ayer. —Bonifacio contó unos billetes—. Hoy no te pago porque no has terminado tu trabajo.

—¿Tú sabes lo que le pasa a esta pobre chica? —preguntó Rosetta.

—No, por favor... —murmuró Dolores.

—Yo me ocupo de las nóminas y de los quintales de carne que

hay que despachar todos los días —respondió Bonifacio. Pero se le notaba incómodo.

—Te ocupas solamente de la carne de vaca, claro —gruñó Rosetta—. Otro tipo de carne no es asunto tuyo.

—Por si todavía no te has dado cuenta, el matadero depende de los *carniceros*, no de ti —dijo Bonifacio, aparentemente sin alterarse. No obstante, su tono era menos huraño, como si estuviese tratando de justificarse.

Rosetta tomó el dinero que Bonifacio aún le tendía.

Luego se volvió hacia Dolores.

—Vente conmigo —le dijo.

La chica la miró con sus ojazos.

—¿Para hacer qué?

—No lo sé —respondió Rosetta—. Ya encontraremos algo.

Dolores meneó la cabeza en una negativa muda.

—No puedo quedarme sin trabajo. Sin mi dinero, mi padre se moriría de hambre. —Se arrodilló delante de Bonifacio, le tomó la mano y se la besó—. No me despida, señor, por favor…

Bonifacio apartó la mano, molesto y abochornado.

—No quiero líos.

—Por favor… —gimoteó Dolores—. Por favor.

—De acuerdo —dijo Bonifacio mientras sonaba la sirena que avisaba del fin del descanso—. ¡Al trabajo! ¡Todo el mundo! —ordenó.

Cuando los carniceros se iban, Rosetta se subió al murete.

—¿Estáis orgullosos de lo que habéis hecho? —gritó.

Los carniceros se detuvieron. Algunos la miraron, pero casi todos mantenían la vista en el suelo.

—Os creéis toros. Pero no sois más que bueyes —continuó Rosetta con los puños apretados—. Si os hurgasen por dentro de los pantalones, no os encontrarían ni pizca de huevos.

—¿Quieres comprobarlo tú misma? —se burló Leandro, y se llevó una mano a la bragueta.

Pero ninguno de los otros carniceros se rio ni levantó la mirada.

—Gusanos —dijo Rosetta. Clavó los ojos en Leandro, rebosando dignidad. Una ráfaga de viento le alborotó la melena negra—. Y tú eres el más gusano de todos.

Bajó del murete e hizo una caricia llena de compasión a Dolores. Luego se marchó.

Y en medio de aquel silencio solo se oyó el crujido de sus pasos por la vieja y gruesa capa de sangre que recubría aquel mundo de muerte.

30

Amos estaba sentado en su pequeño salón privado del Chorizo con la vista gacha, meditabundo, como esperando algo.

Delante de él se encontraba Adelina, con la nariz hinchada por el puñetazo de Raquel y sobre ella un trozo de tela para que no sangrara.

A un lado había dos hombres, de guardia.

Ni los hombres ni Adelina se atrevían a decir nada.

Poco después, la puerta del salón se abrió y aparecieron otros dos tipos. Miraron a Amos y le hicieron un gesto afirmativo.

—¿Riachuelo? —preguntó Amos.

—Nueva Pompeya, entre dos curtidurías —asintió uno de los hombres.

—¿Le atasteis una piedra al cuello? —preguntó luego Amos.

—No hacía falta —contestó el mismo hombre—. Hay más ácido que agua en ese lugar. Esa puta se disolverá en un santiamén.

—Buen trabajo. Podéis marcharos —dijo Amos, y siguió mirando el suelo mientras los dos tipos que habían tirado el cadáver de Tamar en el Riachuelo salían y cerraban la puerta.

Adelina y los otros dos hombres seguían callados.

Amos meneó la cabeza y suspiró. Entonces miró a la mujer.

—Amos... —dijo Adelina.

Este se llevó el índice a los labios, mandándola callar.

Adelina obedeció. En sus ojos se reflejaba el miedo.

—Tendría que haberla vendido —dijo Amos con su voz profunda, mirándola—. Si lo hubiese hecho, ahora tendría tres mil pesos en el bolsillo, no habría necesitado hacer desaparecer un cadáver y no habría un montón de putas del Chorizo queriendo escapar. ¿Eh, Adelina? ¿No es verdad que tendría que haberla vendido, y eso que era una preciosidad?

Adelina sabía que ninguna respuesta que pudiera dar serviría. Eso lo había visto demasiadas veces. Agachó la frente.

—Mírame —dijo Amos con dureza.

Adelina lo miró, todavía más asustada.

Amos negó con la cabeza.

—¿Sabes por qué te lo pregunto? Pues porque alguien a lo mejor podría preguntarme: si tienes que vender tus putas, ¿para qué quieres a Adelina?

Adelina no se movía.

—Pero lo más grave es que por Buenos Aires anda una chiquilla que podría acusarme de homicidio —dijo con voz grave—. ¿Recuerdas quién es…, mejor dicho, quién era… Levi Yaacov?

Adelina recordaba bien la historia de ese proxeneta. Dirigía uno de los burdeles de la Sociedad Israelita de Socorros Mutuos, como Amos, y como él había matado brutalmente a una puta. Una de las chicas se escapó y fue a denunciarlo ante un magistrado. La Sociedad Israelita manejaba a la policía, a la magistratura y a muchos políticos. Pero no a todos. Y el azar quiso que ese magistrado fuese uno de los que no se dejaban corromper. Arrestó a Levi Yaacov y, temiendo que el caso se archivara, dio la noticia a un periódico. Hubo grandes titulares. La opinión pública se escandalizó. Y entonces la Sociedad Israelita se vio con las manos atadas. Levi Yaacov no podía defenderse. Y al día siguiente de que el proxeneta dijera, para que le redujeran la condena, que estaba dispuesto a facilitar nombres, apareció colgado en su celda. Y todo el mundo estaba convencido de que no había sido un suicidio.

Amos asintió. Sabía que Adelina recordaba todos los detalles.

—Hay personas honestas, por imposible que parezca. De modo que hasta una chiquilla insignificante como esa puede joderme bien si da con una así. Y es un riesgo que no puedo correr —concluyó, y se levantó.

Adelina tuvo la tentación de retroceder cuando se le acercó, pero se mantuvo firme.

Amos le acarició la mejilla marcada casi con dulzura.

—Tú también eras una chiquilla. —Sonrió con nostalgia—. Una chiquilla preciosa. —La abrazó y le revolvió el pelo con afecto—. Pero tuve que hacerlo. —La apartó de sí sujetándole el rostro entre las manos—. Con el tiempo lo has comprendido, ¿verdad?

Adelina tenía los ojos desorbitados por el miedo. Su huida duró menos de dos semanas. Y recordaba perfectamente el día que Amos la encontró y la marcó. Asintió despacio.

Él asintió también, y luego le tocó la nariz con delicadeza.

Adelina gimió.

—Te la ha roto —dijo Amos—. Esa chiquilla te ha roto la nariz. ¿Ves? Se dobla hacia aquí. —Le torció la nariz hacia la izquierda.

Adelina gimió más.

—En cambio, hacia el otro lado no se dobla —dijo Amos apretándole la nariz hacia la izquierda. Negó con la cabeza—. Qué pena. Puede que se te quede torcida. —Y, de repente, le atizó un fuerte puñetazo.

Adelina gritó y cayó al suelo.

—Levántate —le ordenó Amos.

Adelina obedeció.

La agarró de la barbilla y la miró satisfecho, sonriendo.

—Bien, ya está recta.

—Gracias... —murmuró Adelina.

—De nada —dijo Amos sin borrar aquella sonrisa terrorífica de su cara rolliza. Le pegó la boca al oído—. Pero como vuelva a pasar, cariño, ya no tendrás manera de agradecérmelo. Serás la primera que acabará en el Riachuelo. ¿Está claro?

—No volverá a pasar nunca.

—Buena chica —le susurró, y acto seguido le mordió la parte alta de la oreja hasta arrancarle un trozo.

Adelina gritó mientras Amos escupía el trozo de cartílago.

—Ahora ve a traerme esa que ya sabes —le dijo Amos, y se sentó.

No bien Adelina salió del pequeño salón, se dirigió a uno de sus hombres.

—Dame algo para que me enjuague la boca —gruñó con una mueca—. Coñac.

Pasaron escasos minutos y Adelina apareció empujando a la habitación a una chiquilla de quince años.

—¿Cómo te llamas? —le preguntó Amos.

La chiquilla no respondió.

—Libertad —contestó Adelina, que sujetaba sobre su oreja un pañuelo que iba enrojeciéndose de sangre.

—No te lo he preguntado a ti —le espetó Amos.

—No habla desde hace días —dijo Adelina—. Desde que la mandaste donde Tony Zappacosta.

—¿No habla? —exclamó Amos.

—No —respondió Adelina.

Amos la miró con dureza.

—De modo que no era ella la que gritaba desde la ventana cuando la chiquilla te atizaba puñetazos.

—Sí, pero...

—Pero ¿qué? —dijo Amos—. Una puta capaz de chillar también podrá hablar.

—Claro... —convino Adelina.

Amos miró a Libertad.

—Me acuerdo de ti —dijo—. Eres polaca. Y tus padres son muy codiciosos. —Se rio.

En el rostro de Libertad no se movió un solo músculo.

—Te vendían como si fueses un cabrito para asar —siguió provocándola Amos. Volvió a reírse—. Pero me saliste más barata que un cabrito.

Libertad no dijo nada ni se alteró.

Amos, que sí empezaba a alterarse, suspiró.

—Atiende, ¿sabes adónde ha ido esa chiquilla...? —Calló y miró a Adelina.

—Raquel —apuntó enseguida Adelina.

—Raquel —repitió Amos—. ¿Sabes adónde quería ir Raquel?

Libertad no se movió.

Amos resopló. Hizo un gesto a Adelina.

—La chica que duerme a tu lado ha confesado que Raquel fue a verte el día anterior —intervino entonces Adelina—. Y asegura que tú le contaste algo. ¿Qué quería saber? ¿Qué le dijiste? ¿Adónde quería ir?

Libertad siguió inmóvil. Parecía una etérea estatua viva.

Adelina le dio una bofetada.

—Idiota —le dijo Amos—. ¿No ves que la chiquilla es dura como el acero? Es polaca. ¿Crees que conseguirás que hable con un par de bofetadas? —Se rio—. Tendrás que cortarle un dedo para oír su voz —continuó. Miró a Libertad y observó su reacción—. O bien tendrás que arrancarle todas las uñas con unos alicates.

Libertad siguió sin reaccionar.

Amos volvió a reír.

—Me gustas, chiquilla. Eres francamente valiente —dijo. Se levantó y se le acercó.

A pesar de que sabía que Amos ya no quería hacerle nada a ella, Adelina retrocedió medio paso.

—Pero ni toda la valentía del mundo te servirá, te lo garantizo —dijo Amos con calma, pegado a Libertad—. Vas a decirme lo que quiero. Ahora o después de mucho dolor. —Le pasó una mano por entre los largos cabellos rubios, con mirada de enfado—. No te cortaré un dedo ni te arrancaré las uñas. Eres demasiado guapa y todavía tienes que ganar para mí mucho dinero. No quiero asustar a los clientes con tu aspecto… o molestarlos. —Le metió una mano en la boca—. Pero ¿aquí dentro quién te mira? —Sonrió—. Nadie. Será un trabajito limpio. Limpio y muy doloroso. —Le agarró la punta de la nariz entre los dedos índice y medio, doblados, como se hace jugando con los niños—. Si crees que no hay dolor mayor que ser traicionada por tus propios padres, te equivocas.

Por primera vez, Libertad se puso tensa, demostrando que esas palabras habían surtido efecto.

Amos le acarició el rostro.

—Pareces un ángel. —Luego se volvió hacia los hombres y les dijo—: Sentadla en esa silla y sujetadla bien. —Fue hacia la puerta, la abrió y llamó—: ¡Doctor!

Poco después apareció un anciano flaco, casi esquelético, con la cara arrugada y las manos huesudas y artríticas. Llevaba un maletín de médico tan deteriorado como él. Parecía nervioso y tenía los labios tensos en una especie de mueca permanente.

—Doctor, aquí está la paciente de la que le he hablado —dijo Amos—. Tiene una caries muy fea. Hay que trepanar. Hasta el nervio.

El doctor, como todos lo llamaban, sin que nadie hubiese sabido nunca su verdadero nombre, asintió.

—¿Tiene algo para este temblor en las manos, señor Fein? —preguntó nerviosamente.

Amos lo miró sin ocultar su desprecio. Abrió un cajón y tendió al viejo una jeringa ya preparada.

El doctor la tomó con ojos brillantes, se remangó la camisa, sacó un cordón del maletín, se lo ató con fuerza al brazo izquierdo y, con pericia y apremio, una vez que encontró la vena con la aguja, se inyectó el líquido ambarino contenido en la jeringa. Luego cerró los ojos, y en un instante su respiración se tornó profunda y regular.

—¿Qué pasa con esa caries? —dijo impaciente Amos.

El doctor sacó del maletín un fino taladro manual que no parecía nada limpio.

—Sujetadla bien —pidió a los dos hombres de Amos con voz ronca y en tono apático.

Uno de los hombres ató enseguida las muñecas de Libertad con sendas correas de cuero, que fijó acto seguido a los brazos de la silla. Entonces, por detrás y con rudeza, la rodeó con los brazos a la altura de los hombros para inmovilizarla. El otro hombre le abrió la boca y le metió, por un costado, el mango de un cuchillo. Le agarró la cabeza y se la inmovilizó también.

El doctor evitó mirar a Libertad a los ojos mientras le acercaba la punta del taladro a un premolar. Era algo que había aprendido hacía años. Si las personas no tenían ojos sino solo dientes, todo era más sencillo. Apoyó la punta en la base del premolar, de lado, y empezó a taladrar, lentamente.

En la habitación solo se oía el ruido del taladro sobre el diente.

Y también la respiración de Libertad, cada vez más jadeante. Y olía a hueso quemado.

Por fin, la chiquilla lanzó un desesperado grito de dolor.

El taladro había llegado al meollo del nervio.

El doctor se hizo a un lado y dio a Amos un instrumento de hierro pequeño y puntiagudo.

Libertad tenía los ojos muy abiertos y llenos de lágrimas.

Amos meneó la cabeza.

—¿Entiendes a qué me refería? —le preguntó en tono amable, como si realmente le tuviese cariño—. Y bien —dijo sentándose a su lado—, ¿charlamos un poco?

Libertad no movió un músculo.

—¿Cómo te llamas? —le preguntó Amos.

Libertad no contestó.

Amos suspiró y acercó el hierro al agujero que el doctor había hecho. Colocó sobre él la punta y la introdujo un poco.

Libertad gritó.

Amos retiró el instrumento.

—¿Cómo te llamas? —le preguntó de nuevo.

A Libertad le costaba respirar, tenía las narinas dilatadas. Su mirada reflejaba el dolor que estaba experimentando. Pero no habló.

Amos metió más el hierro. Con más fuerza. Y lo dejó así más rato.

Libertad gritó y gritó y gritó, con el cuerpo tenso. Cuando Amos le sacó el hierro, casi se desplomó sobre la silla.

Amos le acarició su bonito pelo.

—¿Cómo te llamas? —repitió.

Las mejillas claras y tersas de Libertad estaban impregnadas de lágrimas.

—Liber... tad... —farfulló, con el mango del cuchillo entre los dientes.

Amos asintió. Con un gesto, ordenó al hombre que le sacara el mango de la boca.

Los ojos de Libertad destilaban un dolor desgarrador. En el cuerpo y en el alma.

—Black Cat… —murmuró—. Francés…

Amos le sujetó el rostro entre las manos.

—Mi pequeña Libertad… —le susurró con ternura—, a veces no me queda más remedio que hacer cosas malas. —Le sonrió con una expresión llena de compasión—. Pero no olvides jamás que todas vosotras sois para mí como mis propias hijas. —Y le dio un beso en la frente con conmovedora dulzura.

31

—¡Cobarde! —gritó Raquel en cuanto entró en el Black Cat, todavía sin aliento por la carrera—. ¡Cobarde! —repitió, rabiosa y con los ojos arrasados en lágrimas.

Al amanecer, el Black Cat estaba casi vacío. No había más que un par de clientes con aspecto de haber trasnochado. Y camareras con uniforme de muñeca, falda cortísima y maquillaje ajado.

—¿Qué quieres, chica? —le preguntó el Francés en tono duro.

—Ha muerto —susurró Raquel.

Algo en la expresión del Francés cambió. Le lanzó una mirada rápida a Lepke.

—Amos la ha matado... —continuó Raquel—. Nos abandonaste... y Tamar está... muerta. Huiste.

El Francés se puso de pie casi de un salto.

—Vete, chica —dijo en tono alarmado.

Raquel lo miró arrugando las cejas, como si no comprendiese qué le estaba diciendo.

—No vuelvas a aparecer nunca más por aquí —insistió Lepke, igualmente alarmado, y la empujó hacia la salida.

—¡Largo! —le gritó el Francés.

Raquel dio un salto hacia atrás, asustada. Había ido al Black Cat porque era el único sitio que conocía en Buenos Aires. Quizá porque se había imaginado que podrían esconderla allí.

—¿Y adónde voy? —dijo con un hilo de voz y los ojos muy abiertos.

—Me da igual —respondió el Francés—. Amos estará buscándote ya. Eres una apestada. Eres una muerta andante. Estás desahuciada, chiquilla. Y si Amos averigua que yo os ayudaba, también estaré muerto. Los *poláks* son unos asesinos. —Metió una mano en su bolsillo y sacó un fajo de billetes. Le tendió cuatro—. Veinte pesos. Desaparece.

Raquel tomó los billetes, pero siguió allí.

Entonces Lepke la agarró del cuello y la echó del Black Cat mientras el Francés le gritaba:

—¡Como vuelvas, yo mismo te entregaré a Amos!

Raquel huyó aterrorizada. Y luego, en un callejón oscuro de aquella ciudad inmensa y desconocida, murmuró:

—¿Qué debo hacer, padre?

Se buscó el libro de plegarias, pero no lo llevaba encima. Con un sobresalto, comprendió que lo habría perdido mientras corría. Ahora sí que no tenía nada. Una sensación de muerte le doblo sus endebles piernas. Se dejó caer al suelo, con la cabeza vacía, como si la vida hubiese dejado de circularle por las venas. Y perdió la noción del tiempo.

Hasta que un golpe seco y doloroso en el hombro la despertó de su pesadilla sin pensamientos.

—¡*Vete, atorrante!* —chilló un policía, a punto de pegarle otra vez con su porra.

Raquel se levantó enseguida, asustada, y corrió.

Fue de un lado a otro hasta que llegó a la orilla del Río de la Plata. Se acercó a las aguas cenagosas que discurrían lentas.

«Nada por mí», le había dicho Libertad, pero Raquel no comprendió el sentido de esas palabras.

—¿Por qué me salvó, padre? —preguntó pensando en su huida, cuando pudo haber muerto congelada, o en el sueño en el que él se le aparecía. Si se hubiese muerto, no habría conocido las violaciones de las chicas en el buque, ni el suicidio de Kailah ni el sacrificio de Tamar. No habría sabido hasta dónde podía llegar la crueldad de los hombres—. ¿Por qué me salvó, padre? —repitió en un amargo tono de reproche.

—¡Ah! —exclamó una voz detrás de ella—. ¡Fíjate qué maravilla!

Raquel vio a una vieja mendiga, sucia, vestida con harapos, con los zapatos con las puntas recortadas que dejaban al aire los dedos de los pies hinchados y enrojecidos. Arrastraba un carrito hecho con una caja de cartón y unas ruedas rojas sacadas de algún juguete roto.

La anciana se acercó a un árbol gigantesco repleto de racimos de flores de color violeta y se abrazó al tronco, como si hubiese encontrado a un viejo amigo. Luego reparó en Raquel.

—¡Qué maravilla! —le dijo dando palmadas cariñosas al tronco del árbol—. No hay nada más bonito en el mundo que este jacarandá, ¿verdad? —Se rio feliz, mostrando una dentadura con más agujeros que dientes.

Raquel se le acercó, como atraída por un imán.

—Cada invierno creo que no llegaré a verlo florecer —dijo la vieja, hablando con esa confianza que solo los mendigos son capaces de mostrar con los extraños—. ¡Pero aquí estoy! —Volvió a abrazar el tronco—. Y siempre me digo que merecía la pena seguir viva. Por estas flores. —Sonrió de nuevo a Raquel—. ¿No te parece que son lo más bonito del mundo?

—Sí… —respondió Raquel.

—Si supieses lo maravilloso que es pasar aquí la Navidad… —La mendiga se rio. Los ojos le brillaban—. Juntos él y yo con una botella de aguardiente. —Se acercó los dedos a los labios y lanzó un beso al aire—. No falta mucho para la Navidad, ¿sabes?

Sacó un periódico de un cubo de basura y se sentó en un banco a la sombra del árbol, quejándose de lo mucho que le dolía la rodilla. Alisó el papel estrujado y se puso a mirarlo.

Raquel, sorprendida, se le acercó otra vez.

—¿Puedo sentarme? —le preguntó.

La mendiga no respondió, concentrada en el periódico.

Raquel se sentó.

La atraía esa vieja que la había sacado de sus pensamientos angustiosos.

—¡Fíjate en esto! —exclamó la mendiga al tiempo que golpeaba con el dorso de la mano en un artículo—. Sin duda Dios tiene pensado algo especial para ese chiquillo —dijo—. «Dos dinamiteros anarquistas revientan en su casa —leyó muy concentrada—, y destruyen el hogar en el que vivían otras tres familias, en Rosario. Once muertos.» —Se volvió hacia Raquel con los ojos muy abiertos, que luego fijó en el artículo—. Escucha esto —le pidió—. «Pero cinco días después hallan vivo al hijo de los anarquistas.» —De nuevo miró a Raquel—. ¿Te das cuenta? Cinco días debajo de los escombros, sin agua ni comida... y él seguía vivo. ¡Un niñito de cinco años! ¡Me cago en la puta! —Se rio y asintió—. Sí, sin duda Dios tiene pensado encargar a ese chiquillo una tarea muy importante en la vida, ¿no crees?

«Parece imposible que esta vieja extravagante haya aparecido por casualidad justo aquí y hablando de estas cosas», pensó Raquel.

—Sí... —respondió.

—Sí —dijo la vieja. Y enseguida añadió, altanera—: Como a mí.

Raquel la miró.

—¿A usted...? ¿Qué le ha encargado a usted? —le preguntó.

La mendiga sonrió, mostrando las encías enrojecidas.

—Yo tengo que cuidar las flores de jacarandá —susurró como si fuese un secreto.

Dobló bien el periódico y lo guardó en su carrito improvisado. Luego, con enorme esfuerzo, se incorporó y acarició de nuevo un racimo de flores.

—¿Puedo acompañarla? —le preguntó instintivamente Raquel, aterrorizada ante la idea de quedarse sola con su angustia.

—¡No! —berreó en el acto la mendiga endureciendo de repente su expresión—. Quieres robarme.

—No... —dijo Raquel, pasmada.

—No te creo —rezongó la mendiga con voz antipática—. Además, si encuentro un mendrugo, no me apetece compartirlo contigo.

Dio media vuelta y empezó a arrastrar su carrito.

—Tengo dinero —le dijo Raquel, y sacó uno de los billetes que le había dado el Francés.

La mendiga, con una rapidez inesperada, se lo arrancó de la mano.

—¡Cinco pesos! —Se rio como si hubiese encontrado un tesoro—. Bueno, ahora puedo compartir una comida contigo —dijo como concediéndole un gran honor—. Pero el dinero me lo quedo. —Y rápidamente se lo guardó.

—De acuerdo —dijo Raquel. Estiró una mano hacia el asa de madera del pesado carrito—. Deje, yo se lo llevo.

—¡No! —La mendiga se apartó—. ¡Ladrona!

—No soy una ladrona.

—No lo toques —dijo con hostilidad la vieja—. Es mío.

—De acuerdo... —repitió Raquel. Luego señaló un quiosco en la orilla del río—. Vamos ahí.

—Tonta. —La mendiga le hizo una mueca—. La gente como nosotras no va a los quioscos. Son muy caros. Eres tonta. La gente como nosotras come en un *boliche*.

—¿Qué es un *boliche*?

—Oye, no sabes absolutamente nada —gruñó la vieja—. Son tascas para pobres. Andando, tenemos que caminar un montón hasta el vertedero de Barracas. —Y se puso a andar con una lentitud exasperante.

Raquel la siguió en silencio, aturdida. Ya no le quedaba nadie en el mundo. Tampoco tenía el libro de plegarias. Quería morirse. Y luego de la nada había aparecido esa mendiga y le había dicho que vivir merecía la pena siempre. Porque había un plan detrás de cada vida. «A lo mejor también detrás de la mía», pensó. Una tímida sonrisa le iluminó el rostro mientras veía a la vieja tambalearse con su carrito de cachivaches. Y se sintió menos sola y asustada.

Cada vez que se cruzaban con alguien bien vestido la mendiga tendía la mano.

—Señor, deme algo, por caridad —gimoteaba—. Soy pobre y no tengo para dar de comer a mi niñita —añadía señalando a Raquel—. Fíjese en lo flaca y fea que está, señor. Ayúdeme.

Muchos seguían su camino, sin siquiera mirarlas. Otros se libraban de la calderilla que llevaban en los bolsillos.

—Antes, la gente era más generosa en vísperas de la Navidad —masculló la vieja—. Pero ahora, con tanto mierdoso inmigrante, hay demasiada competencia. Nos quitan el trabajo y también las limosnas. Yo los arrojaría al mar. —Escupió al suelo y siguió arrastrando el carrito.

Cada vez que encontraba un periódico viejo, lo recogía. Y cuando veía un policía, cambiaba de rumbo.

Entraron en Barracas después de caminar durante casi dos horas. Raquel calculó que si hubiese ido sola no habría tardado más de tres cuartos de hora.

La mendiga se dirigió hacia una casa baja, de una sola planta, con una cortina hecha jirones en la puerta de entrada.

—¡Ya sabes que no quiero verte aquí dentro, *bruja*! —le dijo en tono hostil una mujer gorda con las manos grasientas y un mandil manchado de salsa, impidiéndole el paso.

—¡Tengo dinero! —le respondió la mendiga, y agitó el billete de cinco pesos.

La gorda puso los ojos como platos.

—¿Dónde lo has robado? —le preguntó.

La mendiga escupió al suelo, llena de desprecio.

—¿Lo quieres o me lo gasto en un sitio mejor, gordinflona asquerosa?

La gorda se apartó.

—Entra —dijo—. Hoy tenemos fabada, *albóndigas*, tarta de pan rellena y *dulce de leche*. ¿Qué quieres?

—Todo —contestó la mendiga—. Para dos. Y para no pasar frío esta noche, tráeme una botella de aguardiente. Que no esté aguado.

—¿Quieres reventar, *bruja*? —exclamó la gorda.

—Hoy comemos. Mañana, quién sabe —respondió la mendiga mientras arrastraba su carrito hasta la mesa.

Luego, delante de todos los platos que había pedido, regañó a Raquel.

—Come despacio. Esa es la primera regla cuando llevas mucho tiempo sin meterte nada en la barriga.

Atardecía cuando salieron del *boliche*.

—Y ahora vamos al Grand Hotel —dijo la vieja con una sonrisa satisfecha—. Quien llega antes, mejor se hospeda.

Llegaron a un parque cuadrado. Raquel leyó que se llamaba parque Pereyra.

Había algunos bancos.

—¡Ah! —La mendiga se sentó con un suspiro.

Raquel miró a su alrededor.

—¿Dónde está el Grand Hotel? —preguntó.

La mendiga señaló el banco que estaba al lado del suyo.

—Aquí, tonta —le dijo—. Hemos llegado pronto y nos toca la suite presidencial —se burló.

Sacó varios periódicos y empezó a ponérselos debajo de la ropa. También dio un par a Raquel.

—Haz lo mismo que yo. Aunque estamos en verano, la humedad de la noche se te mete en los huesos.

—Querría el del niño que sobrevivió —dijo Raquel.

La mendiga se encogió de hombros.

—¿Qué más da?

—Me gustaría tenerlo —respondió Raquel.

La mendiga rebuscó en el carrito, encontró el periódico y se lo dio.

Raquel miró la cabecera de la primera página.

—«*La Nación*» —leyó en voz alta mientras se sentaba en su banco.

—¿Sabes leer? —La mendiga estaba sorprendida—. Hasta ahora yo era aquí la única que sabía. —Sacó la botella de aguardiente. La destapó y la olió—. ¡Ah! —dijo satisfecha—. No hay mejor bebida que esta. Te ayuda a digerir y te calienta el cuerpo, ya lo verás.

—Yo no bebo… —dijo Raquel.

La mendiga levantó un dedo.

—Si quieres sobrevivir en la calle, tienes que aprender a beber —sentenció—. Y ahora debemos brindar. No puedes negarte. Y ya que es una ocasión especial, vamos a sacar los vasos de plata. —Se rio. Rebuscó entre sus cachivaches del carrito y sacó dos latas de metal oxidado, en las que vertió aguardiente—. Salud —dijo—. Procura no cortarte los labios.

Raquel olisqueó el aguardiente. Olía a alcohol puro.

—¿Estás triste? —le preguntó la vieja.

—Sí —respondió Raquel con los ojos empañados de lágrimas.

Seguía recordando el rostro de Tamar moribunda, que se superponía al de su padre. Y las palabras del Francés la habían aterrorizado. Amos la buscaba para matarla. Y le había dicho que la encontraría.

—Pues bebe, tonta —dijo la mendiga—. Esto hace que te olvides de todos los pensamientos desagradables —añadió, y apuró de un trago su aguardiente.

Raquel bebió. Y enseguida se puso a toser, porque la garganta y el estómago le ardían.

La mendiga se rio y eructó. Sirvió otras dos dosis generosas de aguardiente.

—No quiero más... —se excusó Raquel.

—Si no bebes conmigo eres una traidora —le espetó la vieja.

Raquel bebió y volvió a toser. Pero menos que antes. Sintió que la cabeza le daba vueltas. Parpadeó.

—¿Estás mejor?

—Sí —respondió Raquel, aunque no era verdad. No le gustaba esa sensación. Se dio cuenta de que la mendiga la observaba.

—Otro trago —dijo la vieja—. Todo de golpe.

Raquel se lo tomó. Sintió que su voluntad vacilaba. Trató de ponerse de pie, pero se tambaleó y volvió a caerse al banco.

La mendiga se rio.

Y también Raquel empezó a reírse. Sin motivo.

—Estás mucho mejor, se nota. Ya te lo había dicho —sentenció la mendiga—. Ahora túmbate y duerme.

Raquel se echó. Cada vez que se movía, notaba que los periódicos que tenía entre la ropa crujían. Estaba mareada. En pocos minutos todo fue un caos. Las imágenes se le mezclaban en la cabeza. Pero la que más se repetía era la de la mendiga abrazando el tronco del árbol de jacarandá en flor. «Ha llegado en el momento justo», pensó con enorme lentitud, como si los pensamientos fuesen palabras difíciles de articular. Torció los labios en una sonrisa absurda al tiempo que le costaba mantener los ojos abiertos.

—¿La ha mandado... mi padre... a sal... varme? —masculló.
—Él en persona —respondió la mendiga.
—Us... ted es un án... gel..., ¿no?
La mendiga se tiró un pedo.
Luego Raquel, ya borracha, perdió el conocimiento.
A la mañana siguiente la despertó un persistente rayo de sol que se abrió camino por el follaje. La luz le hirió los ojos. Tenía una jaqueca espantosa. Le costó sentarse. Se llevó una mano a la barriga y de repente vomitó un líquido verdoso. La boca le sabía a rayos. Se volvió hacia el banco de al lado. La mendiga ya no estaba. Se había marchado.
Permaneció sentada, doblada en dos, con las ideas confusas, tratando de que le latieran menos las sienes. Se frotó los ojos. En cuanto se recuperó un poco, se dijo que necesitaba beber agua. Y tomar un café. Miró de un lado a otro. Vio un local abierto en el lado opuesto del parque. Se incorporó, con las piernas todavía tambaleantes. Antes de moverse, metió una mano en el bolsillo donde guardaba los quince pesos que le quedaban, pero estaba vacío. Rebuscó. A lo mejor se le habían caído. Miró debajo del banco. Nada. De golpe se sintió perfectamente despierta.
—¡Vieja asquerosa! —gritó al comprender qué había ocurrido.
La mendiga la había emborrachado y luego le había robado el dinero.
—Ángel..., ¡y una mierda! —volvió a gritar.
Con un furor que hizo que se le esfumara como por ensalmo la resaca de la borrachera, empezó a recorrer el barrio, tratando de reconstruir el camino que había hecho el día anterior para llegar hasta allí. Encontró el *boliche*. Y desde allí desanduvo el camino. Reconociendo de vez en cuando un edificio, una estatua o un cruce, en menos de una hora llegó a la orilla del Río de la Plata.
La mendiga estaba allí, abrazada al árbol de jacarandá.
—¡Ladrona! —le gritó Raquel, y fue hacia ella.
La vieja, al verla, quiso huir. Pero era lenta, y el carrito era un impedimento añadido.
Raquel la alcanzó en un instante. Furiosa, le dio un empujón y la tumbó al suelo.

—¡Ladrona! —volvió a gritarle, ciega de ira y como enloquecida.

La mendiga trató de defenderse dando patadas.

Pero Raquel era mucho más joven que ella. Le volcó el carrito.

La vieja se abalanzó sobre sus cachivaches, defendiéndolos con todas sus fuerzas.

—¡No! ¡No! ¡Son míos!

—¿Dónde está mi dinero? —le gritó Raquel, colérica. La apartó y se puso a rebuscar entre los cachivaches diseminados por el suelo—. ¿Dónde está? ¡Ladrona! —Se le echó encima y le rebuscó en el bolsillo. Encontró dos billetes de cinco pesos—. ¡Eran quince, no diez! ¿Dónde has metido los otros? ¡Responde o te mato!

—Me los he gastado —gimoteó la vieja, con las rodillas peladas.

—¡Ladrona! —le gritó Raquel. Luego se guardó los diez pesos en el bolsillo.

—Por favor... —La mendiga rompió a llorar como una niña, tendiendo las manos hacia Raquel—. Por favor... —Las lágrimas le caían por entre las arrugas y le llegaban hasta el cuello. La boca desdentada babeaba la barbilla—. Si me lo quitas..., moriré... —sollozó.

Raquel advirtió que en la pelea se le había caído un zapato. La vieja tenía la planta del pie llena de ampollas.

—Y si muero... el próximo año no podré ver las flores de jacarandá —dijo la mendiga con una expresión desesperada, casi de demente—. Por favor...

Raquel la miró en silencio al tiempo que tomaba conciencia de lo que acababa de hacer, al tiempo que comprendía que había desahogado toda su ira contra una anciana loca.

—No... —murmuró—, no va a convertirme en un animal. —Le tendió uno de los billetes.

—¡Que Dios te bendiga! ¡Que Dios te bendiga! —exclamó la mendiga asiendo el billete—. Eres un ángel.

Raquel le dio la espalda y se marchó con una profunda sensación de asco.

—En esta ciudad no hay sitio para los ángeles —dijo en voz baja.

32

Tony Zappacosta entró hecho una furia en el almacén, seguido por Bastiano.

—¿Qué te crees que haces? —chilló a Rocco.

—¿A qué se refiere? —preguntó Rocco sin comprender.

—Muy, muy conmovedor —continuó Tony con sarcasmo y mostrándose a la vez amenazador—. He sabido que salvaste a ese estibador muerto de hambre.

—Javier —lo ayudó Bastiano con el nombre.

—¿Qué carajo me importa cómo se llama? —le gritó Tony.

Bastiano bajó la cabeza.

—¿Quién te crees que eres? ¿Robin Hood? —prosiguió Tony, enfurecido.

Rocco lo miró en silencio, tranquilo.

—¿Quieres dejarme en ridículo? —dijo Tony—. Tú no comprendes las leyes de la selva.

—¿Qué selva? —preguntó Rocco.

—¡Esta! —gritó Rocco, irritado—. ¡Esta es la selva! —Agitó el puño delante de su cara—. Atiéndeme bien… Cuando el rey de la selva hiere a un animal y lo deja tirado, las cucarachas limpiadoras lo descarnan. Es el curso natural de las cosas. Así es como funciona y así es como tiene que funcionar. —Sus ojos eran ahora dos ranuras—. Mantente al margen. No te metas. Esto te queda demasiado grande. —Lo miró en silencio—. ¿Lo has entendido?

Rocco asintió.

—De todos modos, no tiene que preocuparse por mí —afirmó luego—. Ya le he dicho que me voy.

Tony pareció calmarse.

—¿De verdad que eres mecánico? —preguntó.

—Sí, claro —respondió Rocco.

—Esta mañana mi automóvil no ha arrancado —dijo Tony—. ¿Le echas un vistazo?

—¿Por qué no se lo pide a Cara de Perro?

—Te lo estoy pidiendo a ti —dijo Tony—. ¿Crees que podrás?

—No lo sé. Puedo intentarlo —respondió Rocco.

Tony fue hacia el Mercedes 28/50 PS, abrió el capó y se apartó mientras Rocco revisaba el motor.

—Trate de ponerlo en marcha —dijo Rocco.

Tony hizo lo que le pedía. El motor sonó, pero no arrancó.

Rocco revisó la zona del bloque del motor de cuatro cilindros en línea. Meneo la cabeza. Manipuló un instante y cerró el capó.

—¿Me toma el pelo? —preguntó a Tony.

—¿De qué hablas?

—Ha quitado las pipetas de las bujías. ¿Qué es esto, un juego para niños? ¿Se ha divertido?

—Era un examen —respondió complacido Tony. Arrancó el automóvil y escuchó el rugido del motor de 7.240 centímetros cúbicos. Luego lo apagó y se bajó del coche—. Ven conmigo —dijo.

Llegaron al despacho en el que Rocco se había presentado buscando trabajo y Tony hizo un gesto al mecánico jefe.

—Tienes un nuevo ayudante —le dijo señalando a Rocco—. ¿Y sabes cómo te llama? —Se rio—. Cara de Perro. Me parece que encaja muy bien contigo.

Cara de Perro miró a Rocco con hostilidad.

—¿Por lo menos sabe algo de mecánica? —preguntó provocador.

—Más que tú —dijo Tony de repente ceñudo, con mirada gélida—. No ha tardado nada en comprender lo que tú no has sido capaz de resolver en una hora. —Miró a Rocco—. ¿Te vale?

Rocco tenía que descubrir si había trampa. ¿Realmente iba a

trabajar de mecánico? En cualquier caso, lo haría para un mafioso. Pero de momento asintió.

—Puedes seguir durmiendo en el almacén —dijo Tony—. Pero conserva la pistola.

Dio media vuelta y se marchó.

Una vez solos, Cara de Perro dijo a Rocco:

—Que una cosa quede clara: aquí mando yo. Y tú obedeces.

Rocco lo miró serio.

—Depende de las órdenes —respondió.

—¿Qué quieres decir? —preguntó Cara de Perro con los puños apretados.

Rocco recordaba lo que le habían pedido en el taller de Sasà Balistreri, en Palermo, cuando tendría que haberse dedicado a estropear motores para que ellos tuvieran trabajo.

—Que soy un mecánico honrado.

—Nadie es honrado —se burló lleno de desprecio Cara de Perro.

—Yo sí. —Rocco se encaró con él—. ¿Qué tengo que hacer? —preguntó luego.

Cara de Perro miró de un lado a otro, con gesto siniestro. En la mesa vio pistones y cilindros. Se los señaló a Rocco.

—Límpialos con disolvente. Tienen que brillar.

—Es un trabajo de aprendiz —dijo Rocco—. No de mecánico.

Cara de Perro sonrió con malicia.

—Es el único trabajo honesto que tengo para ti. Así que ponte a la tarea y deja de tocarme los huevos.

Rocco empezó a quitar a cilindros y pistones los restos de grasa. Lanzó una mirada al otro mecánico ayudante, el que había blandido la llave inglesa mientras él amenazaba a Cara de Perro con la pistola. Era un chiquillo con la tez llena de espinillas y los hombros hundidos, más por timidez que por un defecto físico real. Tenía una expresión amistosa. Estaba trabajando en uno de los dos camiones que Rocco había visto la vez anterior.

—¿Qué le pasa? —le preguntó.

—No logro entenderlo —dijo el muchacho—. Se mueve dando brincos.

—¡No estáis en el bar! —gruñó Cara de Perro—. ¡Silencio!

Rocco siguió sacando brillo al pistón que tenía en la mano.

Poco después, el chico, fingiendo que buscaba una herramienta, se le acercó y, toqueteándose un grano, susurró:

—Me llamo Mattia.

—Yo soy Rocco.

—Y él Cara de Perro, desde hoy —apostilló el chico, y se rio.

—¿Has revisado el árbol de levas? —le preguntó en voz baja Rocco—. Si dices que se mueve dando brincos podría ser un...

—¡Mattia! —gritó Cara de Perro—. ¡Trabaja o te despido!

—Árbol de levas —susurró Mattia alejándose.

Cuando llegó la hora de cerrar el taller el camión ya estaba reparado.

—Mañana ven más temprano, tienes que barrer el suelo y ordenar las herramientas —dijo Cara de Perro a Rocco.

—No —respondió Rocco—. Mañana dame trabajo de mecánico si quieres que siga aquí.

Cara de Perro lo miró.

—¿Le dirás tú mismo a Tony que te largas?

—Ya se lo dije una vez —soltó Rocco sin inmutarse—. Repetírselo no me cuesta nada.

Cara de Perro, con la tez roja, apretó los puños.

—¿Quién te crees que eres? —rezongó—. ¿Te consideras mejor que yo?

—Francamente, tú me importas una mierda —dijo con enorme calma Rocco—. Lo único que quiero es trabajar como mecánico.

Cara de Perro se dio cuenta de que Mattia estaba escuchando y eso lo enfureció todavía más. Se acercó a Rocco, tenso. Señaló una polea enorme que colgaba de la viga de acero del techo.

—¿Y si un día cede mientras estás debajo y ese tremendo motor te deja plano como un lenguado? —lo amenazó.

Rocco sonrió. Pero su sonrisa no era amistosa. Se había criado en Boccadifalco. Su padre era Carmine Bonfiglio, y todos los chicos de la calle habían tratado de demostrar que eran más fuertes que él, desafiándolo. Tuvo que aprender rápidamente a reaccionar contra las amenazas, a defenderse, a no tener miedo.

—¿Y si por casualidad ese día en vez de ser lenguado me empeño en ser anguila y salgo de ahí vivo? —Lo miró en silencio mientras notaba que Cara de Perro resistía la tentación de retroceder—. ¿Has pensado en lo que te pasaría a ti... después?

Cara de Perro se encogió de hombros, tratando de mantener el tipo.

—Quiero trabajar de mecánico —insistió Rocco—. No busco líos.

Cara de Perro se sacó de un bolsillo una llave, que enseguida le tendió.

—Baja la persiana. Nos vemos mañana a las ocho. Sé puntual. —Se volvió hacia Mattia—. ¡Tú también, cabronazo de mierda! ¡Puntuales, me cago en la puta! —les gritó. Luego se marchó.

—Era justo el árbol de levas —dijo Mattia mientras Rocco bajaba la persiana—. ¿Cómo lo sabías?

—Soy mecánico —respondió Rocco, y le guiñó un ojo—. Y tengo mucha potra —añadió riendo.

Mattia también se rio.

—¿Te apetece tomar una cerveza?

Rocco estaba harto de su soledad. Y ese muchacho era la primera persona que trabajaba para Tony que no tenía aspecto de ser mafioso.

—Por qué no —respondió alegre.

Mientras se encaminaban hacia una tasca con un toldo a rayas amarillas y rojas, le preguntó:

—¿Cómo has acabado en el taller de Cara de Perro?

Mattia se encogió de hombros.

—Mi madre era criada en la casa del señor Zappacosta. Hace dos años murió y entonces el señor Zappacosta hizo que Cara de Perro me contratara, y ahora...

Mientras Mattia seguía hablando, Rocco se volvió de golpe, como impulsado por un instinto, igual que lo hacen ciertos animales incluso antes de percibir un olor o un ruido. Sencillamente porque lo saben.

Y entonces la vio. Y la reconoció enseguida. Llevaba un vestido azul. Caminaba rápidamente, con su porte altivo. Y con el pelo suelto. Estaba más guapa de como la recordaba. Notó que el corazón dejaba de latirle. Y que le costaba respirar.

—¡Rosetta! —gritó, y saltó como un resorte.

—¡Oye! ¿Adónde vas? —dijo Mattia.

Pero Rocco ya no le escuchaba.

—¡Rosetta! —gritó, procurando que su voz se elevara por encima del bullicio del puerto.

Rosetta no lo oyó. Dobló en una calle y desapareció.

—¡Rosetta! —volvió a gritar Rocco, corriendo sin parar—. ¡Rosetta! —repitió, y se echó a reír—. ¡Rosetta!

Pero cuando llegó donde Rosetta había doblado la esquina, ya no la vio.

Se lanzó por entre el gentío que había en la calle, empujando y saltando, estirando el cuello, tratando de ver dónde estaba. Fue hacia la derecha unos cincuenta metros. Se detuvo. Miró de un lado a otro. Quizá había doblado hacia la izquierda, por el otro callejón. Pero cuando llegó, descubrió que no había nadie. A lo mejor había retrocedido. Corrió como un loco. Nada. Paró jadeando.

Y luego oyó el chirrido del *tranvía*, en la calle paralela.

Se metió entre la gente y llegó hasta los raíles, llevado por una intuición. Los vagones del *tranvía* se alejaban de prisa. Lo siguió. Durante un instante le pareció que había ganado terreno, pero se tropezó en un raíl y cayó de bruces al suelo.

Mientras se levantaba, vio el vestido azul en el último vagón.

—¡Rosetta! —gritó—. ¡Rosetta!

Arrancó a correr de nuevo con todas sus fuerzas, pero el *tranvía* ya estaba lejos y no tenía la menor posibilidad de alcanzarlo. Aun así, no se dio por vencido y siguió, sintiendo que los ojos se le salían de las órbitas por el esfuerzo y que el corazón le latía desbocado, impidiéndole respirar.

Cuando llegó a la primera parada del *tranvía*, ya no podía más. Se dobló en dos, con la boca muy abierta, buscando entre la gente que se había apeado.

Pero no había ni rastro de Rosetta.

A lo lejos, el *tranvía* giró y se perdió en el tráfico de Buenos Aires.

Rocco se dejó caer de rodillas, jadeando todavía.

—He estado a punto de alcanzarte... —musitó.

Metió la mano en el bolsillo y apretó el botón.

—¿Te encuentras mal, amigo? —preguntó un hombre que se le acercó.

Rocco lo miró un momento sin verlo.

—No, no... Me siento muy bien —dijo luego en voz baja, hablando más para sí que para el otro—. La he encontrado. Y la próxima vez no dejaré que se me escape.

—¿A quién has encontrado? —preguntó el hombre.

Rocco se rio mostrando su felicidad.

—A la aguja en el pajar.

33

En cuanto regresó a casa, después de que la despidieran, Rosetta dijo a Tano que no se preocupara por el alquiler. Todavía le quedaba suficiente dinero, y encontraría otro trabajo.

Y entonces ocurrió algo que no se esperaba.

—¡No me ofendas, idiota! —la regañó Tano—. Me importa una mierda el alquiler —refunfuñó a su manera ruda—. Y estoy contentísimo de que te hayan despedido.

En el rostro de Rosetta apareció una expresión de sorpresa.

—Pero ¿qué dices? —exclamó Assunta, tan extrañada como Rosetta.

—¿Qué mierda de trabajo era ese? —Tano miró a su mujer—. ¿No notas el olor con el que vuelve? ¡A sangre! ¡A carne podrida! —Se volvió hacia Rosetta—. ¿Qué oyes por la noche, a oscuras? ¿El canto de los grillos o los mugidos de esas pobres vacas?

Rosetta agachó la mirada. Tano tenía razón. El olor de la sangre no la abandonaba un solo instante. En los oídos le resonaban los gritos de los animales sacrificados. Si una baldosa del suelo crujía, enseguida pensaba en la capa de muerte que pisaba a diario.

—Estás libre de esa mierda, ¿no te das cuenta? —continuó Tano—. Ahora puedes elegir algo mejor.

—Pero ¿qué? —dijo Rosetta.

—¡Y yo qué carajo sé! —se irritó Tano—. Trata de cumplir tus sueños.

—Es que yo... no tengo sueños.

—Si no tienes sueños —dijo con seriedad Tano—, entonces tu vida no vale mucho más que la de las vacas del matadero.

—Pero ¿qué quiere usted de mí? —estalló Rosetta.

Tano la miró en silencio.

—Yo sé quién eres —le dijo—. Lo supe desde el instante en que pusiste un pie en esta casa. —Siguió mirándolo profundamente con sus ojos penetrantes y claros, puros como dos diamantes, y murmuró—: Aunque a lo mejor tú ya no sabes quién eres.

—¿Y quién soy? —preguntó Rosetta, aturdida.

—¿Quién eres, so tonta? —casi gritó Tano abriendo los brazos—. Eres una chica capaz de regalar una guitarra a un zapatero antipático al que ni siquiera conoces para devolverle su música. —La agarró de una mano, con sus maneras bruscas que, aun así, no eran en absoluto violentas, la llevó hasta la trastienda y, delante del rosal de Ninnina, le dijo—: ¡Mira!

—¿Qué...? —farfulló Rosetta.

Tano la obligó a inclinarse hacia la planta.

—¡Mira, maldita sea! ¡Abre los ojos y mira! ¡Aquí!

Rosetta vio que había aparecido un capullo nuevo, de un bonito verde brillante, que empezaba a abrirse mostrando por dentro los pétalos blancos de una rosita.

—¿Te das cuenta de quién eres? —continuó Tano—. ¡Tú eres esta! —Y mirando el capullo, tan emocionado que le temblaba la voz, moviendo enérgicamente la cabeza para contener las lágrimas, añadió—: No está muerta.

Y Rosetta comprendió que no se refería a la planta.

—Piensa en algo que sepas hacer y que te guste —dijo Tano en voz baja. Luego, antes de entrar con Assunta en la casa, le gritó a la cara—: ¡Y hazlo, carajo!

Y Rosetta, media hora después, seguía allí, clavada a las palabras de Tano. «Aunque a lo mejor tú ya no sabes quién eres.» Tenía razón. Sabía quién había sido. Pero ya no sabía quién era.

Salió de la casa y se puso a caminar sin rumbo. Y mientras deambulaba por entre las chabolas de Barracas, se dijo que su pasado era como una jaula de la que no podía salir. Tenía que romper esos barrotes, pero no sabía cómo hacerlo. Sin embargo, estaba convencida de que si no lo conseguía todo le iría mal. Apretó el paso, como si pudiese dar esquinazo a sus pensamientos.

Poco después llegó al Mercado Central de Frutos del País, en Avellaneda. Aquel lugar le encantaba.

En el ambiente caluroso y denso resonaban los gritos de los tenderos. Sus voces, en ese idioma tan musical que Rosetta iba comprendiendo cada vez mejor, eran como canciones. Y además había una variedad infinita de frutas que nunca había visto, de colores llamativos, fragantes, que los tenderos partían por la mitad para enseñar la pulpa madura. Y estaban también los olores que se respiraban en el aire, tan intensos, a veces tan dulces que resultaban casi desagradables. O tan perturbadores que mareaban. Y también le gustaba fijarse en la actitud tan indolente como ajetreada de los compradores. Regateaban por todo, por cada fruta, por cada planta. Gesticulaban, hacían como que se iban, y los vendedores hacían como que los seguían y los paraban. Parecía que bailaban. Que interpretaban una comedia. Todo era fingido y a la vez real. En ese mercado estaba concentrada el alma apasionada y teatral de aquel pueblo. Era un ambiente alegre que inmediatamente le devolvió el buen humor.

Pero entonces vio a un vendedor con la cara triste, sentado al lado de su mercancía, que consistía en diez microscópicas jaulas, en cada una de las cuales apenas cabía una gallina desplumada y flaca, tan tristes como su dueño. Y eso también la entristeció a ella.

Poco antes se había dicho que su pasado era una jaula. Y ahora, más que nunca, con una evidencia que la desalentó por completo, se vio reflejada en aquellos pobres animales y comprendió que tenía razón.

—¿Cuánto pides? —preguntó al vendedor.

—¿Por una? —dijo el otro.

—No, por todas.

Una hora más tarde, Rosetta regresó a la casa con diez gallinas, un gallo, diez palos, una red metálica y unas tablas.

—Huevos —dijo para contener a Tano, al ver que estaba a punto de soltar una imprecación.

Fue a la trastienda y fijó la red metálica a tres metros del Riachuelo para impedir que las gallinas bebieran agua contaminada. Luego abrió las jaulas y las gallinas salieron, aleteando atontadas. Algunas tenían las patas tan anquilosadas por el prolongado constreñimiento que les costaba moverse. Una hasta se cayó y le costó levantarse.

—Joder, estas no valen ni para caldo, y ni sabrán poner huevos —masculló Tano.

—Tienen que acostumbrarse a la libertad —dijo Rosetta, pensando en sí misma.

Y, sonriendo feliz, dedicó el resto del día a montar un gallinero rudimentario. Al anochecer, casi todas las gallinas habían empezado a escarbar sin tropezarse.

A la tarde siguiente, Assunta sirvió en la mesa una tortilla de cebollas.

Acababan de cenar cuando oyeron aletear a las gallinas. Tano salió corriendo enseguida. Rosetta y Assunta fueron detrás de él, y vieron que una figura negra saltaba la cerca y huía con una gallina agarrada de las patas.

—¡Hijo de puta! —gruñó Tano, y se lanzó en su persecución.

—¡No dejes que te maten por una gallina! —gritó Assunta.

Rosetta siguió a Tano, saltó la cerca y le dio alcance a tiempo de ver que el ladrón se metía en una chabola. Aporrearon la puerta de chapa, que retumbaba como un tambor.

El estrépito hizo salir a muchos vecinos a la calle.

Tano agarró un palo y empezó a aporrear la puerta de la chabola, que cedió como si fuese de cartón.

Se encontraron delante de un pordiosero flaco y mugriento, con mucha barba, andrajoso. Se tambaleaba borracho. En una mano esgrimía una navaja. El hombre dio un salto y lanzó un navajazo al azar.

Tano le pegó con el palo en la cabeza.

El hombre cayó al suelo como un saco vacío.

La gallina, aterrorizada, se puso a aletear enloquecida por la choza.

Rosetta la atrapó rápidamente y mientras la sacaba a la calle vio que, del susto, había puesto un huevo. Lo recogió.

Tano arrebató la navaja al hombre y le puso la punta en el cuello.

—¡Soy siciliano! —gritó al tiempo que miraba a los curiosos que se habían agolpado en la calle—. Y los sicilianos no llamamos a la policía. Nuestros asuntos los resolvemos solos. Si alguien más lo intenta, lo rajo como a un cerdo. —Luego se volvió hacia Rosetta—. Vámonos.

Pero Rosetta no se movió. Miraba a la gente, pensaba en su miseria y desesperación. Y de repente comprendió que ellos también estaban encerrados en jaulas demasiado pequeñas y asfixiantes. Igual que ella. Y entonces se acordó de sus paisanos de Alcamo, en Sicilia, a los que tanto había odiado. Ellos también estaban enjaulados. Y los barrotes eran la miseria y la ignorancia. Y sintió que el odio que les tenía, que había arrastrado hasta el otro lado de un inmenso océano, se aplacaba. Mientras seguía observando a la gente que tenía delante, reparó en una vieja harapienta que movía la mandíbula de arriba abajo, arrugando los labios como si fuesen de goma. Probablemente no tenía un solo diente y se masticaba las encías. Le dio pena. Se le acercó.

La vieja se agachó, como si temiese que fuera a pegarle.

Rosetta le tendió el huevo que llevaba en el bolsillo.

—Tenga —le dijo.

La vieja miró el huevo sin moverse, incrédula.

—Quédeselo —dijo Rosetta.

—*No tengo dinero...*

—Es un regalo.

La vieja puso una expresión casi de susto. Luego tomó el huevo, pinchó enseguida la cáscara con una uña, se lo llevó a la boca y lo chupó con avidez.

—No hay razón para que seamos enemigos —dijo Rosetta a la gente. Y le parecía que se dirigía también a sus paisanos de Alcamo. Porque ese era el camino. No podía haber otro. Había que decir basta. Había que dejar de fomentar el odio. Había que romper los barrotes de la jaula—. Todos somos unos muertos de hambre —agregó como concluyendo en voz alta su razonamiento, que sin embargo era más una emoción que un pensamiento racional. El corazón era el que por fin hablaba—. Tendremos que ayudarnos, no mordernos como perros rabiosos.

La gente murmuró.

—*Dios te bendiga, muchacha* —dijo la vieja, con los ojos llenos de lágrimas y los labios manchados de yema.

Rosetta le sonrió. Luego, con la cabeza alta, con la gallina bajo el brazo, se abrió paso entre la gente para volver a casa, seguida de Tano.

No habían avanzado ni diez pasos cuando de la multitud se elevó un aplauso.

—¿Ya has comprendido quién eres? —le preguntó Tano en casa.

—Todavía no —respondió Rosetta.

Tano meneó la cabeza, desconsolado. Miró a Assunta y se golpeteó la sien con un dedo.

—Esa está tonta —masculló cuando se metía en la cama.

Al día siguiente, una mujer de unos sesenta años con la ropa cubierta de una fina capa de polvo blanco llamó a la puerta de la casa.

—Anoche te oí. —Sonrió a Rosetta—. Buscas trabajo, ¿verdad? —Abrió y cerró las manos, enseñándoselas—. Tengo artritis y ya no puedo amasar como antes. Necesito ayuda.

Ese mismo día Rosetta empezó a trabajar en el horno. La señora Chichizola amasaba y su marido, un hombre largo y fino como un bastoncito de pan, horneaba.

Mientras la señora Chichizola le enseñaba, Rosetta cerró los ojos y aspiró el olor ácido de la levadura, el aroma azucarado y harinoso del pan que estaba horneándose.

En ese preciso instante se acordó de Dolores. Y cayó en la cuenta de que nunca había dejado de pensar en ella. Supo enseguida el motivo. Porque en Dolores se había visto a sí misma. Y porque al tratar de salvarla había hecho lo que no consiguió hacer cuando la violaron a ella. Pero Dolores seguía allí, en aquel infierno, en aquella jaula.

—¿Ya has comprendido quién eres? —murmuró en voz baja, repitiéndose las palabras de Tano de la noche anterior.

—¿Cómo dices, encanto? —preguntó la señora Chichizola.

—Nada. —Rosetta le sonrió.

Luego le pidió permiso para ausentarse un par de horas y fue corriendo a la parada del *tranvía*.

Llegó al matadero en el descanso del almuerzo. Fue al murete. Dolores estaba sentada entre Pelo de Zanahoria y la rubia platino. La tomó de la mano y la llevó, sorda a sus preguntas, hasta el despacho de Bonifacio.

—Págale —dijo al director del matadero—. Se marcha.

—No puedo... No... —susurró Dolores.

—Sí puedes —le dijo Rosetta.

Y su tono era tan resuelto que Dolores no replicó.

Cuando salieron del despacho de Bonifacio, los carniceros ya sabían lo que había pasado. Se habían congregado en el patio. En primera fila estaba Leandro, con los brazos cruzados y una sonrisa burlona.

—¿Adónde crees que vas, putilla? —preguntó a Dolores.

La chiquilla se encogió y aminoró el paso.

—Vete a la mierda, gusano —le espetó Rosetta poniéndose delante de Dolores—. Ella se va y tú te quedas aquí pudriéndote. Ya no la torturarás más.

—Eso ya lo veremos. —Leandro estalló en carcajadas y le enseñó un puño—. Tú todavía no te has enterado de cómo funcionan aquí las cosas. —Y avanzó un paso.

Pero uno de los *carniceros* lo agarró de un hombro.

—¿Qué coño haces? —saltó Leandro retirándole la mano.

Pero no pudo dar otro paso porque otro *carnicero* lo retuvo por el brazo. Y un tercero se le plantó delante. Y luego, uno tras otro, todos los que estaban allí se interpusieron entre él y las dos mujeres.

Y, por último, también apareció Bonifacio.

—¿Qué carajo os pasa? —dijo Leandro con voz insegura.

—Déjalo estar... si quieres conservar el trabajo —le dijo Bonifacio.

Luego miró a Rosetta y asintió despacio, como si le estuviese pidiendo disculpas en nombre de todos. Y dedicó una breve y tosca sonrisa a Dolores.

La chica tenía los ojos llenos de lágrimas.

—¿Adónde vamos? —preguntó a Rosetta cuando estaban en el *tranvía*.

—Ya lo verás.

Rosetta le sonrió, y sintió que el corazón se le henchía de alegría. Como si hubiese liberado a Dolores de otra jaula.

Cuando llegaron al horno, Rosetta presentó a Dolores a la señora Chichizola.

—Ella necesita trabajar más que yo —le dijo.

La señora Chichizola la miró con una mezcla de estupor y admiración. Después miró a Dolores con ternura. Y asintió.

—Vendré a verte —le prometió Rosetta con una sonrisa, y volvió a casa.

Esa noche, después de la cena, fue a la trastienda. Necesitaba estar sola y escuchar lo que tenía en su interior. Las gallinas ya estaban durmiendo en el gallinero. Solo el gallo la miraba intrigado.

Rosetta respiró hondo, como si sus pulmones tuvieran más sitio. Mientras admiraba el cielo, aún débilmente enrojecido por el sol que acababa de ponerse, notó algo áspero entre los dedos de la mano izquierda, como una costra.

Vio que era harina endurecida.

Entonces, con una sonrisa en los labios, pensó que esa noche también Dolores se encontraría harina seca entre los dedos. Y se dijo que día tras día la harina eliminaría algo de sangre. Un poco cada vez.

Y se sintió más ligera y liberada de un poco de la sangre que se le había quedado pegada de su vida pasada.

Volvió a mirar el horizonte, cada vez más oscuro. Confiada.

Porque de repente sabía que un día levantaría la mirada y vería llegar a Rocco.

Y ese día estaría lista para contarle quién era.

34

A esa hora intermedia en la que ya no es de noche pero todavía no ha despuntado el día, Amos irrumpió en el Black Cat. Lo acompañaban cinco hombres.

El Francés, que estaba contando el dinero ganado ese día, lo miró sorprendido, con ojos soñolientos.

Detrás de la barra, Lepke se puso tenso.

En el local solo había un cliente.

Amos se le acercó, lo agarró de un brazo y lo sacó del Black Cat.

—Vete a dormir, ya es tarde —le dijo.

El hombre se marchó tambaleándose, borracho, sin discutir.

—¿Qué quieres, *polák*? —preguntó el Francés al tiempo que se levantaba de la silla.

Amos hizo un gesto a sus hombres, que fueron hasta las persianas del local que daban a la calle y las bajaron. Luego bajaron desde dentro también la persiana de la entrada, de manera que desde fuera no pudiera verse lo que pasaba en el interior.

—¿Qué carajo haces, imbécil? —dijo el Francés. En su voz, sin embargo, había una sombra de inseguridad.

Lepke trató de sacar algo de debajo de la barra, pero uno de los hombres de Amos le puso una pistola en la sien.

—Dámelo a mí —dijo Amos a Lepke.

Lepke le tendió una escopeta.

Amos se la arrancó de la mano y, con un movimiento veloz, lo golpeó en la cara con la culata.

Lepke se estrelló contra las estanterías llenas de botellas y tiró unas cuantas al suelo.

—*Shalom Alejem* —le dijo Amos con una sonrisa maliciosa—. Oye, judío, deberías juntarte más con tu gente en vez de estar con estos perdedores con demasiado pellejo todavía pegado al pito.

—Prefiero hacer negocios con él a hacerlos con una mierda como tú, que comercia con carne de su propia raza —respondió Lepke limpiándose la sangre que le salía del labio.

Amos lo miró sin alterarse.

—Nuestra Ley prescribe que la carne sea *kosher*, ¿no? Pues mis chicas cumplen en ese aspecto. Son carne *kosher*. —Se rio.

—¿Qué quieres? —dijo el Francés detrás de ellos—. Déjate ya de tonterías.

Amos apoyó la escopeta al lado de uno de sus hombres y se volvió despacio. Miró al Francés con los ojos entornados, como si estuviera apuntando, a la manera del cazador que tiene acorralada una presa.

—¿Dónde está la chiquilla?

—¿Qué chiquilla? —dijo el Francés. Pero de nuevo había una sombra de inseguridad en su voz.

Amos se le acercó y entonces, de golpe, estiró una mano y le apretó el cuello.

El Francés trató de soltarse. Tenía la cara roja, no respiraba.

De repente Amos lo dejó.

El Francés se dobló en dos. Tosió y se llevó las manos al cuello.

—Estás... loco... —masculló.

Amos le dio una patada en el tobillo y lo tumbó al suelo. Le plantó una bota en el pecho y lo inmovilizó.

—¿Y bien? ¿Dónde está la chiquilla? No me gusta repetir las preguntas.

—No lo sé...

—Respuesta equivocada. —Amos le dio una patada en la cara. Y le plantó la bota en el pecho, con lo que lo inmovilizó otra vez.

—No lo sé..., te lo juro... —balbució el Francés, sangrando por la nariz—. Estuvo aquí..., pero la eché.

—¿Y qué te dijo? —Amos aumentó la presión de la bota.

—Nada...

Amos levantó el pie y lo bajó con violencia contra el pecho del Francés.

El Francés gimió y expulsó una espuma verdosa.

—¿No te contó que había visto algo? —insistió Amos.

El Francés no respondió.

Amos sonrió y asintió.

—Bien. ¿Y a quién más se lo contó?

—A nadie...

Amos le dio otra patada. Más fuerte. Y le puso la bota en el cuello.

El Francés agitaba los brazos.

—Yo también estaba —dijo Lepke.

—Tú siempre estás... —Amos se rio—. Parecéis novios.

Sus hombres también se rieron.

Pero Amos se había puesto otra vez serio.

—Traed a las putas —ordenó.

Acto seguido asió al Francés por el cuello de la chaqueta, lo levantó del suelo, lo arrastró hasta el mostrador y le estampó la cara contra él.

Lepke miraba sin poder intervenir.

Mientras tanto, los hombres iban llegando del otro piso con las *poules* del Francés, todavía vestidas de camareras. Estaban espantadas. Los hombres las pusieron en fila a un lado del local. Luego dos de ellos fueron al otro lado del mostrador, sujetaron al Francés de los brazos y lo inmovilizaron boca abajo.

Entonces Amos sacó la navaja y cortó por detrás de un tajo la correa de los pantalones del Francés. Le bajó los pantalones, dejándole el culo al aire.

—Has querido joderme quedándote con una de mis putas —le dijo al oído—. Ahora voy a joderte bien a ti. —De una patada le separó las piernas. Luego agarró la escopeta de Lepke, puso el cañón entre las nalgas del Francés y de golpe, con violencia, lo penetró.

El Francés gritó.

Un par de chicas chillaron. Otra rompió a llorar.

Amos se ensañó con el Francés. Luego extrajo el arma.

En ese momento, Lepke abrió una caja de puros y empuñó una pistola, que apuntó contra Amos.

Pero Amos fue más rápido y le disparó un tiro en todo el pecho.

Mientras caía hacia atrás, con los ojos como platos, Lepke disparó al aire.

Una mancha densa y rojiza le brotaba como una flor de la camisa blanca.

Las prostitutas se agruparon, aterrorizadas, gritando.

Amos se volvió hacia ellas.

—¡Callaos! —ordenó.

Las chicas enmudecieron.

—El Francés está acabado —dijo Amos mirándolas.

Hizo un gesto hacia los hombres que lo mantenían sujeto.

Los hombres soltaron los brazos del Francés, que los dejó caer al suelo con el sufrimiento pintado en el rostro.

—Está acabado —repitió Amos dirigiéndose a las putas—. Y quien siga con él tendrá el mismo final. Y también todo aquel que sepa algo de la chiquilla que estoy buscando y no me lo diga. Corred la voz.

Levantó la culata de la escopeta y la estampó con brutalidad contra la cabeza del Francés, dejándolo sin sentido. Agarró una botella de coñac, la destapó y se la derramó encima. Por último, fue hacia la salida del Black Cat mientras sus hombres rompían todas las botellas que encontraban.

Cuando el local estuvo totalmente impregnado de alcohol, los hombres subieron la persiana de la entrada.

—Nunca me ha gustado esta mierda de sitio —dijo Amos con una sonrisa malévola. Prendió un fósforo y lo tiró al suelo.

Inmediatamente el alcohol ardió y la llama empezó a avanzar por entre las botellas rotas y las mesas de mármol, infiltrándose por las alfombras, trepando por las cortinas. Y arrastrándose hacia el Francés, que seguía en el suelo, sin sentido.

—¡Fuera! —gritó entonces Amos a las prostitutas mientras las llamas le enrojecían la mirada cruel.

Las chicas salieron corriendo aterrorizadas y en un segundo se desperdigaron.

Amos volvió a mirar un momento al Francés.

—Y tú tampoco me has gustado nunca —susurró—. Muérete.

Luego salió, seguido de sus hombres, y bajó la persiana.

Dentro del Black Cat el fuego crepitaba siniestramente.

35

Los primeros dos días Raquel comió en el *boliche* al que había ido con la mendiga. Pero se quedó sin dinero.

—Deme un trabajo. Lavo los platos, cocino, barro el suelo... —dijo a la gorda.

—Yo doy comidas, no trabajo —le respondió la gorda—. No vengas aquí si no tienes dinero para pagar. —Y la echó.

Y ahora, después de dos días de ayuno yendo de un lado a otro en busca de cualquier trabajo, Raquel tenía hambre. Un hambre atroz que le recordaba su vida en el *shtetl* durante los inviernos de carestía. Pero entonces su padre estaba vivo. Ahora, en cambio, estaba sola en un mundo desconocido y hostil.

A su alrededor la vida bullía. Había entusiasmo en el ambiente. La Navidad estaba a las puertas. Pese a que era verano, los escaparates de las tiendas estaban adornados con nieve falsa. Damas elegantes se contoneaban en sus trajes de seda llevando en la mano los paquetes de Navidad. Niños risueños las seguían impacientes, porque pronto podrían desenvolver sus regalos. Hombres con chaqueta cruzada firmaban cheques en las tiendas para las últimas compras. Tropeles de mendigos, como un enjambre de langostas, abarrotaban las aceras con las manos tendidas, los ojos hundidos y las bocas abiertas. En todas las esquinas de las calles sonaba música. Y en todas partes había puestos de comida.

Y, cuanto más veía la comida, más percibía Raquel aquellos olores deliciosos y más débil se sentía.

—¿Por qué sigo viva, padre? —murmuró.

Tomó el periódico que hablaba del niño que había sobrevivido cinco días bajo los escombros sin agua ni comida. Releyó cada detalle del artículo. La carretera de Rosario. Los nombres de las once víctimas. Las declaraciones de los vecinos. Y recordó las palabras de la mendiga: «Sin duda Dios tiene pensado algo especial para ese chiquillo».

—Pero yo... ¿por qué sigo viva? —preguntó de nuevo.

Pero nadie le respondió.

Poco después siguió su camino sin rumbo, deteniéndose en cada tienda y taller para pedir un trabajo. Pero nadie le hizo caso.

Agotada y hambrienta, no le quedó más remedio que rebuscar en la basura, y comió cáscaras podridas de alguna fruta rara. Pero eso aumentó su hambre. Y ya casi no se sostenía en pie. Entonces, sobreponiéndose a la vergüenza, tendió la mano para pedir limosna. Alguien que pasó a su lado le dijo, con el mayor desprecio:

—Ponte a trabajar, descarada.

Pero Raquel estaba tan desfallecida que no lo oyó.

Al cabo, ya sumida en la desesperación, se acercó a un puesto, agarró una hogaza y salió disparada, con las pocas fuerzas que le quedaban. Y devoró el pan a toda prisa, por miedo a que la atraparan y la privaran de su miserable comida.

Ya de noche, agotada, regresó hacia los barrios pobres, con la cabeza vacía y la mirada puesta en un futuro que no era ni capaz de imaginar. O que se imaginaba tan terrible como el presente.

Era bastante temprano, y encontró un banco libre en el parque Pereyra. Se echó a esperar la noche.

Pero poco después llegó un hombre sucio hasta lo inverosímil que se le plantó delante y le dijo:

—Este sitio es mío. Lárgate.

—Yo he llegado primero —respondió Raquel.

El hombre la agarró del pelo y la tiró al suelo sin decir nada.

Raquel salió corriendo, asustada, y lloró en una esquina del parque, apoyada en el tronco de un árbol. Por la noche aparecieron nubes que ocultaron la luna y cayó un violento chaparrón. Al amanecer estaba aterida de frío. Mientras los otros vagabundos dejaban el parque, fue a un banco y se quedó al sol para secarse.

También los periódicos que llevaba encima estaban empapados. Los tendió sobre el banco, hoja a hoja, procurando no romperlas. Se los sabía de memoria, pero le hacían compañía. Especialmente el artículo acerca del niño que había sobrevivido bajo los escombros. En cierto modo, le parecía que estaba viviendo su misma historia.

«Como sigas así te volverás tan rara como la mendiga», pensó.

Entretanto, tras echarle una mirada desagradable, dos hombres se sentaron en el banco de al lado. Uno de los dos desplegó su periódico y exclamó:

—¡Ah! ¡Lo sabía! ¡Tenía que pasar!

—¿Qué? —preguntó el otro.

—Era una prostituta —respondió el primero.

—¿Quién?

—El cadáver.

—¿Qué cadáver?

El hombre miró al otro.

—¿De verdad que no has oído nada? —preguntó sorprendido—. Eres el único de todo Buenos Aires.

—¿Sobre qué?

—Hace un tiempo, encontraron un cadáver en el Riachuelo, en la zona de las curtidurías —explicó el hombre—. Estaba irreconocible, ¿sabes?, por los ácidos. Era una mujer, aunque se ignoraba quién. Pero yo me decía: ¿quién puede acabar boca abajo en el Riachuelo? ¿Una mujer respetable? ¡Por favor! —Dio un puñetazo al periódico—. Y resulta que ahora las autoridades hacen el gran descubrimiento... ¡Era una prostituta! ¡Vaya sorpresa!

Raquel se sentía incómoda. Algo le decía que se levantara y se fuera. Que no siguiera escuchando. Pero estaba pegada al banco.

—¿Y cómo se han dado cuenta? —preguntó el otro.

—Le han hecho la autopsia —le respondió el primero—. La asesinaron de un navajazo en el abdomen.

Raquel, sobresaltada, apretó los puños.

—Y ahora han visto lo que los ácidos al principio habían ocultado —continuó el hombre—. Tenía una raja en una mejilla.

Es la manera en que los proxenetas judíos marcan a las prostitutas rebeldes.

—De modo que no era solo puta —bromeó el otro—. ¡Encima era judía!

Raquel se puso de pie.

—¡No era una puta! —gritó.

Los dos hombres la miraron sorprendidos. Y rompieron a reír.

—Lárgate de aquí antes de que te eche a patadas, niña —dijo el que tenía el periódico.

Raquel se encorvó, sentía un dolor desgarrador. Tomó el artículo del chiquillo que había sobrevivido y avanzó un paso. Cuando se volvió, vio que los dos hombres ya no la miraban y que habían dejado el periódico encima del banco. Entonces lo agarró de un manotazo y salió corriendo, seguida por los insultos de los otros dos.

Llegó a una callejuela aislada y se agachó detrás de dos cubos de basura repletos.

—Tamar... Tamar... —repitió, tratando a la vez de espantar la imagen de la belleza de su amiga devorada por los ácidos—. ¡Malditos! ¡Malditos! ¡Malditos! —gritó al tiempo que se levantaba y la emprendía a patadas con uno de los cubos de basura.

Se calmó, volvió a esconderse y leyó el artículo acerca de Tamar. Las autoridades no tenían la menor idea del nombre de la víctima. Pero estaban seguras de que era judía. El periodista explicaba que la comunidad judía había prohibido que enterrasen a proxenetas y prostitutas en su cementerio. «Porque son una maldición», decía una mujer entrevistada. «Sin embargo, la comunidad judía no se lava las manos. En las calles del barrio hemos puesto carteles en los que se pide que no se alquilen locales a los proxenetas y que nadie vaya a sus burdeles, y ofrecemos ayuda a las chicas que ejercen la prostitución. Pero el asunto no es fácil.»

Raquel sintió que la rabia crecía en su interior. No eran más que palabras. Lo único cierto era que consideraban a las chicas como Tamar apestadas. Lo único cierto era que la gente como Amos seguía yendo tranquilamente a las aldeas del este de Europa para abastecer los burdeles y para tener derecho sobre la vida y la muerte de aquellas chicas, esclavas del sexo. Lo único cierto era que sus burdeles estaban siempre llenos de clientes que fingían no saber lo que pasaba.

Lo único cierto era que Buenos Aires se había convertido en una fábrica de dolor.

Continuó leyendo, con la ira y el dolor fundiéndose en su pequeño pecho. Descubrió que a Tamar la habían enterrado en un cementerio de las afueras que los judíos «descarriados», como los definía el periodista, habían construido con su propio dinero. Apuntó la dirección y fue.

—Señor, ¿sabe usted dónde está la tumba de esa mujer que encontraron en el Riachuelo? —preguntó al vigilante de la entrada del cementerio.

—¿Quién eres? —le preguntó el hombre—. ¿A ti qué más te da? ¿La conocías?

Raquel comprendió que el vigilante sin duda trabajaba para la Sociedad Israelita de Socorros Mutuos Varsovia. Para Amos. O para alguno de esos cabrones. Y seguramente lo avisaría enseguida si alguien iba a rezar a la tumba de Tamar.

—Tenía curiosidad... —respondió.

—Ya, pues métete en tus asuntos, chiquilla —dijo el vigilante—. Esto es un cementerio, no un parque de atracciones.

Raquel se marchó. Pero no bien llegó a la esquina, se detuvo. Encontró un sitio desde donde veía el muro del camposanto y en voz baja entonó el *kaddish*, la plegaria de los muertos, porque estaba segura de que nadie había llevado el alma de Tamar a los brazos del Señor. Luego arrojó una piedra al otro lado del muro.

—Señor del Mundo —rezó—, impulsa la piedra hasta la tumba de Tamar con tu aliento.

Cuando terminó, no se sentía mejor. Al contrario. El dolor había desaparecido por completo, devorado por una ira sombría, que quemaba como sal en una herida abierta.

Echó a andar con pasos furiosos y, sin darse cuenta, llegó a la esquina de la avenida Junín, cerca de la entrada del Chorizo. Vio clientes entrando y saliendo. Puede que alguno de ellos preguntara por Tamar. Se imaginó a Amos inventándose una trola y ofreciendo a otra chica en su lugar. Total, ¿qué diferencia había? Todas eran jóvenes, todas eran guapas, todas estaban obligadas a abrirse de piernas y a hacer lo que se les pidiera. Eran muñecas, no personas. Eran carne, no almas. Nadie sabía su nombre. Y a nadie le importaba.

Ni siquiera cuando las enterraban.

«Pero no pasará lo mismo con Tamar», pensó Raquel con rabia.

Buscó en el artículo una noticia que ya había leído.

«Dirige la investigación el capitán de la Policía Agustín Ramírez. Todo aquel que tenga alguna información puede acudir a la comisaría de la avenida de la Plata, número 53.»

—Lo pagaréis —dijo Raquel con los dientes apretados mientras se alejaba decidida, pensando en Amos y en Adelina.

La avenida de la Plata era una calle ancha y larga. El número 53 hacía esquina con la avenida de las Casas. La comisaría estaba en un edificio de tres plantas, oscuro, sólido, con columnas y frisos que lo hacían recargado y lúgubre. Había dos policías en la entrada.

Raquel se detuvo. De repente, a la vista de los uniformes y las porras, ya no se sentía tan valiente. En Rusia, un uniforme para un judío significaba problemas, persecuciones, injusticias. Pero Argentina era un país libre. Se dio ánimos. «Por Tamar», se dijo. Cruzó la calle y, con la cabeza gacha, subió los cinco escalones de la comisaría.

—¿Qué quieres, chiquilla? —le preguntó uno de los policías cerrándole el paso con la porra.

Raquel se encorvó.

—Tengo que hablar con el capitán Ramírez.

—¿Y qué tienes que decirle? —le preguntó el policía sin bajar la porra.

—Tengo... tengo que decirle quién es la mujer que han encontrado en el Riachuelo —respondió con el corazón latiéndole con fuerza—. Y... —Estaba sin aliento, como si hubiese corrido—. Y... quién la mató.

El policía bajó la porra, lentamente, en silencio. Miró a su colega.

—Ve a llamar al *capitán*. Ya mismo —le dijo—. Yo la llevo al cuarto de abajo. No cuentes nada a nadie.

El otro asintió y desapareció en el interior del edificio.

El policía que se había quedado con Raquel le sonrió.

Raquel solo pensó que a lo mejor le darían de comer.

El policía, sin dejar de sonreír, se guardó la porra debajo de la correa y le puso una mano en un hombro.

—Ven —le dijo.

La condujo al interior de la comisaría y bajaron una escalera. La hizo pasar a una habitación en un semisótano.

—Espera aquí.

En el cuarto no había nada aparte de cuatro sillas y una mesa pegada a una pared, debajo de una ventana pequeña y estrecha a la altura de la calle.

El policía señaló una silla.

—Ponte ahí. Ya verás que el capitán no tarda en llegar. —Inclinó la cabeza hacia la puerta—. Yo me quedo aquí fuera.

Raquel no comprendió por qué, pero esa frase no le pareció tranquilizadora.

El policía salió del cuarto y lo cerró.

Raquel se sentó. Pero de repente se puso nerviosa.

Poco después, oyó unos pasos pesados.

—*Capitán* —dijo fuera el policía.

—¿Dónde está? —preguntó otra voz, ronca y dura.

Raquel se levantó de la silla y se acercó a la puerta.

—Ahí dentro —respondió el policía.

—Bien —dijo el capitán—. Ve a avisarlo. Date prisa.

Raquel sintió que un escalofrío le recorría la espalda. Oyó los pasos del policía alejándose. Corrió hasta la silla y se sentó con la mirada gacha. La puerta se abrió.

Levantó la cabeza.

El capitán tenía una barriga enorme, que le tensaba los botones dorados del uniforme. Y una cara ancha, carnosa. Su pescuezo era tan gordo que rebosaba del cuello del traje. Pero sobre todo debían encantarle las fresas, dedujo por la mancha rojiza de su mejilla derecha, como una obscena marca de carmín.

Raquel lo recordó enseguida.

El capitán era cliente fijo del Chorizo. Cada noche él y Amos se daban grandes palmadas en el hombro, riendo y bromeando. Y una vez había visto a Amos tendiéndole un sobre. El capitán lo había abierto y contado billetes.

—Muy bien, chiquilla… —El capitán le sonrió—. Has venido al sitio adecuado.

Y en ese instante Raquel supo que estaba perdida.

36

—¡Abran paso! ¡Abran paso! —gritaba un empleado del transatlántico *Regina Margherita di Savoia* recién atracado, al tiempo que empujaba a los pasajeros que se amontonaban delante del Hotel de Inmigrantes.

—¡Abran paso! —repetía Bernardo, que lo seguía tieso en su chaqueta brillante, roja, cerrada con alamares dorados, llevando del brazo a la chica que había violado varias veces durante el viaje por orden del barón, desde que la había tomado a su cargo.

La chica tenía la mirada ausente y un poco extraviada de los dementes que no logran entrar en pleno contacto ni siquiera con sus propias emociones. Las violaciones que había sufrido y el asesinato de su hermano parecían haberla encerrado todavía más en su mundo.

Un poco más atrás, a paso lento por su gordura, iba el barón Rivalta di Neroli, vestido con un terno de lino de color crema. En la cabeza llevaba un sombrero de paja que le tapaba buena parte de la fea cicatriz violácea de la frente.

Cerrando la fila, dos marineros del transatlántico empujaban una pesada carretilla de metal con tres baúles enormes, de piel clara, con el escudo nobiliario del barón grabado a fuego.

La gente se apartaba y observaba con antipatía al desgarbado barón, que pasaba desdeñoso. Solo la vieja condesa apergaminada le hizo un gesto de saludo, que sin embargo no fue correspondido.

Llegados a las mesas de la inmigración, el director del Hotel de Inmigrantes los recibió con actitud obsequiosa. A su lado había un hombre que vestía un impecable terno con chaqueta cruzada gris y lucía una perilla bien cuidada. Detrás de él había otro hombre vestido más modestamente, alto y gordo, con cara cansada.

—*Soy el vicecónsul Maraini* —se presentó el hombre de la chaqueta cruzada.

—¿No pretenderá hablarme en español? —dijo con aspereza el barón con su voz aguda, en tono enojado. Lo miró con evidente desprecio—. Bueno, ¿a qué estamos esperando? ¿Vamos a pasarnos aquí todo el día?

—No..., por supuesto —respondió el vicecónsul. Cuchicheó rápidamente con el director del Hotel de Inmigrantes—. Solventaremos los trámites con calma —explicó acto seguido al barón.

—Los trámites los solventará usted —respondió este con altanería—. No tengo tiempo para estas tonterías. ¿Nos vamos?

—Claro —dijo el vicecónsul.

—*¿Y la señorita?* —preguntó el director señalando a la chica.

—Ella viene conmigo —respondió el barón.

—Hemos sabido lo del incidente a bordo —dijo el vicecónsul—. A lo mejor la policía argentina quiere interrogarla.

—No tienen nada que preguntarle. Ella no estaba cuando ocurrió —replicó el barón—. Además, ¿no ve que no rige? Está loca... —Y enseguida, casi corrigiéndose, añadió—: Pobrecilla. —Le acarició la cabeza como habría hecho con un perro, y concluyó—: Yo me ocupo de ella. Así que dejémoslo estar.

—*Bienvenido a Argentina, excelencia* —dijo el director, que lo había comprendido perfectamente, e hizo una leve reverencia.

—Sí, de acuerdo —refunfuñó el barón, y se encaminó hacia la salida.

En la calle, dos mozos de cuerda pusieron los baúles en la caja de un pequeño camión negro. Bernardo y la chica se sentaron en la cabina, al lado del conductor. Los mozos de cuerda montaron detrás. Unos metros más adelante había un automóvil de color burdeos con un techo de hule del color de la arena y un banderín italiano en el guardabarros.

—¿Qué coche es este? —preguntó el barón acercándose al vehículo.

—Uno italiano de primera, por supuesto —respondió orgulloso el vicecónsul, y abrió la portezuela al barón—. Un Lancia Theta 35HP. Este es el modelo Torpedo Colonial. Cuatro cilindros, cinco litros de cilindrada. ¡Diecisiete mil liras!

—Bonito... —El barón suspiró, y se sentó—. Pues yo tengo un Rolls-Royce Silver Ghost. Seis cilindros, siete litros y medio de cilindrada. Pero con sus diecisiete mil liras no se compraría usted ni medio Rolls. Me lo consiguió el mejor vendedor del mundo, Lucio D'Antonio... Aconseja incluso a la realeza inglesa.

El vicecónsul se hundió en el asiento.

El tipo alto y gordo se sentó al volante.

—¿Sabe dónde está el *palacio* de mi amiga, la princesa de Altamura y Madreselva? —preguntó el barón.

—Lo conoce todo el mundo —respondió el vicecónsul—. Arranca, Mario.

El Lancia se puso en marcha.

—De manera que usted es el imbécil que dejó escapar a la campesina —dijo entonces el barón.

El vicecónsul se puso rojo, humillado, y durante un instante su impecable chaqueta cruzada gris pareció llenarse también de arrugas como su cara.

—Excelencia, hubo un altercado. —Señaló al conductor—. Mario incluso perdió dos dientes.

Mario se puso de perfil y con un dedo gordo como una salchicha se levantó el labio, mostrando un incisivo y un colmillo de oro.

—¡Para! —le gritó el barón con una voz más chillona de lo habitual.

Mario arrimó el automóvil a la acera.

—Mírame —le ordenó el barón.

Mario, con su aspecto cansado, se volvió.

Entonces el barón se quitó el sombrero y se pasó el índice por la irregular cicatriz rojiza que desde la frente avanzaba en zigzag por entre las ralas pelusas que le quedaban. Todavía brillaba, inflamada y llena de pequeñas pústulas.

—¿Qué pueden valer dos dientes de mierda de un orangután comparado con esto? —gritó. Se volvió de golpe hacia el vicecónsul, con la cara congestionada—: ¡Idiota incompetente! —le dijo resoplando.

Mario seguía mirándolo. No se había movido.

El barón, irritado, le atizó en la cara con el sombrero.

—¡Conduce!

Cuando el automóvil reanudó la marcha, el barón se volvió hacia el vicecónsul.

—¿Ha traído los documentos?

—Por supuesto, excelencia —respondió el vicecónsul, y señaló una cartera de cuero. Empezó a abrirla.

—Ahora no —dijo imperiosamente el barón.

Luego permaneció en silencio hasta que llegaron a un edificio de tres plantas, blanco, elegante, con un pórtico de estilo neoclásico, flanqueado por dos columnas y con siete amplios escalones que conducían hasta la puerta principal.

No bien el automóvil se detuvo, un mayordomo de librea, pálido como una vela de parafina, salió a la puerta. Enseguida se presentaron otros dos criados y ayudaron a los mozos de cuerda a descargar los baúles.

—Bernardo, ve con ellos —ordenó el barón a su sirviente mientras los criados y los mozos de cuerda se encaminaban hacia la entrada trasera—. No, ella viene conmigo —dijo.

Sujetó a la chica de un brazo y subió los escalones, al final de los cuales el mayordomo lo esperaba doblado en dos.

—Bienvenido, barón —lo saludó el mayordomo.

—Hola, Armando. Tienes buen aspecto —dijo el barón.

—Tiene usted siempre la enorme gentileza de acordarse de mí —respondió en un perfecto tono servil el mayordomo.

El barón entró en el vestíbulo ensombrecido con pesadas cortinas de terciopelo de color burdeos en las ventanas. En las paredes tapizadas con telas verdes había retratos con prodigiosos marcos de hombres y mujeres, ceñudos y austeros, con caras largas y demacradas que parecían desmoronarse como si ya solo la piel retuviese el hueso de los pómulos sobresalientes. En el aire había un delicioso aroma a vainilla.

—*Créme pâtissière?* —preguntó el barón alzando la nariz.

—¡Qué olfato tan refinado has tenido siempre! —exclamó una mujer de unos cincuenta años que apareció a su derecha.

Tenía el rostro tan alargado y demacrado como los de los personajes de los retratos del vestíbulo. Pero, al contrario que sus antepasados, transmitía una sensación de fortaleza, tanto interior como física. Tenía hombros anchos, manos fuertes. Un semblante enérgico. En general, su aspecto podría calificarse de masculino.

—En mi vida pasada debí de ser un perro de caza. —El barón se rio. Abrió los brazos y exclamó—: *Ma chère*, ¡cuánto tiempo!

La princesa se le acercó con brío atlético y lo abrazó sin demasiados formalismos. Luego, cuando se apartó, con la velocidad de un aleteó y el talento de una actriz consumada, fue de nuevo la fría noble que solía ser ante el mundo.

El barón le sonrió, con sus manos entrelazadas en las de ella.

—*T'es un bijou* —le dijo en el idioma de la nobleza.

La princesa nunca se había casado, y se contaba que le gustaban más las mujeres que los hombres. Pero nadie sabía lo que él sabía. Cuando eran niños, la princesa se había bajado sus delicadas bragas de encaje y le había enseñado un clítoris hinchado y sobresaliente, grande como el miembro de un recién nacido. «Yo también tengo», le dijo con orgullo. Y aquella fue la primera vez que al barón lo turbó la idea de agarrar un órgano masculino. Aquel mismo día se hicieron amigos. Quedaron unidos por dos vergüenzas secretas, porque la princesa comprendió enseguida la forma en que había mirado su pequeño pene. Pero, más allá de sus preferencias sexuales, el barón y la princesa tenían mucho más en común. Una inclinación al mal, podría decirse. Un mal gratuito, hecho por puro y perverso placer. Un mal que tenía como víctimas privilegiadas a las personas más débiles e infelices. Un mal cuyo goce radicaba en el propio hecho de hacer el mal. Nunca habían hablado claramente de ello, pero no era necesario. Cuando se miraban a los ojos, como en ese momento, parecían conocerse hasta en los más turbios recovecos de sus inmundas almas.

—Te he traído un regalito —dijo entonces el barón, e hizo avanzar a la chica.

—Hola, gitanilla —susurró la princesa mirándola como una leona miraría un antílope.

—No soy una gi-ta-na —dijo la chica con su voz insegura y gutural, monocorde, arrugando las cejas.

La princesa se llevó una mano al pecho, sorprendida.

—¡Oh, pero si eres deliciosa! —exclamó al comprender la cortedad de la chica. Le tocó tres veces con un dedo la frente—. ¿Hay alguien aquí dentro?

—Yo —respondió la chica, seria y satisfecha de haber sabido resolver eso que debió de parecerle una adivinanza.

La princesa rio encantada.

—No tenías por qué molestarte, *mon cher ami* —le dijo al barón con el mismo tono formal y enfático que habría empleado si hubiese recibido un ramo de camelias o una botella de Veuve Clicquot Ponsardin.

—¿Acaso podía presentarme con las manos vacías? —respondió el barón con la misma ligereza infame, inclinándose levemente.

Los ojos de la princesa se fijaron en la cicatriz. Le habían informado por carta de lo ocurrido.

—Así que eso es lo que te ha hecho esa maldita… —Alargó la mano derecha y, con voz ahora ronca, dijo—: ¿Puedo tocar?

El barón se inclinó más.

En cuanto su mano entró en contacto con las protuberancias rojizas, brillantes y carnosas de la cicatriz, la princesa separó los labios, como si le hubiesen pellizcado su enorme clítoris.

El barón le sonrió, consciente del placer que le había brindado.

—Te pido perdón por mi grosería. —Señaló al vicecónsul, que se había quedado fuera, al otro lado de la puerta, con la cartera bajo el brazo, tieso como un maniquí, escandalizado por aquello que creía haber intuido acerca de la chica—. Si no te importa, me gustaría escuchar su informe y despacharlo.

—Vicecónsul Maraini, a sus pies, princesa —se presentó el otro al tiempo que se inclinaba ante ella más de lo debido.

La princesa no le dirigió ni una mirada y dijo al barón:

—¡Ah! De manera que él es el cretino que dejó que se escapara...

El vicecónsul se puso tenso en su chaqueta cruzada, que ya no parecía tan impecable.

—Pasen. ¡Qué pésima anfitriona soy! —exclamó la princesa. Asió del brazo al barón y de la mano a la chica—. Siempre me haces perder la cabeza —le susurró con coquetería.

—Muévase —dijo el barón al vicecónsul.

La princesa los invitó a sentarse en el pequeño salón del que había salido cuando llegaron. La estancia estaba forrada de *boiserie* de color cereza claro. Había dos sofás y dos pequeños sillones de tela adamascada rosada. En el centro, una mesita lacada con la parte superior de mármol rosa y vetas amarillas. En el suelo, una alfombra de Aubusson beis y rosa. Daba la impresión de entrar en una confitería.

La chica abrió la boca, admirada.

Al advertir su reacción, la princesa se rio. Luego se volvió hacia el barón y juntó las manos, como rogando.

—¿Puedo escuchar? ¡Es tan emocionante como estar metida en una novela policíaca! —dijo, fingiendo que era capaz de hablar con la voz de una niña.

—Por supuesto, *ma chère* —le respondió el barón, y la invitó a sentarse.

La princesa se sentó en uno de los sofás y colocó a la chica a su lado, sin soltarle la mano.

El barón se sentó en un sillón y se dirigió al vicecónsul, sin darle permiso para que se sentara.

—Comience.

—Pues bien —dijo el vicecónsul con un hilo de voz, repasando los documentos que había sacado de la cartera de cuero—. Como le he contado, aquel día se desencadenó una pelea. La casi totalidad de las personas interrogadas por la policía testificaron que, de repente, se encontraron dando y recibiendo puñetazos sin motivo.

—Animales —masculló la princesa—. ¡Y quieren tener nuestros mismos derechos!

—¿Qué quiere decir «la casi totalidad»? —preguntó el barón, atento.

—Bien, en el interrogatorio, un tal... —El vicecónsul consultó los documentos—. Un tal Natalino Locicero, de treinta años, palermitano, confesó que la pelea estaba organizada. Dos de sus amigos y compañeros de viaje, también ellos arrestados y detenidos, confirmaron la versión. La pelea fue provocada para liberar a Rosetta Tricarico.

—Yo soy Rose-etta Trica-arico —intervino la chica.

—¿Cómo? —exclamó el vicecónsul, estupefacto.

—Prosiga —le pidió el barón sin inmutarse.

—¿Me das un pas-te-lito si me quito el vesti-do? —dijo la chica.

—¡Oh! ¡Ya está amaestrada! —La princesa rompió a reír.

El barón se dirigió al vicecónsul.

—Vaya al grano.

—En fin... —dijo el funcionario encorvándose—. Otro pasajero habría contratado a Locicero con la promesa de convertirlo en... hombre de honor. Al servicio de don Mimì Zappacosta —concluyó de golpe.

—Don Mimì Zappacosta —murmuró el barón, meditabundo—. Es un mafioso palermitano. Ya había oído hablar de él. —Miró al vicecónsul, incapaz de entender la relación—. ¿Y bien?

—Pues que aquí, en Buenos Aires, hay otro Zappacosta —dijo el vicecónsul—. Lo he comprobado. Tony Zappacosta. Se trata del sobrino. Hijo del hermano, fallecido prematuramente. Tiene una empresa de importación y exportación. Y dirige las peonadas en el muelle siete, en el puerto de La Boca. Aunque en realidad se le conoce como... mafioso. —Miró al barón—. Puede que haya una relación con el hombre que liberó a Ros... —Se interrumpió, y dirigió una mirada a la chica—. A la joven, en fin.

El barón lo miró en silencio.

—A lo mejor es usted menos idiota de lo que parecía —dijo al cabo—. Puede ser un indicio, sí. —Asintió pensativo—. Tenemos que encontrar a ese hombre. Si lo hacemos, llegaremos a ella.

—Asintió más convencido, sonriendo. Se dio un manotazo en el muslo—. Organice un encuentro con el tal Tony Zappacosta.

—Pero… ¿no será peligroso? —dijo el vicecónsul—. ¿No sería preferible enviar a alguien para que…?

—Ahora ya sé perfectamente por qué pudo huir esa campesina —le espetó el barón, lleno de desprecio—. Es usted un auténtico pusilánime. —Señaló la mesita—. Deje ahí esos papeles y márchese. Póngase en contacto conmigo cuando haya organizado el encuentro.

El vicecónsul dejó los documentos, se inclinó repetidamente y salió del salón retrocediendo, como si más que por exagerado servilismo lo hiciese por miedo a que lo acuchillaran por la espalda.

No bien estuvieron solos, la princesa se acercó al barón.

—¡Un mafioso! ¡Qué excitante! —exclamó—. Yo también iré. Y no acepto negativas. —Estiró la mano y le acarició la cicatriz con la intimidad de una amante—. ¡Será una Navidad fantástica! ¡Tenemos que encontrar como sea a esa furcia! ¿Es bonita?

El barón asintió.

—Ni siquiera parece una campesina.

La princesa emitió un sonido con los labios apretados, algo entre el gruñido de una fiera y el ronroneo de una gata.

—¿Y me la dejarás?

—No —dijo secamente el barón, sustrayéndose a la caricia a la vez que se le endurecían los rasgos del rostro—. Ella es mía.

Y la princesa reconoció la muerte en sus ojos.

37

—Ha llegado —anunció el policía en cuanto se asomó al cuarto donde el capitán Ramírez tenía encerrada a Raquel.

Y ella comprendió que se refería a Amos. Y le pareció absurdo haber llegado hasta allí para morir de una manera tan tonta y cruel.

—Que espere detrás —dijo el capitán—. Yo se la llevo. —Pero al instante levantó una mano—. No, espera. Antes quiero hablar con él. —Sonrió—. Mejor aclaremos enseguida los términos de la… transacción. No vamos a hacerlo solo por su bonita cara de judío, ¿verdad? —Guiñó un ojo a su hombre.

El policía se rio.

El capitán salió del cuarto, seguido por el policía.

—Quédate en la puerta y no dejes entrar a nadie —le ordenó antes de cerrarla.

En cuanto se halló sola, Raquel se acurrucó en el suelo. Estaba acabada. La vida sabía ser cruel. Más incluso que los hombres. Apretó las piernas contra el pecho, haciéndose más pequeña, como si quisiese desaparecer, o como si se protegiera el vientre, donde Amos iba a hundirle la navaja antes de tirarla a las aguas repletas de ácido del Riachuelo. Al hacer ese movimiento, notó que algo le crujía en el bolsillo. Sabía exactamente lo que era. Una hoja de periódico que hablaba de un chiquillo que había sobrevivido cinco días bajo los escombros. Porque Dios tenía un plan para él. Y de repente Raquel comprendió que había llegado el momento de comprobar si Dios tenía pensado un plan para ella también.

Se puso de pie y miró alrededor.

Su aventura había empezado en un ventanuco.

Y en ese cuarto había un ventanuco.

Pegó la mesa a la pared y se subió a ella. La falleba de la ventana estaba dura, porque seguramente hacía años que nadie la abría. Hasta que, con un crujido, cedió.

A Raquel la sorprendió una ráfaga de aire caliente que entró desde la acera, abrasada por el sol. Se agarró al marco del ventanuco y trepó, con los pies pegados a la pared. En cuanto pudo, asomó la cabeza. Luego, apretando los dientes, empujó con todas sus fuerzas, confiando en no quedarse atascada como cuando huyó de su antigua casa, porque esa vez no contaría con la ayuda del granujiento Elías. Avanzando con los codos por el blando asfalto de la acera, se irguió hasta la cintura. Lo que ahora tenía que hacer era pasar las piernas. Pero no pasaban dobladas. Debía seguir arrastrándose, con las piernas tensas e inertes. Solo un esfuerzo más.

En ese instante, la puerta se abrió. El capitán había vuelto.

—¡Está escapando, joder! —gritó el policía.

—¡Agárrala, mamón! —ordenó el capitán.

A Raquel la aterrorizó que la atrapasen cuando estaba a un paso de la libertad. Se arañó las manos y los codos, empujando con todas las fuerzas que tenía. Oyó al policía trepar a la mesa.

—¡Amos! —gritó el capitán hacia el ventanuco—. ¡Amos está ahí!

Al fondo del callejón, Raquel vio a Amos y a dos hombres que la señalaban. Y luego notó las manos del policía agarrándole un tobillo.

—¡No! —gritó, y pataleó furiosamente, como un animal salvaje.

Oyó un gemido y después se halló libre.

—¡Atrápala, imbécil! —gritó el capitán.

Raquel sintió las manos del policía tratando de agarrarla de nuevo, pero solo le rozaron las suelas de los zapatos. Ya estaba fuera. Se levantó y echó a correr. Los dos hombres de Amos se hallaban a unos veinte metros. Amos estaba más atrás.

—¡Atrapadla! ¡No dejéis que escape! —oyó gritar a Amos.

Raquel había sido siempre más veloz que la mayoría de los chicos de su aldea. Pero quienes la perseguían en ese momento eran hombres. Oía sus pasos cada vez más cerca.

Y luego ocurrió algo increíble.

De repente estalló en el aire el repique de docenas de campanas. Y la calle se vio invadida por una multitud que salía festivamente de una iglesia.

—¡Feliz Navidad! ¡Feliz Navidad! —se deseaban abrazándose y formando una improvisada barrera.

Raquel se metió de cabeza entre la muchedumbre.

Detrás de ella oyó golpes y protestas.

—¡Eh, fíjate por dónde caminas, imbécil! ¡Ya te enseñaré yo! ¡Ojo!

Se alejó rápidamente de la multitud, y cuando giró en la calle siguiente y miró hacia atrás no vio a los dos hombres. Siguió corriendo con todas sus fuerzas, entrando por las calles más atestadas de gente. A los diez minutos estaba extenuada. Aminoró la marcha en medio de otro gentío festivo, procurando recuperar el aliento. Pero no paró hasta que llegó a una zona de las afueras que no conocía. Vio naves, oyó mugidos. Y un olor intenso y asqueroso se le metió en la nariz. Miró a su alrededor. Vio un redil para vacas. Entró y se acurrucó en un rincón, sobre un lecho de paja que apestaba a bosta.

—Estás viva —dijo entonces. Y luego la venció el cansancio.

Cuando abrió los ojos ya era de noche.

Además de la pestilencia que había, también olía a carne asada. Y se oían voces y risas. Salió del redil y vio a unos hombres alrededor de una parrilla sobre la que estaban asando carne. Se acercó lenta y silenciosa como un fantasma.

—Tengo hambre..., por favor... —dijo cuando estuvo a unos diez pasos.

—¡Mierda! —exclamó uno de los hombres dando un respingo—. ¡Qué susto me has dado, chiquilla! —Y se rio con los otros.

Uno de los hombres sacó un pedazo de carne de la parrilla y se lo lanzó como habría hecho con un perro sin dueño.

Raquel se abalanzó sobre el pedazo de carne y, sin importarle que estuviera quemándole las manos, le dio un bocado como habría hecho un perro sin dueño.

—Feliz Navidad —le dijo el hombre.

—Feliz Navidad —respondió Raquel, con la boca llena.

Y se marchó deprisa, sin dejar de comer con avidez. Poco después no quedaba ni una hilacha de carne pegada al hueso, que brillaba en la noche, a la claridad amarillenta de las farolas. También se chupó los dedos hasta que se los dejó sin el menor resto de grasa.

Y mientras las campanas de Buenos Aires seguían celebrando la Navidad, pudo por fin pensar en el terrible miedo que había sentido.

—Pero estás viva —se repitió. Sacó del bolsillo el artículo sobre el niño y sonrió—. Los dos estamos vivos.

Entonces, sentada en un banco, al tiempo que lo doblaba, en el reverso de la página reparó en unos anuncios de trabajo. Los leyó. No estaba cualificaba para hacer prácticamente nada. Solo había dos en los que podía encajar. Uno era el de una tienda de comestibles que buscaba un chico de los recados. El otro, de la librería La Gaviota. Si la contrataban podría cumplir su viejo sueño de leer todas las novelas que en la comunidad estaban prohibidas. Y luego le dio risa un anuncio absurdo. «Se compra pelo», decía.

Poco a poco empezaba a sentirse más optimista.

Muy temprano se puso a buscar la librería, confiando en que estuviera abierta durante esos días festivos. Cuando llegó al cruce de la avenida Jujuy con la avenida San Juan, en Constitución vio un cartel con una gaviota con las alas desplegadas y apretó el paso. La librería estaba abierta. Entró sin vacilar.

—He venido por el anuncio —se presentó a un viejo con gafitas redondas apoyadas en la punta de la nariz aguileña que estaba en la caja.

El viejo la miró.

—Te has equivocado —le dijo.

—No. —Raquel le mostró el periódico—. Lo pone aquí.

—¿Qué pone? Lee bien —dijo el viejo.

—«Se busca chico, incluso sin experiencia pero que sepa leer, para ayudante de almacén.»

—En efecto... —El viejo asintió—. Chico. No chica.

—¿Qué diferencia hay? —preguntó Raquel, asombrada.

—Una diferencia enorme —respondió el viejo—. Las mujeres no son de fiar. Antes o después, desaparecen o se quedan preñadas.

—No lo dirá en serio —exclamó Raquel.

—Totalmente.

—Póngame a prueba. Yo adoro los libros.

—Pero mis libros no te adoran a ti —zanjó el viejo.

Raquel miró las estanterías repletas de libros de toda clase y tuvo ganas de llorar por la frustración.

—Por favor...

—No —dijo secamente el viejo.

—Vete a la mierda, cabrón —lo insultó Raquel, ya desde la puerta.

Probó después en la tienda de comestibles del segundo anuncio, en la avenida Chilabert, en Nueva Pompeya.

—No contratamos chicas —le dijo el dueño—. Las mujeres son demasiado débiles. Trabajan la mitad que un hombre.

—Yo soy fuerte.

—A simple vista no lo pareces. Eres flaca como un alfiler —afirmó el dueño—. Además, las mujeres solo dan problemas. Vete, o te saco a patadas, chiquilla.

Raquel, con el terror de toparse con Amos, se pasó el día entero recorriendo restaurantes, tintorerías, hoteles y, por último, posadas, pero el resultado fue siempre el mismo. No había trabajo para una chiquilla.

—¿Por qué no nací varón? —dijo con rabia.

Se durmió en un callejón apestoso, cerca del puerto.

Al amanecer llovió, como ocurría con frecuencia. Y luego salió un sol espléndido. Raquel extendió el artículo del niño, que para ella era como un amuleto. Y entonces reparó de nuevo en aquel anuncio absurdo. «Se compra pelo. Pago al contado. Fábrica artesana de pelucas La Reina. Avenida Neuquén, Caballito. Cerca del Criquet Club.»

—Son gruesos y crespos —dijo una hora más tarde el dueño de la fábrica La Reina, un hombre con un peluquín rojizo, después de examinar con una lupa el pelo de Raquel.

—¿Eso es bueno? —preguntó Raquel.

—No, no es de buena calidad. Como contrapartida, se lava bien. —La miró con una sonrisa—. No quiero aprovecharme. Pero no puedo pagártelos como los finos y rubios de una inglesa o una alemana. ¿Comprendes?

Raquel asintió.

—De todos modos, antes dime cuánto quieres vender —dijo el hombre.

—¿Cuánto? ¿Eso qué significa?

—Veinte centímetros es el mínimo —explicó el hombre—. Así seguiría quedándote bastante largo. O bien cuarenta centímetros, y tu melena todavía seguiría decente. Y si no, todo, pero ya te quedarías rapada. Muy antiestético. Pero cambia el precio. Cuanto más largo, más te pago por él.

—Todo —dijo Raquel enseguida.

—¿Estás segura? ¿Todo? —El hombre se mostró sorprendido. Raquel asintió.

—Que Dios te bendiga, chiquilla. —El hombre sonrió feliz—. Ocurre pocas veces, ¿sabes? Y aunque tu pelo no es de gran calidad, por este largo te pagaré… setenta y cinco pesos, porque me caes bien. Yo hago un buen negocio y tú también. ¿Te parece?

—¿Setenta y cinco? ¡Setenta y cinco me parece estupendo! —exclamó Raquel.

—Perfecto. Y ahora lo primero que tenemos que hacerle es lavarlo —explicó el hombre—. Quiero decir… mientras siga estando en tu cabeza —añadió riendo.

Raquel fue confiada a la esposa del dueño, que le lavó el pelo con mucho esmero. Luego se lo peinó y se lo separó en mechones, cada uno de los cuales ató con lacitos rojos de tela.

—Muy bien, ya estás lista —dijo entonces el hombre.

Con unas tijeras en la mano, le pidió que se sentara en un sillón giratorio de barbero. En pocos minutos, mechón tras mechón, le cortó todo el pelo. Una vez que terminó le dio un espejo.

—Ten, mírate.

Raquel se quedó sin aliento por la sorpresa. No se había dado cuenta. No tenía más que un par de centímetros de pelo en la cabeza.

—Sí, lo sé, no es gran cosa. Pero volverá a crecer —dijo el hombre, consternado—. A cambio, ahora tienes setenta y cinco pesos.

Raquel no conseguía apartar los ojos del espejo.

—Toma, te regalo esto —dijo el hombre, y le puso en la cabeza una gorra de algodón—. Así podrás creer que sigues teniendo el mismo pelo debajo —añadió, y le guiñó un ojo.

Raquel se levantó del sillón de barbero y fue directamente al *boliche* de la gordinflona, a media tarde.

La mujer no la reconoció.

—¿Quién eres? —le preguntó.

—Soy yo, bola de sebo —respondió Raquel.

—¿Cómo me has…? ¡Ah, tú! ¿Qué has hecho?

—Me he cortado el pelo.

—Estás todavía más fea —se burló la gordinflona.

—Vete a la mierda —le dijo Raquel—. Quiero comer.

—¿Tienes con qué pagar? —le preguntó la gordinflona.

Raquel le enseñó el rollo de billetes.

—¿De dónde has sacado todo ese dinero?

—Eso no es asunto tuyo. Tráeme comida.

Raquel devoró todo lo que le puso, por un total de cuatro pesos, el doble de lo que comía por lo general, con la cabeza en el plato, y no se dio cuenta de que la gordinflona salía del local y decía algo a un par de chiquillos. Estaba tan llena cuando se levantó de la mesa, que ni siquiera reparó en la mirada insistente de la gordinflona mientras salía.

Tampoco oyó los pasos de la pandilla de chiquillos que la seguía.

Hasta que se encontró rodeada en un callejón desierto.

Entonces los chiquillos se abalanzaron sobre ella como una colonia de ratas famélicas. La tiraron al suelo y le rebuscaron en los bolsillos hasta que encontraron el dinero, y si intentaba soltarse o si gritaba le daban puñetazos. Al cabo, uno de los chicos, mientras los otros la mantenían sujeta, le metió una mano debajo de las bragas y le manoseó la entrepierna riendo, por mera crueldad, solo por humillarla.

Luego, igual que las ratas, los chiquillos desaparecieron en la noche.

38

Cada día, en cuanto terminaba de trabajar en el taller de Cara de Perro, Rocco iba corriendo a la parada del *tranvía* donde había perdido de vista a Rosetta. Se quedaba allí mirando hacia todos lados, confiando en verla aparecer. Y apretaba con fuerza el botón que tenía en el bolsillo, como un talismán o un amuleto. Preguntaba a todos lo que estaban esperando si alguna vez habían visto a una chica con un vestido azul y el pelo negro. «Guapísima», añadía con los ojos brillantes. Pero nadie la recordaba. Entonces Rocco subía al *tranvía* e iba hasta la siguiente parada. Se apeaba y recorría la zona. Montaba luego en el *tranvía* siguiente y recorría una parada más, se apeaba y buscaba. Y así sucesivamente, noche tras noche.

En Navidad, con el taller cerrado, después de declinar la invitación que le hizo Mattia, el chico que trabajaba con él, para que fuera a su casa, estuvo el día entero recorriendo la ruta del *tranvía*. Pasó Barracas, cruzó Nueva Pompeya, llegó al extrarradio occidental de Nueva Chicago, impregnado de la peste de los mataderos, subió a Flores, el barrio de los ingleses, bajó por la interminable avenida Rivadavia, pasó Caballito y llegó al final de línea del Once.

Caminó sin rumbo, confiando en la improbable posibilidad de encontrarse con Rosetta por las calles de Buenos Aires el día de Navidad. Al final llegó de nuevo a La Boca. Bordeó el Riachuelo hasta donde desembocaba en el Río de la Plata. Pasó por la Dársena Sur y los muelles de carga y descarga de los buques mercantes, fijándose en las enormes grúas del puerto. Desde cerca todavía eran más altas de lo que se había imaginado. A lo largo de los esqueletos de metal pasaban guías y tirantes de acero, que se movían por complejos engranajes. Las plataformas de las grúas se desplazaban lateralmente por raíles de tren, sujetas a una estructura de acero fijada al muelle. Estaban unidas a edificios con chimeneas de ladrillos refractarios de al menos diez metros de altura, de los que salía un humo denso y negruzco. Todo alrededor estaba cubierto de una gruesa capa de polvo de carbón. Intrigado, entró en un edificio. Observó admirado las gigantescas calderas y la densa red de engranajes, de correas dentadas y de poleas que transferían a las grúas toda la potencia del vapor comprimido. Los motores internos alimentados por las calderas constituían el corazón latiente de aquel complicado organismo. Y las grúas eran los brazos. «Es un sistema extraordinario», pensó.

El mundo moderno.

Salió. Las grúas subían o bajaban de los buques grandes pesos, sujetos con redes gigantescas y robustas. Pero a partir de ese momento intervenían los estibadores, a pulso. Era un trabajo extenuante. Los hombres cargaban pesos tremendos al hombro o en carretillas que empujaban entre tres. Y luego lo subían todo a carros de anchas plataformas tirados por dos o tres bueyes. Los muelles estaban llenos del estiércol de los animales. De vez en cuando un grupo de chicos, todavía demasiado jóvenes o débiles para ser estibadores, quitaba la mierda de los bueyes y la tiraba directamente al agua del puerto. El contraste entre la avanzada tecnología de las grúas y el tosco trabajo de los estibadores le pareció absurdo. Gracias a la potencia de las grúas, toneladas de mercancías se descargaban de los barcos en un instante. Después, una vez en el muelle, no había otro método que la fuerza bruta de los estibadores, que era muy poca cosa. Era un proceso lento y primitivo.

Era como si la modernidad de aquel mundo se interrumpiese bruscamente.

«¿Es que para el trabajo en tierra no es posible hacer maquinarias más pequeñas y manejables que las grúas?», se preguntó.

Con esa idea en mente, en vez de volver al almacén abrió el

taller e, imaginándose lo diferente que podría ser la actividad portuaria, empezó a garabatear bosquejos en unas hojas que encontró en el despacho de Cara de Perro. Tenía un único propósito: hacer montacargas eficientes. Primero se preguntó cuánto costarían los motores dados de baja, porque a lo mejor lograba hacerlos funcionar otra vez y adaptarlos al nuevo uso que se le había ocurrido. Los esbozos que trazaba eran sencillos, casi elementales, pero claros y tridimensionales. A la luz de la lámpara de gas, estuvo horas tratando de mejorar los dibujos e intentó desarrollarlos, imaginando ejes de transmisión, correas, mecanismos que pudieran plasmar su sueño. Y, dibujo tras dibujo, se hizo de noche. Y luego alboreó. Y llegó la mañana.

—¿Qué haces aquí? —dijo Cara de Perro cuando lo encontró en su despachó. Las paredes estaban tapizadas de hojas—. ¿Qué es esta mierda?

—Proyectos de maquinarias —respondió Rocco, ojeroso por la noche que había pasado en blanco. Pero en su voz vibraba la pasión. Porque ahora tenía un sueño. Un sueño auténtico y concreto.

—¿Quién coño eres, Leonardo da Vinci? —gruñó Cara de Perro. Arrancó dos dibujos de las paredes, los rasgó y los tiró al suelo—. Largo de aquí —le dijo señalándolo con un dedo.

Rocco estalló enseguida. Le agarró el dedo y se lo dobló.

Cara de Perro chilló. Tratando de soportar el dolor, se agachó tanto que casi se puso de rodillas.

—¿Qué pasa, niños? —preguntó Tony, que acababa de entrar en el despacho seguido como siempre de Bastiano.

También Mattia se asomó, con una expresión preocupada.

Rocco soltó el dedo de Cara de Perro.

—Te mataré —lo amenazó Cara de Perro.

—Tú no vas a matar a nadie —lo hizo callar Tony.

Cara de Perro agachó la mirada.

Entonces Tony se volvió hacia Rocco.

—¿Recuerdas cuando te dije que no me gustaba que nadie me robase? —Se acercó a él sin importarle quedar dos palmos más abajo, como siempre—. ¿Dónde estuviste anoche? ¿De putas?

—No, aquí.

—De todos modos, no estabas donde tendrías que haber estado. Intentaron entrar en el almacén. —Le golpeó el pecho con un dedo—. En cualquier caso, tienes suerte. No lo consiguieron.

Rocco lo miró sin bajar los ojos. Sin desafiarlo pero sin mostrarle temor.

—Soy mecánico, no vigilante.

Tony asintió lentamente, con una especie de sonrisa.

—¿Sabes qué me encanta de ti? —le dijo—. Que te gusta caminar por el borde del precipicio, como un aspirante a suicida.

—Es la única franja de tierra por la que se puede andar libremente —respondió Rocco, y se encogió de hombros—. Toda la demás se la ha quedado usted, por lo que parece.

Bastiano, Cara de Perro y Mattia se pusieron tensos. Nadie en el puerto se habría atrevido nunca a hablar de esa manera a Tony.

Sin embargo, pasados unos segundos, Tony rompió a reír.

—Mi tío me había dicho que eras un tocapelotas. Pero la verdad es que eres un gran cómico. —Suspiró—. Y a mí me encanta reír. Aunque no si me roban algo. En ese caso, me tocan los huevos.

—Pero no le han robado nada…, por suerte.

Tony hizo como si no lo hubiera oído. Miró los dibujos de las paredes.

—¿Por esto es por lo que no estabas en el almacén?

—Sí.

Tony se acercó a los esbozos y los examinó.

—¿Quiere que seamos socios? —dijo Rocco instintivamente, hablando antes de pensar.

Tony se volvió con una expresión pasmada y burlona.

—¿Tú y yo? —Se rio—. ¿Ves que eres cómico? —Aun así, siguió mirando los dibujos.

—Imagínese lo distinto que sería el trabajo en el puerto si hiciéramos montacargas a motor —dijo Rocco en tono apasionado—. Todo el trabajo sería limpio, sin la mierda de los bueyes en el suelo. Toneladas y más toneladas de material moviéndose rápidamente, sobre ruedas, subido y transportado por motores y máquinas potentes. —Sonrió, iluminado por su sueño, como si ya pudiese verlo cumplido y en funcionamiento—. ¡La modernidad! —exclamó.

—Toda esa modernidad, como tú la llamas, se traduce en inversión, ¿verdad? —dijo Tony.

—Sí, claro.

—Un montón de dinero, ¿verdad?

—No necesariamente.

—De todos modos, sería dinero tirado si no consigues hacer esas máquinas, ¿verdad?

—Conseguiré hacerlas —afirmó con orgullo Rocco, aunque en realidad no tenía idea de si realmente podría.

—Fanfarrón. —Tony sonrió—. Pero mientras haya muertos de hambre que se rompen la espalda por cuatro pesos, ¿quién va a querer hacer inversiones importantes y arriesgadas? —continuó—. Hay una cola quilométrica que empieza en el Hotel de Inmigrantes de pordioseros buscando trabajo como estibadores. ¿Has mirado a tu alrededor? Somos demasiados en esta ciudad. Y un muerto de hambre está dispuesto a todo. Incluso a que le den por el culo, si le pagan.

—He observado el trabajo en el puerto —dijo Rocco—. Es lento.

—Todo tiene la velocidad y el precio que debe tener —objetó Tony, desinteresándose por los dibujos—. No me gustan los cambios.

—Pues resulta raro que vaya usted en un Mercedes y no en un carro tirado por un burrito —dijo Rocco.

—No eres capaz de estarte callado, ¿eh? —Tony lo miró a los ojos—. Si te cortase la lengua, de todos modos podrías ser mecánico, ¿verdad?

Rocco sonrió.

—Y de todos modos podría hacer un montacargas.

—¿Por qué aguanta usted a esta cucaracha? —intervino Cara de Perro, dirigiéndose a Tony—. Es un rebelde. Cree que sabe mejor que los demás cómo se hacen las cosas en el taller. Le mando que haga tal cosa así y él la hace al revés. Se cree el más listo de todos. Yo nunca lo habría contratado, dicho con todo mi respeto. Y no entiendo cómo puede usted aguantarlo.

Tony se le acercó, mirándolo con sus ojos gélidos e implacables.

—Lo aguanto porque tiene huevos, al revés que tú, que eres flojo y lameculos. —Le puso una mano en el hombro, como a un amigo, y se volvió hacia Rocco—. Lo que no significa que un día no me obligue a aplastarlo como a una cucaracha. Es más, es muy probable que no tenga más remedio que matarlo. —Siguió mirando a Rocco—. Conozco esta clase de hombres. No se conforman con caminar eternamente por esa pequeña franja de tierra libre. Poco después creen que pueden corretear de aquí para allá. —Sonrió al tiempo que señalaba los dibujos de las paredes—. Y algunos llegan a creerse incluso capaces de volar. —Se encogió de hombros—. Y entonces…, bueno, ya verás que ese día ya no lo aguantaré más. —Le agarró la mejilla gorda y grasienta entre el índice y el pulgar, y se la pellizcó—. Pero hasta ese momento, querido Cara de Perro, seguramente se merece más que tú dirigir este taller, porque es más listo y me hace ganar más dinero. —Le dio un cachete—. Deja el despacho. Ahora es suyo. Y tú eres su ayudante.

Y después salió, seguido de Bastiano.

Antes de que hubiese llegado a la calzada, Rocco lo alcanzó.

—Yo no hago trabajos sucios, que quede claro —le dijo—. Este es un taller mecánico. Reparamos motores.

—Lo que a mí me interesa es que sea un taller mecánico eficiente —respondió Tony, sin fijarse en el tono de Rocco—. ¿Eso puedes garantizármelo?

Rocco asintió, serio.

—Bien, hoy ya me has hecho perder bastante tiempo —dijo Tony, y se marchó.

Cuando estuvieron solos, Bastiano comentó:

—La verdad es que a mí también me sorprende cómo trata usted a ese Bonfiglio.

—Yo no soy como mi tío don Mimì —respondió Tony de buen humor—. Él busca a sus hombres entre los tontos. Animales rabiosos a los que hay que mantener sujetos. Y si encuentra a alguien con cabeza lo elimina. Porque podría joderlo. Eso es típico de otra generación. ¿Has visto cómo habla ese chico? ¿Has comprendido lo que significa para él la modernidad? ¿Te has dado cuenta de que es capaz de ver el mundo del futuro? Bien, al revés que mi tío don Mimì y que todos los jodidos mafiosos prehistóricos, que terminarán extinguiéndose como los dinosaurios, yo creo que las empresas... modernas deben contar con una clase dirigente... pensante. Y visionaria. —Se detuvo—. ¿Qué opinas del tema de los montacargas?

—Como ha dicho usted, yo...

—Te he preguntado qué piensas tú —lo interrumpió Tony, irritado.

—Bueno... —empezó de nuevo Bastiano moviendo la cabeza, pues temía dar una opinión diferente a la de su jefe—. Bueno, a decir verdad..., me parece...

—Es una idea excelente —concluyó por él Tony—. Excelente.

Bastiano asintió. Su jefe siempre lo sorprendía.

—Ese chico es más listo que todos vosotros juntos —dijo Tony, delante de la entrada de la Zappacosta Oil Import-Export—. Solo tiene un grave defecto. ¿Sabes decirme cuál es?

Bastiano negó con la cabeza.

—No tiene el menor espíritu criminal. —Tony se echó a reír—. Pero eso puede corregirse. Solo hay que encontrarle un punto débil, una fisura..., una manera de enredarlo. Algo me inventaré, ya verás.

En ese momento, un Lancia burdeos con un banderín italiano en el guardabarros paró a pocos metros de ellos.

Se apeó rápidamente un petimetre con chaqueta cruzada, tieso y engallado, que, lanzando una leve mirada a Tony, abrió la portezuela trasera del automóvil con maneras serviles.

Salió una mujer elegante y altiva con una cara tan larga como el sermón del cura en los días festivos.

Después bajó un gordo gelatinoso con un traje claro de lino, sudado, abanicándose con un sombrero de paja de estilo italiano.

—¿Es usted *monsieur* Tony Zappacosta? —preguntó.

Tony le miró la repulsiva cicatriz, rojiza, que le subía desde la frente y le partía en dos el cráneo, donde tenía cuatro pelos que parecían pelusa.

—¿Y usted quién es? —le preguntó.

—Soy el barón Rivalta di Neroli.

Tony lo miró en silencio mientras se acercaba.

—Estoy encantado de conocerlo, *monsieur* Zappacosta —dijo el barón—. Creo que usted podrá ayudarme a encontrar a una persona.

39

En el barrio siempre decían que las malas noticias, más que las buenas, corrían a la velocidad del rayo. Pero eso era porque prácticamente nunca había buenas noticias.

Y como confirmación, a la velocidad de las malas noticias corrió el asombroso rumor de que alguien había renunciado a su trabajo —o eso se murmuraba en voz baja, como algo inconcebible— para cedérselo a una persona «que lo necesitaba más». Poco después se supo que esa persona era, encima, una mujer. Y luego empezó a relacionarse esa historia con otra, que contaba que la misma mujer regalaba huevos a las viejas y que hablaba de solidaridad, de ayudarse en vez de robarse.

Hasta que se supo quién era esa mujer y dónde vivía.

Al principio predominó un sentimiento de incredulidad. Luego llegó el estupor. Y, por último, la admiración. Y la admiración, como ocurre siempre entre el pueblo, se convirtió en algo grande, como una especie de leyenda.

El día de Navidad, mientras Rosetta se preparaba para ir a misa con Assunta y Tano, llamaron a la puerta de la casa. Rosetta fue a abrir y se encontró con Dolores y la señora Chichizola, la dueña del horno de pan. Y detrás de las dos mujeres había muchos vecinos y curiosos.

Poco después aparecieron en la puerta también Assunta y Tano.

Dolores le tendió una botella de vino tinto envuelta con un lazo.

—Feliz Navidad —dijo—. Se la he quitado a mi padre. Él ya bebe demasiado.

Rosetta notó que en ese poco tiempo le habían desaparecido casi por completo las ojeras que tenía en el matadero. Y también el miedo en aquellos ojos de cervatillo no era más que un recuerdo.

—No sé si es como lo hacéis vosotros en Italia —dijo entonces la señora Chichizola. Le ofreció un bollo redondo y grande—. Ni siquiera sé si puede llamarse *panettone*. —Se rio—. Pero está hecho con enorme cariño.

Rosetta estaba abochornada. La Navidad nunca había significado nada para ella. Nunca la había celebrado. Hasta entonces, el hecho de pasar unas buenas Navidades se limitaba a que su padre no estuviera demasiado borracho y no le pegara con la correa.

—No sé qué decir… —masculló.

—¡Da las gracias, jodida! —exclamó Tano.

Assunta le dio un codazo en el costado.

—Gracias… —murmuró Rosetta.

Entonces Dolores la abrazó y la besó. Cuando se apartó, tenía los ojos llenos de lágrimas. Pero no dijo nada porque no había palabras para explicarle cuánto bien le había hecho.

También la señora Chichizola la abrazó, con más brusquedad, dejándole un velo de harina en la mejilla. Luego miró a Dolores y le dijo, casi para tranquilizarla:

—La trato como a una hija.

Rosetta asintió, cada vez más abochornada.

Los vecinos y los curiosos, que entonces, como todos en Barracas, no hacían más que hablar de aquella historia, alimentándola, transmitiéndola de una casa a otra, siempre aumentada, y contribuyendo a convertirla en una leyenda, presenciaban aquello sonrientes o conmovidos.

—Bueno, ¿a qué carajo esperas? —dijo Tano a Rosetta, a su manera brusca, él también abochornado en aquel silencio repleto de emociones—. Mete eso en casa y vamos a misa. Ya es tarde.

Mientras las campanas convocaban a los fieles, apareció entre ellos una mujer andrajosa. Llevaba unas flores del campo en la mano, muchas de las cuales ya tenían las corolas gachas.

Rosetta reconoció a la mujer a la que había regalado el huevo.

También los demás sabían quién era. Todo había comenzado con ella. Y con aquellas palabras de Rosetta.

—*Feliz Navidad, chica.* —La vieja le tendió las flores, porque no tenía otra cosa que regalarle—. *Dios te bendiga.*

Rosetta sintió que algo la oprimía por dentro. Una emoción que no conseguía contener. Se volvió de golpe y entró rápidamente en la casa.

Hubo un murmullo entre la gente.

La vieja se había quedado con las flores en la mano. Aturdida.

Poco después, Rosetta salió de nuevo. Tomó las flores y ofreció dos huevos a la vieja.

—*Feliz Navidad* —dijo.

Le brillaban las mejillas. Evidentemente, se había secado las lágrimas.

La vieja miró los huevos, girándolos en las palmas de sus manos esqueléticas. Luego, como si de repente un pensamiento la hubiese absorbido por completo, se dio la vuelta sin mirar más a Rosetta y se encaminó hacia la multitud, con los ojos fijos en los huevos. Una vez delante de la gente hizo una señal imperceptible hacia alguien. Otra vieja, igual de flaca y con unos andares inestables, se le acercó. Sin decir palabra, la vieja desdentada le tendió uno de los huevos. Al momento, como dos bailarinas sincronizadas, golpetearon la cáscara, abrieron un agujerito y chuparon. Cuando acabaron su comida, se miraron a los ojos y se marcharon, cada una por su camino, sin decir palabra, sin abrazos, sin muecas.

La gente se había quedado muda.

La vieja acababa de hacer lo mismo que Rosetta había hecho antes con ella.

—¡La puta que la parió! —comentó en voz baja Tano meneando la cabeza.

—¡Es Navidad! —lo regañó Assunta—. ¡No hables así!

Tano la miró un instante y luego dijo:

—La santa que la parió.

Rosetta rompió a reír. Y también Dolores y la señora Chichizola. Y toda la gente que había allí. Y por fin se rio incluso Assunta.

Cuando emprendieron camino hacia la iglesia, la gente avanzó en fila, como en una especie de procesión.

En su sermón, el cura habló de amor y caridad. Y por primera vez, pero no por mérito de él, la gente pensó que no eran dos palabras sin sentido.

No bien Rosetta salió de la iglesia, una mujer con una niña muy flaca a la que llevaba agarrada del hombro se le acercó y le dijo:

—Encuéntrale un trabajo, por favor.

A Rosetta la desconcertó. Se encogió de hombros.

—Pero... —balbució—. Pero si yo misma no tengo trabajo.

—Encuéntrale un trabajo, por favor —repitió la mujer—. Sabe coser.

Rosetta movió la cabeza. No daba crédito a lo que estaba ocurriendo.

—Bueno —respondió.

—Vivimos en la casa amarilla del fondo de la calle —le dijo la mujer.

—Sí.

De regreso hacia la casa, ni siquiera Tano abrió la boca. Solo cuando llegaron, y una vez que cerraron la puerta, dijo:

—Te la han metido bien.

—¡Tano! —exclamó Assunta—. ¡Vaya manera de hablar! Además, ¿qué puede hacer Rosetta? ¿Qué más puede hacer ella? Ya ha cedido su trabajo.

—Exactamente —dijo Tano.

—¿Y...? Eso no la obliga a...

—Pero a esa mujer le ha dicho «Bueno» —la interrumpió Tano.

—¿Y eso qué tiene de malo? Es una manera de hablar.

Tano miró a Rosetta.

—¿Era una manera de hablar?

—No lo sé... —respondió Rosetta—. No, pero... ¿qué puedo hacer?

—Hay un sastre más abajo, en Tres Esquinas —dijo entonces

Tano—. Me han contado que es un idiota. Aun así, merece la pena intentarlo, ¿no?

Rosetta asintió débilmente. Aquello la sobrepasaba.

—Pero no puedes ir con esos zapatos —dijo de repente Tano, meneando enérgicamente la cabeza.

—¿Por qué? —preguntó Rosetta, sorprendida.

—Joder, están rotos —dijo Tano—. Causas mala impresión. A una pordiosera que se presenta con esos zapatos, yo ni siquiera le echo una ojeada.

Rosetta se miró mortificada los zapatos con los que había llegado de Sicilia.

—No tengo otros —murmuró.

Tano balbució algo incomprensible, luego sacó una caja de cartón de debajo del banco y se la tendió con indiferencia.

Rosetta observó la caja.

—¿Qué es? —preguntó desconcertada.

—Es una caja —respondió Tano. Al ver que Rosetta seguía quieta, se puso nervioso—: ¡Joder, tómala y averigua qué hay dentro!

—¡Mira que eres cabestro! —Assunta se rio.

Rosetta abrió la caja. Dentro había unos zapatos azules como el vestido de Ninnina. Y tenían unas borlas violetas en forma de flores de jacarandá.

—Es nuestro regalo de Navidad —le dijo Assunta, y la abrazó.

—Nunca me han... —A Rosetta se le quebró la voz—. Nunca me habían hecho un regalo de Navidad..., y hoy...

—Bueno, muy bien, pero ya te lo han hecho —zanjó Tano con rudeza—. Y ahora puedes ir a ver al sastre de Tres Esquinas.

Tres días después, la sastrería de don Álvaro Recoba abrió. Tenía solo un escaparate. Parecía pequeña. Sin embargo, no bien entró Rosetta comprobó que era grande y que se adentraba en el edificio como una caverna. En las dos primeras habitaciones estaba expuesta la ropa hecha. La tercera era una sala de pruebas, donde don Álvaro clavaba agujas con precisión y maestría en la ropa a medida, adaptándola al cliente. A continuación estaba el gran espacio de trabajo. Diez mujeres, inclinadas sobre sus mesas de labor, cortaban, cosían a máquina y remataban a mano, con los ojos enrojecidos y los dedos martirizados por agujas que atravesaban dedales de latón.

—No necesito a nadie —dijo enseguida don Álvaro—. Aún menos a una aprendiz.

Rosetta lo miró y se dio cuenta de que jamás conseguiría atravesar su coraza lamentándose de lo dura que era la vida.

Mientras buscaba un razonamiento convincente, una de las costureras le dijo:

—Yo te conozco, tú eres esa que cedió su trabajo a una chiquilla.

Don Álvaro miró a Rosetta con curiosidad. Como todo el mundo, había oído la historia, solo que a él no lo había conmovido. Es más, creía que esa mujer estaba trastornada.

—Que Dios te bendiga —dijo la costurera.

—Que Dios te bendiga —corearon las demás levantando un instante la mirada de su trabajo.

—Yo no conocía ese horno —comentó una—. Pero he ido y es bueno.

—Sí, yo también he ido —afirmó otra—. Buenísimo. Y además, esa chiquilla..., qué ternura.

—Pero reconozcamos también el mérito de la señora Chichizola —dijo entonces una tercera—. Ella es la que ha contratado a la chica. Y le deseo toda la suerte del mundo. Es una magnífica persona...

—Yo ahora, aunque ese horno no está en mi trayecto, siempre le compro el pan a ella —apostilló una de las costureras.

Rosetta se volvió hacia don Álvaro y vio que le había cambiado la mirada. Había hecho sus cálculos. Faltaba un último empujón.

—¿No le gustaría que dijeran lo mismo de usted? Piense en lo fácil que puede ser. Y su negocio mejoraría.

—Comunique a esa aprendiz que se presente aquí mañana —dijo don Álvaro con altivez. Y para cubrirse las espaldas, añadió—: ¡Pero como no esté a la altura, no podré hacer nada!

Dos días después, la madre de la chiquilla entró en el taller de Tano y dejó una bufanda que había tejido para Rosetta.

Los relatos acerca de Rosetta se multiplicaron. Y ya no había nadie en todo el barrio de Barracas que no conociese sus hazañas. Y, como siempre pasa, se le atribuyeron hechos que nadie había verificado. Invenciones. Pero cientos y cientos de vecinos del barrio, fundamentalmente las mujeres, creían que Rosetta era una especie de heroína.

Un día antes de Nochevieja un joven se presentó en la casa de Tano. Vestía un traje malva. Los codos de la chaqueta estaban un poco raídos. Y los pantalones le venían tan cortos que los zapatos, en contraste, parecían excesivamente grandes. Llevaba en la cabeza un sombrero de paja que debía de haber aguantado muchas lluvias. Tenía un aire desenvuelto.

—¿Aquí es donde vive la mujer que encuentra trabajo a los demás? —preguntó.

Tano lo observó un momento.

—Ayuda a las mujeres, no a los hombres —dijo luego—. Y además ya es hora de que la dejéis en paz. No puede ayudar a todo el mundo.

—Yo no estoy buscando trabajo —contestó el joven sonriendo—. Ya tengo trabajo.

—¿Pues qué quieres? —preguntó Tano con recelo.

Entretanto, atraídas por la conversación, Rosetta y Assunta se habían asomado a la puerta.

El joven reparó en lo guapa que era Rosetta y sonrió.

—¿Es usted?

—¿Qué quieres, jovenzuelo? —repitió Tano, pero en un tono más agresivo.

El joven se quitó el sombrero y se inclinó levemente.

—Me llamo Alejandro del Sol. Periodista *independiente*.

—No te des tantos humos, fanfarrón —dijo Tano—. *Independiente*, hasta donde yo sé, significa que no escribes para nadie, de manera que en realidad no tienes trabajo. ¿Tengo o no razón?

El joven miró a Rosetta y sonrió, ligeramente abochornado.

Ella pensó que tenía un aspecto simpático. Parecía diferente a todos los chicos del barrio, afeados por trabajos más humildes.

—Mírame a mí y responde —dijo Tano—. ¿Qué es lo que quieres?

—He oído lo que se cuenta en el barrio. Todo el mundo habla de ella. Me gustaría escribir un artículo sobre... Está usted soltera, ¿verdad?

—Estás poniéndome nervioso —le soltó Tano—. Deja de hacerte el galante.

—Le pido disculpas, señor —dijo Alejandro—. La historia de la señorita es maravillosa. Un cuento popular que encantaría a los lectores —continuó—. Podría salirme un precioso artículo y quizá conseguiría venderlo... En fin, que podría conseguir que me lo publicaran en *La Nación*. —Sonrió a Rosetta—. Le aseguro que los lectores adorarían su historia, señorita.

—¡Mírame a mí! —gritó Tano empujándolo—. A la señorita no le interesa un carajo tu propaganda, ¿te enteras? Y ahora lárgate de aquí enseguida o te rompo el culo a patadas.

—Quiero que eso me lo diga la señorita —objetó Alejandro.

—La señorita contigo no habla —gruñó Tano, y le dio otro empujón.

—Le advierto que el artículo voy a escribirlo de todos modos —dijo Alejandro.

Tano levantó un puño y amenazó con pegarle.

Alejandro se apartó enseguida unos diez pasos.

—¡Al menos dígame su nombre! —Abrió los brazos—. Algunos comentan que se llama usted Lucia y otros Rosetta.

—¡Vete a la mierda! —le gritó Tano. Se volvió hacia Rosetta y Assunta y las empujó—. ¡Y vosotras, entrad!

—¡De todas formas, voy a escribir el artículo! —gritó Alejandro.

Tano entró en la casa y cerró la puerta. Miró a Rosetta en silencio.

—¿Qué he hecho? —preguntó al cabo Rosetta.

—Tú no has hecho nada —farfulló Tano con semblante torvo—. Pero ¿sabes qué significa tener encima a un periodista?

Son unos entrometidos. ¿Has oído lo que ha dicho? Te pregunta cómo te llamas. ¿Lucia o Rosetta? —Meneó la cabeza preocupado—. ¿Y si descubre quién eres en realidad? —Le dedicó una mirada sombría. En sus profundos ojos azules había un brillo angustiado.

Rosetta sintió que la sangre se le helaba en las venas.

—No quiero perderos —susurró.

Assunta contuvo un gemido.

40

Después de que la hubiera agredido la pandilla de chiquillos, Raquel pasó unos días espantosos, alimentándose de sobras y escondiéndose por pánico a las bandas, a la policía y a Amos.

Una noche, un policía que la vio pidiendo limosna la señaló con la porra y le gritó:

—¡Eh, tú, mendiga! ¡Ahora mismo te encierro!

Aterrorizada, salió corriendo con lágrimas de desesperación, y no se detuvo hasta que llegó a un muelle del puerto. Miró de un lado a otro. Oyó voces y se ocultó. Inmediatamente después vio a unos chiquillos que forzaban la pared de chapa de un almacén para colarse. La asustó que pudiesen descubrirla y que quisieran pegarle, así que también salió por piernas de allí. Llegó a un enorme montón de basura. Trepó y se escondió.

El olor era nauseabundo, pero no se movió, petrificada por el terror.

Mientras la noche se anunciaba y el cielo pasaba del azul al negro, empezó a llover a cántaros. La lluvia llegaba del norte, fría y punzante a pesar de que era verano. El agua deshacía la basura y la convertía en una especie de limo pegajoso. No duró más de media hora, pero Raquel acabó empapada.

Temblando como una hoja, salió de su asqueroso refugio con el rostro empapado de lágrimas, de agua y de basura.

Anduvo por los muelles, en busca de un lugar cálido donde guarecerse, cuando vio una nave abierta. En la puerta había pintado un gigantesco ocho de color azul. Un joven miraba el cielo en el muelle. La luna reflejaba su figura pensativa en los charcos.

Raquel fue a hurtadillas hacia la puerta abierta y entró en el almacén. Dentro había cajas de madera amontonadas una encima de otra. En un rincón vio una caseta. Se volvió hacia la puerta y se percató de que el joven se dirigía hacia allí. Pasó por encima de unas cajas y corrió hacia el fondo de la nave. Se agachó conteniendo la respiración. Un instante después oyó que la puerta corredera del almacén se deslizaba por el raíl. Y luego el clic seco de un candado que se cerraba.

«Estoy atrapada», se dijo. Pero al menos se hallaba a cubierto. Se estremeció. Estaba empapada. Temblaba de frío. Una vez que el joven se hubo retirado a la caseta, se tapó con una lona. Pero estaba encerada y crujió como si fuera una enorme hoja de periódico.

Oyó que el joven se asomaba a la puerta de la caseta.

Raquel no se movió.

—Ratas de mierda —masculló el joven.

En ese momento, Raquel estornudó.

—¿Quién es? —preguntó el joven.

Raquel se tapó más con la lona.

Pero oyó pasos acercándose.

—¿Quién es?

Y entonces Raquel notó que se había detenido. Estaba cerquísima.

—Sal de ahí —dijo el joven—. Cuento hasta tres y luego disparo...

Con el corazón en un puño, Raquel sacó la cabeza de la lona. El joven, efectivamente, empuñaba una pistola. Pero la bajó enseguida. Lo primero que pensó Raquel, sin motivo, fue que no era malo. Y que era guapo. Era rubio y tenía los ojos negros.

Rocco vio una cara espantada con el pelo cortado a cepillo y una graciosa nariz larga y respingona.

—¿Qué haces aquí? —le preguntó.

—Tengo frío... —balbució Raquel—. No me hagas daño..., por favor.

Por cómo hablaba, por el miedo que advirtió en sus ojos,

Rocco se dio cuenta al instante de que no era uno de los típicos ladronzuelos que había por el puerto.

—Sal —le dijo.

Raquel salió de debajo de la lona, lentamente, y se puso de pie temblando.

Rocco arrugó las cejas, sorprendido, al ver que llevaba una falda larga.

—¿Por qué estás vestido de mujer? —le preguntó.

Raquel se tocó el pelo rapado. Y solo en ese momento cayó en la cuenta de que la había tomado por un chico. Un escalofrío le recorrió la espalda. Una sensación emocionante. Como si se hallase ante una encrucijada. Como si la vida le ofreciera una oportunidad. Una buena mano de cartas.

—¿Eres una chica? —le preguntó Rocco, desconcertado.

Eran unas cartas que debía jugar enseguida. Sin vacilar. Porque probablemente no volvería a salirle otra mano igual. «¡Es tu única oportunidad! ¡No la desaproveches!», le había dicho Libertad.

—¿Y bien...? ¿Eres mudo? —insistió Rocco—. ¿Eres una chica?

—No —respondió Raquel con el corazón latiéndole con fuerza—. Soy... un chico... —Y esa palabra le llenó los oídos, ensordeciéndola, como si la hubiese gritado a pleno pulmón.

—¿Y entonces por qué estás vestido como una mujer? —repitió Rocco, cada vez más sorprendido.

—Porque... —empezó Raquel, tratando de pensar deprisa—. Porque... unos chiquillos... me agredieron... —Los ojos se le llenaron de lágrimas, pero siguió buscando rápidamente una explicación creíble—. Me robaron... la ropa... y encontré esta... de mujer... en la basura...

—Coño, lo siento, chiquillo —dijo Rocco frunciendo la nariz—. Apestas como un cadáver.

Raquel lo miró. El corazón le latía cada vez más deprisa.

—¿Cómo te llamas?

—Ejem... —Raquel no sabía qué responder. Tenía que ocurrírsele un nombre masculino—. Ángel —dijo de repente.

—Yo soy Rocco —se presentó él.

—Ángel —repitió Raquel, como si no se lo creyese.

—Sí, te he oído. ¿Y de dónde vienes? ¿Qué haces aquí? ¿No tienes casa?

«Demasiadas preguntas a la vez», se dijo Raquel muerta de miedo. Debía inventarse algo deprisa. Pensó en la única historia que conocía. La suya.

—Vengo de... —No, no podía contarle que venía de un burdel—. De un orfanato. Soy huérfana —concluyó—. Me he... escapado.

—¿Huérfana, dices?

—Sí.

—Entonces ¿eres una chica?

—¡No! Huérfano... huérfano... —Raquel sudaba frío—. Es que todavía no hablo español bien.

—Bueno, si es por eso..., yo tampoco lo hablo bien. —Rocco sonrió—. ¿Y dónde está el orfanato?

Raquel notó los periódicos empapados que tenía debajo de la ropa. La suya no era la única historia que conocía.

—En Rosario. Sí, en Rosario.

—¿Y cómo has llegado hasta aquí?

Raquel se encogió de hombros.

—A pie —respondió, como si fuese obvio.

—¿Trescientos kilómetros a pie?

Raquel comprendió su error.

—Y en un carro... —añadió atropelladamente—. Y también en un tren.

Rocco negó con la cabeza.

—Tienes las ideas un poco confundidas, chiquillo —dijo—. Me parece que cuentas un montón de chorradas.

—¡No!

—¿Y tus padres?

Raquel ya sabía qué historia contar y no iba a dejar que la interrumpiera.

—Están muertos. Una explosión. Todos muertos. Once muertos. Se derrumbó un edificio. Dos dinamiteros. Anarquistas.

Rocco arrugó las cejas.

—¡Salió en los periódicos! —dijo Raquel—. En *La Nación*. —Y estornudó de nuevo.

Rocco se volvió.

—Estás empapado hasta los huesos. Tienes que quitarte esa ropa, porque además ya no aguanto esa peste. Te daré algo de hombre. Estás ridículo vestido de mujer. Ven.

Cuando se hallaron delante de la caseta, Rocco rebuscó en su ropa y sacó unos viejos pantalones y un jersey ligero, salpicado de agujeros. Le dio un trozo de cuerda para que la usara como cinturón.

—Venga, desnúdate.

—No me gusta que me vean desnuda.

—¡¿Desnuda?!

—¡Desnudo! —se corrigió Raquel, con la cara colorada—. Ya te he dicho que no hablo bien español.

—Pero ¿qué idioma hablabas en el orfanato?

—Heb... Ruso.

—¿Hebruso? ¿Qué idioma es ese?

—¡Ruso! Mis padres... eran emigrantes rusos.

Rocco torció los labios y meneó la cabeza, perplejo.

—Vaya historia más liosa.

—¡Es la verdad!

—No he dicho lo contrario, chiquillo —respondió Rocco—. Pero tienes que reconocer que es una historia que no se oye todos los días.

—Es mi historia.

—¿Y cómo es que siendo rusos te pusieron Ángel? —insistió Rocco, que estaba francamente confundido por todo aquello que Raquel le contaba—. No me parece un nombre ruso.

—Pues sí que es ruso... —dijo Raquel—. Solo que... se escribe de otra manera, eso es todo...

—¡Fíjate!

—¿No me crees? —preguntó casi con enfado Raquel.

—¿Qué quieres que te diga? Yo no sé ruso. —Rocco señaló la ropa—. ¿Te desnudas o no? ¿De qué te avergüenzas? Los dos somos hombres.

—No quiero —dijo Raquel, sonrojada.

—De acuerdo, me doy la vuelta.

Raquel se fue detrás de un montón de cajas. Se cambió todo lo rápido que pudo. Se enrolló los bajos de los pantalones hasta los tobillos y, para que no se le cayeran, se ató la cuerda a la cintura. Se puso el jersey y salió.

—¡Joder, el jersey te llega hasta las rodillas! ¡Sigue pareciendo que vas con falda! —Rocco se rio al verla—. Si tuvieses un poco de pecho podrías pasar por una chica, ¿sabes? ¿Nunca te lo han dicho?

—No —respondió Raquel. Era absurdo—. Nunca me lo han dicho —repitió con fuerza, porque no iba a revelarle la verdad justo ahora.

—Anda, no te ofendas. Estaba bromeando —dijo Rocco—. No tienes ni pizca de barba... —Y de nuevo se rio.

Raquel se remetió el jersey en los pantalones.

—Muy bien, así al menos se ve que eres un chico. —Rocco sonrió. Luego se puso serio—. De todos modos, mañana te vas, ¿queda claro?

Raquel bajó la mirada.

—Sí.

—Oye, chiquillo, de nada sirve que pongas cara de perro apaleado —dijo Rocco—. No puedo ocuparme de ti. Y además, no quiero tener a un mocoso pegado a mí. ¿Comprendido?

—Comprendido.

—Bien. Ahora vamos a dormir. —Entró en la caseta y se echó en el colchón—. Anda, túmbate. Cabemos los dos. Eres flaco.

—Aquí estoy perfectamente.

Raquel se acurrucó en un rincón. Notó que las paredes estaban cubiertas de dibujos de complejas maquinarias.

—Haz lo que quieras. Pero eres raro, ¿sabes? Primero tantas complicaciones para desnudarte, y ahora para acostarte... —dijo Rocco. Apagó la lámpara de gas y se tapó con la manta. Y luego masculló—: Mira que eres raro, chiquillo. ¡Los dos somos hombres, joder!

Se hizo el silencio.

Raquel no sabía qué hacer. Por una parte, le daba apuro tumbarse al lado de un hombre. Por otra, la emocionaba el inesperado rumbo que estaba tomando su vida. Siempre se había dicho que le habría gustado nacer hombre, y ahora Rocco, sin saberlo, le ofrecía la oportunidad de hacer realidad ese deseo. Una revolución.

—Anda, ven aquí. El suelo está duro —dijo Rocco.

Raquel pensó que debía aprender a comportarse como un hombre. A pensar como uno de ellos. No podía correr el riesgo de estropearlo todo.

—De acuerdo... —susurró al tiempo que se levantaba de donde estaba para enseguida acostarse al lado de Rocco, tiesa como un bacalao.

Rocco compartió con ella la manta y se volvió hacia el otro lado.

Y de repente rompieron el silencio de la noche varios estallidos muy fuertes que hicieron vibrar las planchas metálicas de la nave.

Raquel se sobresaltó.

—Es medianoche —comentó Rocco.

Raquel no dijo nada. No comprendía. Los estallidos seguían, cada vez más frecuentes. Cada vez más fuertes. Como si fuese una guerra.

—Es Nochevieja, tontaina —dijo Rocco—. Son los fuegos artificiales. Empieza 1913.

Raquel siguió callada.

—¡Año nuevo, vida nueva! —exclamó Rocco—. Es lo que se dice.

Raquel, en la oscuridad de la nave, veía por momentos los destellos de los fuegos artificiales a través de las separaciones de las planchas metálicas.

«Año nuevo, vida nueva», se dijo. Era increíble. Se puso a reír. Los hombros le temblaron ligeramente.

—¿Estás llorando? —le preguntó Rocco.

—No —respondió Raquel.

Hubo un largo silencio.

Los fuegos artificiales seguían.

—No llores… —dijo con voz soñolienta Rocco.

—No —repitió Raquel.

—Feliz año nuevo, Ángel —farfulló Rocco.

—Feliz vida… nueva —respondió Raquel.

Esperó a estar segura de que Rocco se había dormido, y entonces susurró:

—¡Soy un hombre!

Con el nuevo año, su pasado quedaba borrado. De un plumazo. Y de una manera impensable, increíble. Radical.

—¡Soy un hombre! —dijo otra vez en voz baja, y sonrió—. ¡Ahora el mundo es mío!

TERCERA PARTE

La llamada del pasado
1913

41

—¿Quién es la chica?

—¿Qué chica?

—Un barón ha venido aquí por ella expresamente desde Sicilia.

Rocco se puso tenso, pero procuró que Tony, sentado delante de él en el taller, no se diese cuenta.

—No lo entiendo —respondió.

—Pues veamos si consigo explicarme —dijo el jefe en el tono paciente de quien sabe que tiene la sartén por el mango—. El barón Rivalta di Neroli ha levantado su gordo culo blandengue de los mullidos sillones de su palacio de Alcamo para venir aquí, a Buenos Aires, en busca de la chica a la que tú ayudaste a escapar.

—Yo no ayudé a escapar a nadie.

Tony sonrió.

—Me ha dado detalles que no dejan dudas... —Tony entornó sus ojos de hielo—. Usaste el nombre de don Mimì Zappacosta para que un mafioso iniciase una bronca. —Lo miró en silencio—. El barón está convencido de que si descubrimos quién ayudó a escapar a la chica, automáticamente la descubriremos también a ella. Y yo estoy convencido de que tiene razón. —Se inclinó hacia Rocco y le dio un cachete en la mejilla—. El barón no sabe quién es ese hombre, pero yo sí.

Rocco fue consciente de que estaba acorralado. Seguir negándolo no tenía sentido.

—No sé dónde está la chica.

Tony lo examinó en silencio, con una mirada afilada como una cuchilla.

—Lo que dices es cierto —concluyó al cabo—. ¿Por qué la ayudaste?

—Porque era víctima de una injusticia —respondió Rocco enseguida, acalorándose.

—¿Cómo no se me había ocurrido eso? —Tony se echó a reír—. El paladín de las causas perdidas.

—No sé dónde está la chica —repitió Rocco.

—¿La has buscado?

—Sí.

—¿Por dónde?

—Por ahí.

—Por ahí —repitió Tony—. ¿Dónde? ¿En los burdeles?

—No es esa clase de chica —respondió Rocco.

—Buenos Aires enseña a la gente a ser solo aquello que le está consentido ser si quiere comer —dijo Tony—. Si fuese tú, la buscaría en los burdeles.

—No es esa clase de chica —repitió con rudeza Rocco.

Tony se rio de nuevo.

—Ah, así que no la salvaste solo para reparar una injusticia, sino también por algo más sano. ¿Tanto te gusta? —Siguió riendo. Luego, como soltando un puñetazo, dijo—: El barón me ha ofrecido un montón de dinero.

—Yo no tengo nada —respondió Rocco, confundido.

Tony lo miró largamente, en silencio. Esa era la oportunidad de la que le había hablado a Bastiano. La manera de enredarlo, de tenerlo bien sujeto. Esa chica era la fisura en la coraza de Rocco. Su debilidad.

—Puedes ofrecerme tu gratitud —dijo en voz tan baja que forzó a Rocco a acercar la cabeza hacia él, como si se estuviese inclinando—. Y tu fidelidad.

Rocco se quedó paralizado. Gratitud y fidelidad. Sabía muy bien qué significaban esas dos palabras, aparentemente nobles. Querían decir «afiliación». Querían decir renunciar a aquello por lo que había luchado, por lo que había llegado a ese jodido nuevo mundo, que de nuevo no tenía nada de nada. Era un precio altísimo. El más alto que se le podía pedir. Se había prometido que jamás tendría nada que ver con la mafia. Si su vida hubiese estado en juego, jamás habría aceptado. Pero ya no se trataba de su vida. Y enseguida comprendió que, en el fondo de su corazón, ya había elegido.

—De acuerdo —dijo—. Pero ¿cómo puedo fiarme de usted?

Tony se encogió de hombros.

—Si quisiera joderte no te diría nada, haría que te siguiera alguien y, antes o después, como dice el barón, me llevarías a donde está tu chica. —Cuando se dirigía hacia la puerta de la caseta, señaló los proyectos de montacargas que había en las paredes—. ¿De verdad sabrías hacer uno de esos?

—¿Cómo? —dijo Rocco, aturdido. Estaba nervioso por esa decisión que no lo dejaba respirar y que lo asqueaba—. Sí..., creo que sí.

—¿Por qué no empiezas?

—Hace falta dinero —respondió Rocco.

—Límpiate los oídos y escucha lo que se te dice. ¿Por qué no empiezas? —repitió Tony.

Apenas un día antes Rocco habría dado saltos de alegría. Pero ahora no.

—De acuerdo —aceptó con voz sombría.

Tony se marchó, encantado del trato que acababa de cerrar.

Rocco sintió que se asfixiaba. También salió. Se desabrochó el mono como si le impidiese respirar.

—El motor de la barcaza ya está reparado —dijo Mattia cuando se le acercó.

—Sí, vale —respondió Rocco distraídamente. Solo pensaba en ese cabrón de mierda del barón que buscaba a Rosetta.

Mattia señaló a un chiquillo flaco vestido con una ropa que le venía enorme y con el pelo cortado al rape que asomaba la cabeza desde detrás de unas cajas del muelle.

—Está ahí desde la mañana —dijo.

Rocco agarró un perno oxidado y se lo arrojó.

—¡Vete de aquí! —gritó.

El perno cayó a más de dos metros de Raquel.

—¿Quién es? ¿Lo conoces? —preguntó Mattia.

—Es un vagabundo como tantos otros —dijo Rocco.

—¡De todos modos... tienes una puntería de mierda! —Mattia se echó a reír.

—Pues sí... —refunfuñó Rocco. Pero todavía pensaba en Rosetta. Y algo continuaba inquietándolo—. Monta el motor en la barcaza con Cara de Perro y echadla al agua —dijo a Mattia. Mientras se alejaba vio que el chiquillo iba detrás de él. Realmente le hizo pensar en un vagabundo—. ¡Vete de aquí! —gritó otra vez.

No podía ocuparse de él. No podía y no quería. No quería decidir por él lo que más le convenía. El recuerdo de Libertad seguía atormentándolo. No, no quería encariñarse con un vagabundo. No tenía nada que ofrecerle.

Cuando llegó a la Zappacosta Oil Import-Export, entró sin llamar.

—¿Qué significa lo que me ha dicho? —preguntó a Tony, sin preámbulos—. ¿Si encuentro a la chica usted la protegerá, o sencillamente no hará nada por entregarla al barón?

—Yo protejo a mi gente y a los que son importantes para mi gente —respondió Tony.

—La chica no debe enterarse nunca de nada —dijo Rocco.

—¿De qué? ¿De que te has inmolado por ella? —Tony sonrió.

—Y no debe tener nunca nada que ver con usted.

—Eso casi podría ofenderme... —bromeó Tony.

—Esas son las reglas. Las toma o las deja —dijo Rocco.

Tony sonrió.

—Es un farol. Pero de acuerdo. Acepto.

Rocco se encaminó hacia la puerta.

—¿Va a ser siempre «la chica»? —le dijo Tony—. Su nombre es Rosetta. Rosetta Tricarico.

—Olvídese también de su nombre —refunfuñó Rocco cuando salía dando un portazo, seguido por la carcajada de Tony.

Se dirigió hacia el almacén donde dormía. Se había dejado la comida en la caseta. Saludó a Nardo, entró, tomó la tartera de latón y, cuando salió, vio que el chiquillo lo miraba desde una esquina.

—¡Vete de aquí! —gritó por tercera vez.

Agarró una piedra del suelo y se la lanzó. Pero de nuevo la piedra cayó lejos de Raquel.

—¿Quieres que le dispare? —dijo Nardo, con su cara de gorila tonto—. Con las piedras no eres precisamente un hacha…

Rocco no le respondió y volvió hacia el taller.

A los pocos pasos se encontró con Amos, que iba hacia el despacho de Tony acompañado por dos guardaespaldas y por la mujer de la cara marcada que había recibido a Libertad en el burdel.

—Mira a quién tenemos aquí… —soltó Amos al reconocerlo—. Ahora le diré a Tony que no quiero volver a ver tu cara en el Chorizo.

—Que te jodan, cabrón —le respondió Rocco, ya colérico otra vez a causa de Libertad.

Uno de los guardaespaldas se le echó encima, con una mano en la navaja.

Rocco, tan rápido como un gato, le agarró el brazo y sacó su pistola. Le puso el cañón en el costado.

—¿Querías decirme algo? —masculló muy cerca de su cara.

—Vamos…, vamos…, calma —intervino Amos.

Rocco bajó la pistola muy despacio, sin dejar de mirar al guardaespaldas.

—Aparta la mano de la navaja —le susurró.

El hombre obedeció.

Entonces Rocco lo empujó y se marchó. Y en ese momento vio al chiquillo huyendo como si lo persiguiese un fantasma. Se dio cuenta de que también la mujer de la cara marcada lo miraba con una expresión sombría, como si persiguiera un pensamiento que no conseguía formular. Vio que le faltaba un pedazo de oreja en la parte superior. La tenía roja e hinchada.

El resto del día Rocco trabajó en el taller. Pero en cuanto acabó, se puso a deambular por el barrio en busca de Rosetta, atormentado por la preocupación de que el barón la encontrase antes que él. Al cabo, regresó a la nave para cambiar el turno a Nardo.

Cuando preparaba la cena oyó un ruido. Pero no salió a ver. Hizo bastante sopa y comió la mitad. Luego sacó la silla y la colocó al lado del cajón en el que se sentaba Nardo. Miró las primeras estrellas en el cielo, cada vez más oscuro.

—Sal —dijo entonces.

Durante un instante reinó el silencio. Luego se oyó el crujido de unas pisadas sobre una lona encerada, como de hojas secas, y unos pasos vacilantes.

—Siéntate —dijo Rocco cuando el chiquillo apareció en la puerta, sin mirarlo, con la vista fija en el cielo.

Raquel se sentó en el cajón. Permaneció en silencio un momento.

—No me eches, por favor... —dijo luego con un hilo de voz.

Rocco se volvió hacia ella. La vio asustada.

—¿De qué tienes miedo? —le preguntó.

Raquel se encogió.

—De nada.

—Hoy te he lanzado piedras y ni te has inmutado. Y de repente te has ido corriendo espantado —dijo Rocco—. ¿Qué te ha asustado tanto?

—Nada.

—¿Podrías explicarme por qué todo lo que cuentas parece siempre una chorrada? —le preguntó Rocco, y volvió a mirar las estrellas.

Raquel no respondió.

Rocco también guardó silencio. Un rato largo.

—Si quieres quedarte conmigo lo primero que debes hacer es buscar trabajo —dijo al fin—. No tengo la más mínima intención de mantener a un parásito.

Raquel abrió la boca, sorprendida.

—Calla —la interrumpió enseguida Rocco—. Segundo: como vea que te juntas con cualquier pandilla callejera..., aunque solo los saludes, te mando a patadas hasta... ¿dónde era? ¿Rusia?

Raquel se puso de pie de un salto.

—¡Gracias! Yo...

—Calla. No he terminado —repitió Rocco—. Tercero, y lo

más importante de todo: no soporto a los charlatanes. Habla lo menos posible. Nunca había pensado compartir mi vida con un mocoso. Pero puedo desdecirme en un instante.

Raquel se mordió la mano con la que se tapaba la boca mientras daba brincos, tan feliz que tenía los ojos llenos de lágrimas.

Rocco meneó la cabeza.

—Ve a comer —le dijo bruscamente—. Tienes tu ración de sopa en la mesa.

Raquel se fue gimiendo como un cachorro.

—Será como una pesadilla, ya lo sé —murmuró Rocco.

En realidad, sin embargo, estaba concentrado en Rosetta. Había hecho un pacto con Tony. Había renunciado a la libertad por ella. Pero de Tony no se fiaba, como tampoco de ningún mafioso. En ese mundo no hacían sino repetir: «No es nada personal. Son solo negocios». Lo que significaba que cualquiera podía ser traicionado. Que cualquier pacto podía romperse. «No —se dijo—, tengo que encontrar a Rosetta antes que nadie. Y protegerla.»

—De todos modos, ¿quieres saber por qué no me iba corriendo cuando me tirabas piedras? —le preguntó Raquel con la boca llena y una sonrisa desde el interior de la nave—. ¡Porque tienes una puntería espantosa!

Rocco se dio cuenta de que Nardo había dejado una botella al lado del cajón. La agarró y la colocó sobre un amarradero, a más de veinte pasos, en el borde del muelle. Agarró una piedra redonda, retrocedió y se sentó en la silla. Hizo girar la piedra en una mano, sopesándola, y luego, con seguridad y brazo firme, apuntó y la lanzó.

La piedra dio en el blanco y la botella se hizo añicos.

—¿Qué ha sido eso? —preguntó Raquel.

—Nada —dijo Rocco—. Un borracho.

42

Le pareció que un monstruo estaba mordiéndole los pies.
Fue así como el Francés se despertó en el Black Cat.
El fuego lo alcanzó y le quemó los zapatos, abrasándole en un instante las suelas con sus llamas. Se puso de pie de un salto, gritando de dolor, pero enseguida ya no pudo respirar. El incendio estaba consumiendo todo el oxígeno. Agarrado al mostrador, miró en todas direcciones buscando una escapatoria. En el suelo vio el cadáver de Lepke. La sangre de la herida en el pecho bullía y se coagulaba en medio del insoportable calor.
El Francés se tapó el rostro con las manos y corrió hacia la salida del Black Cat atravesando las llamas. Notó que el pelo le ardía. Llegó a la puerta. La persiana estaba bajada. Agarró el picaporte para subirla. Y gritó otra vez. El metal abrasaba. Cuando apartó la mano, sintió que la piel se le quedaba pegada al picaporte. Cruzó entonces de nuevo el muro de llamas. Lepke ardía. Ya no tenía pelo. Su rostro se deformaba como si hubiese sido de cera y ahora se licuara. Los labios se hundían, mostrando los dientes. Un ojo había reventado y se cuajaba. Se imaginó que era un huevo puesto a cocer con la cáscara rota. Alrededor, los espejos estallaban con estruendo, como en un tiroteo, lanzando por el local trozos de cristal afilados.
Las llamas empezaron a cebarse con la escalera de madera, atraídas por el oxígeno de la planta superior. El Francés, sacando fuerzas de la desesperación, subió los escalones de tres en tres. También arriba, en los cuartos que pronto serían devorados por

las insaciables llamas del incendio, el calor era terrible. En busca de aire que respirar, entró en una habitación y lanzó una silla contra una ventana. Lo acometió una ráfaga tan fuerte que se tambaleó. Pero fue solo un instante. Un instante de un silencio extraño. Y luego hubo un estruendo. Un rugido. El rugido de un dragón. Y ya no había viento cuando una lengua de fuego lo atravesó en dirección a la ventana abierta, porque tampoco las llamas, igual que él, conseguían respirar.

La inercia lo levantó en vilo y lo estampó contra el muro. Se incorporó. Debajo de él, fuera, estaba el toldo rojo del Black Cat. Y se dejó caer, como un peso muerto, porque ya no tenía fuerzas para saltar.

El impacto fue suave. Casi agradable, mientras los pulmones volvían a llenársele de aire.

La calle estaba repleta de gente. Alguien lo agarró y lo bajó del toldo, que ya empezaba a arder. Mientras lo acercaban a la acera de enfrente, el Francés vio la carcasa en llamas de su automóvil.

Amos no le había dejado ni siquiera eso.

Un instante después, las sirenas de los bomberos rasgaron el aire saturado de humo de aquella trágica mañana. El Francés oyó el chirrido de los frenos de los vehículos, las órdenes de los equipos que se mezclaban con el griterío de la gente, el ruido de los chorros del agua que bombeaban los camiones cisterna, el chisporroteo del fuego que se negaba a rendirse y chillaba como un endemoniado en un exorcismo.

—Bebe —le dijo alguien, y le tendió una botella.

El Francés bebió con avidez, como si también él tuviese que apagar un incendio que le ardiera por dentro. Y luego tosió, hasta vomitar toda el agua que había bebido. Y que le pareció negra.

Cuando se dio cuenta de que ya nadie le prestaba atención, y como se sentía un poco recuperado, se alejó.

Pero no llegó lejos. Al cabo de unos pasos tuvo que detenerse. No se sostenía en pie. Notó un olor penetrante y aromático. Se encontraba bajo los muros del jardín zoológico. Animales enjaulados. «Como yo», pensó.

Y luego se desmayó.

Cuando un par de horas después recobró el sentido, por primera vez fue consciente de que había sobrevivido. Pero no tenía un Dios ni tampoco creía en la suerte, de manera que no sabía a quién dar las gracias. Se puso de pie. Y no pudo contener un gemido. Le dolía todo el cuerpo.

Se quitó la correa de los pantalones, partida por detrás, y la lanzó lo más lejos que pudo. Aunque no lo suficiente para no recordar lo que Amos le había hecho.

Volvió a gemir. Le dolía todo el cuerpo.

Pero tenía un dolor más humillante entre las piernas. Como una mujer.

—Te mataré —dijo. No obstante, en su voz vibraba todavía demasiado el miedo para que pudiese convencerse siquiera a sí mismo.

Decidió entonces ir al local que regentaba un viejo proxeneta al que había conocido en Francia, en Marsella, en la época de su aprendizaje, y que había sido su maestro. Todos lo llamaban Monsieur, pero para él era André.

El viejo, que tenía un principio de cuperosis dibujado en el rostro refinado, lo recibió con un gesto perplejo. Observó el estado penoso en el que se encontraba.

—Te creía muerto —le dijo—. Lo cree todo el mundo. El rumor ha corrido enseguida.

—Ayúdame, André —le pidió el Francés.

El proxeneta negó con la cabeza.

—Sabes perfectamente que no puedo.

—Por favor...

—El asunto ha llegado demasiado lejos. Ya no hay vuelta atrás —dijo el viejo, aun a sabiendas de que el Francés no necesitaba que él se lo explicase—. Eres un apestado.

El Francés recordó que hacía mucho había pronunciado las mismas palabras. «Eres una apestada. Eres una muerta andante. Estás desahuciada, chiquilla. Y si Amos averigua que yo os ayudaba, también estaré muerto», había dicho a Raquel antes de echarla a la calle. Y eso había pasado. Y lo mismo le pasaría a André si lo ayudaba a él.

—Ayúdame —le pidió de todos modos.

El viejo lo observó con enorme compasión. Tenía el rostro y las manos quemados. El pelo, encrespado por la furia del fuego. La ropa, rasgada y calcinada. Los zapatos, retorcidos como pieles disecadas de algún desconocido animal.

—Espera aquí —le dijo—. Como se te ocurra entrar, te saco a patadas.

«Las mismas amenazas que le hice a la chiquilla», pensó. El mismo miedo de la fiera.

Cuando el viejo regresó, le entregó un traje gris un poco raído, una camisa azul, unos tirantes burdeos y un par de zapatos negros, usados, con unos calcetines dentro.

—En el bolsillo derecho hay cien pesos. Después tendrás que arreglártelas solo.

«André es más generoso de lo que yo fui con la chiquilla», pensó el Francés. Él tan solo le dio veinte pesos.

—Toma un tren y vete a Rosario. Y no hagas nada que pueda llamar la atención —dijo André—. No busques a tus *poules*, hazme caso, son putas y te traicionarían. Yo no le contaré a nadie que te he visto. Deja que te crean muerto. —Valoró si hablar o no, y luego dijo—: No sé por qué, pero Amos se está haciendo con un auténtico arsenal. Un proxeneta no necesita tantas armas. A menos que esté a punto de empezar una guerra.

—¿Y tú cómo lo sabes? —preguntó el Francés, casi por reflejo condicionado. En realidad, le importaba una mierda.

—A lo mejor soy el único que lo sabe. Y por pura casualidad —respondió André—. Fui a Montevideo a recoger a dos chicas y… lo vi. Está tratando con mercenarios. Es gente que hace la guerra por dinero. También son clientes míos. Les gustan mis putas. —Hizo una pausa—. Así que ten cuidado. Es muy peligroso. —Durante un instante sus ojos reflejaron una profunda pena por el Francés. Pero solo durante un instante—. Y ahora lárgate y no vuelvas a aparecer por aquí, nunca más —dijo, y le cerró la puerta en la cara.

El Francés se alejó. Encontró un parque, se escondió entre dos matorrales y se desnudó. Se puso la ropa limpia. Aun así, se sentía sucio. André no le había dado calzoncillos. Los suyos estaban manchados de sangre. Por detrás.

Su maestro tenía razón. Debía borrar su rastro. Ya no tenía nada. Incluso sus amistades en la policía le darían la espalda. Los contactos de Amos eran más poderosos que los suyos. Y donde Amos no podía llegar, llegarían los jefes de la Sociedad Israelita de Socorros Mutuos Varsovia, a la que pertenecía Amos, que tenían contactos con las máximas autoridades del gobierno.

Llegó a la estación de Retiro y se dirigió a una ventanilla sin gente para comprar un billete de tren. Le costaba andar. Las plantas de los pies quemadas le producían pinchazos que le subían hasta la cabeza. Sus pulmones seguían sin oxígeno, abrasados por dentro. Las manos se le despellejaban cada vez que doblaba los dedos. Tenía los labios tan secos que cuando hablaba sonaba como a hojas pisadas.

—¿Adónde va, señor? —le preguntó el empleado.

El Francés se vio reflejado en el cristal de la taquilla. Incluso con esa ropa limpia parecía un muerto.

—¿Señor? —repitió el empleado—. ¿Adónde va?

Y luego vio a Lepke tirado en el suelo, deformado por las llamas.

—¿Señor...?

—No voy a ninguna parte —le respondió el Francés.

Y había un poco menos de miedo en su voz mientras salía de la estación y miraba Buenos Aires, donde se proponía jugar su partida con Amos.

Por sí mismo y por Lepke.

43

—¿Qué es lo que tienes pensado hacer hoy? —preguntó Rocco a Raquel mientras el sol del amanecer entraba oblicuamente en la nave.

—¿Por qué?

—El trato es que tienes que buscar trabajo. Un trabajo honrado.

Raquel asintió con un brillo en los ojos. Toda su vida había esperado ser hombre para disfrutar de su misma libertad. Y ahora tenía por fin la posibilidad de conocerla. Y sabía dónde podían contratarla.

—Trabajaré en una librería —respondió.

—¿En una librería? —preguntó sorprendido Rocco—. ¿Sabes leer?

—Sí, claro —contestó Raquel con naturalidad.

—¡De claro, nada! —dijo Rocco—. Aquí nadie sabe leer.

Raquel se sonrojó, como si hubiese confesado algo vergonzoso. En cambio, Rocco la miraba con admiración.

—De modo que ya sabes leer a tu edad... —dijo. Salió de la nave—. Andando.

—¿Adónde vamos? —preguntó Raquel, pegada a él.

—A buscar ropa de tu talla. Me he informado; hay una pequeña tienda aquí cerca —rezongó Rocco—. No puedes trabajar en una librería con esas pintas. Estás ridículo.

Cuando pasaron cerca de las oficinas de Tony, Raquel se encogió.

—¿Por qué te asusta este sitio? —le preguntó Rocco.

—Por nada.

—Ya... —Rocco la miró fijamente. Recordaba muy bien el día en que la vio huir aterrorizada—. Ángel, ¿conoces a una mujer con una cicatriz en la mejilla y sin un pedazo de oreja que trabaja para un chulo de putas que se llama Amos? —le preguntó.

—¿Sin un pedazo de oreja? —dijo Raquel con voz temblorosa. Entonces, dándose cuenta de su error, se sonrojó, bajó los ojos y, negando enérgicamente con la cabeza, añadió—: No sé quién es.

—Chorradas. Ya has respondido a mi pregunta —dijo Rocco.

Raquel lo miró, con los labios apretados.

—La herida de la oreja es reciente —le explicó Rocco mirándola.

Raquel permaneció en silencio.

—Cuando tienes que estar callado, hablas —se quejó Rocco—. Y cuando tienes que hablar, te callas.

Anduvieron en silencio hasta la tienda de ropa usada de la que le habían hablado, donde la gente del barrio vendía por pocos pesos las prendas que sus hijos iban dejando conforme crecían para comprar otras más grandes.

Rocco rebuscó en un montón de prendas que había encima de una mesa ubicada en el centro de la tienda, que olían a desinfectante y a humedad. Eligió un par de pantalones caquis, una camiseta de algodón de manga larga, de un indefinible gris desteñido, unos tirantes y un jersey de cuello redondo azul, con capucha y coderas. Luego encontró unos zapatos de color marrón rojizo, con cordones y las suelas no demasiado desgastadas.

Le señaló un pequeño probador con una cortina raída.

—Pruébate todo esto.

Raquel vio una caja llena de calzoncillos. Eligió un par y dijo:

—¿Me puedo quedar también con esto?

—¿No tienes calzoncillos?

Raquel se ruborizó. Llevaba bragas.

—No —respondió.

—Sabes leer, pero no tienes calzoncillos... —Rocco movió de lado a lado la cabeza. La empujó hacia la cortina—. Anda, ve.

Mientras se cambiaba, Raquel pensó emocionada que eran sus primeras prendas masculinas.

Cuando salió del probador, Rocco la recibió con una sonrisa. Se le acercó e hizo el gesto de darle una patada en la entrepierna.

Raquel saltó hacia atrás.

—¡Nadie va a tocarte tus preciosas aceitunas! —se burló Rocco.

Luego pagó cuatro pesos a la dueña de la tienda.

—Cuando gane dinero te los devolveré —dijo Raquel en cuanto estuvieron en la calle.

—Apuesta a que sí —respondió con brusquedad Rocco.

—Apuesto mis preciosas aceitunas —bromeó Raquel.

—Ahora vete —dijo Rocco dándole un pescozón.

Raquel sonrió encantada y empezó a alejarse.

—¡Ángel! —Rocco la detuvo. Estaba serio—. ¿Estás seguro de que no conoces a esa mujer con la cara marcada?

—Sí…, segurísimo… —susurró Raquel, incómoda.

Rocco le subió la capucha.

—Déjala así. Aunque sea verano. Se te ve menos.

Raquel pensó que tenía una voz cálida. Y protectora. Y fuerte.

—Ten cuidado —le aconsejó Rocco.

—Sí —dijo Raquel. Y se dio cuenta de que sentía un poco menos de miedo.

Cuando llegó a la librería La Gaviota, que tenía un cartel con una de esas aves, en el cruce de la avenida Jujuy con la avenida San Juan, entró, tras llamar al timbre que había en la puerta. Se detuvo, boquiabierta.

La vez anterior había avanzado con la cabeza gacha, llevada por los aguijonazos del hambre, sin mirar alrededor. En cambio, ahora en lo primero que reparó fue en el peculiar olor de aquella tienda. Era un olor envolvente, el olor del papel y de las maravillosas encuadernaciones, que se mezclaba con el penetrante de la cola y el aromático de la cera con que se habían pulido los anaqueles. Y sobre todo aquello flotaba una capa de polvo, con un aroma indefinible pero seco que daba picor de nariz, como unos polvos de tocador inodoros. La luz se filtraba levemente por entre las estanterías que llegaban hasta el techo, formando casi un laberinto. El suelo de madera también era oscuro y opaco. Y a pesar de todo, no había nada tétrico en todo ello. Los libros, con sus lomos de colores llamativos, atraían como piedras preciosas engastadas en la roca. Le daba la sensación de hallarse en una caverna secreta en la que había oculto un inmenso tesoro.

—¿Sí? —dijo una voz un poco ronca.

Raquel seguía con la boca abierta, pero en cuanto oyó la voz brincó como un muñeco con resorte. Fue hacia el escritorio, detrás del cual el dueño había interrumpido la lectura de su periódico. Era como lo recordaba: un hombre de más de sesenta años, canoso, con gafitas redondas apoyadas en la punta de la nariz, aguileña y pronunciada.

—¿Qué quieres, chiquillo? —le preguntó distraídamente el viejo.

—Buenos días, señor —lo saludó Raquel, procurando que su voz no pareciera de mujer—. He venido por el puesto de ayudante de almacén —dijo. Y mientras el viejo se quitaba los anteojos y la observaba, rogó que no la reconociese.

—¿Sabes leer? —le preguntó el librero.

—Sí, señor.

El viejo resopló y meneó la cabeza, enarcando una ceja.

—Todos decís lo mismo —masculló—. Después, si tenéis que leer algo más difícil que vuestro nombre, balbucís como semianalfabetos.

—Yo sé leer —insistió Raquel, ofendida.

El librero dio la vuelta al periódico y, con un índice deformado por la artritis y amarillo de nicotina, dio golpecitos en un artículo.

—Lee esto...

—«Fiesta de gala en honor del general Boca» —comenzó Raquel por el titular. Se aclaró la voz—. «Anoche, para celebrar el octogésimo aniversario del general Boca, la princesa de Altamura y Madreselva abrió los salones de su lujosa mansión a lo mejor de la sociedad. Además del alcalde, asistió el barón Rivalta di Neroli, llegado desde Sicilia. Las damas vestían suntuosos trajes de estilo parisino.»

—Es suficiente. —El viejo la miró con interés—. Sabes leer. Es verdad. Pero tienes un acento raro. No eres *porteño*. ¿De dónde eres?

—De Rusia.

—Con esos bracitos flacos y esa nariz larga y puntiaguda pareces Pinocho —se mofó el viejo.

—¿Quién es Pinocho?

—Una marioneta que decía un montón de mentiras, y cada vez que decía una le crecía la nariz. —El viejo la miró—. ¿Tú dices mentiras?

Raquel temió que la hubiese descubierto. Pero contestó en tono arrogante:

—¿Me ha crecido la nariz desde que he entrado aquí?

El librero se rio, satisfecho con la respuesta, mostrando unos dientes largos y amarillentos prendidos a las encías como viejas estalactitas.

—Bien, estás contratado —dijo tras una última ojeada—. ¿Cómo te llamas?

—¡Ángel! —exclamó eufórica Raquel.

—Lo importante es que estés aquí cada mañana a las nueve, puntual —apostilló el viejo—. No acepto retrasos. La primera virtud que busco es la fiabilidad, en eso no transijo. —Miró a Raquel con gesto indagador—. ¿Eres de fiar, Ángel?

—Sí, señor —respondió Raquel, y recordó los motivos por los que la había echado la vez anterior, cuando todavía era una chica—. Los hombres no somos como las mujeres. —Saboreó esas palabras—. Ellas, antes o después, desaparecen o se quedan preñadas.

El librero abrió la boca, sorprendido.

—Qué curioso —exclamó—. Eso es justo lo que yo siempre digo.

Raquel esbozó una sonrisa angelical y pensó: «Menudo imbécil».

—Nos vemos mañana. —El viejo esgrimió el índice en el aire—. ¡Puntual! —Y añadió—: Me llamo Gastón del Río.

—Señor, ¿podría quedarme leyendo un libro? —preguntó Raquel.

Raquel miró de un lado a otro. Había libros por todas partes. Su sueño estaba cerca. Solo tenía que estirar una mano. Era lo que había deseado toda su vida. Pero no conocía ningún título. Salvo uno.

—Pinocho —dijo.

Del Río se puso de pie y fue con paso firme hacia un anaquel en el que había amontonados unos libros con tapas de colores. Sacó uno y se lo tendió a Raquel.

—Lávate las manos y hojéalo despacio —le advirtió—. Si lo estropeas tendrás que pagarlo.

Raquel tomó el libro como si se tratase de un tesoro muy valioso. Fue hasta una esquina y se sentó en un banco de colegio. Con el corazón latiéndole con fuerza por la emoción, se quedó deslumbrada mirando la portada en la que figuraba una marioneta de madera.

—Bueno, ¿a qué esperas? —le preguntó Del Río.

—A nada —respondió Raquel, y abrió el libro con una sonrisa de felicidad.

—«Érase una vez...» —empezó a leer en voz baja—. «"¡Un rey!", dirán enseguida mis pequeños lectores. No, chicos, os habéis equivocado. Érase una vez un trozo de madera...»

Tras esas pocas líneas, Raquel ya estaba inmersa en la historia, y casi no reparó en lo que pasaba a su alrededor. Apenas oyó a los clientes que entraban y salían. Se hallaba en otro lugar. Estaba ahí, en esas páginas que hojeaba con avidez. Ella era la marioneta, ella era la mentirosa, ella temblaba de miedo en manos de Comefuego o se sentía tonta por haberse dejado embaucar por el Gato y el Zorro, ella se reía con Lucignolo en el país de los juguetes y con él rebuznaba cuando la convertían en burro, el terrible Tiburón la devoraba, y ella daba saltos de alegría en el momento en que encontraba sano y salvo a su padre, Geppetto. Y por último, cuando Pinocho se despertaba y veía que ya no era de madera sino de carne y hueso, Raquel se miró la ropa de hombre que llevaba puesta y que la había transformado en lo que era ahora, y se dijo: «Lo mismo que me ha pasado a mí».

—Bueno, ¿qué te parece? —le preguntó Del Río.

Raquel, con ojos extasiados, en los que seguían grabadas las imágenes del relato, dijo:

—Las novelas son... son...

—¿Qué son? —preguntó Del Río.

—Reales...

Del Río la miró complacido.

Raquel se levantó, fue a la estantería de los libros de literatura infantil y colocó *Pinocho* en su sitio, después de acariciar la portada.

—Me parece que tú y yo vamos a entendernos bien, Ángel —balbució Del Río—. Nos vemos mañana.

Raquel volvió a la nave casi corriendo.

—¡Me ha contratado! —gritó emocionada dando saltos alrededor de Rocco.

Rocco asintió satisfecho.

—Bien. ¿Y cuánto te paga?

Raquel dejó de saltar y puso una cara inexpresiva.

—No se lo he preguntado... —respondió.

Rocco rompió a reír.

—¡Anda que no eres tonto!

Raquel se sintió ridícula.

—Pero he leído un libro —dijo, como para compensar el papelón que acababa de hacer.

—Un libro —murmuró admirado Rocco. Y luego, pensando en el trato que había cerrado con Tony por Rosetta, le dijo en tono amargo—: No desperdicies tu vida. Nunca te mezcles con la mierda. Porque se te queda pegada para siempre. —Señaló un rincón de la caseta—. Esa es tu cama.

Raquel vio un colchón, una almohada y una manta. Sonrió feliz. Había sido oficialmente adoptada.

Después de la cena, Rocco dijo:

—Vamos a echar una buena meada.

Raquel se quedó petrificada. No había pensado en eso. En la aldea también había visto que a los hombres les gustaba orinar juntos.

—No tengo ganas —dijo mirando al suelo.

—Quien no mea en compañía es un ladrón o un espía.
—Pero es que yo no tengo ganas.
—¡Mira que eres raro, chiquillo!
Rocco dio media vuelta y salió.
Raquel pensó que su vida de hombre iba a ser más complicada de lo que se había imaginado.
Cuando Rocco se acostó, le dijo:
—¿Sabes por qué te he preguntado si conocías a esa mujer de la cicatriz en la cara?
—No.
—Porque el otro día, cuando te fuiste corriendo, me pareció que ella te conocía.
Raquel sintió que el miedo le atenazaba la garganta y que el corazón le latía como un tambor enloquecido.
—Se confundiría con otro.
Rocco la miró un momento y luego apagó la lámpara de gas.
«Sé qué quiere hacer Rocco», pensó Raquel a oscuras. Ayudarla. Cuidarla. Pero no podía contarle nada. ¿Qué iba a decirle? ¿Que había visto a Amos y a Adelina y que se le había helado la sangre en las venas? ¿Que Amos deseaba matarla, como había matado a Tamar? ¿Cómo se lo habría explicado? No, su nueva vida dependía de toda una sucesión encadenada de mentiras. Ella ya no era Raquel sino Ángel. Y a lo mejor eso la salvaría.
—Tan joven y ya sabes leer un libro —murmuró Rocco, todavía lleno de admiración—. Tú llegarás lejos, chiquillo. Estoy seguro.
Oyendo su voz, Raquel se sintió segura de nuevo. Y mientras el sueño iba venciéndola recordaba la maravillosa historia de Pinocho. La repitió de memoria, disfrutando del principio de su primera novela. «Érase una vez... "¡Un rey!", dirán enseguida mis pequeños lectores. No, chicos, os habéis equivocado. Érase una vez un tro...» Se interrumpió, y pensó todavía más en lo mucho que aquella vida se parecía a la suya. Y entonces, emocionada, continuó: «Érase una vez... "¡Un rey!", diréis enseguida. No, os habéis equivocado. Érase una vez... una chica. —Y luego añadió—: Una chica que quería ser libre como un chico».
Y en ese momento comprendió que le gustaría escribir.

44

Rosetta acababa de subir al *tranvía* cuando lo vio.

Él le daba la espalda, pero no tuvo la menor duda. Ese pelo rubio ceniza con mechones clareados por el sol, como espigas de trigo, lo imaginaba cada noche. Y ese cuerpo delgado pero musculoso, erguido, soberbio, tan fuerte como elegante le recordaba siempre aquella vez que la estrechó entre sus brazos.

Se le cortó la respiración. El corazón le latía tan aprisa que no oía el ruido de las ruedas del *tranvía* en los raíles.

Lo había encontrado. Se habían encontrado.

Rosetta no se movió de inmediato. Permaneció un momento observándolo mientras él seguía dándole la espalda. Como si quisiese grabar profundamente en su memoria esa imagen que suponía el fin de su separación y el principio de su nueva vida.

Luego, con una emoción tan intensa que le oprimía la garganta y con los ojos repletos de lágrimas de emoción, avanzó y le puso una mano en el hombro.

—Rocco —susurró.

Rocco se volvió, con su indolencia de gato. Pero enseguida puso los ojos como platos. Casi asustado. Abrió la boca, aunque no pudo decir nada. Y de repente, en medio de toda la gente que había en el carruaje del *tranvía*, la estrechó con tanta fuerza entre sus brazos que Rosetta temió asfixiarse. Le pasó una mano por el pelo, lo agarró y tiró de él, casi con violencia. Y por fin, mientras también a Rocco los ojos se le llenaban de lágrimas, la besó delante de todos con pasión.

Y Rosetta se abandonó a ese beso que deseaba desde hacía muchísimo tiempo sin avergonzarse ante la gente que seguramente estaba mirándola. Porque en ese momento solo estaba él, Rocco. Solo él en todo el universo. Y ella se hallaba allí, abrazada a su cuerpo, saboreando sus labios.

—Rosetta... —susurró Rocco mientras seguía besándola.

—Rocco...

—Rosetta... Rosetta...

Entonces el *tranvía* dio un bandazo, como si fuese a descarrilar y corrieran el riesgo de caerse.

—Rosetta... —seguía repitiendo Rocco. Pero su voz sonaba extraña.

Rosetta se sentía zarandeada. Impotente. Su angustia era cada vez mayor.

—¡Rosetta! —gritó Rocco. Pero no era su voz.

Rosetta abrió mucho los ojos.

—¿Qué carajo haces? —dijo Tano delante de ella, en la trastienda de la casa, al tiempo que la sacudía de un hombro—. Te habías quedado dormida y estabas hablando. ¿Es que no duermes de noche?

Rosetta lo miró en silencio. Había sido un sueño. Nada más que un sueño. Siempre el mismo sueño. Y cuando se despertaba sentía que los labios le ardían. Como si realmente hubiese besado a Rocco.

—¿Sigues dormida? —le preguntó Tano.

Rosetta le sonrió.

—Ya me gustaría —dijo.

Tano meneó la cabeza.

—Tú estás mal de la azotea —le soltó mientras le daba golpecitos con un dedo en la cabeza.

Rosetta se rio. Pero con tristeza. Rocco no estaba allí. Y era probable que no lo encontrara nunca. Era probable que no le quedara más remedio que conformarse con verlo en sueños. Suspiró e inclinó la frente.

—He venido a decirte que dentro de poco se te acabarán los ahorros —aseveró Tano—. Es hora de que pienses también en ti.

—Estoy pensando en mí —le respondió Rosetta, aunque sabía que el zapatero no entendería a qué se refería.

Tano miró a las dos viejas desdentadas que ahora iban todos los días a limpiar el gallinero y a recolocar la paja de los ponederos.

—A diario pierdes al menos dos huevos —susurró—. Suponiendo que no roben más.

—No roban nada —dijo enfadada Rosetta—. Y tampoco pierdo dos huevos. Es lo que les pago por su labor.

El zapatero se encogió de hombros.

—Ya que no tienes trabajo y no haces un carajo en todo el día, podrías encargarte de eso y quedarte con los huevos.

Rosetta le sonrió.

—¿Se ha dado cuenta de que hace un par de días empezaron a cantar?

—La vida no es un jodido cuento —rezongó Tano dirigiéndose al taller. Pero entretanto silbaba una milonga que había aprendido de las dos viejas.

Rosetta se rio. Se tocó los labios. Y tuvo la sensación de que seguía notando los de Rocco en los suyos. Como si la hubiese besado de verdad. Y entonces se rio de nuevo, porque resultaba maravilloso lo que era capaz de sentir por un hombre. Porque no cabía la menor duda: estaba destinada a Rocco.

Las dos viejas se volvieron, y se echaron a reír cuando vieron que Rosetta se reía. Sin ningún motivo. Sencillamente porque de nuevo tenían algo que hacer en la vida. Una de ellas había contado a Rosetta que de joven había sido prostituta, por increíble que pareciera viéndola ahora. En la calle, en los locales de mala muerte, en el puerto. En cualquier sitio. Luego el tiempo la hizo cada vez menos deseable. Hasta que un día quedó marginada. Ya nadie la necesitó. Y entonces empezó a hacer la noche. La llamaban así: la noche. El mundo oscuro donde ya nadie la veía.

Cuando terminó de contar su historia, la vieja pasó sus dedos artríticos por los párpados de Rosetta, como una caricia, o como una bendición, y le dijo:

—Pero tú me has visto, chica.

Rosetta salió de casa y fue a sentarse al borde de la fuente para refrescarse la nuca. Y para estar sola. Le gustaba pensar en lo que ocurría. «Tú me has visto», le había dicho la vieja. Pero no había pasado eso. Rosetta se había visto a sí misma. O mejor dicho, estaba aprendiendo a verse, aunque era difícil explicarlo a los demás. Y estaba pensando en sí misma, aunque Tano no podía comprenderlo. Pero, por otro lado, también era complicado para ella.

Sin embargo, ahora lo sabía. Solo podía curarse de una manera, solo había una manera de desprenderse del fango de las violaciones. Solo tenía una forma de llegar al fondo, hasta las raíces del mal, pero sin miedo. Y era hacerlo a través de las otras mujeres.

No lo comprendió hasta que conoció a Dolores. Hasta que experimentó ese alivio, ligero como el agua cristalina. Y no lo aceptó realmente hasta que encontró el trabajo de costurera a la hija de aquella mujer desconocida que la detuvo en la puerta de la iglesia el día de Navidad.

Ayudar, enmendar los errores y las injusticias, la estaba fortaleciendo. Era un bálsamo que aliviaba su alma herida.

Era la manera de dejar atrás su pasado.

Una niña con una carretilla repleta de hogazas la saludó. Su mirada era puro agradecimiento.

Rosetta le sonrió. Se llamaba Encarnación, tenía doce años y un cuerpo que empezaba a desarrollarse y atraía las miradas de esos hombres a los que gustaban los frutos inmaduros. No tenía padre, y su madre trabajaba esporádicamente. Vivían en la mayor pobreza, y Rosetta incluso temió que Encarnación, un día, pasara tanta hambre que decidiera venderse a un hombre. Entonces fue donde la señora Chichizola y le dijo que ahora, por la novedad, muchas mujeres le compraban el pan a ella pese a que no vivían cerca de su panadería. Pero que no tardarían en cansarse de hacerlo y que volverían a comprar el pan en el horno más próximo a su casa, y así, poco a poco, iría perdiendo mucha clientela. Para evitar ese riesgo, le dijo, debía empezar a hacer reparto a domicilio, por supuesto, gratuito. Al principio perdería algunos pesos, pero a la larga saldría ganando.

—Y además el reparto a domicilio es cosa de ricos —concluyó.

La señora Chichizola no era tonta. Y tenía un estupendo olfato para los negocios. Y además era generosa. Contrató a Encarnación, y la mandaba a hacer repartos con la carretilla. Y después se le ocurrió que podía preparar tentempiés calientes y repartirlos a la hora del almuerzo entre los trabajadores del puerto.

—Y para ese trabajo tú serías perfecta, con tu labia y guapa como eres —le dijo a Rosetta.

Pero Rosetta pensó enseguida en hablarle de la madre de Encarnación.

—Ya, ya he entendido. Es la historia de siempre. —La señora Chichizola suspiró. Y concluyó, meneando la cabeza—: Y apuesto a que ahora me dirás que ella necesita el trabajo más que tú.

Mientras, Encarnación fue a la fuente en la que estaba Rosetta.

—La vida es ahora bonita —le dijo con la ingenuidad de su edad—. También mi madre es feliz. Y todo te lo debemos a ti. —Se le acercó, como para confiarle un secreto—. De vez en cuando, para no deprimirse tomaba aguardiente, pese a que no tenía dinero. Y ahora que tiene dinero para comprarlo... ya no bebe. Y por eso sé que es feliz.

Rosetta le acarició la cabeza. Luego señaló la carretilla.

—¿Es muy pesada? —le preguntó.

—¡Es muy divertida! —exclamó Encarnación, y se fue corriendo, imitando el sonido de un automóvil y zigzagueando entre la gente.

Rosetta se rio y se refrescó un poco más la nuca con el agua de la fuente. Y en ese instante, al ver que la chiquilla se marchaba tan feliz y pensando en lo que esta le había contado de su madre, se sintió invadida por una intensa emoción y proclamó en voz alta:

—Prometo cuidaros. Mejor dicho, prometo cuidar de... nosotras. Porque tenemos derecho.

Se levantó y se encaminó hacia la casa.

En ese momento vio que un hombre que andaba a duras penas, casi anquilosado, entraba en el taller. Le sonó de algo, pero no fue capaz de recordar quién era.

—Vete, aquí solo nos ocupamos de mujeres —oyó decir a Tano—. Los hombres... ¡que se jodan!

Rosetta sonrió. A Tano le encantaba repetir esa frase.

—Te advertí... que te encontraría... fácilmente..., zapatero —dijo el hombre. Le costaba hablar.

—¿Quién carajo eres? —preguntó Tano.

—Llama a la chica... —dijo el hombre, y luego se oyó un batacazo.

Rosetta entró alarmada.

El hombre estaba en el suelo, inconsciente. Uno de sus brazos le tapaba el rostro.

Rosetta le dio la vuelta. Puso los ojos como platos.

—¡Francés!

Al Francés le costó enfocarla.

—Ayúdame... —dijo con dificultad, con los labios agrietados hasta la carne, de los que brotaba un líquido amarillento levemente enrojecido por la sangre, y se desmayó.

Rosetta y Assunta lo metieron en la casa y lo acostaron, sin atender a las quejas de Tano, que no paró un instante de farfullar.

Rosetta estaba impresionada por el aspecto del Francés. Su apostura, esa especie de luz que desprendía, parecía ahora ensombrecida por una pátina oscura. Su pelo se había vuelto crespo, tenía la piel del rostro llena de manchas, las cejas quemadas y los labios partidos. Pero lo que más la sobrecogió, cuando le quitaron los zapatos, fueron las plantas de sus pies. Eran una única y enorme ampolla llena de líquido y sangre. En algunos puntos las quemaduras eran tan profundas que se veía dónde acababa la piel y dónde empezaba la carne. Y en sus tobillos vio algo blanco, que podía ser el hueso o un tendón.

Assunta untó la piel del Francés con aceite de oliva.

El proxeneta permaneció inconsciente casi hasta la noche. Entonces abrió los ojos y miró de un lado a otro, como si le costase recordar.

—Estás en mi casa —le dijo Tano—. En mi cama.

Assunta, como siempre, le dio un codazo.

—Joder, acabarás partiéndome una costilla —gruñó el zapatero. Luego volvió a dirigirse al Francés—: ¿A qué has venido aquí?

El Francés buscó a Rosetta con la mirada.

—Ayúdame —le pidió—. Ya no tengo nada. —Entornó los ojos—. Y Lepke está muerto.

Rosetta lo miró en silencio.

Antes de que respondiese, Tano la agarró de un brazo y la llevó a la trastienda.

—Que ni se te ocurra —le dijo.

Rosetta meneó la cabeza.

—Él me salvó.

—Porque quería que te follaran.

—Me salvó —repitió Rosetta.

Tano dio una patada a una piedra.

—¡Ayúdalo, entonces! —gritó—. Total, contigo no se puede razonar. Eres terca como una mula.

—En mi lugar, usted haría lo mismo.

—¡Ni en sueños! —le gritó a la cara Tano.

Rosetta no se alteró.

—Estoy segura de que sí —dijo, y entró en la casa.

Tano la siguió hecho una furia.

—¡La cama es mía, que quede claro! —le dijo a Assunta—. ¡No se la dejo ni a un moribundo!

Assunta y Rosetta, sin responderle, ayudaron al Francés a subir la escalera y lo acostaron en la cama de Rosetta.

—Se quedará ahí hasta que se reponga —le soltó Assunta a Tano cuando bajó. Y el tono de su voz era tan tajante que Tano no replicó.

Rosetta durmió en el suelo, sobre tres mantas dobladas.

Por la mañana consiguió un colchón.

Al día siguiente preguntó al Francés:

—¿Me cuentas lo que ha pasado?

—No —respondió el Francés.

A los dos días le preguntó:

—¿Tu presencia aquí pone en peligro a Tano y Assunta?

—Creo que no —dijo el Francés.

—¿Crees que no? —insistió Rosetta—. Pero ¿lo crees de verdad, más o menos... o solo un poco?

El Francés la miró en silencio. Y al cabo respondió:

—De verdad. —Y un instante después añadió—: Todo el mundo me cree muerto. En cualquier caso, es prácticamente imposible encontrar a alguien en Buenos Aires, a menos que uno se empeñe en llamar la atención. Esta ciudad... se traga a la gente. La borra.

Ese día Rosetta no hizo más que pensar en esas palabras. Y en Rocco. «Es prácticamente imposible encontrar a alguien en Buenos Aires.» Y de nuevo temió que Rocco no fuese capaz de encontrarla, como le había prometido. Ella no quería ser «borrada», como había dicho el Francés. Ella deseaba a Rocco con todo su ser.

Al cabo de una semana, el Francés ya pudo incorporarse. Las quemaduras más superficiales habían empezado a curarse. El cabello ya le crecía, brillante. Los labios habían recuperado su elasticidad. Pero sus hermosos rasgos habían quedado marcados por las llamas y alterados para siempre. E incluso sus ojos parecían apagados, nublados, como si el fuego hubiese abrasado su antigua ligereza. Pero sobre todo los pies, envueltos en gasas que le cambiaban a diario, seguían en un estado penoso a pesar de un ungüento que había preparado una de las dos viejas que se ocupaban del gallinero.

—Esto que me pones en las llagas tiene caca de gallina —dijo un día el Francés a Rosetta mientras estaba sentado a la puerta del taller—. He visto a la vieja preparándolo.

Rosetta ya lo sabía. Y sonrió pensando en lo mucho que debía asquear algo así a un hombre tan refinado como él.

—He hablado con Tano —continuó el Francés—. Me ha contado lo que haces. —Señaló las calles que los rodeaban con el bastón que usaba para andar—. Y he comprendido por qué la gente de Barracas te respeta tanto. ¿Por qué lo haces?

—No lo comprenderías —respondió Rosetta.

—¿Por lo que soy? —El Francés sonrió.

—No. Por lo que yo soy.

El Francés la miró largamente, en silencio.

—Tano está preocupado. No tienes trabajo y no ganas dinero. Tiene razón, ¿no te parece?

—Habláis un montón para ser dos que sois como el perro y el gato.

—Habría una solución —continuó el Francés—. Tendrías que sacar provecho a tu don.

—Aprovecharme de él, querrás decir —se burló Rosetta con sarcasmo.

—No hay nada de malo en sacar provecho a un talento —prosiguió el Francés, mostrando de repente esa ligereza con la que hacía que todo pareciera simple—. O en aprovecharlo, si lo prefieres.

—Sé adónde quieres llegar. Pero, en ese caso, me aprovecharía de esas mujeres.

—No. Si ganas unos pesos ayudándolas podrías dedicarte a hacerlo a tiempo completo. Y ayudarlas cada vez más.

—Das la vuelta a la realidad como a una tortilla...

Rosetta se rio.

—Solo tengo la ventaja de un punto de vista ajeno a las reglas.

—O sea, el de un chulo de putas. —Rosetta volvió a reírse. Se puso de pie, se asomó al taller y preguntó a Tano, que estaba encolando unas suelas—: ¿Lo ha oído? ¿Me ha dicho bien todo lo que usted le ha sugerido?

—Bueno, no ha dicho ninguna estupidez —respondió Tano.

Rosetta negó con la cabeza y se fue a la trastienda.

A la hora de comer, el Francés no estaba.

—¿Dónde se ha metido? —preguntó Rosetta a Tano.

—Y yo qué sé. No soy su niñera —contestó el zapatero.

El Francés volvió al anochecer. Cojeaba de manera ostensible y se le veía agotado. Cuando Rosetta subió al cuarto para cambiarle el vendaje, vio que tenía los pies ensangrentados.

—No puedes hacer estos esfuerzos. ¿Era indispensable?

—Sí —respondió lacónicamente el Francés.

—Pues entonces tendré que untarte una dosis doble de caca de gallina —dijo Rosetta.

El Francés se rio, y se quedó dormido antes de que Rosetta hubiese terminado.

A la mañana siguiente llamaron a la puerta.

Cuando Rosetta abrió, se encontró delante con Dolores, con la señora Chichizola, con Encarnación y su madre, y con la chiquilla costurera, también acompañada de su madre. Y con ellas iban las demás mujeres de Barracas.

La señora Chichizola le tendió un sobre grueso.

—No nos habíamos dado cuenta de que no conseguirías salir adelante. Somos unas egoístas.

Rosetta tomó el sobre y vio que contenía dinero.

—¡No! —exclamó. Trató de devolverlo.

Pero la señora Chichizola lo rechazó tajantemente, y retrocedió un paso. Y lo mismo hicieron las otras.

—Tú luchas por todas nosotras —dijo una mujer que Rosetta no conocía.

—Yo por ti no he hecho nada… —murmuró Rosetta.

La mujer sonrió.

—Pues resulta que sí has hecho algo.

Las otras mujeres que Rosetta tampoco conocía asintieron.

—No, no he hecho nada por vosotras.

—Yo he encontrado trabajo en un *boliche* porque conté que me mandabas tú —reconoció una entre risas.

Dolores miró con sus ojos de cervatillo el sobre con el dinero y dijo a Rosetta:

—Quédatelo. Tú estás enseñándonos a todas que no estamos solas.

—¿Sabes cómo te llamamos ya todos aquí, en Barracas? —La señora Chichizola sonrió al tiempo que se limpiaba las manos con restos de harina en el vestido—. La Alcaldesa de las Mujeres.

En el umbral aparecieron también Tano y el Francés. Tenían una expresión satisfecha y una sonrisa triunfante.

Rosetta comprendió dónde había estado el Francés todo el día anterior.

—¿Por qué le habéis hecho caso? —dijo a las mujeres—. ¡Es un chulo de putas!

—Pero para ser un chulo de putas es buena gente —alegó Tano.

Hubo una carcajada general.

En ese momento se oyó una voz que llamaba:

—¡Lucia!

Rosetta no se volvió.

—¡Rosetta! —dijo entonces la voz.

Rosetta se volvió.

—¡Ah, ya sé cuál es tu verdadero nombre! —exclamó Alejandro del Sol, el joven periodista—. ¡Va a ser un artículo formidable! —Levantó una pesada máquina fotográfica negra, la apuntó hacia Rosetta y le dijo—: ¡Sonríe!

Y luego hubo un fogonazo cegador procedente de un *flash* de magnesio.

45

Todo ocurrió en un instante. Pero Rocco lo recordaría como si hubiese durado una eternidad.

Esa mañana Raquel lo despertó muy temprano.

—¿Qué hora es? —le preguntó.

—Y yo qué sé —gruñó Rocco.

Raquel salió a mirar. Era la tercera vez que lo hacía. No había casi nadie fuera. Acababa de amanecer. Suspiró y volvió a la cama. Pero no dejó de suspirar.

—¿Qué coño te pasa? —dijo Rocco con voz somnolienta.

—No quiero llegar tarde a la librería. El señor Del Río es un maniático de la puntualidad —respondió Raquel—. No sé qué hora es.

—¡Ya me lo dijiste ayer! Y también anteayer. ¿Todas las mañanas igual? —le echó en cara Rocco, y se levantó, enfadado—. Vete ya a esa jodida librería y espera en la puerta en vez de tocarme los huevos.

—Perdóname... —masculló Raquel.

Rocco no respondió. Preparó el desayuno y ese día, en lugar de desayunar en la caseta con Raquel, como siempre, salió.

—No me sigas —le ordenó—. No quiero que estés siempre rondándome.

Se sentó en el cajón de Nardo y mojó una rebanada de pan negro en el café. No conseguía acostumbrarse al mate de los argentinos. Para él, el único sabor propio de la mañana era el café. En cuanto tomó el primer sorbo se le pasó el mal humor. Miró entonces el tibio sol que salía por el Río de la Plata, dibujando en las aguas marrones una brillante alfombra anaranjada.

Cada una de aquellas insignificantes imágenes, después de aquello que estaba a punto de ocurrir, se le quedaría grabada de forma indeleble.

Vio salir a Nardo de los talleres de la Zappacosta Oil Import-Export, estirándose. No sabía que pasaba allí la noche. Él también estaba solo. Y era un cero a la izquierda. «No le confiaría ni la desratización del almacén», había dicho sobre él Tony. Estaba solo y era tonto. Era un perro siempre dispuesto a morder por su jefe. Pero su jefe jamás habría hecho ni dicho nada en su favor.

Nardo lo saludó con un leve movimiento de la cabeza.

A Rocco le dio lástima. Levantó la taza de café y le dijo, con voz lo bastante alta para que lo oyera:

—¿Quieres un poco?

Nardo se llevó un dedo al oído, haciendo un gesto.

Había un ruido de fondo, extraño en el silencio del amanecer, que iba en aumento. Y cada vez más próximo.

—¿Quieres un poco de café? —repitió más alto Rocco.

—¿Qué has dicho? —Nardo dio un paso hacia él.

—¿Quieres...? —empezó Rocco, pero calló.

Sonaba un motor. O quizá dos motores. Automóviles. Uno, sin embargo, debía de tener el silenciador roto porque sonaba demasiado fuerte.

Rocco se puso tenso, como un animal salvaje. Por puro instinto.

Los automóviles aparecieron en la esquina sur de la dársena, lanzados a toda velocidad. Eran dos Ford Modelo T con la capota bajada. Los hombres que iban en los asientos de atrás se incorporaron. Empuñaban unas ligeras ametralladoras Madsen. Los que iban en los asientos delanteros llevaban en la mano algo que parecía una caja.

En ese preciso instante, mientras los hombres de los automóviles empezaban a disparar ráfagas de metralleta, Raquel apareció en la puerta.

Rocco dio un brinco. El café hirviente voló por los aires. La agarró por la cintura, levantándola del suelo, y se lanzó al interior de la nave. De un saltó rebasó una fila de cajas, y fue hacia el fondo.

—¡Quédate aquí! —gritó, y se puso encima de ella.

A pesar del estrépito de los motores y de los disparos, dentro del almacén se oyó claramente un ruido leve, seco, casi insignificante, el que hizo un objeto al caer en el suelo. Y de repente hubo un estruendo. Los cajones detrás de los cuales se habían escondido se hicieron añicos. Astillas puntiagudas de madera volaron por los aires y se estrellaron contra las planchas metálicas de las paredes, provocando un ruido disparatado, como de percusión.

—¿Estás bien? —preguntó Rocco a Raquel.

Raquel afirmó con la cabeza. Tenía los ojos muy abiertos, aterrorizados.

Rocco fue corriendo a la caseta, negra tras la explosión, y recogió la pistola. Salió y arrastró consigo a Raquel, paralizada por el miedo, hasta la pared más lejana, contra la que arremetió con todas sus fuerzas. Poco después, un par de planchas cedieron y abrió una brecha.

—¡Fuera! —gritó.

Una vez en la calle, vieron a los hombres que iban en los dos Ford T lanzando otra bomba hacia los talleres de Tony. Nardo disparaba, de pie en medio del muelle, sin ponerse a cubierto. Vaciado el cargador, lanzó la pistola contra los automóviles en movimiento.

—Idiota —murmuró Rocco.

Cuando la segunda bomba estalló, la Zappacosta Oil Import-Export se abrió literalmente en dos. La explosión tumbó a Nardo. Pero el gorila se levantó del suelo enseguida.

Y en ese instante una plancha de metal, que revoloteaba en el aire con la misma elegancia que una raya en el mar, lo partió en dos.

Raquel gritó.

Rocco se fijó en lo que quedaba del gorila. Las piernas y los brazos se movían convulsivamente, casi a la vez, pese a que estaban separados más de tres metros entre sí. En medio había un charco de sangre.

—¡No! —gritó Rocco, como enloquecido.

Se arrodilló y apuntó con la pistola a los automóviles que se alejaban. Disparó dos tiros, en rápida sucesión. Un automóvil desapareció. El otro perdió el control y se estrelló contra una grúa.

Dos hombres cayeron al suelo y ya no se levantaron. Sus cuerpos estaban deslavazados, en posturas de títeres rotos, y las camisas blancas iban manchándose de sangre. En cambio, pasado un momento el conductor y el que iba a su lado se movieron, forzaron las portezuelas dobladas, se apearon y avanzaron despacio.

Rocco, presa de una especie de locura, se lanzó hacia ellos.

Al verlo llegar, los otros se detuvieron. El conductor tenía la cabeza fracturada por el choque y los ojos vidriosos. Se mantuvo en pie unos segundos y al cabo cayó al suelo, muerto.

Pero el otro hombre estaba ileso. Sacó la pistola.

—¡No lo hagas! —le gritó Rocco, ya cerca de él.

El tipo, sin embargo, levantó el arma y apretó el gatillo.

Rocco se tiró hacia un lado y también disparó.

Durante un instante, el tiempo se detuvo.

El hombre miraba a Rocco pero no parecía verlo. Luego la pistola se le cayó de la mano. En el impacto salió un disparo que le machacó un pie, pero fue como si no lo hubiese sentido. Estaba pálido. Parecía de cera. Y después, a cámara lenta, cayó hacia delante, de cara, con un batacazo sordo. Sonó como si se hubiese partido la nariz. Y también los dientes. Luego, de nuevo silencio. Aunque no absoluto. Porque la sangre que le salía de la nuca, con trozos de materia cerebral, sonaba quedamente como un grifo roto.

Rocco se levantó, sin dejar de apuntarle. Tenía los ojos muy abiertos. Pero el corazón le latía muy despacio, rítmicamente. Estaba frío. Tranquilo. Se volvió hacia los restos de Nardo, desparramados por el muelle como retazos de un ser humano. Se acercó a la mitad superior del guardaespaldas y le bajó los párpados sobre la mirada bobalicona. Entonces, en la sangre, en la tela desgarrada de la ropa, vio dos trozos de cartón, también partidos perfectamente por la mitad. Los recogió y los juntó. Era una foto de Nardo con una mujer fea, también de aspecto poco inteligente. La mujer tenía en brazos un bebé y un niño de cuatro o cinco años estaba agarrado a su larga falda negra.

—No estabas solo —dijo Rocco en voz baja.

Y en medio de toda aquella masacre, lo único que se le ocurrió preguntarse fue si Tony avisaría personalmente a la esposa de Nardo o si enviaría a uno de sus esbirros. Y si lo haría ese mismo día o al siguiente, con tranquilidad.

Se volvió y vio a Raquel, agarrada a las chapas de la nave, temblando como una hoja.

—¿Estás bien? —le preguntó cuando se le acercó. Y pensó que era realmente una pregunta estúpida.

Raquel asintió y lo abrazó con fuerza. Pero no lloró.

Rocco, torpemente, le palmeó los hombros.

Poco después llegó Tony, con al menos veinte hombres armados hasta los dientes. Y después vino la policía. El comandante habló largo rato con Tony, sin que ninguno de sus hombres desarmase a los de Tony. Casi parecían dos equipos que trabajaban juntos. Se descubrió que dos estibadores habían resultado heridos por balas perdidas. Los subieron a una ambulancia del hospital Santa Clara, en Nueva Pompeya. El hospital de los pobres. A Nardo y a los otros cuatro cadáveres los llevaron al depósito municipal en una camioneta.

Tony llamó a Rocco y se lo presentó al comandante.

—¿Ha matado usted a ese hombre en legítima defensa? —le preguntó el policía, indiferente al hecho de que tuviera una pistola.

—Sí —respondió Rocco.

—¿Hay algún testigo?

—No —dijo Rocco. Le había dicho a Raquel que se escondiera.

El comandante asintió. Miró a Tony y le dijo:

—Trataremos de averiguar quiénes eran y quién los enviaba.

Tony se limitó a mirarlo. Sabía perfectamente quién había sido. Y también sabía que el comandante lo sabía.

—Manténgase al margen —se limitó a decirle.

Por fin, los policías se marcharon.

Tony se volvió hacia la nave y los talleres. Rocco estaba con él. La parte delantera de la nave tenía las planchas metálicas retorcidas, como una lata de anchoas mal abierta. La puerta corredera bailoteaba, sujeta solo al raíl inferior. De los talleres de la Zappacosta Oil Import-Export quedaba mucho menos. La estructura de madera había estallado, casi se había desintegrado, y se había quemado. Las chapas del tejado se habían desperdigado como una baraja caída al suelo.

—La guerra ha empezado —afirmó Tony, como si hablara para sí.

—Yo no quiero meterme —objetó Rocco, creyendo que se lo decía a él.

Tony lo miró como si se acordara en ese momento de que estaba allí.

—Pues resulta que estás metido hasta el cuello —le dijo—. Me has prometido lealtad a cambio de la seguridad de Rosetta Tricarico.

—Le pedí que se olvidara de ese nombre.

Tony miró a Rocco fríamente. Daba la impresión de que el desastre que lo rodeaba no lo afectaba.

—Tú me has prometido fidelidad —repitió casi susurrando.

—Yo no participo en una guerra ni mato… —Rocco apretó los puños.

—Me das risa —dijo Tony. Pero su tono no era irónico—. Ya has matado. Estoy seguro de que habrías podido huir. Pero te has enfrentado a él y lo has matado. Y no te ha temblado el pulso. Y habrías matado también a los otros si no hubiesen estado ya muertos.

Rocco lo miró en silencio. Era exactamente como había pasado.

—Tú desciendes de un torturador —dijo Tony en un tono entre respetuoso y despectivo—. Quieres cambiar tu destino. Lo comprendo. —Sus ojos gélidos eran tan intensos como si el hielo pudiese quemar como el fuego—. Pregúntaselo a cualquier ama de casa: la sangre, por mucho que restriegues, nunca se quita bien.

Hizo otra pausa.

Rocco se sentía incómodo. Como si estuviese desnudo.

—Y yo puedo vértela en la piel. Como un tatuaje —continuó Tony—. No te rebeles, Bonfiglio. Eres el que eres.

Don Mimì, en Sicilia, le había dicho las mismas palabras.

Tony sonrió de nuevo. Le dio un cachete.

—Pero lo que te pido, por la lealtad que me has prometido, no es luchar en la calle, con una pistola en la mano y un puñal entre los dientes, como tendremos que hacer mis hombres y yo. —Le apretó el hombro—. Quiero confiarte una tarea más importante. Has de preparar el futuro.

Rocco no comprendió. La manera de hablar de Tony casi lo hipnotizaba.

—Lo que te pido —continuó Tony— es que te des prisa con ese jodido montacargas. Y que lo hagas como si no fueras uno de mis hombres. Como si no trabajaras para mí. Es más, como si estuvieras enfrentado a mí.

Rocco frunció el ceño; seguía sin entender. Lo que Tony le decía era sencillamente absurdo.

—Te instalarás en una nave del muelle cinco, un antiguo taller —continuó Tony.

Miró de un lado a otro y más allá de donde estaban sus hombres, que lo protegían con toda la artillería, y vio que llegaban trabajadores del puerto y estibadores.

—Se acabó el tiempo —dijo enigmáticamente. Gesticuló, como si estuviese alterado—. No hagas caso a lo que hago. Atiende solo a mis palabras. —Le dio un empujón en pleno pecho—. Te daré dinero. Pero tú entrégame los montacargas o te arranco los huevos a mordiscos. —Le dio una bofetada—. Forma un equipo. Con gente que no tiene nada que ver conmigo o que me odia. —Se sacó la navaja con mango de cuerno de ciervo de la correa, la abrió y se la puso en el cuello—. Habla mal de mí. —Sonrió—. Total, eso no te resultará difícil. —Le puso una mano en la espalda y le quitó la pistola—. Te la devolveré. —Apretó más la navaja, de manera que todos pudieran verla bien—. Seguiré buscando a tu chica y la salvaré del barón si tú cumples nuestro pacto. —Cerró la navaja de golpe y le apuntó a la frente con la pistola—. Arrodíllate, haz el favor.

Rocco se arrodilló.

—Sé que hay un chiquillo contigo. Llévatelo. Pero recuerda que así eres doblemente débil. Eso es todo. Ahora solo tengo que terminar la comedia —concluyó Tony, y se volvió hacia la gente.

Todos estaban callados, tensos.

—¡Estás acabado! —gritó Tony—. ¡A partir de este momento estás solo! —siguió gritando para que lo oyera todo el mundo—. ¡Estás solo, recuérdalo! —Le apartó la pistola de la frente y susurró—: Lo lamento.

—¿Qué es lo que lamenta? —preguntó Rocco. Y según lo decía, se sintió tonto.

Tony levantó la pistola y lo golpeó con la culata en la sien.

Rocco cayó al suelo mientras Tony se marchaba. Luego, con dificultad, se levantó. Vio que Raquel estaba a punto de salir corriendo para ayudarlo. Abrió mucho los ojos, negó con la cabeza y la detuvo. Tambaleándose, fue hacia el fondo de la nave y se le acercó.

—Vete a trabajar —le ordenó.

—No... —se negó Raquel, asustada y con los ojos llenos de lágrimas.

—¡No seas cagueta, chiquillo! —le dijo tironeándola del cuello. Le subió la capucha y la obligó a salir—. Nos vemos aquí a las seis. ¡Largo!

Raquel se marchó con paso inseguro.

—¡Oye, pordiosero! —gritó Bastiano, también en voz altísima, pocos instantes después de que Raquel se hubiese ido—. ¡Devuélveme las llaves del almacén, hijo de perra! —Y luego, rápidamente, le metió en el bolsillo un sobre y la pistola—. Es el contrato de alquiler de la nave del Gordo, en el muelle cinco. Y mil pesos. Recibirás más —susurró. Pero, antes de marcharse, volvió a gritar—: ¡También estás despedido del taller! ¡No vuelvas a aparecer por aquí nunca más, capullo!

Rocco seguía sin comprender nada. Iba a haber una guerra. Eso era evidente. Y sería sangrienta. También eso era evidente. Se había criado en Sicilia, en medio de las guerras por el poder entre mafiosos. En una de aquellas guerras habían matado a su padre.

En las gradas de la iglesia de San Juan de los Leprosos, en Palermo. Delante de él, cuando apenas tenía trece años. Rocco sabía perfectamente qué significaba la palabra «guerra». En cambio, no sabía quién era el enemigo de Tony. Pero Tony estaba seguro de ganar. Y había hecho una especie de inversión con él. Y esa era la parte más inexplicable.

Se dirigió hacia el muelle cinco. El almacén del Gordo, había dicho Bastiano. Se lo señalaron. Era un local muy grande, con dos árganos en buen estado, una pared repleta de herramientas y dos enormes mesas de trabajo de acero.

Había un hombre, gordo y lustroso como los cadáveres que permanecen demasiado tiempo en el agua, de aspecto huraño, leyendo un periódico tan pegado a la cara que prácticamente lo tocaba con la nariz. Miró el documento que Rocco le tendió. Escupió al suelo un gargajo, se levantó de la silla y se marchó.

—Por fin podré dormir en mi casa —dijo sin alegría y desapareció, balanceando su enorme peso de un pie al otro como un paquidermo bailarín.

En cuanto estuvo solo, Rocco pensó en lo que había pasado. Ante todo, en que había matado a un hombre. Sin que se le hubiese acelerado el corazón. Sin que le hubiese costado respirar.

Como si no fuese él.

—Como si fuese mi padre —dijo con un escalofrío.

Meneó la cabeza para desprenderse de ese pensamiento angustioso. Los pecados de los padres eran las cadenas que ataban a los hijos. O eso era al menos lo que parecía.

«La sangre nunca se quita bien», había dicho Tony.

Y en ese momento, en el que parecía tan concentrado en sí mismo, se acordó del chiquillo. Y decidió que su destino debía ser diferente. Que al menos el chiquillo no pagaría por el pasado de otro. Se dijo que debía tener una oportunidad de salir adelante. No había sido capaz de salvar a Libertad. Y quizá tampoco podría salvarse a sí mismo. Pero iba a luchar por aquel chiquillo.

Por él y por Rosetta.

A las seis, cuando vio a Raquel, le soltó con rudeza:

—Nada de lloriqueos. —Se encaminó hacia la nave del Gordo—. A partir de ahora nos quedaremos aquí —le dijo una vez que llegaron, y señaló dos colchones con sus respectivos catres que había comprado donde un ropavejero.

En la cena, Raquel empezó a contarle:

—Hoy...

—He dicho que nada de lloriqueos —la interrumpió ásperamente Rocco.

Raquel calló, mortificada.

Poco después, con la cabeza tensa, inclinada sobre el plato, Rocco dijo:

—¿Sabes de quién soy hijo?

Raquel negó con la cabeza.

—De un asesino.

Raquel lo miró sorprendida.

—Un asesino feroz. Un animal —continuó Rocco en un tono lejano, casi frío. Como si no estuviese hablando de sí mismo.

Se hizo el silencio. Hacía calor y humedad. Solo se oía el Riachuelo, que fluía lentamente, acariciando con sus aguas pútridas el muelle incrustado de algas. Y el paso raudo de algunas ratas. Nada más.

—Y ahora a dormir —dijo por fin Rocco, y se tumbó en la cama.

—De todos modos, no quería lloriquear —dijo de un tirón Raquel—. Solo quería agradecerte que hoy me hayas salvado la vida.

Rocco apagó la luz sin responderle.

Raquel se tumbó y metió la mano debajo de la almohada.

Y de repente tocó algo que no debía estar allí.

Apartó la mano. Casi asustada ante la idea que se había formado del objeto. Un instante después, volvió a palparlo. Era una cosa fría. Lisa. Redonda. La agarró. Notó que vibraba. Rítmicamente. Se puso tensa en la cama.

«Tictac», susurraba el objeto que tenía en la mano.

Contrajo los músculos de la cara, apretó las mandíbulas y los dientes hasta que los hizo rechinar, tratando a la vez de no llorar.

«Tictac, tictac...»

No estaba sola. Ya no estaba sola.

«Tictac, tictac...»

Y en ese instante se dio cuenta de que podía ver y reconocer todo el miedo que había sentido esa mañana. Y notó el peso de todo el horror que había presenciado.

—Dale cuerda por la noche y por la mañana, pero no mucha —dijo Rocco—. Está viejo y maltrecho. Lo he encontrado en un ropavejero.

Raquel pensó que había veces en las que el amor hacía daño como un dolor. Como en ese momento. Ya no fue capaz de contener los sollozos. Metió la cabeza debajo de la almohada para que Rocco no la oyera mientras apretaba con fuerza el reloj que le había regalado.

—Perdona... —trató de decir—. Ya lo sé... Nada de lloriqueos.

—Hoy has sido tú quien me ha salvado la vida —dijo entonces Rocco, con esa voz suya que llegaba directamente al corazón—. Si no me hubieses tocado las pelotas por el asunto de la hora, los dos estaríamos muertos.

Pasó un rato. Ninguno de los dos habría sabido decir cuánto.

Entonces Raquel, a pesar de que era solo una chiquilla, exclamó:

—Tú no eres un asesino.

Luego, pasado un momento de silencio, se oyó algo. Un ruido gutural. Contenido. Y al mismo tiempo incontenible. Un ruido feo. Desagradable. Como una arcada. O un sollozo.

Y salía del lado de Rocco.

«Pero no puede ser», pensó Raquel.

Era imposible que Rocco llorara como ella.

46

—¡Tenéis que encontrarla! —gritó Amos.
—La hemos buscado por todas partes —dijo uno de sus hombres.
—¡Si la hubieseis buscado por todas partes, ya la habríais encontrado! —gritó todavía más fuerte Amos.
Se puso en pie y volcó la mesa en la que estaba comiendo, en el Chorizo. Luego la emprendió a patadas con los platos que habían caído al suelo. Permaneció mirando hacia abajo, como un toro que no sabe si embestir, respirando tan ruidosamente que parecía que agonizara. Sus hombres, las putas, todos los que habían tenido tratos con él sabían lo peligroso que se volvía cuando la sangre se le subía a la cabeza. Y él mismo lo sabía. Había matado por tonterías. O por simple crueldad. Como había ocurrido con el Francés. Imaginarse a ese emperifollado chulo muriendo en el fuego le había hecho sentir una especie de embriaguez. Y ningún sentimiento de culpa. Pero la mayoría de las veces sabía contenerse y hacer de judío, actuar como se esperaba de un judío. Dio otra patada a un plato, sintiendo que ya se había tranquilizado.
—Que venga alguien a limpiar esto —dijo sombrío.
El guardaespaldas salió rápidamente de la habitación.
Sus hombres no estaban al corriente de lo que Amos organizaba en ese momento. Era la mayor apuesta de su vida y no podía correr el riesgo de que una chiquilla charlatana se lo estropease todo. Y de que lo matasen por ella. Llevaba meses trabajando en su plan, implicando a gente que no tenía nada que ver con el mun-

do de la prostitución ni con los mafiosos italianos. Pretendía hacer una auténtica revolución. Había contratado mercenarios en el mayor secreto en la otra orilla del Río de la Plata, en Montevideo, la capital de Uruguay, que estaban listos para intervenir en el momento oportuno. Eso solo lo sabían dos personas, o al menos con eso contaba.

Por esa razón la huida de aquella chiquilla lo alteraba. Una idiotez como esa podía atraer demasiada atención hacia él. En un momento en el que tenía que ser más que invisible. Fue hacia la ventana. Allí también había barrotes, como en todas las de la planta baja. Pese a que las putas nunca entraban. Pero la prudencia nunca sobraba. Como demostraba lo que había ocurrido.

El error —siempre— consistía en infravalorar aquello que los animales y las personas eran capaces de hacer. Porque eran animales y personas que no se resignaban jamás. Algunos zorros eran capaces de arrancarse a mordiscos la pata atrapada en un cepo con tal de recuperar la libertad. Y aquella maldita chiquilla era así. Como una zorra. Por su aspecto parecía muy poca cosa. Pero lo cierto es que tenía una fuerza extraordinaria.

«Debería haberme dado cuenta desde el principio», se reprochó.

¿Cuántos habrían podido hacer lo que había hecho ella? Había huido de su aldea, de su gente. Había plantado cara a un rabino con solo trece años. Y había dado alcance a su caravana. Sola, atravesando la nieve y el hielo, a lo largo de infinidad de millas, sin conocer el camino. Si Amos hubiese creído en Dios, le habría atribuido el mérito a Él. O la culpa. Pero Amos no creía en Dios. De manera que no conseguía explicarse cómo aquella chiquilla había logrado sobrevivir. La había infravalorado. Ya desde esos primeros indicios tendría que haberse dado cuenta de que iba a ser para él un grano en el culo.

—¡Judía de mierda! —gritó. Y enseguida se rio.

Era una frase que decía un viejo rabino del gueto donde había nacido. Cada vez que veía a alguno de ellos sobrevivir a las vejaciones, al hambre, a las palizas, al frío, decía: «Judíos de mierda. Son más duros que un tendón de vaca. No se rompen nunca.

Menuda raza». Y se reía complacido. Al final de sus días no le quedaba un solo diente, pese a lo cual trataba de masticar la carne. Y todos en el gueto decían: «Rabino de mierda. Es más duro que un judío». Y ellos también se reían.

«De eso se reían en el gueto», pensó Amos. De la muerte. De su propia muerte.

La puerta de la habitación se abrió y Adelina entró, seguida por una chica de las cocinas. Empezaron a limpiar el suelo, en silencio, con la cabeza gacha, procurando molestar lo menos posible.

Esa era otra cosa que a los judíos les enseñaban enseguida. A no molestar. Porque cuando alguien se fijaba en ellos corrían el riesgo de tener problemas.

Volverte resistente como un tendón de vaca, reírte de tu propia muerte, no llamar la atención, de todo eso era de lo que Amos había huido.

Miró a Adelina y pensó que para huir había que pagar un precio. Sin embargo, él decidió muy pronto no pagar personalmente por su propia libertad. Se había hecho más duro que todos los demás judíos juntos. Otro pagaría por él.

No era el jefe de la Sociedad Israelita de Socorros Mutuos, pero de todos modos formaba parte de la cúpula. Era uno de los importantes, de los que mandaban. Era el principal reclutador. Era el que encontraba la mercancía. A veces con engaño, a veces, sencillamente pagando. Aunque no era dueño del burdel, lo cierto es que parecía suyo. Se reía de la muerte, como los judíos de su gueto. Pero no de la suya. Y no le asustaba llamar la atención; al revés, vestía ropa llamativa y cara.

—Espera —dijo a Adelina cuando vio que habían terminado.

Adelina indicó con un gesto a la chica que saliera. Luego miró a Amos.

A Amos le gustó cómo lo miraba. Tenía miedo. Cuando la marcó por haber intentado escapar, ella ni siquiera protestó. Pero lo miró espantada. Como ahora. Aun así, allí estaba. Y, como aquella vez, no iba a protestar. «Ella también es una judía de mierda», pensó Amos, y sonrió para sí.

—¿Dónde crees que debemos buscarla? —le preguntó.

Adelina se encogió de hombros.

—Dudo que pueda hacer la calle.

—Sí, estoy de acuerdo. Entonces... ¿dónde?

—Entre los mendigos.

—Estamos rastreando los parques donde se reúnen de noche.

Adelina lo observó mientras reflexionaba.

—Sabe leer —dijo.

—¿Y...?

—Podría encontrar trabajo... donde haya que saber leer.

—¿Y dónde se lee?

Adelina se encogió de hombros.

—En las oficinas..., en los periódicos..., en correos..., en las librerías...

—Podría ser una idea —murmuró Amos—. Si acudiese al policía equivocado... sabes lo que podría pasarme, ¿verdad?

—No creo que vuelva a fiarse de la policía después de lo del capitán Ramírez —apuntó Adelina.

—Menudo imbécil —dijo Amos—. Tendría que pagarle menos. —Miró a Adelina en silencio y luego le preguntó—: ¿Alguna vez rezas?

—No —respondió Adelina.

—¿No crees que Adonai escucha tu voz?

—Yo querría que Adonai se olvidase de mí. Porque hasta ahora me ha puesto a prueba más que a Job.

Amos se rio.

—Pues yo sí rezo —dijo, y la abrazó—. Rezo para encontrar a esa maldita chiquilla antes de que pueda ocurrirme algo malo. —Apartó los brazos y le sujetó el rostro entre las manos—. Reza tú también, hazme caso —le susurró—. Reza para que no me pase nada malo como a Levi Yaacov. —Continuamente le recordaba lo que le había pasado a ese proxeneta. Continuamente le recordaba que, por imposible que pareciera, siempre había alguien honesto por ahí, dispuesto a escuchar incluso la denuncia de una chiquilla—. Si no, te mataré —le dijo antes de pedirle que se marchara.

Si lo arrestaban por homicidio, la organización seguiría en

pie, eso Amos lo sabía bien. Tan solo se hundiría él. Y tendría que hundirse en silencio, sin dar nombres, si quería seguir con vida. Si no quería que lo encontrasen colgado en su celda, como a Levi Yaacov.

Esa chiquilla era realmente un problema enorme.

Sobre todo en ese momento. Porque él tenía un gran proyecto. Y ya había obtenido el permiso de la cúpula de la organización. No iban a apoyarlo, pero le darían libertad de acción. Era un proyecto tan ambicioso como arriesgado. Había que trabajar todavía durante un tiempo en la sombra. Pero después se haría rico. O más que eso. Sería un rey. Sonrió. Mientras sus colegas invertían en mujeres, él había empezado a invertir en armas. Y a formar un pequeño ejército.

Fue hasta la salida del Chorizo.

—Me voy a casa —dijo al guardaespaldas de la puerta—. Volveré luego.

Anduvo a paso rápido por la avenida Junín. Al cabo de un instante ya sudaba. Notaba que la camisa de seda morada se le pegaba a la espalda y al vientre. Al final de la calle dobló y entró en un portal elegante y discreto. Subió a la segunda planta y abrió la puerta.

—Estoy en casa —anunció.

Nadie respondió.

Amos entró en el salón fresco y ricamente decorado.

—*Tatinka* —dijo al tiempo que se acercaba a un anciano sentado en un sillón, empleando el apelativo con el que los niños no judíos llamaban al padre en Praga, de donde procedían ambos.

El viejo se volvió. Tenía una larga barba blanca, fina como una cinta. Estaba serio.

—¿Estás de mal humor, *tatinka*?

—¿Por qué tendría que estar de buen humor? —respondió su padre.

—¿Tienes un mal día? —Amos suspiró.

—Siempre es un mal día —respondió el viejo.

Amos se sentó enfrente de su padre.

—¿Qué ocurre? —preguntó en tono paciente.

—¿Qué vida es esta? —El anciano miró de un lado a otro—. ¿De qué me vale toda esta riqueza si ni siquiera puedo ir a rezar como un verdadero judío?

—Claro que puedes ir —respondió Amos—. He regalado muchos pesos a la sinagoga.

—¡Muchos pesos! —exclamó su padre, lleno de desprecio—. No puedes comprarme la posibilidad de rezar.

—Sí que puedo. El dinero lo compra todo.

Su padre lo miró con una mueca de reproche.

—Nuestra Ley dice que tiene que haber un mínimo de diez personas para rezar ciertas oraciones. Pero tú a lo mejor te has olvidado del *miniam*...

—En la sinagoga sois un centenar —dijo Amos.

—No —dijo secamente su padre—. ¡Ellos son un centenar! ¡Pero yo estoy solo incluso entre cien! —Lo miró con severidad y, en voz más baja, añadió—: Porque esos cien que dices que has comprado, en su corazón no quieren estar conmigo. Porque soy un *tamei*, un impuro. Lo sé. Y no puedo hacer trampa con el Altísimo, como tú crees que puedes hacer con tus... pesos.

—*Tatinka*...

—Y yo en su lugar haría lo mismo —continuó el anciano, indignado—. Los comprendo. Jamás aceptaría al padre de alguien como tú en mi sinagoga. Tú eres peor que una *shanda*. Mucho peor que una simple deshonra. Tú eres la blasfemia de Satanás. —Escupió al suelo, sobre una valiosa alfombra persa—. Y cuando muera, mis huesos ni siquiera podrán reposar en un cementerio judío.

—Hay un cementerio —dijo Amos—. Lo hemos construido...

—¡Ese no es un cementerio judío!

—Sí que lo es, viejo testarudo —protestó Amos.

—¡No! —Su padre levantó un pie y pisoteó el suelo, donde había escupido—. Es un cementerio para los judíos que no son admitidos en el cementerio judío. Pero no es un cementerio judío. —Escupió de nuevo y volvió a pisotear su escupitajo—. Puedes enterrarme en un cementerio cristiano, total, para lo que vale vuestro cementerio...

Amos guardó silencio con la cabeza gacha.

—¿Te acuerdas de nuestro antiguo cementerio en Siroká? —dijo el anciano sonriendo mientras recordaba las imágenes.

Amos lo miró. El rostro de su padre se relajaba cada vez que recordaba la vida en el gueto de Praga. Y Amos se preguntaba entonces si había hecho bien sacándolo de allí. De aquella vida de mierda que parecía que ahora su padre añoraba. De aquel gueto donde habría muerto a causa de las privaciones. Y en cambio ahora dejaba la comida en el plato, porque era excesiva.

—¿Lo recuerdas, con todas esas antiguas lápidas que contaban tantas historias? —prosiguió su padre en un tono evocador—. Pero ¿sabes qué era lo que más me gustaba?

—¿Qué? —preguntó Amos por complacerlo, pues lo sabía perfectamente.

—¿Recuerdas que a la salida había una pequeña pila? —El anciano se rio—. ¿Y esa taza de lata atada al grifo con una cadenita? Me la enseñó mi padre, imagínate hace cuántos años. Era para que te lavaras las manos antes de irte del cementerio. Para que te purificaras. —Suspiró—. Después me sentía purísimo. —Miró a su hijo con melancolía—. Y desde que nos marchamos, no he vuelto a sentirme limpio.

—Lo lamento —dijo Amos en un tono duro.

Su padre escupió al suelo por tercera vez y pisoteó el escupitajo.

—Seré respetable solo cuando te declare muerto en mi corazón y rece públicamente el *kaddish* —le dijo con malicia.

—¡Pues hazlo! —estalló Amos—. ¡Hazlo! ¡Vete a vivir a otro sitio! —Se calmó—. Escúchame, te daré dinero a escondidas, nadie lo sabrá. Ni siquiera tendrás que verme. —De nuevo sintió que la sangre se le subía a la cabeza—. ¡Declárame muerto, así acabaremos con este asunto!

Su padre lo miró en silencio. Largamente.

—Jamás podría hacer eso —dijo al cabo con voz grave—. Eres un hombre que se merece todo el desprecio del que es objeto. Absolutamente todo. Y el Altísimo te tiene reservado desde hace años un castigo muy severo. Eres como el demonio. No tendrás derecho ni a la resurrección. —Meneó apenas la cabeza—. Pero eres mi hijo —dijo en un tono de repente cálido—. Y eres un buen hijo, que se ocupa de su viejo.

Amos no dijo nada. Había momentos en los que querría estrangular a su padre. Pero aquel anciano era también el único ser en el mundo capaz de atravesar su armadura de acero. Era el único capaz de romperle la cáscara y tocarle el corazón.

Se incorporó de golpe y notó que algo se le revolvía en el vientre. Se apartó y, de espaldas a su padre, soltó un sonoro pedo. Pero cuando al volverse se llevó el dorso de la mano a los ojos comprobó que no tenían lágrimas.

—He de irme, *tatinka* —dijo apresuradamente.

—¿Y adónde vas? ¿Donde tus putas? —le espetó su padre, recuperando su habitual tono despectivo.

—No —respondió Amos—. Voy a buscar a una chiquilla que puede arruinarme la vida, tal como yo he arruinado la tuya.

47

Todo el mundo esperaba que estallase la guerra. Lo decía también Rocco. Y en la espera reinaba un ambiente raro.

A Raquel le recordaba el instante previo a la tempestad. Todo calla, no sopla ni pizca de viento, el cielo está oscuro, bajo, compacto, como si pudiese cortarse con un cuchillo. Como si todo el mundo estuviese conteniendo la respiración.

Pero todo el mundo sabía que pronto el silencio sería rasgado por el grito de las armas. Y que el cielo negro vomitaría ríos de sangre.

—¿Qué hora es? —le preguntó Rocco.

Raquel miró con orgullo su nuevo reloj.

—Son las ocho y diez. —Se levantó—. Me marcho.

—Ten cuidado —le dijo Rocco.

Raquel sonrió. Se subió la capucha que le ocultaba el rostro, levantó los hombros e introdujo las manos en los bolsillos del pantalón. Echó a andar sin gracia, como un hombre.

Desde allí debería haber un atajo hasta la librería, pero a Raquel le daba miedo perderse, de manera que fue por la antigua nave. Verla destrozada por la bomba la impresionó. Lo mismo que los talleres de la Zappacosta Oil Import-Export. Sin embargo, aquel desastre no le daba tanto miedo como la posibilidad de encontrarse con Amos y Adelina.

Apretó el paso y torció en un callejón repleto de basura, entre la que había ratas del tamaño de pequeños gatos.

—¿Adónde crees que vas, piojo? —dijo una voz.

Raquel tenía delante a cuatro chiquillos sucios y de aspecto amenazador. Recordó la vez que le pegaron y le robaron.

—Esta zona es mía. Necesitas permiso para pasar. Y yo no te lo he dado —continuó uno de los cuatro—. ¿Crees que puedes hacer todo lo que te da la gana? Necesitas un castigo.

Raquel pensó que hablaba imitando a los mayores.

Los otros tres chiquillos, rápidos como las ratas que escarbaban en la basura, la sujetaron de los brazos.

Raquel hizo todo lo que pudo por soltarse. Pero estaba demasiado débil.

—Suéltalo —resonó una voz detrás de Raquel—. ¿Qué tiene de gracioso romperle el culo a un piltrafilla, Manuel?

Un instante después, Raquel vio a un chico de unos trece años. Vestía una camiseta azul con una raya amarilla en diagonal y un escudo desteñido, en el que ya no se distinguía nada. Tenía el pelo muy negro, largo y liso. Se plantó delante de Manuel, el chiquillo que se había metido con ella.

—¿Qué más te da a ti que le diga quién manda aquí, Louis? —gruñó Manuel.

Louis miró en silencio a los tres chiquillos que tenían sujeta a Raquel.

Los tres chiquillos la soltaron.

Raquel retrocedió un paso. Nadie hizo nada por detenerla. Era el momento de huir. Pero se quedó allí, hipnotizada por Louis, que miraba a Manuel a los ojos como en un duelo.

—¿Has dicho que tú mandas o lo he entendido mal? —le preguntó Louis.

—A él... —respondió Manuel con voz insegura.

—¡Ah! O sea, que a mí no... —Louis sonrió.

Manuel ya había perdido el duelo.

—No... —Se rindió.

Louis le dio un manotazo en el hombro.

—Muy bien. Y ahora vete.

Manuel hizo un gesto a los otros tres y se marcharon en silencio.

—Gracias —dijo Raquel en cuanto estuvo a solas con Louis.

—Largo de aquí, piltrafilla —soltó Louis sin mirarla—. Quedo como un tonto si me ven contigo.

—Entonces ¿por qué lo has hecho?

—Por mi reputación —respondió Louis—. Si no te pego yo, no debe hacerlo nadie.

—Pues habrías tardado menos en darme unas hostias —dijo Raquel.

Louis la miró con cara de sorpresa.

—Pero ¿tú de dónde sales, piltrafilla? —Se echó a reír.

—¿Yo? Bueno…, ahora estoy…

—Para, para —la detuvo Louis—. Es solo una manera de hablar. —Meneó la cabeza—. Vienes de Marte. No sabes una mierda de la calle. —De repente, hizo como si fuera a darle un mordisco, igual que una fiera.

Raquel brincó hacia atrás, asustada.

—A ti te comerían de un bocado. —Louis volvió a reírse—. Pero desde ahora se correrá la voz de que estás bajo la protección de los Boca Juniors.

—¿Quiénes son los… Boca Juniors?

—Mi banda, tonto —dijo Louis. Pellizcó la camiseta azul con la raya diagonal amarilla—. Como el equipo de fútbol de nuestro barrio. ¿Ves esto? Es una camiseta original. La he robado.

—¿Qué es el fútbol?

—¡De verdad que eres de Marte! —exclamó Louis, y antes de irse la señaló con un índice—. ¡Como me sigas, te rompo el culo!

Raquel se quedó quieta en medio del callejón.

Una rata grande y oscura, con el pelo grasiento y ralo, se puso en dos patas y olfateó hacia donde estaba ella.

—¡Ojito, piltrafilla! —le dijo Raquel, y dio un mordisco al aire imitando a Louis—. ¡Que soy del Boca Juniors!

La rata se fue corriendo.

Raquel se rio y se encaminó hacia la librería.

Cuando llegó, todavía estaba cerrada.

Delante de la persiana bajada, un hombre se movía con gestos impacientes.

—¿Trabajas aquí? —preguntó a Raquel. Y cuando ella asintió

le tendió un paquete de revistas atado con un cordel—. Di a Del Río que son las que ha encargado. Tengo prisa. Debo seguir con el reparto.

Raquel se sentó en el escalón de la entrada y miró la portada de la primera revista. Tenía dibujada una gallina con la cabeza de un hombre, inclinada sobre docenas de huevos de colores. El título de la revista era *Caras y Caretas*. La sacó del paquete y empezó a leerla. Había artículos de política que no comprendía bien. Pero cuando leyó uno de una tal Alfonsina Storni, se emocionó. Le llamó la atención especialmente la manera sencilla pero aguda en que hablaba de cultura, de educación y del lugar de la mujer en la sociedad. La conquistó el espíritu rebelde y anticonformista de esa mujer. Le llegaba directamente al corazón. Le hablaba.

Cuando Del Río llegó, Raquel enseguida lo bombardeó con preguntas acerca de Alfonsina Storni.

Del Río hizo una mueca.

—Uf… —masculló—. Era maestra, creo. Cuentan que es poetisa, pero todavía no ha publicado nada, hasta donde yo sé. Escribe… En fin, si la has leído, ya conoces sus ideas. —Sonrió con suficiencia—. Imagínate que tiene un hijo ilegítimo y no se sabe quién es el padre. —Meneó la cabeza—. Es una de esas mujeres que cree que los hombres y las mujeres deben tener los mismos derechos. ¡Vaya estupidez!

—¿Por qué es una estupidez? —preguntó Raquel.

—La mujer no vale lo que el hombre… —Del Río torció el gesto—. Los hombres son racionales. ¡Las mujeres, en cambio, tienen la cabeza llena de pájaros! —dijo—. No dejes que las ideas de esa Storni te perviertan —la previno—. Las mujeres están un escalón por debajo de los hombres.

—Sí —asintió Raquel—. Las mujeres son un peñazo.

—Pero aquí son bienvenidas, recuérdalo —precisó Del Río—. Las mujeres compran más libros que los hombres.

—¿Y eso por qué pasa?

—Porque ellas necesitan fantasear. No trabajan y se aburren.

—O son más inteligentes que sus maridos —dijo Raquel tratando de ocultar su irritación.

Del Río enarcó las cejas.

—Una teoría muy descabellada, Ángel.

Por la tarde, Raquel catalogó algunos libros nuevos. Anotaba el nombre del autor, el título, la editorial y el precio de venta al público.

—Eso es lo que no sabría hacer una mujer —repetía Del Río.

«Eso es lo que usted no le permite hacer a una mujer», pensó Raquel. Y cuantas más tonterías y frases hechas decía Del Río, más respeto sentía Raquel por Alfonsina Storni.

Cuando volvió a la nave, Raquel contempló con admiración los dibujos de Rocco, con los que había cubierto buena parte de las paredes. Le parecían mecanismos fantásticos y misteriosos. Y además mostraban toda la pasión de Rocco.

—No te atrevas a tocarlos —le dijo él.

—No soy una mujer —contestó Raquel.

Rocco la miró sorprendido.

—¿Eso qué tiene que ver? —le preguntó.

Raquel se encogió de hombros e hizo una mueca, como suponía que se habría comportado un hombre.

—Las mujeres son un peñazo —dijo.

—Aún eres pequeño para comprender. —Rocco sonrió.

—¿No son un peñazo? —Raquel estaba desconcertada.

—No —respondió serio Rocco. Evocó a Rosetta, siempre presente en sus pensamientos—. Las mujeres son la sal de la vida.

—¿En serio?

—Un hombre que no sabe apreciar a una mujer no sabe vivir.

«Rocco es diferente a los otros hombres», pensó Raquel. Se sentó en su colchón y releyó unas frases de Alfonsina Storni. Debía de ser una mujer excepcional.

—¿Me regalas una hoja de papel? —preguntó a Rocco.

—¿Qué quieres hacer?

—Escribir.

—¿Qué? ¿Un diario? ¿Como una niña? —se burló Rocco—. Tú mismo —le dijo de todos modos—. Los lápices están en aquella lata.

Raquel arrancó una hoja del bloc y eligió un lápiz. Ya había decidido en su interior que quería escribir una historia. O un artículo, como Alfonsina Storni. Sonrió, feliz. «Sí, será precioso», se dijo. Pero toda aquella superficie blanca la cohibía. Entonces empezó por escribir el principio cambiado de Pinocho, como se lo había imaginado unas noches antes.

Érase una vez... «¡Un rey!», diréis enseguida. No, os habéis equivocado. Érase una vez... una chica. Una chica que quería ser libre como un chico.

Miró la hoja. Ya no estaba en blanco. Y se durmió contenta.

A la mañana siguiente, para evitar tropezarse con Amos y Adelina en la zona de la Zappacosta Oil Import-Export, decidió ir a la librería por el laberinto de callejuelas que había al otro lado de la nave. Tenía que dirigirse hacia el norte.

Según avanzaba por aquella parte de La Boca, Raquel comprobó que la pobreza no tenía límites. Siempre había un escalón más bajo que el que se había imaginado. Y esa zona era un abismo. Las chabolas estaban apiñadas. Eran como un frágil castillo de naipes. Los muros y los techos estaban hechos con chapas metálicas y tablones. No se veía ni un solo ladrillo. La gente hacía sus necesidades en la calle. El olor era nauseabundo. Había moscas por todas partes, eran las reinas indiscutibles de aquel reino de mierda.

Las personas que la veían pasar tenían los ojos apagados, la boca casi sin dientes, la piel marchita, amarillenta y opaca como los higos secos. Toda la mugre de la que estaban cubiertas no ocultaba la miseria de sus cuerpos, chupados hasta los huesos por el hambre. Raquel se dijo que había visto semejante miseria en las aldeas de los judíos del este de Europa. Donde ella se había criado. Una miseria sin esperanza.

Las barracas habían surgido sin orden entre los callejones ya existentes, obstruyéndolos y formando otros igualmente estrechos. Y eran tan provisionales como aparentaban. Un día estaban allí y al siguiente ya habían desaparecido. Como Raquel constató cuando vio a un hombre que arrancaba furtivamente la chapa de una casucha y huía a toda carrera. Con esa chapa aquel hombre haría su propia barraca. Y cuando ese hombre estuviese fuera, le robarían la chapa, como había hecho él, y surgiría así otra chabola nueva.

Más allá vio a un hombre que ofrecía media hogaza a una mujer. Le pareció un bonito gesto en medio de toda aquella sordidez. La mujer agarró ávidamente la hogaza, la partió en dos y lanzó una mitad hacia el interior de una barraca, luego se apoyó en un barril, de espaldas, y separó las piernas. El hombre se desabotonó los pantalones, le levantó la falda y empezó a fornicarla por detrás, moviéndose con la rapidez de un conejo. La mujer, mientras tanto, con los hombros apoyados en el barril, zarandeada por las arremetidas del hombre, comía la hogaza.

Raquel pensó que Dios tendría que haber garantizado al menos un poco de dignidad a sus hijos.

—¿Qué carajo haces aquí, piltrafilla? —dijo una voz.

Raquel se volvió y vio a Louis. Sintió un nudo en el estómago. Louis comía un trozo de hogaza. Era la mitad que la mujer apoyada en el barril había lanzado hacia el interior de la barraca. Para él. Porque aquella mujer era su madre.

—¿Y bien...? ¿Qué carajo haces aquí? —repitió Louis.

—Yo... —Raquel no sabía qué decir—. Me he perdido, creo.

—Yo también lo creo —dijo Louis—. No eres un tipo listo, ¿eh?

—¿Cómo llego a Constitución? —le preguntó Raquel.

—¿Constitución? —Louis abrió mucho los ojos—. ¿Qué carajo tienes que hacer en Constitución? Es un barrio de ricachones.

—Trabajo en una librería.

Louis la miró en silencio, absorto y asombrado.

—Una librería... —repitió en un susurro, recalcando bien esa palabra absurda.

—¿Sabes cómo se va? —preguntó incómoda Raquel.

Louis negó con la cabeza, perplejo. Luego se volvió hacia su madre.

Raquel vio que el hombre se había ido.

La mujer estaba limpiándose la entrepierna con agua que sacaba del barril.

—¡Ma! —gritó Louis—. ¿Sabes cómo se va a Constitución?

—¿Qué tienes que hacer allí? —preguntó la mujer, sin dejar de lavarse.

—Yo nada —respondió Louis—. Tiene que ir él. —Señaló a Raquel—. Trabaja en una librería.

—¿En una librería? —exclamó la madre, también asombrada.

—Eso dice. —Louis se encogió de hombros.

—¡Pregúntale si sabe leer! —gritó la madre.

«¿Por qué no se dirige directamente a mí?», pensó Raquel.

—¿Sabes leer? —dijo Louis.

—¡Sí, señora! —respondió en voz alta Raquel hacia la mujer.

—Pregúntale si también sabe escribir —dijo la mujer, de nuevo sin dirigirse a Raquel.

—Sí —respondió Raquel en voz baja.

—¡Dice que sí, ma!

—Pues entonces para mí que es verdad que trabaja en una librería —concluyó la mujer—. Dile que espere ahí. —Y entró en la barraca.

—Espera aquí —repitió Louis.

Poco después, la madre salió de la barraca con un papel y un lápiz, y se les acercó.

—Escribe mi nombre —pidió a Raquel mirándola por primera vez desde que había comenzado esa absurda conversación, y le tendió la hoja y el lápiz.

—¿Cómo se llama usted, señora?

—Helena Vargas.

Raquel lo escribió. Luego le devolvió el papel y el lápiz.

La mujer tomó la hoja como si fuese una reliquia y miró fascinada los signos trazados con firmeza con el lápiz.

—¿Aquí pone Helena? —preguntó señalando las primeras letras.

—Sí.

—¿Y aquí Vargas?

—Sí.

La mujer sonrió. Una sonrisa de niña.

—Quiero aprender a escribir mi nombre —dijo riendo.

—Ma, ¿cómo se va...? —Se volvió hacia Raquel—. ¿Adónde?

—Al cruce de la avenida Jujuy con San Juan —contestó Raquel.
—Ma, al cruce...
—¿Eres tonto? —exclamó la madre—. Acaba de decirlo él. No soy sorda. —Ahora miraba a Raquel con respeto—. Acompáñalo —pidió a su hijo—. Pasa por Marita y sus Mujeres. Está cerca de allí.
—Gracias, ma.
Raquel miró el reloj porque temía llegar tarde.
La mujer, con la velocidad de un gato, se lo arrancó de la mano.
Raquel la miró, sin saber qué decir.
La mujer se lo devolvió enseguida y le dio un pescozón.
—Escóndelo, librero —le dijo con el semblante serio—. ¿Ves lo fácil que es que te lo roben? Es una cosa valiosa. —Miró a su hijo y señaló a Raquel—. Es idiota.
—Sí, ma. —Louis negó con la cabeza y dio un manotazo a Raquel en la espalda—. Andando.
Mientras se alejaban, Raquel vio que la madre de Louis observaba el papel en el que figuraba su nombre y que seguía sonriendo. Y pensó que en ese momento, a pesar de la degradación en la que vivían, esa mujer era capaz de sentir una especie de felicidad. Lo cual le pareció absurdo.
—¿Qué es Marita y sus Mujeres? —preguntó Raquel.
—Un burdel donde de vez en cuando trabaja mi madre, cuando alguna de las chicas fijas está enferma —respondió Louis sin el menor reparo.
—Pero ¿cuántos burdeles hay en Buenos Aires? —preguntó Raquel.
—Según mi madre, hay demasiados y no suficientes —dijo Louis.
—¿Eso qué significa?
—Que para los clientes nunca bastan —contestó Louis—. Pero para las putas hay demasiada competencia y pasan hambre.
—¿Conoces un burdel que se llama Chorizo?
—No —respondió Louis secamente—. Yo, aunque me sobrase el dinero, nunca iría de putas.
Raquel volvió a notar que se le hacía un nudo en el estómago.

—Yo jamás iré de putas —repitió Louis con rabia.

Caminaron en silencio, hasta que, como por ensalmo, desaparecieron las barracas. Estaban en una zona distinguida, y Raquel reconoció una de las calles por las que iba a la librería.

—Ya sé cómo llegar —dijo sonriendo—. No necesito que sigas acompañándome.

—¿Te doy por culo?

—¿Cómo?

—No entiendes ni jota de la jerga de la calle, ¿eh? —Louis Suspiró—. ¿Qué pasa? ¿Te molesto?

—No. —Raquel se ruborizó—. Creía que te aburrías y... y además dijiste que te da vergüenza que te vean con un piltrafilla como yo.

—Pues sí. —Louis se rio—. Pero nunca he visto una librería. —Dio un par de pasos y añadió—: Escucha, esto...

—Ángel.

—Escucha, Ángel... —Louis hizo una pausa, abochornado—. ¿No me enseñarías a leer y escribir? —soltó de un tirón.

—¿En serio? —exclamó Raquel—. ¡Por supuesto que sí!

—A cambio, puedes decir que eres de los Boca Juniors. —Louis hizo una pausa—. Aunque no se lo creerá nadie. —Se rio—. ¿De acuerdo?

—De acuerdo. —Raquel también se rio.

—Pero no vayas por ahí contando que eres mi amigo —dijo Louis.

—No..., por supuesto —dijo Raquel, avergonzada.

Louis se dio cuenta.

—Escucha, Ángel, se ve que no sabes un carajo de la calle. Los que tienen amigos son débiles. O maricones. Yo no tengo amigos. Ni uno solo. Y punto. No es nada contra ti.

Cinco minutos después llegaron a la librería.

—¿Qué es lo que pone ahí? —preguntó Louis señalando el cartel.

—La Gaviota.

—Eso es justo lo que hay dibujado. —Louis fue señalando las letras del cartel—. ¡L...a... g...ga...vi...o...ta! —Se rio.

—¿Quieres entrar? —le preguntó Raquel.

—¿Puedo? —dijo Louis con los ojos muy abiertos.

—Sí.

Raquel entró. El timbre de la puerta sonó.

Louis la siguió.

Había dos hombres delante del mostrador, de espaldas. No eran los típicos clientes de la librería. Vestían ropa chabacana, de colores brillantes, muy chillones. La de uno era verde y la del otro amarillo mostaza. Uno de los dos se volvió y miró a Raquel y a Louis.

Raquel se quedó paralizada. Conocía a ese hombre. Era un gorila del Chorizo. Uno de los hombres de Amos.

—Buenos días, Ángel —dijo Del Río.

Raquel tuvo la tentación de salir corriendo. Pero estaba paralizada.

El gorila le echó una mirada distraída.

—Y bien... ¿Qué me decían, señores? —preguntó Del Río.

—Estamos buscando a una chiquilla —explicó uno de los gorilas.

—Raquel Baum —añadió el otro.

Raquel sintió vértigo. Las piernas le flaquearon un instante. Notó la mano de Louis sujetándola.

—¿Y qué quieren de mí? —preguntó Del Río, que no conseguía comprender.

—¿Trabaja aquí esa chiquilla? —dijo el gorila en tono rudo.

—Desde luego que no —respondió Del Río—. Yo no contrato chiquillas. —Señaló a Raquel—. Aquí trabaja Ángel. ¿No lo ven?

Los gorilas se volvieron para mirarla. Y luego se encaminaron hacia la salida.

Raquel se quedó observándolos. Embobada, con los ojos como platos.

Louis le dio un empujón y la hizo volverse hacia una estantería, fingiendo que le señalaba un libro. La sujetaba de un brazo.

—Pero, ahora que lo pienso, sí... —dijo de repente Del Río.

Los gorilas se detuvieron.

—Hace tiempo se presentó aquí una chiquilla buscando trabajo.

Louis, que seguía sujetando a Raquel de un brazo, notó que se ponía tensa.

—¿Y...? —Uno de los gorilas invitó al librero a seguir.

—Nada —contestó Del Río—. Ya se lo he dicho, yo no contrato mujeres.

Los dos asintieron y se marcharon, sin dignar a Raquel ni a Louis otra mirada.

En cuanto cerraron la puerta, Raquel casi se desinfló.

—¿Qué pasa? —le preguntó en voz baja Louis.

—Nada. —respondió Raquel, vencida por el pánico. El corazón le latía desbocado. No conseguía respirar, como si estuviese asfixiándose.

—Chorradas —murmuró Louis—. Tú a esos los conoces.

Raquel lo miró con ojos brillantes, jadeando.

—Esos son asesinos —dijo Louis.

48

En el interior de la nave, Rocco colocó la manivela de puesta en marcha de un motor que colgaba de un árgano y que había comprado por pocos pesos en un desaguace.

—Venga, bonito —susurró.

Raquel asistía emocionada.

Rocco giró la manivela. El motor tosió y arrancó. Pero enseguida se detuvo con un estremecimiento.

—Mierda —gruñó Rocco.

—Inténtalo de nuevo —dijo Raquel.

Rocco agarró la manivela de arranque y la giró. El motor tosió, vibró, resonó. Pero al instante se produjo una explosión sorda, seguida de una bocanada de humo negro, denso, pestilente. Y olía a aceite quemado.

—¡Mierda! —gruñó más enfadado aún.

—Sé que puede funcionar —dijo Raquel.

—Lárgate —le respondió Rocco. Giró por tercera vez la manivela, con los dientes apretados.

El motor emitió un ruido áspero, ahogado. Algo así como un leve murmullo. La manivela retrocedió con tanta violencia que casi lo tiró al suelo.

—No andará nunca —se quejó Rocco.

—Sé que puede funcionar —repitió Raquel.

—¡Lárgate! —le gritó Rocco.

Raquel bajó la cabeza al suelo, asustada. Desde que había visto a los hombres de Amos, tenía todavía más miedo. Pero al mismo tiempo se decía que, como no la habían encontrado, no tenían motivos para volver a buscarla allí. En una ocasión oyó contar a un viejo soldado que el lugar más seguro para esconderse en una batalla era el agujero que hacía una bomba. Las bombas nunca volvían a caer en el mismo sitio. Respiró hondo y se encaminó hacia la librería.

En cuanto se quedó solo, Rocco dio un rabioso manotazo al motor.

—Nunca lo conseguiré sin ayuda —murmuró.

Permaneció un instante inmóvil, resoplando por la nariz, y luego salió corriendo de la nave.

—Recoge tus cosas —ordenó a Mattia entrando con paso firme en el taller de Cara de Perro—. Desde hoy trabajas para mí.

Mattia lo miró con una expresión perpleja dibujada en su rostro cuajado de granos.

—¿Qué coño dices? —chilló Cara de Perro—. ¡Tony te cortará los huevos! —gritó al tiempo que avanzaba hacia él.

La guerra ya había empezado y no prometía nada bueno. La gente relacionada con Tony estaba comenzando a morir. Habían encontrado a dos de sus hombres en el Riachuelo con el cuello rajado. A otros tres los habían matado a tiros. No era aún una guerra en la que los dos contendientes hubieran desencadenado toda su fuerza y su locura homicida. Era más una serie de asaltos, de emboscadas, donde ninguno podía estar nunca tranquilo. Como si fuesen las primeras escaramuzas. Pero en las calles de La Boca, la gente tenía miedo. Antes o después, Tony respondería con violencia, y habría cada vez más muertos, hasta que uno de los dos contendientes se rindiese. Aunque, con más probabilidad, cuando uno de los dos hubiese muerto.

Y Rocco no quería que el chico acabase en medio de todo aquello.

Cara de Perro, en cambio, le importaba un carajo. Le dio un empujón y lo tiró al suelo.

—Date prisa —dijo a Mattia.

El muchacho sacó una bolsa de tela de una taquilla de metal y salió del taller sin hacerse de rogar. Mientras seguía a Rocco, echó una ojeada a la Zappacosta Oil Import-Export, destrozada por la bomba. Estaba pálido. Tenía miedo.

—Gracias —dijo, hablando por primera vez—. Trabajaré como un negro, puedes estar seguro.

—No, puedes estar seguro tú —le respondió en tono arisco Rocco—. Yo no soy blando como Cara de Perro. Tendrás que partirte el culo trabajando.

Mattia se rio. Se sentía tan aliviado por haberse librado de aquella guerra que habría hecho cualquier cosa.

—Haz correr la voz de que ya no tienes nada que ver con Tony —le indicó Rocco—. Tiene que saberse que has dejado la nave. —Cuando llegaron al figón donde se reunían los estibadores, hizo entrar de un empujón a Mattia—. Empieza aquí. En un instante se sabrá en el puerto.

—Y Tony... ¿qué dirá? —preguntó Mattia, temeroso.

—No te preocupes —zanjó Rocco, y entró en el local.

En cuanto los estibadores lo vieron, se callaron.

Rocco recordaba la última vez que había estado allí. Lo habrían molido a palos si hubiesen podido, como a cualquier hombre de Tony.

—Ponme un café —mandó al dueño.

El hombre le dio una cerveza.

—Esto te conviene más. —Con un gesto, le indicó que mirara hacia atrás—. Al menos así estáis en igualdad de condiciones.

Rocco se volvió, tenso.

Todos los estibadores se levantaron y lo rodearon.

—Escuchad, no quiero líos —dijo Rocco.

Ninguno respondió. Cada uno de ellos sujetaba una botella.

Rocco no tenía miedo, pero sabía que saldría de allí con los huesos rotos.

—Mierda... —susurró. Señaló a Mattia, que estaba a su lado—. El muchacho no tiene nada que ver con esto. —Acto seguido agarró la botella de la barra. Iba a vender cara su piel—. ¡De acuerdo! ¡Acabemos de una vez! —gruñó, y aferró la botella por el cuello.

Los estibadores lo miraron un instante en silencio, hasta que uno dijo:

—Oye, ¿qué haces sujetando esa botella así? ¡Estás tirando toda la cerveza al suelo!

Entonces todos se echaron a reír.

—Dale otra —dijo Javier, el gigante al que habían molido a golpes los hombres de Tony y al que Rocco había salvado de la pandilla de chiquillos.

El tabernero tendió a Rocco una botella recién abierta y le quitó de la mano la que empuñaba como un arma.

—Esa agárrala bien. —Javier sonrió. Alzó su botella y la entrechocó con la de Rocco—. *¡Salud!* —brindó.

—*¡Salud!* —gritaron los demás estibadores, alzando también sus botellas. Y enseguida dieron un largo trago.

—Gracias, amigo. —Javier volvió a brindar—. Me salvaste el culo.

El tabernero dio a Rocco una palmada en el hombro.

—Nos habíamos equivocado contigo. Vuelve cuando quieras, aquí eres bienvenido.

—Pero ¿qué carajo...? —balbució de nuevo Rocco, confundido.

—Te habías cagado en los pantalones, ¿eh? —se mofó riendo uno de los estibadores.

Los demás también rompieron a reír.

«Ya no estás solo», pensó Rocco, eufórico. Y comprendió que podía formar allí su equipo. Que podía cumplir su sueño de hacer un montacargas.

—Necesito un herrero —dijo a Javier.

El gigante abrió los brazos.

—Lo has encontrado. —Se dio un manotazo en una pierna—. Los hombres de Tony me partieron la rodilla. Ya no puedo levantar grandes pesos. Por suerte, mi padre me ha enseñado el oficio. —Meneó la cabeza—. Pero no tengo taller.

—Yo lo tengo —dijo Rocco—. El salario no es gran cosa, pero a cambio no tienes que pagarme ningún «seguro» como a Tony.

Javier esbozó una sonrisa conmovedora.

—Para ti trabajaría gratis si pudiese. —Se encogió de hombros—. Pero no puedo. —Se rio.

—También necesito dos hombres que sepan hacer un poco de todo.

—Los encontraremos entre *los condenados a muerte*, no hay ningún problema.

—¿*Los condenados a muerte?*

Javier se rio.

—Sí, tipos como yo. Estibadores que han sufrido un accidente. Ya no tenemos esperanza de encontrar trabajo, así que estamos condenados a muerte. Pero danos una oportunidad, y ya verás que estamos dispuestos a morir por ti. —Señaló a un hombre grande y robusto—. Lo llamamos Ratón porque tiene los dientes salidos como un ratón.

—Desde luego, no es lo primero que llama la atención de él —murmuró Rocco al fijarse en el muñón que tenía a mitad del antebrazo izquierdo.

—Ratón —lo llamó Javier—. Mi amigo acaba de desafiarte. Afirma que levanta esta caja sin problemas.

—No, yo... —farfulló Rocco.

—Tienes dos brazos y dos manos —le dijo Javier—. ¿No te dará miedo perder contra un pobre manco con dientes de ratón?

Rocco levantó la caja un par de palmos, resoplando. Luego la soltó.

—¿Conforme? —preguntó en tono provocador a Javier.

—Si hubiese contenido algo frágil, lo habrías roto —aseveró Ratón.

Sujetó la caja por un lado con la mano del brazo bueno, apretó con el muñón el otro y la levantó sin dificultad, como si estuviese vacía. Por último, la dejó suavemente en el suelo.

Rocco no daba crédito.

—Eres un elefante, no un ratón...

—Y el otro que tienes que llevarte es Billar, el pelado aquel, el de la cabeza redonda como una bola de billar —dijo Javier.

Rocco lo miró.

—¿Qué tiene de raro? —quiso saber Rocco.

—¿Qué tienes de raro, Billar? —le preguntó Javier.

—Que ya no corro como una liebre —contestó riendo el otro. Se subió los pantalones y enseñó una pierna de madera.

Cuando llegaron al taller, Raquel estaba esperándolos.

—¿Se ha puesto en marcha? —preguntó Raquel a Rocco.

—No.

—Se pondrá —afirmó ella.

Rocco seguía poco convencido. Señaló a Mattia el motor colgado del árgano.

—Tenemos que desmontar eso. —Luego enseñó los dibujos a Javier—. Tú tienes que hacer esta estructura.

—¿Qué es? —preguntó Javier.

Los ojos de Rocco resplandecieron. Mostró una amplia sonrisa.

—¡Es el futuro! —exclamó—. Empezaremos por este esqueleto. Después montaremos el motor. —Frunció el ceño. Sabía que el mayor problema consistía en emplear la propulsión de un solo motor para dos cosas distintas, y a la vez: movimiento central, hacia delante y hacia atrás, y levantamiento de las cargas—. Se precisan dos mecanismos en paralelo al eje de transmisión central —explicó a Javier al tiempo que señalaba algunas partes del dibujo—. Y uno de los dos ha de poder activarse y desactivarse. A lo mejor lo que se necesita es una correa de transmisión… para que sea independiente. Enganches y desenganches. Probablemente, con el motor en punto muerto. —Se rascó la frente—. Es un jodido rompecabezas —murmuró—. Pero puede hacerse.

—Y lo haremos —dijo Javier—. Te miro a los ojos y me doy cuenta de que ya lo estás viendo.

—Sí… —Rocco se rio. Luego se dirigió a Ratón y a Billar—. Vosotros echaréis una mano al que en ese momento lo necesite.

—¿Y yo? —preguntó Raquel.

Rocco le dio un pescozón.

—Tú haces lo que sabes hacer. No malgastar tu tiempo con nosotros —le dijo severamente. Miró a los otros, le puso una mano en el hombro y añadió, con solemnidad—: Ángel sabe leer y escribir. Ha leído incluso un libro entero, de la primera a la última página.

A todos los intimidó aquella enorme diferencia que los separaba.

—Pero es un auténtico tocapelotas —concluyó Rocco.

Entonces la nave se llenó de carcajadas.

Ese día, Rocco y Mattia se dedicaron a desmontar el viejo motor mientras Javier y Billar recorrían desguaces en busca de material para hacer la estructura del montacargas. Ratón, con su único brazo, y sin derramar una sola gota de sudor, movió las pesadas mesas de trabajo hasta donde Rocco le indicó.

Por la noche se despidieron, y quedaron para el día siguiente.

No bien apagó la lamparilla, Rocco pensó en Rosetta. Su último, fugaz pensamiento fue para ella. No estaba allí con él. La extrañaba. Aunque era un sentimiento absurdo, se dijo, porque nunca habían estado realmente juntos. Pero a lo mejor eso era lo que les ocurría a las almas gemelas. Solo que estaba tan cansado que un instante después dormía como un tronco, apretando en una mano el botón que los mantenía unidos y que demostraba que no había sido solamente un sueño, que Rosetta existía de verdad.

Raquel, en cambio, permaneció despierta. Seguía pensando que le gustaría escribir un artículo como Alfonsina Storni. Hasta que en un momento dado de la noche oyó ruidos. Al principio pensó que eran ratas. Pero una de las planchas metálicas vibró con fuerza, y Raquel se alarmó.

—Hay alguien —susurró a Rocco tocándole un hombro.

Él se despertó enseguida.

—Cuando te lo diga, enciende la lámpara —le susurró.

Se acercó a la plancha que estaban forzando desde fuera. Vio tres cuerpos arrastrándose hacia el interior.

—¡Ahora, Ángel!

Raquel encendió la lámpara mientras Rocco se plantaba delante del hueco que había entre las planchas, bloqueando la salida.

—Trae aquí la lámpara —le ordenó Rocco.

Raquel tragó saliva y se acercó.

La luz alumbró a tres chiquillos andrajosos que miraban de un lado a otro en busca de una escapatoria.

Uno de los tres, más alto que los otros y con una camiseta azul con una raya amarilla en diagonal, sacó una navaja.

—¡Louis! —exclamó Raquel, reconociéndolo.

—¡Ángel! —exclamó a su vez Louis, igualmente sorprendido.

Rocco aprovechó para abalanzarse sobre él y desarmarlo. Mientras le torcía el brazo detrás de la espalda, preguntó a Raquel, pasmado:

—¿Quién es?

—¡Suéltame, cabrón! —gritó Louis con una mueca de dolor.

—¡Suéltalo, por favor! —dijo Raquel con los ojos como platos.

Los otros dos chiquillos seguían buscando por dónde escapar.

—¿Quién es? —repitió Rocco.

—Me salvó de una pandilla —contestó Raquel.

Rocco miró a Louis. Tenía el mismo aspecto miserable de todos los chiquillos que trabajaban para la mafia en Sicilia. Su expresión de perros rabiosos. Las mismas marcas de maltrato que les había dejado la vida. Las mismas cicatrices, los mismos miedos. Los mismos hombros escuálidos, abrumados por tener que enfrentarse a un mundo infinitamente más fuerte y cruel que ellos. Y en los labios una sonrisa burlona, falsa como una moneda de plomo.

—¿Qué buscabais? —le preguntó—. Aquí no hay nada que robar.

—Que te den, capullo —le respondió con rabia Louis—. Tony Zappacosta ha dado vía libre a todos. No pintas una mierda.

Rocco lo miró. Tenía razón. Tony quería que todo el mundo supiera que estaba solo. No arriesgaba nada con él. Dio la vuelta a la navaja, la sujetó por la hoja y se la tendió a Louis por la empuñadura.

Louis miró su arma y luego a Rocco con recelo.

—¿Alguna vez has pensado en trabajar? —dijo Rocco en tono tranquilo.

—¿Para ser como tú? —respondió Louis, lleno de desprecio—. ¿Un pordiosero con la espalda rota? Métete en el culo tu sermón.

—Louis, no seas así... —intervino Raquel.

—No era en lo que pensaba —dijo Rocco—. Eres una cagarruta. No serías capaz ni de levantarme el nabo para que meara.

Louis miraba la navaja sin atreverse a agarrarla, convencido de que era una trampa.

—Pero sabes hacer una cosa mucho mejor que yo —dijo Rocco.

—¿Qué? —preguntó Louis, incapaz de comprender.

—Sabes robar.

—¿Quieres que robe para ti? —intervino Raquel, escandalizada.

—No —respondió Rocco—. Quiero que evite que me roben. —Miró a Louis a los ojos—. Quiero que me protejas.

—¿Me tomas el pelo, imbécil? —soltó Louis.

—Tú sabes cómo se hacen ciertos trabajitos. De manera que también sabes qué hacer para evitarlos. —Volvió a tenderle la navaja—. Tómala, anda.

Raquel contuvo el aliento.

Louis agarró el arma, retrocedió un paso y lo apuntó con ella. Rocco no se movió.

—¿Aceptas?

—¿Qué nos das a cambio? —preguntó Louis.

—El que trabaja tiene derecho a un sueldo —respondió Rocco.

—Acepta, Louis —le pidió Raquel.

—¿Cómo sabes que no te robaré? —preguntó Louis a Rocco.

—No lo sé... —Rocco lo miró fijamente—. ¿Aceptas?

—Seguro que tú también vienes de Marte —dijo Louis.

—¡Acepta, Louis! —insistió Raquel.

Louis puso cara de duro, pero luego dijo:

—Acepto.

—Pues entonces baja la navaja antes de que te la meta por el culo —le aconsejó Rocco—. Nosotros ahora nos vamos a dormir. Vosotros, no.

Louis cerró la navaja y se la puso debajo del cinturón.

—No necesito que me expliques qué tengo que hacer —dijo con gesto insolente. Pero su voz sonaba muy emocionada. Era su primer trabajo.

Rocco no le respondió, tomó a Raquel de un brazo y la condujo hasta la cama. Le retorció una oreja.

—Te prometí que te echaría a patadas como te metieras en pandillas.

—De verdad que me salvó… —gimoteó Raquel.

—Ese se come vivo a alguien como tú. —Le soltó la oreja—. No eres como él ni como yo. —Le enseñó un puño—. Tú eres mejor. Y no permitiré que malgastes tu vida como nosotros.

Al día siguiente, cuando Rocco les presentó a Louis y a los dos chiquillos, Javier dijo:

—Son ladrones, Nunca cambiarán.

—A mí también me juzgaste mal —respondió Rocco. Miró a los otros—. Somos un equipo. El jefe soy yo. Y se hace lo que yo diga.

—Sí que es duro el tío —susurró admirado Louis a Raquel—. ¿Es tu padre?

—No. Somos amigos. —Raquel sonrió al recordar que Louis le había prohibido decir eso de ellos—. A él no le importa que lo crean un debilucho o una nenaza —zanjó, y se marchó a la librería.

Javier, Ratón y Billar se pusieron a buscar piezas para la estructura.

Mattia y Rocco se dedicaron a ensamblar las piezas del motor. Al rato, Rocco se sintió observado. Se volvió.

—¿Puedo mirar? —dijo Louis con las manos en los bolsillos.

—¿Te interesan los motores? —le preguntó Rocco.

—¿Eso es un motor?

—Sí.

—Ah… — Louis se acercó—. ¿Y tú sabes montarlo?

—Sí.

Louis avanzó otro paso.

—¿Y qué es eso de ahí?

—Un pistón. Se introduce en esa pieza, el cilindro.

—Ah…

Rocco señaló a los otros dos chiquillos.

—¿Son tus hermanos?

—No, no tengo hermanos —respondió Louis—. O sea…, que ya no tengo.

Rocco indicó con un gesto a Mattia que los dejara solos. Luego, en cuanto Mattia se marchó, preguntó a Louis:

—¿Y qué les ha pasado a tus hermanos?

—Están muertos —dijo Louis—. Pero ¡qué más da!

Rocco no lo miró. Pero sabía que si lo miraba vería, detrás de la ira, el enorme dolor que anidaba en el alma de aquel muchacho.

—Ángel me ha contado que lo defendiste.

—Tenía que dejar claro a esos capullos quién manda. El piltrafilla me importaba un carajo.

—Pues tuvo suerte.

Louis se encogió de hombros.

—¿Quieres ayudarme? —dijo Rocco poniéndose de nuevo a limpiar el pistón.

Louis vaciló un instante.

—¿Qué tengo que hacer?

—Seca este carburador. —Rocco le tendió un trapo.

—Carburador —repitió Louis—. Pistón, cilindro, carburador.

Luego Rocco empezó a montar el motor con Mattia.

—Vale, lo primero que hay que fijar bien son las guarniciones...

—Guarniciones... —repitió Louis en voz baja. E hizo lo mismo durante todo el tiempo que estuvieron montando el motor.

Una vez que terminaron, lo levantaron con el árgano y lo fijaron a un soporte estable.

Entretanto regresaron Javier, Ratón y Billar con un carro repleto de piezas que habían conseguido en distintos desguaces.

Al atardecer, un automóvil se detuvo delante del taller. Poco después entró un hombre de unos treinta años, emperifollado como un chulo de putas y con el pelo engominado, seguido de dos bestias armados.

—Mierda, es don Lionello Ciccone —murmuró Louis.

—¿Quién? —preguntó Rocco.

—El jefe del muelle cinco. El que se cuenta que está haciendo la guerra a Tony Zappacosta —respondió deprisa Louis.

Don Ciccone paseó la mirada por los que estaban allí. Luego señaló a Rocco.

—Apuesto a que tú eres Bonfiglio —dijo.

Rocco se le acercó. Percibió la tensión en el rostro de sus hombres. Apretaban demasiado las pistolas. Pero había empezado una guerra y no podían relajarse. Más valía matar a un inocente que dejarse matar. La regla era sencilla y lógica.

—Usted dirá —contestó Rocco sin el menor asomo de servilismo.

Don Ciccone lo miró de arriba abajo.

—Me han contado que tú eres el que disparó a los hombres que hicieron saltar por los aires la Zappacosta Oil Import-Export... y quería verte la cara.

Rocco le sostuvo la mirada.

—Yo no soy un hombre de Tony.

—También me han contado eso —dijo don Ciccone—. Pero la gente cuenta un montón de chorradas. De todos modos, no eres muy popular por aquí.

—Jamás he sido popular —respondió Rocco—. Así que ya estoy acostumbrado.

—A lo mejor te haces popular si te matan —advirtió don Ciccone en el tono de voz tranquilo de la gente cruel cuando habla de muerte.

—No lo creo, dicho con todo mi respeto —hizo constar Rocco—. ¿A quién va a importarle la muerte de alguien como yo?

—Tienes la lengua muy larga. Pero eso no significa que también te sobren huevos. —Don Ciccone sonrió—. ¿Sabes cómo se averigua si a alguien le sobran huevos?

—Déjeme adivinar... ¿Cortándoselos?

—Sí.

—Oiga, don Ciccone, si Zappacosta muriese, yo sería el primero en celebrarlo —apuntó Rocco al recordar las instrucciones de Tony. Hizo un gesto circular con el brazo—. Y lo mismo vale para todos mis hombres. Sin excluir a ninguno. Aquí encontrará solamente enemigos de ese enano.

—Desde luego, tus hombres no parecen muy peligrosos. —Don Ciccone se echó a reír. Y cuando apareció Raquel se rio todavía más fuerte—. ¡Tienes un ejército estupendo! ¡Podrías abrir un circo!

—¿Qué pasa? —preguntó Raquel.

Don Ciccone le dio una colleja, sin dejar de reír. Acto seguido hizo una señal a sus hombres y se marchó.

—¿Qué pasa? —volvió a preguntar Raquel.

—¿Cuándo aprenderás a estar callado? —le dijo Rocco con dureza. Dio unas palmadas, para despabilar a los hombres y espantar al fantasma de don Ciccone, que los había asustado a todos—. Llena el depósito de gasolina —ordenó a Louis.

—¿Yo? —se sorprendió Louis.

—¿Quién, si no? ¿Eres o no mi ayudante? —Rocco volvió a dar unas palmadas—. ¡A ver si sabemos arrancar un motor! —gritó.

Mientras Louis llenaba el depósito, orgulloso y tieso, Raquel lo miró. Y sintió una leve envidia. Sabía lo importante que era para Rocco ese motor.

—Podría haberlo hecho yo —le susurró acercándose a él.

—No —le dijo Rocco—. Tú vas a ayudarme a arrancarlo.

Raquel sintió que las mejillas se le sonrojaban.

—Hecho —anunció Louis, y cerró el tapón.

—Pásame la manivela.

Louis se la pasó, metido en su papel.

Rocco colocó la manivela en su sitio. Luego le sujetó las manos a Raquel y se las puso en el mango de madera, junto con las suyas.

De repente se hizo el silencio en la nave. Era como si hasta las moscas hubiesen dejado de zumbar. Tan solo se oían los pasos de todos ellos, porque estaban reuniéndose.

—Vamos, bonito —susurró Rocco—. No me traiciones…

Todos contenían el aliento.

—Cuando diga «¡Ahora!», empuja con todas tus fuerzas —indicó Rocco a Raquel.

—Sí… —susurró Raquel. Y luego repitió—: Vamos, bonito.

—¡Ahora! —dijo Rocco, y giró la manivela.

Raquel sintió como que se despegaba del suelo.

El motor petardeó. Y acto seguido arrancó. Y ya no se paró.

Mientras las vibraciones del motor se expandían por la nave, Rocco miró a Ratón, que se reía mostrando los dientes salidos.

Y a Javier, que bailaba cojeando abrazado a Billar. Y a Mattia, emocionado porque hasta ese momento no se había sentido un mecánico de verdad. Y a Louis, que miraba con ojos brillantes el motor que había ayudado a montar.

Y a los otros dos chiquillos, que no paraban de darse manotazos y que por fin parecían niños.

Y luego se topó con los ojos de Raquel, que lo miraba llena de admiración y le decía:

—¡Lo sabía! ¡Yo lo sabía!

Y entonces Rocco, con el corazón bombeándole sangre en el cuerpo con la misma potencia con la que los pistones bombeaban energía al motor, mientras miraba aquella fiesta pensó que aquello no era más que el comienzo.

Había que hacer una máquina entera a partir de ese motor. Y que confiar en poder atravesar sanos y salvos por entre las balas que no tardarían en silbar en el aire. Todavía quedaba mucho camino que recorrer.

Pero en algo don Ciccone se equivocaba.

El cojo, el manco, el de la pata de palo, el chiquillo granujiento, los tres malhechores que no tenían ni trece años y el endeble crío que casi parecía más una muchacha que un muchacho no eran ridículos.

Eran un equipo. Un verdadero equipo.

«Solo falta Rosetta», pensó poniéndose melancólico, como siempre, y apretó el botón que llevaba en el bolsillo.

49

Érase una vez... «¡Un rey!», diréis enseguida. No, os habéis equivocado. Érase una vez... una chica. Una chica que quería ser libre como un chico.

Desde la noche en la que escribió ese principio imitando a *Pinocho*, Raquel tenía una sola idea en la cabeza: escribir una historia.

Pero entretanto la hoja que Rocco le había dado seguía en blanco, solo tenía ese inicio.

—¿Por qué estás tan cabreado? —le preguntó Rocco, antes de que se fuera a la librería.

—Todos tenéis algo que hacer —balbució Raquel. Miró a Louis, que se había convertido en el ayudante fijo de Rocco—. ¿Él te resulta útil?

—Sí, me resulta útil —respondió Rocco.

Raquel sintió una punzada de celos.

Rocco la miró.

—¿Te gustaría ser mecánico?

—No lo sé —respondió Raquel, enfurruñada.

Rocco meneó la cabeza.

—¿Quieres ser ayudante de un mecánico?

—No.

—No, desde luego.

—Yo quiero escribir historias —dijo Raquel, con el ímpetu de quien parece que todavía necesita convencerse a sí mismo.

Rocco asintió.

—Bien. Eso ya es algo por lo que luchar.

—Pero yo... —Raquel vaciló, desinflándose como un globo pinchado—. Yo... no sé cómo se inventa una historia.

Rocco rompió a reír.

—¿Que tú no sabes inventar historias? —Se rio de nuevo—. ¿Te acuerdas de lo que me contaste cuando te encontré? Que habías llegado de Rosario. ¡A pie! ¡Trescientos kilómetros a pie! Que había estallado un edificio por... el atentado de unos dinamiteros. Que eras el único superviviente.

—¡Es verdad!

—¿Me tomas por tonto? —exclamó Rocco. Le dio un pescozón—. Cuando quieras, ya me contarás tu verdadera historia —dijo serio.

—¿Cómo sabes que no es verdadera?

—Lo sé, y punto —respondió Rocco—. Pero también sé que era una buena historia. Sorprendente, llena de aventuras. Yo no habría podido inventarla. —Se volvió hacia Louis—. Y él tampoco. —Le golpeteó el centro de la frente con la punta del índice—. Mientras que tú sí. Tienes talento para las chorradas.

Raquel abrió la boca para protestar.

—¡Es una broma! —Rocco Rompió a reír—. Para las historias, quería decir.

—Pero de verdad que yo no sé cómo se escribe una historia.

—¿Y qué quieres de mí? —soltó Rocco con rudeza—. Si no sé ni escribir mi nombre... ¿A mí qué me cuentas? —Vio la expresión decepcionada de Raquel. Entonces la atrajo hacia sí—. Bueno, no, sí que sé algo. —Le pasó una mano por el pelo cortado al rape—. Chiquillo, tú tienes cabeza y corazón. ¿Qué coño quieres que te diga? Úsalos. —La miró un instante—. Y borra esa cara larga y márchate porque estás tocándome los huevos ya.

Raquel se rio, se subió la capucha y se fue a la librería.

Por la noche, cuando volvió, Rocco, con las manos en la espalda, le preguntó:

—¿Y bien...? ¿Has empezado a escribir tu historia?

Raquel negó con la cabeza, desconsolada.

—Qué raro —dijo Rocco—. Porque creo que lo tienes casi todo para ser escritor. Hablas demasiado, eres un entrometido, y con ese cuerpo ridículo no podrías hacer ningún trabajo de auténtico hombre.

Raquel lo miró sin comprender.

Rocco meneó la cabeza.

—Claro que sigue faltándote algo.

—¿Qué? —preguntó Raquel.

—Papel y pluma —contestó Rocco sonriendo.

De repente, como si fuese un ilusionista, apareció en una de sus manos un cuaderno negro de tapa dura, y en la otra, una pluma estilográfica y un vasito de cristal lleno de tinta.

Raquel abrió y cerró la boca, dos, tres veces, incapaz de hablar.

—Pareces un pez que está agonizando en la playa —se burló Rocco—. Esta... —Agitó en el aire la estilográfica—. Esta se llama Waterman. Es americana... y cuesta una fortuna. Así que sácale provecho. No me gusta tirar el dinero. ¿Queda claro?

—No... te decepcionaré... —balbució Raquel.

—Lo sé —dijo Rocco. Luego señaló el cuaderno. En el centro tenía una etiqueta rectangular de color crema con el borde verde—. Aquí hay que escribir tu nombre. —Y, avergonzado, añadió—: Lo siento..., yo no... no sabía hacerlo.

Raquel sintió que los ojos se le llenaban de lágrimas.

—Lee, escribe, tienes una estilográfica americana y un reloj —dijo Rocco—. ¿Te das cuenta de que eres la nenaza del grupo?

Cuando llegó la hora de acostarse, Raquel ya había escrito su nombre en la etiqueta del cuaderno. Copió en la primera página también el principio del *Pinocho* revisado. Al leerlo por enésima vez, subrayó la última frase: «Una chica que quería ser libre como un chico». Una, dos, tres veces, casi hasta agujerear el papel. Y luego, de repente, tuvo una intuición y comprendió qué debía escribir. Un diario, le había dicho Rocco tomándole el pelo. «¡Sí!», pensó alegre. Pero sería un diario un poco especial. Sonrió. Ahora sabía qué iba a escribir. El diario de una chica entre hombres. Una especie de manual de supervivencia. Un libro de instrucciones. Se rio dichosa.

A partir de ese momento, Raquel escribió sin pausa ni titubeos, pasándoselo muy bien. Escribir se convirtió en un juego. Y la misma vida se volvió entretenida, porque dedicaba mucho tiempo a observar los tics, las manías, el lenguaje, los comportamientos de los varones, como si estuviese en una escuela de interpretación.

Y estudiar con atención los comportamientos masculinos la llevó a observar también el mundo entero con otros ojos. Era solo una chiquilla, pero tenía una mente aguda y una inteligencia vivaz y despierta. Gran parte del mérito había sido de su padre, un hombre que vivió con una mirada independiente. Cada vez que pensaba en él, los ojos se le humedecían. Pero sabía que lo llevaba consigo, que consigo llevaba todas aquellas enseñanzas que ahora le permitían ver Buenos Aires y la humanidad que lo rodeaba. Y día tras día, olvidándose de sí misma y concentrándose en los demás, empezó a descifrar la vida como nunca lo había hecho. Y se dio cuenta de que ser un hombre, en aquella ciudad tan extrema, era cosa de duros. Todos los demás sucumbían.

Cuando concluyó su relato, metió las hojas en un sobre en el que escribió: «Para la señora Alfonsina Storni». Luego fue corriendo a la redacción de *Caras y Caretas*.

—¿Qué quieres, chiquillo? Vete de aquí —le dijo uno de los porteros al verla dar vueltas por el vestíbulo.

Raquel le enseñó el sobre, incapaz de decir nada, tan emocionada estaba.

El portero lo agarró y lo lanzó a un carrito que pasaba en ese momento, empujado por un chico. El carrito estaba lleno de cartas.

—¿Todas son para la señora Storni? —preguntó Raquel con los ojos como platos.

—¿Eres bobo? —masculló el portero—. Son para la redacción.

—¿Y quién las ha escrito?

—¿Quién va a haberlas escrito? —gruñó el portero—. Pues los lectores.

Raquel se marchó con una sensación de profundo abatimiento. Eran demasiadas cartas. Y a saber cuántas historias contenían.

—Y la mía ni siquiera la leerán —murmuró.

Pocos días después, Del Río la recibió con una sonrisa radiante, mostrando sus largos dientes amarillentos.

—¡Ven, Ángel! —dijo emocionado.

Mientras se acercaba arrastrando los pies, Raquel notó que el librero tenía en la mano un ejemplar de *Caras y Caretas*.

—Escucha esto —le pidió Del Río, con las gafitas redondas apoyadas en la punta de la nariz: «Una chica que quería ser libre como un chico».

Raquel se sobresaltó.

Se situó rápidamente detrás de él. Entonces, en la página de la izquierda, en negrita, vio el titular que Del Río acababa de leer.

—Escucha lo que escribe Alfonsina Storni... —dijo el librero.

—¿Alfonsina Storni? —gritó Raquel.

—Alfonsina Storni, sí. ¿Estás sordo? Escucha: «Hace unos días, llegó a la redacción un sobre anónimo, dirigido a mí. En menos de una hora todos se pasaban las hojas que había en el sobre, unos deleitados, otros emocionados. El director, don Estaquio Pellicer, sin dudarlo un segundo ordenó: "¡A imprenta!". Aquí tienen, pues, queridos lectores, la historia de esta extraordinaria chiquilla sin nombre que vive entre nosotros».

Del Río bajó la revista y miró a Raquel.

No podía respirar. No sabía si reír o llorar. Alfonsina Storni la había llamado «extraordinaria chiquilla».

—Quién sabe si es realmente una chiquilla —dijo Del Río.

—¡Por supuesto que lo es! —exclamó Raquel.

Del Río enarcó una ceja, sorprendido.

—¿Y tú cómo lo sabes?

Raquel se sonrojó.

—Alfonsina Storni... nunca mentiría.

—Los periodistas mienten por oficio. —Del Río Se echó a reír—. Y las mujeres lo hacen por naturaleza. ¡Así que imagínate de lo que puede ser capaz una mujer que encima es periodista!

—Bueno..., yo sí creo que lo es... —farfulló Raquel.

—¡Bah! —murmuró Del Río—. Hay cosas que son poco creíbles. Por ejemplo, esa supuesta chiquilla cuenta que no conseguía encontrar un trabajo honrado. Escucha esto: «Me presenté al dueño de una fábrica de velas en el barrio de Nueva Pompeya...».

Raquel sonrió. En su texto había tenido cuidado de no revelar detalles que pudieran descubrirla.

—«... y ese hombre no quiso contratarme porque era mujer, y como tal poco de fiar, incapaz de trabajar como un hombre y puede que también tonta» —continuó Del Río—. Pero aquí es donde la historia patina. Escucha —dijo agitando el índice—. «Tenía hambre. Así que vendí mi larga cabellera por necesidad y acabé rapada, al cero. "Pareces un hombre", me dijo uno. Entonces compré ropa de hombre. Regresé a la fábrica de velas y el dueño, creyéndome un chico, me contrató. Y ahora no hace más que alabarme. Y sigue repitiendo que ninguna mujer sería capaz de hacer lo que yo hago.» Del Río estalló en una sonora carcajada—. ¡Menudo imbécil! ¿Por qué crees que no se da cuenta de que es una mujer?

—Usted acaba de decirlo —respondió Raquel.

—¿Qué?

Raquel esbozó una sonrisa angelical.

—Porque ese hombre es un imbécil.

Del Río se rio todavía más fuerte.

—¡Sí, un imbécil! —repitió—. Pero es divertido. Escucha: «Lo complicado es engañarlos sobre esa costumbre que tienen y que les encanta de orinar en grupo contra los muros. No basta a veces decir que ya has orinado. Hay que usar un lenguaje viril, colorido. Decir, por ejemplo: "Oye, amigo, no tengo una ubre en la entrepierna. Por mucho que me la estruje ya no me saldrá más". —El librero se rio encantado—. Porque los hombres se sienten obligados a exagerar. Están obsesionados con las medidas. De todo... De manera que también sus palabras han de ser gruesas como su... aparato».

En ese momento el timbre de la puerta sonó. Del Río se levantó de golpe, con la revista en la mano, al ver a un cliente habitual.

—¡Don Attilio! —dijo emocionado al tiempo que iba a su encuentro—. Tiene usted que leer esto. Es para partirse de risa.

Raquel miraba cómo los dos hombres se reían leyendo las palabras que ella había escrito. Aún no acertaba a comprender si aquello estaba pasando de verdad o si era un sueño.

—Me llevo dos ejemplares, querido Gastón —dijo el cliente, entusiasmado—. Uno para mí y otro para mi suegro.

Del Río le dio los dos ejemplares. Y a lo largo del día no hizo más que hablar de la historia de la niña disfrazada de chico con todos los clientes, tanto hombres como mujeres.

Cuando llegó la hora de cerrar, Raquel le preguntó:

—También a mí me gustaría comprar un ejemplar.

—Se han terminado, Ángel —dijo Del Río contento, sin reparar en la decepción de Raquel—. En un solo día, esa chiquilla nos ha hecho ganar más de lo que ganamos en una semana, ¿qué te parece? —Se frotó las manos—. Habrá que pedir más.

—¿Puede prestarme su ejemplar? —preguntó tímidamente Raquel.

—Ni muerto, chico —dijo Del Río, serio—. Esta noche tengo que leérselo a mis amigos en el café. Ya verás qué risas.

Raquel preguntó en un quiosco, pero también allí se habían terminado.

Regresó a la nave entre decepcionada y emocionada. Le habría gustado acostarse con su artículo debajo de la almohada. No terminaba de creerse que se lo hubiesen publicado y que Alfonsina Storni hubiera hablado de ella de aquella manera.

Al día siguiente esperó con ansia que llegaran los nuevos ejemplares que Del Río había encargado. Pero el repartidor dijo que había habido una cantidad tremenda de pedidos. Tenían que hacer otra tirada.

Los nuevos ejemplares llegaron tres días después, durante los cuales muchos clientes pasaron por la librería buscando la revista, impulsados por lo que habían oído contar, de manera que Raquel se quedó enseguida con una, antes de que se acabaran.

Cuando volvió a la nave con su ejemplar, Javier, al verla, le preguntó:

—¿Es esa revista con la historia de la chiquilla?

—¿Qué chiquilla? —preguntó Raquel.

—Una chiquilla que hace de hombre... o algo así —le respondió Javier—. Dicen que te partes de risa.

—Parece que nos toma el pelo a los hombres —intervino Billar.

—¿Eso está escrito ahí? —le preguntó Rocco a Raquel.

Raquel asintió.

—¿Te apetece leérnoslo?

Raquel se emocionó.

—S...sí —murmuró.

Enseguida formaron un círculo a su alrededor. Rocco, Javier, Ratón, Billar, Mattia, Louis y los otros dos chiquillos.

Raquel empezó por la presentación de Alfonsina Storni. Luego se aclaró la voz y leyó desde el principio:

—«Veo lo que las mujeres no pueden ver. Veo lo que los hombres no enseñan a las mujeres».

—¡A saber lo que ves! —se carcajeó un chiquillo tocándose la entrepierna.

—«Para parecer hombre, yo también me palpo cuando me miran —continuó Raquel—. Para hacerlo bien, hay que doblar las piernas y poner una mirada un poco boba y un poco desafiante. Es como si los hombres tuviesen la necesidad de colocarse algo que nunca está en su sitio. He notado que los jóvenes lo hacen con más frecuencia que los adultos. Quizá para convencer al mundo de que ellos también la tienen.»

Rocco se rio y señaló al chiquillo que antes se había palpado.

El chiquillo se puso rojo.

—Qué chorrada —dijo. Instintivamente se llevó la mano a la entrepierna, pero se detuvo antes de tocarse.

Todos lo vieron y rompieron a reír con más fuerza.

—«En cualquier caso, no hay nada más eficaz que un tocamiento en público para certificar la masculinidad de uno —prosiguió Raquel—. Pero siempre me río de eso porque no puede haber nada más tonto. De hecho, yo solo llevo una tela hecha una bola debajo de los calzoncillos, para que encuentren algo si me hacen la broma, ahora muy de moda, de darte ahí un golpe o un apretón. Por suerte, parece que eso basta.»

Rocco se rio.

—A ver, bajaos todos los pantalones —dijo.

Raquel se quedó petrificada.

—Tú, en especial. —Rocco señaló al gigantesco Javier—. Porque tienes toda la pinta de ser una chiquilla disfrazada.

Hubo una carcajada general.

—«Los chicos tienen auténtica veneración a su aparato —continuó sin perder tiempo Raquel—. Oí a uno aconsejar: "Un día llévalo a la derecha y otro a la izquierda, porque si lo llevas siempre al mismo lado te crece torcida como un plátano".»

De nuevo todos rieron a carcajadas.

—¡Eso sí que pasa! —dijo uno de los chiquillos.

Raquel siguió leyendo, y de nuevo volvió a provocar la hilaridad de todos. Leyó también los pasajes que Del Río había leído en la librería. Luego pasó a la parte final.

—«Pero comprendo a esos chicos, que suelen ser poco más que niños» —leyó poco después. Bajó el tono de voz porque empezaba una fase distinta de su historia—. «Los chicos del barrio haraganean por la calle molestando a los vagabundos, jugando a las cartas, robando en los puestos de los vendedores ambulantes, aprendiendo a usar la navaja. A primera vista, parecen feroces, pero si los miras bien adviertes el miedo en sus ojos. El mismo miedo que hay en los ojos de todos los emigrantes.»

De repente, las risas pararon.

—Yo no tengo miedo —proclamó uno de los chiquillos.

—Cierra el pico, capullo —dijo Rocco.

—¡No tengo miedo! —repitió el chiquillo.

—Te ha mandado callar, capullo —dijo Louis.

Raquel continuó:

—«Oigo contar que nuestra ciudad es un hormiguero. Pero no lo es. En los hormigueros las hormigas se ayudan mutuamente, no se están pegando todo el día. Buenos Aires es una ciudad dura que no regala nada».

—Puedes jurarlo —murmuró Javier, y se frotó la rodilla que le habían partido con una maza, dejándolo cojo.

—«En medio de toda esta miseria —prosiguió Raquel, ya a punto de llegar al final—, hay sin embargo algunos hombres que consiguen crear un pequeño mundo de solidaridad. Y me han dejado pasmada, admirada, porque creo que nunca seré capaz de ser tan fuerte. Puede que eso sea lo que realmente significa ser hombre.»

Todos se fijaron en Rocco, que los había reunido y les había dado una esperanza. Nadie habló.

Raquel se emocionó. Precisamente había pensado en él para escribir ese final.

—«Son hombres que se rebelan contra la terrible soledad que se siente en una ciudad como esta.»

En la nave no se oía ni el zumbido de una mosca.

Raquel leyó la conclusión, que retomaba el inicio:

—«Veo lo que las mujeres no pueden ver. Veo lo que los hombres no enseñan a las mujeres. Soy la chica que quiere ser libre como un chico. Soy la chica sin nombre».

En el silencio que siguió solo se oyó el crujido de las páginas mientras Raquel cerraba la revista, conteniendo ella también la respiración.

Nadie habló. Como si todos estuviesen asimilando y digiriendo las palabras que habían escuchado. Al principio entretenidos, luego admirados y, por último, quizá asustados.

Y en ese instante, rompiendo el silencio, Rocco exclamó:

—¡Esa chiquilla tiene más huevos que todos nosotros juntos!

50

—¿Has tenido noticias de ese mafioso? —preguntó la princesa.

—No, nada —murmuró de malhumor el barón.

Estaban sentados uno al lado del otro en un pequeño salón verde del *palacio*. Verde manzana era el papel de la pared con dibujos de arabescos; verde otoñal, como el de las hojas que se marchitan, era la gran alfombra de Isfahán de seda; verde brillante era el tapizado del sofá y el de los dos sillones gemelos, de pana; por último, del mismo verde manzana del papel de la pared, pero con rayas doradas, eran las cortinas de lino que había en las dos amplias ventanas.

Delante de ellos, sin más prenda que un mandil corto de criada, estaba la chica a cuyo hermano el barón había matado en el transatlántico, y que este había regalado a la princesa.

—A saber si es verdad lo que se dice de los enanos... —exclamó riendo con malicia la princesa, con referencia a Tony Zappacosta.

—He mandado a Bernardo a preguntarle si ha encontrado al hombre que ayudó a escapar a esa puta —dijo el barón—. Pero nada.

—Tu bonita Rosetta te ha roto el corazón.

La princesa se rio y le apoyó zalameramente la cabeza en un hombro. Desde que había llegado el único hombre que compartía sus perversiones, la noble parecía rejuvenecida y su humor era cada vez más alegre.

—Esa puta me ha roto la cabeza, no el corazón —gruñó el barón, y pellizcó las nalgas desnudas de la chica, irritado.

La chica gimió. Y luego tomó un pastelito y lo engulló. Podía comer uno cada vez que le hacían daño.

—Está poniéndose como una vaca —masculló el barón, molesto.

—A mí también empieza a aburrirme ya, pobrecilla... —La princesa suspiró—. Da pena cuando un juguete deja de gustarte, ¿verdad?

—Tenemos que encontrar un pasatiempo —dijo el barón.

No hacía más que pensar en Rosetta. Además había empezado a soñar con ella. Pero mientras durante el día, despierto, se imaginaba que la torturaba y que luego la mataba, de noche era ella la que tomaba la iniciativa. Lo humillaba. Lo ponía de rodillas. Y así, a la mañana siguiente, el barón tenía que inventar nuevas y más crueles fantasías para compensar los tormentos nocturnos que había padecido. Y eso no hacía más que alimentar el fuego de su obsesión.

—¿Alguna vez has estado en un burdel de los judíos? —preguntó la princesa.

—¿En qué se diferencian de un burdel convencional?

La princesa entornó los ojos y, de un modo repulsivamente evocador, dijo:

—Parece que hay más... sufrimiento.

—¿Cómo pueden sufrir? —preguntó el barón—. Son putas.

—Son muy jóvenes —respondió la princesa—. Y un diputado del gobierno, con el que intercambio algún que otro chisme, me ha contado que son una especie de esclavas. Proceden de los guetos del este de Europa. Dice que son unos deliciosos animalitos domésticos.

—¿Y dónde están? —El barón se animó.

—Repartidos por la zona de Junín —respondió la princesa—. Uno de los más sórdidos se llama Chorizo. —Se rio—. Los judíos tienen un *sens de l'humour* extraordinario. La salchicha judía.

—Se me hace agua la boca —dijo el barón—. ¿Cuándo vamos, *ma chère*?

La princesa lo abrazó, alegre.

—¿Puedo comer un pastelito? —preguntó la chica.

—¡Vete de aquí, idiota! —saltó el barón, y le dio una patada.

—No te enojes. —La princesa se rio—. Estaba segura de que la idea te gustaría. —Se incorporó—. Ponte guapo, *mon cher ami*. El automóvil está listo. Podemos irnos enseguida.

—Llevo a Bernardo —dijo el barón.

—No, por una vez no —gimoteó rápidamente la princesa—. Divirtámonos nosotros dos solos.

El barón la miró y sonrió. Si le gustaran las mujeres —y a ella los hombres—, la princesa ocuparía el primer lugar en la lista de sus deseos. Era perfecta.

Cuando una media hora más tarde, hacia el anochecer, el conductor los dejó delante del Chorizo, ambos miraron extasiados la fea y sombría fachada del burdel, de ese color mostaza que el agua limpiaba y manchaba a la vez. Las persianas bajadas no hacían pensar en un lugar deshabitado, sino en que allí se escondía algo sórdido. «Es como un hervidero de gusanos en un ataúd», pensaron ambos con un estremecimiento, como si tuvieran una sola cabeza. Y la misma enfermedad.

Se tomaron de la mano como dos niños y se encaminaron hacia la entrada, donde dos matones engominados y con las caras desfiguradas más por su embobamiento que por las navajas esperaban sin comprender quiénes serían esos clientes tan raros.

—Buenas noches, señores —dijo Amos, apareciendo—. Los he visto por la ventana de mi despacho. —Metió los pulgares en el chaleco—. ¿Se han perdido ustedes o es que me honran con su visita?

El barón se detuvo, pero la princesa le apretó la mano y lo hizo avanzar hasta que estuvieron delante de Amos.

—El diputado Dos Santos —susurró la princesa para que no la oyeran los dos gorilas— me ha contado ciertas cosas que me han picado la curiosidad.

Amos mostró una sonrisa satisfecha.

—Es un gran honor —dijo—. Pero el diputado es hombre, mientras que usted...

—Oh, vamos, no sea usted tan *ancienne manière* —se quejó la princesa, y se echó a reír.

—¿Y con quién tengo el placer...?

—Es pronto para que pueda saberlo —intervino altivamente el barón.

Amos esbozó una reverencia.

—La discreción es la primera regla de la casa —dijo en tono melifluo—. Y es el primer derecho de nuestros invitados. —Entró en el Chorizo—. Señores, tengan la bondad...

Mientras lo seguían, el barón y la princesa miraron de un lado a otro con ojos codiciosos, alimentándose de la sordidez, con las narinas dilatadas como perros de caza para aspirar toda aquella mezcla de olores desagradables que salían de las habitaciones en penumbra.

Amos los invitó a pasar a su pequeño salón.

Los rostros del barón y de la princesa delataron su decepción. La habitación era un salón burgués corriente, no tenía el menor atractivo perverso que esperaban del Chorizo.

—¿Qué es lo que buscan, señores? —preguntó Amos antes de invitarlos a sentarse, advirtiendo la decepción en sus miradas.

—No... esto —contestó la princesa.

Amos sabía interpretar los pensamientos de sus clientes. Era un buen comerciante. Y un excelente vendedor.

—Las habitaciones no son así —dijo. Los miró con una sonrisa malévola—. El olor que hay en el ambiente no es este. —Vio que había dado en el blanco—. A lo mejor los escandaliza la... mugre —exageró.

Se fijó en el brillo que destelló en sus miradas. Sabía que eran dos ricos pervertidos. Se alimentaban de sufrimiento. Comían mierda que saboreaban como si fuese caviar ruso. Chupaban lágrimas como si fuese champán francés.

—Las chicas que tiene aquí... ¿de dónde son? —preguntó con un estremecimiento la princesa.

«No es la pregunta que quería hacer», pensó Amos. Solo deseaba saber si las chicas sufrían. Sí, eran comedores de mierda.

—Vienen de lejos para satisfacer el enorme mercado de sexo

de Buenos Aires —empezó Amos—. Arrancadas a sus familias...
—Podía oír su respiración acelerada. Era el momento de darles lo que querían—. En sus ojos verán inenarrables sufrimientos.

La princesa se dejó caer en un sillón.

El barón parecía más comedido, pero tenía la cara congestionada.

Amos supuso, sobre todo por la mirada que había echado a los dos gorilas de la entrada, que no le interesaban las mujeres.

Su vicio era sencillamente el mal.

Y el barón vio en los ojos de Amos su misma maldad.

—Usted debe de contar con una amplia red de informadores sobre las mujeres de Buenos Aires, ¿verdad? —le preguntó, siguiendo una repentina intuición.

Amos frunció el ceño. No se esperaba esa pregunta.

—¿Qué quiere decir exactamente, señor?

En ese instante entró en la habitación Adelina con dos tazas de mate caliente para ofrecérselas a los importantes invitados.

El barón, mientras Adelina dejaba las tazas en una mesita, observó descaradamente la cicatriz de su mejilla.

—¿Sus chicas nunca consiguen escapar? —preguntó.

Amos notó que el barón miraba con insistencia la cicatriz de Adelina.

—Sí, a veces —respondió—. Pero las encuentro y... las marco.

«Así que al gordo le gusta la sangre...», pensó. Y ahora iba a preguntarle por los detalles, estaba seguro. Lo excitaban.

—¿Las encuentra siempre?

Amos no veía excitación en los ojos del gordo. No quería los detalles. Daba vueltas alrededor de otra cosa. Se puso tenso. ¿De qué chica huida hablaba? ¿Sabía algo de Raquel?

—¿Qué quiere saber usted? —preguntó en un tono tenso.

—Si las encuentra siempre —respondió el barón—. ¿Está usted en condiciones...? Mejor dicho..., ¿está usted preparado... para encontrar a una chica huida? ¿Sabe usted siempre dónde buscarla?

—¿A quién busca? —preguntó Amos, a la defensiva en todo momento.

—A una chica a la que sigo desde Sicilia —dijo el barón.

Amos comprendió por fin adónde quería ir a parar. No tenía nada que ver con Raquel. Ni tampoco con el sexo. Con un gesto, mandó salir a Adelina y en cuanto estuvieron de nuevo solos preguntó al barón:

—¿Quién es esa chica?

—Ahora no, *mon cher* —intervino la princesa.

—Sí, ahora —replicó el barón en tono áspero.

Amos vio una dureza inesperada detrás del aspecto blandengue y repugnante de aquel hombre. Y comprendió que estaba con un tipo peligroso. Lo había infravalorado.

—Cuénteme… A lo mejor puedo ayudarlo.

—Busco a una criminal —dijo lleno de rencor el barón.

—Le escucho.

El barón le habló de Rosetta y de su huida durante la revuelta en el Hotel de Inmigrantes.

Amos recordaba perfectamente aquel día.

—¿Es una chica morena? —preguntó—. ¿Muy, muy guapa?

El barón puso cara de enorme sorpresa.

—Ha acudido usted a la persona adecuada, señor. —Amos sonrió—. Yo estaba allí, por pura casualidad. —Hizo una pausa—. O porque así lo quiso el destino. Para serle útil a usted ahora. —Lo miró a los ojos—. Pero estará buscándola también la policía, supongo.

—Los policías son un atajo de inútiles —masculló lleno de desprecio el barón—. Y, dicho entre nosotros, me gustaría tener a esa puta en mis manos… de forma privada.

—¿De forma privada? —preguntó Amos, a pesar de que ya lo había comprendido.

—Yo no creo en la justicia de los tribunales —dijo fríamente el barón—. Quiero juzgar yo mismo a esa criminal. La quiero para mí. Viva y en buenas condiciones.

Amos pensó de nuevo que estaba con un hombre peligroso.

—La encontraré, señor…

—Barón Rivalta di Neroli —se presentó el barón—. Esa criminal se llama Rosetta Tricarico.

—La encontraré y se la llevaré, barón —dijo Amos—. Pero... ¿adónde?

—Al *palacio*... —El barón esperó el gesto de autorización de la princesa para añadir—: De la princesa de Altamura y Madreselva.

—Pero la semana que viene pasaremos unos días en mi *hacienda* celebrando una fiesta —comentó en tono mundano la princesa.

—Dudo que encuentre a la chica en una semana, *chérie* —dijo molesto el barón.

«La chica es una llave maestra capaz de forzar cualquier cerradura de este rico gordinflón», pensó Amos. Tenía un valor inmenso. Podría pedir por ella cualquier cifra. Y en ese momento necesitaba más dinero que nunca.

—No sé cuánto tardaré, pero se la encontraré —repitió.

—Se lo he pedido también a un tal Tony Zappacosta —dijo el barón—. El hombre que provocó la trifulca para que escapara esa criminal había prometido favores en nombre de un mafioso palermitano, tío de ese Zappacosta. «Encontrado el hombre, encontrada la chica», me dije. Pero en ese frente, todo es silencio.

Amos se puso tenso al oír nombrar a Tony.

—No se mezcle con ese mafioso —dijo—. Es un caballo cojo. —Se acercó al barón, para que quedara entre ellos lo que se disponía a revelarle—. Ha empezado una guerra. Y se cuenta que Zappacosta ya la ha perdido. —Su expresión se endureció—. Porque no sabe quién es su ene...

Calló. «La vanidad hace explicar cosas que conviene no revelar», pensó. Especialmente a un extraño. La vanidad volvía tontos a los hombres. A todos. También a él.

—¿Qué no sabe? —preguntó el barón.

—Olvídelo —zanjó Amos—. No se mezcle con ese mafioso o lo arrastrará también a usted.

La princesa bostezó, aburrida.

—Pero ¡ustedes han venido a pasarlo bien y no a escucharme! —exclamó entonces Amos.

Ahora tenía que conquistar a ese par de ricos idiotas. Si lo conseguía, su dinero sería muy útil para la empresa en la que se había embarcado. Fue al cajón de su escritorio y sacó un sobre. Mierda blanca para comedores de mierda.

—¿Saben ustedes qué es esto?

El semblante de la princesa se animó de nuevo.

—¿No me diga que es...?

—Sí, *madame*. —Amos sonrió.

—¡Nunca la he probado! —exclamó emocionada la princesa.

—¿Qué es? —preguntó el barón.

Amos abrió el sobre y abocó un poco de polvo blanco en una bandeja de plata. A continuación la mezcló con un cuchillito. Por último, hizo dos rayas blancas y tendió un tubito de plata a la princesa.

—¿Sabe cómo se hace? —Sonrió—. Introdúzcasela en un agujero de la nariz, tápese el otro, vacíe los pulmones y aspire con fuerza.

—¿Qué es? —volvió a preguntar el barón.

—Un polvillo mágico —respondió Amos con una sonrisa.

—¡Cocaína! —chilló electrizada la princesa, y aspiró ávidamente su raya de droga.

Luego fue el turno del barón.

—No siento nada —dijo.

—En el sentido literal del término. —Amos se rio—. Ya no siente la nariz. La tiene anestesiada.

El barón y la princesa se tocaron la nariz y exclamaron, casi a la vez:

—¡Es verdad!

Un momento después, el barón se dio cuenta de que los pensamientos habían experimentado una violenta aceleración en su cabeza. Tenía una nítida percepción de sí mismo. Y veía con más precisión lo que lo rodeaba, tanto objetos como personas. Todo era claro, descifrable. El mundo estaba enteramente bajo su control. Y él era poderoso. Podía someter el mundo a su voluntad.

—¡Más! —pidió.

Amos preparó otras dos rayas de cocaína.

El barón y la princesa las aspiraron.

—Y ahora vamos a divertirnos —dijo entonces Amos, y los condujo por los recovecos del Chorizo hasta un cuarto sórdido en el que había una cama de matrimonio con las sábanas ajadas y manchadas.

Sentada en la cama había una chica rubia con la cabeza gacha.

—Ella es Libertad —la presentó Amos. Luego añadió aquello que iba a excitarlos—: Sus padres me la vendieron por cuatro reales.

La princesa gimió.

—Es silenciosa —dijo Amos—. Pero hará todo lo que le pidan. —Vio que los dos tenían las miradas enardecidas por la cocaína. Se movían nerviosos, llenos de energía—. ¿No es preciosa? Parece una muñeca, ¿verdad?

La princesa se sentó al lado de Libertad y le acarició los cabellos rubios, brillantes como hilos dorados.

—Cuando era pequeña me gustaba averiguar de qué estaban rellenas las muñecas —dijo la princesa—. Mi habitación estaba llena de bracitos y piernitas —continuó—. Y cabezas.

El barón se rio, con el rostro contraído y los ojos vidriosos.

—No me la destrocen demasiado —pidió Amos.

El barón se volvió hacia él. La cocaína estaba devorándolo.

Amos le puso una mano en el hombro. Era el momento de estrechar el nudo que debía unirlos.

—Le encontraré a esa mujer —le susurró—. Ahora jueguen —añadió, y los dejó solos.

—Libertad —dijo entonces la princesa. Le quitó los zapatos y las medias—. Arrodíllate y lámeme los pies.

Libertad, como una marioneta sin alma, se arrodilló y empezó a lamer los pies de la noble.

La princesa se subió un poco la falda.

—Sube, Libertad...

El barón observaba tenso, con el rostro perlado de sudor.

La princesa le dirigió una mirada maliciosa y le dijo:

—No puedes mirar. —Tapó el busto de Libertad con su ancha falda. Sonrió con malicia al barón, que ahora parecía decepcionado—. Pero puedes oír cómo recorre con sus lamidos mi piel. —Señaló el suelo—. Arrodíllate tú también.

El barón obedeció, cada vez más sudado. Y acercó el oído a la falda de la princesa, que empezó a acariciarle la cicatriz.

—Más arriba, Libertad —ordenó la princesa.

Libertad llegó a las rodillas y a los muslos.

La princesa empezó a jadear.

—Más arriba, Libertad —dijo entonces—. Hasta el final.

La falda se hinchó cuando Libertad alcanzó el pubis.

La princesa le apretó la cabeza con las manos y la atrajo hacia sí con violencia, casi asfixiándola. Y cuanto más trataba Libertad de respirar, más la estrujaba la princesa, gimiendo de placer.

El barón se disponía a ayudarla a asfixiar a Libertad cuando notó una extraña sensación. Reparó en que la tela de sus pantalones, a la altura de la ingle, se estaba tensando. Con ideas que se le agolpaban en la cabeza por la cocaína, se tiró al suelo y se abrió la bragueta con furor. Se metió una mano en los calzoncillos y sacó el miembro. Lo miró con estupor.

Estaba erecto. O casi.

Por primera vez en su vida.

Se lo tocó con cautela, como si tuviese miedo de sentir dolor. Y en cambio el placer fue inesperado. Enorme. Desmedido.

En ese instante se dio cuenta de que con ese miembro casi duro, casi de hombre, podría humillar personalmente a Rosetta.

Y esa idea lo conmovió.

Y se echó a llorar. Como un niño.

Y todo se lo debía a Amos y a su polvito mágico.

Mientras tanto, la princesa había alcanzado el orgasmo con un alarido de bestia salvaje. Miró al barón y le vio las mejillas surcadas de lágrimas.

—¿Qué ocurre, *mon cher*? —le preguntó preocupada.

—Estoy… encantado —contestó el barón, y rompió a reír.

51

—¿Qué pone hoy? —preguntó Rosetta al Francés a la vez que le tendía el ejemplar de *La Nación* que compraba cada mañana.

Desde hacía días se debatía entre dos pensamientos opuestos. Si ese periódico publicaba un artículo sobre ella, dejaría de ser invisible. Lo cual era tan bueno como malo. Por un lado, resultaba peligroso, porque la policía podría dar con ella. Pero, por otro, gracias a ese artículo Rocco a lo mejor podría encontrarla. Aunque no sabía leer, cabía la posibilidad de que escuchara algo y que se diera cuenta de que hablaban de ella. O eso era, al menos, lo que esperaba.

El Francés estaba sentado en la silla que Assunta le sacaba todos los días al sol.

—¿Por qué no compras *Caras y Caretas*? Todo el mundo habla de la chiquilla que se hace pasar por hombre. Parece que es muy divertida. Mejor que *La Nación*, en cualquier caso.

—Yo compro *La Nación*, no *Caras y Caretas* —afirmó Rosetta—. Tengo que ver si ese periodista escribe su artículo, y dijo que lo haría en *La Nación*, no en *Caras y Caretas*.

El Francés tomó el periódico y lo hojeó detenidamente, página a página.

—Hoy tampoco hay nada, chica —aseveró.

—Mejor —dijo Rosetta.

Sin embargo, el Francés percibía cada día nostalgia en su voz. Pero ignoraba el motivo.

—¿Estás segura de que no quieres contarme nada?

—¿Y tú estás seguro de que no quieres contarme nada? —respondió Rosetta.

—Nuestras situaciones son diferentes —dijo el Francés. No podía hablarle de Amos—. Quizá podría ayudarte. Así que estaría bien que me contaras lo que te pasa. Mientras que tú no puedes ayudarme. Por eso es preferible que no te cuente nada.

Rosetta se marchó sin contestarle.

Cuando iba por el barrio, las mujeres le sonreían. Los hombres, en cambio, estaban divididos. Algunos la saludaban con respeto. Otros, simplemente la observaban, igual que los tipos de Alcamo cuando se atrevió a comportarse como un hombre. En ocasiones, si pasaba cerca de los corrillos que había en los bares en los que hablaban de nada y lo criticaban todo, que le recordaban a los de los vagos de su pueblo, oía el murmullo que la seguía. Como la cola de un vestido. En el fondo era una puta, como decían los pueblerinos, según su mentalidad. El principio era el mismo.

«¿Qué ocurriría si otras mujeres se comportasen como tú?», le había dicho el padre Cecè, el párroco de Alcamo. Y ahora también allí, en Buenos Aires, en ese nuevo mundo que de nuevo no tenía absolutamente nada, las cosas funcionaban del mismo modo.

Al principio, los hombres la admiraban por lo que había hecho. Pero luego muchos de ellos se sintieron amenazados. Por ella y por las demás mujeres, que de repente creyeron que podían unirse y formar una cadena de solidaridad. Mujeres que habían empezado a emplear términos peligrosos como «justicia» o «libertad», palabras que estaban bien salidas de boca de los hombres, no de la de mujeres. Pues esas palabras, dichas por una mujer, podían dar a entender otra, mucho más escandalosa, como la de «igualdad». Igualdad de derechos. Ridículo.

Y todo eso era culpa de Rosetta. Ella era la manzana podrida.

—Si Dios hubiese querido que los hombres y las mujeres fuesen iguales —dijo un día un borracho, suscitando la aprobación de los presentes—, a ellas no les habría cortado la polla y los huevos.

Todo el problema estaba ahí, en la entrepierna, reflexionó Rosetta mientras se dirigía al Mercado Central de Frutos del País. Como si ese trozo de carne fuese la señal tangible de una investidura. Llegaban incluso a imaginar que Dios mutilaba a las mujeres para relegarlas a una posición de inferioridad. «Si no fuera una idea tan estúpida, habría sido de risa», se dijo.

Cruzó el puente del Riachuelo y fue por la avenida del General Mitre. Dobló a la izquierda y enseguida llegó al Mercado Central.

Adoraba ese sitio. Le recordaba a las gallinas en las jaulas minúsculas, que le habían hecho pensar en sí misma. Era absurdo, pero en el fondo había comenzado así. Con unas gallinas y unas jaulas.

Cuando se sentía triste, Rosetta volvía a ese caótico mercado.

Y salía renovada.

Pero ese día tenía una cita.

Llegó a la zona de los vendedores ambulantes y encontró a las cinco mujeres con las que había quedado. El ambiente, sin embargo, no era alegre como esperaba. Las mujeres estaban cabizbajas. Una de ellas tenía un ojo morado. Otra, un cardenal y un corte en un pómulo.

Rosetta no necesitaba pedir explicaciones para saber qué había pasado. Aun así, lo hizo.

—Mi marido —respondió lacónicamente la mujer con el ojo negro.

—Mi marido —dijo también la otra—. Me pegó anoche, delante de dos amigos suyos. Estaban borrachos y dijeron... —Miró avergonzada a Rosetta—. Dijeron...

—Que eres una puta —concluyó Rosetta en tono duro—. Y que yo también lo soy.

La mujer asintió.

—Lo siento —murmuró.

Rosetta se encogió de hombros.

—Cuando no saben qué decir, nos llaman putas. Conozco muy bien esa palabra. Solo que, de tanto oírla, para mí ya no significa nada. —Puso una mano en el hombro de la mujer—. ¿Qué quieres hacer? —le preguntó en tono afectuoso.

La mujer meneó la cabeza.

—Va a matarme —musitó.

Rosetta miró a la mujer del ojo negro.

—¿Y tú?

También meneó la cabeza.

Rosetta se volvió hacia las otras.

Ninguna de las tres fue capaz de sostenerle la mirada.

—No podemos —dijo una hablando por todas—. No sé qué les ha pasado a nuestros hombres. Pero esto puede convertirse en un infierno.

—¡Tu marido lleva meses sin trabajo y ya se os han terminado los ahorros! —exclamó Rosetta—. Tu vida ya es un infierno.

—Es posible que tú no sepas qué es que te peguen en la cara y en la barriga, pe... —La mujer calló.

Rosetta la miró.

—¿Quieres ver las marcas que tengo en la espalda por los correazos de mi padre? —le dijo—. Mi abuelo apalizaba a su mujer. Y mi padre hacía lo mismo con mi madre... tan fuerte que el domingo no podía ni rezar en la iglesia porque tenía los labios partidos. —Apretó los puños—. Yo tenía un trozo de tierra —continuó, acalorándose—. Me lo quitaron. Quemaron los olivos. Degollaron las ovejas. Y después... me violaron. Tres tipos. Uno tras otro. Riéndose. —Se detuvo jadeando como tras una carrera. Apretó los labios—. ¿De verdad crees que no sé qué es eso?

Las mujeres agacharon la cabeza.

—Es justamente porque sé lo mismo que vosotras por lo que os digo que tenemos que hacer algo. —La voz de Rosetta era baja pero firme—. Si no, esto jamás terminará.

Siguió un largo silencio, cargado de pensamientos. Las mujeres echaban a Rosetta rápidas miradas de reojo. Era como si después de lo que acababa de revelarles la vieran desde otro punto de vista.

La mujer con el pómulo roto se tocó la herida.

—Tengo miedo —murmuró mirando al suelo. Luego levantó la vista—. Pero de acuerdo. Me apunto. —Los ojos se le llenaron de lágrimas—. Si sirve para que mi hija no tenga mi vida... habrá merecido la pena.

De nuevo se hizo el silencio. Un silencio por el que todas ellas se sintieron rodeadas, pese al bullicio del lugar en el que se encontraban.

—Si sirve para que mi hijo no sea como su padre —dijo otra mujer—, pues sí, tienes razón, habrá merecido la pena. —Miró a Rosetta y respiró hondo, como si se quedara sin aliento. O sin agallas. Y luego añadió—: Me apunto.

—Yo no —le dijo la mujer con el ojo morado a Rosetta, y se ruborizó—. No me juzgues mal. No puedo.

—No te juzgo —respondió seria Rosetta—. ¿Por qué crees que estoy aquí, en Buenos Aires? Porque no aguanté y hui. —Hizo una pausa. Pensó en el miedo, en las humillaciones, en las violaciones que había sufrido—. Pero he comprendido algo —continuó con un hilo de voz, pero firme—. Si empiezas a huir, ya no paras.

La mujer con el ojo negro la miró. Apretó los labios y el mentón empezó a temblarle mientras contenía las lágrimas. Meneó la cabeza.

—No puedo. Lo siento —dijo, y se fue corriendo.

Rosetta y las otras mujeres la vieron perderse entre la multitud. Y cuando volvieron a mirarse, había un viejo dolor en el fondo de sus ojos. Porque todas conocían bien el miedo que había impulsado a su amiga a marcharse. Y ya habían cargado con el peso de ese fracaso. Pero ahora en sus miradas había algo nuevo. La esperanza de salir adelante. Era un momento crucial. Lo percibían.

Y Rosetta estaba brindándoles una oportunidad.

—¿Por qué lo haces? —le preguntó una de las mujeres.

Rosetta se pasó la lengua por esos labios que tanta emoción había dejado secos. Observó la vida que bullía en el mercado. Luego sonrió y se encogió de hombros.

—Porque me da miedo hacerlo sola —respondió.

Las mujeres la miraron en silencio.

—¿A qué esperamos? —dijo una—. Hagámoslo juntas, entonces.

La sonrisa que exhibieron todas fue como una luz en una noche oscura.

Rosetta de repente volvió a recordar las palabras que le dijo don Cecè, el párroco de Alcamo: «¿Qué ocurriría si otras mujeres se comportasen como tú? ¡Eso es antinatural!». Miró a las mujeres que estaban con ella. El brillo de sus miradas no era antinatural. Bien al contrario, era maravilloso. Era lo que pasaría si otras mujeres hiciesen lo mismo que ella.

—Vamos —dijo alegre, y las condujo hacia una tienda.

—Este es un trabajo de hombres —les espetó el viejo que las recibió.

—No nos asusta —respondió Rosetta.

—¿En serio? Levanta ese saco —le dijo el viejo, escéptico, señalando un saco de yute lleno de alubias.

Rosetta se acercó al saco y lo asió por los bordes.

La mujer con el pómulo roto fue también y sujetó el sacó por el otro extremo.

—Juntas. A la de tres. ¡Una, dos... y tres!

Las otras mujeres se rieron cuando levantaron el saco.

—¡Juntas! —exclamó una de ellas. Y hablaba por todas.

Rosetta se volvió hacia el viejo con una sonrisa triunfal.

—¿Y vosotros los machotes podéis hacer eso?

El viejo negó con la cabeza, entre irritado y sorprendido.

—Es un trabajo rentable para dos personas, no para cinco.

—Ellas son cuatro —dijo Rosetta.

—De todos modos, hay dos de más —insistió el viejo.

—¿Has cambiado de idea? —le preguntó Rosetta.

El viejo volvió a negar con la cabeza.

—Es cosa vuestra. Yo me conformo con que me paguéis lo que hemos acordado.

Cada una de las mujeres sacó unos billetes arrugados. Los juntaron y contaron.

—Falta la parte de Lavinia —dijo una, refiriéndose a la compañera que había renunciado.

Rosetta se rebuscó en el bolsillo y cubrió la diferencia.

—Te lo devolveremos —afirmó la del pómulo roto.

—Y te corresponde una parte de las ganancias —agregó otra. Levantó una mano—. Es inútil que protestes. —Tendió el dinero al viejo—. Ciento veinte a la semana —le dijo—. Y ahora explícanoslo todo.

Mientras el viejo les contaba los secretos del oficio, mostrándoles las diferentes variedades de alubias, garbanzos, lentejas, habas y frutos secos, Rosetta se apartó para observarlas. Las mujeres introducían las manos en los sacos como si fueran cajas llenas de monedas de oro. Y en sus ojos Rosetta ya podía ver un brillo distinto. El brillo de la dignidad.

Cuando se alejaba, oyó a una de las mujeres anunciar en voz alta:

—¡Hoy es un gran día para vuestros bolsillos, amigos! ¡Venta extraordinaria para celebrar un día especial!

Rosetta se sintió de nuevo invadida por aquella agradable sensación de ligereza que había notado la vez que cedió su puesto a Dolores, librándola de la violencia que padecía en el matadero. Y supo que se había alejado otro paso de sus miedos, de su pasado. Y que avanzaba hacia su futuro.

Cuando llegó a casa estaba tan contenta que cantó toda la noche en la calle con Tano, junto a las dos viejas.

—¿Qué pone? —preguntó al día siguiente al Francés, tendiéndole el ejemplar de *La Nación*.

El Francés negó con la cabeza.

—Nada, chica.

—Mejor —dijo Rosetta.

—Espera. —El Francés la retuvo cuando iba a irse—. El día que huiste y te recogí con mi automóvil, mirabas a un hombre que se peleaba con unos guardias al fondo del callejón. Te pregunté quién era y me respondiste que no lo sabías. —La miró—. ¿Quién es?

—Alguien que prometió encontrarme —respondió Rosetta.

—¿Y tú lo esperas? —preguntó el Francés.

Rosetta se encogió de hombros.

—Dijiste que era imposible encontrar a alguien en Buenos Aires.

El Francés miró el periódico. Y comprendió.

—Salvo que ese alguien se empeñe en llamar la atención —murmuró.

Rosetta le dio la espalda y se marchó.

Quería ver cómo iban las cosas en el mercado.

Cuando llegó, se llevó una sorpresa desagradable. Solo había tres mujeres.

—Su marido le ha prohibido trabajar —le explicaron, afligidas—. Y no se lo ha dicho con palabras.

Rosetta montó en cólera. Volvió sobre sus pasos, hacia la miserable casa de Barracas de la mujer, enfrente de la de ella, y llamó con vehemencia a la puerta de chapa.

Un hombre con camiseta, con la cara de lelo de quien todavía sigue con resaca de la borrachera de la noche anterior, abrió, la reconoció y le dijo:

—Largo de aquí, puta.

Luego la agarró del pelo, con una violencia brutal y la estrelló contra el muro de la casa.

Rosetta notó que la nariz empezaba a sangrarle.

—¡No! —gritó la mujer del hombre, que apareció de repente.

Tenía la nariz hinchada. Los labios partidos. Moretones en los brazos. Se interpuso entre su marido y Rosetta, para defenderla.

Su marido le dio un puñetazo.

—¡Vuelve adentro!

En ese instante le atizaron un bastonazo en una rodilla que lo forzó a doblar las piernas. Y enseguida le pusieron una navaja afilada en el cuello.

—¡Como la toques, te rajo! —gritó Tano.

El Francés propinó otro bastonazo al hombre, en los testículos.

—¡Voy a convertirte en un capón, bastardo! —masculló.

Un adolescente con el cutis todavía martirizado por el acné se asomó a la puerta.

—Dejadlo —dijo a Tano y al Francés. Empuñaba un rodillo.

—Chico, no te entrometas —le advirtió Tano.

Rosetta miró al muchacho. Y recordó el motivo por el que su madre, el día anterior, había decidido no echarse atrás. Sujetó de un brazo a Tano.

—Haced lo que el chico dice —murmuró.

Tano y el Francés soltaron al hombre.

El hombre lanzó una carcajada y a su hijo, que era más alto y fuerte que él, le dio una palmada en el hombro.

—Muy bien, chico.

El muchacho le apartó la mano y ayudó a su madre a incorporarse.

—Como vuelvas a tocarla, te mato —dijo a su padre con voz de adulto—. Y mañana la acompañaré al trabajo —añadió.

Rosetta tuvo la sensación de que oía los latidos acelerados de la mujer. Y supo que en ese instante no notaba ningún dolor por los puñetazos del marido. «Si sirve para que mi hijo no sea como su padre... habrá merecido la pena», había dicho. A lo mejor ni ella misma se lo esperaba. Sin embargo, estaba pasando. Ese chico la había defendido. Y no pegaría a su mujer. No la trataría como a algo suyo o como a una bestia de carga.

Muchos vecinos habían salido de sus casas y habían presenciado la escena.

Las mujeres miraban con sana envidia a la madre. Las chicas, absolutamente todas ellas, miraban con admiración al hijo, viendo en él a un hombre fascinante, sin reparar ya en los granos que le enrojecían el cutis. Los hombres miraban al marido. Y muchos, reflejándose en él, sentían vergüenza.

—Joder, tendrías que jugar al béisbol, cabrón —dijo Tano al Francés mientras volvían a casa—. Dos pelotas de un solo golpe...
—Se rio.

Rosetta los miró. No había dos hombres más diferentes que esos dos. Pero de día en día se caían mejor. «La vida es absurda», pensó. Estaban haciéndose amigos.

Esa noche Assunta le curó la nariz mientras Tano y el Francés discutían jugando a los dados.

A la mañana siguiente, como cada día, Rosetta compró *La Nación*, se la entregó al Francés y le preguntó:

—¿Qué pone?

El Francés, que conocía el motivo de esa pregunta, sin necesidad de hojear el periódico le dijo:

—Lo siento, chica. Nada. —Le mostró un artículo de la portada—. Lo firma Alejandro del Sol. Tu periodista ya no piensa en ti. Se ocupa de la guerra.

Luego se quedó mirando las fotos de portada de los cadáveres y de los charcos de sangre que se extendían por el suelo.

—¿Quiénes son esos muertos? —preguntó Rosetta.

—Mafiosos —respondió el Francés.

—¿Y por qué te interesa?

—¿Quién te ha dicho que me interesa?

—No hay quien te aguante cuando te pones así.

El Francés leyó en voz alta:

—«Parece ya evidente que ha empezado una guerra en el puerto de La Boca. Ayer, un violento tiroteo se saldó con cuatro muertos: dos hombres fichados por la policía y dos transeúntes, heridos accidentalmente. Así, las cuatro víctimas se añaden a las otras dos halladas degolladas en el Riachuelo y a los tres muertos en una emboscada en la zona Antepuerto, cerca del Río de la Plata. A primera vista, parecería una disputa territorial por el control de la mafia portuaria. Los principales sospechosos son dos capos mafiosos, de origen siciliano. Uno de ellos, Tony Zappacosta, es poderoso e influyente en el ámbito político. Mientras que el otro, Lionello Ciccone, es un jefe de segundo rango, sin capacidad para enfrentarse a Zappacosta. Lo que permite aventurar otra hipótesis: detrás de Lionello Ciccone se oculta alguien, evidentemente capaz de suministrar a la familia Ciccone un ejército armado...».

Meneó la cabeza, juntando de repente las piezas del puzle, como ocurre siempre. Recordó las palabras de André, el viejo proxeneta que lo había ayudado. Ahora sabía cómo vengarse de Amos.

—¿Zappacosta? —le preguntó Rosetta, interrumpiendo sus pensamientos.

El Francés la miró.

—Sí. Tony Zappacosta. ¿Por qué?

Rosetta no respondió. Pero recordó cuando Rocco la había defendido en el buque. Había amenazado al tipo que la molestaba mencionando precisamente ese nombre. Un escalofrío le recorrió la espalda, una especie de intuición. Y sonrió.

El Francés la miró y vio que ahora le brillaban los ojos.

—¿Te acuerdas de la primera noche que estuviste en el Black Cat? ¿Recuerdas que te dije que eras una persona única?

Rosetta asintió.

—Se lo decía a todas las chicas que quería que trabajasen para mí —continuó el Francés—. Y funcionaba. —Se rio—. Pero nunca lo pensaba. —La miró—. En cambio, ahora sí que lo pienso de ti. Eres única.

Rosetta se sonrojó.

El Francés le estrechó una mano entre las suyas.

—Estoy seguro de que tu desconocido te encontrará —le susurró.

Rosetta seguía pensando en aquel apellido, tan especial. Zappacosta. Y estaba segura de que no podía ser una casualidad.

—O lo encontraré yo —dijo.

52

Querida niña anónima:

No te hablo solo en mi nombre y en el de la redacción, sino también en el de nuestro director, don Estaquio Pellicer.

Raquel había leído tantas veces las palabras de Alfonsina Storni en la primera página de *Caras y Caretas* que ya se las sabía de memoria.

Tu reportaje nos ha conquistado a todos nosotros antes incluso que a los lectores. A mí en especial, porque soy mujer. Como tú. Y como tú sé lo difícil que es vivir en un mundo masculino que no nos reconoce las mismas capacidades. No sé cuántos años tienes. Pero sé que tus palabras llegan directamente al corazón. No dejes de escribir. Estaremos encantados de seguir publicando tus reportajes, también por nuestros lectores, que nos envían cartas entusiastas preguntándonos por ti a raíz de tu primer artículo. Pero, de todos modos, no dejes de escribir. Nunca.
Tuya,

ALFONSINA

A Raquel le parecía increíble que Alfonsina Storni se dirigiese justamente a ella. De manera que decidió ponerse enseguida a escribir. Además, se había dado cuenta de que la gente esperaba otro artículo. Lo decían el señor Del Río y sus clientes, lo había oído por la calle, lo repetían allí, en el taller.

Así que se puso manos a la obra de buena gana.

Había observado a los hombres y había visto en ellos más cosas ridículas. Los golpes en los testículos que se daban los más jóvenes para demostrar con su sufrimiento que eran hombres de verdad. Los gestos que hacían para describir el tamaño de su «aparato», sobre el que siempre gravitaba su vida. La manera en que hablaban de las mujeres, usando expresiones curiosas como «darles un repaso», como si fuesen un salteado de verduras que hubiera que corregir de sal. Las fanfarronadas, que apestaban a lo que eran, simples mentiras. Los campeonatos de eructos. Las competiciones para ver quién tenía más cicatrices. Era todo un mundo que podía ridiculizar con enorme facilidad.

Lo que, sin embargo, no conseguía entender era por qué a los chiquillos y a los estibadores del taller, que repetían continuamente pasajes de su primer artículo, les gustaba tanto que les tomaran el pelo. «A lo mejor los hombres son menos tontos de lo que parecen», pensó. «O a lo mejor mucho más», se dijo, y se echó a reír.

Rocco era el único que apenas reía.

—¿A ti no te ha gustado el artículo de esa chiquilla? —le preguntó.

—Al revés. Me ha encantado —respondió Rocco, con ese gesto suyo siempre enfurruñado, mientras montaba el motor en una extraña estructura que Javier acababa de soldar.

—¿Y te ha hecho gracia?

—Sí, mucha. —Rocco sonrió.

—¿Pero...? —preguntó Raquel.

—Pero eso no es lo que se te queda grabado en la cabeza, ¿no?

—No sé...

—Ángel, escucha. Tú eres un chiquillo inteligente. Os veo reír siempre. Y yo también me he reído. Pero ¿de qué? ¿De un tocamiento de huevos? —Rocco se acaloró—. En cambio, la parte... No sé cómo decirlo, no se me dan bien las palabras como a esa chiquilla... La parte en la que habla de la vida de verdad, eso... eso no cansará nunca. Te llega hondo, te hace pensar. Eso está bien. ¡Está bien, carajo! —Le tocó el pecho y la cabeza—. Esa chiquilla tiene corazón y cerebro. —Le dio un cachete—. Como tú —dijo serio. Luego hizo como si le diera un puñetazo entre las piernas—. ¡Pero tú además tienes cola! —Se rio y se volvió hacia los otros—. ¡Moved el culo! —exclamó—. ¡Veamos si esta mierda de montacargas arranca!

Raquel lo miró. Era su héroe. No sabía leer, ni siquiera sabía escribir su nombre, pero era ya la segunda vez que le daba una lección importantísima. Era ya la segunda vez que le hacía comprender qué tenía que escribir. No servía de nada hacerse la graciosa, tomar el pelo a los hombres.

Ella podía ser testigo de la vida.

Y entonces cayó en la cuenta de que no había vuelto a pensar en Tamar. Y se avergonzó. Y lo recordó todo, intenso como si acabara de ocurrir. La mueca de Amos acercándose a ella para matarla. La expresión de dolor de Tamar, que se dejó apuñalar por ella. «Huye…, erizo —le dijo agonizando—. Huye… por mí.»

«Eres una mierda», se dijo con rabia.

Y luego recordó la mirada de Libertad. Una de las otras chicas le había dicho un día que Libertad tenía suerte, porque en una ocasión la habían enviado a la casa de un cliente. Porque así pudo ver la ciudad, en vez de permanecer recluida en su cárcel del Chorizo como todas las demás. Porque iban a follarla en un cuarto que no olía a cien hombres sino solo a uno. Y hasta esa asquerosidad, en una vida tan miserable, era una suerte.

La acometió una tristeza infinita.

Libertad había roto su silencio para decirle que tenía una oportunidad, solamente una, y que no debía desaprovecharla.

Tamar y Libertad le habían brindado su nueva vida. Y ella había dejado de recordarlas. Se pasaba el día feliz gracias a su vida disfrazada de hombre. Se avergonzó profundamente. El rostro de Tamar y el de Libertad se sobreponían en su mente. Y luego llegó la cara angelical de Kailah, que se había suicidado en el barco para huir del horror de Buenos Aires.

—Me das asco —se dijo en voz alta—. ¿Has visto toda esta mierda y solo eres capaz de hacer reír a la gente?

Se volvió hacia Rocco.

—Tienes razón —susurró.

Empuñó su Waterman. De repente notó una punzada dolorosa en el abdomen que la obligó a doblarse en dos. Pero no podía parar de escribir, porque en *Caras y Caretas* el plazo de entrega vencía a la mañana siguiente. Pasó la noche en vela llenando páginas, a pesar de que no se le pasaba ese extraño e inusual dolor en el abdomen. Estaba convencida de que era una reacción contra el miedo, contra la ira. Contra la vergüenza de haberse olvidado de lo importante.

A la mañana siguiente, cuando llegó a la entrada de *Caras y Caretas* vio a una mujer elegante con un vestido de seda ceñido a su sinuoso cuerpo, con un bolso de piel de cocodrilo verde esmeralda bajo el brazo, el pelo largo y rubio y un sombrero con un velete sobre el rostro, bajo el cual brillaban unos labios perfectos acentuados por el carmín escarlata. No le cupo duda. Se acercó al portero y le preguntó:

—Esa es la señora Alfonsina Storni, ¿no?

—No, esa es la amante del redactor jefe —respondió el portero mientras seguía con la mirada el contoneo sensual de la mujer.

Raquel puso su artículo con las otras cartas dirigidas a la redacción.

—Aquella de ahí es Alfonsina Storni —le indicó el portero.

Raquel vio a una mujer no muy alta y con un cuerpo recio que subía enérgicamente la escalera. Vestía un traje de algodón gris oscuro, medias gruesas y botines. Tenía el pelo castaño ligeramente crespo y lo llevaba recogido en una cola de caballo. Cuando llegó al primer rellano, se volvió. Su rostro era de facciones pronunciadas, poco sofisticado, nada hermoso, aunque sí expresivo, con mucho carácter. Y, mientras la miraba, Raquel se dio cuenta de que no se distinguía de los demás, que no era inmune a los tópicos. Admiraba a Alfonsina Storni, y por eso había supuesto que tenía que ser guapa. Qué tontería. Estaba empezando a pensar realmente como un hombre. En el peor sentido de la palabra.

—¡Pero es... joven! —exclamó, de todos modos sorprendida, viendo que Alfonsina Storni debía de tener unos veinte años.

—¿Y tú por qué creías que debía ser mayor? —dijo el portero.

Alfonsina Storni recorrió con la mirada el vestíbulo y se topó con los ojos de Raquel, que la observaba llena de admiración.

Raquel le sonrió.

Alfonsina Storni correspondió a su sonrisa mostrando los incisivos superiores, ligeramente separados entre sí. Luego se encaminó hacia la redacción. Sin embargo, una vez que llegó al último escalón se detuvo, como si de repente se le hubiese ocurrido algo. Se volvió de golpe hacia el punto donde había visto a Raquel.

Raquel seguía allí, mirándola.

—Espera —le dijo Alfonsina Storni.

Raquel se asustó, echó a correr y se ocultó detrás de una puerta, en la entrada.

Desde allí vio a Alfonsina Storni bajando la escalera y acercándose al portero.

—¿Adónde ha ido la chica? —le preguntó.

—¿La chica? Era un chico, señorita —respondió el portero—. Probablemente, un ladronzuelo.

Alfonsina Storni miró las grandes puertas acristaladas y movió ligeramente la cabeza.

—No —dijo—. No era un ladronzuelo.

Raquel salió sin que la vieran y volvió a la librería del señor Del Río con el corazón henchido de alegría. Había visto a su heroína. Y hasta se habían sonreído. Le parecía un sueño. Aunque solo la había visto unos segundos, ya le parecía que lo sabía todo acerca de ella. Y recordaba cada mínimo detalle. Había reparado enseguida en sus ojos. Incluso mientras sonreía, tenían una luz remota, casi de tristeza, como si pudieran ver más allá de las cosas.

Los dos días siguientes, con el dolor en el abdomen sin darle tregua, Raquel trabajó distraídamente mientras esperaba que su artículo se publicase.

Pero no pudo dejar de participar en el febril ambiente que se respiraba en la nave, donde, entre exclamaciones de alegría e imprecaciones, se trabajaba día y noche para hacer el montacargas que Rocco había diseñado. Reinaba un ambiente increíble. Rocco estaba más emocionado que nunca. Había llegado el momento de saber si todos sus esfuerzos, proyectos y sueños iban a convertirse en realidad.

—¿Listos? —gritó Rocco el segundo día, para que lo oyeran por encima del ruido del motor—. ¡Sujetaos!

—¡Venga, muévete! —dijo Javier, todavía más emocionado que Rocco.

—¡Sujetaos! —repitió Rocco, y movió una palanca.

Chirrió un engranaje, el motor arrancó, y luego los dos puntales de delante del prototipo empezaron a subir lentamente, levantando del suelo una plataforma de madera sobre la que estaban Raquel, Javier, Mattia, Ratón, Billar, Louis y los otros chiquillos de la pandilla.

—¡No nos dejéis caer, porque puedo partirme también la otra pierna! —gritó Javier con una sonrisa en los labios.

Todos los chiquillos chillaban emocionados, como si estuvieran en un tiovivo.

Raquel, en medio de ellos, miraba orgullosa a Rocco.

—¡Se mueve! —anunció Rocco.

Giró otra palanca, y los dos puntales se detuvieron casi a dos metros de altura. Después puso la marcha hacia delante y la extraña maquinaria se movió sobre sus cuatro pequeñas ruedas reforzadas.

Los chiquillos gritaron más.

Rocco sacó la maquinaria de la nave, hasta otro andamio. Maniobró, hacia delante y hacia atrás, hasta que los dos puntales quedaron colocados encima de dos montantes. Movió la palanca que los desbloqueaba y los hizo bajar lentamente, apoyando la plataforma de madera. Entonces detuvo el descenso, puso la marcha atrás y se movió, dejando la plataforma y a los hombres en la estructura.

—¡Carga entregada con éxito! —gritó feliz, y bajó las planchas hasta la posición de reposo, en el suelo. Apagó el motor y saltó del montacargas.

Uno tras otro, todos bajaron de la estructura y fueron a estrechar la mano a Rocco.

—Buen trabajo, siciliano —dijo Javier.

—Nunca lo habría conseguido sin ti —respondió él—. Ni sin cada uno de vosotros. —Se volvió hacia Raquel y le pidió—: Escribe los nombres de todos en esta cosa.

—¿El mío también? —preguntó Raquel.

—El tuyo el primero —le respondió Rocco.

—No, el tuyo el primero —dijo Raquel—. Y más grande que el de los demás.

—¡Así debe ser! —corearon todos.

Esa noche celebraron hasta tarde. No era más que un prototipo, pero Rocco había demostrado que tenía razón. El sueño ya era una realidad. Solo había que perfeccionarlo.

Raquel participó en los festejos, pese a que el dolor en el abdomen no la dejaba en paz.

Hasta que por fin llegó el día de la salida del nuevo número de *Caras y Caretas*. Su sorpresa, cuando llegó a la librería de Del Río, fue inmensa. En la portada de la revista salía un chiquillo guiñando sonriente un ojo al lector.

«El chiquillo se parece a mí», pensó Raquel.

Cuando preguntó a Del Río si podía quedarse con un ejemplar, el librero se lo dio con cara seria.

—Si todo esto es verdad…, y yo creo que es verdad, pues… —empezó. Pero no terminó la frase. Meneó la cabeza—. No —murmuró—. No tiene nada de gracioso.

—¿Es un mal artículo? —preguntó Raquel.

—No, Ángel. Es un artículo extraordinario —dijo Del Río en tono grave—. Extraordinario —repitió—. Esa chiquilla podría hacerme cambiar de idea sobre las mujeres.

Raquel llegó a la nave caminando despacio porque el abdomen le dolía cada vez más.

—¿Ha salido otro artículo? —le preguntó Rocco al ver la revista.

Raquel asintió.

—¿Quieres que lo lea?

—Sí, díselo a los demás —respondió Rocco, con la cabeza en otra cosa—. Yo tengo que terminar algo. Pero vosotros empezad.

A Raquel la hirió su indiferencia.

—No es como los otros —apuntó.

—Bien... —dijo Rocco distraídamente, inclinado sobre un engranaje.

Entretanto, Mattia, Javier, Ratón, Billar, Louis y los otros chiquillos ya se habían colocado en círculo y esperaban que empezase la lectura.

—Veo lo que las mujeres no pueden ver. Veo lo que los hombres no enseñan a las mujeres —dijeron a coro los chiquillos de la pandilla, riendo, y se palparon la entrepierna.

—No —dijo entonces Raquel—. Esta vez no empieza así.

—¿No? —preguntaron los chiquillos.

—No —repitió Raquel.

—Dejadlo leer, cabezas huecas —gruñó Javier.

Raquel se aclaró la voz.

—«Soy la chica sin nombre —empezó—. Soy los ojos de quien no tiene ojos. Miro lo que los demás fingen no ver.»

—¿Qué quiere decir? —preguntó un chiquillo.

—Cállate —le espetó Louis.

—«Se dice que cada inmigrante llega aquí, a Buenos Aires, como un desecho arrastrado por la corriente de todos los otros inmigrantes —continuó Raquel—. Y, como todos los desechos, no tiene nada que perder. Y poco que ofrecer. Lo echan de un barco que apesta a vómito y luego lo descargan en un barrio que apesta a mierda.»

—No da risa —dijo un chiquillo.

—No —convino Rocco acercándose—. Por suerte, no da risa. —Se sentó en el suelo e hizo un gesto a Raquel—. Sigue.

Raquel, a pesar del dolor que la atormentaba, se sintió orgullosa de haber captado su atención.

—«Buenos Aires es una ciudad preciosa, opulenta, espectacular. Que rezuma riquezas incalculables. Pero los inmigrantes no pueden participar de ese banquete. Ellos viven en los barrios de chabolas, donde parecen gusanos peleándose por las sobras que dejan los ricos. Están recluidos aquí, en sus recintos miserables, sin pensar en el mañana, porque ninguno de ellos sabe si tendrá un futuro.»

En el taller se hizo un silencio agobiante. Como si de repente faltase aire para respirar. Cada uno de ellos sabía perfectamente de qué hablaba esa chiquilla. Lo reconocía en su propia piel. Pero oírlo contar hacía que fuese más real. Y más doloroso. Porque no se podía volver la cabeza hacia otro lado. En medio del silencio más absoluto, miraban a Raquel a la espera de que continuase.

—«Los más indefensos son los chicos. A ellos se les puede pedir cualquier cosa sin que rechisten. Es como si supiesen que están colgados de una cuerda y que no pueden discutir —continuó Raquel—. Por el barrio, pero sobre todo por la zona del puerto, rondan los buitres. Se les reconoce porque visten trajes elegantes pero ajados como pijamas viejos. Son los mafiosos, los delincuentes, los parásitos. Reclutan chicos. Para vender cocaína, en especial. Esos chiquillos empiezan a despachar droga y poco después la droga los despacha a ellos.» —Raquel hizo una pausa. Miró un instante de reojo a Louis, esperando no haberlo herido demasiado—. «Sus madres se prostituyen para darles de comer. Y ellos, para comer ese pan, deben fingir que eso no tiene nada de raro, que la vida es así y ya está. Y de esa manera, día tras día, su miseria, el dolor que tienen que aparentar que no sienten, la humillación que tienen que fingir que no sufren, los vacía, hasta el punto de que cada uno de ellos…, más bien, de nosotros… renuncia a luchar por algo mejor. Renuncia a la dignidad.» —Con el rabillo del ojo vio que Louis estaba muy tenso—. «Sus corazones, aunque se hacen los duros, exudan rabia y dolor. E impotencia.» —Miró a Rocco. Se disponía a leer algo que él había dicho. Algo simple pero indiscutible—. «Y eso no es justo.»

—¡Muy bien! —exclamó Rocco, emocionado—. Sigue.

Raquel asintió. Se mordió los labios. No sabía si sería capaz de leer lo que seguía sin llorar.

—«Pero aquí, en Buenos Aires, hay inmigrantes todavía más desdichados que esos infelices que de algún modo están aquí por su elección.» —Los miró a todos, de uno en uno. Nadie respiraba—. «Porque Buenos Aires comercia con carne. No solo de vaca. Sino también de mujeres. Con la misma codicia y la misma indiferencia. Y de unas y de otras devora la carne y empapa las calles con su sangre.» —Luego, procurando que no se notaran las violentas emociones que estaba sintiendo, leyó el relato de lo que les había ocurrido a ella y a todas las otras chicas. Raptadas, violadas, recluidas, maltratadas, drogadas. Forzadas a satisfacer a hombres que fingían no conocer todas las violaciones que ya habían sufrido. Y, al cabo, asesinadas por los proxenetas—: «Una de ellas se llamaba Tamar Anielewicz. Era de una pequeña aldea de los alrededores de Sorochincy, en la jurisdicción de Poltava, en el Imperio ruso. Nunca habéis visto una chica tan hermosa. Sin embargo, habéis hablado mucho de ella. Era esa "descarriada" que encontraron en el Riachuelo devorada por los ácidos y a la que enterraron sin ningún ritual fúnebre en el cementerio de los judíos que los judíos estrictos se niegan a tener cerca de sus difuntos. Ningún policía ha investigado bien su muerte. Porque en Buenos Aires se comercia con carne, todo el mundo lo sabe. De modo que, ¿qué hay de raro en el destino de Tamar? Como cualquier vaca, se la arrojó al Riachuelo para que se descompusiera. Y, como a cualquier desecho de vaca, ninguno de nosotros verá tampoco a Tamar Anielewicz cuando pasemos por esa orilla con los ojos cerrados.»

Se hizo un silencio ensordecedor. Nadie movió un músculo.

—«Pero todos nosotros tenemos al menos que aprender a decir juntos: ¡no es justo!» —concluyó Raquel.

El silencio se prolongó. Parecía que todos habían dejado de respirar.

—Maldita sea —masculló por fin Javier, y se puso de pie. Miró de un lado a otro—. Maldita sea —repitió meneando la cabeza—. Vamos a brindar por... por... por esa chica muerta —dijo.

—Tamar —apuntó Raquel—. Tamar Anielewicz.

—Sí, eso... Tamar... —Javier asintió—. Al menos le debemos un brindis. Por respeto. Como en un funeral —añadió, y se encaminó hacia la salida de la nave.

Tras un instante de indecisión, Ratón y Billar lo siguieron. Y después también Mattia, Louis y los otros chiquillos.

—¿Quieres ir? —preguntó Rocco a Raquel.

—No. No me apetece.

—Tampoco a mí —dijo Rocco—. Se emborracharán y se olvidarán de todo. —Esbozó una sonrisa melancólica—. No es justo. Pero, como ha escrito esa niña, así es como se sobrevive aquí. Si te fijas en todo..., carajo, los ojos se te queman.

Raquel le devolvió la sonrisa. Tan melancólica como la suya.

—Pero no es justo —insistió Rocco con una voz áspera como un gruñido.

—No, no es justo —repitió Raquel.

—¡Menuda chiquilla! —dijo Rocco en tono admirativo al tiempo que se dirigía hacia la cama.

Raquel lo siguió. Estaba cansada. Pero cada vez le dolía más la barriga. Se tumbó, solo que tuvo que encogerse, y para que Rocco no se percatara de sus muecas de dolor le dio la espalda.

Poco después oyó que se había dormido y se percató de que había dejado la luz encendida.

Raquel fue a darse la vuelta, pero en ese instante sintió un pinchazo espantoso. Tenía un insoportable ardor por dentro. Gimió y se levantó, asustada. Pero tuvo que doblarse en dos. Notó una cuchillada hirviente que le contrajo todos los músculos de la barriga y enseguida una tibieza casi agradable mientras los músculos se le relajaban y la tensión interna desaparecía.

—¿Qué haces levantado? —le preguntó Rocco, que se había despertado y dado la vuelta para apagar la lámpara—. ¿No duermes?

—Sí..., ahora.

—¿Qué te ocurre? ¿Te encuentras mal? —dijo Rocco al darse cuenta de que algo extraño le pasaba.

—No —respondió Raquel con los ojos como platos. Algo cálido le resbalaba por el muslo izquierdo.

—¡Claro que te encuentras mal! —exclamó Rocco sentándose.

—No —repitió Raquel, y juntó las piernas.

—¡Carajo, estás sangrando! —exclamó Rocco.

Se puso en pie y le miró los pantalones a la altura de la entrepierna.

—¡No! —casi gritó Raquel retrocediendo.

—¿Cómo te has herido? —dijo Rocco, alarmado, a la vez que avanzaba un paso hacia ella.

—¡No me toques!

—¡Carajo, déjame ver!

—¡No! —gritó Raquel, y se echó a llorar rabiosamente.

Ya sabía qué estaba pasándole. Lo había visto en muchas otras chicas de doce o trece años. Pero eso a ella no le ocurriría. Le habían dicho tantas veces que parecía un chico que había terminado por convencerse de que a ella nunca le pasaría.

—¡Déjame ver, joder! —Rocco la agarró de los brazos.

—¡Suéltame! —gritó Raquel con lágrimas en los ojos, humillada—. ¡Suéltame! ¡Te he dicho que me sueltes! —volvió a gritar, histérica.

Rocco la soltó. Empezaba a sospechar algo. Dio un paso hacia atrás.

Raquel tenía el rostro empapado en lágrimas. Se sentía descubierta. Había terminado. Todo había terminado.

—Lo siento… —susurró.

Rocco movió varias veces la boca. Y luego, mientras la sospecha se convertía en certeza y se manifestaba en su mirada estupefacta, dijo en voz baja:

—Pero tú… Pero tú eres mujer.

—Perdóname… —gimoteó Raquel con la cabeza gacha mientras las piernas le cedían y caía de rodillas, sin fuerzas.

—Tú eres… —dijo Rocco al tiempo que todo se aclaraba en su cabeza—. Tú eres… ¡ella!

Raquel levantó la mirada despacio y encontró el valor de mirar a Rocco a los ojos.

—Perdóname… —le rogó con voz sinceramente apenada—. No quería engañarte.

Rocco meneó la cabeza, incrédulo.

—Siempre he sabido que contabas un montón de trolas —murmuró—. Pero esta… —Calló, sin dejar de menear la cabeza—. Esta… —Parecía que no encontraba las palabras—. ¡Esta… es tremenda!

Y al final, inesperadamente, rompió a reír.

53

Amos se apeó del automóvil que conducía uno de sus hombres y contempló el edificio. Lo conocía, aunque nunca había estado en él.

Con todo, le pareció más imponente de lo que recordaba.

A lo largo de los años Tony Zappacosta había comprado y demolido tres edificios sobre los que luego construyó su *palacio*. Estaba ubicado en la zona más oriental de La Boca y se asomaba a ese espejo de agua llamado Antepuerto, una amplia curva formada por la confluencia de la desembocadura artificial del Riachuelo en el Río de la Plata y el principio de la Dársena Sur, en paralelo al Canal Sur de entrada al puerto. Era una edificación imponente que no imitaba en absoluto el estilo recargado de los *palacios* donde vivían los argentinos ricos, en la zona norte de Buenos Aires. Al contrario, a primera vista era muy austera, de líneas sencillas y rectas.

Y ese día más que nunca Amos tuvo la impresión de encontrarse ante una fortaleza inexpugnable.

Durante un instante, le flaqueó la confianza. Pero ya había dado el primer paso.

Cuando estuvo a cinco metros del portal, los dos hombres que había de guardia desenfundaron las pistolas y le mandaron detenerse. Uno ya lo apuntaba con su arma. Y su expresión daba a entender claramente que la habría usado sin pensárselo dos veces.

El otro era el que hablaba.

—¿Qué quieres, judío?

Amos lo reconoció. Era un cliente del Chorizo.

—¿Cómo estás? Hace tiempo que no pasas...

—¿Qué quieres? —repitió el hombre, sin cambiar de expresión.

Había empezado una guerra. No se charlaba, no se bromeaba. Cualquier error de valoración podía costarte el pellejo.

—Tengo que ver a Tony —respondió Amos con calma.

—¿El señor Zappacosta lo sabe?

—No.

—En estos días no le gustan las sorpresas. Vete.

—Sé muy bien que a Tony no le gustan las sorpresas —dijo Amos sin alterarse—. Pero todavía le gusta menos perderse un buen negocio. —Lo miró en silencio. La amenaza estaba implícita.

—Vete al otro lado de la calle —dijo el gorila—. Y saca de ahí ese automóvil.

Amos se acercó a su conductor y le mandó alejarse. Luego, mientras el automóvil desaparecía por la parte trasera de la fortaleza de Tony, se quedó esperando en la acera de enfrente con las manos en los bolsillos.

Los gorilas lo dejaron al sol mientras transmitían el mensaje al interior del *palacio*, a través de una mirilla del portón. Después volvieron a vigilarlo, con las armas en la mano.

Amos siguió allí sudando al menos durante cinco minutos. Pero no movió un solo músculo. Ni dio muestras de impaciencia. Pensaba en un artículo que había leído el día anterior en *Caras y Caretas*. Muchos, tras leerlo, deducirían que él era el asesino del que se hablaba. El asesino de Tamar Anielewicz. Nunca conoció el apellido de esa chica a la que desvirgó en su carruaje, cuando todavía viajaban por Europa, y que luego ofreció al capitán del barco en Hamburgo. Solo recordaba que era una preciosidad con la que esperaba ganar un montón de dinero. Pero esa puta imbécil se había dejado matar para que se salvara esa otra chiquilla asquerosa que había conseguido escapar. Hacía unas horas, Amos había visto al capitán Ramírez, el hombre de la policía que trabajaba para él, quien le había asegurado que la investigación de todos modos se empantanaría. Pero le había confirmado que la chiquilla era un peligro.

Amos, que seguía inmóvil bajo el sol abrasador, sonrió. Ahora sabía dónde buscar. Estrujaría los huevos a alguien de la redacción de *Caras y Caretas* para sonsacarle la información que necesitaba. Por si acaso, ya había apostado a uno de sus hombres enfrente de la entrada. Esa chiquilla era una auténtica judía, dura como un tendón de vaca. Sabía que la buscaban. Que buscaban a una mujer. Y ella se había convertido en un hombre. La mataría sin piedad, aunque la admiraba. Pero había cometido un error gravísimo: se había dejado vencer por el sentimentalismo. Ese artículo que todo el mundo juzgaba conmovedor era, en realidad, su testamento. Ahora Amos sabía a quién buscar.

Al cabo, la mirilla del edificio de Tony se abrió de nuevo. Los dos gorilas miraron de un lado a otro. La calle estaba desierta. Entonces hicieron un gesto de conformidad hacia el interior y una hoja del portón se abrió.

—Muévete, judío —dijo el gorila que hablaba.

Amos cruzó la calle y lo cachearon. Pero estaba limpio. No llevaba ni su fiel navaja.

Lo hicieron pasar. Parpadeó. El interior estaba oscuro y él seguía deslumbrado por el sol.

—Andando —le dijo un hombre que llevaba una metralleta.

Cuando Amos llegó donde estaba Tony, lo sorprendió el drástico cambio arquitectónico. Después del oscuro y fresco porche se pasaba a un patio enorme, con naranjos repletos de fruta, bordeado de una columnata de estilo italiano como si fuese un gigantesco claustro. En el centro del patio había una fuente de mármol blanco con juegos de agua que, solo con mirarlos, daban una agradable sensación de frescor.

Tony estaba sentado bajo una pérgola de madera blanca con finas columnas por las que trepaba una glicinia.

Pero aquella escena no tenía nada de idílico. Bien al contrario, era dramática, como se dio cuenta Amos según se acercaba.

Al lado de Tony, sentado a una mesita blanca redonda de madera, había un hombre con una expresión alucinada y la cara empapada en sudor. Tenía una mano encima de la mesita, abierta. Y debajo de la mano se extendía una mancha roja. La mano estaba clavada a la madera con un cuchillo que la atravesaba de lado a lado.

Tony miraba al hombre con sus ojos gélidos. Levantó un brazo hacia Amos, sin mirarlo.

Amos se detuvo. Conocía al otro hombre. Trabajaba para don Lionello Ciccone.

—¿Quién está detrás de tu jefe? —dijo Tony sin dejar de mirar al hombre—. Es la última vez que te lo pregunto.

—¡Le juro que no lo sé, señor! —respondió el hombre. Tenía el rostro deformado por el dolor.

En ese momento Amos se dio cuenta de que también le habían arrancado las uñas de la mano clavada a la mesa.

Tony agarró el cuchillo y lo extrajo de la mano y de la madera.

El hombre gimió y se llevó la mano al pecho, apretándose la muñeca con la otra mano, como si pudiese aliviar así el dolor.

Tony sonrió.

—Dentro de poco ya no sentirás dolor —le dijo en el tono reconfortante que emplearía un cirujano o un anestesista. Cuando en realidad estaba anunciándole su muerte.

Dos guardaespaldas lo levantaron en vilo y lo sacaron de allí.

Solo entonces Tony se volvió hacia Amos y le indicó con un gesto que se acercara y se sentara donde había estado el hombre que acababan de llevarse.

Amos se sentó y cruzó las manos encima de la mesa, a escasos centímetros de la mancha de sangre. La miró.

—Tendrás que arreglar la mesa. Le has hecho un buen agujero.

—¿De qué quieres hablarme? —le preguntó Tony.

«Hay una guerra», pensó de nuevo Amos. Nada de palabrería. De palabras huecas.

—Necesito una enorme cantidad de cocaína. Tus hombres me han dicho que no es el momento… y lo comprendo, por supuesto.

Tony lo miraba en silencio.

Amos sabía que había llegado el momento de hacer su jugada.

—Dame tus contactos y yo lo organizo todo. —Había que

tratar de crear confusión, desviarse del centro del problema—. A cambio, me haces un descuento.

Tony no respondió. Seguía mirando, sin expresión.

«Sé lo que está pensando», se dijo Amos. Pero Tony tenía los ojos tan fríos e inmóviles que parecían de cristal. Su mirada no rebelaba nada. Amos no podía ser optimista ni pesimista. Solo podía esperar. Y confiar en que Tony no se preguntase por qué le había pedido eso. En que no sospechase que tenía otra finalidad. Debía dar un rodeo.

—Eres un chulo de putas —dijo por fin Tony. Y luego, nada.

Amos sabía que tenía que esperar.

—Te las sabes arreglar siempre que se trate de chicas —continuó Tony—. Pero la cocaína quema más que las putas.

Amos continuó en silencio.

—La cocaína da mucho más dinero que las putas —dijo Tony—. Y podría ocurrírsete cambiar de oficio. —Se levantó—. Fin de la conversación.

—¿No quieres ni saber de qué cifra estamos hablando? —jugó su última baza Amos.

—¿Cómo se dice en hebreo «Fin de la conversación»?

También Amos se levantó. Sacaba a Tony casi dos palmos. Era capaz de alzar un quintal sin que le saliese una hernia. Era rápido con la navaja. Había sobrevivido en el gueto de Praga. No temía a nadie. Ni siquiera a Tony. Pero sabía que con las serpientes venenosas había que andarse con prudencia.

—De acuerdo —dijo—. Es una pena. —Se volvió para irse, pero antes le advirtió—: Nadie se cree que el imbécil de Ciccone te haya declarado la guerra él solo.

—Si nadie se lo cree, a lo mejor es verdad —dijo Tony.

—Por lo que sé, todavía no has descubierto quién es...

—¿Tú sabes algo?

—¿Quieres que lo averigüe para ti?

Tony lo miró en silencio.

Amos le sostuvo la mirada.

—Señor, una chica pregunta por usted —intervino en ese momento uno de los hombres de Tony.

—¿Qué quiere? —preguntó Tony sin dejar de mirar a Amos.

—Dice que busca a un hombre y que a lo mejor usted sabe dónde está —respondió el guardaespaldas.

—Día de audiencias —bromeó Amos.

—Hace mucho que no veo a una mujer. Si es guapa, déjala pasar —concedió Tony, y sonrió.

—Es mucho más que guapa. —El guardaespaldas se rio—. ¿Tengo que cachearla?

—Si acaso, ya lo haré yo —respondió Tony—. Adiós, proxeneta —dijo a Amos.

—Que te diviertas —le deseó Amos con una sonrisa, y acto seguido se encaminó hacia la salida, conducido por dos gorilas.

Casi había llegado al vestíbulo en penumbra cuando entró la mujer que había sido anunciada. A contraluz, solo vio su silueta. Se detuvo en el patio para dejarla pasar. Y, cuando la vio, a la luz del sol, la miró admirado. Vestía un traje azul con dibujos de flores de jacarandá. Llevaba la larga melena negra suelta sobre los hombros. Sus ojos eran tan oscuros e intensos que parecían aún más negros que el negro. Como el fondo de un tintero.

La reconoció enseguida. No era una belleza que se olvidase.

La mujer lo dejó atrás y la acompañaron donde Tony.

Amos se quedó un momento quieto.

—Buenos días, señor —la oyó decir.

—¿Qué puedo hacer por ti? —le preguntó Tony.

—Estoy buscando a un hombre al que a lo mejor usted conoce. O al menos eso espero. No sé su apellido. Solo sé que se llama Rocco y que es de Palermo. Llegó…

—Y él está buscándote a ti —la interrumpió Tony, y se rio.

—Andando, judío —dijo uno de los guardaespaldas de Amos, y lo empujó hacia la salida.

Amos miró una vez más a la mujer y pensó que era un hombre con suerte. Con mucha suerte. Por las bromas del destino, dos personas podían encontrarse como si ese mundo de casi dos millones de habitantes fuese un pueblito de un centenar de almas.

Salió a la calle y se alejó riendo hacia la esquina donde su hombre lo esperaba con el automóvil.

—Da la vuelta al *palacio* y para en un punto desde donde se vea el portón —le dijo.

El automóvil recorrió las callejuelas que bordeaban el edificio. Luego, en la esquina del muelle de la Dársena Sur, se detuvo.

Amos vio salir a la mujer pocos minutos después. Iba hacia donde estaban ellos a paso tan rápido que parecía que corría. Tenía las mejillas sonrojadas por la emoción, los ojos negros brillaban al sol, los labios entreabiertos en una expresión de felicidad y sorpresa. Estaba todavía más guapa.

Cuando llegó a la altura del automóvil, Amos abrió la portezuela y se apeó, esbozando una leve reverencia.

—Buenos días, señorita —la saludó—. Tony me ha pedido que la lleve en coche.

Rosetta lo miró, perpleja.

—Nos hemos visto en la casa de Tony hace cinco minutos. ¿No lo recuerda? —dijo Amos con su sonrisa más tranquilizadora grabada en la cara.

Rosetta asintió.

Amos dio un paso hacia ella.

—¿Cómo has dicho que te llamas, chica? —le preguntó sin dejar de sonreír.

—Lucia Ebbasta.

«Un nombre diferente del que me ha dicho el barón», pensó Amos. Lo había cambiado. La muchacha era lista.

—Vamos..., Lucia —le dijo conteniendo una carcajada.

«Lista, pero con mala suerte», pensó. La agarró de un brazo y la llevó hacia el automóvil.

A Rosetta le pareció que el gesto había sido demasiado brusco.

No bien entraron en el coche, Amos echó los seguros de las portezuelas y el conductor arrancó.

—¿El señor Zappacosta le ha dicho adónde hay que ir? —preguntó Rosetta.

—Tú no te preocupes —respondió Amos.

Rosetta se dio cuenta de que su voz y su expresión habían cambiado.

El coche giró, alejándose del puerto.

—¿Por aquí no se va al centro? —preguntó Rosetta al notar que había algo raro—. ¿Adónde vamos?

—Calla —susurró Amos.

—¿Adónde me llevan? —dijo Rosetta, alarmada, levantando la voz.

Amos le atizó una violenta bofetada.

—¡Cierra el pico, puta!

Y luego esbozó una sonrisa triunfal.

Necesitaba dinero. Mucho dinero. Y lo había encontrado.

54

Rosetta, después de que ese hombre grande y gordo le hubiera pegado en la cara, notó que la sangre le goteaba de la nariz a la boca.

Y en un instante pasó de la desenfrenada emoción de estar a punto de encontrar a Rocco al terror ciego de esa situación que era incapaz de comprender. Pero no dijo una sola palabra más. No hizo más preguntas. Aquel hombre era peligroso. Un animal.

Se abandonó en el asiento de cuero del automóvil, que corría por las calles de Buenos Aires. Tenía los ojos muy abiertos por el miedo y la cabeza anestesiada, muerta. Era un desierto en el que no había un solo pensamiento.

Hasta que el coche se detuvo delante de un edificio de color mostaza con las persianas bajadas. La hicieron apearse y entrar en él. Sin que mediara una palabra.

En el vestíbulo, a Rosetta la asaltó un olor compuesto por muchos distintos. Los efluvios acres del alcohol. El olor a rancio de los cigarrillos, que se pegaba por todas partes como una hiedra invisible. Sudor, mal aliento, perfumes baratos, pedos, orines, mierda. Y, por último, entre todas aquellas pestilencias, aisló un olor terrorífico que le produjo arcadas, porque no había vuelto a respirarlo con tanta intensidad desde un tórrido día en Alcamo. Olor a sexo. El mismo olor nauseabundo que notó el día que la violaron. Olor a lodo masculino, a humores femeninos, a sangre.

Y entonces supo dónde se encontraba.

—No... —murmuró—. No...

—Andando —ordenó Amos, y la empujó por un pasillo oscuro.

Mientras avanzaba, Rosetta se cruzó con miradas de hombres mal rasurados, con caras sucias y sudadas, y de chicas jóvenes con ojos de viejas y cuerpos ajados como flores sin agua.

No cabía duda. Estaba en un burdel.

—No, por favor... —dijo.

Amos no le respondió, abrió una puerta y la hizo entrar en una habitación apartada. Olía a tabaco. Y a brandi. Y al polvo que cubría las alfombras.

La estancia estaba en penumbra. Solo había una débil luz encima de un escritorio.

Rosetta reparó en que las persianas estaban echadas. Y en que las ventanas tenían barrotes. Como en una cárcel.

Dos gorilas cerraron la puerta y encendieron más lámparas.

Pero la luz cálida y amarillenta no hizo menos fría esa habitación para Rosetta. Ni menos terrorífica.

—¿Qué quieren de mí? —dijo.

Amos le dio una bofetada.

—Cada vez que abras la boca, te pegaré —la amenazó con voz glacial, tranquila—. ¿Te queda claro?

Rosetta asintió en silencio.

Amos se volvió hacia uno de los gorilas.

—Llama a Adelina. Dile que venga.

El gorila salió de la habitación.

—Tú quédate al otro lado de la puerta —ordenó Amos al hombre—. Solo puede pasar Adelina.

También el segundo gorila salió.

Poco después llamaron a la puerta.

—Adelante —dijo Amos.

La puerta se abrió, y Rosetta vio entrar a una mujer de negro. Tenía una cicatriz que le atravesaba la mejilla derecha. También su oreja estaba mutilada por la parte superior. Podía tener entre treinta y cincuenta años. Imposible saberlo con certeza. Estaba consumida como un vestido ajado. Era brusca y contenida. Evitaba encontrarse con la mirada de Amos. Lo temía.

—Queda bajo tu responsabilidad. Solo puedes entrar tú —dijo Amos.

—¿Y si necesito la ayuda de una chica?

—Haz lo que quieras, pero recuerda que queda bajo tu responsabilidad.

—¿Puedo drogarla? Así se estará quieta.

—Ya te he dicho que me da lo mismo. Haz que se desnude.

—No… —gimió Rosetta.

Amos levantó la mano para pegarle.

Ella se encogió tapándose la cara.

Amos no le pegó.

Un instante después, Rosetta se enderezó.

En cuanto mostró la cara, Amos le soltó una bofetada. Y luego se encaminó hacia la puerta.

—Ha de mantenerse íntegra —le ordenó a Adelina al salir.

—Desnúdate —dijo entonces Adelina.

Rosetta meneó la cabeza en una muda negativa.

—O lo haces tú misma, o tendré que llamar a Amos —le espetó Adelina con voz fría, carente de emoción—. Si lo hace él, tú bonita piel quedará llena de moretones en un santiamén.

—¿Por qué estoy aquí? —preguntó Rosetta.

—No lo sé ni me interesa.

Rosetta bajó la mirada al suelo.

—Por favor, señora…, ayúdeme —susurró.

Adelina prorrumpió en una carcajada ronca en la que no había la menor alegría, sino solo rencor y desprecio.

—¿Quién crees que me ha hecho esto? —Se acarició el costurón de la mejilla—. ¿Y esto? —Se señaló la oreja partida. La miró—. Ayúdeme —la imitó—. ¿Iba yo a enfrentarme al diablo por ti? —Prorrumpió de nuevo en esa carcajada que solo manifestaba ira—. Que te jodan —le espetó, y había odio en sus ojos. Pese a que no la conocía. Sin motivo.

Rosetta se acordó de un cachorro de perro que, en Alcamo, un campesino rudo y violento había arrancado a la madre nada más nacer. El campesino le puso un collar y una cadena. Después prácticamente se olvidó de él, salvo cuando lo molía a patadas sin razón. Al principio, Rosetta, cuando nadie la veía, llevaba comida al perrito y lo acariciaba. Pero cuando el animal creció, casi estrangulado por el collar que el campesino se empeñaba en no cambiarle, de tantas vejaciones y patadas empezó a gruñirle también a ella. Hasta que un día la mordió. Tenía los ojos inyectados en sangre, babeaba, el cuerpo lleno de llagas, infinidad de veces le había partido las costillas. Se había convertido en una fiera. Nadie, salvo el campesino, se le acercaba. Y entonces el perro, o lo que quedaba de él, agachaba la cabeza y esperaba su ración de patadas y palos sin rebelarse.

Rosetta observó a la mujer y vio en ella a ese perro.

—Desnúdate —repitió Adelina.

Rosetta empezó lentamente a desatarse el vestido azul con flores de jacarandá. Y se quitó los zapatos azules con borlas violetas con forma de flores que Tano le había hecho con sus propias manos por Navidad.

—Todo —dijo Adelina.

Rosetta estaba a punto de llorar. Pero no lo haría delante de esa mujer. Se quitó las bragas y el sostén.

Adelina tomó la ropa y la dejó junto a la puerta. Luego fue a una vitrina, la abrió con una llave que tenía en el bolsillo, sacó una botella de cristal llena de un líquido ambarino, humedeció un pañuelo de aspecto sucio, volvió a colocar la botella donde estaba y cerró la vitrina. Tendió el pañuelo a Rosetta.

—Límpiate la sangre.

Rosetta se pasó el pañuelo por la nariz y el labio superior. Le escocieron. Le devolvió el pañuelo, teñido de rojo.

Adelina se guardó el pañuelo en el bolsillo y se dirigió hacia la puerta.

—Dígame al menos por qué —volvió a intentarlo Rosetta.

Adelina se encogió de hombros.

—Es imposible que logres huir de aquí —respondió—. Pero aunque lo consiguieras, ¿cuánto camino crees que podrías recorrer desnuda? —Rompió a reír. Agarró el lío de ropa y los zapatos, y abrió la puerta.

—No... —dijo Rosetta—. ¿Por qué estoy aquí?

—Ya te he respondido. No lo sé ni me interesa.

Sentada en un sofá mullido de piel oscura, Rosetta cruzó los brazos sobre el pecho, tratando de estar menos desnuda.

—¿No has oído a Amos? Ha dicho «íntegra». ¿Sabes qué significa eso? —preguntó Adelina.

Rosetta negó con la cabeza.

—Que nadie te follará —le aclaró Adelina, y volvió a reírse de esa manera repulsiva que era como si vomitase veneno. Acto seguido salió.

Rosetta oyó que cerraban la puerta con llave.

Poco después, Adelina volvió a entrar. Llevaba un vaso.

—Tómate esto…

—¿Qué es?

—Agua.

—No tengo sed.

—Tómatelo o llamo a dos hombres que te lo harán tragar con un embudo.

Rosetta se lo tomó. Notó un leve sabor amargo.

Adelina volvió a salir.

Rosetta permaneció inmóvil, humillada por esa desnudez impuesta. Entonces empezó a notar una leve sensación de nausea. Al cabo de poco tiempo se dio cuenta de que se balanceaba un poco, que le costaba mantenerse recta. Y notó los músculos laxos, como si quisieran relajarse. Y al final empezó a notar una sensación rara. Era como un runrún en la cabeza, no en los oídos. Un runrún leve que acallaba todos los pensamientos angustiosos. Como el de una madre que arrullara a su niño para que se durmiera. «Chist…, chist…, chist…» Y lentamente se abandonó.

«Estoy buscando a un hombre… Se llama Rocco…», oyó en su mente. Y luego vio a ese hombre que parecía un enano sentado a una mesita blanca con una mancha… ¿de qué? ¿De salsa de tomate? No, era sangre, estaba segura. Pero él, el enano, se había reído y dicho: «Y él está buscándote a ti». Rocco la buscaba. «¿Lo sabías?», le había preguntado el enano, el señor Zappacosta, que debía de ser feroz como el zorro cuando se mete en un gallinero. Sin embargo, a pesar de todo, ese hombre había hablado de Rocco como si…, como si… Nada, no conseguía concentrarse. Cada vez le costaba más pensar y recordar.

—Sí, él sabía que Rocco me busca —masculló con esfuerzo.

Los músculos de su boca tampoco querían moverse. Deseaban descansar. Como si hubiesen corrido mucho. Hablado mucho. Pensado mucho. Visto mucho.

Trató de aguantar. Quería recordar el momento en que el enano le había dicho dónde encontraría a Rocco. Muelle cinco. El viejo taller del Gordo. Se quedó quieta. Porque no sabía si romper a reír o a llorar. Y después... ¿qué había pasado después? ¿Por qué estaba allí? ¿Por qué no le permitían que encontrara a Rocco?

Pero eran preguntas difíciles. Su mente se apagaba.

Se pellizcó el brazo con la poca fuerza que le quedaba para evitar que la venciera esa flojera que la liberaba de la angustia.

Y en ese instante, como si su mente hubiese vuelto de repente a funcionar, cayó en la cuenta de que esa noche no regresaría a casa. Y solo en ese instante la asaltó un miedo auténtico, de esos que estremecen el cuerpo entero, pese a que no hacía frío. Pese a que su alma se apagaba de nuevo. Vio a Tano y a Assunta esperándola, y el único pensamiento sensato que tuvo fue que ya habían perdido una hija y que no era justo que perdiesen otra. Y luego pensó que había estado apenas a un cortísimo paso de Rocco y que ya antes lo había perdido una vez. Y, por último, pensó en sí misma. Y se dijo que no era justo que se perdiera ahora que estaba reencontrándose.

Luego, como si esos pensamientos pesaran demasiado, en su cabeza se hizo el silencio. Como si ella misma no estuviese allí.

Bastante rato después —Rosetta no sabía cuánto—, Adelina volvió. Llevaba una bandeja con carne.

—Come —le dijo antes de salir.

Poco después regresó con un orinal de porcelana esmaltada.

—Por si tienes que mear o cagar. —También le dio un vaso—. Bebe.

Rosetta sabía que no debía beber porque si lo hacía se sumiría en ese mundo cenagoso en el que dejaba de existir. Pero no tenía fuerzas para no hacerlo. Y bebió.

Adelina tomó la bandeja y se la llevó.

Rosetta oía risas de hombres y de mujeres, música. La peste de aquella vida viciosa se colaba por debajo de la puerta de su celda.

Luego de nuevo se hizo el silencio en su cabeza. Y se durmió, desnuda y humillada, en el sofá mullido de piel oscura.

La despertó Adelina. Otra bandeja. Mate caliente y galletas.

Podía ser la mañana del día siguiente, había perdido la noción del tiempo.

Había una chica con Adelina. Rubia. Joven. Un ángel con la mirada vacía, como si le hubiesen arrancado los ojos. Como si se los hubiesen reemplazado por dos bolas de colores, magníficas e inútiles. Pero mientras se agachaba para recoger el orinal, le acarició la rodilla con su mano blanca, casi transparente.

—Libertad, date prisa —rezongó Adelina.

Libertad vació el orinal y se marchó, como un autómata.

Y Rosetta se quedó otra vez sola. Y de nuevo pasó el tiempo, sin que pudiese calcularlo. Y volvió el silencio en la cabeza, a la vez terrible y reconfortante.

Después, a saber cuánto rato después, oyó voces al otro lado de la puerta. Voces de hombres. Reconoció a Amos. Otra voz también le sonaba, pero no sabía de quién era.

—Ahora tendrá la prueba —dijo Amos—. Eso sí, luego deberemos hablar de negocios. Cada cosa tiene su valor y su precio.

—Abra —dijo la voz que le sonaba.

Era aguda. Casi femenina. O de castrato. A Rosetta le dio un vuelco el corazón. Y sintió más miedo, incluso en aquel limbo.

La cerradura sonó. El pomo bajó lentamente. La puerta se abrió.

Rosetta se encogió en un rincón.

Y en la puerta apareció el barón Rivalta di Neroli.

—Le pagaré —dijo dirigiéndose a Amos, detrás de él aunque sin apartar los ojos de Rosetta—. Pero no se le ocurra tocarle ni un pelo.

Y sonrió. Una sonrisa tan lasciva que un chorrito de saliva se le derramó por la barbilla.

—Ella es mía.

Rosetta sintió que se le paraba el corazón.

No había droga capaz de anestesiarla tanto.

—Ella es mía —repitió el barón.

55

—Eres un fantasma...

—A veces lo creo...

Tony miraba sorprendido las marcas del fuego que habían deformado para siempre los bonitos rasgos del rostro del Francés y el bastón de viejo en el que se apoyaba para sostenerse en pie.

—Decían que estabas muerto —comentó al fin.

—Lo he intentado, pero no lo he conseguido —respondió el Francés, al lado del gorila que lo había acompañado donde el jefe.

Tony no lo invitó a sentarse. Tenía un humor de perros. Habían matado a otros dos de sus hombres en una emboscada. Era como si intuyesen sus movimientos. La guerra no iba como se había imaginado. En efecto, era mucho más compleja. Se desarrollaba en un terreno diferente al del enfrentamiento directo. Una emboscada tras otra. Él mismo se sentía cada vez menos seguro. Tal vez había un traidor entre los suyos. Pero no tenía la menor idea de quién podía ser. Bastiano se ocupaba de eso todo el tiempo y, sin embargo, no conseguía descubrir al traidor ni averiguar quién se ocultaba detrás de Lionello Ciccone.

—¿Qué quieres? —masculló rápidamente.

El Francés había decidido ir a hablar con Tony desde que esa guerra de la que hablaban los periódicos empezó. Pero desde la noche anterior tenía otro motivo. Más apremiante.

—¿Por casualidad ha venido una chica que buscaba a un hombre? —le preguntó.

—¿Y a ti eso qué te importa?

El Francés había recordado que unos días antes Rosetta mencionó a Tony. Después la vio sonreír de una manera extraña y notó que se le iluminaban los ojos. A lo mejor eso no significaba nada. Aun así, podía ser también un indicio.

—No ha regresado a casa —respondió a Tony.

Tony se encogió de hombros.

—Habrá encontrado al hombre que buscaba y estarán divirtiéndose.

—No es de esa clase —replicó el Francés.

—¿Y a ti eso qué te importa? —repitió Tony más despacio.

—Le debo un favor.

Tony lo miraba con sus ojos de hielo, inexpresivos.

El Francés añadió:

—Grande.

—¿Muy grande?

—La vida —respondió el Francés sin vacilar.

Algo se movió en los ojos de Tony. Imperceptiblemente.

—¿Es bastante grande? —le preguntó el Francés.

Tony asintió.

—Estuvo aquí. Le dije quién era el hombre y dónde podía encontrarlo. Yo sabía que él también la busca. Todo el mundo busca a esa chica. Hasta un barón siciliano estuvo aquí. Me ofreció dinero. Y seguramente la busca la policía.

—¿Y por qué ibas a mandarla donde el hombre en vez de pedir dinero al barón por ella?

—Eso no es asunto tuyo.

—¿Dónde encuentro al hombre? —lo apremió el Francés.

Tony lo miró en silencio.

—Por favor...

—Ante todo, cuando te he dicho que probablemente la chica estaría divirtiéndose con el hombre, me has respondido que ella no era de esa clase —le recordó Tony—. Puedo asegurarte con la misma certeza que él no es de la clase de hombre que le haría daño.

—Lo sé.

—¿Cómo lo sabes?

—Es quien la ayudó a escapar del Hotel de Inmigrantes —respondió el Francés. Había que jugar con las cartas destapadas.

Tony asintió. Pero todavía no estaba dispuesto a hablar.

El Francés se dio cuenta de que llevaba una buena baza. Podía decírselo incluso gratis. Había ido ahí por eso.

Pero a lo mejor ahora podía convertirse en una moneda de cambio.

—¿Has descubierto quién está detrás de Ciccone? —le preguntó a bocajarro.

La expresión de Tony cambió radicalmente.

—¿Tú lo sabes?

—Sí.

—Habla.

—Dime dónde encuentro a ese hombre.

Tony se levantó y se le acercó. Luego, de repente, dio una patada al bastón en el que el Francés se apoyaba.

Y este, sin apoyo, se tambaleó.

Tony lo agarró de un brazo para impedirle caer. Lo miró a los ojos.

—¿Crees que puedes negociar conmigo? —Su voz sonaba tan fría que parecía salida directamente de un glaciar—. ¿Crees que no sé hacerte hablar?

El Francés sintió que un escalofrío le recorría la espalda. No necesitó imaginarse qué podría hacerle Tony. Lo veía en aquella mirada terrorífica que no le quitaba de encima. Pero lo que más miedo le dio fue comprender que Tony no se divertiría. No experimentaría la menor emoción.

—Amos… —dijo deprisa.

Tony arrugó las cejas y le apretó con más fuerza el brazo. Le miró las quemaduras de la cara. Se había enterado de aquella historia entre proxenetas. Y supo que Amos había ganado.

—¿Crees que puedes usarme para vengarte, cabrón? —dijo.

—Lo espero con toda mi alma —respondió el Francés.

Tony lo observó otra vez. Al cabo se agachó, recogió el bastón y se lo entregó.

—Es la mejor respuesta que podías darme —dijo, y se sentó de nuevo. Le indicó con un gesto que hiciera lo mismo—. Pero ahora tienes que convencerme.

El Francés se sentó en una de las sillas.

—Amos se ha hecho con un arsenal durante los últimos meses. Un chulo de putas no necesita tantas armas. A menos que se disponga a empezar una guerra.

—Si hubiese comprado armas, me habría enterado —dijo Tony.

—¿Por qué? ¿También tienes negocios en Montevideo? —replicó el Francés.

Tony cruzó los dedos de las manos, los apoyó en la mesa y se inclinó.

—Prosigue.

El Francés vio un agujero en la mesa. Por dentro estaba muy rojo.

—Me he enterado por casualidad. Y quizá soy el único que lo sabe —continuó, repitiendo las palabras del viejo André. No podía involucrar a André. Se lo debía. Tenía que fingir que le había pasado a él. Aunque corría un riesgo—. Estaba en Montevideo comprando dos chicas y... lo vi. Negociaba con unos mercenarios.

—¿Cómo carajo sabes que eran mercenarios?

—Porque me lo dijo el tipo al que quería comprarle las chicas. Amos estaba en su burdel. Y los mercenarios eran clientes de ese tipo. Le gustaban sus putas. Me contó que lo oyó acordar con Amos el precio de las armas y los hombres.

Tony estaba inmóvil. Lo miraba, pero no lo veía. No movía un músculo. No parpadeaba. Ni siquiera respiraba. Podía incluso dar la impresión de que el corazón había dejado de latirle. Pero en su cabeza había un huracán. Y el huracán había despejado la niebla. Y ya lo había comprendido todo. Se levantó.

—¡Bastiano! —gritó con las venas del cuello hinchadas—. ¡Bastiano!

Cuando el contable apareció, Tony aparentaba tranquilidad. Con un gesto le indicó que se acercara. Sacó entonces la pistola, la agarró por el cañón y golpeó a Bastiano con la culata de nácar en la frente, y siguió golpeándole incluso cuando ya estaba en el suelo.

—Tengo que averiguar cómo están los asuntos de un chulo —jadeó. Parecía el ruido sordo de un volcán.

Bastiano gemía, de rodillas, con el rostro ensangrentado. Trozos de piel desgarrada le colgaban de la frente como horribles franjas. Las gafas estaban en el suelo, con los cristales rotos.

—¿Por qué? —preguntó Tony en un tono casi dolorido, casi ingenuo, casi infantil, sin dejar de sujetar la pistola por el cañón—. ¿Por dinero? ¿Cuánto te ha pagado?

—¿Quién? —farfulló Bastiano—. ¿De qué habla...? —Pero sus ojos evitaban toparse con la mirada inquisidora de su jefe, moviéndose sin parar de un lado a otro como bolitas que rebotan en una pared invisible.

Tony, como un malabarista, lanzó la pistola al aire y la agarró por la culata. Tomó el cojín de su silla, lo puso en la cara de Bastiano, hundió el cañón de la pistola y apretó el gatillo. El cojín atenuó el ruido del disparo. El cuerpo de Bastiano se movió hacia atrás por el impacto del proyectil. Tony permaneció quieto, con la pistola humeante en una mano y el cojín en la otra. El rostro de Bastiano estaba irreconocible, totalmente destrozado. En el suelo de terrazo se extendía un charco de sangre negruzca y trozos claros de cerebro. Y sobre todo ello fueron depositándose las plumas del relleno del cojín, que caían como una penosa nevada.

Tony miró a sus hombres.

—Quien esté en la nómina de Ciccone o en la del judío más vale que desaparezca antes de que yo sospeche de él. Pero el que se quede tiene que estar dispuesto a cortarse los huevos por mí.

Los miró de uno en uno.

Todos le sostuvieron la mirada.

—Muy bien —dijo entonces Tony. Escupió sobre el cadáver de Bastiano—. Ahora habrá menos emboscadas inexplicables.

Los hombres también escupieron sobre el cadáver de Bastiano.

Tony se volvió hacia el Francés.

—Te debo un favor, proxeneta. Cuando sea el momento, te lo

devolveré. Te dejaré asistir a la muerte del judío. Y, si quieres, podrás freírle los huevos.

El Francés creyó que Tony lo mataría también a él. Que se desharía de un posible testigo. Pero no lo había hecho. Le estaba agradecido.

—¿Dónde encuentro al hombre que estaba buscando a la chica? —le preguntó. Y sintió que ya no había miedo en su voz.

Mientras esperaba la respuesta, miró a Bastiano, en el suelo. El charco de sangre ya le rozaba la punta de los zapatos. Pero no se apartó. «El día que asesinaron a Lepke, algo se me rompió por dentro», pensó. Como si la muerte ya no lo impresionase.

—Rocco Bonfiglio. Aquí, en La Boca. En el muelle cinco. En el viejo taller del Gordo —respondió Tony mecánicamente. También miraba a Bastiano mientras razonaba deprisa—. Así que ahora sabemos el motivo de esta guerra... —dijo en voz alta—. El puerto y Ciccone no tienen nada que ver, no son más que una engañifa. Por eso Amos ha venido a pedirme los contactos del tráfico de cocaína. Ese es el objetivo. Y sabía que yo no sospechaba un carajo. —Volvió a escupir sobre el cadáver de Bastiano—. Pero esos contactos no los conocías ni siquiera tú, cabrón. —Le dio una patada violentísima. Se oyó un ruido sordo, amortiguado, de algo que se rompía—. ¡He hecho el imbécil! ¡Desde el principio! —gritó. Se volvió hacia sus hombres—. Cortadle la cabeza y tiradla delante del Chorizo cuando haya más gente —ordenó—. El resto del cuerpo echadlo frente a la casa de Ciccone. —Esbozó una sonrisa cortante como una navaja—. Que ellos junten los trozos, si quieren.

Uno de los hombres se alejó.

El Francés ya iba a irse, pero se detuvo.

—¿Por qué lo has matado antes de que te lo contase todo? —preguntó.

Tony se sentó.

—No me habría podido fiar de nada de lo que me hubiese contado —respondió—. Y no se construye una casa en arenas movedizas.

El Francés no sabía por qué seguía allí hablando con Tony. Y sin embargo algo lo retenía.

—¡Para salvarse habría confesado!

Tony lo miró. Su mirada era seria. Negó con la cabeza.

—No —respondió—. No habría confesado la verdad, sino la verdad con la que esperaba salvar su culo. Es distinto, ¿no crees?

El Francés asintió.

—Es mejor empezar por algo seguro…, es decir, sabiendo que esa mierda era el traidor que estaba buscando —continuó Tony—, en vez de seguir con las dudas que habría sembrado.

Le señaló la silla que había delante de él. Sonrió, como si fuese una charla normal y mundana.

El Francés se sentó.

Tony ordenó con un gesto al gorila que se apartase. Bajó la voz.

—Y ahora mis hombres saben muy bien qué significa estar en guerra. Ahora ellos tampoco tienen dudas.

El Francés estaba como hipnotizado por aquel minúsculo hombre que tenía la fuerza y el carisma de un gigante.

—¿El tal Rocco es uno de tus hombres? —le preguntó.

Tony se rio.

—¡Ojalá lo fuera! —Meneó la cabeza—. No. Solo es mi vía de escape en el supuesto de que todo se vaya a la mierda. Tiene un proyecto extraordinario.

El Francés se quedó un momento inmóvil y poco después se dispuso a levantarse.

—Una chica de bandera —empezó a decir Tony, absorto—. Cuando llegó, me fijé en que Amos se detenía y la miraba con insistencia —continuó, como si siguiese una idea. Pero luego se encogió de hombros. La idea se le había escapado—. Sin embargo, eso forma parte de vuestro oficio, ¿no? —bromeó con el Francés.

—En este momento, yo que tú no lo vería como un proxeneta —dijo el Francés.

—Y te equivocarías —replicó Tony, siempre absorto, como si aún persiguiera esa idea resbaladiza como una anguila—. Los hombres son lo que son, y punto. En cualquier situación. Él es un proxeneta haciendo la guerra. Y la llevará adelante así, como un proxeneta. —Mientras hablaba ya no miraba al Francés, sino a un punto fijo de la mesa que veía borroso, como si estuviese razonando en voz alta solo para sí mismo—. Explotará a Ciccone. Tendrá mercenarios, no hombres. Les pagará creyendo que son como sus putas, que por pocos pesos abren las piernas y la boca. Y aquellos se sentirán molestos. Hasta a los criminales les gusta que los traten como Dios manda. Incluso si son mercenarios. Pero si los tratas como a putas, se irán a la primera de cambio con otro proxeneta. —Sonrió y miró al Francés, aunque seguía sumido en sus reflexiones—. Los proxenetas sois maricas con culo ajeno. —Dio un manotazo en la mesa y enseñó un puño—. ¡Y eso será la ruina de Amos! —Por un momento pareció que hubiera terminado de hablar. Pero enseguida murmuró, serio—: Lo que no significa que lo menosprecie. Al revés. No es fácil entrar en la cabeza de un chulo de putas. Sois algo intermedio entre el hombre y la mujer..., al margen de vuestros gustos sexuales. No sois ni una cosa ni otra.

El Francés escuchaba fascinado.

Tony dio de repente con la idea que estaba buscando. Miró al Francés, ahora interesado. En sus ojos gélidos brillaba una intuición.

—Tú quieres vengarte, ¿verdad? —le preguntó.

—Ya te lo he dicho. Con toda mi alma.

Tony asintió.

—¿Quieres ser mi consejero de guerra?

—¿Eso qué significa?

—Que serás mi estratega.

—Yo no sé una mierda de guerra.

Tony se rio.

—Pero eres un proxeneta. Piensas como un proxeneta. —Se inclinó hacia él, estiró los brazos y con sus manos de enano agarró los hombros del Francés—. Lo que quiero de ti es que pienses en cómo me harías la guerra. Imagínate que eres rico, que tienes armas, un ejército de mercenarios y un aliado mafioso al que has prometido el control del puerto a cambio de la distribución de la cocaína. Obsérvame, estudia mis puntos débiles, inventa estrategias para joderme. —Sonrió—. Tranquilo. No tienes que arriesgar el pellejo. No tienes que empuñar una pistola. Solo tienes que hacer de marica con mi culo. —Le soltó los hombros—. El culo lo pongo yo. ¿Qué dices?

El Francés sintió una especie de arcada. «A lo mejor es miedo», pensó. O a lo mejor era emoción. Tuvo la sensación de ser más fuerte.

—Con una condición.

—¿Cuál?

—Debemos encontrar a Rosetta.

Tony lo miró. Luego meneó la cabeza.

—Era lo que me quedaba por conocer, ¡un chulo de putas sentimental!

El Francés lo miró, confiando en que Tony no reparase en el vértigo que sentía. No se creía lo que estaba haciendo.

—Vamos a ver al muchacho —dijo Tony poniéndose de pie—. Ese pobre cree que no va a pasarle nada, pero resulta que Bastiano lo ha jodido bien. —Sonrió de una forma nueva, como si hasta él pudiese tener expresiones humanas—. Mierda, yo también estoy volviéndome sentimental.

Entretanto, el hombre de Tony que poco antes se había apartado había vuelto de la cocina con un cuchillo de carne de hoja larga y un hacha, como las que se usan para partir chuletas, y se disponía a decapitar a Bastiano.

—Ponlo en hielo —aconsejó el Francés a Tony—. Guárdalo durante un tiempo.

Tony lo miró intrigado.

—De nada vale dar a esos idiotas la ventaja de saber que los has descubierto —dijo el Francés.

Tony rompió a reír.

—Sí, serás un buen consejero.

56

Era imposible saber quién estaba más pasmado por lo que había ocurrido, si Rocco o Raquel.

Rocco había descubierto que el chiquillo al que cuidaba era una chiquilla. Y, por si eso fuese poco, no una chiquilla cualquiera, sino aquella que escribía los extraordinarios artículos de los que se hablaba en todo Buenos Aires.

Pero la sorpresa de Raquel no fue menor que la de Rocco ante ese descubrimiento, aunque menos evidente en apariencia. No solo no se había enfadado, tampoco se había escandalizado ni se había sentido burlado, y encima se había echado a reír, encantado y orgulloso de que Ángel fuese, en realidad, aquella chiquilla a la que él apreciaba tanto. Pero sobre todo —y eso a Raquel, más que asombrarla, la emocionó profundamente—, cuando Rocco conoció bien su dramática historia, la abrazó con fuerza largamente y en silencio. Un silencio que valía más que mil palabras.

Un silencio que se prolongó toda la noche mientras ambos fingían dormir. Porque tenían que digerir el asunto. Tan confundidos estaban.

Ahora, recién levantados, se miraban.

Rocco sonreía de una manera tan plena de humanidad que a Raquel le parecía que no enseñaba solo los dientes blancos y perfectos sino el mismísimo corazón, ese corazón generoso y tierno.

Y ella le sonreía también, con los ojos todavía hinchados de tanto llorar, mientras todos los nudos que tenía dentro se desataban, uno tras otro, haciendo que se sintiera protegida.

—Pero ahora no sé bien qué se debe hacer —dijo Rocco, azorado.

—¿Hacer qué? —preguntó Raquel temiendo que se refiriese a la relación que había entre ellos.

Rocco señaló los pantalones manchados de sangre.

—Yo... —masculló con timidez— no tengo experiencia con... estas cosas.

Raquel sintió un profundo alivio. Se rio, y se puso colorada.

—Yo sí. Bueno, yo sé qué se hace.

De nuevo se hizo el silencio. No podían fingir. Pero a la vez no era fácil afrontar esa conversación.

—¿Y ahora qué harás? —Raquel fue directamente al grano—. ¿Lo contarás a los demás?

—¿Eres tonto? —saltó Rocco—. Perdona..., quería decir tonta... en el sentido de que..., no te ofendas, es que tengo que acostumbrarme a hablarte sin palabrotas, como si fueses una mujer..., o sea, que ya sé que eres una mujer, pero es que sigo viéndote... —Hizo una pausa—. Y... ¿cómo te llamas?

—Raechel Bücherbaum. Pero aquí, cuando llegué, me inscribieron como Raquel Baum.

—Ah... Ajá.

Otra vez silencio.

—Oye, Raquel... —continuó diciendo Rocco, cohibido—. ¿Te molesta que siga llamándote Ángel?

—No —dijo Raquel—. Tampoco que me llames piltrafilla. —Se rio.

Rocco también se rio.

—Bueno, eso ya lo veremos... A lo mejor delante de los otros, para que no se den cuenta. —La miró serio y respiró hondo.

Raquel le vio unos lagrimones en los ojos.

—Oye... —A Rocco le costaba hablar—. El nombre de la tal... Tamar... ¿es verdadero o inventado?

—Verdadero —respondió Raquel con voz triste.

Rocco dio un respingo.

—¡Si fueses hombre, te llamaría gilipollas! —estalló—. ¿Te das cuenta de lo que has hecho? ¿Te das cuenta de que el asesino de esa pobre chiquilla sabe quién eres? O de que por lo menos sabe a quién buscar. ¿En qué carajo estabas pensando? —Se enfureció.

—Había que hacerlo —protestó Raquel con orgullo.

—¡Da lo mismo entonces que vayas por ahí contando que eres la chiquilla que escribe los artículos! —gritó Rocco—. Si fueses hombre, juro que te molería a palos.

—Había que hacerlo —repitió terca Raquel.

Rocco la miró, tratando de contener la ira. Pero detrás de esa frágil fachada rabiosa estaba en realidad su preocupación e inquietud.

—De manera que ese día que huiste fue porque habías visto a Amos —razonó, encajando las piezas—. Él es el asesino.

—Sí. —La voz de Raquel fue un murmullo.

—¿Y la otra, la de la cara marcada?

—Es la mano del diablo —dijo llena de rencor Raquel.

—A veces los criados me dan más asco que los amos —gruñó Rocco.

—A mí también.

—Esa hija de puta te miraba, lo recuerdo... —dijo Rocco, que seguía rumiando—. Seguramente no se dio cuenta de quién eras... Pero ahora podría atar cabos. —Guardó silencio, concentrado—. Por suerte, no te vio conmigo. Sin embargo, podría...

De repente, fue hasta la cama de Raquel y tomó el número de *Caras y Caretas*. Golpeteó con un dedo el dibujo de la portada.

—¡Se te parece! ¿Por qué? ¿Te conocen?

—No, pero... —Raquel estaba confundida—. Puede que el otro día Alfonsina Storni me viera y que reparase en que era yo, y entonces...

—¡Y entonces te describió al dibujante! —Rocco tiró al suelo la revista, con rabia—. ¡La estrangulo! ¡Juro por Dios que la estrangulo!

—Pero ¡si tampoco se parece tanto a mí!

—Amos habrá situado hombres delante de la entrada de la revista —dijo Rocco—. No puedes volver allí.

—Pero...

—¡No hay pero que valga! Yo llevaré tus artículos. Tú no debes volver a pisar ese sitio, ¿comprendido? —La agarró por los hombros y la zarandeó—. ¿Me has comprendido?

Raquel asintió de mala gana. Le habría gustado conocer a Alfonsina Storni.

Rocco seguramente le leyó el pensamiento.

—Escúchame bien... Amos es peligroso. Tú lo sabes mejor que nadie... Has visto de qué es capaz. Es un animal. Tienes que ser precavido... precavida... precavido. —Hizo una mueca—. Atiéndeme, incluso cuando estemos solos tenemos que hablar como si fueses hombre. Si no, estoy seguro de que acabaré equivocándome.

—Entonces ¿de verdad que no lo contarás a los demás?

—No debemos contárselo a nadie..., Ángel. No podemos fiarnos de nadie. Porque luego una noche, borrachos, quizá se les escaparía. Pueden joderte en un pispás. —Rocco la agarró de nuevo por los hombros—. Jura que no se lo explicarás a nadie.

—Lo juro.

—Después ya trataremos de arreglar las cosas —dijo Rocco.

—¿Cómo?

—Ahora no lo sé —le respondió Rocco—. Pero entonces podrás volver a ser mujer.

—A mí me gusta hacer de hombre —dijo Raquel.

—Pero eres mujer.

—No es justo.

—¿Qué pinta ahora la justicia?

—Las mujeres no pueden hacer las cosas que hacen los hombres. Y yo quiero poder hacerlas.

Rocco la miró mientras se sonrojaba.

—¡Claro! ¿Sabes lo que te digo? ¡Muy bien! —La tomó de un brazo y la arrastró hasta un rincón de la nave—. ¡Venga, echemos una buena meada contra la pared! —Fingió que se desabotonaba los pantalones.

Raquel se volvió de golpe.

—Eres mujer —le dijo entonces con delicadeza Rocco—. Y eso es... maravilloso.

—No es verdad.

—Sí que es verdad —insistió Rocco—. ¿Crees que un hombre habría sido capaz de escribir lo que tú has escrito? —La miró intensamente—. Ningún hombre habría hecho lo que tú has hecho.

—Pero...

—Pero no puedes hacer las cosas que hacen los hombres, lo he entendido —la interrumpió Rocco—. ¿Te interesa mear contra los muros? Supongo que no. De todos modos, nunca lo conseguirías. Entonces ¿qué es lo que te interesa de las cosas de los hombres?

—La libertad de poder elegir —respondió sin vacilar Raquel.

—Bien. Lucha por eso —dijo Rocco—. Escríbelo en esos artículos tuyos que son la polla.

—Mis artículos no son la polla —protestó Raquel.

—Sí, bonita mía..., o sea, bonito mío... —Rocco se rio—. Tus artículos son la polla y están escritos con unos tremendos huevos.

—¿Lo ves? —le espetó Raquel—. Siempre pensáis en la polla y en los huevos cuando queréis decir que algo es importante.

Rocco la miró.

—Me cago en la puta, tienes razón... Tienes toda la razón —Asintió lentamente—. De acuerdo. Yo no sé hablar como tú, pero... enséñame a pensar de otra forma.

—No soy más que una chiquilla.

—No, tú eres la polla..., o sea, que eres una chiquilla especial, nunca lo olvides —dijo Rocco—. ¿Cómo te ha llamado esa mujer de la revista? «Chiquilla extraordinaria...» Eso es lo que eres. Ninguna de las personas que conozco sabe... pensar como piensas tú. O sea, que ninguna de las personas que conozco..., eeeh..., intenta siquiera pensar... Y, de todos modos, ninguna de esas personas sabe poner tanto corazón como el que tú pones. Carajo, mierda, en fin... Todo Buenos Aires lee tus artículos, ¿te das cuenta? ¿Y sabes por qué? Porque tú... hablas al alma de la gente. Hablas por ellos. Por nosotros. O sea, que sabes usar palabras... que nosotros no sabemos usar.

Raquel se sonrojó violentamente.

—Los hijos tienen que superar a los padres —dijo Rocco, ruborizándose también—. O sea, que no es que quiera decir que yo sea tu padre, eso no.

—Me gusta que lo hayas dicho —murmuró Raquel mirando al suelo.

—Bueno, en fin —continuó Rocco—. Tú... No, yo..., pues sí, estoy... estoy... orgulloso..., más que orgulloso... ¿cómo se dice? Orgullosísimo, en fin...

A Raquel le daba vueltas la cabeza y no sabía qué decir cuando oyó que llegaban chillando todos los hombres y la pandilla de Louis.

—Escucha —le susurró entonces Rocco—. Da un codazo a uno de los de la pandilla de Louis, al pelirrojo, el más pequeño. Y luego dile que se ande con ojo. Pero tienes que decírselo como un perro sarnoso. Él responderá, y entonces tú, sin esperar ni un segundo, dale un puñetazo. —Hizo el gesto—. Así. Rápido y preciso. De arriba abajo, en la mandíbula..., aquí.

—Pero ¿por qué...?

—¡Atiéndeme, carajo! —Rocco la zarandeó—. Pareces una nenaza. En algún momento alguien podría tener motivos para dudar de ti. ¿Quieres ir de hombre? Pues haz una tontería de hombre de vez en cuando. Hazme caso. Así nunca tendrás problemas, créeme. Mucho mejor que palparte los cojones falsos.

—Pero yo no quiero pelearme. ¿Y si luego él...?

—Él no hará nada —la interrumpió Rocco, que seguía hablando deprisa—. Haz lo que te he dicho. Después intervendré yo.

—No sé...

—Por favor, Ángel. Confía de una jodida vez.

—¡Buenos días! —exclamó en ese instante Javier.

—*Hola, amigo* —respondió Rocco—. Ya sé cuál es el fallo del arranque del montacargas. Hoy lo arreglaremos.

Entretanto, entraron también todos los demás.

Rocco vio a Raquel inmóvil. La fulminó con la mirada.

Raquel, muy aturdida, con el corazón latiéndole desbocado, se acercó al chiquillo pelirrojo. «Confía», le había dicho Rocco. Pero ella tenía miedo. Y cuando ya iba a desistir, el chiquillo pasó a su lado y casualmente la rozó. No había sido nada. Pero aquel ligerísimo contacto fue como una descarga eléctrica para el cuerpo tenso de Raquel.

—¡Mira bien por dónde pisas, memo! —dijo.

El chiquillo se volvió sorprendido.

—¿Qué carajo quieres?

Raquel apretó un puño. No respiraba. Se iba a morir asfixiada, estaba segura. Echó atrás el brazo y enseguida, con los ojos cerrados, lanzó el golpe, esperando atinar. El impacto de los nudillos en la barbilla del chiquillo la hizo gemir de dolor. Pero había dado en el blanco.

El chiquillo, que no se esperaba el golpe, se tambaleó aturdido. Sin embargo, de inmediato se preparó para el contraataque.

—¡Quietos! —Rocco se interpuso entre ambos y contuvo al pelirrojo—. ¿Qué carajo hacéis? —Agarró a Raquel del cuello—. ¿Qué te ha hecho?

—No mira por dónde pisa —respondió Raquel. Pero la voz le salió tan tenue y fina, tan femenina, que estaba segura de que la descubrirían.

Rocco la zarandeó.

—¡Idiota! ¡Canalla de mierda!

—¡Te rompo el culo! —gruñó el pelirrojo.

Rocco le dio un empujón y lo tumbó al suelo.

—¡Aquí nadie rompe el culo a nadie! —Con un gesto, le indicó al chiquillo que se levantara. Luego ordenó a Raquel, a la que seguía teniendo agarrada del cuello—: Pídele perdón.

—Perdona. —Raquel obedeció, demasiado rápido.

—Ven aquí —dijo Rocco al pelirrojo—. ¿Y bien? Te ha pedido perdón.

El pelirrojo estaba furioso. Las excusas le importaban un bledo.

—Devuélvele el puñetazo —dijo Rocco.

—¡No! —exclamó Raquel, y dio un paso atrás.

—¡Quieto! —le ordenó Rocco, deteniéndola. Luego miró al pelirrojo—. ¡Venga, pégale ese jodido puñetazo! ¡Date prisa!

El pelirrojo no se lo hizo repetir. Atizó a Raquel en el pómulo.

Raquel gimió. No sabía que dar y recibir puñetazos doliera tanto. Quería llorar, pero tenía que contenerse.

—Ahora estáis en paz —dijo entonces Rocco—. Estrechaos la mano.

Ni Raquel ni el chiquillo se movieron.

—¡Estrechaos la mano! —gritó Rocco.

Los dos se estrecharon la mano.

—No volveré a dar una oportunidad así a nadie más —anunció Rocco en el taller—. Al próximo que se comporte como un chulo lo echaré a patadas. —Señaló a Raquel con un dedo, amenazadoramente—. ¿Te queda claro, Ángel? ¡No vayas de duro! ¡No hagas el imbécil conmigo! —Miró también a los otros chiquillos—. ¿No os dais cuenta de que tenéis la posibilidad de ser mejores que la escoria que hay en la calle? ¿Es que no habéis comprendido nada de lo que ha escrito esa niña? Pobres contra pobres. Débiles contra débiles. ¡Como unos animales! —De nuevo se dirigió a Raquel—: Y tú eres peor que ellos. ¿De qué te vale saber leer y escribir si luego te comportas como un delincuente cualquiera?

—Perdóname... —murmuró Raquel.

—No te he oído.

—Perdóname —dijo más alto Raquel.

—No me lo digas a mí —se quejó Rocco—. Sino a todos ellos. Venga, dilo.

—Perdonadme.

—Soy un hombre de mierda. Repite —le ordenó Rocco.

—Soy un... hombre de mierda.

—Exacto. Un auténtico hombre de mierda —masculló Rocco, recalcando bien las palabras—. Tema zanjado. Todo el mundo al trabajo.

A Raquel le escocía y dolía el pómulo. Encorvada, se disponía a ir a la librería, cuando Louis se le acercó.

—Para ser un piltrafilla, tienes un buen gancho —le dijo.

Raquel se encogió de hombros.

—Te había infravalorado. —Louis sonrió—. Eres menos nenaza de lo que pareces.

—Pegas duro —dijo luego el pelirrojo.

—Y tú, joder —respondió Raquel frotándose el pómulo.

—Ahora ya estás en los Boca Juniors —añadió Louis—. Siempre viene bien tener a alguien con los huevos bien puestos.

Raquel se subió la capucha. Se sentía orgullosa de sí misma como nunca en su vida, ni siquiera después de los artículos en *Caras y Caretas*, pero tenía que marcharse de inmediato porque la mano le dolía cada vez más. Estaba segura de que se la había roto y no quería que la vieran llorar después de toda aquella farsa. Con la cabeza gacha apretó el paso, pero en la puerta se topó con un hombre bajo como un enano al que conocía bien.

—Quítate de en medio —le dijo Tony, y le dio un empujón.

También Louis y los otros chiquillos se apartaron.

Tony entró en la nave.

—Bonfiglio —dijo en voz alta hacia Rocco—. ¿Ha venido tu chica a verte?

Rocco se volvió, sorprendido.

—¿Qué dice usted?

—¿Rosetta Tricarico ha estado aquí? —preguntó Tony.

Rocco estaba rígido como un trozo de mármol.

—No —respondió.

—Pues entonces la han encontrado antes que nosotros —zanjó Tony.

57

Rocco no se movía. Parecía petrificado.

Cuando Tony apareció en la nave le molestó verlo. Y cuando le hizo la primera pregunta, prácticamente ni le oyó. Pero cuando pronunció el nombre de Rosetta, enseguida se le heló la sangre en las venas. Y se le ofuscó la mente.

Mientras la última frase de Tony se abría camino lentamente en su conciencia, Rocco miró a los dos hombres que lo acompañaban, aparte de los dos gorilas que estaban en la puerta con las armas en la mano.

Uno de ellos tenía la cara quemada. Era joven.

El otro debía de tener unos sesenta años. «Sus ojos son de un azul tan intenso y purísimo que parecen hundirse en la sangre», pensó. Al mirarlo bien, notó que en el blanco del ojo tenía una densa telaraña de capilares. «Debe de haber llorado tan intensamente que los ojos le han reventado», pensó Rocco. Era la viva imagen del dolor.

—¿Quiénes sois? —les preguntó Rocco con una voz todavía aturdida.

—Soy el cabrón que ves —gruñó el viejo.

—Tano —intervino Caraquemada, y no estaba claro si se dirigía a Rocco para decirle el nombre del viejo o al viejo para calmarlo.

—Es el padre de Rosetta —aclaró enseguida Tony.

—Perdona, muchacho —se disculpó Tano. Pero su tono seguía siendo duro, áspero.

Rocco conocía el motivo. Si el viejo se ablandaba solo una pizca, se habría desintegrado por el dolor.

—¿Y tú quién eres? —preguntó a Caraquemada. Su rostro le sonaba, pero no conseguía identificarlo. Y eso que no debería ser difícil recordar una cara comida por el fuego.

—Soy un chulo de putas —respondió el Francés provocadoramente.

Luego, justo cuando el Francés iba a decir algo más, Rocco lo reconoció.

—Rosetta montó en tu automóvil...

—Sí, yo la salvé mientras los guardias te molían a palos en aquel callejón —confirmó el Francés—. Presencié la huida...

Rocco apretó los puños. Era un proxeneta.

—Rosetta no es una puta —dijo Tano sin rodeos.

—¿Y por qué estás aquí? —preguntó Rocco al Francés, ceñudo. Tenía que formarse una idea del conjunto de la situación.

—Porque Rosetta me salvó la vida —respondió el Francés.

—¿Y por qué? —insistió Rocco. Esa historia no se la tragaba.

—Porque Rosetta es así —dijo Tano con voz serena.

Rocco lo miró. No era el padre de Rosetta, lo sabía. Y sin embargo era su padre. Solo un padre podía hablar así.

Mientras se volvía para hacer la única pregunta que realmente le interesaba reparó en que Raquel estaba en un rincón, con la capucha subida, mirando de reojo al proxeneta. Lo conocía. Aun así, al contrario que a Amos, era evidente que no le tenía miedo. Lo único que no quería era que la reconociera.

Pero había llegado el momento de formular la pregunta. Miró a Tony, que estaba esperando.

—¿Qué significa «Pues entonces la han encontrado antes que nosotros»? —dijo con esfuerzo.

—La chica vino a verme. Te buscaba. Se había acordado de que nombraste a un Zappacosta para pararle los pies a un tipejo. Yo le conté dónde estabas —respondió sintéticamente Tony. Luego su voz se volvió más cálida—. Te prometí que la protegería, pero no lo hice. Solo le dije dónde estabas, pero no la acompañé. Y ella nunca llegó a verte. —Hizo una breve pausa—. Y tampoco volvió a casa.

Con el rabillo del ojo, Rocco vio que Tano contenía un sollozo.

—¿Y quién la encontró? —preguntó a Tony.

—No lo sé —respondió Tony—. La policía. O el barón. O los dos.

Mientras esa posibilidad se concretaba en su mente, a Rocco empezó a darle vueltas la cabeza; sentía vértigo sin que estuviera delante de un abismo.

—¿Con tus contactos puedes averiguar si la tiene la policía? —preguntó al fin.

—A lo mejor —dijo Tony—. No estoy seguro de que mis contactos sigan siendo de fiar. Acabo de descubrir que había un chivato entre mi gente. Bastiano. He clausurado para siempre esa cloaca, pero no sé qué pudo vender a Amos.

—¿Amos..., el chulo? —quiso confirmar Rocco. Era una historia absurda.

—Lo que significa que tanto Ciccone como Amos saben que trabajas para mí —añadió Tony—. Saben que todo es una farsa.

Javier y los otros del equipo murmuraron.

—¡Me importa un carajo! —estalló Rocco.

—Pues debería importarte —dijo con calma Tony—. Como quieran joderte, ya no encontrarás a tu Rosetta.

Javier susurró algo al oído de Ratón.

Tony los miró. Sabía exactamente qué pasaba por sus cabezas.

—Es verdad. Vosotros trabajáis con mi dinero —les dijo—. Pero estáis cumpliendo un sueño gracias a este hombre —continuó al tiempo que señalaba a Rocco—. No os ha traicionado. Lo único que pasa es que lo tengo agarrado por los huevos. Y eso porque, al revés que yo, tiene un alma noble. No lo hace por interés. Al contrario, está jodiéndose bien—. Los miró de nuevo y enseguida añadió—: Lo hace por la chica, no por sí mismo.

Ahora Tano comprendía por qué Rosetta estaba enamorada de Rocco.

Rocco se volvió hacia los hombres. Tenía una mirada soberbia.

—Quien quiera quedarse, sea bienvenido. Quien quiera marcharse, recibirá su paga hasta el último centavo. —No dijo nada más. No pidió disculpas. No se justificó. Y eso marcó la diferencia.

Javier fue quien primero habló. Miró mal a Tony, que había mandado que le rompieran la rodilla, y dijo a Rocco:

—Adonde tú vayas, allí iré yo.

—Por lo que a mí respecta, ni muerto vuelvo donde Cara de Perro —añadió Mattia.

Ratón y Billar asintieron en silencio.

Louis miró primero a Raquel, luego a sus compañeros y, por último, dijo a Rocco:

—También los Boca Juniors se quedan, jefe.

—Y yo —dijo Raquel sacando pecho pero sin dejar de mirar al suelo para no toparse con los ojos del Francés.

Tony rompió a reír.

—Parece un equipito de mierda. Pero es una banda de quitarse el sombrero.

—Quedaos aquí de cháchara si queréis —dijo Rocco—. Pero yo me voy a buscar a Rosetta. —Se acercó a Tony metiéndose la pistola debajo de la correa—. ¿Dónde encuentro a ese barón? ¿Cómo lo reconozco?

—El barón Rivalta di Neroli —respondió Tony—. Es un gordinflón baboso como un gusano que se aloja en el palacio de la princesa de Altamura y Madreselva, una mujer tan repugnante como él.

—¿Y dónde está?

Tony lo miró un instante.

—Vayamos juntos. En mi automóvil. Nos apretaremos un poco.

Uno de los gorilas se puso al volante. El Francés y otro gorila se sentaron a su lado. Tony, Rocco y Tano se sentaron detrás. Los otros dos gorilas se colocaron de pie en los estribos laterales del Mercedes, uno a cada lado, e iban agarrados del techo.

Se desplazaron a toda velocidad hasta el barrio de Belgrano y se detuvieron delante de un edificio de tres plantas, blanco, elegante, con un pórtico de estilo neoclásico con dos columnas y siete amplios escalones que conducían a la puerta principal.

Los gorilas que iban en los estribos se bajaron antes de que el motor del automóvil se hubiese parado del todo. Llamaron a la puerta y, cuando un criado se asomó, la abrieron de un empujón.

Tony fue quien primero entró.

—No dejéis salir a nadie —ordenó a los dos gorilas—. ¿Dónde está el barón? —preguntó luego al criado apuntándolo con la pistola al centro de la frente.

El criado volvió los ojos hacia una doble puerta de raíz de nogal, al otro lado de la cual se oían unas risas sofocadas.

Rocco le dio una patada. Las dos hojas se estrellaron violentamente contra la mampostería de las valiosas jambas, y algunos fragmentos cayeron al suelo.

—¿Quiénes sois? —gritó el barón con su voz chillona, inclinado sobre una bandeja de plata con un tubito en la nariz y la cara embadurnada de polvo blanco—. ¿Cómo os permitís…?

A su lado, también con la nariz cubierta de polvo blanco, la princesa se puso de pie, mostrando dos senos desnudos y marchitos con los pezones oscuros como nudos de madera.

—¡Bernardo, haz algo! —gritó el barón.

El criado se interpuso, y Rocco le atizó un golpe con el cañón de la pistola en el pómulo, abriéndole una profunda brecha.

—Volvemos a encontrarnos, barón —dijo Tony en un tono casi frívolo.

—¿Qué os proponéis? —preguntó la princesa al tiempo que se cubría el pecho.

—No te excites, vieja gallina —le dijo Tony con crueldad—. Nadie va a follarte, descuida.

—Asqueroso enano… —empezó la princesa.

Tony le estampó la bandeja de la cocaína en toda la cara.

—Lo que no he dicho es que nadie vaya a matarte a hostias. Cierra el pico.

Mientras se hacía el silencio, la mirada de todos recayó en una muñequita que no debía de tener ni diez años. Estaba sentada en un sofá, con los ojos repletos de lágrimas, sumida en su mundo de dolor y miedo, y casi ni había reparado en ellos. Iba vestida de blanco, con una faldita que le llegaba hasta las pantorrillas. La ropa estaba manchada de rojo. Y dos hilos rojos le chorreaban por las piernas flacas hasta las medias de algodón, blancas, cortas, hasta un poco más arriba de los tobillos huesudos. Los zapatitos, negros, estaban en el suelo, encima de una valiosa alfombra. Uno de ellos estaba del revés y se veía la suela con agujeros.

—Guadalupe...

Todos se volvieron hacia Tano.

—¿Eres tú, Guadalupe? —preguntó Tano acercándose a la niña.

La niña se encogió en el sofá.

—No tengas miedo —dijo Tano, que trataba de contener las lágrimas y la ira por aquello que veía. Y por lo que se imaginaba. Lo mismo que todos—. Soy el zapatero, ¿te acuerdas de mí? —continuó con voz suave—. Vivo en la casa azul que hay al lado de la tuya. —Le puso despacio los zapatitos—. Te los arreglaré en cuanto lleguemos a casa de mamá —dijo. Pero sabía que ya no había nada más que añadir.

En ese instante, mientras todos estaban pendientes de la espantosa escena de la chiquilla, Bernardo abrió la ventana, se lanzó por ella y aterrizó en la acera. Antes de que alguien pudiera intervenir, ya había doblado la esquina.

—¡Cobarde! —gritó el barón, iracundo, todavía arrodillado en el suelo al lado de la mesita en la que había esnifado la cocaína.

Tony se le acercó y le escupió en la cara.

—No es como tú, cabrón —le dijo—. Tú habrías huido. Él va a buscar ayuda. Por ti, puto gordinflón. —Le puso el pie en un hombro y lo hizo caer hacia atrás. Luego se lo plantó en la barriga—. Eso significa que no nos queda tiempo para las formalidades. Así que dinos deprisa lo que queremos saber. —Le agarró la cara sebosa con una mano y le apretó las mejillas contra los dientes—. ¿Dónde está Rosetta?

—No lo sé —respondió el barón.

—¿La tienes tú o la tiene la policía? —insistió Tony.

—No sé nada —repitió el barón.

Tony lo soltó.

—Miente —le dijo a Rocco—. Pero está tan puesto de coca que no siente dolor. —Atizó una patada al barón—. ¿Quién te ha dado la cocaína? ¿Amos?

El barón abrió mucho los ojos.

—Amos, ¿verdad? —dijo con una mueca Tony—. Cabrón... —Agarró al barón de una oreja y le apuntó a la cara con la pistola—. ¡Dime dónde tienes a la chica o te hago un agujero en la manteca!

—¡No lo sé! —gritó el barón con los ojos desorbitados.

—Sacad a la niña —intervino Rocco.

—Llevadla al coche —ordenó Tony a uno de sus hombres. Miró a Tano—. ¿Quiere usted ir con ella?

Tano negó con la cabeza mientras la niña, que parecía en trance, salía con el gorila.

—Que Dios me perdone —dijo al cabo—. Después me ocuparé de Guadalupe. Pero ahora quiero saber qué le ha pasado a mi Rosetta.

Rocco miró a Tony y luego al barón.

—Déjemelo a mí.

Tony lo miró a los ojos y se apartó.

Rocco se arrodilló al lado del barón, le agarró una mano y la apoyó en la mesita donde antes estaba la bandeja con la cocaína. Le señaló el meñique, donde el noble tenía una sortija de oro rosa con el escudo de su familia.

—Es preferible que te la quites, porque luego ya no podrás hacerlo. Y cuando se te haya pasado el efecto de la cocaína, te parecerá espantoso ver que el dedo se te va hinchando como una salchicha.

—¿Qué quieres hacerme, miserable? —dijo exaltado el barón—. ¡Haré que te cuelguen! Haré...

—De acuerdo, peor para ti. Tú decides. —Rocco le sujetó la mano en la mesita, empuñó la pistola por el cañón y, con todas sus fuerzas, estampó la culata contra la primera falange del meñique, como si usara un martillo.

El barón gritó al verse destrozada la punta del dedo.

—Todavía estás a tiempo de quitarte la sortija —le dijo Rocco—. O de contarme lo que quiero saber. ¿Dónde está Rosetta?

—No lo sé... —gimoteó el barón.

Tony mantenía sujeta en el suelo a la princesa, desde que se había doblado en dos para vomitar en la preciosa alfombra de Aubusson.

Rocco golpeó de nuevo el dedo con rabia y violencia. La carne se abrió, las falanges crujieron mientras se astillaban, la mesita se rajó.

—Un golpe más y tendrán que serrarte el anillo —dijo Rocco—. ¿Quieres quitártelo?

El barón asintió débilmente.

Rocco le arrancó el anillo con rabia. Lo puso al lado del dedo machacado.

—Excelente decisión —dijo—. Ahora puedes hacer algo todavía mejor: decirme dónde tienes a Rosetta.

—Yo no la tengo… —gimió el barón.

Rocco volvió a atizarle con la pistola en el dedo, chafándoselo aún más.

—¡La tiene Amos! —gritó desesperado el barón.

—¿Amos? —intervino Tony.

—¡Amos! —repitió el barón.

—¿Por qué? —preguntó Tony.

Pero mientras se lo preguntaba evocó la escena de Rosetta llegando a su casa, y a Amos deteniéndose a mirarla. Sin duda, por un motivo que no conseguía explicarse, la conocía, sabía quién era. Y sabía que el barón la buscaba. Y, sobre todo, sabía lo importante que era para él.

—Porque… —empezó a responder el barón.

—¿Cuánto te ha pedido?

—Dos… millones.

—¿Y tú se los has dado? —lo apremió Tony.

—No…, se precisa tiempo… Yo…

—Necesita dinero para la guerra —intervino el Francés.

—¿Dónde la tiene? —gritó Rocco.

—En el… Chorizo. —El barón estaba a punto de desmayarse. Se miraba el dedo destrozado, que seguramente tendrían que amputarle.

Rocco se incorporó.

—Voy a buscarla —anunció, y salió.

Tony le dio alcance en la puerta y lo detuvo.

—No, así lo único que conseguirás es que te maten.

—El mafioso tiene razón —dijo Tano, detrás de él.

—Si te matan, lo que es seguro, ella también estará jodida —le recalcó por segunda vez Tony—. Esta guerra es mía. Deja que yo me encargue.

—Ahora también es mi guerra —dijo sombrío Rocco.

—Muchacho… —intervino Tano. Lo agarró de los hombros. Tenía manos fuertes y apretaba bien. Y la voz no le temblaba. Parecía un viejo guerrero—. Rosetta está esperándote desde que la salvaste. Y seguirá esperándote. Puedes estar seguro de eso. Es más dura que tú y yo juntos. —Señaló a Tony—. Yo me fui de Sicilia para no tener nada que ver con estos putos mafiosos. Pero él tiene razón. Y sabe más que nosotros de guerra. Ahora debes confiar. —Hizo una pausa—. Debemos confiar.

Rocco apretó los puños, resopló. Parecía que gruñía. Los dientes le rechinaron. Un ruido que ponía la piel de gallina. Era una fiera enjaulada.

Tony lo miró y reconoció la herencia que le había dejado su padre, Carmine Bonfiglio, el verdugo. La única diferencia entre los dos era que su padre nunca necesitó un motivo para matar. Pero ahora Rocco tenía uno. Y Tony sabía que a partir de ese momento mataría sin titubear.

Siguió mirándolo. Lo miró donde nadie más sabía mirar. Miró el fondo de su alma, esa zona oscura donde se agazapaba la bestia.

Y le alegró pensar que no era su enemigo.

Porque ahora Rocco daba miedo.

CUARTA PARTE

El tango del Nuevo Mundo
1913

58

El hombre no era un simple asesino. Era un asesino profesional.

Se llamaba Jaime. Y nadie sabía su apellido.

Ni siquiera Amos, que lo había contratado con su ejército de mercenarios para luchar con los hombres de don Lionello Ciccone en la guerra que había desencadenado contra Tony Zappacosta.

—¿Has descubierto por qué el topo ya no te da soplos? —preguntó Jaime.

Estaban sentados frente a frente en uno de los reservados del café Edén, un elegante local frecuentado por la *gente bien* del barrio de Belgrano, ricos holgazanes y profesionales indolentes. Lo cual, si por un lado llamaban la atención como una bosta de vaca en un mantel de lino de Flandes, por otro les garantizaba que allí no verían a nadie de su círculo, criminales que jamás irían a un local de un barrio tan exclusivo.

Los clientes del café Edén se mantenían prudentemente apartados de aquellos dos extraños tan diferentes de ellos, que, a buen seguro, no eran trigo limpio. Aquello aseguraba a Amos y a Jaime una absoluta discreción. A pesar de eso, hablaban en voz muy baja, con frases rápidas, los cuerpos inclinados y los codos apoyados en la mesa del reservado.

—No —respondió Amos—. No tengo la menor idea de por qué no da señales de vida.

—Yo sí —dijo Jaime sin vacilar—. Lo han descubierto. No cabe otra explicación. Y ahora estará en el fondo de un canal.

—Pues que descanse en paz.

—Para ser un chulo de putas eres un tipo duro, Amos, lo reconozco —dijo Jaime—. Pero no dejas de ser un chulo de putas y no te enteras de nada. Si lo han descubierto..., y lo han descubierto, créeme..., lo habrán hecho hablar. Ya no eres un fantasma. Ahora Zappacosta sabe que estás jodiéndolo. Y él tratará de joderte a ti.

—Lo he dejado sin apoyos —replicó Amos sin alterarse—. La policía le ha dado la espalda, aunque no de forma oficial. Estaban conmigo o con él, tenían que elegir.

—Un policía corrupto es corrupto, y punto. No te fíes —le aconsejó Jaime—. Sigues suponiendo que esta es una pelea entre proxenetas y no una guerra. La policía estará siempre del lado del ganador.

—Es evidente que no conoces el poder de la Sociedad Israelita de Socorros Mutuos. Tiene más tentáculos que un pulpo, más dientes que una piraña y más veneno que una cobra —le espetó Amos—. Tenemos parlamentarios, senadores...

—Tú no mandas en esa *Sociedad Judía de Mierda* —lo interrumpió Jaime—. Me he informado. Prescindirían de ti muy fácilmente. —Se inclinó más hacia Amos—. Finges hablar en su nombre..., pero no eres su portavoz.

Amos encajó el golpe en silencio. Jaime tenía razón. Los jefes de la Sociedad Israelita habían decidido no ponerle trabas, pero no pensaban ayudarlo. Si la cosa le salía bien, compartirían los beneficios; en caso contrario, declararían que no sabían nada del asunto y dejarían que Amos se hundiera solo.

—Zappacosta es un luchador. Alguien que sabe qué es una guerra —continuó Jaime—. Aunque le hemos dado buenos golpes, no hemos podido ponerlo de rodillas. Ha seguido de pie a pesar de que teníamos un soplón. Es un tipo duro. Se ha encerrado. Ha aguantado esperando entender. Y aguanta bien, joder. Y ahora ya no le sacamos ninguna ventaja. Sabe quién está detrás de esa marioneta que es Ciccone. Y probablemente no tarde en saber de mí.

—¿Y qué?

—Estás muy lejos de ganar la guerra —dijo Jaime.

—¿Y...?

—¿Y...? ¿No me has escuchado, mamón? —Jaime había alzado la voz. Y ahora tenía una expresión pétrea—. He dicho: «Estás muy lejos de ganar la guerra». No he dicho «estamos». Y sabes por qué, ¿verdad?

—Dame una semana más —pidió Amos.

—Mis hombres y yo no luchamos gratis ni un solo día —contestó Jaime—. Estamos dispuestos a morir. Pero no gratis. —Lo miró con esa expresión dura e impenetrable de quien ha visto las tripas del infierno—. ¿Te ha quedado claro?

—¿Qué quieres? —preguntó Amos, consciente de que tenía que negociar.

—Además de lo que nos debes, añade a la cuenta el cinco por ciento del tráfico de cocaína de un año.

—Es un robo.

—¿Crees que a un asesino le escandaliza que lo llamen ladrón? —Jaime sonrió—. Estoy proponiéndote un excelente negocio.

—No más del dos por ciento.

—No acepto. Podemos perder la guerra. Y en ese caso perderíamos también el dinero de la cocaína. —Jaime se inclinó de nuevo sobre la mesa—. Estamos acostumbrados a cobrar tanto si ganamos como si perdemos. Eso es lo que hacen los mercenarios.

—Es demasiado.

—Nosotros no hacemos mamadas como tus putas.

—¡Pero no sois diferentes! —estalló Amos.

Jaime se apoyó en el respaldo del asiento del reservado, lentamente.

—Tiene que ser el cinco si quieres contar con nosotros. Si no, juega solo —dijo con los ojos tan entornados que parecían dos rendijas—. Y ya que me has tachado de puta, proxeneta judío, hazte esta pregunta: ¿quién te garantiza que no vaya a hacerle una mamada a Tony Zappacosta?

Amos se puso tenso. Tenía que aprender a dominarse. Acababa de cometer un grave error. Ese hombre no era uno de sus gorilas.

—Estaba bromeando —dijo.

—Me he meado de risa.

Amos asintió.

—El cinco.

Jaime le agarró la mano y le escupió en la palma. Luego se la estrechó.

—Trato hecho.

—¿Así se firman los contratos en tu pueblo? —exclamó Amos riendo.

—No —respondió Jaime, y se levantó—. Solo me apetecía escupirte.

Se dio la vuelta y, según salía del café Edén, se limpió la mano en el frac de un cliente que no se atrevió a protestar.

Amos permaneció cabizbajo, resoplando como un fuelle mientras intentaba contener la ira. Si no contaba con los mercenarios, perdería la guerra. Y si perdía la guerra, en el supuesto de que sobreviviese a ella, su vida acabaría en la más absoluta mierda. Tenía que ir a ver al barón para meterle prisa por el dinero. O para que al menos le diera un adelanto. Que se lo pidiera prestado a esa princesa que parecía una ciruela pasa.

Cuando se levantó de golpe, todavía furibundo, las paredes del reservado crujieron. Pidió un whisky en la barra, lo apuró de un trago, pagó y salió a la calle. Subió al automóvil y dio a su chófer la dirección de la princesa.

Al llegar al *palacio*, Amos vio policías apostados a la entrada. El ambiente era tenso. Mandó parar al chófer a unos cincuenta metros y se quedó observando.

Al rato llegó una furgoneta del hospital. Un médico y tres enfermeros bajaron con una camilla.

«Seguro que al imbécil del barón le ha reventado el corazón la coca», pensó Amos. Tenía que averiguarlo. Se apeó del coche y se acercó al edificio.

—Soy un amigo —anunció al policía que había en la entrada.

—¿De quién? —dijo el policía, escéptico.

—Del alcalde y del capitán Augustín Ramírez.

Amos tuvo la impresión de que la mención del capitán Ramírez había impresionado al joven policía más que la del alcalde.

Fuera como fuese, el policía se apartó y lo dejó pasar.

Amos se dirigió al salón. El médico y los enfermeros estaban al lado del barón. Él, tumbado en una *chaise longue*, se quejaba. En el suelo, una capa de polvo blanco cubría la alfombra.

—¿El corazón? —preguntó Amos en voz baja a un enfermero.

El enfermero arrugó las cejas.

—No, el meñique.

—¿Qué carajo dices? —estalló Amos en voz demasiado alta.

Un policía se volvió hacia él. También el criado del barón lo miró. Y la princesa.

La noble se le acercó.

—Está sufriendo mucho —le susurró—. ¿Tiene cocaína?

—¿Qué ha pasado? —preguntó Amos.

—Se lo ruego… Oiga cómo sufre —dijo la princesa.

—Mande salir a todo el mundo —le pidió Amos.

—¡Fuera! —casi gritó la princesa.

Todos los presentes la miraron sorprendidos.

—¡Fuera! —ordenó de nuevo la princesa. Y acto seguido, en tono más suave, añadió—: Solo un momento.

Lentamente, todos abandonaron el salón.

La princesa cerró la puerta.

Amos se acercó al barón. Estaba pálido. Tenía el rostro contraído en una mueca de dolor que lo hacía aún más repulsivo. Amos vio que tenía una mano ensangrentada. Se fijó mejor, y descubrió que tenía un meñique literalmente machacado. No le quedaba sino un grumo de carne triturada.

—¿Qué ha pasado? —preguntó Amos.

—Dele la cocaína —le pidió la princesa.

—Van a darle morfina —respondió Amos.

—Cocaína… —dijo el barón con los ojos como platos.

Amos pensó que había perdido la cabeza. Gente de mierda. Floja como el terciopelo que vestían. Introdujo una mano en el bolsillo. Llevaba siempre un poco de droga consigo, para poder satisfacer a los clientes. Se la enseñó al barón.

—¿Qué ha pasado? —preguntó.

—Ese mafioso… Zappacosta…, el enano… —farfulló el barón.

—¿Qué?

—Quería saber si tenía a Rosetta Tricarico.

—¿Y...?

El barón se echó a llorar agitando la mano. El meñique se mecía en el aire como una cinta roja.

—¡Le dije que está en el Chorizo! ¡Que usted la tiene!

Amos asimiló la información. Ya eran muchas las cosas que Tony sabía sobre él. Demasiadas.

—Cocaína... —repitió el barón.

—¿Todavía quiere usted a la chica? —preguntó Amos.

—Sí. Ahora más que nunca.

Amos le arrojó el sobrecito.

—Debe empezar a pagar. Ya mismo —dijo. Se volvió hacia la princesa—. Tiene una caja fuerte, estoy seguro. Y también estoy seguro de que está llena de billetes. Tráigalos. Él se los devolverá.

La princesa dudó.

Amos se acercó al barón.

—Si no, descuartizo a su preciosa chica.

—No...

—Y después lo descuartizo a usted.

La princesa salió de la habitación.

En ese momento el barón trató de echar la cocaína en la bandeja, pero temblaba como una hoja. Entonces Amos se la quitó de la mano e hizo dos largas rayas blancas, perfectamente rectas. El barón se abalanzó sobre ellas y las inhaló con ansia. Luego se tumbó de nuevo en la *chaise longue* y otra vez se puso a lloriquear mirándose el meñique.

La princesa volvió. Llevaba en la mano la funda de un cojín, como si fuese una bolsa.

—Doscientos mil —dijo.

Amos agarró la funda y se dirigió hacia la puerta.

—No debe tocarla —dijo el barón, con voz más firme, mientras la cocaína le devolvía su arrogancia—. Ella es mía.

Amos le mostró la funda.

—Todavía no —respondió, y salió.

—¡Ella es mía! —gritó como enloquecido el barón.

59

—¿Sabes qué es el tango?

—Un baile.

Rocco y Tano estaban el uno frente al otro dentro de la nave.

El primero, por la manera en que Tony miraba al viejo zapatero, apenas un poco más alto que él, se daba cuenta de que lo respetaba. Y él mismo, al igual que todo el equipo, Raquel, Louis y su pandilla, Javier y Mattia, Ratón, Billar y el Francés, podía percibir la fuerza que tenía.

—¿Te parezco tan idiota como para merecer una respuesta así? —dijo Tano.

—De acuerdo. —Rocco bajó la guardia, al menos por el momento, pese a que detestaba que le dieran lecciones—. ¿Qué es el tango?

—En este mundo los miserables somos como los piojos. No valemos un carajo —dijo en voz baja Tano con una especie de melodía en la voz, como si cantase en nombre de todos los pobres—. El tango es una manera de ir por ahí y decir: «Mírame. Yo existo. No soy un piojo. Si quiero puedo joderte. Pero también puedo clavarte una navaja en la barriga».

—¿Y qué?

—Pues que si no sabes bailar tango, tampoco sabrás jugar esta jodida partida, muchacho —dijo Tano—. Cada movimiento, a partir de ahora, hay que estudiarlo como un paso de tango.

—¿Adónde conducen todas estas chorradas? —preguntó nervioso Rocco.

—¡A Rosetta, cabezota! —gruñó Tano. Le puso una mano en el hombro. Pero no de un modo agresivo, sino para que comprendiera que estaban del mismo lado—. No seas tan soberbio. Crees que puedes bailar solo. Pues no. Uno no puede bailar solo el tango.

A Rocco no le molestó ese gesto. Y se sorprendió, conociéndose.

—De acuerdo —dijo—. Le escucho.

—No. —Tano levantó la mano y se volvió hacia Tony—. Ya te lo he dicho. Nosotros tenemos que escuchar al mafioso.

—Cuando se quiere dar un golpe para robar algo —empezó Tony—, hay que empezar por el reconocimiento del lugar. —Señaló a sus hombres, que tenían las armas en la mano—. Si entramos disparando a todo aquello que se mueve, mataremos a un montón de gente inocente. —Se encogió de hombros—. Lo que, desde luego, no me quitaría el sueño. Pero a vosotros sí, me parece. Y sobre todo se correría el riesgo de poner en peligro aquello que nos proponemos robar. Quiero decir, a vuestra chica. —Miró a cuantos lo rodeaban. Aparte de sus hombres, los otros eran tipos a los que había explotado, traicionado, oprimido. Podía percibir su desconfianza. Y la comprendía—. Si os preguntáis por qué lo hago, la respuesta es simple. Por dos millones de razones. Quien estaba allí, oyó lo que el barón dijo. Amos necesita dinero. La chica representa ese dinero. A mí me bastaría con eliminarla. Solo que resulta que he dado mi palabra a Rocco. Y tengo la costumbre de mantenerla. —Los miró y sonrió—. A ninguno de vosotros le había dado mi palabra de que no lo jodería, ¿verdad? —Se rio solo—. En cualquier caso, para mí significa joder bien a Amos. Estoy convencido de que esa Sociedad Israelita en la que está apenas sabe algo o de que no sabe nada. De todos modos, sé que ellos no han entrado en guerra. Facturan cincuenta millones de dólares al año. Dos millones de pesos son caquita para ellos. No, Amos va por su cuenta.

—¿Qué es lo que propone, pues? —dijo Rocco.

—Uno de mis hombres ha pasado por delante del Chorizo —continuó Tony—. Hay más gorilas de lo habitual. Algunos con una cara menos idiota que otros. Deben de ser los mercenarios de

Montevideo. Y hay muchos policías. Y sin embargo el burdel sigue abierto a los clientes.

—Es absurdo —dijo Tano.

—Esto confirma que la Sociedad Israelita de Socorros Mutuos no sabe nada o casi nada. Si no, para protegerse, Amos se habría encerrado allí. Eso nos permite entrar, observar, buscar, analizar y luego trazar un buen plan. Pero conocen a todos mis hombres. Como entren, ya no salen.

Se hizo el silencio. Todos esperaban que Tony dijese algo más.

En cambio, quien habló fue Louis:

—Yo puedo colarme en todas partes.

Raquel, que seguía apartada, procurando no entrar en el campo visual del Francés, se volvió hacia Louis con una mirada llena de admiración y la boca abierta.

La expresión de todos los demás, por el contrario, era de incredulidad.

Tony era el único que no había exteriorizado qué pensaba. Pero también era el único que lo había hecho de manera objetiva.

—¿Crees que no reconocerán a una rata como tú? —preguntó a Louis.

—Soy rápido —respondió con orgullo Louis.

—¿Más que una bala? —se burló Tony.

—Yo te pillé —añadió Rocco.

Louis se encogió de hombros, molesto.

Tony se dirigió a Tano.

—De los que estamos aquí, tú eres el único que tiene los huevos bien puestos, además de Rocco. —Señaló a Louis y añadió—: Y de esta rata.

—Que te aprecie un mafioso nunca es un cumplido —respondió Tano—. Pero por Rosetta te escucho.

Rocco lo miró. Estaba haciendo lo mismo que él. Estaba dispuesto a transigir sin vacilar un segundo si eso servía para salvar a Rosetta.

—Su padre murió hace poco —empezó Tony, que señalaba a Louis—. Y aquí le habéis dicho: «Ahora tú eres el hombre de la casa». Pero nadie puede ser considerado hombre si nunca ha follado. Así que tú, su abuelo —dijo señalando a Tano—, le pagarás una puta para que se haga hombre. Y de paso aprovecha para que te hagan una mamada.

Tano meneó la cabeza al tiempo que sonreía con una mueca de desprecio dibujada en el rostro arrugado.

—¿Eso es lo que hacéis los mafiosos?

—No —respondió serio Tony. Recalcó acto seguido las palabras para que todos visualizaran la imagen—: Para que un chiquillo se haga hombre, nosotros le enseñamos a cortar el cuello a alguien, no a desabrocharse los pantalones.

Hubo un silencio tenso. Parecía como si de repente todos hubieran comprendido lo que era una guerra. Y ahora más que nunca entendían por qué Tony se había convertido en jefe.

—De acuerdo —aceptó al fin Tano. Se volvió hacia Louis—. ¿Te cagas de miedo, nieto?

—Estoy dispuesto a desabrocharme los pantalones y a cortar un cuello, abuelito —respondió con arrogancia Louis.

Pero no había aún terminado de hablar, cuando Rocco le dio un puñetazo en la nariz, que empezó a sangrar. Luego le ofreció un pañuelo.

—Límpiate —dijo severamente—. Los fanfarrones son siempre los primeros en morir. Y nosotros necesitamos que vuelvas con los datos que buscamos.

Tony asintió satisfecho. Miró a Louis, que se taponaba la nariz.

—Entra por la puerta principal con tu abuelo. Ensúciate las manos como él las tiene. Eres el aprendiz de un zapatero, no una rata de alcantarilla. No lo olvides. —Le sonrió—. Este es el examen para el que te preparas desde que estás en la calle. Y yo estoy observándote.

—¡No! —saltó Rocco. Agarró a Louis del cuello—. Lo haces porque está bien y porque eres valiente. Tú no eres una rata de alcantarilla. Tú no eres un mecánico. Eres mi mecánico. —Se volvió hacia Tony con una mirada furiosa—. Y usted no intente reclutarlo.

Tony miró a Louis.

—¿Estás de acuerdo?

Louis, por primera vez en su vida, se sintió orgulloso de sí mismo.

—Soy mecánico —dijo.

Tony asintió mirando a Rocco.

—Eres un talento desaprovechado, Bonfiglio. Con que solo tuvieses un poco de deshonestidad en las venas... te forrarías, en serio. Y tú, pequeño mecánico, sabes elegir jefe. —Sacó un rollo de billetes del bolsillo y tendió a Tano unos cuantos—. Tengan cuidado. Desconfiarán de ustedes. Y recuerden que las putas tienen que vivir, no hacen beneficencia. Y si lo necesitan para seguir vivas, los denunciarán a Amos.

Tano agarró el dinero.

—¿Dónde está el Chorizo?

—Yo lo sé —dijo instintivamente Raquel. Y enseguida, al percatarse de que el Francés la miraba, se volvió de espaldas.

—Avenida Junín —intervino Rocco—. Yo los llevo.

—No dejes que te vean —le pidió Tony.

—Vamos —dijo Rocco.

—No —objetó Tano—. Antes voy a despedirme de mi esposa.

Todos lo miraron. Y una vez más fueron conscientes de lo que significaba la palabra «guerra». Era probable que el viejo no regresara. Él lo sabía. Y quería hacer las cosas bien.

—Louis y yo vamos con usted —dijo Rocco a Tano—. Esperaremos en la calle, descuide. —Se volvió hacia los hombres de su equipo—. Id con vuestras familias vosotros también.

Javier, al mirar a los dos chiquillos de la panda de Louis, se dio cuenta de que no tenían adónde ir. Probablemente eran huérfanos.

—Eh, cabritos, venid conmigo —les dijo—. Tenéis que ayudarme a asar la carne.

El rostro de los chiquillos brillaba cuando salían de la nave junto con Javier, Mattia, Ratón y Billar.

Tony ordenó con un gesto a sus hombres que se movieran. Regresaban a la fortaleza. Llevaban demasiado tiempo expuestos.

—¡Mueve el culo, consejero! —ordenó al Francés—. Tenemos que ponernos a estudiar una estrategia.

—Tú te vas a la librería —dijo Rocco a Raquel mientras Tano y Louis se marchaban.

—No. Quiero ir contigo —protestó Raquel—. Yo conozco mejor que nadie el Chorizo y...

Rocco la agarró del cuello del jersey.

—El chulo casi te descubre, ¿eres tonta... tonto? —Le golpeó con los nudillos en la frente—. Escucha, piltrafilla. Haz lo que te digo. Ve a la librería.

Luego salió y alcanzó a Tano y a Louis.

Sin embargo, cuando no llevaban ni cinco minutos de camino, Raquel los alcanzó corriendo.

Rocco la miró furibundo.

Raquel le pidió con un gesto que se le acercara. En cuanto estuvieron solos, le entregó una hoja de papel.

—Es el plano del Chorizo.

Rocco meneó la cabeza.

—Eres estupenda. Ahora vete.

Volvió con Tano y Louis y les entregó el plano.

—Ángel dice que Tony ha enviado a uno de sus hombres con el plano del Chorizo.

Nadie habló hasta que llegaron a la casa de Tano.

—No tardo nada —dijo Tano.

Pero Rocco casi no lo escuchaba. Miraba con los ojos muy abiertos la casa azul en la que Rosetta había estado hasta hacía poco tiempo. Recordó que había pasado por delante, que le llamó la atención por sus ventanas amarillas. El corazón le latía con fuerza. Había estado a un paso y no se había dado cuenta, se reprochó. Pudo salvarla. Todo podría haber sido diferente.

Poco después vio salir de la casa a una mujer rolliza vestida de negro y con el pelo recogido en un moño. La mujer avanzaba hacia él. Tenía una mirada seria y preocupada. Rocco percibía la inquietud que sentía por Rosetta. Pero cuando la mujer llegó a su lado, esos sentimientos que la atormentaban habían desaparecido de su rostro. Ahora solo sonreía.

—Le prometiste que la encontrarías —dijo la mujer con voz cálida—. Y ella no ha dejado de creerlo ni un instante. —Le acarició una mejilla, como una madre, con sus dedos suaves—. Ve a buscarla. —Luego lo abrazó como habría abrazado a un hijo y, sin que la escucharan los demás, le susurró al oído—: Cuida también a mi marido. Procura que vuelva.

Cuando la mujer se separó de él, Rocco vio que tenía los ojos empañados de lágrimas.

—¿Cuál es su nombre, señora?

—Assunta.

—Se lo prometo, doña Assunta —dijo Rocco.

—Y yo te creo —respondió Assunta. Se volvió hacia Tano—. No hagas tus típicas tonterías, cabestro —le dijo en un tono huraño detrás del cual se percibía que la voz se le quebraba. Entonces se alejó todo lo rápido que pudo.

Y Tano pensó que en cuanto estuviera sola se pondría a llorar. Y a rezar.

—¿Estás listo, nieto? —preguntó Tano.

—Listo, abuelo —respondió Louis sin ironía.

Tano le rodeó los hombros con un brazo.

—*Vamos a bailar nuestro tango.*

—*Vamos a bailar* —repitió Louis, sintiéndose importante.

60

Rosetta estaba encogida en el sofá, tapada con una manta que ocultaba su humillante desnudez. No era capaz de mantener los ojos abiertos. Pero si los cerraba veía el rostro deforme del barón mirándola y tocándola y violándola. Entonces volvía a abrirlos. Sin embargo, los párpados le pesaban, y de nuevo los cerraba y de nuevo surgían esas imágenes terroríficas en aquella oscuridad artificial provocada por la droga que le daba Adelina.

Ya había perdido la cuenta del tiempo que llevaba encerrada allí. ¿Dos días? ¿Un mes? ¿Toda la vida? Lo único que sabía es que era un animal enjaulado. Ni más ni menos. La droga la ofuscaba. Todo le parecía distante. Aunque no lo bastante para no imaginárselo, sentirlo. Vivirlo.

Había momentos en los que recordaba su vida. Pero parecía una vida pasada hacía una eternidad. Y quizá tampoco real. Como si la hubiese soñado. Las imágenes se distorsionaban. El olor a sangre del matadero se mezclaba con el aroma de ciertas flores de jacarandá dibujadas en un vestido azul que no sabía muy bien si era suyo. Percibía el olor del betún de un zapatero y luego veía a Tano, sin sobreponer un pensamiento a otro. Y cuando apoyaba la mejilla en el brazo del sofá sentía el vientre blando de Assunta. Y después veía mujeres. Muchas mujeres. Jóvenes, mayores, alegres y tristes, guapas o llenas de moretones, con los ojos negros o los labios partidos a puñetazos.

Aun así, nada de todo aquello llegaba a pertenecerle.

De repente el mundo empezó a temblar.

Abrió los ojos. Delante de ella había alguien. Le costaba enfocar. Oía un zumbido formado por vocales y consonantes, estaba segura. Pero no conseguía unirlas. Palabras. Debían de ser palabras. Y una voz.

—Soy Libertad... Escúchame... escúchame...

—Escúchame —repitió Rosetta mascullando.

Vio un movimiento veloz que cortaba el aire. Podía ser una mano. Podía ser un brazo. Y luego notó que le escocía una mejilla. Pero lejos.

—Escúchame —susurró Libertad, y le dio otra bofetada.

Notó el escozor más cerca.

—Libertad... —repitió Rosetta.

Y recordó el significado de esa palabra. Era un nombre. El nombre de una chiquilla. Y recordó que la conocía.

—Sí. Libertad.

—¿Puedes entender lo que digo? —le preguntó ella.

Rosetta la miró y la enfocó. Parecía un ángel. Un ángel con los ojos agujereados. Alguien le había agujereado los ojos. Había un pozo negro donde tendrían que estar los ojos.

—Es el dolor. El negro es... dolor, ¿verdad?

—Rosetta, por favor, no nos queda tiempo —susurró Libertad, y le atizó otra bofetada.

Rosetta gimió. Y se echó a reír. Porque era fantástico sentir el dolor de esa bofetada. Es decir, sentir que ese dolor era de verdad suyo, que lo había notado en su cuerpo y que no era algo suspendido en un mundo que no existía.

—Sí..., te oigo... —respondió.

—¿Cómo te llamas?

—Rosetta... y punto.

—¿Cuántos años tienes?

—Mil.

Otra bofetada.

—¿Cuántos años tienes?

—Veinte... Quizá veintiuno.

—¿Quién soy yo?

—Un ángel con los ojos agujereados.

Bofetada.

—¿Quién soy yo?

—Me haces daño.

—Lo sé. Lo siento. ¿Quién soy yo?

—Libertad. —Rosetta sonrió y tendió una mano hacia el rostro de la chiquilla—. Eres la pequeña Libertad.

—Muy bien, Rosetta. Dentro de poco vendrá Adelina. ¿Te acuerdas de ella? Sabes quién es Adelina, ¿verdad?

—Sí..., es el perro rabioso... ese... con cadena...

—Y viene para darte otra dosis de droga —dijo Libertad—. ¡Abre los ojos, escucha, no los cierres! —La agarró de los hombros y la zarandeó—. ¿Has comprendido? Adelina viene a darte otra dosis de droga.

—Adelina viene a... morderme..., sí...

Libertad suspiró. Se arrodilló delante de Rosetta. Le acarició la cara. Habló con tremendo dolor.

—No entiendes nada de lo que digo. —Estaba tan afligida que se puso a llorar—. Y no sé cómo ayudarte. Lo siento.

Entonces ocurrió algo extraordinario. Quizá porque era propio de Rosetta sentir más el dolor de los demás que el suyo. O quizá porque el dolor de Libertad era el dolor de todas las mujeres.

—Perdóname, Libertad —dijo con la mente casi despejada—. Perdona, no quiero hacerte daño.

—Tú no me haces daño.

—Sí, yo siento... tu dolor —dijo Rosetta, y le pasó una mano por entre los cabellos rubios y finos—. Perdona. —Frunció las cejas e hizo una mueca contrayendo los rasgos del rostro, como si estuviese levantando un peso enorme. Y luego apretó los puños—. Ahora te escucho. —Le sonrió con dulzura—. Pero date prisa. Porque no sé cuánto tiempo voy a aguantar.

Libertad sintió que los ojos se le empañaban de lágrimas.

—Nunca he conocido a nadie como tú —dijo.

—Date prisa.

—Ahora vendrá Adelina.

—Sí.

—Te dará un vaso con droga.

—Sí.

—Bebe lo que te dé y luego, en cuanto salga, te metes dos dedos en la boca y vomitas ahí. —Libertad señaló una maceta con una planta de aloe—. Dime si lo has comprendido.

—Lo he comprendido.

—¿Qué?

—Tengo que vomitar enseguida la droga..., así no me hará efecto.

—¡Muy bien! —Libertad sonrió y la abrazó—. Pero después has de fingir que estás drogada.

—Que estoy atontada, sí.

—Sí.

—Pero por dentro me va a doler..., ¿verdad?

—¿Sin la droga? —Libertad bajó la vista—. Sí, te va a doler. Y mucho. Pero será de verdad. Y si tienes una oportunidad de huir, podrás hacerlo. Piensa en eso.

—Libertad.

—¿Sí?

—Ya no consigo seguirte. —La voz de Rosetta volvía a la oscura gruta de la que había salido durante un momento—. Lo siento.

—Pero ¿te acordarás de hacer lo que te he dicho que hagas?

—A lo mejor sí.

—Jura que te acordarás.

Rosetta jadeaba, agotada.

—¡Júralo!

Rosetta asintió mientras los párpados volvían a pesarle.

—Lo juro.

En ese momento Adelina abrió la puerta. Llevaba una bandeja con la comida y un vaso lleno de agua con droga.

—¿Todavía no has vaciado el orinal? —preguntó con su habitual tono áspero.

—Me disponía a hacerlo —respondió Libertad.

—¿Por qué estás ahí arrodillada? —preguntó Adelina.

—Se había... caído al suelo. La he levantado.

—¿Y a ti qué más te da que esté en el suelo?

—Creía que Amos quería cuidarla.

—Lo que Amos quiere es que nadie se la folle, pero le da igual que se haga un par de moretones.

Adelina se echó a reír con esa risa que parecía el estertor de un moribundo o de una criatura infernal. Dejó la bandeja con la comida al lado del sofá y tendió a Rosetta el vaso con la droga.

—Bebe —le ordenó.

—¿Qué es? —masculló Rosetta abriendo y cerrando los ojos.

—Bebe o te lo meto con un embudo.

—Embudo… —repitió Rosetta, se lo bebió todo de un trago.

Libertad la miraba llena de aprensión.

Adelina recuperó el vaso y enseguida se encaminó hacia la puerta.

—Que coma. Y vacía ese jodido orinal —dijo a Libertad—. Yo tengo que subir, un cliente ha molido a palos a Cristal.

En cuanto Adelina salió y cerró la puerta, Rosetta bajó del sofá, alcanzó a gatas la maceta del aloe, se metió dos dedos en la boca y vomitó líquido. Luego, como si le hubiese supuesto un esfuerzo tremendo, se dejó caer en el suelo.

Libertad se alegró.

—Muy bien, Rosetta —le dijo al oído mientras la ayudaba a incorporarse y a echarse de nuevo en el sofá—. Ahora come —le pidió—. La comida neutraliza un poco la droga.

Rosetta dejó que Libertad le diera de comer en la boca. No sabía qué estaba comiendo. No reconocía el sabor. Podía ser carne o verdura. Podía ser algo dulce o salado. Pero eso le daba igual. Solo quería saber si el insoportable dolor iba a empezar ya. Aunque aún era pronto para eso.

Libertad le dio agua.

—Bebe mucho. El cuerpo elimina la droga orinando.

—Libertad… —susurró Rosetta.

—Dime.

—Ya no puedo seguirte. No hables.

—Perdóname… —dijo Libertad, mortificada.

—No, al contrario… Gracias, pequeño ángel. —Y luego, una vez que bebió un vaso entero de agua, mientras Libertad salía de la habitación, se acurrucó debajo de la manta y se tapó hasta la cabeza. Se quedó esperando. Asustada.

No tuvo que esperar mucho. Poco a poco salió de esa especie de ciénaga. Poco a poco empezó a flotar en el presente. En la vida. Y luego, de repente, el dolor fue como una punzada tremenda e ininterrumpida que cortaba el aliento y la esperanza.

No necesitó cerrar los ojos para ver el rostro del barón, su sonrisa lasciva. Su voz no sonaba lejana y retumbante, sino que estaba allí, en aquella habitación que olía a brandi y a puro. «Ella es mía», decía babeando.

No necesitó interpretar las imágenes de su vida reciente. Sabía quién era Tano. Quién era Assunta. Sabía cuánto dolía no estar con ellos y lo que seguramente les dolía haberla perdido. Sabía que todas las mujeres de Barracas estaban ahora sin ella. Y ella estaba sin ellas.

Sabía que había esperado demasiado tiempo e inútilmente a Rocco. No se habían encontrado. Y lo más probable era que nunca lo hicieran.

Y mientras el dolor se hacía áspero como una lija en una herida, se confesó algo que había mantenido oculto en lo más recóndito de su alma, pese a lo evidente que era. Y dijo en voz alta lo que había fingido no pensar siquiera.

—Te amo.

Porque ahora que no tenía ni pizca de esperanza, ahora que no tenía ni un solo minuto de futuro, podía aceptar lo que de otra manera jamás habría aceptado. Por una razón que no comprendía, por un camino que desconocía, por un plan que no era capaz de interpretar, Rosetta sabía ahora que era de Rocco, que lo era ya incluso antes de conocerlo. Por absurdo que pareciera. Aunque apenas se habían dado un beso, aunque apenas habían compartido un trozo de tarta, aunque apenas habían intercambiado una docena de frases. Pero sus voces se habían cruzado, sus labios se habían reconocido, sus ojos se habían reflejado en los del otro y los dedos de sus manos se habían entrelazado.

Durante un instante, Rosetta sintió una emoción pura, desbordante, que podía ser la felicidad plena.

Entonces el efecto de la droga desapareció completamente.

El dolor se hizo insoportable y la obligó a gritar.

Había vomitado ya dos veces cuando Adelina entró en la habitación con Libertad. La chiquilla llevaba en una mano el vestido azul con flores de jacarandá que había sido de Ninnina. Y en la otra mano sus zapatos, los que Tano le había hecho por Navidad, con borlas violetas.

—Vístete —dijo Adelina.

Rosetta se encogió en el sofá fingiendo que se le cerraban los párpados.

—Vístete... —repitió con voz atontada.

Adelina le atizó un puñetazo en el muslo.

El dolor fue intenso. Pero Rosetta sabía que tenía que fingir que era lejano, remoto. No dijo nada ni se movió.

Adelina la agarró del pelo y la forzó a sentarse.

—Vístete... —musitó Rosetta.

—Encárgate tú, porque yo puedo matarla a golpes —dijo Adelina a Libertad.

La chiquilla le pasó primero el vestido por la cabeza. Después le introdujo los brazos por las mangas.

Rosetta estaba tan inerte como una muñeca.

Libertad la rodeó con los brazos y la levantó.

Rosetta fingió que no se sostenía en pie.

—Muy bien —le susurró Libertad mientras le bajaba la falda. Luego, arrodillada en el suelo para ponerle los zapatos, preguntó a Adelina, de manera que también Rosetta pudiera oírla—: ¿Para qué quieres que se vista?

—¿A ti qué carajo te importa?

—Qué carajo... te... Qué carajo te... —farfulló Rosetta.

—Nada —dijo Libertad.

—Amos quiere llevársela de aquí —respondió Adelina.

—¿Cuándo?

—¿Qué intentas, Libertad? —preguntó Adelina, recelosa—. Me caías mejor cuando eras muda.

—Si se la lleva, ya no tendré que limpiar su orinal —explicó Libertad.

—Mañana por la noche, creo —respondió Adelina—. O esta noche.

—Menos mal —murmuró Libertad.

Adelina tendió a Rosetta el agua con droga y ella bebió como un autómata.

Adelina y Libertad salieron.

Rosetta se acercó a la maceta del aloe y vomitó.

Se acarició el vestido. No sabía cuántos días había estado desnuda bajo la manta. Pero ahora ese vestido, en vez de aliviarla, la devolvía todavía más a la cruda realidad. Era como si le quemara, como si no tuviera piel y la tela estuviese entrelazada de ortigas. Ese vestido le recordaba que todo lo que había sido era pasado ya, que había desaparecido.

Entonces, al otro lado de la puerta oyó una voz. Y creyó enloquecer.

—¿Aquí solo hay putas judías?

Una voz que disparaba palabras como una metralleta.

—¿No hay una italiana?

—Largo de aquí, viejo.

Rosetta estaba petrificada y a la vez temblaba como una hoja. El corazón le retumbaba como un tambor.

—Las mujeres italianas son las más bonitas del mundo.

Era la voz de alguien que parecía que tenía la boca siempre llena de clavos.

Y si Libertad no le hubiese enseñado a vomitar la droga, Rosetta no la habría oído.

Se lanzó como una furia contra la puerta y se puso a aporrearla mientras gritaba, feliz y desesperada a la vez, con todas sus fuerzas:

—¡Tano! ¡Estoy aquí! ¡Tano!

61

—No tenéis ni una puta como Dios manda en este burdel —dijo Tano mientras buscaba disimular el desgarro que le causaba la voz de Rosetta que oía al otro lado de esa puerta. Se encaminó hacia la salida del Chorizo con paso ligero—. ¡Louis, vámonos!

—¡Eh, viejo! —dijo uno de los dos gorilas que vigilaban a Rosetta.

Louis dio alcance a Tano justo cuando Libertad se agarraba al brazo del zapatero.

—¡Detened a ese viejo! —gritó el gorila.

—Hola, abuelito. ¿Nos divertimos un poco? —dijo Libertad.

—No es el momento —respondió Tano mirando hacia atrás.

Uno de los gorilas estaba dándole alcance.

—Se la llevan esta noche o mañana por la noche —susurró Libertad a Tano, de corrido, fingiendo que quería besarlo—. Pero no sé adónde.

Tano se quedó quieto.

—¡Vámonos! —dijo Louis.

—¿Adónde quieres irte, piojo? —gruñó un gorila agarrándolo del cuello, ya en la puerta del Chorizo.

Tano fue veloz. Solo se vio un destello de luz. Nada más.

El gorila gritó, soltó a Louis y se apretó el brazo ensangrentado.

—¡Corre! —chilló Tano al tiempo que guardaba la navaja.

Mientras bajaba los escalones de la entrada, echó una rápida mirada a Libertad. No sabía quién era y no tenía tiempo para darle las gracias.

Entretanto, Libertad fingió que se tambaleaba borracha y estorbó el paso de los gorilas.

Tano salió a la avenida Junín y vio unos policías.

—¡Entrad ahí! —gritó—. ¡Un loco está haciendo una carnicería!

Los policías, confundidos, entraron corriendo en el Chorizo.

—¡Eres grande, abuelo! —gritó Louis, y al poco doblaron en el primer callejón.

Pero los gorilas ya se habían lanzado en su persecución.

—¡Corre más! —gritó preocupado Louis.

Tano tenía las facciones contraídas, la boca abierta y se tocaba con una mano el bazo. Movía las piernas cada vez más despacio. Al cabo, a la vuelta de otro callejón, se detuvo, doblado en dos, con las manos en las rodillas.

—¡Corre, abuelo! —gritó Louis, unos veinte metros más adelante.

Tano abrió la boca para hablar, pero no podía respirar. Hizo un gesto con la mano.

—¡Vete! —gritó al fin—. ¡Vete! ¡Vete!

Louis permaneció un instante inmóvil. Faltaba poco para que los gorilas aparecieran al final del callejón. La vida en la calle le había enseñado a huir. A dejar atrás a los más débiles. Porque esa era la manera de sobrevivir. Pero algo le mantenía los pies clavados al empedrado.

—¡Mierda! —gruñó mientras iba hacia Tano.

En ese momento oyó un ruido detrás de él. Se volvió.

—¡Así se hace! —gritó Raquel, corriendo—. ¡Los Boca Juniors no dejan atrás a nadie!

Cuando los dos chiquillos llegaron al lado de Tano, los gorilas aparecieron al final del callejón.

—¡Marchaos, imbéciles! —gritó Tano a Raquel y a Louis.

Sonó un disparo. Pero no les habían disparado a ellos.

Los gorilas se escondieron en la esquina.

—¡Moveos! —chilló Rocco, con la pistola en la mano—. ¡Ayudadlo! —gritó a Raquel y a Louis, señalando a Tano—. ¡Camina, viejo! ¡Prometí a tu mujer que te llevaría de vuelta a casa!

Tano se recobró y fue alejándose ayudado por los dos chiquillos, a la vez que Rocco, detrás de un cubo de basura, disparaba para contener a los gorilas. Cuando vio que Tano y los chiquillos habían llegado al final del callejón, disparó dos tiros más y salió de su escondite.

En ese instante Jaime, el jefe de los mercenarios, salió de la esquina con una escopeta en la mano. Se arrodilló, se apoyó la culata en el hombro, apuntó y disparó.

Tano y Raquel habían doblado la esquina. Rocco ya había llegado al final del callejón. Louis se había detenido para esperarlo.

Cuando sonó el disparo, Rocco adelantó a Louis, sabiendo que lo seguiría. Pero cuando se volvió, no lo vio. Se detuvo.

Raquel y Tano también se quedaron donde estaban.

De repente pareció que el mundo estaba en silencio. Solo se oían unas pisadas lentas. Entonces apareció Louis. Estaba pálido. Se tambaleaba. Se detuvo, miró a Raquel y luego bajó los ojos al centro de su pecho. La camiseta del Boca Juniors estaba desgarrada por delante, justo en la franja amarilla diagonal. Tenía un agujero. Louis se introdujo un dedo y de nuevo miró a Raquel como si quisiese decir: «¿Tú también lo ves?». Después le flaquearon las piernas. Y el agujero de la camiseta se llenó de sangre.

—¡No! —gritó Raquel.

Rocco levantó a Louis y lo cargó a hombros.

—¡Vamos! ¡Vamos! —gritó.

Jaime ordenó a sus hombres que se retiraran. Tenían que proteger el Chorizo, no exponerse a una emboscada.

Mientras corría, Rocco notó que el cuerpo de Louis se volvía más blando y a la vez más pesado.

—¡Aguanta, chiquillo!

—¡Al Santa Clara! —dijo Tano—. ¡Seguidme! —añadió. Y por salvar a Louis fue como si hubiese recobrado las fuerzas que no tenía para sí mismo.

El hospital Santa Clara era un edificio de planta cuadrada, gris y de aspecto triste. Ya desde fuera, el lugar olía a desinfectante.

El vestíbulo era grande pero asfixiante. A ese olor se sumaba la peste a sudor, como a cebolla vieja, de los montones de pobres que había allí. Unos rezaban desgranando el rosario, otros blasfemaban rabiosamente. Era un zoológico, no un hospital.

Abriéndose camino a empujones, Rocco llegó a un mostrador situado al fondo de la sala.

—¡Un médico, rápido!

La enfermera alzó los ojos, unos ojos cansados y enrojecidos. Pero cuando vio que Louis perdía mucha sangre, se levantó de un salto.

—Vengan —les dijo, y les abrió camino a través de un pasillo—. ¡Doctor! ¡Doctor!

Como surgido de la nada, apareció un médico joven con la bata ajada y sucia.

—¡Camilla! —ordenó.

En un instante apareció también una camilla.

Un enfermero grande y gordo ayudó a Rocco a tumbar a Louis.

—Está mal —susurró el médico.

Louis, todavía inconsciente, tosió un coágulo de sangre.

—Es una bala, ¿verdad? Tengo que avisar a la policía —dijo el médico mientras conducían la camilla hacia el quirófano.

Rocco lo agarró de un brazo. Habló en voz baja, ronca, dura.

—Hay una guerra en la ciudad. Este chiquillo es una víctima. Los policías están corrompidos. Si los avisas, casi será preferible que ya ni intentes salvarlo. Mátalo tú, así sufrirá menos.

El médico lo miró en silencio. Luego asintió y, con voz muy grave, dijo:

—Yo salvo a la gente. No llamaré a la policía. Ni yo ni nadie de aquí. —Dio media vuelta y se fue rápidamente.

—Rosetta está en el cuarto del fondo a la izquierda —explicó Tano—. Una puta me ha contado que se la llevarán esta noche o mañana por la noche.

—Vale —dijo Rocco con voz sombría—. Yo me ocupo. Váyase a casa con su mujer —añadió, y acto seguido miró a Raquel.

Estaba pálida y había llorado. Las lágrimas, al secarse, habían dejado surcos brillantes en sus mejillas.

—No pueden estar aquí —les dijo un enfermero—. Hay una salita de espera un poco más allá.

Mientras Tano volvía a su casa, Rocco y Raquel entraron en la sala de espera, de color verde pálido. Las paredes estaban desconchadas encima de los respaldos de las sillas.

—Buenas noches —dijo una mujer de unos cincuenta años en cuanto los vio.

—Buenas noches —respondió mecánicamente Rocco.

Raquel se sentó al lado de Rocco. Y perdieron la noción del tiempo.

Cuando el medico llegó, con unos folios y una pluma, los dos se sobresaltaron.

—Tengo que rellenar los papeles —dijo el médico. Tenía la bata manchada de sangre y el rostro cansado—. ¿Cómo se llama el chico?

—Louis —respondió Rocco.

—¿Louis qué más?

—No lo sé. —Rocco cerró los ojos—. ¿No se lo puede decir él?

El médico negó con la cabeza.

A Rocco se le hizo un nudo en la garganta.

—¿Está...?

—No —contestó el médico—. No. Pero...

—Vargas —dijo con un hilo de voz Raquel—. Louis Vargas.

El médico escribió. Luego les anunció:

—El chico ahora...

—Louis. Se llama Louis Vargas —lo interrumpió Rocco.

—Louis, sí. —El médico asintió—. Veamos cómo pasa la noche.

—¿Se salvará? —intervino la mujer, formulando la pregunta que ni Rocco ni Raquel se atrevían a hacer.

—Está muy grave. Es difícil... —El médico suspiró y se marchó.

Raquel rompió a llorar.

—¿Es tu hijo? —preguntó la mujer a Rocco.

—No.

Raquel seguía llorando.

—¿Te apetece hablar? —preguntó la mujer a Rocco.

—No.

Entonces la mujer se sentó al lado de Raquel.

—¿Y a ti?

Raquel meneó la cabeza y frunció la nariz. La mujer no olía bien. Era una mezcla de tabaco, sudor y alcohol.

La mujer volvió a su sitio. Rebuscó en un raído bolso de cuero que tenía debajo de la silla, sacó una baraja de cartas y se puso a mezclarlas, con lentitud y paciencia, como si fuese algo habitual para ella.

«Seguramente también tiene a alguien ingresado en este hospital», pensó Rocco.

—¿Y usted qué hace aquí? —le preguntó.

La mujer siguió mezclando las cartas.

—¿Qué versión quieres? —dijo—. ¿La que tengo para los simplones o la verdadera?

Raquel levantó la cabeza y la miró intrigada.

La mujer le sonrió.

—¿Quién es el cretino que elige la versión para los simplones? —dijo Rocco.

—No a todo el mundo le ofrezco la opción.

«El tono de esta mujer es tranquilo y seguro», pensó Rocco.

—¿Qué tengo de especial para merecerme ese privilegio? —le preguntó con sarcasmo.

La mujer lo miró y le dedicó una sonrisa amable.

—No tienes absolutamente nada de especial —le respondió—. Solo me caes bien.

Rocco pensó que era extravagante.

—Dígame la versión para los simplones.

—Estoy aquí para ayudar a la gente porque hablo con los ángeles.

Rocco meneó la cabeza.

—¿Y la otra versión?

—¿La verdadera?

—Sí.

—Estoy aquí porque soy una vagabunda y no tengo dónde estar —empezó la mujer, con su sonrisa tranquila—. Pero, ya que estoy aquí, ayudo a la gente porque hablo con los ángeles.

Rocco pensó que estaba completamente loca.

—¿Y bien? —dijo la mujer—. ¿Quieres que te ayude con los ángeles?

—No creo en esas estupideces —respondió Rocco.

—Tienes que creer en los milagros para que se produzcan —afirmó la mujer.

—Ya le he dicho que no creo en eso —insistió Rocco.

—Pero yo sí. —La mujer, sin dejar de sonreír, guardó las cartas y dijo—: Buenas noches, arcángel Miguel.

Raquel la miró.

La mujer le guiñó un ojo.

—Me gustan todos los ángeles, pero Miguel es mi preferido —explicó. Y poco después se puso a roncar.

—¿Qué pensabas hacer? —murmuró entonces Rocco.

Raquel se sobresaltó. Rocco todavía no le había dirigido la palabra ni una vez.

—Yo...

—¿Has visto lo que hacen las balas? —la interrumpió Rocco con voz áspera. La golpeó con un dedo en el centro del pecho, con fuerza, hasta hacerle daño—. ¿Has visto qué agujero tiene Louis aquí? —Tenía la cara congestionada y temblaba de rabia. Pero hablaba en voz baja—. Se va a morir.

—No..., no se va a morir... —gimoteó Raquel.

—¿Tú también quieres morirte? —dijo despacio Rocco con voz dura.

—Yo solo quería ayudarte.

—La única forma en que puedes ayudarme es teniendo una vida mejor que la que jamás podré tener yo, cabeza hueca —refunfuñó Rocco—. Y que la que jamás habría tenido Louis. ¡Tú tienes que ser mejor que nosotros!

Se hizo el silencio.

—¿Qué vas a hacer ahora? —preguntó poco después Raquel.

—Trataré de rescatar a Rosetta.

—¿Solo?

Rocco no respondió.

—Don Tano dijo que el tango...

—Tano es un viejo zapatero. ¿Él qué carajo sabe?

—¿Y Tony?

—Y Tony es un mafioso. ¿Sabes qué significa eso? Que Dios no le ha dado alma. Y si se la ha dado, Tony ya se la habrá vendido al diablo.

—Pero tiene muchos hombres, y dijo…

—Ya veremos —zanjó el tema Rocco.

Raquel se frotó las manos con los dedos entrelazados.

—Louis tiene madre. Yo sé dónde vive… más o menos.

—Ve a la casa de Javier. Los chiquillos de la pandilla están allí. A ellos también hay que contarles lo que ha pasado. Louis es su jefe —dijo Rocco—. Y después pídeles que te acompañen donde la madre de Louis y traedla aquí.

Raquel se puso de pie.

—Cuando vuelva, ¿estarás aquí?

—No.

Raquel se metió una mano en el bolsillo y sacó el reloj que Rocco le había regalado.

—Quédatelo tú. Da suerte.

Rocco la miró y sus ojos perdieron un poco de su dureza. Aceptó el reloj.

—Vete —dijo.

Al cabo de media hora apareció de nuevo el médico.

—Ha entrado en coma —anunció sin rodeos.

—¿Eso qué significa? —preguntó Rocco.

—Es como si durmiese profundamente —explicó el médico.

—¿Y cuándo se despertará?

—Hay pocas esperanzas de que eso ocurra. —El médico bajó la mirada al suelo—. Lo siento.

—¿Puedo verlo? —preguntó Rocco.

—No —respondió automáticamente el médico. Y movió la cabeza—. Está prohibido. Bueno…, dos minutos. Solamente dos minutos.

Cuando Rocco entró en la sala donde estaba Louis sintió el escalofrío de la muerte. Todas las camas de la sección estaban ocupadas. Y en las doce camas había pacientes, hombres y mujeres, mayores y jóvenes, tumbados con los ojos cerrados, inmóviles, cuyos pechos subían y bajaban imperceptiblemente. Avanzó de puntillas, como procurando adaptarse a ese terrible y extraño silencio. Una vez que llegó a la cama de Louis, lo miró. Parecía realmente dormido. Pero estaba pálido. Tan pálido que era como si ya no tuviese sangre en el cuerpo.

Se lo quedó mirando sin saber qué hacer. Inmóvil.

Luego se volvió y salió de la sala.

—Dame diez hombres —dijo a Tony cuando se encontraron.

—¿Cuál sería el plan? —le preguntó el mafioso.

—Entramos y disparamos hasta llegar a la última habitación a la izquierda. Ahí es donde tienen a Rosetta.

—Chorradas.

—Entonces nos apostamos en la calle. Cuando saquen a Rosetta, los atacamos.

—No es tan simple. —Tony suspiró.

—Ya no hay nada simple —replicó Rocco con cara de pocos amigos.

—Pones en peligro la vida de mis hombres.

—¡Uno de los míos ya está prácticamente muerto! ¡Un chiquillo de trece años! —gritó Rocco—. ¡Y el plan era tuyo!

Tony lo miró.

—Hasta esta mañana me tratabas de usted.

Rocco lo miró.

—Quiero diez hombres.

—Te daré una camisa. Estás manchado de sangre —dijo Tony—. Pero solo puedo darte cuatro hombres.

Cuando anocheció, Rocco y los cuatro hombres de Tony se apostaron en una calle estrecha desde la que veían la entrada del Chorizo.

Poco después el automóvil de Amos se detuvo delante del burdel. Una docena de hombres armados protegían la entrada y el vehículo. Entonces Amos salió llevando de un brazo a Rosetta.

—¡Ahora! —dijo Rocco.

—No lo conseguiremos —protestó uno de los hombres de Tony.

—¿Qué carajo dices?

—Son demasiados y están esperándonos —respondió el hombre—. Es un suicidio.

Rocco sintió que la sangre se le subía a la cabeza. Cuando vio a Amos empujando a Rosetta hacia el automóvil, ya no pudo contenerse.

—¡Rosetta! —gritó, y se lanzó hacia la calle.

Rosetta se volvió, lo vio y abrió la boca.

—¡No! —gritó mientras sonaban los primeros disparos.

Amos la empujó al interior del coche, que arrancó chirriando las ruedas. El automóvil dobló a la izquierda, en una callejuela lateral, y aceleró.

—¡Rosetta! —volvió a gritar Rocco al tiempo que corría ya con la cabeza inclinada detrás de una hilera de automóviles y de carruajes.

A su alrededor estallaban cristales y astillas de madera, pero no se detenía. En cuanto llegó a la callejuela, siguió corriendo todo lo rápido que podía.

—¡Rosetta!

Rosetta lo miraba por el cristal trasero del vehículo, que cada vez le sacaba más ventaja. Volvieron a doblar y poco después Rocco desapareció. No quería parar, aunque ya era imposible darle alcance. Otro giro. Y de nuevo, pero muy lejos, apareció Rocco. Ahora la calle era recta. El coche aceleró. Rocco se convirtió en un puntito que se movía deslavazado.

De pronto, lo vio en el suelo.

Rocco había caído de rodillas. La cabeza estaba a punto de estallarle. Le ardían los pulmones. Se le habían nublado los ojos. Su resuello era tan fuerte que no oía nada. Se había rendido.

—Rosetta... —jadeó.

Pero parecía que en realidad estaba diciéndole adiós.

Luego notó el cañón frío de una pistola en la nuca.

—Y ahora muere, soplapollas.

62

El hombre que estaba detrás de él levantó el cañón de la pistola con una lentitud sádica.

Y ese fue su error.

Cuando no lo tenía encañonado, Rocco apartó de golpe la cabeza.

El disparo le retumbó en el oído, dejándolo un poco aturdido. Notó un doloroso arañazo en el cuero cabelludo. Se incorporó de un salto, ciñó la muñeca al hombre y se la retorció, y le plantó el cañón de la pistola en el vientre. Con la otra mano lo atrajo hacia sí, como si quisiese besarlo. Luego puso su índice encima del índice del hombre y apretó el gatillo. El primer disparo hizo retroceder al hombre un paso. Pero Rocco no lo soltó. No pensaba, no razonaba, no tenía un plan. No era más que un animal que se dejaba llevar por su instinto. Disparó otra vez. Y luego otra y otra más mientras el hombre, con cada impacto, retrocedía un paso. Así, le metió todas las balas del cargador en el cuerpo. Cuando lo soltó, el hombre ya estaba muerto y tenía una expresión idiota en la cara y la boca abierta, de la que goteaba un reguero de baba. Se desplomó como una marioneta a la que hubieran cortado los hilos. Con un ruido sordo.

Rocco tenía la camisa empapada de sangre del hombre. Pero además notaba algo en el cuello. Se pasó una mano. También tenía sangre allí. Pero esa sangre era suya. El primer tiro le había rozado.

Sonaron silbatos de la policía.

Rocco echó a correr de nuevo. Sin una meta. Solo por huir.

Cuando paró, no sabía dónde estaba. Era de noche. No había nadie en la calle. Las farolas de gas trazaban manchas amarillentas de luz. Lo demás era negrura.

Rocco miró hacia arriba. En busca de estrellas, quizá. En cambio, recordó a la mendiga del hospital. La que decía que hablaba con los ángeles. Meneó la cabeza. No, no podía ponerse a buscar a los ángeles. Ni a Dios.

Sin embargo, mirando el cielo reparó en un edificio altísimo. Moderno. En construcción. Enseguida capto su interés.

Se acercó a las planchas de metal que delimitaban la obra. Encontró una entrada. Pasó. La luz de las farolas no llegaba hasta allí. Tuvo que quedarse quieto unos minutos, hasta que sus ojos se acostumbraron a la oscuridad. Poco a poco, empezó a distinguir las cosas.

Pasó por delante de dos grandes montones de arena. Una pila de largas barras de hierro. Una montaña de ladrillos. Y luego se encontró delante de la que sería la entrada del edificio. Era simple, rudimentaria aún. Pero ya se intuía su futura grandeza.

Entró. La oscuridad era todavía más densa. Pero sus ojos ya podían distinguir cada mínima variación de luz. Vio unos escalones, todavía sin terminar. Empezó a subir. Llegó a la primera planta. Un único espacio enorme en el que estaban esbozados solo los muros y las columnas maestras. Lo demás estaba todo abierto. El aire entraba y salía libremente. Siguió subiendo. Segunda planta. Idéntica a la primera. Tercera planta, cuarta, quinta. Nunca había visto un edificio tan alto. Sexta planta, séptima, octava, novena. Y por encima de la novena un tejado plano, como una enorme terraza.

El cemento crujía bajo sus pies.

Pero allí, arriba, estaba lo más oscuro. La luz de la luna era casi artificial comparada con todos esos espacios negros. A medida que avanzaba veía todos los detalles. Incluso las sombras proyectadas por las más pequeñas asperezas. Un mundo gris. Totalmente gris.

Cuando llegó al borde del edificio dejó de mirar al suelo y levantó la vista.

El espectáculo lo dejó sin aliento.

Desde arriba veía todo Buenos Aires.

Inmenso. Lleno de luces. Hasta el horizonte. Se volvió. El mismo panorama. Luces y sombras, edificios, avenidas, hasta donde alcanzaba la vista. Volvió la cabeza. Al este, hacia el Río de la Plata, las luces se apagaban y aquel mundo vasto se adentraba en la oscuridad de las aguas. Y miró entonces hacia el sur, el oeste, el norte.

Luces. Casas. Edificios. Calles. Torres. Fábricas. Mercados.

Era un mundo muchísimo más grande de lo que se había imaginado yendo por su barrio.

Y de repente, con un sobresalto, supo que había perdido para siempre a Rosetta. La había tenido cerca dos veces. Pero ahora, al constatar lo inmenso que era Buenos Aires, tuvo la certeza de que no sería capaz de encontrarla. Allí, en medio de dos millones de personas, la había perdido.

Para siempre.

Miró una vez más ese mundo brillante e infinito. Y lo odió con toda su alma. Habría querido gritar el nombre de Rosetta, al menos para proclamar su desesperación.

Pero se había quedado sin aliento. Sin esperanza. Y sintió que le faltaban fuerzas.

Bajó las diez plantas lentamente, agarrándose a los muros sin fijarse en nada. Escalón tras escalón, tantos que perdió la cuenta, hasta que llegó abajo. Al infierno.

Como un autómata, cuando consiguió orientarse se encaminó hacia el hospital Santa Clara. Entró en el vestíbulo. Notó de nuevo el olor a desinfectante que se mezclaba con el de sudor rancio. Oyó el ruido de sus pasos mientras iba hacia el pasillo, sin que la enfermera que estaba en el mostrador levantase la vista hacia él. Llegó a la sala de espera verde con las sillas muy juntas.

La mendiga estaba allí, roncando con la boca abierta. En el regazo tenía sus cartas. También se hallaban los dos chiquillos de la pandilla de Louis, que dormían acurrucados uno al lado del otro, como cachorros. Y Raquel, en un rincón, tan sola que a

Rocco se le partió el corazón. Y, por último, una mujer de edad indefinible y aspecto tan ajado como un jersey viejo. Era la madre de Louis, a buen seguro. Tenía el vestido arrugado y enseñaba unas piernas bonitas. Llevaba unas medias, rojas y agujereadas, hasta el nacimiento de los muslos. A la parisina. Como las putas. También dormía.

«Pero nadie tan profundamente como Louis», pensó Rocco.

Oyó ruido en el pasillo. Se asomó. Vio a una enfermera que fumaba y se le acercó.

—¿Está el doctor? —preguntó.

La enfermera le miró la camisa manchada de sangre.

—¿Está herido? —preguntó en tono profesional, sin asustarse de su aspecto.

—No —respondió simplemente Rocco.

—¿A qué médico busca? —dijo entonces la enfermera.

—A uno joven... No sé su nombre. Ha operado al niño... A Louis Vargas.

—Ah —dijo la enfermera—. No está. Ha terminado su turno.

—¿Y cómo se encuentra el chiquillo?

La enfermera dio una larga calada al cigarrillo. Tenía los ojos enrojecidos. Era evidente que le habían preguntado eso mismo infinidad de veces. Pero también que nunca se había acostumbrado a la crudeza de las respuestas que estaba obligada a dar. Expulsó el humo casi con rabia.

—Cuanto más tiempo pasa, menos posibilidades hay de que se despierte —contestó, y enseguida dio otra calada larga al cigarrillo—. Tiene que empezar a...

—Sí —la interrumpió bruscamente Rocco. «A resignarse», quería decir la enfermera. Pero él no estaba preparado para oírlo.

—Lo siento —dijo la enfermera.

—Sí, claro. —Rocco se volvió para regresar a la sala de espera. Deseaba sentarse con Raquel. Al menos no estaría muy sola. Y él tampoco. Pero vio a la mendiga—. ¿Quién es esa mujer? —preguntó.

—¿Carmen? —respondió la enfermera—. ¿Le ha molestado?

—No, no.

La enfermera sonrió benévolamente.

—Duerme aquí desde hace tres años.

—Está loca —dijo Rocco—. Cree que habla con los ángeles.

La enfermera se encogió de hombros.

—No molesta a nadie. Al contrario. Consuela a la gente. Sabe a qué me refiero, ¿no? Da algo así como esperanza..., tranquiliza. Y nosotros le damos con mucho gusto una de las comidas de la noche. Gracias a ella, casi nunca tenemos que ir a la sala de espera a calmar a los familiares. —Se rio—. Ella se ocupa de eso. Trabaja por nosotros.

—Es absurdo.

La enfermera se encogió de hombros de nuevo.

—Pero cierto —dijo. Apagó el cigarrillo en el suelo con la suela del zapato y se marchó.

Rocco volvió a la sala de espera. Se sentó al lado de Raquel y observó a la mendiga. Vio que se le había caído una de sus cartas al suelo. Se levantó, la recogió y la puso con las otras.

La mendiga abrió los ojos. Lo vio. Tosió tan fuerte que despertó a todo el mundo.

—¿Quieres que hable con los ángeles? —le preguntó.

—Ya le expliqué que no creo en esas estupideces —respondió Rocco con rudeza.

—Entonces, buenas noches —dijo la mendiga, y un instante después estaba otra vez roncando.

Rocco vio que Raquel le observaba la camisa manchada de sangre.

—Estoy bien —la tranquilizó. Miró a los chiquillos—. Dormid —les dijo. Y luego se obligó a mirar a los ojos a la madre de Louis—. Hola, señora. Siento lo de su hijo. Yo...

Calló. Estaba a punto de añadir que había sido su culpa. Que se sentía responsable. Que Louis se estaba muriendo porque él no había sido capaz de encontrar a Rosetta solo. Y se dio cuenta de que si empezaba a hablar ya no pararía y le diría que Louis se estaba muriendo inútilmente porque de nuevo todo le había salido mal, no había rescatado a Rosetta y ahora la había perdido para siempre.

La madre de Louis tenía una mirada profunda y comprensiva. Era una mujer que había escuchado las confesiones más mierdosas de los hombres que se la follaban por unas monedas.

—Tenía otros dos hijos, además de Louis. El primero también se llamaba Louis. Es un nombre que me gusta. Lo aplastó un carruaje mientras trataba de robar una maleta. El otro, el segundo, se llamaba Grillo. No recuerdo su verdadero nombre. También vivió muy poco. Lo llamaba así porque era vivaracho y frágil como un grillo. Murió de una infección intestinal. Siempre estaba buscando comida en el vertedero municipal. —Sonrió con una especie de orgullo—. Un grillo que se peleaba con las ratas por la basura. Cómico, ¿no? Pero se ve que su estómago no tenía tanto aguante como el de las ratas. —Hizo una pausa. Y luego, con una sencillez que ponía la piel de gallina, dijo—: Y ahora, Louis.

Se hizo un silencio espectral. Al cabo, la mujer se colocó bien la falda, tapándose las piernas, y siguió durmiendo.

Raquel lloraba quedamente. Rocco la arrimó a su lado y la abrazó. Le colocó la cabeza sobre sus piernas y le acarició con ternura su pelo lacio y tieso como un cepillo.

—¿Has encontrado a Rosetta? —preguntó en voz baja Raquel.

Rocco no respondió. No hacía falta.

Al día siguiente permaneció sentado en la sala de espera como un enfermo. Notó algo en el bolsillo. Era el reloj de Raquel. Miró pasar el tiempo en el cuadrante. Su lentitud era exasperante. «En apenas una fracción de segundo he perdido a Rosetta», pensó. Y ahora ese tiempo tan lento, tan tedioso, tan inútil iba a transcurrir sin ella. La aguja de los minutos, vuelta tras vuelta, hora tras hora, pautaría y remarcaría su ausencia. Miró el reloj. No le había dado suerte como esperaba Raquel. Se lo guardó de nuevo en el bolsillo y sacó el botón de Rosetta. Era lo único que le quedaba de ella.

Por la noche volvieron todos y lo encontraron ahí, inmóvil, derrotado, sin nada en la mente aparte de pensar que había perdido a Rosetta.

Fueron apareciendo por turnos. Raquel llegó de la librería con un bocadillo para Rocco. Los chiquillos con la madre de Louis, que tenía otro agujero en las medias. Y luego aparecieron también Tano y Assunta.

Assunta miró a Rocco y le dijo:

—Gracias.

—¿Puedo ver al chiquillo? —preguntó Tano.

—No sirve de nada —balbució Rocco.

—A mí sí —dijo Tano—. A mí sí me sirve. Regresó por mí.

Rocco se levantó y condujo a Tano a la sala. Los enfermeros ya lo conocían y no dijeron nada.

Tano se acercó a la cama de Louis y lo miró.

—¡Buena la has hecho, estúpido! —exclamó con rabia y amor a un tiempo.

Luego volvió a la sala de espera y se sentó al lado de Assunta en silencio.

Rocco se sentía abrumado por su presencia.

—Lo siento —dijo de repente apretando los puños—. No lo he conseguido...

Tano no lo miró. De repente, le dio un fuerte manotazo en el pecho.

—Reacciona —le espetó. Se sacó un pañuelo del bolsillo y se limpió la mano, manchada de sangre—. Cámbiate esa camisa. Y reacciona.

Nadie habló. Y todos miraron al suelo.

La mendiga llegó poco después. El aliento le olía mucho a alcohol. Colocó su bolsón debajo de la silla, sacó las cartas y las barajó.

Rocco salió al pasillo. Esa mujer lo ponía nervioso.

—¿De verdad que cree usted en los milagros? —le oyó decir a Raquel.

—¡Qué pregunta! Por supuesto que sí —dijo la mendiga.

—¿Puede hablar con los ángeles por Louis? —le preguntó Raquel.

—Sí que podría, cariño —respondió la mendiga—. Pero ha de pedírmelo él, el que está fuera.

—¿Por qué?

—Porque las cosas son así —dijo la mendiga.

—¿Y si se lo pido yo? Soy su madre...

A Rocco le chocó la voz de la mujer. No era la voz distante de una puta, incapaz de percibir la peste de tanta mierda como ha conocido. Era la voz de una madre que hacía un ruego, con el corazón en la mano, por su hijo. El último que le quedaba.

—No, señora. Lo siento —dijo la mendiga—. No sé por qué las cosas son de esta manera. Pero son así. Los ángeles quieren que lo pida él.

—Pero ¿por qué? —Raquel no se resignaba.

—A lo mejor porque él también lo necesita. Más que vosotras. O porque es más fuerte que todos vosotros juntos y su voz se oye mejor arriba. No me preguntes cosas que no sé.

Se hizo el silencio.

—Chorradas —gruñó poco después Tano—. Que te jodan.

Rocco fue a la sala de Louis. Tras un momento de vacilación, le agarró una mano y se la apretó. Casi le chocó notarla tibia. Estaba convencido de que la tendría fría.

—Venga, chiquillo —dijo. Y se quedó un rato aferrando la mano de Louis.

Cuando volvió a la sala de espera, Tano y Assunta ya se habían marchado. Raquel, los dos chiquillos y la madre de Louis dormían. La mendiga, en cambio, estaba despierta. Rocco tuvo la sensación de que lo esperaba.

—Te llamas Carmen, ¿verdad? —le dijo.

—Sí.

Rocco le echó una larga mirada.

—Habla con tus ángeles —le pidió por fin.

Carmen asintió, seria, y se puso a barajar las cartas.

—¿Eso es todo? —dijo Rocco.

—Si los ángeles deciden ocuparse de esto, encontrarás un nudo en alguna parte —contestó Carmen sin levantar la vista de las cartas.

—¿Un nudo?

—Sí, un nudo.

Rocco permaneció en silencio un poco más.

—De acuerdo —balbució.

Carmen se rio.

—¿De qué te ríes?

—De ti —respondió Carmen—. Tú me haces gracia.

—¿Por qué?

Carmen se rio de nuevo. Después guardó las cartas en el bolso que tenía debajo de la silla, dio las buenas noches al arcángel Miguel y en pocos minutos se quedó dormida.

Rocco se removió nervioso en la silla. No daba crédito a lo que acababa de hacer. Tano tenía razón, eran chorradas. Se levantó y salió del hospital. Volvió al edificio en construcción. Subió hasta la última planta, la décima, y observó la ciudad infinita pensando en Rosetta.

Había matado por ella. Con la misma furia con la que mataba su padre.

—¿Dónde estás? —murmuró. Pero sabía que no había respuesta.

Se quedó allí hasta el amanecer. Vio salir el sol al otro lado del Río de la Plata, que se tiñó de rojo. Poco a poco, toda la ciudad pasó del negro a sus llamativos colores, como si recobrase la vida. Y a la luz del sol naciente le pareció menos inmensa.

Cuando entró de nuevo en el hospital, Raquel fue hacia él corriendo emocionada.

—Pero ¿dónde estabas? —le preguntó en tono de reproche.

—¿Qué pasa? —preguntó Rocco, temiéndose lo peor.

—¡Se ha despertado! —exclamó Raquel.

—¿Se ha despertado?

—¡Sí! —Raquel se echó a reír.

Fueron corriendo por el pasillo hasta la sala.

—No pueden entrar todos —les advirtió un enfermero.

—Apártate, imbécil... —Rocco lo empujó y siguió adelante a toda prisa.

La madre de Louis, los dos chiquillos, Tano y Assunta ya estaban allí, alrededor de la cama.

Louis, al ver a Rocco, sonrió débilmente.

—He... vuelto.

—Sí, todavía estás en el infierno. —Rocco se rio—. No te has ganado el paraíso con tu proeza, piltrafilla.

La madre de Louis lloraba en silencio.

—¿Y ella? —dijo con esfuerzo Louis—. ¿Te he resultado... útil?

—Sí —respondió Rocco—. La encontraré.

Y notó que su voz era potente. Y se dio cuenta de que volvía a creer. Apretó el reloj de Raquel. A lo mejor sí que daba buena suerte.

—Ahora tienen que salir —dijo el médico, detrás de ellos—. Debo revisar la herida y curarla, por favor.

Rocco fue el último en apartarse de la cama. Miraba a Louis y le notaba algo raro, pero no sabía exactamente qué. A lo mejor solo era que tenía los ojos abiertos. «No, es otra cosa», se dijo mientras se encaminaba hacia la salida de la sala.

—¿Quién es el graciosito que le ha hecho esto? —dijo el médico.

Rocco se volvió y lo vio inclinado sobre Louis.

—¡Estamos en un hospital, joder! —gritó el médico.

Rocco sintió que un escalofrío le corría la espalda. Una fuerte emoción lo dejó sin aliento.

Y en ese preciso instante, un segundo antes de que el médico dijese algo más, comprendió qué era lo que había notado raro en Louis.

—¿Quién es el papanatas que le ha anudado el pelo?

—Sí —repitió Rocco con convicción—. Te encontraré, Rosetta.

63

El barón pataleaba. Parecía un caballo encabritado.
—¿Cómo se han atrevido? —gritó.
La cocaína que llevaba en el cuerpo le tensaba todos los músculos. Su rostro parecía la máscara de un demonio. O la de un payaso mal maquillado. Gesticulaba con la mano de la que le habían amputado el meñique, vendada. Para parar la hemorragia le habían cauterizado la herida. Las gasas estaban amarillentas de yodo.

Enfrente de él, el vicecónsul Maraini estaba abochornado. Por la noticia que le había llevado. Y por el estado en el que lo encontraba.

—¿Cómo se han atrevido? —repitió el barón gritando de nuevo.

—Era una chiquilla... —farfulló el vicecónsul, tenso en su chaqueta cruzada—. Usted la... —Meneó la cabeza. No era capaz de decir nada más.

Le daba náuseas imaginarse lo que le habían hecho a la pequeña Guadalupe Ortiz. Raptada. Violada. Y ahora que los padres habían denunciado el hecho a la policía, las autoridades, incluidas las italianas, procuraban enterrar el asunto y conseguir que se olvidase, de manera que el poderoso noble no tuviese que pagar por su delito.

—¿Y solo por eso tendría que irme de Buenos Aires? —gruñó el barón quedamente, como si estuviese enunciando un disparate inconcebible.

Tenía los ojos muy abiertos. Luego, de repente pestañeaba dos o tres veces, muy rápido, y enseguida volvía a abrirlos de manera exorbitada. En las comisuras de los labios se le había formado una espuma blanca.

—Sería más prudente —respondió el vicecónsul—. Eso es lo que opinan tanto el embajador como el magistrado encargado...

De nuevo calló. De nuevo le costó repetirse. Un magistrado estaba encargándose de echar tierra a un hecho tan despreciable.

—Lo más prudente para esa gente es que se esconda donde yo no pueda encontrarla —dijo cada vez más exaltado el barón—. Como no lo haga, iré a matar a esa anodina chiquilla delante de sus ojos. Y luego me reiré en su cara. —Señaló con un dedo al vicecónsul—. Tengo compromisos muy importantes aquí, en Buenos Aires. Usted es el único culpable de que esa puta campesina se escapase. Y no me marcharé sin su cabeza. Sobre todo ahora, cuando he estado a punto de recuperarla. —Esbozó una sonrisa que parecía la mueca de un diablo—. Yo soy el barón Rivalta di Neroli. Recuérdeselo al embajador y a ese magistrado.

El vicecónsul bajó la cabeza.

—Por supuesto, excelencia.

El barón, iracundo, le propinó una bofetada.

—¡Lárguese! —gritó con su voz aguda—. Me pone usted nervioso.

El vicecónsul esbozó una rápida reverencia a la princesa, que había presenciado la escena con una sonrisa de estatua, fija también en su rostro arrugado por toda la cocaína que habían consumido y que no se habían molestado en esconder, dejándola allí, entre ellos, en una reluciente bandeja de plata. Luego se volvió y alcanzó la salida a pasitos cortos y rápidos, con las nalgas apretadas.

No bien se quedaron solos, la princesa rompió a reír.

—Has estado maravilloso, *mon cher*. ¡Me has deslumbrado!

El barón no se pavoneó como solía. No había fingido en lo más mínimo, como creía la princesa. Su cabeza era un volcán. Le ardía por la enorme cantidad de ideas que se le ocurrían a la vez.

Y estaba seguro de que tenía el dominio total. Como un músico con perfecto oído podría distinguir cada elemento de una orquesta sinfónica. Le encantaba la cocaína. Lo volvía invisible. Omnipotente. Y le hinchaba el pene. Se lo ponía duro.

—¡Bernardo! —gritó mientras se desabotonaba los pantalones y mostraba su media erección a la princesa—. ¡Trae aquí a Rosetta!

La princesa se rio encantada y se hizo otra raya.

El barón también se abalanzó hacia la droga.

Bernardo apareció arrastrando a la chica demente con la que habían llegado en el barco.

—Métesela por el culo y fóllatela de pie —dijo el barón.

Bernardo empujó sin miramientos a la chica contra el tablero abatible de un escritorio *trumeau* del siglo XVIII, de raíz de nogal, le levantó la falda y le bajó las bragas.

A la princesa no le gustaba mucho esa escena. Le parecía aburrida y sosa. De manera que se sentó en el sofá.

El barón, en cambio, se acercó a Bernardo para ver mejor cómo se movía dentro de la chica. Se tocó el pene, que tenía cada vez más duro, y por fin lo apoyó en las nalgas del criado.

Bernardo se apartó de golpe con la cara roja.

—No —dijo—. Esto no puedo consentirlo.

—Tú también eres mío —le espetó el barón con voz vibrante.

—No tanto, señoría —respondió Bernardo.

El barón se puso furibundo. Su rostro se contrajo en una mueca espantosa. Se acercó a la bandeja de plata y aspiró furiosamente otra raya de cocaína.

—¡Fóllatela! —gritó al tiempo que se limpiaba la nariz.

—No se me acerque demasiado, señoría —dijo Bernardo.

—¡Que te la folles! —volvió a gritar el barón en un tono tan agudo que parecía un soprano.

Bernardo empezó a penetrar de nuevo a la chica, que no había apartado en ningún momento los codos del tablero del *trumeau*.

La princesa se rio.

—Cochino —le dijo al barón.

El barón agarró un abrecartas de plata con mango de marfil finamente labrado, se acercó a Bernardo y se lo clavó en la espalda con una ira de poseso.

El criado gimió y se volvió con los ojos muy abiertos por el dolor y ya nublados por la muerte. Trató de arrancarse el abrecartas de la espalda, hincado hasta el mango, mientras las piernas ya no lo sostenían en pie y se desplomó sobre el suelo como un saco de patatas.

—Eres mío —dijo el barón con ferocidad.

Se arrodilló a su lado. Y lo miró morir agarrando ese miembro duro que había deseado siempre.

La princesa estaba petrificada. Parecía que tuviese aún en los labios la carcajada de poco antes. Pero solo era una mueca.

—¿Puedo ya co-mer un pas-te-lito? —dijo con su voz gutural y monocorde la chica.

El barón extrajo el abrecartas de la espalda de Bernardo y se lo clavó a la chica en el cuello, luego en el pecho y luego en el abdomen.

E incluso gritando de dolor y muriéndose, la chica pareció lo que era, una pobre demente.

Por fin, el barón paró. Jadeaba. Estaba totalmente manchado de sangre. Tenía sangre incluso en la cara y en la boca. Como un animal salvaje cuando termina de devorar a su presa.

—Te has vuelto loco —dijo la princesa en un tono gélido que habría sido perfecto en un salón normal, pero no en aquel teatro del horror—. Tienes que irte de mi casa. Ahora mismo.

El barón se volvió hacia ella. Y se le acercó.

—Quédate donde estás. —El tono de la princesa era mucho menos contenido.

El barón se plantó delante de ella y la apuñaló en el corazón sin la menor emoción.

La miró caerse y teñir de rojo el sofá verde brillante de pana. Luego soltó el abrecartas en la alfombra de Isfahán de seda. Se volvió hacia la bandeja de la cocaína, se limpió las manos, hizo otra raya y la aspiró. Una gota de sangre cayó en el montoncito de polvo blanco. El barón traspasó lo que quedaba en la bandeja a una bolsita en la que todavía quedaba mucha. La cerró y se la guardó en el bolsillo.

—Que nadie entre ahí —ordenó a los criados al tiempo que salía con un portazo del saloncito.

Subió a su alcoba, se lavó y se cambió de ropa. Pero las vendas de la mano con el meñique amputado siguieron rojas. Acto seguido fue a la alcoba de la princesa y sacó todo el dinero que había en la caja fuerte. Por último, abrió el joyero del tocador de la noble y, como un vulgar ladrón, se llenó los bolsillos con todos los collares, sortijas, aretes y pulseras que encontró.

Bajó al vestíbulo, donde se habían reunido los criados, señaló al conductor y le dijo:

—Saca el automóvil.

El hombre huyó despavorido. Y en un instante todos los demás sirvientes también desaparecieron.

—¡Volved aquí enseguida! —gritó el barón.

Pero nadie respondió. Y nadie se atrevió a reaparecer.

El barón miró la puerta del saloncito donde había tenido lugar la matanza. Vio sangre cerca del picaporte. Se sacó del bolsillo la *pochette* de seda con sus iniciales bordadas y limpió esa mancha que lo molestaba. Se guardó la *pochette* en el bolsillo, salió a la calle, detuvo un carruaje e indicó al cochero:

—Al Chorizo, en la avenida Junín.

Mientras el carruaje avanzaba, pensó en Rosetta.

—Y tú eres más mía que de nadie —murmuró—. Puedo hacer lo que quiera contigo.

Cuando el cochero le abrió la portezuela, el barón le pagó, entró en el Chorizo y mandó a uno de los gorilas:

—Llama a Amos.

—No está —respondió el gorila.

El barón señaló la puerta del fondo del pasillo, donde recordaba que tenían encerrada a Rosetta.

—Entonces enséñamela tú.

El gorila, que sabía exactamente a quién tenía delante y que, como todos los otros, había recibido claras instrucciones, respondió:

—Ella tampoco está. Amos la ha llevado a otro sitio.

—¿Adónde? ¿Cómo se ha atrevido? —levantó su voz chillona el barón, alterándose, mientras seguía sorbiéndose la nariz.

—No te pongas nervioso —dijo el gorila.

El barón le dio una bofetada.

El gorila lo agarró del cuello con una sola mano y apretó.

—No vuelvas a hacerlo jamás —le advirtió, y le soltó el cuello.

El barón tosió.

—Amos me dijo que si aparecías por aquí te recordara que tienes que saldar tu deuda si quieres a la chica —añadió el gorila.

El barón se metió la mano en el bolsillo. Sacó un manojo de billetes y varias joyas y se los arrojó.

—¡Toma, y dile que te he pagado!

El gorila lo miró en silencio. Luego se agachó para recoger las joyas y los billetes.

—Se lo diré, descuida.

64

Rocco había pedido a Assunta y a Tano que acogieran en su casa a Raquel. Él tenía que buscar a Rosetta y casi nunca estaría en la nave. Y además, en plena guerra, era un sitio peligroso.

Raquel estaba convencida de que, tarde o temprano, el Francés la reconocería. Sin embargo, cuando supo que se había trasladado a la fortaleza de Tony, se sintió aliviada.

Así que esa tarde Tano se presentó en la librería a la hora del cierre. Pero no entró. Raquel lo vio desde el escaparate. Estaba en la acera, intimidado por todos aquellos libros.

—¿Quién es? ¿Tu abuelo? —preguntó Del Río.

—Algo así —respondió Raquel, y consultó la hora en el reloj que Rocco le había devuelto el día anterior, cuando Louis se despertó.

—¿Puedo salir hoy cinco minutos antes?

Del Río hizo un gesto afirmativo.

—Hasta el lunes.

El día siguiente era domingo.

Raquel salió y se acercó a Tano. Ese hombre de ojos penetrantes y luminosos como gotas de cristal azul le caía bien. No siempre entendía lo que decía. Hablaba demasiado rápido y con un marcado acento siciliano.

—Assunta está en casa preparando la cena —le dijo Tano.

Raquel sonrió.

Pero Tano permaneció quieto, mirando el escaparate lleno de libros.

—Rocco me ha contado que sabes leer. —La miró—. Resumiendo, si eliges cualquiera de esos libros… ¿sabes de qué habla?

A Raquel le parecía una pregunta absurda. Pero asintió.

—Cualquiera… ¡Joder! —exclamó Tano.

Había veces en las que Raquel se avergonzaba de saber leer. Era algo que la diferenciaba demasiado de los demás.

—Vámonos, que Assunta se pone insoportable si la cena se enfría —dijo Tano. Le rodeó los hombros con un brazo.

—¿Cómo es Rosetta? —preguntó Raquel mientras echaban a andar.

—Ahora cierra el pico —le soltó Tano en tono arisco—. Aprende bien el camino, que luego tendrás que hacerlo al revés para regresar aquí.

—Sí, señor —dijo Raquel.

Tano se rio.

—No he sido señor ni un solo minuto en toda mi vida. Yo soy zapatero, no señor. Y guitarrista.

—¿Y qué toca usted?

—Rocco me advirtió que nunca te callabas. —Tano le dio una colleja—. Tienes que aprender el camino. ¡Mudo! —Dio unos pasos y luego añadió—: Bueno, toco tango y milonga. ¿Qué otra cosa voy a tocar? Es la música más bonita del mundo.

Raquel abrió la boca para hablar.

—¡Mudo! —repitió Tano, y le dio otra colleja.

Cinco minutos después llegaron a Barracas. Tano le señaló la casa azul con la puerta y las ventanas amarillas.

—Hemos llegado —anunció.

—Qué bonita —murmuró Raquel.

Tano silbó.

Assunta se asomó a la puerta.

—Está casi lista —dijo.

—Ven —pidió Tano, que mantenía su mano en el hombro de Raquel.

Assunta se les acercó.

Raquel ya había reparado en su sonrisa. Parecía un abrazo.

—Él es… Ángel el parlanchín… No, ¿sabes cómo voy a llamarte? —Tano se rio—. ¡Ángel Blablá! —Se rio más fuerte, dándose una palmada en la pierna. Luego, de repente, se puso serio—. Ángel Blablá quiere saber cómo es Rosetta. —En su voz resonó el dolor.

También la mirada de Assunta se tornó melancólica. Y los ojos se le ensombrecieron un instante, como si los hubiera atravesado una nube fugaz.

—Para saber cómo es Rosetta solo tienes que preguntar a cualquiera de las mujeres que veas pasar por aquí —respondió con su cálida voz.

—¿Sabes cómo la llaman? —dijo Tano con orgullo paterno en la voz—. La Alcaldesa de las Mujeres.

—Sí, así la llaman —lo secundó no menos orgullosa Assunta.

Después de la cena, Tano salió a la calle a tocar y cantar. Y escuchándolo, Raquel comprendió por qué el tango era la música más bonita del mundo. Era una música con alma. Y que hablaba de la vida y de la gente como ellos.

En la calle, los vecinos bailaban. Pero había un ambiente triste y tenso. Nadie preguntaba por Rosetta a Tano y Assunta para que no les diera pena tener que repetir mil veces lo mismo, y sin embargo Raquel se daba cuenta de que todos pensaban en ella. Era como si fuese un pensamiento vivo, palpitante, que podía percibirse en el aire.

El pensamiento de toda una comunidad.

—Rosetta ha dado dignidad a todas las mujeres que ves aquí —le dijo Assunta, como si le leyera el pensamiento—. Les ha dado empleo, esperanza, fuerza. La libertad de tratar de valer lo mismo que un hombre. De poder hacer sus trabajos. Y de hacer que las respeten. Que te respeten..., eso es.

Cuando Raquel se acostó en el cuartito de planchas metálicas de la planta de arriba, se dijo que Rosetta y ella tenían las mismas ideas. Pero ella solo pensaba en sí misma y fingía que era hombre. Mientras que Rosetta luchaba por las otras mujeres, no solo por ella misma. Y aun sin conocerla, admiraba cada vez más a la mujer a la que Rocco amaba con tanta pasión.

Le gustaría ayudarle. Pero no sabía cómo. Lo que le había

pasado a Louis la había aterrorizado. Seguía teniendo pesadillas con el agujero en la camiseta del Boca Juniors. Y toda esa sangre. Y luego el olor del hospital. Y Louis allí, tumbado en la cama, inmóvil como un cadáver. A un paso de la muerte.

«¡Los Boca Juniors no dejan atrás a nadie!», gritó aquel día a Louis. Pero ahora ya no sería capaz de hacerlo.

Se durmió con una profunda sensación de frustración.

A la mañana siguiente, por las calles polvorientas de Barracas, conoció a una chica llamada Dolores que le contó lo que Rosetta había hecho por ella. Y charló con la señora Chichizola, la panadera, que le regaló un pastel y después la llevó por el barrio para presentarle a todas las mujeres a las que Rosetta ayudaba, también a las del Mercado Central, que dirigían una tienda que todo el mundo creía que solo podían regentar los hombres. Por último, de vuelta en casa, se sentó en el patio, donde dos viejas desdentadas cuidaban a diez gallinas flacas. Y la más vieja de las dos le contó quién era Rosetta para ella. Y qué había dicho la noche que le regaló un huevo. «No hay razón para que seamos enemigos. Todos somos unos muertos de hambre. Tendremos que ayudarnos, no mordernos como perros rabiosos.» Y luego le contó cuánto la aplaudió la gente.

—Y ahora... —se lamentó la vieja meneando la cabeza—, ¿qué será de nosotras si no regresa?

Y Raquel comprendió que Rosetta las mantenía unidas. Era su fuerza.

Rosetta era una mujer como Alfonsina Storni. Especial.

Pero Amos la había secuestrado e iba a vendérsela al barón. Amos. Siempre él. Kailah se había suicidado por su culpa. Tamar había muerto por su culpa. Libertad se estaba muriendo. Todas las chicas del Chorizo eran víctimas de ese hombre.

Y entonces, de repente, supo cómo ayudaría a Rocco, a Tano, a Assunta y a las mujeres de Barracas a encontrar a Rosetta. De la única manera que sabía. Y, como siempre, había sido Rocco quien se lo había dicho: «Escríbelo en esos artículos tuyos que son la polla».

Subió al cuarto de Rosetta, se sentó en el suelo, abrió el cuaderno, desenroscó el capuchón de la Waterman y rellenó el cartucho de tinta.

—Ahora verás, Amos Fein —murmuró.

Se quedó escribiendo en la habitación, con la cabeza inclinada, hasta la noche.

Al día siguiente puso el artículo en un sobre, lo dirigió a Alfonsina Storni, rogó que con la guerra que había empezado no hubiera ningún hombre de Amos vigilando la entrada de *Caras y Caretas* y echó el sobre en el habitual carrito para la redacción.

Luego se fue corriendo a la librería con el corazón desbocado.

Ahora había que esperar. Lo publicarían la semana siguiente. La revista salía los martes, así que era imposible que diera tiempo a publicarlo al día siguiente.

Pero, para su enorme sorpresa, al día siguiente, cuando entró en la librería el señor Del Río la recibió con una expresión pasmada.

—¡No tengo palabras! —exclamó el viejo librero agitando en el aire una hoja doblada en cuatro—. ¡Fíjate! ¡Un suplemento especial!

«La Alcaldesa de las Mujeres», se leía en negrita.

—Escucha: «Publicamos un suplemento especial y gratuito para nuestros lectores, por una causa que los apasionará a todos, pues, como dice nuestra chiquilla sin nombre: "¡No es justo!"». ¿Te das cuenta? ¡Es increíble! —exclamó Del Río—. Han secuestrado a una mujer, y la chiquilla sabe quién ha sido... Dice el nombre y el apellido. A ver... —Buscó en el artículo—. ¡Amos Fein, eso es! Es dueño de un burdel que se llama... —Volvió a buscar en la hoja—. ¡Chorizo! ¡Avenida Junín! —Negó con la cabeza—. Pero la chiquilla no sabe dónde se esconde. ¡E invita a todas las personas honestas de Buenos Aires a buscarla y a rescatarla!

—¿Y usted cree que la encontrarán? —preguntó en voz baja Raquel.

—¡Apuesto mi viejo culo arrugado a que van a encontrarla, Ángel!

—Ojalá...

—¿Quieres que te diga una cosa? —siguió Del Río—. La policía es corrupta. Los políticos son corruptos. Buenos Aires está corrompido. —Hizo una pausa y, con los ojos muy abiertos, levantó un dedo—. ¡Pero esta chiquilla los ha puesto a todos contra la pared! —Se rio—. Hasta la gente más hipócrita pedirá la cabeza del tal...

—Amos Fein —dijo Raquel.

—Excelente. Buena memoria. —Del Río sonrió—. ¡Los ha jodido bien! No podrán hacerse los tontos. —Suspiró—. Lástima que la chiquilla sea judía.

—¿Por qué?

—Habría sido mejor que el mérito de este asunto lo hubiese tenido un cristiano como nosotros, ¿no crees? —Del Río se encogió de hombros. Se rio otra vez—. De todos modos, también deja fatal a los judíos. Tanto a los que llevan la prostitución como a la comunidad.

Raquel asintió. Había atacado a Amos frontalmente. Pero tampoco había escatimado duras denuncias contra la comunidad. Porque mientras escribía se había dado cuenta de que no solo detestaba a Amos y sus atrocidades, sino que además despreciaba con todo su ser a quien, de hecho, no hacía nada. Por sus hermanas, sobre todo.

—¿Dónde está ese párrafo...? —Del Río recorrió la hoja con el índice—. Ah, aquí. «La comunidad dice que no se lava las manos, como leí en una entrevista de *La Nación* que me llevó a contar la historia del asesinato de Tamar Anielewicz, cometido también por Amos Fein.» ¡Canalla! —gruñó Del Río—. Y encima es asesino... Pero escucha: «Pegan pequeños carteles por las calles del barrio. Invitan a las chicas a ir donde ellos, a dejarse ayudar. Pero es hipocresía. Esas chicas están presas en los burdeles, no salen nunca. Y nueve chicas de cada diez, cuando no diez de cada diez, son analfabetas, no saben leer. Y esto también gracias a nuestra cultura, porque una mujer no debe leer, no debe pensar, no debe cantar, no debe hacer nada aparte de ser una buena esposa en un matrimonio concertado por las familias». Cosas duras, ¿eh? Escucha: «Yo he nacido judía. Me he criado como judía. Mi

sangre es judía. Sin embargo, en mi corazón ya no soy judía. Ya no quiero ser judía, ni cristiana ni musulmana. Quiero convertirme en un ser humano. Solo en eso. En un ser humano que, como la Alcaldesa de las Mujeres, lucha por la libertad, el respeto y la dignidad de las mujeres. Perdí el libro de las oraciones que fue de mi queridísimo padre. Desde entonces, no he vuelto a rezar».
—Del Río hizo una pausa. Y luego leyó el final, con énfasis—: «Soy la chica sin nombre. Soy los ojos de quien no tiene ojos. Miro lo que los demás fingen no ver».

El timbre de la puerta de la librería sonó.

Un cliente entró agitando un suplemento especial.

—¿Lo ha leído? ¡Hay que encontrar a ese criminal y salvar a la mujer!

—Lo encontraremos —dijo Del Río—. ¡Como que hay Dios!

Esa noche, sentada en la calle con Tano y Assunta, Raquel leyó lo que había escrito en el suplemento a los vecinos. Y, como no paraba de llegar gente, lo leyó más de una vez. Y conforme lo releía, aquellos que ya lo habían escuchado repetían con ella las partes que más les habían impresionado. Hasta que, en la última lectura que hizo, fue como si la gente entonase un coro. O una canción. O un grito de protesta que desde Barracas se extendía por todo Buenos Aires.

Al día siguiente, en la librería desierta, sobre la hora del almuerzo, cuando Del Río se disponía a cerrar, entró una pareja.

—Judíos —susurró Del Río a Raquel—. Mejor que no lo vean —añadió, y puso el suplemento debajo de un libro.

—No hace falta que lo esconda, señor Del Río —dijo el hombre enarcando una ceja—. No se habla de otra cosa.

—No quería ofender su sensibilidad, señor Pontecorvo —se justificó el librero.

—Los de la comunidad judía somos los que más deseamos que detengan a ese sujeto despreciable que difama el nombre de los judíos —afirmó el señor Pontecorvo—. El problema, en todo caso, es que también esa chiquilla difama gratuitamente el nombre de los judíos.

—Pero no es una auténtica judía —opinó con altanería la mujer.

—Estoy de acuerdo, querida. No tiene ni idea de lo que significa ser un auténtico judío —dijo el señor Pontecorvo a la vez que se acariciaba la perilla.

—O a lo mejor el comportamiento de la comunidad ha hecho que vea de otra manera lo que significa ser judío —intervino Raquel, incapaz de dominarse.

De repente, le parecía que ya no podía reprimir la ira por las injusticias del mundo. La ira por las muertes injustas, la ira por la injusta miseria que atormentaba los barrios pobres. La injusticia que padecían chicas como ella, o Tamar, o la pequeña Kailah o Libertad, arrancadas a sus familias con engaños. La injusticia de las violaciones que tenían que sufrir a diario. Y lo injusta que era esa pareja que hablaba de todo ese dolor con afectación, con distancia, con arrogancia. Con hipocresía.

—A lo mejor ha conocido a gente como ustedes, personas que no hacen nada por esas chicas, y se le han quitado las ganas de sentarse cerca de ustedes en la sinagoga —añadió Raquel.

—¡Ángel! —exclamó Del Río—. Perdonen, señores.

—¿Cómo te atreves, chiquillo? —exclamó el señor Pontecorvo—. ¿Qué sabes tú de lo que nosotros hacemos?

—¡Sé que niegan una sepultura digna a esas chicas!

—¡Ángel, ya basta! —dijo Del Río.

—Son prostitutas —masculló la señora Pontecorvo, como si solo pronunciar esa palabra la ensuciase.

—¡Son esclavas! —se inflamó Raquel, que ya no podía callarse. Era como si la presión hubiese hecho saltar el tapón. Ni ella misma se reconocía mientras hablaba. Pero ya no conseguía parar—. ¿Por qué no se llevan a esas chicas a su casa como criadas? Era lo que creían que harían aquí. ¿Por qué no las sacan de esos burdeles asquerosos, y les dan de comer y un sitio donde dormir y cuatro monedas para que se compren una cinta de colores para el pelo, como cualquier niña, y les quitan de encima a cincuenta hombres por día?

Del Río estaba boquiabierto, mudo. No podía creer lo que ocurría.

—No sabes lo que dices, niño grosero —espetó llena de rencor la señora Pontecorvo.

Raquel apretó los puños. Ya no iba a detenerse. No era su voz la que hablaba, sino la voz de todas esas chicas a las que había visto, la voz de todo su dolor.

—Señora, ¿cómo viviría usted si su marido quisiera poseerla cincuenta veces al día? Cada día. Los siete días de la semana. ¿Eh? —Apretó los labios, furiosa—. Y he dicho su marido, no cincuenta desconocidos borrachos, sucios, violentos...

—No digas esas cosas... —se quejó la señora Pontecorvo.

—¡Cincuenta veces al día! —le gritó a la cara Raquel.

—¡No te consiento que hables así a mi esposa!

—¡Cincuenta veces al día! —gritó todavía más fuerte Raquel. Y se disponía a gritarlo de nuevo, pero se contuvo.

La señora Pontecorvo había apoyado una mano temblorosa en el brazo de su marido. Estaba pálida y una lágrima le surcaba la mejilla.

—Señor Del Río, este vándalo no puede hablar así a mi esposa —dijo el señor Pontecorvo—. ¡Exijo que lo despida!

—Cállate —susurró la señora Pontecorvo—. ¿Has oído lo que ha dicho?

—¡Obscenidades! —exclamó el marido.

Ahora la señora Pontecorvo tenía las mejillas empapadas de lágrimas.

—Sí, obscenidades —repitió con voz grave, llena de dolor, mirando a Raquel—. Obscenidades... que nosotros permitimos.

Se hizo el silencio.

Del Río y el señor Pontecorvo no sabían qué hacer.

Y entonces Raquel, mirando a la mujer, le dijo:

—Gracias, señora.

La señora Pontecorvo asintió y luego agarró a su marido del brazo.

—Vamos a la sinagoga. Debemos hablar con el rabino.

Una vez que salieron, Raquel permaneció un instante mirando al suelo.

—Lo sé. Estoy despedido.

Del Río se sentó en su sillón de madera, detrás del escritorio.

—Me ha gustado trabajar para usted —añadió Raquel.

Se encaminó hacia la salida. Abrió la puerta.

—Ciérrala —la detuvo Del Río—. Y ven aquí.

Raquel cerró la puerta y volvió al escritorio.

—¿Cómo te llamas? —le preguntó Del Río.

—Ángel...

—Ni tú ni yo nos llamamos como hemos hecho creer a todo el mundo... —Del Río sonrió de una manera extraña—. Yo, por ejemplo, acabo de descubrir mi verdadero nombre. ¿Quieres saber cuál es?

Raquel lo miró sin decir nada.

—Me llamo Gran Imbécil. —Del Río se rio. Luego se inclinó hacia ella, sin agresividad. Al contrario, con una ternura que nunca había mostrado. Y su voz era suave, clara. Quizá incluso emocionada—. ¿Y tú cómo te llamas..., chiquilla sin nombre... que eres los ojos de quien no tiene ojos y miras lo que nosotros fingimos no ver?

65

—Rocco... —murmuró Rosetta.

Ya era la segunda vez que lo veía en el suelo mientras ella se alejaba en un coche. La primera vez fue cuando la ayudó a huir, recién llegados a Buenos Aires, y ella se subió en el automóvil del Francés. Y de nuevo, el día anterior, lo había visto desplomarse, exhausto, mientras Amos se la llevaba. Pero lo que más la aterrorizaba era que había visto que un hombre se acercaba a Rocco y le apuntaba con una pistola a la cabeza.

—Rocco... —murmuró de nuevo.

Ahora no la drogaban. La tenían atada a unos tubos. Y ya no estaba desnuda. Estaba sentada en el suelo, con las manos a la espalda. Pero tenía el vestido húmedo. Y olía mal. Había tenido que mear en un orinal, delante de Amos y sus hombres. Le habían bajado las bragas y levantado la falda. Luego la habían empujado hasta el orinal. Le habían dicho que se diera prisa. Y después le habían subido las bragas y bajado la falda. Pero un poco de lo que había en el orinal se había derramado al suelo, donde, acto seguido, la obligaron a sentarse de nuevo. Había notado que el vestido se humedecía. Y por eso ahora olía mal. Era como si se hubiese meado encima.

—Rocco... —repitió. Muy bajo para que no la oyeran, pero lo bastante alto para oírse ella.

No decía otra cosa desde hacía horas. Solamente eso. Repetir el nombre de Rocco. Lo había visto enfrentarse a las balas por ella. Había mantenido la promesa que le hizo. La había buscado durante todo ese tiempo. Y por fin la había encontrado. Ahora la había perdido otra vez. Pero Rosetta sabía que no iba a rendirse.

—Rocco... —dijo de nuevo.

Porque pronunciar su nombre, y escucharse pronunciarlo, le infundía fuerzas. Y esperanza. No, más bien la certeza de que la salvaría.

Una vez más.

—Rocco.

Amos y sus hombres estaban unos metros más allá. Jugaban a las cartas. Fumaban. Estaban tensos. Alerta. De vez en cuando, se oía una carcajada. Pero lúgubre. Una carcajada que rebajaba la tensión. Que no dejaba rastros de alegría. Por cualquier cosa se levantaban de las sillas desvencijadas, se acercaban a las ventanas sucias y miraban hacia la calle, preocupados. Por cualquier cosa discutían, nerviosos. Sus voces resonaban en aquel espacio grande, inmundo y abandonado. Era una antigua fábrica. O un almacén. Había cajones de botellas amontonados por todas partes. Y fragmentos de vidrio que brillaban cuando la luz los acariciaba.

Se oyó llegar un automóvil y detenerse.

Todos los hombres sacaron sus pistolas.

Llamaron a la puerta corredera de metal. Dos veces. Pausa. Dos veces. Pausa. Tres veces. Luego la puerta empezó a abrirse.

Los hombres guardaron las pistolas mientras entraba un hombre que cargaba una bolsa. La depositó en la mesa, delante de Amos.

—El baboso ha traído esto —anunció.

Amos miró dentro de la bolsa. Extrajo billetes.

—Ciento cincuenta mil —dijo el hombre que estaba enfrente de él.

Amos sacó joyas. Diamantes, rubíes, topacios, esmeraldas, perlas, oro.

—¿Y qué carajo voy a hacer con esto, Esteban? —preguntó.

—Deben de valer una montaña de dinero —dijo Esteban.

Amos tenía unos papeles sobre la mesa. Una hoja grande doblada en cuatro. Rosetta vio que después de leerla se ponía rojo y que despotricaba. Y un periódico. Señaló un artículo con una foto.

—¿Sabes qué pone aquí?

Esteban miró la foto.

—Es la casa de la princesa.

—La ha matado —dijo Amos—. A ella, a una chica y al criado. ¿Sabes qué significa eso? Que ahora buscan al barón por esa puta matanza. En este dinero no figura el nombre de la princesa. Pero sí en estas joyas. ¿Querrías que te las encontraran encima?

—No —contestó Esteban.

—Claro que no.

—Mierda —masculló Esteban con cara de preocupación.

—¿Qué pasa?

—El barón está en el Chorizo.

—¿Qué carajo cuentas? —Amos se puso de pie de un salto.

—Vino a traerme todo esto y dijo… dijo que te esperaría allí… Se ha vuelto loco —explicó Esteban.

Amos siguió de pie, inmóvil. Pensaba.

—Lo echo a la calle a patadas —propuso Esteban.

—No, idiota —le espetó Amos—. Si la policía lo encuentra lo mete en la cárcel, y adiós dinero. Y aunque la policía no lo encuentre, ¿cómo lo encontramos nosotros? ¿Qué carajo tenéis todos en la cabeza? ¿Mierda? Regresa al Chorizo y llévatelo a un lugar seguro.

—Pero… ¿adónde?

Amos lo miró.

—A tu casa.

Esteban sonrió.

—No estoy bromeando. —La voz de Amos era cortante como un bisturí.

Esteban dejó de sonreír.

—Está mi mujer.

—Tu mujer me importa un huevo —lo interrumpió Amos—. Échala. Pero al barón métemelo en tu casa, quédate con él y llévate una buena cantidad de cocaína, así al menos se distraerá.

Esteban bajó la cabeza y asintió.

—Y córtale tú la carne, no le des un cuchillo —se mofó Amos.

Mientras Esteban salía, Rosetta empezó a temblar y a llorar, sin poder contenerse.

Amos la miró.

—Eres guapa. Una auténtica preciosidad. Pero yo, desde luego, no me gastaría tanto dinero para matarte. —Se volvió hacia uno de sus hombres y le ordenó—: Sal corriendo y di a Esteban que espere. Tiene que llevar un regalito al barón —apostilló, y se sacó la navaja de debajo de la correa, la abrió y se acercó a Rosetta.

Ella se encogió todo lo que pudo. Estaba aterrorizada.

Amos le pasó la punta de la navaja por la cara.

—¿Un ojo? —dijo con su mueca maliciosa—. ¿O una oreja? —Se rio al tiempo que le introducía la hoja por el pelo.

Le agarró un mechón y se lo cortó.

Rosetta gritó.

—No duele, mentirosa —se burló Amos. Le tomó una mano y le hizo un pequeño tajo—. Esto sí que duele un poquito —dijo, y pasó una punta del mechón de pelo que le había cortado por la sangre que brotó.

Esteban ya había regresado.

Amos le tendió el mechón.

—Dáselo al barón. Dile que esto no es más que el principio. Como no encuentre el resto del dinero pronto, se la mandaré a casa en trocitos. Y procura que te crea.

Rosetta, en su rincón, lloraba aterrorizada. Y ya era incapaz de pronunciar el nombre de Rocco.

—Id a llamar a Jaime —ordenó Amos.

Uno de sus hombres desapareció rápidamente.

Amos se sentó de nuevo a la mesa. Asió la hoja doblada en cuatro, la miró por enésima vez y maldijo.

Antes de que pasara media hora apareció Jaime, seguido por cuatro tipos armados hasta los dientes. No hacía falta un ojo experto para darse cuenta de que esos hombres eran mucho más peligrosos que los gorilas de Amos. No se encargaban de vigilar a las putas. Tampoco de amenazar a otros proxenetas. Aquellos hombres eran soldados de la peor calaña. Eran asesinos profesionales.

—¿Qué quieres? —dijo Jaime—. ¿Ya tienes el dinero?

—Tengo algo mejor —respondió Amos.

Jaime miró a Rosetta.

—Espero, por tu bien, que no estés ofreciéndome un polvo.

Amos negó con la cabeza. Abrió la bolsa con las joyas y la volcó sobre la mesa. Había escondido los billetes.

—¿Qué me dices? ¿Alguna vez has visto una maravilla así?

Jaime se acercó. Miró las joyas.

—¿Y de dónde salen?

—¿Acaso importa?

—Si salen de donde me imagino… —dijo golpeteando con un dedo el ejemplar de *La Nación* con la foto de la casa donde había ocurrido la matanza—. En fin, si salieran de ahí, por ejemplo, podrían ser muy peligrosas, ¿no crees?

Amos se encogió de hombros.

—Tú vives en Montevideo, no en Buenos Aires. ¿Quién va a leer *La Nación* allí?

—Aunque sea verdad lo que dices, hay que llegar a Montevideo.

—¿Y a ti te cuesta llegar? —Amos se rio—. He visto tus lanchas. La policía no las tiene tan rápidas.

Jaime guardó silencio al tiempo que lo miraba fijamente.

Amos era cruel. Sádico. Jaime, en cambio, carecía de emociones. Amos tenía un corazón negro como un ojete. Jaime no tenía corazón. Ni alma. Ni nada humano. Y Amos temía a Jaime. Y también a todos sus hombres.

—¿Cuánto valdrán? —dijo al fin Jaime, jugueteando con las joyas.

—¡Un millón! —exclamó Amos.

—¿Un millón?

—Por lo menos.

Jaime tomó un collar de diamantes y esmeraldas con un enorme rubí en forma de lágrima. Se puso detrás de Amos, se lo colocó en el pecho y luego, con delicadeza, cerró el broche. Volvió a mirarlo desde delante.

—Te sienta de maravilla —dijo.

Entonces eligió una diadema de brillantes y oro blanco y se la ciñó a la frente. Siguió rebuscando entre las joyas, sacó dos pendientes largos y pesados, con el cierre de clip, y le puso uno en cada oreja.

Amos no se movía.

Los hombres de Jaime habían levantado sus metralletas sin que su jefe se lo hubiese ordenado. Estaban entrenados.

Rosetta podía notar que el miedo cundía alrededor.

Jaime miró a Amos.

—Con un poco de carmín estarías perfecto...

Amos no se movía. No se atrevía a quitarse esas joyas pese a que sabía que estaba ridículo.

—Dinero —dijo Jaime—. Solo acepto dinero. —Se inclinó hacia Amos—. Y no me gusta forzar el motor de mis lanchas. Terminan consumiendo demasiado combustible cuando van a tope.

Se volvió y se dirigió hacia la salida de la fábrica.

Los mercenarios lo siguieron sin dar la espalda a los gorilas en ningún momento.

Jaime se cruzó en la entrada con dos hombres, feos y regordetes, con trajes que debían de costar un riñón, pero en ellos parecían trapos. Eran vulgares, por dentro y por fuera.

Los dos hombres no se dignaron a mirarlo y se dirigieron hacia Amos con pasos pesados.

—Buenas noches, Noah —dijo Amos a uno de los dos.

Rosetta percibió que también a ese le tenía miedo. Pero era un miedo distinto. Como el que se le puede tener a un jefe.

El hombre llamado Noah, que tenía una cara redonda y picada de viruela y un grueso mostacho, miró a Amos cuando se disponía a quitarse las joyas.

—No. Te sientan bien. Hacen que parezcas el capullo que eres —dijo—. Pero yo que tú, cuando nos hayamos ido las metería en una bolsa con una piedra y las arrojaría al Riachuelo.

—Sí, Noah... —Amos se dirigió al otro—. Buenas noches, Simón.

Este ni se inmutó.

Noah sujetó la hoja doblada en cuatro. Luego miró a Rosetta.

—¿Ella es la famosa Alcaldesa de las Mujeres?

Rosetta trató de empequeñecerse todo lo que pudo. ¿Qué tenía que ver ese papel con ella?

Amos asintió.

—Y esa chiquilla que escribe de ti y de ella —continuó Noah—, ¿cómo es que sigue por ahí? ¿No te has parado a pensar que sabe demasiadas cosas?

—Sí, pero todavía no he conseguido...

—Es más que evidente que no lo has conseguido —lo interrumpió Noah, despectivo, pero sin levantar la voz—. Como también es evidente que te habíamos sobrestimado. Eres un buen reclutador. Eliges chicas de calidad, ya conoces bien los trámites, pero...

—Pero, como hemos dicho, eres un capullo... —se oyó a Simón por primera vez. Hablaba tan bajo que su voz se antojaba una simple vibración.

Rosetta asistía a la escena con una sensación de irrealidad. Amos parecía la caricatura de sí mismo con esas joyas.

—¿De quién es el Chorizo? —preguntó Noah—. Estoy un poco confundido.

—Vuestro.

—Ah, entonces me acordaba bien. —Noah asintió. Volvió a tomar la hoja doblada en cuatro—. «Amos Fein —leyó— es dueño del Chorizo, un burdel en la avenida Junín, y allí ocultaba a la mujer secuestrada. Pero ahora...» Bla, bla, bla... y sigue.

—¿Sabes qué está pasando ahora mismo en el Chorizo? —La voz de Simón vibró—. Lo están abandonando.

Amos intentó decir algo.

Pero Noah se lo impidió.

—No hemos venido a escucharte —le espetó—. Hemos venido a hablar nosotros.

Amos asintió. La diadema que tenía en la frente se le resbaló un poco y se quedó ladeada. Pero no se la recolocó.

—Las chicas se van a otro sitio —continuó Noah—. Las meteremos en las otras casas, hasta que abramos una nueva. Lo que hay dentro, me refiero a las cosas que todavía pueden valer, nos lo llevamos. Del Chorizo quedará solo el esqueleto. En una sola noche. Porque mañana mismo la policía habrá de fingir que interviene.

—Todo esto tiene un coste —dijo Simón—. Muy elevado. Y ya sabes que a nosotros nos importan mucho los negocios... y que no nos gusta perder dinero. Tú te harás cargo de ese coste. Con los intereses. Así que procura ganar esta guerra, porque de lo contrario te meteremos en pelotas en un cuarto para maricas y conocerás en tus carnes qué significa ser puta.

—¿Hemos terminado? —preguntó Noah a Simón.

—No —respondió Simón—. Es un capullo. De manera que tenemos que decírselo todo.

—Ah, claro —lo secundó Noah, que obviamente solo había fingido ignorar qué más tenían que decirle. Miró a Rosetta—. Esa chica tan guapa, por supuesto, no puede seguir viva.

Durante un instante Rosetta creyó que no sería capaz de contener los gritos.

—Ese hombre, el barón, está dispuesto a pagar dos millones por ella. —Amos acababa de hablar por primera vez—. Y yo... necesito el dinero.

—Sí que lo necesitas —se mofó Noah.

—Pues que te pague, capullo, y luego deshazte de los dos —dijo Simón.

Se volvió y precedió hacia la salida a Noah, el gran jefe de la Sociedad Israelita de Socorros Mutuos Varsovia en persona.

Antes de que los otros hubieran terminado de salir, Amos ya se había arrancado con rabia las joyas. De inmediato se volvió hacia Rosetta.

Rosetta trató de moverse, pero las cuerdas que la sujetaban a los tubos se lo impedían.

Amos se le acercó. En sus ojos había tanto odio que parecían a punto de reventar. Los dientes le rechinaban. Y comenzó a darle patadas.

—No duele... No duele... —murmuraba Rosetta mientras sentía que la piel y los huesos se le desgarraban y rompían, como cuando su padre, en Alcamo, le pegaba con la correa—. No duele.

66

—Tus hombres son unos cobardes. —Rocco estaba en la fortaleza de Tony. No se había sentado. Delante de él, además de Tony, estaba el Francés—. Nunca podrás ganar la guerra con cobardes.

—Ve al grano —dijo Tony—. ¿Qué quieres?

—Quiero dirigir la guerra —respondió Rocco—. Como yo diga.

Tony negó con la cabeza y se rio.

—Olvídate de eso.

Rocco se sentó.

—¿Te has enterado de lo que ha pasado esta mañana?

—No ha pasado una mierda —dijo Tony.

Las mujeres de Barracas, airadas por el artículo de Raquel, se habían congregado espontáneamente y recorrido despacio las calles del barrio con un rumor sordo, a la manera de un río tan majestuoso como temible. Sin gritos. En dirección hacia el Chorizo, en la avenida Junín.

Las autoridades, informadas de la manifestación improvisada, comprendieron enseguida que en esa ocasión no podían faltar. Enviaron policías que, en vez de impedir la marcha —como temieron las mujeres cuando los vieron aparecer—, se colocaron en cabeza, como si ellos la dirigieran y la hubieran convocado.

Pero cuando los agentes derribaron la puerta del palacete de color mostaza de la avenida Junín, hubo una tremenda decepción.

El Chorizo estaba vacío. Como si nunca hubiese existido. No

solo las chicas, sino también los muebles, las camas, las sábanas, los colchones, la vajilla..., todo había desaparecido en una noche.

Y con todo ello, el motivo que había dado pie a esa manifestación.

Se hizo un profundo silencio. Y luego, de una en una, las mujeres se fueron por su camino, dispersándose.

—No ha pasado una mierda —repitió Tony con una sonrisa cínica.

—Si tú tuvieses un ejército como ese ganarías la guerra.

—¿Qué carajo dices? —Tony se rio—. ¿Un ejército de mujeres?

—Un ejército de corazones —respondió Rocco con el semblante serio—. Tanto tus enemigos como tus hombres no son más que perros rabiosos. No son lobos.

—También los perros muerden.

—A quien tiene corazón no le cuesta nada arrancarles esos dientes podridos.

Daba la impresión de que a Tony le gustaba hablar en esos términos, advirtió el Francés. Era evidente que Rocco le caía bien. Y podía comprenderlo.

—Con o sin corazón, el pueblo no es nada, Bonfiglio —dijo Tony.

—El pueblo es la sangre de esta ciudad —estalló Rocco. Cuanta más ironía mostraba Tony, más parecía perderla él—. Si no, ¿cómo podrían enriquecerse las sanguijuelas como tú y todos los demás ricachones? Vosotros vivís porque chupáis la sangre al pueblo.

—Tendrías que ser político o revolucionario —se burló Tony.

—Y tú tendrías que aprender el significado de la palabra «justicia».

—Empiezas a comportarte como un imbécil, y eso ya no me gusta —dijo Tony—. ¿Crees que también los mercenarios de Amos son unos perros?

—No. Esos son pirañas —respondió Rocco—. Pero solo atacan si hay carne para comer. Y Amos debe tener cuidado, porque si no hay otra carne, él también se convierte en un bocado apetitoso para ellos. Tienes un montón de dinero. Yo que tú compraría un buen trozo de carne para esos mercenarios y se lo arrojaría a la boca.

—Tiene razón —intervino por primera vez el Francés.

Tony lo miró.

—Amos está solo —continuó el Francés—. Nadie ataca desde hace días a tus hombres. Su ejército está esperando la paga..., la carne. —Tomó el ejemplar de *La Nación* de esa mañana. Señaló un artículo que hablaba de nuevo de la matanza en el *palacio* de la princesa de Altamura y Madreselva. Había una foto en la que aparecía el barón en una recepción de hacía un tiempo—. Se ha descubierto que violó a una niña. Apuesto a que estaban tapándolo todo. Pero ya no pueden encubrirlo por más tiempo... Dudo que Amos consiga dinero del barón.

Tony miró a Rocco.

—Eso significa que tu chica vale cada día menos —dijo en tono serio.

Rocco apretó las mandíbulas.

—¡Ayúdame a encontrarla! —casi gritó.

Tony se volvió hacia el Francés.

—Ya estamos en ello.

—Los proxenetas hacemos frente común solo contra la policía —explicó el Francés—. En lo demás siempre estamos enfrentados. Y somos unos cobardes. Tony ha amenazado a la policía como es debido, así que encontrará a Amos en su nombre. Y se deshará de él con mucho gusto. Un chiquillo vendrá a comunicárnoslo. No uno de ellos, por supuesto. Pero así sabremos dónde está.

—¿Cuándo? —dijo Rocco.

Ni Tony ni el Francés respondieron.

Rocco creía que iba a volverse loco. ¿Y si la encontraba tarde?

En ese momento apareció Catalina, la hija de Tony, hermosa como el sol. Un sol negro, pero sol al fin y al cabo. Abrazó a su padre y lo besó en la mejilla.

—El coche está por fin reparado —dijo radiante—. Ya no aguantaba estar más tiempo en casa.

Tony la miró y resplandeció. Le tomó la mano y se la besó.

Luego la atrajo de nuevo hacia sí y la obligó a sentarse en sus rodillas, como si fuese una niña.

—Voy a salir con mis amigos, papá —anunció Catalina en tono quejumbroso—. Me están esperando.

—Quédate aquí un momentito más —le pidió Tony con una sonrisa.

—Me esperan.

Tony la abrazó, luego le tomó el rostro entre las manos y la besó en la frente.

—Eres la chica más guapa de Buenos Aires. No, eres la chica más guapa del mundo.

Catalina se puso de pie.

Tony la retuvo un instante más de la mano, sin dejar de sonreír, embobado.

—Y también eres la chiquilla más consentida del mundo.

Catalina se rio.

Tony miró a uno de sus hombres.

—Pedro, ve con ella.

—Uf... —rezongó Catalina.

Tony volvió a sentarla en sus rodillas y le dio un beso.

—No seas tan niña.

Catalina se rio. Entonces reconoció a Rocco.

—¡El hombre malo!

Rocco le hizo un gesto con la cabeza.

—Cara de Perro ha reparado el coche, pero ha dicho que tenía que cerrar el taller —explicó Pedro—. Su mujer se encuentra mal.

Tony asintió distraídamente.

Pedro miró a Rocco.

—Cara de Perro, bonito apodo —se mofó.

Pedro era uno de los hombres que habían estado con él en el Chorizo y que se habían negado a entrar en acción. Y por su culpa no pudo rescatar a Rosetta,

—Tengo también uno para ti —le dijo—. Corazón de Conejo.

Pedro apretó los puños.

—Ven, anda —le espetó Rocco poniéndose de pie y tirando la silla.

Sentía tanta ira y frustración que no deseaba otra cosa que emprenderla a puñetazos con ese infeliz cobarde. Lo mandaría a criar malvas.

—¡Quieto, imbécil! —intervino Tony, y fulminó a Pedro.

—Cuando esta guerra termine —gruñó Pedro mirando a Rocco—, juro que haré que te arrepientas.

—Sí —le respondió Rocco—. Si te doy la espalda, seguro que sí.

Catalina resopló y se dirigió corriendo hacia la puerta. Pedro la siguió.

Tony la vio marcharse sin dejar de sonreír. Como si no hubiese nadie más en el mundo. Luego, cuando Catalina hubo desaparecido al otro lado de la puerta, se volvió hacia Rocco.

—Nunca he sabido si eres más valiente que idiota o al revés —le dijo.

—Ni una cosa ni la otra —replicó Rocco al tiempo que recogía la silla del suelo—. Tengo un motivo, un motivo auténtico, para ser como soy. Quiero salvar a la mujer que amo. No como tú y Amos, que pensáis únicamente en el dinero.

Tony lo miró un momento, y al cabo se dirigió al Francés:

—¿Y bien? ¿Qué va a hacer Amos ahora?

El Francés señaló a Rocco.

—Lo que él acaba de decirle a Pedro. Te atacará por la espalda.

—¿A qué te refieres?

—Te dará por donde más duele —contestó el Francés—. Donde no te lo esperas. Donde solo un cobarde lo haría.

De repente, Tony palideció.

—Cara de Perro no tiene mujer… —murmuró. Se puso de pie de un brinco—. ¡Catalina! —gritó, y echó a correr hacia la puerta que acababa de cerrarse—. ¡Detente, Catalina!

Llegó a la puerta justo cuando sus hombres la abrían.

La explosión la partió como si fuese una tabla de aglomerado, con un calor tan sofocante que el barniz de la madera se resquebrajó inmediatamente llenándose de burbujas como ampollas. La onda expansiva tiró a Tony y sus hombres al suelo, dentro de la nave.

Tony se levantó enseguida.

—¡Catalina! —gritó lanzándose afuera.

Entretanto, Rocco y el Francés ya habían salido.

Fuera había dos cadáveres. Un gorila estaba despanzurrado contra el muro de la casa. Pedro, en cambio, en un charco de sangre, había sido lanzado a la acera del otro lado de la calle.

—¡Catalina! —gritó Tony con la voz quebrada.

Rocco lo retuvo.

El coche parecía una enorme lata aplastada. Las llamas se elevaban al cielo formando una columna de humo negro y denso.

La imagen más espeluznante era la figura reconocible, casi altiva, de Catalina aferrada al volante. Negra. Carbonizada. Y sin embargo aparentemente entera. Pero solo duró el tiempo de verla. Luego, como una escultura de arena, se desintegró.

—¡Catalina! —resonaba la voz de Tony, más alta que cualquier otro ruido, más sombría que las llamas que devoraban lo que quedaba, más desgarradora que los gemidos de las planchas de metal que se retorcían como si fuesen lo único que seguía vivo—. ¡Catalina!

Al cabo, el asfalto empezó a derretirse alrededor del automóvil.

De repente, Tony dejó de gritar. Se volvió hacia los hombres que contemplaban atónitos aquel acto cobarde.

—Encontrad a Cara de Perro y matadlo —ordenó—. Ni una bala. Ni una navaja. Rociadlo de gasolina. Que arda vivo. —Miró por última vez lo que quedaba de la hoguera en la que su hija había desaparecido. Acto seguido agarró su navaja con mango de cuerno de ciervo y se volvió, apuntándola hacia los hombres—. ¡Que nadie me siga! —gritó.

Todos le habían tenido siempre miedo. Pero ninguno de ellos lo había visto nunca tan furioso.

—¿Adónde va? —preguntó Rocco al Francés, que estaba a su lado.

—A devolver el dolor a Amos.

—Pero si no sabe dónde está.

—Sabe cuál es el único sitio donde el corazón de Amos se consuela.

—¿Y cómo puede saberlo? —preguntó Rocco.

—Porque se lo he dicho yo.

—¿Y tú cómo lo sabías?

—Porque yo odio a Amos más que nadie —dijo el Francés—. Y porque, igual que Amos, soy un cobarde.

Tony, al fondo de la calle, era solo un puntito que avanzaba con decisión. Y nadie conseguiría detenerlo.

Al final de la avenida Junín, Tony giró por una calle tranquila y entró en un portal elegante y discreto.

Subió a la segunda planta con pasos sigilosos.

Tal como suponía, había un gorila apostado delante de la puerta.

Tony subió los últimos escalones de una zancada y, antes de que el hombre pudiese reaccionar, lanzó la navaja. La hoja le entró en el tórax, a la altura del corazón. Enseguida, Tony se le echó encima, le arrancó la navaja y se la clavó en el cuello. Brotó un chorro de sangre mientras el gorila abría la boca, muda.

Tony le rebuscó en el bolsillo. Encontró las llaves.

Abrió la puerta y arrastró adentro el cadáver.

—¿Quién es usted? —preguntó un viejo con una larga barba blanca, fina como una cinta.

Tony entornó la puerta con un pie.

—El verdugo —respondió.

El viejo retrocedió hasta el salón. Pese a que era bajo como un enano, aquel hombre irradiaba una fuerza que infundía respeto.

Tony reparó en un sillón con una manta.

—¿Yo qué le he hecho? —preguntó el viejo.

—Nada —dijo Tony—. Usted paga por los pecados de su hijo. Luego le tocará a él.

El viejo se sentó en el brazo del sillón.

—¿No puede conformarse conmigo?

Tony lo miró. Resultaba absurdo que estuviesen allí hablando. Pero era como si lo necesitase. Porque mientras se dirigía hacia allí no había pensado en nada.

—No —le respondió—. No puedo conformarme solamente con usted.

El viejo asintió. La larga barba blanca crujió en el aire como una cinta de seda. Estaba muy tranquilo para ser un hombre a punto de morir.

—Sé que mi hijo es un criminal… —Suspiró—. Pero no deja de ser mi hijo y es lógico que trate de defenderlo. Lo comprende, ¿verdad?

—Sí.

El viejo esbozó una sonrisa.

—Eso significa que usted también tiene un hijo.

—No. Ya no. —Y en ese momento Tony volvió a sentir todo su dolor—. A mi hija la ha matado Amos.

El viejo bajó la cabeza y asintió varias veces.

—En ese caso, nadie lo detendrá.

—No.

—No. —El viejo levantó la cabeza y miró a Tony—. Pero después estará como muerto. ¿Sabe también eso?

—Estoy como muerto sin mi hija —dijo Tony. Porque era exactamente así como se sentía sin Catalina. Ella era la única que lo hacía sentirse vivo. Ella era su propia vida. Todo lo demás solo eran estupideces.

—Sí, tiene razón —convino el viejo—, he dicho una tontería. —Miró a Tony—. Busca venganza y la tendrá. Si le sirve de consuelo, mi hijo me quiere. De manera que si lo que pretende es hacerle daño, ha elegido la única solución posible.

Tony pensó que le habría gustado conocer a ese viejo en otra situación.

—Lo admiro —le dijo con sinceridad—. Usted no se merecía a su hijo.

El viejo sonrió. Con los ojos más que con los labios. Y era la sonrisa de los viejos que han alcanzado la sabiduría.

—Y su hija… ¿se lo merecía a usted?

—No. Si hubiese sido otro hombre, ella estaría viva ahora.

—Si usted hubiese sido otro hombre, con toda probabilidad ella jamás habría nacido. —El viejo volvió a sonreír—. Somos lo que somos, y punto. Da lo mismo, créame, lo digo también por mí. —Se levantó del brazo del sillón—. No muchas veces tengo conversaciones tan profundas. Ha dado usted dignidad a mis últimos instantes de vida, y se lo agradezco. ¿Quiere hacerme un último regalo? ¿Me permite que rece una oración?

—Claro.

El viejo se acercó a un mueble que estaba a unos diez pasos de Tony. Abrió un cajón y sacó un gorro de oración.

—Para la mayoría de los judíos es una kipá —explicó mientras se la ponía en la cabeza—. Pero nosotros, en yidis, la llamamos *yarmulke* —añadió al tiempo que introducía de nuevo la mano en el cajón.

Se volvió de golpe empuñando una pistola.

Tony se dio cuenta de que estaban demasiado separados para que una navaja pudiera vencer a un arma de fuego.

El viejo lo había engañado con toda su palabrería.

Resonó un disparo.

El viejo abrió mucho los ojos y cayó de rodillas.

Rocco entró y dio una patada a la pistola que el viejo aún sujetaba débilmente en la mano.

El judío miró a Tony.

—Tenía que intentarlo... —le dijo con un hilo de voz—. No por mí, sino por..., como padre..., por mi hijo... Lo comprende, ¿verdad?

—Lo comprendo —respondió Tony, y lo vio caer al suelo, sobre una alfombra persa.

—¿Puede volver a ponerme en la cabeza... el *yarmulke*? —dijo el viejo.

—¿Qué?

—El... gorro...

—Claro. —Tony se arrodilló, pero el viejo ya tenía las pupilas opacas. Aun así, le colocó bien la kipá. Y lo observó—. ¿Es una costumbre de los Bonfiglio salvar la vida a mi familia? —dijo después de un rato.

Rocco no respondió.

—¿Todavía quieres hacer la guerra en mi lugar? —preguntó Tony sin apartar la mirada del viejo.

—Sí —respondió Rocco.

Tony se volvió hacia él. Lloraba. Como un niño. Aquellos ojos gélidos, que nunca se habían templado siquiera por un sentimiento, ahora, de repente, ardían de dolor. Y era un incendio que todas sus lágrimas nunca podrían apagar.

67

—¿Cómo se encuentra Louis?

—Mejor cada día. Ya no saben qué hacer para mantenerlo en la cama —dijo la madre de Louis—. Es fuerte.

—Es un chiquillo estupendo. —Rocco asintió, serio—. Escuche, mis hombres y yo la necesitamos, señora.

La mujer lo miró. Era prostituta. Los hombres la necesitaban para una sola cosa.

—Dígame.

—¿Sabe cocinar?

—Si tengo comida, sí —respondió la mujer. No añadió que eso le ocurría rara vez.

Pero Rocco ya lo sabía.

—Vamos a necesitar una persona que se encargue de cocinar. Para mucha gente. A todas las horas del día y de la noche. Recibirá una paga, por supuesto.

La mujer se habría echado a llorar. Era maravilloso que no le pidiesen que se abriera de piernas y cerrase el pico.

—De acuerdo —aceptó.

—Estamos en guerra —continuó Rocco—. Puede que alguien se haga daño. ¿Sabe curar heridas?

—Hemos sobrevivido aquí, señor, donde hay guerra todos los días —dijo la mujer con una mirada orgullosa—. Sabemos hacer de todo.

Rocco le sonrió.

—Eso es lo que necesito. —Tomó un puñado de los pesos que

Tony le había dado y se lo tendió a la mujer—. Compre comida. Y compre también gasas y desinfectante.

La mujer miró el dinero. Nunca había visto tanto junto.

—¿Se fía de mí, señor? —casi le urgió preguntar.

—Me fío.

La mujer se habría echado otra vez a llorar. Louis, mientras se recuperaba esos días en el hospital, le había hablado sin parar de Rocco. Le contó que lo había sacado de la calle. Que le había enseñado un verdadero oficio. El de mecánico. No a ser ladrón ni estafador.

—Gracias —dijo simplemente. Pero solo porque era incapaz de decir nada más. Y luego se encaminó hacia el mercado para hacer la compra.

—¿Qué hago? —preguntó un gorila. Esperaba órdenes. Porque era lo que Tony le había dicho. Y a Tony nunca se le podía contestar con un no. Pero solo por eso.

Rocco lo miró. Era otro de los que se habían negado a atacar a los hombres de Amos en el Chorizo la noche que se habían llevado a Rosetta. No sabía qué hacer con gente como esa. Mafiosos. Los conocía desde que era niño. Solo sabían mostrarse arrogantes con los débiles. Esa era toda su fuerza.

—Llévame donde Tony —le dijo.

Montaron en un coche y llegaron a la fortaleza de Tony.

Delante del portal, el asfalto estaba derretido, como una colada de lava negra. Ya se habían llevado los restos del automóvil de Catalina. Pero las huellas seguían en el suelo.

Los vigilantes se apartaron para dejar paso a Rocco.

Tony estaba sentado fuera, al sol que cada día era menos intenso según avanzaba el otoño. Miraba al vacío. En sus ojos no había rastro de las lágrimas del día anterior. A primera vista, estaban de nuevo gélidos. Pero cuando Rocco se sentó delante de él vio que en realidad estaban inertes. No fríos.

—No me fío de tus hombres —empezó Rocco.

—Te comprendo. Para ellos no eres nadie. —Su voz era también aparentemente gélida, como antes. En realidad, era solo distante.

—Si tú les ordenaras algo, ¿lo harían?

Tony lo miró fijamente.

—Tienen muy claro que, si no me obedecen, los mataré. Ahora más que nunca. Ellos no saben lo que sabes tú.

—¿Por qué? ¿Qué es lo que yo sé?

—Has visto que ya no tengo nada dentro.

Rocco no le sostuvo la mirada. Agachó la vista. Le abochornaba todo lo que estaba sintiendo. Lo había detestado, como a todos los mafiosos. Era el cieno del que quiso escapar para siempre. Sin embargo, en ese momento no soportaba verlo así. Pese a que era un mafioso de mierda. Ahora, por primera vez desde que lo conocía, parecía de verdad tan pequeño como un enano.

—No te pongas sentimental, Bonfiglio —se burló Tony con una carcajada llegada de otro mundo, en el que había estado otro hombre.

—Ellos tendrán que encargarse de la primera carnicería —dijo Rocco.

—Es lo que saben hacer.

—No quiero que estorben —continuó Rocco—. Estarán aquí y les mandarás tú.

—¿Y quién me mandará a mí? —preguntó Tony con una sonrisa lejana.

—Yo.

—Bien. Era lo que quería oír. Acepto.

—Si las cosas están como el Francés dice —prosiguió Rocco—, el barón nunca podrá pagar a Amos. Y los mercenarios dejarán que se hunda.

—Están como el Francés dice.

Rocco se estremeció. Era un encaje de bolillos. Y, en cualquier caso, a Rosetta le quedaba poco tiempo.

—¿Dónde está el Francés?

Tony meneó la cabeza.

—Los curas están convencidos de que el amor mueve el mundo. Las personas como yo, en cambio, creemos que es el odio lo que mueve el mundo. Pero la verdad es que para moverlo se precisa una combinación de amor y odio. El Francés no para de decir que es un cobarde. Sin embargo, odia tanto a Amos y le guarda tanta gratitud a tu Rosetta que se ha vuelto valiente.

—¿Dónde está? —preguntó Rocco, impaciente.

—Con un sujeto que se llama Jaime, el jefe de los mercenarios —respondió Tony—. Con una bolsa llena de pesos. Está pidiéndole que deje a Amos y que le diga dónde se esconde. Es muy probable que el tal Jaime le parta el cuello y se quede con el dinero. —Volvió a menear la cabeza—. El Francés lo sabe. Pero ha ido allí al darse cuenta de que sus amigos proxenetas tardarán mucho en descubrir dónde se esconde Amos.

A Rocco no le gustaba la idea de estar en manos de un chulo de putas. Pero no le quedaba más remedio.

—¿Cuándo regresará?

Tony se encogió de hombros.

—Mándame armas y municiones a la nave —dijo Rocco, tratando de concentrarse en la guerra para no pensar en que cada minuto que pasaba crecía el riesgo de que Rosetta muriera—. Tus hombres tienen que atacar a Ciccone. Y joderlo vivo. Yo te diré cuándo. Y luego ya pueden quitarse de en medio.

—¿Al estilo del lejano Oeste? —Tony rompió a reír—. ¿Vaqueros contra indios? —Miró a Rocco—. ¿Y quiénes son los buenos?

—No hay malos.

—¿Y tú qué harás? ¿Lucharás solo? ¿El Llanero Solitario?

—Dentro de poco tendré un ejército —respondió Rocco.

Tony se rio.

—Siempre me has gustado, Bonfiglio. Un poco payaso, un poco soñador.

Rocco se inclinó hacia Tony.

—Hablemos de negocios —dijo—. Tendrás que pagar un precio altísimo si se hace a mi manera.

—Tengo un montón de dinero —respondió Tony. Sus ojos rebosaban tristeza—. Y ya no tengo a nadie a quien dejárselo.

—Pues vas a llevártelo a la tumba —sentenció Rocco—. Porque no vas a pagar en pesos, sino en justicia.

—Siempre te llenas la boca de palabras que no significan una mierda —dijo Tony.

—Será para ti... —Rocco se inclinó todavía más hacia él—. Para que mi ejército gane, tengo que darle algo por lo que merezca la pena luchar. Mírame.

Tony lo miró.

—Cuando esta guerra termine, los estibadores quedarán en libertad. Se acabaron las mordidas, los seguros, los intermediarios. Ellos podrán fijar las reglas. Si pueden, crearán un sindicato. Y tú te mantendrás al margen. El puerto ya no será tuyo.

—¿Ese es el precio?

—El puerto es el precio, sí.

—Si acepto, ¿creerás que has logrado un buen acuerdo?

—Sí.

—Ya nada me importa. Ni siquiera matar a Amos, imagínate. Podrías incluso pedirme el culo, y te lo daría.

—No quiero tu culo. Quiero el puerto.

—Forma tu ejército —dijo Tony, y volvió a mirar al vacío.

—Si el Francés regresa, envíamelo —dijo Rocco poniéndose de pie.

—A sus órdenes. —La voz de Tony sonaba tan lejana que aunque hubiese gritado apenas lo habría oído.

Rocco pidió que lo llevaran a la taberna de los estibadores. Había quedado allí con Javier, Billar y Ratón. Javier estaba con los dos chiquillos de la pandilla de Louis. Se le pegaban como dos cachorros. Y parecía que a Javier eso le gustaba.

Cuando lo vieron entrar en la taberna todos se callaron.

Rocco se topó con la mirada de Javier y le hizo un gesto con la cabeza.

—¿Sí? —murmuró Javier.

—Sí —dijo Rocco.

Javier se volvió hacia los otros estibadores.

—Sí.

—Sí —repitieron los estibadores.

—¿Se acabaron los seguros? —preguntó uno.

—Se acabaron los seguros.

—¿Quién decide...?

—Formad un sindicato. Poned reglas. Haced que los políticos

os escuchen. Cread cooperativas. Empresas… —Rocco los miró. Estaban boquiabiertos. Parecían niños. Enormes, gigantescos niños. Pero pronto, sin gente como Tony, se convertirían en lo que habían sido siempre. Hombres—. Decidiréis vuestro destino. Pero no podremos tener nada de esto si no combatimos. Antes hay que ganar la guerra.

Un estibador, mayor que los otros, con el cuerpo doblado como un interrogante, se sacó de la correa el garfio con el que enganchaba las cajas para moverlas. No dijo nada. Solo lo levantó.

Los demás hicieron lo mismo.

En un silencio increíble. Sin gritos. Sin estrépito. Solo con fuerza. Una fuerza nueva que jamás se habían imaginado que pudieran tener.

Rocco los miró. Tenía su ejército. Asintió y salió del local.

Los estibadores lo siguieron hasta la nave del Gordo.

—Ayudad a quien lo necesite. Ese es el principio —dijo en voz alta para que lo oyeran todos. Señaló a la madre de Louis, que había empezado a cocinar tras guardar las provisiones—. La señora guisará para nosotros. A cualquier hora.

—Y yo la ayudaré —dijo una voz.

Rocco se volvió y vio a Assunta. Con ella estaban Tano y Raquel.

Y detrás de ella, al menos una veintena de mujeres.

Raquel se acercó corriendo a Rocco.

—No quiero que estés aquí —le susurró Rocco.

—Que te den —respondió Raquel—. No voy a dejarte.

Rocco comprendió que no lograría convencerla. Lo que no le molestó.

—Ellas son mujeres de Barracas —dijo Assunta—. Todas están aquí por Rosetta.

Rocco las miró. Algunas eran jóvenes; otras, de cierta edad. Una mujer embadurnada de harina llevaba una carretilla repleta de pan. Otras habían llevado cuchillos.

—¿Las metemos a todas en la cocina? —bromeó uno de los estibadores.

—Si tú tuvieras la misma rabia y decisión que hay en sus miradas —le respondió Rocco—, estaría seguro de ganar la guerra.

El estibador se removió.

—No era más que una broma.

—No es el momento de bromear —le espetó Rocco.

Con ellas iba un hombre. Muy flaco. Miró a Rocco y le dijo:

—Soy el padre de Guadalupe..., la niña... que salvaron de las manos de ese monstruo. —Frunció los labios—. Si no la hubiesen salvado... usted y don Tano..., no sé qué habría pasado. Yo no soy más que un cortador de telas..., pero aquí me tiene.

Rocco lo observó. Debería ponerle una mano en el hombro. Pero estaba seguro de que si lo hacía, el hombre se echaría a llorar. Y ese no era momento de bromas ni de lágrimas.

—Vaya a casa con su hija. Gracias.

El hombre negó con la cabeza, despacio.

—No.

«Su debilidad es peligrosa para los demás», pensó Rocco.

—Váyase a casa —dijo en tono duro.

El hombre asintió y se marchó.

En ese instante, una furgoneta se detuvo delante de la nave. Se apearon cuatro hombres de Tony.

—Traemos lo que habías pedido.

Los estibadores se pusieron tensos cuando vieron a los mafiosos.

—Creíamos que estábamos solos —dijo uno.

—Ellos van a hacer otra cosa. Nosotros somos nosotros y ellos son ellos —respondió Rocco—. Traen armas y municiones. Por si no te has enterado, esto es una guerra. No pensarías luchar con un garfio, ¿verdad?

El estibador lo miró.

—¿Y quién nos garantiza que al final se largarán de verdad?

—Yo —dijo Rocco. Lo miró—. Te lo garantizo yo.

—¡Y yo le creo, carajo! —gritó Javier—. Joder, mirad con quién ha contado. Conmigo, con Ratón, con Billar... «Condenados a muerte», así era como nos llamaban antes de que Rocco apareciera. Fijaos. —Señaló el montacargas, ya operativo—. Ha inventado el futuro. ¡Para todos nosotros, carajo! Yo, pese a que estoy cojo, podré trabajar en el puerto cuando toda esta mierda haya terminado. Daré de comer a mi familia. —Estrelló su enorme mano en el montacargas, donde figuraba su nombre. El metal vibró—. Este no es un sueño. Este es un maldito invento real. Lo he soldado yo. Y todos los que estamos inscritos aquí hemos hecho algo. Pero el nombre más grande, el que está más arriba, es el único que importa. ¡Y, me cago en la leche, que me muera si no creo en la palabra de un hombre así!

Los estibadores asintieron.

En cambio, los gorilas se rieron. E hicieron guiños a las mujeres.

—Hijos de puta —gruñó Rocco—. Volved a vuestra cloaca y haced lo que Tony os diga si queréis conservar los huevos.

—Primero descargaremos. Tenemos que devolver la furgoneta —dijo uno de los gorilas.

—¿Crees que puedes bajar las cajas más rápido que cualquiera de los que estamos aquí?

Los estibadores se rieron.

—Largaos —dijo Rocco al gorila—. Necesito la furgoneta.

Los cuatro gorilas se marcharon en silencio.

Y por primera vez los estibadores lo vieron hacer lo que siempre habían hecho ellos.

En ese instante, también Tano se acercó.

—Aquí me tienes. Si necesitas afilar cuchillos, engrasar pistolas..., partir culos.

—¿Partir culos? —Rocco sonrió arrugando las cejas.

—Si haces prisioneros y tienes que interrogarlos —respondió sin alterarse Tano—. Si no tienes tiempo, el culo se lo parto yo.

Hubo una carcajada general.

Justo entonces, mientras los estibadores bajaban las cajas con las armas de la furgoneta, el Francés entró corriendo en la nave.

Rocco lo miró, tenso.

Y sin saber por qué, todos comprendieron que lo que se disponía a contar era importante. Se detuvieron. Hasta la madre de Louis dejó de remover la comida de la cazuela.

—Sé dónde está —dijo el Francés—. Sé dónde está Rosetta.

—Rosetta... —susurró Rocco. Sintió que la sangre le circulaba por el cuerpo con la potencia de una riada. Se sintió fuerte. Invencible. Dispuesto a todo—. No tardo, Rosetta —dijo mientras los ojos se le llenaban de lágrimas.

68

Esteban, quien tenía escondido en su casa al barón por orden de Amos, era un hombre brutal.

Siempre lo había sido. Desde que era un muchacho. Le gustaba pegar. A quien fuera. A hombres y mujeres. Por eso se había convertido en gorila de Amos. Porque era perfecto para un burdel. Pegaba a las putas y a los clientes, sin hacer distinciones.

Y la noche anterior le había pegado también a su esposa porque se negaba a irse de casa. En lugar de explicarle que era peligroso quedarse con ese taimado gordinflón loco, en lugar de decirle que lo hacía por su bien, la había inflado a puñetazos.

Cuando Esteban tenía una duda, pegaba. Y así todas las dudas desaparecían. «Mi vida es sencilla», se decía.

—Eres un animal —le dijo el barón.

Y Esteban creyó, con el poco cerebro que tenía, que el gordinflón le hacía un cumplido.

El barón se rio. A veces la cocaína lo ponía furioso. A veces lo ponía de buen humor. Como en ese momento.

—¿Sabes que soy un hombre muy rico? —dijo el barón.

—Amos está convencido de eso —respondió Esteban—. Pero a mí me parece que no tiene usted el dinero que le debe. Así que a lo mejor no es usted tan rico como asegura.

—Me gustas, Esteban —afirmó el barón—. Eres inteligente.

Nadie había dicho nunca a Esteban que era inteligente. Así que puso cara de tonto y a la vez de satisfacción.

El barón lo sabía. Porque él lo sabía todo. Su cabeza formulaba ideas con más rapidez que un rayo. Y cada idea daba en el blanco. Gracias a la cocaína.

—Como eres inteligente, no hace falta que te explique por qué tengo problemas para conseguir el dinero, ¿verdad?

Esteban asintió con la cabeza.

Pero el barón sabía que en realidad tenía que explicárselo.

—El dinero llega de Italia, del otro lado del océano. Yo, como todos los ricos, tengo mi dinero en un banco. Y mi banco tiene que dar la orden de pago a otro banco de Buenos Aires. Pero como son cantidades enormes, hay que tomar enormes precauciones.

—Y encima, ahora, usted ha montado este gran lío. —Esteban se echó a reír—. Y no creo que pueda pisar muy fácilmente un banco.

—¡Lo ves, si tratase contigo todo sería más sencillo! —exclamó el barón—. Mientras que Amos no lo comprende. —Se golpeteó la sien con un dedo—. Soy poderoso. Cuando vuelva a Italia podré utilizar mis influencias y estas... estupideces quedarán resueltas en un momento. Pero no estamos en Italia.

—No —confirmó Esteban.

—¿Sabes lo rico que podrías ser si yo estuviese en Italia? —dijo el barón.

Esteban arrugó las cejas.

—¿Qué está tratando de hacer?

—Estoy hablando. No estoy tratando de hacer nada.

—¿Cree que lo dejaré escapar solo por la promesa de hacerme rico? —Esteban meneó la cabeza—. Para usted no soy inteligente, sino un tarado. Si usted desaparece, yo sobreviviría como mucho cinco minutos. El propio Amos me rajaría el cuello. Con todo respeto, váyase a la mierda, señor.

—No estaba diciendo eso —objetó el barón—. En absoluto. Dejémoslo estar.

Con un cuchillito de mantequilla, sin filo, de punta redonda, que Esteban le permitía usar, formó una raya de cocaína larga y fina. Enrolló una hoja de papel y aspiró.

—¿Y qué quería decir, entonces?

—Italia es un país maravilloso —respondió el barón.
—¿Eso qué tiene que ver?
El barón sonrió.
—Tú y yo. En Italia.
—¿Usted y yo? ¿En qué sentido?
—Huimos juntos a Italia —susurró el barón—. Vamos a uno de mis palacios y te lo regalo. Y te cubro de oro. ¿Crees que Amos podría encontrarnos? Yo soy Dios en Italia. Y tú también lo serías.

Esteban lo miró a los ojos. Desconcertado. Luego negó enérgicamente con la cabeza.

—No, no. No diga disparates.
—Lógico —apostilló el barón—. Es lógico que decidas con libertad. —Miró de un lado a otro. La casa olía a humedad. En el suelo, una esterilla mugrienta en vez de alfombra. El único sofá estaba roto. Los muelles crujían. Solo había otra habitación. El dormitorio. Pequeño y oscuro—. El último de mis criados no tiene una casa como esta. ¿Sabes qué es esto? Una ratonera.

—¡Señor, que le parto la cara en un segundo!
—¿Sabes qué automóvil tengo? Un Rolls-Royce Silver Ghost.

Esteban conocía ese modelo. Algunos ricachones del centro lo tenían. Pero era gente riquísima. Eran dueños de tantas tierras que una semana no era suficiente para recorrerlas todas.

—¿Te gustaría que fuese tuyo?
Esteban se tapó los oídos, como un niño.
—¡Como no se calle, le doy!
—Me conformaría con que me dijeses dónde tiene a esa puta. Dímelo, y te regalo mi Rolls-Royce Silver Ghost.
—¡Que le voy a dar! ¡Se lo he advertido!
El barón se hizo otra raya de cocaína.
—La verdad es que no eres inteligente. Estaba equivocado. Eres un memo.

Esteban se levantó, se le acercó y levantó una mano para pegarle.

El barón lo miró. Luego se inclinó sobre la cocaína y la aspiró.

Esteban bajó la mano y regresó a su asiento.

—Aguarda —dijo el barón. Se tocó el chaleco, abrió el gancho de la cadena de oro, separó el reloj y se lo tendió—. Mira, aquí, en la caja. Es un diamante. Él solito vale más que la cadena y el reloj. Toma, te lo regalo.

—¿Por qué? —preguntó Esteban, receloso.

—Porque para mí no es nada. Apenas una fruslería. —El barón siguió ofreciéndole el reloj—. Para mí vale tan poco que puedo permitirme regalártelo sin motivo. Solo porque se me antoja.

Esteban no se decidía.

El barrón lo tiró al suelo e hizo el gesto de pisarlo con el tacón del zapato.

—Como no te lo quedes, lo destrozaré. Porque me ha hartado. Solo por eso. Porque me ha hartado.

Esteban recogió el reloj. Estaba desconcertado. Muy desconcertado. Quería dar una buena tunda a ese gordinflón de mierda. Estaba seguro de que si lo hacía se sentiría mejor. Se llevó las manos a las sienes.

—¿Quién de los dos es más fuerte, tú o yo? —le preguntó el barón.

Esteban se rio. Esa pregunta no lo desconcertaba.

—Antes de que terminara de levantarse usted de ahí, yo ya lo habría aplastado.

El barón sonrió.

—Yo también lo creo.

Esteban asintió complacido.

—¿Podría conseguir escapar de aquí?

Esteban se rio todavía más fuerte.

—¡No diga estupideces!

El barón también se rio.

—Imposible, ¿verdad?

—Sí, ¡imposibilísimo! — Esteban siguió riéndose.

—Pues entonces… ¿qué te cuesta decirme dónde la tiene? —preguntó el barón.

A Esteban se le atragantó la carcajada.

—Te he regalado un reloj muy valioso —añadió el barón—. Sin pedirte nada. No tendría fuerzas ni para darte un cachete. No podría ni hacerte cosquillas, tan fuerte como eres. Si intentase escapar, me tumbarías enseguida, por no mentar que tienes una pistola y… —Le miró los pantalones, como si estuviese buscando algo—. Tendrás también una navaja, seguro. Y enorme.

Esteban se rio y se metió una mano en el bolsillo. Extrajo una navaja. La abrió. La hoja brilló en la miserable habitación. Refulgente. Afilada.

—¿Qué te cuesta, entonces, decirme dónde la tiene? —continuó el barón—. ¿Qué arriesgas?

—¿Por qué quiere saberlo?

—Por la misma razón por la que te he regalado ese reloj. Porque sí. Porque es un antojo. Porque me gustaría… saberlo.

Esteban lo miraba fijamente. En una mano tenía la navaja. En la otra, el reloj. Trataba de reflexionar. Lo que le pedía era absurdo. Era un hombre absurdo. No lo comprendía.

—Sería un gesto… de amigo —dijo el barón.

—Yo no soy su amigo.

—Es una lástima. —El barón bajó la cabeza, fingiéndose triste—. Para alguien como yo… sería bonito pensar que tiene un amigo como tú. —Siguió con la cabeza gacha.

—En una fábrica de cerveza abandonada —murmuró entonces Esteban—. Avenida Neuquén, cerca del Cricket Club, en Caballito.

El barón levantó la cabeza.

—Gracias, amigo. —Hizo un gesto—. ¿Qué hora es?

Esteban abrió la tapa del reloj.

—Las…

En ese instante el barón asió la navaja por la hoja. Se la arrancó de la mano, insensible al dolor, la giró y se la clavó en el abdomen.

Esteban era fuerte y reaccionó dándole un puñetazo.

Pero la cocaína que el barón tenía en el cuerpo lo anestesiaba. Así que retrocedió solo por el impacto e hincó de nuevo la hoja en el cuerpo de Esteban. Una, dos, tres veces, hasta que el gorila cayó al suelo. Entonces el barón se puso a horcajadas sobre él y continuó acuchillándolo, porque sí. Solo por hacerlo. Porque le gustaba.

Y luego le agujereó los ojos. Y le abrió las mejillas, desde los labios casi hasta las orejas. Y le cortó la nariz. Y después le rompió la ropa empapada de sangre, le sajó el abdomen, profundamente, metió las manos en la raja y extrajo los intestinos, que desparramó por el cuartito miserable.

—¡Ya ves quién de los dos es más fuerte! —gritó como una bestia feroz.

Al cabo, fue al cuarto de aseo y se lavó. Encontró ropa de Esteban y se cambió. Le quedaba muy ceñida a la barriga. Muy ancha en los hombros. En los brazos y las piernas, larga. Pero, cuando se miró en el espejo, se gustó. Parecía un gángster.

Volvió al salón y recuperó el reloj que Esteban seguía apretando en la mano. Le rebuscó en el bolsillo y encontró dinero. Acto seguido, se guardó la pistola y la navaja con la que lo había degollado como a un puerco.

Se metió otra raya de cocaína y guardó el resto en la bolsita.

Salió y fue en un taxi hasta la avenida Neuquén, en Caballito, a la fábrica de cerveza abandonada que estaba cerca del Cricket Club.

Recorrió el edificio de ladrillos rojos mirando por las ventanas mugrientas. Tenía que averiguar antes de actuar.

Pero dentro de sí se reía. Era invencible.

Luego, de golpe, reparó en algunos movimientos furtivos. Había alguien más merodeando alrededor de la fábrica. Se agazapó detrás de un cubo.

Poco después vio a unos hombres. Eran muchos. Grandes y robustos.

Y, por último, entre ellos, reconoció a aquel que le había machacado el meñique. Él también estaba buscando a Rosetta.

Pero no iba a consentirle que se la llevase.

Al menos, no que se la llevase viva.

69

A Rosetta le dolía todo.

Le parecía estar viviendo la pesadilla de su vida pasada, cuando su padre le daba palizas y le pegaba con la correa.

Solo que Amos era más fuerte que su padre.

Y ella no había podido protegerse porque tenía los brazos atados a la espalda, sujetos a unos tubos de metal.

Amos había desahogado toda su frustración sobre ella.

Rosetta ya había comprendido cuál era la situación. No iba a sobrevivir. Era el final.

Le costaba respirar. Amos debía de haberle roto un par de costillas. También había escupido sangre. No sabía si era sangre de sus labios partidos o si le salía de más adentro.

Era el final, se repitió.

—¡Tony ha atacado a Ciccone! —dijo uno de los gorilas de Amos entrando en la fábrica, jadeante.

—¿Y Jaime? —preguntó Amos al tiempo que se ponía de pie de un salto.

—No hay rastro de él ni de sus hombres.

Amos apretó los puños.

—Puta… —murmuró—. Así que ha terminado mamándosela a Tony…

—¿Cómo? —preguntó uno de sus hombres.

—La guerra se acabó —dijo Amos con un hilo de voz.

Ese traidor de Cara de Perro había hecho volar por los aires el coche de Catalina, como le había pedido. Y esa era la respuesta de

Tony. Y era exactamente lo que Amos había esperado y lo que quería. Que Tony se expusiese para destruirlo. Pero eso podría haber ocurrido si hubiese contado con el ejército de Jaime. Ahora todo había cambiado. Y solo cabía un epílogo. Ciccone no podía hacer nada contra Tony. Y él no tenía la menor intención de morir en una guerra que ya estaba perdida. Señaló a Rosetta.

—Deshagámonos de ella y cambiemos de aires. Deprisa.

—¡Deja que primero me la folle! —exclamó riendo uno de sus hombres.

Amos le dio un puñetazo.

—¡Tony te rebanará la polla, estúpido! —Sacó la navaja, abrió la hoja y se acercó a Rosetta—. Preparaos para salir de aquí. ¡Rápido!

En ese instante, la puerta se vino abajo. Sonó un impacto tremendo. Unos veinte hombres grandes y robustos, armados, irrumpieron en la fábrica. Al frente iba Rocco.

Amos lo reconoció enseguida. Sacó la pistola y disparó.

Los estibadores respondieron al fuego. Los gorilas se escondieron detrás de las columnas de ladrillos rojos. Las balas desportillaban las columnas, pero no herían a los gorilas. En cambio, dos estibadores cayeron al suelo.

—¡Cubríos! —gritó Rocco.

No tenían idea de lo que era combatir. Los matarían como a moscas.

Por fin, los estibadores se organizaron y hubo un compás de espera, aunque nadie dejaba de tirotear.

Luego, conforme al plan de Rocco, las ventanas de atrás estallaron. Y aparecieron más estibadores que empezaron a disparar por detrás de los gorilas. Y después también las ventanas laterales se rompieron y más hombres comenzaron a descargar sus balas contra los hombres de Amos.

Los tenían rodeados.

—¡Rocco! —gritó Rosetta. Ya no sentía dolor, no sentía nada, ni siquiera oía los disparos. Solo miraba a Rocco.

—¡Rosetta! —gritó Rocco a su vez. Pero le disparaban los gorilas y no podía moverse de donde estaba.

Y en ese instante Amos se dio cuenta de que no todo estaba perdido. Con su cobardía de proxeneta hizo lo único que podía hacer. Se acercó a Rosetta y le puso el cañón de la pistola en la cabeza.

—¡La mato! —chilló—. ¡Diles que dejen de disparar o la mato!

Muchos de los hombres de Amos estaban en el suelo. Muertos o heridos. El desenlace del enfrentamiento estaba claro.

—¡Quietos! —gritó Rocco con todas sus fuerzas—. ¡Quietos! ¡Dejad de disparar!

Lentamente, tanto los estibadores como los gorilas acallaron sus armas.

El silencio que siguió fue impresionante.

Y luego Amos chilló:

—¡Déjanos salir de aquí, soplapollas!

Rocco temblaba viendo el rostro tumefacto de Rosetta. Y mucho más viendo la pistola de Amos contra su sien.

—¡O como que hay Dios, le vuelo la tapa de los sesos! —gritó Amos.

Rocco salió de detrás de la columna. Avanzó hasta detenerse en el centro de la estancia. Respiraba despacio, pero entre jadeos que parecían leves gruñidos. Apuntaba a Amos con la pistola. Solo que no apartaba los ojos de Rosetta.

Y Rosetta lo miraba y lloraba. En silencio. No por el miedo. No por el dolor. Sino porque él estaba allí. Por ella.

—¿Y qué harás cuando la hayas matado, capullo? —resonó baja la voz de Rocco.

—Observaré cómo tu cara se va llenando de lágrimas —respondió Amos.

Rocco bajó la pistola.

—Tírala al suelo —ordenó Amos—. Y di a tus hombres que hagan lo mismo.

—Suéltala y marchaos. Nadie os hará nada —dijo Rocco—. Te doy mi palabra.

Amos apretó todavía más el cañón de la pistola contra la sien de Rosetta, hasta que la hizo gemir.

—¿Me tomas por imbécil? ¿Sabes que puedes hacer con tu palabra? Metértela por el culo. Ella se viene conmigo. Es mi seguro.

Rocco soltó la pistola.

Amos lo apuntó con la suya.

—También los demás.

Rocco miró a los estibadores. En el suelo solo estaban los dos de delante. No se movían. Estaban muertos. Todos los demás se encontraban bien. Mientras que los gorilas que había en el suelo, entre muertos y heridos, eran más de diez. Quedaban cinco de pie. Cinco contra cuarenta.

—Soltad las armas —pidió Rocco.

Los estibadores no sabían qué hacer.

—Nos matarán —afirmó uno en nombre de todos.

—Los de las ventanas —dijo entonces Rocco—, retroceded y quedaos ahí. Si oís que disparan, matadlos como a perros. Pero si no disparan y se largan, dejadlos.

Los hombres de las ventanas desparecieron en la oscuridad.

—Toma ya una decisión —dijo Rocco a Amos—. Suéltala.

—Y un huevo.

—Suéltala y llévame a mí.

Rosetta contuvo un sollozo.

—Si te la llevas, de todos modos la vas a matar, conozco a la escoria como tú —dijo Rocco—. Así que es preferible que la mates aquí, delante de mí, porque después podré matarte como he matado a tu padre.

Amos se sobresaltó.

—¿Qué carajo dices?

—Segunda planta, travesía de la avenida Junín, uno de tus hombres en la puerta; él, viejo, barba larga, blanca, fina. —La voz de Rocco era fría, metálica—. Guardaba una pistola en un mueble negro. Ya moribundo, pidió que le pusiéramos en la cabeza ese maldito gorro que usáis. Un hombre valiente, todo lo contrario que su hijo.

Amos miró fijamente a Rocco. Y se convenció de que no estaba mintiendo. Sintió una punzada desgarradora.

—¡No! —gritó. Levantó la pistola.

—No lo hagas. Llévame a mí —repitió Rocco con voz firme—. Si me disparas, tú también morirás. Y morirán tus hombres. Pero si haces lo que te digo, si dejas a la chica y te vas llevándome contigo… podrás matarme despacio. Podrás vengarte y seguir vivo. Es un buen trato, ¿no?

Amos no estaba preparado para sentir un dolor tan tremendo. No conseguía respirar. No conseguía pensar.

—*Tatinka* —dijo. Pero era como si no significase nada. A su alrededor todo estaba negro. Miraba a Rocco pero no lo veía—. Ven —jadeó—. Ven aquí.

Rocco se le acercó.

Amos lo miró a los ojos. Buscaba algo. Esos ojos eran los últimos que habían visto vivo a su padre. *Tatinka.*

Rosetta lloraba. Era espantoso que todo acabase así.

—Vas a sufrir como un cerdo —dijo Amos a Rocco. Pero estaba seguro de que nunca conseguiría que sufriera tanto como él en ese instante.

Rocco asintió. Serio. Ya sin desafiarlo. Habían sellado un pacto. Y él iba a cumplirlo.

—Marchémonos —dijo.

—Vuélvete —gruñó Amos. Le puso la pistola en las costillas y lo empujó hacia la salida.

—¡Quietos! ¡Policía! —dijo alguien por un megáfono.

Un instante después, unos agentes irrumpieron en la fábrica con las armas en la mano.

—Amos Fein, suelta esa pistola —ordenó el capitán Ramírez.

—No, capitán. Llegáis en mal momento —bramó Amos—. Ahora voy a irme para matar a este cabrón.

—Amos —dijo el capitán Ramírez acercándose—, estás arrestado. Y te detengo porque es lo que se me ha ordenado. Sin rechistar.

Amos comprendió que el capitán estaba diciéndole que obedecía a una orden que no procedía de sus superiores oficiales sino de Noah, el jefe de la Sociedad Israelita de Socorros Mutuos. Y se dio cuenta de que el capitán le decía también que estaba salvándolo. Que la Sociedad Israelita había encontrado una manera de salvarle el culo.

Pero comprendió algo más. Su cerebro funcionaba otra vez perfectamente. Si podían salvarlo en ese trance —y tenían la capacidad de hacerlo—, a sabiendas de que estaba acusado del asesinato de al menos una prostituta, también podrían salvarlo del otro muerto que estaba a punto de añadir a su cuenta. Y así habría vengado a su padre.

—Adiós, mierda —susurró al oído de Rocco. Le puso la pistola a la altura del corazón, por detrás, y apretó el gatillo.

Clic.

Eso fue exactamente lo que se oyó en el silencio de la fábrica.

Clic.

El ruido de una pistola descargada.

—¡No! —gritó Amos.

Rocco se volvió de golpe y le pegó con furia ciega.

Los policías lo inmovilizaron con dificultad.

El capitán Ramírez lo agarró del cuello.

—Basta —dijo. Luego señaló a Rosetta—. Esa mujer es una fugitiva.

En ese momento Rocco también se dio cuenta de a quién tenía delante. A un policía corrupto.

—¿Cómo puede saberlo? —le preguntó.

—Es una fugitiva —repitió el capitán Ramírez.

—Si intenta arrestarla, no conseguiré detener a mis hombres —lo amenazó Rocco.

El capitán Ramírez no se alteró.

—Volveré a buscarla, descuide —dijo con una mueca, devolviéndole la amenaza—. Tendría que arrestarlos a todos. —Lo miró. Luego puso una mano en el hombro de Amos—. Pero solo me lo llevo a él.

Rocco habría querido preguntarle cuánto le pagaban. A pesar de todo, consiguió contenerse. Calló. Se dijo que lo correcto no era siempre lo mejor. Se dijo que había llegado el momento de transigir con la vida. Se dijo que había llegado el momento de estar agradecido con su suerte, en vez de maldecirla siempre. Estaba vivo. Por un milagro. Por un momento, pensó en buscar los nudos, los nudos de los ángeles de Carmen, la mendiga del hospital, como los que había encontrado entre el pelo de Louis cuando el chico se despertó. Pero eran estupideces. Eran simples casualidades. Una pistola tenía seis balas. Y Amos las había disparado todas. No había ángeles. No había nudos.

—¡Rocco! —dijo detrás de él Rosetta.

Tano estaba soltando las cuerdas que la ataban a los tubos. Estaba deshaciendo los nudos.

«No, no es solo afortunado —pensó Rocco—. Es además un imbécil.»

Los nudos existían.

—¡Rosetta! —dijo, y echó a correr hacia ella.

70

Rocco y Rosetta se miraban.

A los demás podía parecerles que no se decían nada. Pero en realidad sus ojos estaban llenos de todas las palabras que nunca serían capaces de decirse. Y se las decían sin pudor, sin guardarse nada dentro, sin esconder nada al otro. Sin pudor.

Rocco le tendió una mano, sin apartar la mirada, y buscó la mano de Rosetta. Y ella se la dio sin resistirse. Al revés, estrechó la de Rocco con más fuerza de la que él ejercía sobre la suya.

Estaban a punto de llorar. Sin embargo, empezaron a reírse. Y mientras se reían se pusieron a llorar. Y movían la cabeza, sin poder creer lo que estaba pasándoles, felices, incapaces de calcular su suerte. Estaban allí, uno frente al otro, por fin. Después de haberse buscado durante tanto tiempo. Después de todo lo que había ocurrido. Después de temerse que todo terminara de la peor manera imaginable. Estaban allí, uno frente al otro. Vivos. A salvo.

Tano, que se hallaba a su lado, se volvió, incómodo.

Rocco se inclinó hacia Rosetta.

—Me gustaría besarte —le susurró.

—Me gustaría besarte —dijo ella también.

Rocco se le acercó más.

—Pero hazlo con suavidad. —Rosetta le sonrió.

Rocco posó con delicadeza sus labios en los de Rosetta. Los notó cálidos, partidos, hinchados. Un instante después los apartó.

Rosetta bajó la mirada y se ruborizó.

—Te he encontrado —dijo Rocco.

—Yo te había encontrado antes, fanfarrón.

—No has cambiado —dijo Rocco riendo.

Rosetta lo miró. Estaba seria, pese a que seguía sonriendo.

—Pues sí que he cambiado. Y mucho.

Rocco asintió.

—Las mujeres de Barracas recorrieron las calles de Buenos Aires por ti. Llegaron hasta el Chorizo para rescatarte. Y si ahora no están aquí sino en mi nave, esperándote, es porque les he prohibido que se dejen matar por esos mierdas.

—¿En serio? —exclamó Rosetta.

—¿Todavía no te has enterado de quién eres? —intervino Tano—. ¿Y de lo que has conseguido?

Rocco y Rosetta lo miraron, casi sorprendidos de verlo y de no estar solos, porque se habían olvidado del resto del mundo.

Y eso bastó para que volviesen a la realidad.

Uno de los hombres de Amos estaba gimiendo en el suelo.

Un estibador le dio una patada en la cara.

—¡No! —gritó Rocco—. No podemos ser como ellos.

El estibador se contuvo. Pero no parecía realmente convencido de que fuese justo.

—La gente como él mató a mi padre.

—Y tú has recuperado hoy aquello por lo que lo mataron —dijo Rocco—. El puerto. Si te vuelves como ellos, no habrá servido para nada.

Rosetta lo miraba y se veía a sí misma mientras hablaba a la gente de Barracas. Y comprendía cada vez más que Rocco era su hombre.

Rocco pareció captar sus sentimientos. Se volvió hacia ella.

—Ahora tenemos que irnos. Y... —Calló—. Ya sé que acabamos de encontrarnos, pero... debo terminar esto. Por ellos y... por nosotros dos.

—Sí —dijo Rosetta. Y estaba orgullosa.

—Volvamos a la nave —ordenó Rocco a los estibadores—. Recoged a nuestros dos caídos. Los entregaremos a sus familias.

—¿Y este? —preguntó el estibador que le había dado una patada al hombre de Amos, señalándolo.

—He dicho que no quiero ser como ellos. No que haya decidido hacerme cura —respondió Rocco.

Lo dejaron allí y se adentraron en las calles oscuras.

Y nadie reparó en el barón, que salía de la sombra y los seguía, manteniéndose a cierta distancia, con la navaja y la pistola de Esteban. Y sorbiéndose la nariz, como si estuviese resfriado.

Cuando las mujeres oyeron llegar a los hombres a la nave, salieron corriendo. Vieron a Rosetta, gritaron de alegría y la rodearon. La señora Chichizola, Dolores, Encarnación, la chiquilla que trabajaba donde el sastre de Tres Esquinas, las mujeres del Mercado Central.

Assunta rompió a llorar y se mantuvo a un lado hasta que Rosetta la vio y fue a abrazarla.

Raquel, allí mismo, reconoció enseguida a Rosetta. Era la chica guapa que estaba entre unos guardias el día que llegó al Hotel de Inmigrantes. Y se puso a reír sola. Luego se acercó a Rocco.

—¿Y Amos? ¿Lo has matado?

Rocco negó con la cabeza.

—Me temo que ese mierda se va a librar.

Raquel se puso triste.

—La vida no siempre es justa —le dijo Rocco.

—No.

—Pero a ti no volverá a molestarte, estoy seguro.

—¡Tenía que pagar!

Rocco la miró y no dijo nada. ¿Qué podía decirle? Tenía toda la razón. Le puso una mano en el hombro.

—Podría haberlo matado..., sí —reconoció al cabo—. Pero tenía que elegir entre él y Rosetta.

Raquel asintió.

—En ese caso, has hecho bien.

Se miraron un instante, en silencio.

—¡Escuchad! —gritó entonces Rocco—. Todos estamos cansados. Solo que ha llegado el momento de finalizar la partida. Dentro de poco amanecerá. Los hombres de Tony han castigado duramente a la gente de Ciccone mientras nosotros rescatábamos a Rosetta. ¡Gracias, amigos! Y ahora vamos a decir a Ciccone que tiene que hacer las maletas y dejarnos el puerto. La guerra todavía no ha acabado. Aunque falta poco. Pero tenéis que seguir poniendo todo vuestro corazón. Eso es lo que necesito.

Sonaron vítores. La batalla ganada había infundido confianza a todos. Algunos, heridos superficialmente, no quisieron ni dejarse curar, tantas eran sus ganas de llegar hasta el final.

Tano se acercó a Rocco.

—Yo no voy —le dijo—. Tengo que llevar a Rosetta a casa. —Señaló a Raquel—. El chiquillo puede dormir en el suelo del taller.

—No —respondió Rocco—. Ahora iré con usted y luego regresaré aquí. Pero es preferible que Rosetta no se quede en su casa. Es posible que ese capitán sepa dónde vive. E ignoramos qué ha sido del barón.

—¿Y dónde quieres alojarla? —preguntó Tano.

—¿Sabe dónde vive el padre de la chiquilla que...?

—¿Guadalupe?

—El cortador de telas, sí —confirmó Rocco.

—Claro que lo sé —respondió Tano.

—Lo eché de mala manera —dijo Rocco—. Pero ese hombre quería ser útil. La alojará.

Tano hizo un gesto de aprobación.

—Vamos, pues.

—Comed —indicó Rocco a sus hombres—. Y cargad las armas.

La madre de Louis empezó a llenar los platos.

Las mujeres de Barracas regresaron con Rosetta. Estaban allí por ella y con ella regresaron a casa.

Rocco y Rosetta se quedaron un poco rezagados.

Rocco le rodeó la cintura con un brazo.

Rosetta gimió.

—Perdona.

Rosetta sonrió.

—No sé cómo tocarte sin hacerte daño. —Rocco sonrió también.

—¡Las manos en los bolsillos, jovenzuelo! —gruñó Tano, que los había oído.

—Lo siento, señor —respondió Rocco—. En eso, sencillamente no puedo hacerle caso.

Tano le enseñó un puño, con cara de pocos amigos, y luego rompió a reír.

—¡Así se contesta, carajo! —dijo. Y cuando echó a andar de nuevo le tocó furtivamente el trasero a Assunta.

Rosetta señaló a Tano y a Assunta.

—Ellos son mi familia.

—Ven aquí —dijo entonces Rocco a Raquel.

A Raquel, que rondaba por allí sola, apartada, incómoda, no le pareció real. Se les acercó corriendo.

—Este… —empezó Rocco, cortado—. Pues este… adefesio pendenciero, en cambio… Eeeh, sí…, pues él, en fin, él es mi familia —dijo Rocco—. Ángel, saluda.

Al oír decir a Rocco que ellos dos eran una familia, Raquel se puso roja como un tomate. Se encogió.

—Buenas noches…, señora… —balbució.

—¿Cómo que señora? Tutéame. —Rosetta se rio—. Y en todo caso, señorita —añadió mirando a Rocco.

—¿Estás pidiéndome matrimonio? —Rocco también se echó a reír.

—Descuida —dijo Rosetta—. Ya sé que tú eres ese que no necesita un estorbo.

Rocco recordaba perfectamente el momento en que le había dicho esa frase, en el buque, después de defenderla. Tenía la sensación de que había ocurrido en otra vida.

—Yo también he cambiado —afirmó—. Y mucho.

Rosetta se sonrojó.

—Hasta hace una hora creía que tenía una vida absolutamente desdichada —reflexionó en voz alta—. Y ahora me parece que soy la mujer más afortunada del mundo.

Nadie dijo nada más. Pero Raquel se aferró con una mano al borde de la camisa de Rocco.

Cinco minutos después llegaron a Barracas. Tano los condujo a una casita de color naranja con las contraventanas y el portón de color verde turquesa. Llamó a la puerta de chapa.

Las mujeres del barrio estaban esperando que Rosetta se instalara para irse a casa a su vez, a dormir.

Pasado un rato, la puerta se abrió y apareció una mujer demacrada.

Rosetta, mirando a la mujer, pensó que a lo mejor era la luz de la vela que sostenía la que le confería esa palidez de muerta. Tenía una mirada ausente. Acababa de despertarse.

—Necesitamos ayuda —le dijo Tano sin preámbulos.

La mujer se volvió hacia el interior de la casa y llamó:

—Fermín.

Chirriaron unos muelles. Y luego se oyeron pasos. El hombre flaco apareció en la puerta y enseguida, en cuanto vio a Rocco y a Tano, se inclinó sonriendo.

—Necesitan ayuda —repitió la mujer. Su mirada, ahora que estaba más despierta, seguía siendo ausente.

«Elude el dolor», pensó Rosetta observándola.

—Ustedes dirán, señores... —Al cortador de telas se le iluminó la cara.

—Tiene que alojar a Rosetta unos días —pidió Tano.

—¡Será un honor! —exclamó el hombre.

—Es por prudencia.

—¡Será un honor! —repitió el hombre.

En ese momento en la puerta apareció también una niña. Tenía unos diez años. Se frotaba los ojos con un puño. En la otra mano llevaba una muñeca de trapo remendada tantas veces que era imposible saber cuál había sido el color original del vestidito.

—Saluda, Guadalupe —dijo la madre.

La chiquilla miró a las personas que había delante de ellos. Luego, cuando reconoció a Tano, se aferró a la bata de su madre y los ojos se le llenaron de lágrimas. Tano la había salvado. Pero también le recordaba lo que le habían hecho.

La madre le acarició la cabeza y acto seguido dijo a Rosetta:

—Pasa.

La mujer asintió, como si quisiera añadir algo. Como si quisiera explicarle que sabía qué sentía, que conocía su dolor. Pero no dijo nada más y, mirándole el rostro hinchado, los ojos se le llenaron de lágrimas, como a su hija.

—Aquí estarás segura —afirmó el cortador de telas.

Tano le hizo un gesto de agradecimiento.

Rocco entrelazó sus dedos con los de Rosetta. Se sonrieron. Querían besarse, pero no podían hacerlo allí, delante de todos.

—Espérame —le pidió Rocco.

—Y tú no tardes demasiado —respondió Rosetta, y se dispuso a entrar.

Rocco la detuvo. Sonrió. Se metió una mano en el bolsillo y sacó el botón que lo había mantenido unido a ella todo ese tiempo. Que había mantenido viva la esperanza. Se lo puso en la palma de la mano.

—Lo habías perdido —le dijo.

Rosetta miró el botón mientras los ojos se le anegaban en lágrimas.

—Mira que es tonto llorar por un botón —dijo. Luego entró en la casa y la puerta verde turquesa se cerró.

Tano, Assunta y Raquel se encaminaron hacia la casa del zapatero.

Y las mujeres se dispersaron por las calles desiertas del barrio. La vida se reanudaba. La Alcaldesa de las Mujeres había regresado.

Rocco se quedó mirando durante un momento la casa del cortador de telas. Al cabo, a paso rápido, se dirigió hacia la nave.

Detrás de una chabola cercana, una figura amenazadora se movió y salió de la sombra.

El barón introdujo la punta de la navaja con la que había matado a Esteban en la bolsita de la cocaína y se llevó una pizca de polvo a la nariz. Aspiró ávidamente. Sacó más y aspiró de nuevo. Apretó con una mano la culata de la pistola de Esteban. Se rio.

Había encontrado también a esa asquerosa e inútil niña que había sido la causante de todos sus problemas allí, en Buenos Aires. Y a Rosetta, que había sido la causante de todo desde el principio, en Alcamo.

Y estaban juntas. En esa miserable chabola.

A su entera disposición.

Tomarse la justicia por su mano, ahora, era lo más sencillo del mundo.

—¿Qué más podría pedirte, Dios? —blasfemó.

71

Raquel salió a hurtadillas de la casa, sin que Tano ni Assunta se dieran cuenta. No había podido ir con Rocco a salvar a Rosetta. Pero no se perdería el final de esa guerra tan heroica, tan especial. Sus piernecitas corrieron por las calles de Barracas. Cruzó la frontera donde comenzaba La Boca y se detuvo poco antes de la nave del Gordo. No debían verla. Si no, Rocco la mandaría a casa a patadas.

Se acercó, rodeó la nave y miró adentro por un ventanuco.

—¿Qué haces aquí, piltrafilla? —dijo una voz detrás de ella.

Raquel se sobresaltó y se volvió de golpe.

Delante de ella estaba Louis.

—¿Tú qué haces aquí? —exclamó Raquel con los ojos como platos, procurando hablar en voz baja.

—Tenía la sensación de estar en el internado en ese hospital —dijo Louis.

—¿En el internado?

—Siempre me olvido de que no tienes ni idea de cómo se habla en la calle —se burló Louis—. «Internado» quiere decir reformatorio.

—Ah... —Raquel lo miró. Había engordado un poco. Se notaba que le daban de comer con regularidad. Pero estaba pálido. Y tenía ojeras. Y terminaba cada frase con un par de jadeos—. No deberías estar aquí. Lo sabes, ¿verdad? Es una estupidez de las gordas.

—Tú tampoco deberías estar aquí. —Louis sonrió—. Pero aquí estás.

—No es lo mismo, idiota —se enfadó Raquel. Seguía viendo

ese agujero en medio de su pecho llenándose de sangre—. ¡A mí... no me han disparado!

—Habla bajo, piltrafilla —le dijo Louis, y le dio un empujón.

Raquel se percató de que contenía una mueca de dolor. Y el empujón había sido leve. Seguía estando muy débil.

—Esa de ahí, la que cocina para todos, es mi madre —dijo Louis señalando hacia el ventanuco.

Raquel asintió. Se imaginó lo orgulloso que estaba Louis.

En cambio, Louis afirmó:

—Piensa en lo orgullosa que estará de mí.

Entonces Raquel se dio cuenta de algo en lo que nunca había pensado. Louis estaba de todos modos orgulloso de su madre. Porque sabía quién era realmente. No era una puta.

—Salen —susurró Louis. Agarró a Raquel de un brazo y la llevó detrás de un montón de vigas.

Mientras se agachaban para que no los vieran, Raquel se fijó de nuevo en cuánto jadeaba Louis.

—Yo también regreso —anunció—. Estamos haciendo una tontería.

—Sí. —Louis se rio—. Pero no me digas que no es divertido.

En ese momento vieron salir a Rocco de la nave, al frente de cuarenta estibadores. Iban armados.

—En el hospital había un tipo —murmuró Louis—, creo que medio mafioso... Estaba allí porque a él también le habían disparado. —Sonrió—. Me contó que su padre solía repetirle una frase: «Cuando empiecen los disparos, quédate siempre donde no puedan darte». —Se rio—. Yo he aprendido la lección. Recuérdala tú también, piltrafilla. —Luego la agarró de la mano y la llevó detrás del ejército de Rocco.

Y Raquel descubrió que le gustaba ir agarrada de su mano. Y se soltó. Como si quemase.

La base de Ciccone no estaba lejos.

Al llegar, vieron las huellas de la incursión de los hombres de Tony. Muros acribillados a tiros. Ventanas rotas. Cristales reventados. Una parte del edificio destrozado por una bomba. Restos de incendios por doquier. Heridos. Cuerpos en el suelo.

La policía aún no había intervenido.

Resultaba increíble, pero iban a esperar que todo terminase. Irían a limpiar. Nada más.

Raquel y Louis se escondieron detrás de la cerca de planchas de metal de un barracón próximo, desde donde lo veían todo muy bien.

—¡Ciccone! —gritó Rocco haciendo bocina con las manos a los lados de los labios.

Del edificio salió un tiro que levantó polvo del suelo, a escasos metros de Rocco.

Rocco no dio un solo paso.

—¡Si quieres que entremos, entraremos! —gritó—. Pero como entremos, todos estiraréis la pata.

Louis se rio.

—¿Oyes cómo habla alguien de la calle?

—Pero si salís con las manos en alto —continuó Rocco—, es probable que nos entendamos hablando.

Silencio en el edificio.

—¡Ya sois cucarachas atrapadas! —gritó Rocco—. ¿Tengo que pedir a Tony que termine la desinfección?

—¡Habla como Dios! —exclamó Louis.

Raquel lo miró. Estaba pálido, pero se le veía encantado.

—¡Cuento hasta tres! —gritó Rocco.

Cuando aún no había empezado a contar, los primeros hombres salieron con las manos levantadas. Su ropa de gángster estaba manchada de yeso. Había algunos heridos. Exhibían gestos de falsos duros. Detrás de esas máscaras se percibía la rendición que en su interior habían aceptado hacía tiempo. Eran menos de veinte.

Los estibadores los pusieron en fila sin dejar de apuntarles.

El último en salir fue don Lionello Ciccone.

Raquel recordaba perfectamente la vez que lo vio en la nave. Era prepotente e iba emperifollado como un proxeneta, con el pelo engominado. Ahora estaba despeinado. Tendría unos treinta años, pero parecía que hubiese envejecido diez. Renqueaba. Era un jefe joven que había intentado dar un golpe y le había salido mal. Ahora solo podía conformarse con salvar el pellejo.

Ciccone llegó frente a Rocco. Lo miró y lo reconoció. Y recordó el día que fue a amenazarlo.

Rocco señaló a los hombres que estaban detrás de él.

—Me dijiste que podría abrir un circo con este ejército estupendo, ¿te acuerdas?

Ciccone no respondió. Él, al igual que sus hombres, trataba de mantener el tipo.

—Yo he abierto el circo —dijo Rocco—. Pero nos falta el payaso.

Ciccone apretó los puños, pero no dijo nada.

Con un gesto, Rocco pidió a dos estibadores que se acercaran.

—Levantadlo. Tú agárralo de los brazos —le dijo a uno—. Y tú, de las piernas —le dijo al otro. Luego se volvió hacia el resto de los estibadores—. Si cualquiera de estos orangutanes se rasca la nariz, disparadle.

Entretanto, los dos estibadores habían agarrado a Ciccone de los brazos y las piernas y lo habían levantado del suelo.

—Venid.

Rocco fue al muelle.

Todos miraban. Reinaba el silencio.

Solo se oían las aguas pestilentes del Riachuelo estrellándose débilmente contra el malecón.

—Un buen lanzamiento —dijo Rocco—. Veamos si vale como payaso.

Los dos estibadores balancearon a Ciccone de un lado a otro.

—¡Uno, dos... y tres!

Lo lanzaron con todas sus fuerzas.

Ciccone acabó en el aire, agitando las piernas y los brazos inútilmente. Alcanzó una altura de casi dos metros y desde ahí cayó. Su caída sonó como una bofetada, una tremenda bofetada, y el agua que salpicó llegó hasta el muelle.

—¡No sé nadar! ¡Me ahogo! —Ciccone movía los brazos, desesperado y levantando todavía más agua mientras la cabeza se le hundía—. ¡Me ahogo! —gritó, y escupió un chorro de agua pútrida.

—¡Oye, que ahí se hace pie! —dijo un estibador.

Un instante de silencio, y acto seguido una carcajada estruendosa. También algunos hombres de Ciccone, a pesar de la tensión, se rieron.

Ciccone dejó de mover los brazos y tocó el fondo cenagoso. Se incorporó. Tenía aún más pegados a la frente los cabellos engominados, ahora empapados. El agua le llegaba un poco más arriba de la cintura.

—¡Sí, eres un estupendo payaso! —dijo Rocco, y aplaudió.

De nuevo se rieron todos.

Ciccone salió del agua con esfuerzo. Nadie le ayudó a subir. El jefe, humillado, casi tuvo que arrastrarse por el muelle.

—Ahora el puerto es nuestro. De la gente decente —dijo Rocco.

Los estibadores sintieron una intensa emoción. A algunos, a pesar de que eran hombres grandes y robustos, se les humedecieron los ojos. Cada uno de ellos pensaba en los atropellos padecidos, también por sus padres. En los muertos. En la violencia. En el miedo.

—Roc… co… Roc… co…

Alguien había empezado a decir despacio su nombre. Casi cantándolo.

—Roc… co… Roc… co… Roc… co…

En un instante, la voz solista se había convertido en un coro.

—Roc… co… Roc… co… Roc… co… Roc… co…

Un coro que hacía vibrar el aire mientras el alba empezaba a aclarar la noche. Como un presagio.

—Roc… co… Roc… co… —decían en voz baja también Raquel y Louis desde su escondite, emocionados—. Roc… co… Roc… co…

—¡Lárgate, Ciccone! —gritó por encima de las voces Rocco—. Y no vuelvas a aparecer por aquí, nunca más. —Se volvió hacia los otros gángsteres—. Y vosotros también. ¡Desapareced!

Mientras ese ejército de cobardes arrogantes se marchaba, cabizbajo, Raquel miró a Louis. Y vio que tenía las mejillas surcadas de lágrimas.

Louis se topó con su mirada y, con los mocos colgándole de la nariz y juntándosele con las lágrimas, riendo, dijo:

—¡Y tú querías perderte esto! ¡Joder, sí que eres un piltrafilla!

72

El barón lo había rumiado durante toda la noche.

A veces reía. A veces apretaba los dientes. A veces incluso gruñía. O bien temblaba. O se quedaba petrificado por la tensión. Y por momentos hasta se olvidaba de quién era, como si fuese simplemente un animal agazapado esperando a su presa.

Sus pensamientos fueron tornándose cada vez menos claros, pese a que siguió aspirando cocaína. O quizá precisamente por eso. Y con los pensamientos se mezclaban diferentes emociones. Pensaba que tendría que haber matado a su madre cuando era pequeño. Porque la muerte la habría privado en un instante de toda su belleza. Y luego pensaba en el clítoris de la princesa, del tamaño de un pequeño pene, y se veía apretándolo con la mano mientras moría, cuando en realidad era lo que había hecho con Bernardo, que en su mente era su padre. Su padre con librea. Y alamares dorados.

Cuando el sol alcanzó las callejuelas miserables de Barracas, su luz le hirió los ojos. Buscó la sombra. Pero parecía que no hubiera sombra en ninguna parte.

Las manos le temblaban mientras rebuscaba en la bolsita de la cocaína. Prácticamente se había acabado.

—Es hora de actuar —dijo en voz alta.

Hizo una raya. Desmenuzándola entre los dedos. Como le había visto hacer a su padre con la cajita de hueso cuando aspiraba el tabaco con aroma a menta. O como si fuese polvo. Sí, a lo mejor era polvo. Porque le provocaba picor en la nariz. Se la rascó, se metió las uñas en las narinas. No sentía nada. Solo el picor del polvo. Cuando se sacó los dedos, vio que tenían sangre.

—Es hora de actuar —repitió.

Miró hacia la casa naranja con las contraventanas y la puerta de color verde turquesa. Debía mantener a raya sus pensamientos. Sobre su padre, en especial. Porque le molestaban. Lo debilitaban. Pero no conseguía quitárselos de encima, como si fuesen una enfermedad.

Vio que el hombre flaco, el padre de la maldita niña, salía de casa. Se iba al trabajo. «Estupendo», se dijo con una sonrisa el barón. Se llevaría una bonita sorpresa a su vuelta.

Y luego vio que también la mujer pálida, la madre de la niña puta, se marchaba. A lo mejor a hacer la compra. «No tardará en volver», pensó. Ella se llevaría la sorpresa antes que su marido. Le pareció una magnífica broma. Se rio.

Ahora, en casa, estaban las dos a las que iba a matar.

Solas. Indefensas. Esperando recibir su merecido castigo.

—Es hora de actuar —repitió.

Metió la mano en la bolsita de la cocaína. Estaba vacía. En un arrebato de ira le dio la vuelta. Había restos blancos en la tela. Pegó a ella la nariz, que seguía sangrando. Aspiró con fuerza. Y después pasó la lengua por los últimos restos, lamiendo el fondo de la bolsita. Sabía a sangre. Volvió a reírse.

¿Navaja o pistola? No había pensado en ello.

En ese instante, la niña salió a la calle.

El barón se puso tenso. Eso tampoco lo había previsto.

La niña llevaba puesto el vestido blanco. Dando brincos, entró en un estrecho callejón. Jugaba sola. Canturreaba.

¿Ese era todo el enorme dolor del que hablaban los periódicos?

La niña continuó por el callejón hasta que desapareció.

Al barón se le paró la respiración. No podía perderla. Dio un salto, cruzó la calle y entró en el callejón.

Siguió la voz de la niña. Iba cantando.

—Rojo es el color del fuego... y de las mejillas del cocinero...

Iba unos pasos por delante de él, estaba justo a la vuelta de la esquina.

—Roja es la manzana de la rama... Ahora la agarro con la mano...

El barón dobló la esquina. Y ahí estaba ella.

—¡Rojo es el color de la sangre... —cantó—, de la linda niña que muere!

Guadalupe lo vio y se quedó paralizada. Sus piernas no se movieron. Su boca se abrió, pero no dijo nada.

El barón se le echó encima. Dejó caer la navaja al suelo. Había decidido. Ni navaja ni pistola. Manos.

—Mamá... —consiguió decir por fin Guadalupe.

Pero las manos ya le apretaban el cuello.

Guadalupe gritó. Una vez. Una sola vez. Muy fuerte.

El barón siguió apretando ese cuello fino y frágil, de gorrión, hasta que notó que se partía.

Pero entonces resonó otro grito.

El barón se volvió.

Una vieja lo había visto.

—¡Asesino! —volvió a gritar.

El barón fue presa del pánico. Desanduvo sus pasos. No bien salió del callejón, vio gente a la puerta de sus casas.

—¡Asesino! —resonó la voz de la vieja—. ¡Asesino! ¡Ha matado a Guadalupe!

El barón irrumpió en la calle.

—¡Asesino! —gritó otra voz. Una voz familiar.

El barón se volvió. Era Rosetta. Que no huía. Al contrario, se dirigía hacia él. Sacó la pistola. Apuntó. Disparó.

Rosetta se detuvo al instante. Giró sobre sí misma. Las piernas le cedían. Retrocedió un poco, y cayó de cara sobre el polvo.

—¡Puta! —gritó el barón, y levantó de nuevo la pistola.

Pero un hombre se interpuso entre él y Rosetta. Y luego otro. Y diez más. Y después veinte, treinta. Avanzaban. En silencio.

El barón les apuntó con la pistola.

—Somos diez veces más que tus balas —dijo un hombre.

El barón vaciló.

Y en ese instante, un joven le dio, desde atrás, un violento manotazo en la muñeca. Sonó un disparo. La pistola cayó al suelo.

Todos los hombres estaban ya cerca. Lo tenían rodeado.

—¡No podéis tocarme, pordioseros! ¡Soy el barón Rivalta di Neroli! —gritó a los hombres, despectivo.

Ellos lo miraron sin decir nada.

Y, poco a poco, fueron haciéndose a un lado.

Entonces apareció la madre de Guadalupe. Miraba al barón con unos ojos que parecían quemar.

Llevaba en brazos a su niña. Flácida como un trapo. Como una pobre muñeca. El rostro morado. La lengua hinchada fuera de la boca. El vestidito blanco estaba embarrado y tenía una mancha que no había desaparecido completamente, a pesar de los muchos lavados. Entre las piernas. Un cerco rosado que solo podía notar quien supiera que antes había una mancha mucho más llamativa, de rojo sangre.

—¿Qué queréis hacerme? —dijo el barón. Ahora su tono no era despectivo. Ahora su voz temblaba.

Los hombres se hicieron a un lado, sin necesidad de que nadie diese la orden. Era algo que sentían alrededor de ellos, detrás de ellos, que llenaba aquella polvorienta calle de Barracas.

El barón retrocedió. Era un espectáculo espantoso.

Las mujeres habían salido a la calle. Algunas de ellas llevaban cuchillos de cocina en la mano; otras, palos; otras, tijeras; y otras, hoces.

—¿Qué queréis hacerme? —chilló de nuevo el barón.

Las mujeres, tras rodearlo, se quedaron quietas. Era como si estuvieran acompasando sus respiraciones para convertirlas en una sola.

La madre, detrás de las demás, era la más quieta de todas. Con Guadalupe en brazos. Daba miedo.

Y de repente todas las mujeres se le echaron encima.

El barón gritó, levantó los brazos y luego desapareció, devorado por aquel único organismo feroz.

Cuando las mujeres se separaron, estaban impregnadas de sangre. Sangre en la ropa, en las manos, debajo de las uñas. Coágulos de sangre entre el pelo. Pero ninguna de ellas parecía sucia.

El cuerpo del barón, o lo que quedaba de él, estaba desparramado en el suelo. Como un títere desahuciado. Hecho pedazos. Pedazos disparejos que ningún sepulturero sería jamás capaz de juntar. Los ojos desorbitados parecían aún gritar el horror que había padecido. Y por primera vez en aquella mirada que se demoraba en hacerse de vidrio, podía verse el mismo sufrimiento de sus muchísimas víctimas.

Entonces las mujeres, como sacerdotisas, como bacantes al final del rito feroz, se retiraron en silencio, igual que sombras, dejando que el epílogo de la tragedia lo escribiese la sangre del barón que diluía en fango rojo el polvo de Barracas.

Así las cosas, la madre se volvió, con su niña siempre en brazos, y como si la hubiese oído, o como si la llamase desde muy cerca, sonó la campana de la capilla de Nuestra Señora de Guadalupe. A ella era a quien la mujer había consagrado su hija al nacer. Y ahora, sin que nadie necesitase explicaciones, se encaminó hacia la capilla. Porque a ella, a la Virgen de Guadalupe, iba a devolvérsela y a encomendársela.

Las mujeres formaron un cortejo fúnebre y se cubrieron la cabeza con mantillas y chales.

Rosetta se levantó, gimiendo, ayudada por Dolores y por la señora Chichizola. Estaba herida en un hombro. El vestido azul con flores de jacarandá tenía manchas de sangre.

Tano y Assunta se le acercaron.

—Tienes que ir al hospital —dijo él.

—Después —respondió Rosetta en un tono que no admitía réplica. Y se unió al cortejo.

Detrás iban los hombres, con la cabeza gacha y el sombrero en la mano, en señal de luto.

Tano y Assunta se sumaron al cortejo. Ella, la última de las mujeres. Él, el primero de los hombres.

Tano, pensando en lo que las mujeres de Barracas habían conseguido hacer en esos pocos meses, dijo:

—Estoy orgulloso de estas mujeres. Aunque soy un hombre.

—Aunque eres... solo un hombre —lo corrigió Assunta.

Tano asintió, serio.

—Sí. Aunque soy solo un hombre —repitió.

Cuando llegaron a Nuestra Señora de Guadalupe, Tano suspiró y dijo:

—Se terminó.

Assunta no dijo nada. Se había pagado un precio demasiado alto como para sentir alivio.

Delante de la puerta de la capilla, Tano se volvió.

Nadie se llevaba los restos del barón. Y nadie iba a llevárselos. Ni siquiera los perros vagabundos.

Como si fuese carne envenenada.

73

La nave estaba llena de estibadores que no hacían más que hablar de lo que había ocurrido.

La madre de Louis no paraba de servir platos. Estaba radiante. No le parecía real encontrarse en medio de todos aquellos hombres como una mujer y no como una puta. Era una sensación que casi no recordaba haber tenido. Seguía echando miradas a Louis y sonriéndole.

Su hijo se sentaba cerca. Se le notaba cansado. Pero él también estaba feliz. Lo primero que hizo, después de que todos lo hubieran regañado por haberse escapado del hospital —y de dejar claro que no regresaría ni muerto—, fue mostrar a su madre el montacargas, ya operativo.

—Lo he hecho yo —le dijo. Y luego le señaló una inscripción—. Y aquí está mi nombre. L-o-u-i-s —deletreó.

Raquel ahora estaba sentada a su lado y miraba a Rocco con ojos llenos de admiración. Lo había visto transformarse en esos días. Y había comprendido algo que no sabía. El amor era capaz de cambiar a las personas. Profundamente. Las volvía más fuertes. Y más hermosas. Más nobles. Y por primera vez en su vida pensó que a lo mejor algún día ella también se enamoraría. Pero en cuanto formuló ese pensamiento, se asustó y se apartó un poquito de Louis.

—¿Dónde están esos dos imbéciles? —preguntó Louis, refiriéndose a sus dos compañeros de correrías—. ¿Los has visto?

—No —respondió Raquel, sin mirarlo a la cara.

—Se habrán escondido en algún sitio —dijo Louis—. Cagones

—masculló, pero en su voz se notaba que lamentaba que no estuviesen allí.

—¡Ahí están! —exclamó Raquel al ver que entraban en la nave.

Los dos chiquillos fueron corriendo hacia ellos.

—Hola, jefe —dijo el pelirrojo, el más flaco.

—¿Qué carajo llevas ahí escondido? —dijo Louis, que se había fijado en un bulto que el chiquillo llevaba debajo del jersey.

El pelirrojo miró de un lado a otro con prudencia.

—¡Anda! —lo animó el otro—. ¡Dásela!

Entonces el pelirrojo sacó lo que ocultaba debajo del jersey. Era una camiseta nueva del Boca Juniors.

—Casi nos pillan mientras la mangábamos —dijo—. Pero no podíamos dejarte sin una.

Louis estaba boquiabierto.

—¿Qué os había dicho, cretinos? —Javier apareció detrás de ellos. Dio un pescozón al pelirrojo.

—Venga, que lo han hecho... con buena intención... —los defendió Louis.

—Claro que lo han hecho con buena intención —dijo Javier—. Lo han hecho con el dinero que han ganado. No la han robado.

Louis miró a los dos chiquillos, que se habían sonrojado.

—No hay que avergonzarse por no haber robado —añadió Javier, y dio otro pescozón al pelirrojo—. Os lo había advertido. Cambiad si queréis vivir conmigo y mi mujer. No podéis dar mal ejemplo a mi familia, ¡que quede claro!

Louis rompió a reír.

—¿Están en tu casa?

—¿Qué pasa..., jefe? —dijo Javier—. ¿No te parece bien?

Louis miró a sus amigos. No conseguían mostrar toda su dicha, pero él se la imaginaba. Ya no eran dos vagabundos.

—Basta con que no os amariconéis mucho —respondió para dárselas de duro.

—Me parece que aquí el único mariquita con una camiseta de estreno eres tú —dijo Javier—. Por lo menos póntela, joder.

Louis se quitó la camisa del hospital. No bien se quedó con el pecho desnudo, todos se fijaron en el enorme agujero que tenía en el centro y que empezaba a cicatrizar. Se volvió de espaldas, abochornado. Pero detrás tenía el mismo agujero, rojizo y negro, remendado como un calcetín. Se puso de inmediato la camiseta. Luego se dio la vuelta, orgulloso. Se miró el escudo a la altura del corazón.

—Si estás vivo es gracias a que tienes una potra enorme —le dijo Javier—. Más grande que una ballena, lo sabes, ¿verdad?

—Solo los que tienen potra terminan de correr la carrera —intervino Rocco.

Raquel pensó que Louis estaba realmente guapo con esa camiseta. Y en cuanto se dio cuenta de lo que podía implicar ese pensamiento, se alejó otro paso.

Rocco, mientras tanto, se había subido a un cajón.

—¡Escuchad! —gritó por encima del bullicio festivo. Dio unas palmadas—. ¡Escuchad!

Poco a poco, los estibadores se fueron callando.

—La guerra importante comienza ahora. Lo sabéis, ¿verdad? —dijo Rocco. Miró a aquellos hombres dueños de su destino—. Ahora vamos a averiguar de qué pasta estamos hechos. A partir de ahora tenemos que defender cada centímetro del pedazo de vida que hemos conquistado. —Hizo una larga pausa—. En este momento debemos demostrar que somos mejores que antes. —Asintió y sonrió—. Pero yo confío en vosotros. En nosotros. Yo sé por qué luchar. —Señaló el prototipo del montacargas—. Haré otro, y mejor. Y luego otro más. Haré tantos que no podéis ni imaginar el puto tráfico que habrá aquí, en el puerto, y la peste a combustible.

—¡Será mejor que la peste de la mierda de los bueyes! —gritó Javier.

Todos se rieron.

Rocco volvió a señalar el montacargas.

—Este chisme no os quitará trabajo. Vosotros no sois reemplazables. Pero trabajaréis mejor, más rápido. Descargaréis más barcos, podréis tener tarifas más competitivas y ganar más dinero.

—¿Y tú pretendes seguir siendo pobre? —preguntó en broma un estibador.

—No, guapo. —Rocco se rio—. Yo quiero hacerme rico. Rico

y honrado. Porque antes de llegar aquí prometí que nunca sería un mafioso. Se lo prometí a mi padre. Mafioso. Se lo prometí en su tumba. No sé si él me oyó, pero yo hice la promesa y, como que hay Dios, ahora puedo mantenerla.

Los estibadores permanecieron en silencio. Habrían podido manifestar su alegría, aplaudir, quizá cantar. Pero no era un juego. No les resultaría fácil. Pronto llegaría otro Ciccone que intentaría quitarles lo que habían conseguido. O puede que no fuera un mafioso sino un político. O a lo mejor uno del sindicato, que se dejaría corromper. No, no había motivo para aplaudir ni para celebrar. Rocco tenía razón: la guerra importante comenzaba realmente en ese momento.

—Ahora voy a ver a Tony —continuó Rocco—. Nos ha hecho una promesa y quiero que la cumpla. —Señaló a Javier, Billar, Ratón, Mattia y Louis—. Y vosotros, a partir de mañana, al trabajo. ¿Me habéis oído? ¿Qué carajo hacemos con un solo montacargas? ¡Tenemos que descargar buques, no botes!

Por fin los estibadores aplaudieron.

Rocco bajó del cajón. Hizo un gesto a Raquel.

—Vamos. Voy donde Tony, y luego iremos a Barracas para ver cómo se encuentra Rosetta.

—¿Puedo ir yo también? —preguntó Louis.

—Eres un plasta —dijo Rocco—. ¿Puedes caminar o tengo que llevarte en brazos, piltrafilla?

—Puedo perfectamente —respondió Louis.

—No seas fanfarrón —le susurró Raquel.

Rocco caminó despacio, fingiendo que tenía que detenerse cada dos por tres para mirar algo, de manera que Louis no se cansase mucho. Hasta que llegaron a la fortaleza de Tony.

Había dos hombres armados haciendo guardia en la puerta, pese a que la guerra había terminado.

—Esperad aquí —dijo Rocco a Raquel y a Louis. Luego entró.

Tony estaba sentado debajo de la pérgola del claustro, abrigado con una manta.

—No puedo estar dentro. —Sonrió—. Me falta el aire. Y siempre tengo frío.

Rocco lo miró. De repente ya no era su estatura de enano lo primero que llamaba la atención, sino el color grisáceo de su tez. Como si se hubiese apagado. Y de nuevo, como pocos días antes, sintió una pena que se parecía al afecto. Y, como pocos días antes, se avergonzó de sentir algo así por un mafioso. Pero Tony tenía algo especial.

—He venido para reclamar tu promesa —dijo, sin embargo, en tono duro—. Ahora el puerto es nuestro. Es de la gente decente.

Tony lo miró sin decir nada. Se limitó a asentir.

—El montacargas revolucionará la manera de trabajar en el puerto —continuó Rocco.

—Sí, lo pensé aquella mañana en cuanto vi los dibujos que había colgados en el despacho de Cara de Perro.

—Te pregunté si querías asociarte conmigo —agregó Rocco en tono arisco—. Para ser sincero, nunca habría podido hacerlo sin ti. Vamos al cincuenta por ciento, si te parece bien. Pero trabajamos honradamente.

Tony sonrió. Una sonrisa simple, pura, que expresaba el placer que le producía lo que acababa de oír.

—Careces de todo instinto criminal. Eres un capullo integral. Pero me caes bien. —Meneó al cabeza—. El negocio de los montacargas es todo tuyo. Te lo cedo. —Se subió más la manta. Ya no había alegría en su mirada—. Estoy muerto. Sigue tu camino, Bonfiglio.

Rocco no sabía qué hacer ni qué decir.

—Pero ten cuidado —prosiguió Tony—. También has tocado los cojones a esos judíos. Recuerda siempre que son más poderosos que la ley. Tienen tentáculos que ninguna espada puede cortar. ¿Qué te apuestas a que Amos desaparece, quién sabe cómo?

—Sí, estoy seguro de eso —dijo sombrío Rocco.

—Así que ten cuidado. La gente que se mete con ellos y llega a vieja es tan escasa como un ojete que huele bien.

—¿Y tú? —Rocco no podía callarse—. ¿Qué vas a hacer?

—No te preocupes por mí, no te pongas siempre sentimental —resopló Tony—. Yo morí con Catalina.

Su mirada se apagó. Como si realmente ya estuviese muerto.

Pareció perderse en un laberinto de pensamientos y dolor del que nunca saldría. Pero se estremeció y miró a Rocco, con los ojos de nuevo atentos. Porque sentía debilidad por aquel muchacho. Se envolvió bien con la manta y se inclinó hacia él.

—Todo animal de la selva trata de sobrevivir. —Sus ojos, antes gélidos, manifestaban melancolía—. El día que deja de intentarlo... se condena. Al cabo de un minuto, una hora, un día..., pues el tiempo no es más que una ilusión..., ese animal, ya sea un león o una rata, morirá. Y moriría incluso sin enemigos. Porque es aquí dentro donde anida su depredador. —Se golpeteó el pecho con un dedo—. Él es su propia muerte.

Rocco pensó en el destino, en los caminos que se elegían o que no había más remedio que recorrer. Y pensó que nadie, probablemente, había visto jamás a Tony como estaba viéndolo él. Nadie había conseguido tocar nunca esa profunda e inesperada sensibilidad. Y entonces, sin un nexo aparente, le hizo la pregunta que lo atormentaba desde que había estallado aquella guerra.

—¿De verdad soy un asesino como mi padre?

Tony lo miró. Luego negó lentamente con la cabeza.

—No. Yo soy un asesino. Tú eres un guerrero. Yo habría matado a Ciccone como a un perro. Mientras que tú lo has derrotado.

Rocco notó algo en su interior. Un viejo nudo que de repente se deshacía. Y lo absurdo era que sucedía gracias a un mafioso. No tenía sentido, aparentemente. O a lo mejor sí. Porque solo un asesino podía decirte que no eres un asesino. Porque solo un mafioso podía decirte que no eres un mafioso.

—Sigue tu camino y no te vuelvas —repitió Tony—. Un día encontrarán a un enano en el Riachuelo con el cuello cortado y sabrás que soy yo. Pero no malgastes una oración.

Rocco iba a decir algo, pero Tony se lo impidió con un gesto.

—¿Por qué quieres estropear este momento soltando una estupidez, muchacho?

Rocco miró al suelo.

—Ahora vete, Bonfiglio —dijo Tony despacio y en voz baja, casi como si se quedara sin energía. Le costaba respirar. Jadeaba. Se inclinó hacia Rocco. La manta cayó al suelo—. Me has tocado los cojones. —Y acto seguido le dio un cachete. Lo bastante fuerte para ponerle roja la mejilla. Lo bastante fuerte para que notara todo su afecto.

Rocco permaneció un instante inmóvil. Luego recogió la manta y se la puso a Tony. Y por primera vez en su vida dijo con sinceridad una frase que había odiado siempre:

—Le beso la mano.

Pero Tony ya no lo escuchaba. Se había recluido en su dolor.

Rocco salió de la fortaleza. Con un gesto, indicó a los dos chiquillos que se movieran y se encaminaron hacia Barracas.

Mientras andaban, Rocco vio en una esquina de la calle a una niña de no más de quince años, pálida, con el cabello rubio, largo, fino y sedoso. Un hombre la llevaba de la mano y la arrastraba hacia el otro lado de una valla. Ella no ofrecía resistencia. Un poco más allá, una mujer con una mejilla desfigurada y una oreja cortada en el lado superior llevaba en la mano un billete de cinco pesos.

—Libertad —murmuró Rocco.

—¡Libertad! —exclamó Raquel. Y, con voz sombría, añadió—: Adelina.

Rocco se acercó a Libertad y se la arrebató de la mano al hombre.

—¡Oiga! —protestó el hombre—. ¡He pagado para follármela!

Rocco agarró el billete que Adelina se metía en el escote, lo estrujó en una bola y se la arrojó al hombre.

—¡Largo de aquí! —le gritó.

El hombre recogió del suelo el billete y se alejó a toda prisa.

Adelina no sabía qué estaba pasando y no lo reconoció.

—¿Quién carajo eres tú?

Rocco no le respondió.

—Libertad, vente con nosotros.

Libertad tenía una mirada ausente.

—La has drogado, ¿verdad? —dijo Raquel con rabia.

—¡Ella es mía! —repuso Adelina—. Ella es mía...

«Tiene una mirada desesperada», notó Raquel.

—Libertad, escúchame... —dijo Rocco.

Raquel se acercó.

—Déjame —pidió a Rocco—. Libertad..., no es verdad que haya una sola oportunidad —le dijo.

Libertad reaccionó con esa frase.

—Ahora tienes otra...

Libertad luchaba contra el efecto de la droga.

—Me dijiste que tenía que nadar por ti...

Libertad esbozó una sonrisa maravillosa. De ángel.

—Eres tú —susurró.

—Yo nadé... —continuó Raquel—. Y ahora puedes hacerlo tú.

—¡Ya sé quién eres! —gritó Adelina—. ¡Yo también sé quién eres!

—¡Cierra el pico, puta! —le gruñó a la cara Raquel mientras le estallaba por dentro todo el odio que había ido acumulando esos meses.

—¡Es culpa tuya! ¡Ya sé quién eres! —chilló Adelina—. ¡Tú tienes la culpa de todo! —gruñó, y arremetió contra Raquel, pero Rocco la detuvo.

Louis no comprendía nada.

Raquel vio la pistola que Rocco tenía debajo de la correa. Pensó por un instante en quitársela y en disparar a la cara a Adelina. Por Tamar y por todas las otras chicas a las que esa mujer había torturado.

Adelina pareció intuirlo. En ese momento ella era la más débil. Se hizo la pobrecita.

—Amos me obligaba. Y ahora, por su culpa, me han echado. Ya no me quieren... —gimoteó—. La necesito... —Señaló a Libertad—. La necesito para ganar algo. La necesito para comer...

—Me das asco —dijo Raquel con voz temblorosa. Y en ese momento se dio cuenta de que no agarraría la pistola de Rocco. Porque no sería capaz de matar a Adelina. Porque no era como ella—. Vete a la mierda —le espetó. Luego se volvió hacia Libertad y le aferró la mano—. Ven con nosotros.

—¿Y yo? —preguntó Adelina. Estaba desesperada. Tenía miedo—. ¡Me moriré!

—Hay algo peor que morir —le respondió Raquel. La miró con desprecio—. ¿Te acuerdas de lo primero que me dijiste cuando acababa de llegar? «*Esto es el infierno.*» Tenías razón. Para ti será un infierno. Buenos Aires te castigará. No yo. —Le escupió en la ropa—. Jódete.

Mientras se alejaban, Raquel estrechó la mano de Libertad. Miró a Rocco.

—Ahora ya todos saben quién soy.

—Ahora ya no importa —le dijo Rocco sonriéndole.

—Pero ¿por qué? —preguntó Louis, pasmado y confundido—. ¿Quién eres?

—¡Soy mujer, tonto!

74

El capitán Ramírez hizo parar la furgoneta de la policía que debía trasladar a Amos desde la comisaría de la avenida de la Plata hasta la cárcel militar situada al norte de la ciudad, en una zona poco transitada del barrio residencial de Núñez.

Ramírez se apeó de la furgoneta, abrió la portezuela de atrás y ordenó al celador que quitara al preso las esposas. Luego indicó con un gesto a Amos que saliera.

Se alejaron unos pasos de la furgoneta para que no los oyeran.

—Llega al Río de la Plata —dijo el capitán—. Después dirígete hacia el norte. Verás una de esas estacas que usan los pescadores. Está pintada de amarillo y hay una red grande sobre el agua. El barco te espera ahí.

A Amos se le veía hundido. Se había salvado, eso sí. Pero tendría que empezar todo desde el principio. Y solo.

—¿Qué ha pasado con mi padre? —preguntó en tono angustiado.

—Ha recibido sepultura conforme a vuestro rito —respondió el capitán Ramírez—. Se ha encargado de todo la Sociedad Israelita.

Amos pensó en lo que siempre repetía su padre, que no quería acabar bajo tierra en ese cementerio. Que no lo consideraba un auténtico cementerio judío. Amos nunca se lo había dicho, pero ya lo había planificado todo. Cuando muriera, lo llevaría a Praga y lo enterraría allí, en un cementerio antiguo que le encantaba. Y antes de salir, tras la ceremonia, tras haber colocado la piedra sobre su tumba, se lavaría las manos en esa pequeña pila de la que siempre hablaba su padre. Y así sabría si era verdad que uno podía sentirse limpio.

Pero ya nada de todo eso sería posible.

—Ahora vete —dijo el capitán Ramírez.

Amos pensó que tenía un tono diferente al habitual. Antes, cuando él le pagaba, cuando le dejaba follarse cada noche a una puta en el Chorizo, cuando hacía la vista gorda a que pegara a las chicas, su tono era amistoso. Y a la vez respetuoso. Ahora, en cambio, le hablaba en nombre de otro. Ahora le hablaba como si él no valiese una mierda. Lo cual era cierto.

—No tengo dinero —dijo al capitán.

—¿Para qué? ¿Acaso necesitas alquilar un carruaje? —respondió Ramírez.

«Un policía corrupto es corrupto, y punto», le había dicho Jaime. Y tenía razón. Ramírez estaba podrido por dentro. Pero ¿quién no lo estaba? ¿Podía afirmar de sí mismo que no estaba podrido? No, no podía. Había lanzado los dados y le había salido una mala jugada. Eso era todo. La vida era menos complicada de lo que solía creerse.

—Tenía que decirte que fueras a la estaca —repitió Ramírez—. Ve a esa jodida estaca.

Luego se volvió, cerró la portezuela de atrás de la furgoneta y subió a la parte delantera, al lado del conductor.

En un instante la furgoneta se alejó. Y Amos se quedó solo.

Se volvió hacia el este. Detrás de él, el sol se ponía. Notó el olor salino de las aguas del Río de la Plata. Cruzó un jardín bien cuidado y siguió recto. Al cabo de menos de diez minutos estaba en la orilla argentina del gran río cenagoso.

Se detuvo. ¿Adónde lo llevaría el barco? Probablemente, a Montevideo, como primera escala. Desde allí, a Río de Janeiro, en Brasil, o bien a Nueva York, en Estados Unidos. La Sociedad Israelita de Socorros Mutuos Varsovia tenía negocios. Sus típicos negocios en ambas ciudades. Putas.

¿Qué trabajo le darían? Con seguridad, no la dirección de un burdel. Ya podía olvidarse de eso. Empezaría de nuevo desde abajo. Gorila. «De todos modos —se repetía—, he tenido suerte.»

Quizá su mayor suerte, reflexionó, era conocer tan a fondo los negocios de la Sociedad Israelita. No era de esos que se pudrían en la cárcel. O lo liquidaban o dejaban que desapareciera.

Se echó a reír.

—¡A la mierda! —gritó—. ¡Adiós! ¡Yo me largo!

Se recuperaría. No le resultaría fácil empezar de nuevo, a su edad. Pero era judío. Más duro que los tendones de una vaca, como decía el rabino de Praga. No lamentaba nada. Había jugado sus cartas y había perdido.

«No», se dijo. Sí lamentaba algo, y mucho. Aquella puta niña. Daba mala suerte. Tendría que haberla dejado morir cuando todavía estaban en Rusia. Todo había empezado con ella, ojalá se fuese al infierno. Primero, la huida. Luego, esos jodidos artículos. Esos artículos habían hecho que toda la ciudad se fijase en él. Y habían forzado a Noah y a la Sociedad Israelita a no intervenir directamente para no comprometerse. Esa niña lo había convertido en un apestado. Su desdicha había empezado con ella. Si hubiese tenido la posibilidad de averiguar dónde estaba, antes de irse y desaparecer, le habría hecho una visita encantado.

«La habría abierto como un pescado», pensó con ira.

«Pero es hora de pasar página», se dijo conforme apretaba el paso por el malecón del Río de la Plata. Vio a lo lejos una estaca amarilla y una red grande y cuadrada sobre el agua.

Cuando llegó, no había ningún barco amarrado.

Detrás de la estaca vio humo. Y percibió olor a puro.

Subió al puente y fue hasta el cabrestante de la red de pesca. Las tablas estaban resecas y crujieron bajo sus pasos.

—Eres puntual —dijo una voz.

Amos no lo reconoció enseguida. Tenía los rasgos del rostro deformados por las quemaduras.

—Hola, Amos —dijo el Francés, y arrojó el puro al agua.

Amos miró atrás.

—¿Crees que eres más rápido que esta? —El Francés agitaba la pistola con una sonrisa.

—¿Cómo has sobrevivido? —preguntó Amos. Era una pregunta estúpida, pero no se le ocurrió decir otra cosa.

—Siéntate. —El Francés le señaló un banco.

Amos se sentó.

—Me gusta charlar contigo —continuó el Francés—. Siempre has sido un agudo conversador.

—Vale. Acabemos con esto —dijo Amos—. ¿Qué quieres? Dentro de poco llegará un barco. Tendrán dinero.

—¿De verdad crees que llegará un barco? —El Francés sonrió.

El rostro de Amos se tensó.

—Pues sí... —El Francés suspiró—. El capitán Ramírez es un hombre muy codicioso. Y muy ruin. Tony solo ha necesitado mandarle a uno de sus hombres. Ni siquiera ha tenido que ir él en persona. ¿Te das cuenta de lo poco que vales?

Amos apretó los puños. Únicamente le quedaba una esperanza. Tenía que echársele encima en cuanto bajase la guardia.

—En cambio, para mí vales un montón —continuó el Francés—. Me he quedado aquí por ti, en vez de huir, después de sobrevivir. Yo conté a Tony que tú eras quien estaba detrás de Ciccone.

Amos tembló.

—¿Cómo lo supiste?

—Por casualidad. —El Francés se encogió de hombros—. Y después de lo de Catalina, yo le revelé dónde podía encontrar a tu padre.

Amos sintió que la sangre se le subía a la cabeza.

—Le dije que si lo mataba te haría sufrir como a un perro.

Amos soltó un grito y se abalanzó hacia él.

Pero el Francés lo esperaba. Le disparó al estómago. Luego se hizo a un lado, con elegancia, como un torero.

Amos siguió avanzando, pero con pasos cada vez más inseguros. Se detuvo. Se volvió. Se apretaba con una mano el barrigón, pero no conseguía contener la sangre que ya manchaba el chaleco. Avanzó de nuevo.

El Francés le disparó a una rodilla.

Amos gimió y cayó al suelo.

El Francés fue hacia él. Le apuntó a la frente.

—Esto es de parte de Lepke. —Luego disparó.

La frente de Amos estalló y se tiñó de negro. Amos empezó a mover la cabeza, muy rápido, como una marioneta de resorte enloquecida, con los ojos desencajados y los dientes apretados. Y después paró. Sin cerrar los ojos.

—Has conseguido lo que querías, por lo que parece —dijo una voz cavernosa.

El Francés se volvió de golpe.

Delante de él, dos hombres grandes y robustos, vulgares aunque elegantemente vestidos.

El Francés los conocía. Todo el mundo los conocía en Buenos Aires. Desde el gobernador hasta la más pequeña rata de alcantarilla del mercado de las putas. Uno se llamaba Noah, y era el jefe de la Sociedad Israelita de Socorros Mutuos Varsovia. El otro, el que había hablado con voz cavernosa, era su brazo derecho, Simón.

El Francés les apuntó con la pistola.

—Habéis llegado tarde.

Noah se rio.

—No, hemos llegado justo cuando teníamos que llegar. —Abrió los brazos—. El capitán Ramírez ha tenido la amabilidad de mantenernos informados, paso a paso.

El Francés no comprendía.

—¿Por qué me habéis dejado matarlo?

—La pregunta es otra, jovenzuelo —respondió Noah—. ¿Por qué no íbamos a dejar que lo matases?

El Francés por fin lo comprendió. Amos estaba de todos modos sentenciado. Y en ese momento comprendió también cuál era la continuación de la historia. Solo cabía un epílogo. De nada valía oponerse. Y le asombró no tener miedo.

Bajó la pistola.

Sonó un disparo.

El Francés sintió un enorme calor en el pecho. La vista se le nubló. Notó que las piernas ya no lo sostenían. Pero tenía una rara sensación. Como si no le importase. O como si sintiese que por fin, antes de morir, se había comportado como un hombre.

Por último, cayó al lado de Amos y en un instante la vida lo abandonó.

—Bueno, también esto está hecho ya —dijo entonces Simón.

—Sí —convino Noah—. Podemos irnos. Los chicos se encargarán de limpiar. Y nadie sabrá lo que ha pasado.

—Pero todo el mundo pensará que somos tan poderosos que hemos conseguido que huya uno de los nuestros. —Simón se rio con su voz cavernosa—. Mientras que los que van a limpiar esto pensarán que protegemos hasta el final a los nuestros. Y que Amos ha sido vengado.

—Y todos pensarán que siempre es preferible estar de nuestro lado, amigo mío. —Noah se rio a su vez—. Porque nosotros somos la Sociedad Israelita de Socorros Mutuos, no unos miserables chulos de puta.

—Una trama estupenda —dijo Simón con expresión satisfecha—. Tendríamos que haber sido comediógrafos.

—¿Crees que los comediógrafos se ganan la vida tan bien como los comerciantes de carne que somos nosotros? —preguntó Noah.

—No. Quizá no, tienes razón —respondió Simón.

Se rieron de nuevo, y mientras se marchaban las tablas del puente crujieron bajo sus elegantes y rígidos zapatos norteamericanos, hechos a mano en una fábrica de Nueva Inglaterra.

75

—Yo me di cuenta enseguida —dijo Tano señalando a Raquel.
La gente reunida en la trastienda de la casa azul se rio.
—Joder —prosiguió Tano, impertérrito—, hablaba demasiado para ser un chico. Yo lo llamaba Ángel Blablá. Olvidémonos de la tontería de rascarse los huevos. ¿Queréis saber en qué se nota que no es un chico? Uno: nunca se mete el dedo en la nariz. Dos: no hace pelotillas. Y encima no se rasca el culo.
De nuevo la gente se rio.
—¿Eso es lo que tengo que esperarme de ti? —preguntó en voz alta Rosetta a Rocco.
Otra vez todos se rieron.
Era una fiesta. Estaban las mujeres de Barracas con sus maridos y sus hijos. Y los estibadores de La Boca con sus mujeres y sus hijos. Estaba Javier con su esposa, su niña recién nacida y los dos chiquillos de la pandilla de Louis. Y también Mattia, Billar, Ratón. Estaba Louis con su madre. Estaba Dolores con la señora Chichizola. Encarnación y su madre, la niña costurera, las mujeres del Mercado Central. Y estaba Libertad, con un vestidito cerrado hasta el cuello que hacía que pareciera lo que era, una niña. La madre de Louis, que se había convertido en la cocinera oficial del grupo de trabajo de Rocco, acogió a Libertad como ayudante. «Porque yo sé lo que significa ser puta», había dicho a Rocco. Y además estaban las dos viejas desdentadas, que trataban de mantener a los chiquillos lejos de las diez gallinas que cuidaban.

Estaban todos.

Dos días antes Tano —después de que el vicecónsul comunicara oficialmente, en nombre de la embajada del Reino de Italia, que el Caso Rosetta Tricarico se había cerrado, que ya no había ninguna acusación y que no habría juicio— se había plantado delante de Rocco y le había dicho: «¿Qué intenciones tienes con mi Rosetta? ¿Son serias? Como intentes hacer estupideces, te rompo el culo».

Y por eso, ahora todos estaban en esa fiesta con la que celebraban el noviazgo de Rocco y Rosetta.

Estaba hasta el señor Del Río. Desde el día en que descubrió quién era Raquel, siempre que hablaba de sí mismo decía: «Soy el mayor de los imbéciles. Es mi única certeza desde que tuve una mujer en la tienda». El viejo librero se acercó a Raquel. Se sentó a su lado. Llevaba en la mano un paquete. Se lo dio.

Raquel lo desenvolvió. Era el primer libro que había leído. *Pinocho*.

—Quiero contarte algo —dijo entonces Del Río—. Ya me conoces. Soy un hombre solitario. Seco. Alguien que se alimenta de papel y respira el polvo de los libros. —Sus ojos adoptaron una expresión solemne—. Un día moriré.

Raquel iba a decir algo, pero Del Río se lo impidió con una mirada.

—Lo más tarde posible, pero ocurrirá —continuó—. Y ese día mi librería... será tuya.

Raquel sintió que le fallaban las fuerzas y agradeció estar sentada. Aspiró una bocanada de aire, pero no fue capaz de soltarlo por miedo a echarse a llorar.

—Sin embargo, tienes que hacerme una solemne promesa —le pidió Del Río.

Raquel asintió, todavía incapaz de hablar.

—¡Solo contratarás mujeres! —El librero se rio satisfecho.

—No, señor Del Río —respondió Raquel sin pensarlo—. Eso no puedo prometérselo.

—¿Por qué no?

—Si la librería es mía algún día —explicó Raquel—, contrataré a quien sea inteligente y ame los libros. Y me dará lo mismo que sea hombre o mujer.

Del Río suspiró.

—Eres irritante, chiquilla —dijo—. O, sencillamente, vieja por dentro, no lo sé. Pero sigues teniendo razón.

Solo faltaba alguien para que la fiesta fuese perfecta. Rosetta preguntó a todo el mundo si lo habían visto. Pero nadie sabía nada. Entonces Rocco fue donde Tony para preguntárselo.

—Tenía una cita con Amos —le dijo Tony—. ¿No ha vuelto?

Rocco se lo contó a Rosetta.

«Se habría divertido —pensó Rosetta mirando a toda aquella gente de juerga—. ¡Esto parece un burdel!» Y se rio sola. Un poco triste. Porque, como decía Tano, el Francés, para ser un chulo de putas, era buena gente.

—¡Callaos todos! —gritó Tano.

Nadie le hizo caso.

—¡Que os calléis, joder! —gritó de nuevo Tano, con tanta fuerza que pareció que le estallarían las venas del cuello.

Por fin le hicieron caso. Lo miraron.

Tano pidió con un gesto a Rocco y Rosetta que se acercaran.

Rosetta llevaba el vestido de Ninnina. Assunta le había hecho un tocado del mismo color que las flores de jacarandá del vestido. Tapaba el agujero que le había dejado en el hombro la bala del barón. Y la costra, aunque la herida era superficial. Assunta también había intentado hacerle un moño y ponerle flores en el pelo. Pero Rosetta se había negado rotundamente. Quería llevar el pelo suelto. Y así estaba preciosa.

Rocco no tenía un buen traje. Así que para la ceremonia un estibador que tenía sus mismas medidas le prestó el suyo. Puede que no fuera gran cosa como traje, pero la camisa blanca, reluciente, planchada y almidonada, le confería tal brillo que se reflejaba en los dientes, también blanquísimos, que Rocco exhibía constantemente porque no era capaz de dejar de sonreír. El mechón rubio le caía sobre la frente y le daba ese aspecto de bravucón que tanto gustaba a Rosetta.

—¡Qué guapos son! —exclamó una de las dos viejas desdentadas.

—¡Cerrad el pico un par de segundos, comadres! —las regañó Tano.

Luego se colocó entre Rosetta y Tano. Tomó una moneda de un peso, la mostró a la gente y la puso en la mano de Rosetta. Agarró otra moneda de un peso, también la enseñó a todos y la puso en la mano de Rocco. Por último, estrechó entre las suyas las dos manos y las unió. Las levantó hacia los presentes y dijo:

—Y a partir de este momento sois dos, pero indivisibles.

Rocco y Rosetta abrieron las manos para que todos las vieran.

Ya no estaban las dos monedas de un peso, sino solo una moneda de dos pesos.

La gente aplaudió con entusiasmo.

—Ahora puedes besarla —dijo Tano a Rocco.

Rosetta tenía todavía los labios partidos por las patadas de Amos. Aun así, se inclinó hacia Rocco y dejó que la besase.

Todos los presentes aplaudieron.

—¡Y ahora comed, bebed y bailad! —anunció Tano.

Assunta, que estaba sentada a la sombra en un largo banco, le pidió con un gesto que se acercara.

—Ven aquí, échate un momento, estarás cansado —le dijo.

Tano se tumbó en el banco y apoyó la cabeza en el vientre de su esposa. Dejó escapar un suspiró de placer.

—No sé si volvería a hacer todo lo que he hecho en mi vida —murmuró—. Pero una cosa sí que haría sin dudarlo un instante.

—¿Qué? —preguntó Assunta.

—Cortejarte y casarme contigo —respondió Tano.

A Assunta se le subieron los colores.

—Porque no hay una barriga más cómoda para dormir —añadió Tano, y rompió a reír.

Asunta le dio un coscorrón en la cabeza.

—Eres incapaz de decir nada bonito sin hacerte el gracioso, ¿verdad?

Tano sonrió.

—De todos modos, aceptaría que me cortejaras y me casaría

contigo de nuevo —dijo Assunta—. Aunque hubiese que volver atrás cien veces.

Tano puso cara de satisfacción.

—Porque nunca podría encontrar una cabeza tan hueca y ligera que ponerme encima de la barriga —concluyó Assunta.

Tano se echó a reír.

—No eres más que un burro, mi antipático cabestro —dijo entonces Assunta pasándole una mano por el pelo.

—Y tú eres... mi amor —susurró Tano.

Assunta se puso tensa y sintió que los ojos se le inundaban de lágrimas.

—Nunca me lo habías dicho —murmuró conmovida.

—Bueno, no esperarás que te lo repita, ¿verdad? —exclamó Tano.

—No, no temas.

Assunta sonrió, feliz, y le acarició el rostro, duro y arrugado como cuero curtido.

—¡Bebed y comed! —repitió en voz alta Rocco.

—Solo un momento, si me permitís —dijo una voz de mujer.

Todos se volvieron y vieron a una desconocida que debía de tener poco más de veinte años. No era alta. Vestía un traje de algodón blanco perla y botines con cordones. Tenía el pelo castaño ligeramente crespo y un mechón sobre la frente. Su rostro era de facciones pronunciadas, poco agraciado pero sí expresivo, con mucho carácter.

Nadie sabía quién era.

—¡Alfonsina Storni! —gritó Raquel con la cara roja.

—El señor Del Río me ha invitado —dijo Alfonsina Storni. Le sonrió, mostrando los incisivos superiores levemente separados—. He querido traer un regalo a esta fiesta especial.

Raquel sentía que el corazón le latía desbocado. Temblaba. No sabía qué hacer. Le habría encantado ir a su encuentro, abrazarla.

Alfonsina Storni se le acercó y la miró. Seguía teniendo esa especie de melancolía en el fondo de sus ojos. Luego se volvió hacia los congregados.

—Siempre es importante que haya alguien que sepa contar una historia distinta —dijo—. Solo así la gente descubre que realmente es posible cambiar. El futuro necesita historias. —Sonrió y se encogió de hombros—. O los seres humanos nos quedaremos sin imaginación. —Miró a Raquel de nuevo. Sacó de su bolso una revista enrollada—. Este es el número de *Caras y Caretas* que sale mañana. Está recién impreso. Pero contiene algo que no puede esperar a mañana. —Se rio de esa manera suya un poco triste—. Porque la fiesta es hoy, ¿no? —Entregó la revista a Raquel—. Cuenta, chiquilla que tiene ojos por todos nosotros.

Raquel se encogió, casi se enroscó sobre sí misma. Tenía la sensación de que no podía respirar. Todos la miraban. Pero ahora era distinto. Ahora sabían que ella era quien había escrito esas palabras. Ahora sabían quién era.

—¡Anda, no me toques las pelotas! —casi gritó Tano.

Assunta le dio un codazo en el costado.

—¡Lee! ¡Lee! —gritaron a coro todos.

Rocco alzo en volandas a Raquel y le susurró al oído:

—La oruga no puede echarse atrás. Está destinada a ser mariposa.

—Pero yo... —comenzó Raquel.

—¿Por qué no puedes estarte calladita cuando toca? —la interrumpió Rocco—. Yo no sé hablar como tú. Pero ahora escúchame... Yo... En fin, ¿todavía no te has enterado? Yo... estoy orgulloso de ti. No puedes ni imaginarte cuánto. Y yo... ¡Me cago en la leche!, no sé explicártelo... Pero... pero es así, ¡joder! —Y la subió a la mesa, para que todos la viesen.

Raquel notaba que las lágrimas pugnaban por salir. Miró a Rocco. Le había dicho lo que le habría gustado que le dijese su padre, que no estaba allí viéndola. «O a lo mejor sí», pensó.

Rocco la miraba y sonreía. Le apretó con la mano un tobillo.

—Estoy aquí. Lee —le dijo con su voz cálida.

Raquel inspiró y abrió *Caras y Caretas*.

—«¿Por qué se llama Nuevo Mundo? —empezó con voz insegura—. Porque es un mundo que nos da una segunda oportunidad. Un mundo donde yo puedo salir adelante. Donde Rosetta se convierte en Alcaldesa de las Mujeres. Donde cabe imaginarse que una mujer defienda a las mujeres. Donde Rocco puede revolucionar el puerto y lograr que los condenados a muerte puedan descargar un buque aunque les falte un brazo o una pierna.» —Su voz fue ganando seguridad conforme leía—. «En el Nuevo Mundo son posibles cosas que nunca nos habríamos imaginado. Las prostitutas vuelven a ser mujeres y dejan de ser cosas. Y sus hijos, aunque solo parezca un mal chiste, ya no son hijos de puta.»

Algunos se rieron. Pero con contención. Con respeto. Porque muchos de ellos eran hijos de una puta.

—«Un mundo es nuevo si hay reglas que dejan de valer —continuó Raquel—. Si podemos imaginar reglas nuevas. Porque eso es lo realmente importante: tener la libertad de imaginar y anhelar la libertad. Ese es el Nuevo Mundo. Un mundo que deshace los nudos con el pasado. No podemos saber si más tarde hará otros. ¡Pero por lo menos serán nudos… nuevos!»

Todos escuchaban en silencio. Eran palabras educadas, pero no difíciles. Porque hablaban de ellos. De cómo eran. O de cómo les habría gustado ser. Y de aquello que anhelaban.

—«Para llegar a este Nuevo Mundo hemos cruzado un océano. Un océano de sangre. Nosotros no podremos olvidarlo nunca. A todos nos abruma este peso enorme. Yo he visto cosas terribles. Y también cada uno de vosotros. Es algo que llevaremos dentro toda nuestra vida. Detrás de nuestras sonrisas habrá siempre un poco de tristeza. Por lo que hemos pasado. Por lo que hemos perdido por el camino. Y nuestros hijos recordarán todo esto sencillamente mirándonos. Pero puede que nuestros nietos ya se desprendan de este peso. Solo sabrán que la sangre que corre por sus venas llegó en un barco. "*Descendemos de los barcos*", dirán. Como si se tratase de una leyenda. Y por suerte no tendrán impregnado en la nariz el olor de esos buques. De esos vagones de ganado.»

Cuantos estaban allí sabían de qué hablaba Raquel. Todos ellos seguían respirando ese olor. No los dejaba dormir por las noches.

—«Nuestros nietos serán… una sola nación. Un solo pueblo. Y entonces nuestras largas travesías para llegar hasta aquí, rebelándonos contra el destino que nos aguardaba en nuestros países, por fin tendrán un sentido.» —La voz de Raquel se tornó severa—. «Quien no debe olvidar nunca es quien ha mirado fingiendo no ver.» —Miró a las personas que la rodeaban. Le pareció que eran muchos espejos reflejando la misma imagen. Que eran uno solo. Que todos eran hermanos. Sus hermanos. Todos iguales. Y le pareció que podía escucharlos—. «No sé si Dios siente todo nuestro dolor —dijo en voz baja—. Pero, si lo siente, me pregunto cómo hace para soportarlo sin volverse loco.»

Una vieja se hizo la señal de la cruz.

—«Soy solo una chiquilla —concluyó Raquel—. Y estoy encantada de serlo. Porque tendré mucho tiempo para averiguar si saldremos adelante. Juntos.»

Los rostros de muchos se llenaron de lágrimas. Cálidas, apasionadas. De dolor y alivio a la vez. Porque por fin tenían una voz.

—Siempre me he preguntado si las palabras podían tener alas —dijo Alfonsina Storni, emocionada como todos—. Y tú, Raquel, me has permitido saber que sí es posible.

Rocco, que en ningún momento le había soltado el tobillo, tomó a Raquel en brazos y la bajó de la mesa. No le dijo nada. Porque ya se lo había dicho todo con ese abrazo.

Raquel se sentó en una silla que había en un rincón, confiando en que nadie se fijase en ella.

Louis, avanzando torpemente, perplejo, se sentó a su lado.

—Tremendo —balbució—. Sí, en serio. Tremendo lo que has dicho.

—¡Ahora comed, bebed, bailad y cantad! —anunció Tano empuñando su guitarra.

Rosetta se le acercó y le susurró algo al oído.

Tano puso una expresión cómica, como siempre cuando se emocionaba, y miró hacia el rosal que había plantado su Ninnina antes de morir y que crecía lozano. Luego atacó la primera nota.

—*Mi dolor se confunde en mi risa* —empezó a cantar con Rosetta.

—*Soy flor de fango... Vendo caricias y vendo amores* —entonaron todos.

Rosetta se acercó a Rocco y, de la mano, se hicieron a un lado. Miraron la moneda de dos pesos del truco que había hecho Tano.

—Dos e indivisibles —dijeron a la vez.

Louis y Raquel estaban cerca y los oyeron.

—Parecen tontos, ¿eh? —Louis se rio.

—Todos los enamorados lo son —dijo Raquel.

Louis se toqueteó el escudo del Boca Juniors de su camiseta.

—A lo mejor algún día tú y yo nos decimos las mismas chorradas —comentó.

Raquel se puso tan roja que parecía que estuviese incendiándose.

—¡Como me toques, te parto la cara! —exclamó.

Louis sonrió, encantado de haberla sonrojado.

—De momento, déjate crecer el pelo como una chica de verdad, piltrafilla —dijo.

Rocco y Rosetta se echaron a reír. Luego, sin soltarse de la mano, encontraron un sitio donde nadie podía verlos ni oírlos.

Entonces Rocco atrajo hacia sí a Rosetta y la besó.

Y Rosetta lo correspondió con ardor.

—Ya nadie nos separará jamás —le susurró Rocco al oído mientras le besaba el lóbulo—. Te lo prometo.

—Y yo te lo prometo también —respondió Rosetta, y encogió el cuello presa de los escalofríos de placer que le producían los besos de Rocco.

—Te amo —dijo Rocco.

—Te amo —repitió Rosetta enrojeciendo.

—¿Eres mía? —le preguntó Rocco al tiempo que le acariciaba la espalda.

Rosetta se apartó, lo miró a los ojos, seria, y le apuntó con un dedo a la cara.

—No. Yo no soy y nunca seré... tuya —protestó—. No soy una vaca.

Rocco sonrió.

—Será un matrimonio infernal, lo sé —dijo, y quiso besarla de nuevo.

Rosetta se rio.

—Pero tienes que ser delicado conmigo —susurro—. Soy menos fuerte de lo que parece. Y tengo un poco de miedo.

De repente sonó un fragor sordo. Y acto seguido hubo un resplandor. Y enseguida estalló un trueno que asustó a los animales y a los niños. En un segundo, el cielo se tornó negro. Y luego derramó sobre la gente cubos y más cubos de agua.

Todos corrieron a la puerta o al interior de sus casas, ya empapados.

La violenta lluvia arrancó los últimos pétalos de las flores que aún seguían prendidas a las ramas de los árboles de jacarandá. Soplaba un viento tan fuerte que los pétalos no caían al suelo sino que remolineaban en el aire, pintando de violeta el fondo del cielo gris oscuro.

Después, tal como había empezado, de repente la lluvia cesó y al fondo del horizonte las nubes se desgarraron, filtrando los cálidos rayos del sol al ocaso.

Y entonces, casi con estupor, o quizá por primera vez a sabiendas, la gente de Barracas y La Boca reunida en la casa de Tano salió y miró de un lado a otro. La lluvia había limpiado de polvo sus casas de chapa y resaltaba los colores, como si estuviesen recién pintadas. Y cada uno de ellos, mirando esos amarillos chillones y los celestes, los naranjas, los violetas, los verdes, los azules, los lilas, los turquesas, se acordó del artículo de Raquel y comprendió que un nuevo mundo era realmente posible.

En el silencio atónito, una mujer prendió una velita, la puso en un trozo de madera plana y la soltó en el Riachuelo. Y luego otra, y otra y otra más hicieron lo mismo, hasta que todas encendieron una velita, y, al tiempo que iba anocheciendo, cada una de ellas improvisó una pequeña embarcación para su luz.

En un instante, el Riachuelo se llenó de luces flotantes, como un gigantesco espejo en lento movimiento que reflejaba el cielo estrellado. Como si el mismo cielo hubiese decidido bajar entre aquella gente, gracias a las mujeres.

Como una esperanza. Y a la vez como una promesa.

—Es precioso —susurró Rosetta estrechándose a Rocco.

—Sí —respondió en voz baja él.

Y en ese momento sintió la inmensa fuerza que se desprendía de aquel orgulloso pueblo de miserables que contribuiría con su propia sangre a crear una nación. Volvió a asentir, apretó con más fuerza la mano de Rosetta y le dijo:

—No debes tener miedo. Saldremos adelante.

Rosetta lo miró y pensó que era irresistible.

—¿Crees que si subimos a mi cuarto alguien se dará cuenta?

—Creo… Creo que… ¡Qué más nos da!

—¿Te parezco muy descarada? —dijo Rosetta sonrojándose—. Eso tendría que decirlo el hombre.

—Sí —convino Rocco—. Y también por eso me encantaste enseguida.

Se quedaron mirando en silencio, sumidos en los ojos del otro, durante tanto rato que perdieron la noción del tiempo.

Luego sus manos se buscaron. Sus dedos se entrelazaron.

Y el deseo los condujo arriba, al pequeño cuarto con las paredes de chapa.

Entonces, con una lentitud que solo estaba dictada por la voluntad de no olvidar ni un solo detalle, empezaron a desnudarse.

Rocco desabrochó uno por uno los botones del vestido con las flores de jacarandá.

Rosetta, uno por uno los botones de la camisa blanca.

Por fin estuvieron desnudos, frente a frente.

Sus respiraciones se aceleraron. Sus bocas se abrieron. Sus ojos se perdieron en los del otro.

Cuando ya no pudieron resistirse más a ese momento mágico, se abrazaron y se dejaron caer en la pequeña cama, muy juntos.

Y sus cuerpos se fundieron en uno solo.

Nota del autor

La Sociedad Israelita de Socorros Mutuos Varsovia existió realmente y estuvo en activo entre 1860 y 1939. En 1929, la embajada polaca emprendió una acción oficial para que se retirase el nombre «Varsovia». Ello demuestra que todo el mundo lo sabía y que Polonia no quería que se la desacreditara específicamente por algo que, de hecho, desacreditaba a todo el mundo sin distinción. Pero no hay constancia de que hubiera protestas que resultaran eficaces por lo que, más allá del nombre y de los datos geográficos, ocurría en esos dos mil burdeles y a esas treinta mil chicas que tenían que reemplazarse constantemente por savia nueva debido a fallecimientos, enfermedades, embarazos, abortos con resultado de muerte, suicidios. Así pues, a la asociación criminal le bastó con pasar a llamarse Zwi Migdal, en honor de su previsor fundador, quien garantizó ingresos de hasta cincuenta millones de dólares anuales y una longevidad de 79 años en el ámbito del mercado de la carne. Se extinguió solo cuando la población y las autoridades se vieron entre la espalda y la pared por las declaraciones públicas de Raquel Liberman, una exprostituta, y ya no pudieron mirar a otro lado. Los jefes de la Zwi Migdal fueron detenidos y juzgados. Sin embargo, se ignora cómo lograron huir de la cárcel, o si fueron indultados o desaparecieron; la cuestión es que quedaron impunes y continuaron con sus tráficos en Brasil o en Estados Unidos.

Todavía hoy hay una indeleble mancha en la conciencia de todos los seres humanos que vivieron en aquella época. Y todavía hoy hay algo de lo que se prefiere no hablar en todo el mundo. Porque en Italia, como en todas partes, debemos reconocer que el mercado de la carne sigue intacto. No podemos mirar hacia otro lado sabiendo de esclavas africanas y de esclavas del este de Europa expuestas como mercancía en los márgenes de una carretera por su propia gente para nuestro placer de un instante.

Yo, como hombre, además de avergonzarme, puedo imaginarme el desgarro de las almas de esas chicas de Buenos Aires que tenían que entregarse a seiscientos desconocidos cada semana.

Pero creo que solamente una mujer puede saber cómo ha sido el desgarro de su carne.

La historia en buena parte imaginada de este libro habla de una esperanza. La esperanza de que hombres y mujeres aprendan simplemente a decir, juntos y en voz alta: «No es justo».

«Para viajar lejos no hay mejor nave que un libro.»
Emily Dickinson

Gracias por tu lectura de este libro.

En **penguinlibros.club** encontrarás las mejores recomendaciones de lectura.

Únete a nuestra comunidad y viaja con nosotros.

penguinlibros.club

Penguin Random House Grupo Editorial

penguinlibros